至于少年和儿童，则拼命地使尽他们稚弱的心力和体力……奔走于风沙泥泞中，想于中国有些微的裨益者，真不知有若干次数了……然而爱国之心是真诚的。

——鲁迅

谨以此书

献给我敬爱的知青长辈

大爱情书

郑铮 著

CFP 中国电影出版社

图书在版编目（CIP）数据

大荒情书 / 郑铮著. —北京：中国电影出版社，2023.8
ISBN 978-7-106-05461-8

I. ①大… II. ①郑… III. ①长篇小说 — 中国 — 当代 IV. ①I247.5

中国国家版本馆CIP数据核字（2023）第049680号

责任编辑：纵华跃
封面设计：宇菲文化
责任校对：林 娜 贺一鸣
责任印制：孙 杉

出版发行 中国电影出版社(北京北三环东路22号) 邮编：100013

电话：64296664（总编室） 64216278（发行部）
64296742（读者服务部） E-mail: cfpbjb@126.com

印　　刷 中国电影出版社印刷厂
版　　次 2023年8月第1版 2023年8月北京第1次印刷
开　　本 710mm × 1000mm 1/16
印　　张 30.75
字　　数 600千字
定　　价 78.00元

目录

第一章	世纪初荒友相聚	义子云中年婚变	1
第二章	忆大荒云歌追梦	绝寒地结识慕天	9
第三章	野茫茫亘古荒原	二八女石场逞强	17
第四章	去开会结识新友	遇柴山云歌遐思	25
第五章	叶桃偏爱触霉男	云歌传书为学友	30
第六章	中煤气关皓相助	小聚会云歌赴邀	38
第七章	年关近姐妹出逃	风雪夜再识慕天	47
第八章	过新春长歌当哭	修水利错遇魏宏	60
第九章	骗面条长生称病	上机务云歌迷路	75
第十章	春种粟顶风冒雪	被人欺云歌葬书	85

第十一章 | 待审查回农工排　同室友余英怀孕 96

第十二章 | 游麦海重回机务　偶然见“麦田怪圈” 106

第十三章 | 云歌选进武装班　战友远行建新团 114

第十四章 | 随机务上山伐木　深山里勇战熊罴 130

第十五章 | 去拉练巧遇苏凌　春耙地误进营区 135

第十六章 | 断姻缘贺萍惜别　起荒火众女献身 141

第十七章 | 夜梦贺萍游幻境　笔墨酣然思友情 148

第十八章 | 于珏怕死逃火场　长生义救轻生女 151

第十九章 | 听广播引来风波　割樟草乔杨遇蛇 156

第二十章 | 米帆倾情绘女友　呦呦鹿鸣念主人 170

第二十一章 | 烛光照映大荒娃　水中见识瓢舀鱼 175

第二十二章 | 遭天灾水中捞麦　麦秸垛肖宁困卧 187

第二十三章 | 收割机穿“高跟鞋”　孙排长一语成谶 195

第二十四章 | 金晶齐全牵红线　成班长话说当年 205

第二十五章 | 安力水库救孩童　破罐破摔虐情女 215

第二十六章 | 接云歌慕天赠书　收玉米义犬救主 225

第二十七章 | 大雪天盛楠生子　众染疫云歌送饭 232

第二十八章 采冬青挚友相别 送零食畅述未来 241

第二十九章 去新队再练风骨 当红娘余英嫁人 256

第三十章 大雨天帐顶漂移 现慈心姜华赠被 268

第三十一章 请老耿于珏帮厨 收大豆云歌加班 275

第三十二章 匿名情书惊四座 连长夫妻月下老 287

第三十三章 走夜路华宇背狼 雁山下感受自然 304

第三十四章 呆肖宁错失佳偶 春开荒发现文物 315

第三十五章 古墓群引发畅想 找零件师傅忠言 324

第三十六章 加班夜惊心动魄 垦荒地老耿牺牲 333

第三十七章 去马场结识彭萌 恋草原痴迷骑马 341

第三十八章 肖宁失悔遇薄情 慕天彭萌纵说马 350

第三十九章 将门女巧遇暖男 不负人华宇断情 364

第四十章 将军岭上见奇景 白鹤托孤雁山下 377

第四十一章 养子鹤促成佳缘 不忘旧米帆新婚 387

第四十二章 同观影于珏夺爱 “一瓢饮”姐妹共识 398

第四十三章 “四古典”引发热议 被辜负苏凌伤怀 406

第四十四章 众兄弟同叙心曲 拒金宝肖宁意决 416

第四十五章	六知青集体婚礼　误真相子云定情	428
第四十六章	晴朗夜共数繁星　随佳偶乔杨新嫁	436
第四十七章	“梅妻鹤子”迎佳友　东方纵谈一粒粟	448
第四十八章	育红松东方染病　冬狩猎慕天失踪	455
第四十九章	思慕天霍晨生疑　送小鹤米莉受伤	462
第五十章	黑土地开花结果　展未来踏上新程	472

第一章

世纪初荒友相聚　义子云中年婚变

21世纪初年，北方城市市中心的一座五星级酒店内，酒店的外面并不十分富丽堂皇，但走进大厅，却显得别有洞天。开阔通透的大理石地面上是自然而雅致的花纹。通往楼上的楼梯在空中打了两个旋，悠然与高处的另一个厅堂相连。还有不一般的是大厅的穹顶，那是一片蓝天，上面自然地飘着几朵白云，白天进来以为是大厅没有封顶，晚上进来，让人有些迷幻，感叹这里真是不夜天。

这是初秋的一个星期日，一楼大厅里响起悠扬的钢琴声，中央硕大的白色钢琴前，一位身着盛装的妙龄女郎正在认真地弹着《结婚进行曲》，钢琴声中，二楼两间豪华的厅堂中分别在举行婚礼。

南面厅堂中的一对青春焕发的新人正在为双方父母敬茶。“这是目前中国南北都适用的一个婚俗——斟茶、送糖、改口。”向南面大厅走去的长发女士对身边一位短发女士说。

短发女士说：“所谓改口就是从这一天开始，两位年轻人对双方父母都要叫爸爸妈妈了，是吧？”两位女士笑意盈盈地走进大厅。

只见身着婚纱的漂亮女孩扭捏一下，脆脆地叫了声“妈、爸”，帅气年轻的小伙子深情地看了一眼身边的新娘，转过头笑嘻嘻地对岳母岳父亲切地叫了一声“爸爸、妈妈”。

风韵犹存的婆婆和岳母笑呵呵地应着，边上的人议论着：“这一改口不简单，就咱这普通人家，女方父母要送给新女婿九千九百九十九元人民币，意味天长地久；男方父母要送给新媳妇一万零一元人民币，意味万里挑一。”

只见两位女家长分别从精巧的皮包里拿出了一个鼓鼓的红包。

周围穿红挂绿贺喜的人们随着司仪，纷纷说着“天长地久”“百年好合”的吉祥话，一派喜气盈人的景象……

北大厅的婚礼也开始进行了，宾客络绎不绝地走进去，宾客的衣着档次还是有些区别，年龄大多四十多岁。

穆灵依然高挑秀气，走在人群里显得出众，她款款走进北大厅，挥手向周围的人打招呼。

“教授来了，还是那么漂亮！”几位女士正要走过来与她握手，突然男士那边不知谁叫了一句“咱们的大舞蹈家来啦，秀一个！”穆灵笑了一下，毫不犹豫，来了个舞蹈动作——倒踢紫金冠，然后把一只脚举过头顶，做了个亮相。

肖宁忽闪着一双大眼睛，只是比当年有点发福，说：“舞蹈专业的副教授就是不一样啊，看这功夫！”

穆灵一把搂住了肖宁：“你也不错，在北方通大，不也是副教授了吗，还是业务骨干啊，听说盛楠从上海过来了？”

“不少人从外地来，我不也是一个吗？”肖宁说。

“这样的事，还弄那么大动静，有意思吗？不过倒是给我们大家找了一个见面的机会。”穆灵说。

“是子云通知的，许多人都是冲着子云来的。”肖宁说。

“子云呢？”穆灵问。“还没见着呢！”肖宁说。

“我就是想当面问问她，她是怎么想的啊，她是真对吉西没感情了，还是孔融让梨啊，真是的，这事……”穆灵不理解地说。

金晶和盛楠同时进来，米帆带着妹妹米莉，薛岚和乔杨并排，彭萌一手搭着丈夫的肩膀走进来。

“你们都来了，彭萌来了，不过你在天津，离得近，云歌还念叨你呢，说你肯定来，已经好久没见到你了。”肖宁望着笑眯眯的彭萌说。

盛楠跳过来拉住彭萌，彭萌搂住盛楠对肖宁说：“难为她还想着我呢，咱一下岗再就业人员。”

“看你说的，云歌哪是那种人，咱们都是兵团战友，哪有这些说法。”肖宁拍拍高高的彭萌，又拍拍盛楠。

“不过我知足，总算和他到一块儿了，住着两居室的房子，儿子学习也不错，就行了呗！”彭萌说。

“是啊，咱们这辈人，能走到今天，多不易啊……”盛楠拍拍彭萌说。

于珏衣着时尚，风一样地飘进来，穆灵躲开她，她一把搂住盛楠，在她的脸上亲了一下：“吆，你的口红哎！”盛楠抹着自己的脸，穆灵递给她一张纸巾。

于珏仍然在左顾右盼，口中不停地说着，似乎永远都在为自己寻找着机会。她一只手搭在肖宁肩上，另一只手搭在乔杨肩上，乔杨躲开了她。

“干吗啊，乔杨，这么长时间不见了，你还躲我！”于珏说。

“您现在可是外籍人士，我们都是小人物。”乔杨说。

“你哪是小人物，你不也是孩子王嘛，再说，你们薛岚也是大学毕业啊，可这个薛岚也真是，上了半天大学，怎么就是个火车司机呀。”于珏说。

“是啊，小学老师算什么，火车司机再普通不过了，您，外籍富婆啊！”乔杨说着拨开她搭在自己肩上的手，坐到离她远些的座位上去了。

于珏说：“别这么说我。钱，我倒是有一点，但我早和那老外离婚了，我还是中国籍，不过做的是国际生意嘛……”

“卖鱼油，是吗？”华宇边说边走进来，于珏迅速转过身伸出双手向华宇奔过来“啊，华老总，讨厌，我早就想见见你了，我让玲玲捎给你的鱼油，你收到了吗？”

“收到了，钱我也交给她了，说好了，以后我可不要了，咱都是工薪阶层，真吃不起。”华宇不客气地说。

“你这大老总，还跟我装穷，真是的！”于珏一把挽住华宇。

“吆，大姐，站远点啊，今天我媳妇可是来了。”华宇说，大家哈哈大笑。

女宾们一一亮相，分别表达着她们的性格。

远远看去，新郎高大帅气，新娘娇小清秀，也是一对璧人。镜头渐渐摇近，到特写，才能看到他们些许的年龄。

大厅门口人头攒动，对面大厅的人也不时在此驻足，议论着：“年龄不小了啊，倒还是挺漂亮的”“说是知青出身的”“这么大岁数走到一起，可是不易……”

酒店外一辆半新的黑色轿车疾驶而来，从车上走下一位身材修长的女士。一袭考究的蓝色西装，翻出洋红色的衬衣领，一张白皙秀气的脸庞，细长的秀眉下晶亮的双眸中闪着刚毅智慧的光彩。

她径直向酒店走去，忽然她包里的电话铃响起，她打开包拿出手机：“喂，我是云歌……”

子云离开了酒店的财务室，快步走下楼梯，向酒店的门口走去，出了门她背转过身子，忧伤地向酒店里面的北大厅望去，她倒走几步，眼圈红了，像是与过去几十年的生活告别。

她与刚下车快步向这里走来的云歌撞了个满怀，云歌一把扶住了子云说：“子云，你不参加了？怎么走啊？”

“哦，你来了，云歌，好多人都问你能不能来。我刚为这场婚宴结了账，我怎么能不走啊？我在这儿，算什么，实在不合适啊。”子云说。

云歌满脸怜惜地看着子云，把一只手搭在她的肩上：“这事儿，我也没想到，太难为你了，子云！”

“我也是无可奈何啊，”子云摊开两手，眼里噙着泪花，“为了这次婚礼，我把哥哥从国外寄给我的几万美元全花光了，作为吉西的前妻、苏凌的战友，现在，我的良心舒服了。”

“这又是何必呢？”云歌痛惜地摇了摇子云的手，“哪有什么良心问题啊，当时你也并不了解情况，我们谁都清楚。而且，那也都是多少年前的事了。”

子云说：“但这也只有我清楚，苏凌无论怎么变化，她一直都是想着吉西的，还记得前几年重返北大荒的情景吗？惹了不少闲话，大家瞒着我，可我也不是傻子啊，这些年来类似那次桩桩件件的事情，发生不少，我想了好长时间，这样生活下去，对谁都不好。”

云歌说：“吉西当年也不过是个穷学生，他原本确实对才貌双全的苏凌有好感，但因为当时苏凌父亲的问题，又疏远了苏凌，没有想到这些年来，苏凌还是对他如此一往情深。”

“吉西这人，你是了解的，面对苏凌的痴情，后来他就坐卧不宁……这些年来我的心里，从来没安生过。”子云认真地说。

云歌握着子云的手说：“当时吉西确实有魅力啊，能讲善吟，又会乐器，又是男中音，唱起歌来，包括当年的样板戏也是有腔有调的、风流倜傥，招女孩子的喜欢。”

“是啊，在那种情况下他当时却独独追求我……我知道你是对他有看法的，你们在一起当过两年的政治辅导员，你很少搭理他，我们当时就是好朋友，你怎么就没提点我一下，让我醒醒啊。”子云说。

云歌笑笑道：“还记得当年，你来我们连帮助李医生控制当时连里的传染病吗？你走的前一天晚上，我们谈了很久，当时你哪醒得过来啊，但我确实没想到苏凌会这么执着，可是，都到了这把年纪，你怎么就轻易做这种决定了？听说是你一再说服吉西，人家吉西开始也是不同意的。孩子都那么大了。”

子云一脸无奈地说：“你也知道，苏凌得了绝症，我是医生，我知道她的情况，随时都可能就出事，她确实挺可怜的，苦苦追求他大半辈子。这样让她走了，她活得也太冤枉了，苏凌人也挺好的，咱们又是那么多年的荒友，所以我就……”

云歌拥住子云说：“所以你就向吉西提出离婚，等于是让夫啊，只有我们兵团战友，才能做出你这种选择，可你也是人到中年了啊，我们都很感动啊，真是难为你了，子云。”云歌眼里也涌出泪花，动情地握着子云的手。

“快进去吧，大家还等着你呢，有时间还真想跟你聊聊，下午，能拿出点时间来吗？”子云说着，没掩住，两行热泪流下面颊。

云歌走过去替她拭泪说：“下午，好的，我们去什刹海吧。”

“好，我去上班了”，子云说着招手打了一辆出租车，坐了上去。“那，咱下午见，一定好好聊聊。”云歌深情地握着子云的手送她上车，目送子云的出租车渐行渐远……

云歌走进酒店，她快步拾阶而上，似乎一路上那悠扬的琴声，不同的场景中呈现的那些烈火烹油般的热烈场面，她都没听到，没看到。

西装裙、高跟鞋都没有影响她飞快的脚步，她出现在北面厅堂的婚礼现场时，喜宴已经开始。

她的到来，令大厅里起了一个小高潮。她马上拱手致歉："对不起，我来晚了，真抱歉！""云歌，领导同志，忙啊！"在座的几位战友开始拿她打趣。

云歌笑笑，与站在身边的几位女士穆灵、彭萌、肖宁、小惠等拥抱。

"好久不见了"，肖宁说，"到了这样的年龄就不要这么忙了吧。"

一位年龄相仿的男士，拿着两只酒杯和红葡萄酒奔过来说："来晚了，罚酒。"

"长生，趁此机会欺负人啊，你也算北京人了，来了两年了吧？"云歌说。"是啊，一直给华老总打工啊，不过他这大型国企还真不错，工资也不低，加上华老总领导有方，风气也挺好。""那就好，苗苗也过来了？""来了，一会你就见到了，先不说别的，喝三杯吧，这对你是小菜儿，当年北大荒，你喝一瓶，都不咋着……"长生说着往杯子里倒酒。

云歌说："好，我先喝一杯，去看看苏凌，好吧。"长生把一只斟满葡萄酒的酒杯递给了云歌，云歌接过来，一饮而尽，把杯子还给了长生，"那两杯一会儿再喝啊"，说着向苏凌跑去。

"你们也来了，从农场直接过来的？"云歌一眼看到了白岩和邱莹，她眼前一亮。

邱莹快走几步与云歌拥抱在一起。"他过来开会，听到这事，就与他一起来了。"邱莹亲切地说。

"吆，看这云歌，见我这老同学都不先打招呼，先看到你们了，邱莹，你们不是还在那儿吗，你们也真是待得住，还不回来啊？"于珏走过来攀住云歌的肩对邱莹说，"听说你们的孩子也从北京这边过去啦，北大荒你们没待够啊，还献了青春献子孙啊，咋想的啊？"

"他说让孩子过去锻炼锻炼。"邱莹还是与当年一样朴实，指着白岩平和地说。

"像我们当年一样啊，那是错的，错的啊。"于珏说。

"不种粮食，你吃什么啊？"长生过来和白岩热烈握手说。大家看到白岩夫妻俩都奔过来。

"那你当时为什么哭着喊着把自己办回城市啊？"于珏不客气地对长生说，长生一时语塞。

"各有各的心志，小孩锻炼一下，也没什么不好。"肖宁走过来说。

白岩说："肖宁说得对，这么多年过去了，还是看自己的选择吧，我当时是自愿报名去的北大荒，我虽然没回来，也曾经纠结了很长时间，所以，我很理解回来的人。但我自己愿意在那里工作，很简单，我喜欢那片土地，也喜欢那里的人。"

华宇走过来抢着说："没错，我很想他们，前年我还去了一趟，老梁、老曾……他们都挺硬朗的，当年那么多转业官兵，其中也有不少城里人呢，他们高高兴兴在那里生活，我常想，他们怎么没有怨言呢？还挺知足的。"

"对啊，华宇看到了，现在的北大荒，和当年也不一样了，有时间你们过去看看吧！"白岩坦然地说，显然，他比当年成熟多了。

"是啊，确实不一样了，你现在是大场长了呀，还是省里的政协常委，当然不一样啊！"于珏还是讥讽的口气。

"哪有什么不一样的，我每年照样去修水利、种粮、种菜，"白岩笑呵呵地说着从口袋里拿出两瓶"北大荒"酒，"想不想尝尝啊？"

"想尝。"长生一把抢过来一瓶。云歌望着这对夫妻，心里油然升起一种敬意，她一把拉住邱莹，邱莹搂住云歌，两人的脸贴在一起，如当年一样俊美，生机勃勃。

云歌说："我们去看看新郎新娘吧。"说着，她们快速向新娘、新郎走去，新娘也向她们奔来。"云歌，我以为你不能来了。从机场直接赶来的？"苏凌说。

"是，晚点了，抱歉！"云歌扶住苏凌。

"邱莹，你们大老远的也来了，能来真好啊，许多人都不肯来啊，我很理解他们，云歌、邱莹，站在这里，我一直在想一个词，就是'鸠占鹊巢'，到了这把年纪，我变成这样的人了。"说着，苏凌那一双依然漂亮的大眼睛中盈满泪水。

邱莹扶住她，关切地说："别这么想啊。"新郎吉西站到了苏凌的身边，握着云歌和邱莹的手着急地说："劝劝她吧，已经好几天不吃不睡了，本来身体就很虚弱，这样下去怎么行啊！"说着他挽起苏凌的手："今天大家见面都高兴，咱不说这些了，好吗？"

"是啊，今天是你们大喜的日子，盼了这么多年，终于走到一起了，多不容易啊。我刚才见到子云了，她很想得开的，你放心吧。"云歌对苏凌说。

"不，她越是这样，我就越觉得对不起她！"苏凌一步扑进云歌的怀里埋头抽泣起来，邱莹帮云歌托住她，肖宁几个人放下杯子、筷子跑过来劝苏凌，苏凌却昏倒在云歌的怀里。

"快，长生！"吉西喊了一声，长生飞快地跑了出去。吉西连忙回头对在座的宾客说："临时出了点小情况，大家继续啊！"说着飞快地奔出去。

宾馆外，长生朝对面街道急切地挥手，一辆救护车开了过来，长生转身与他相继出来的男士打招呼："齐全，你出来了？我还找你呢。"齐全说："我拿着药箱呢，我怎么能不出来。"

一些人奔了过来。华宇下意识地问了一句："子云呢？"云歌说："子云上班去了。"

下午，已经到了医院的云歌，见病房里还没动静，便对肖宁说："我要去和子云说句话，离开一会儿"。

"去吧，好好劝劝她，代我问她好。"肖宁说。

云歌乘车来到了离自己单位不远的什刹海，远远地见子云正在望着水面发呆，她走进这熟悉的所在。

"云歌你来啦，她怎么样，高兴吧，气氛还可以吧？"

"哪里，她哭了，而且昏过去了，说自己'鸠占鹊巢'。"

"是吗？她别这样想啊，现在怎么样啊，不然我去看看她。"子云很着急。

"齐全在那盯着呢，虽然还没醒，大齐说问题不大，你就放心吧。"

子云沉吟了，她默默地走到什刹海边，望着眼前的什刹海像是自言自语："你说这里怎么能叫海呢？这么小的一盆水，能容得了什么？"子云捋了捋有些凌乱的头发，似乎想甩掉有些烦乱的心绪。

"是啊，北大荒那一片大湖——兴凯湖倒是像海一样广大、开阔，现在，也经常在我们的脑海里翻涌闪回，可是它只是湖。"云歌说。

"你知道在那湖边留下了我和吉西多少足迹啊！"说着，两行泪水在子云眼里奔泻而出。云歌拥住她说："哭吧，哭一下，会痛快些。"

"海在我的心中是神圣的，兴凯湖那么大的水都不是海，这什刹海怎么能叫海呢？命运真是不公平！"子云说着，眼泪再一次从她秀气的杏核眼中汩汩地流了出来。

她想起 20 多年来，与吉西从恋爱到结婚的一幕幕，说："吉西他不是坏人，但他生性风流，我们之间也有些磕磕绊绊，但总体上生活还是温馨的。"

"是啊，我也在想，你做这样的决定，也不是轻易的，你要是不提出来，吉西也不敢做这样的事，他毕竟也是大学教授了。你这样做，下一步怎么办呢？"

"我主要是觉得苏凌太可怜，她陷在这感情里拔不出来，她其实也不图什么，后来我问过吉西，他说他当时深爱苏凌，但她的家庭出了问题，他怕影响自己的前途，哈哈，你看吉西是什么角色，我当时又是个什么角色？"子云泪眼蒙蒙痴痴地望着什刹海自嘲地说。

"我们都是历经许多艰苦的人，我们可不能想别的啊，子云。"云歌有些紧张。

"放心，不可能，我们这一辈人，好像把事业看得更重，我妇产医院的工作，每天亲手迎接一个个小生命的诞生，给我带来无穷的乐趣。但与吉西一幕幕的往事仍经常闪现，挥之不去，他说他还是喜欢我的。虽然这样说，可自从苏凌得病，吉西看她更勤了，有什么办法呢，我也能理解，苏凌虽然工作不错，但她孤零零的一个人，病得又那么重，有时连我都去帮忙。"

"我们都觉得，你确实太善良了。"

“连他们俩也这么说，我是医生，我清楚苏凌的病很重，就想给她个结果吧！”

“爱情应当是自私的，这种做法，按一般人来讲，难以理解，只有你……只有我们这些兵团战友才能理解，唉，面对你，我也是无言以对，唯有泪千行啊！”云歌感动地说道。

“事情是我推动到今天的，可我却不能释然了，是因为我回来这么多年，离开那片大湖了，我的心也变得像这什刹海一样，徒有海之名了吗？”子云摸着自己的胸口。

“你不释然也是正常的，谁都能理解你。但什刹海虽然水面小，可你知道吧，这样一个面积，居然曾经容得下十个古刹，那是怎样的大气象啊。”

“说的是，我们这些人，也算历经风雨，应当有兴凯湖的开阔，而不计名分得失；应当有什刹海的包容和气象，而不计水域的大小。”

这对青少年时代的朋友畅述着心曲，转眼一个多小时过去了。

“云歌，谢谢你来看我，我知道肖宁她们都等着你呢，晚上我还要为一位同事替班，还有产妇、孩子们等着我，代我问他们好吧。”

“你不去见见大家了？”云歌问。“这次就不去了，我不想像一个悲剧女主角一样出现在大家面前。”子云说。

“好吧，我想大家会理解的，我再去看看苏凌。真的，子云，我感动你有这样的心胸！”云歌握住子云的手。

“我们一起吃过那么多苦，如果是你，也会这样做的。”

云歌与子云相拥告别。

云歌望着远去的子云，风吹动着她浓密的秀发，她双手插进飘动的风衣口袋，向后海的深处走去。

后来，苏凌因病在吉西的怀抱中撒手尘寰，子云参加了为苏凌的送行，而且站在家属的行列里。但无论是云歌等众战友如何撮合，女儿怎样劝说，吉西如何相求，子云至今也没有与吉西复合。

第二章

忆大荒云歌追梦　绝寒地结识慕天

仁和医院急救室外，吉西焦急地来回踱步，云歌和肖宁坐在医院的椅子上，也焦急地向急救室张望。

齐全从里面走出来，吉西与云歌他们迎上去。“醒了”，齐全说，“但是……现在正输液，还要等会儿，你要有思想准备啊。”齐全低沉地对吉西说，吉西点点头。

已经是大学教授的吉西站在抢救室门口与已经是主任医师的齐全交谈着，云歌与肖宁坐在抢救室门边的椅子上，她们心里都清楚，苏凌已来日无多了。

“方才我见到子云了，她让我问你好。”云歌说。

“是啊，我也想见见她呢，她心情一定不好，当初他多爱吉西啊，怎么就变成这样了呢。”肖宁忽闪着与当年一样纯真的大眼睛说。

云歌说：“只有我们这代人才能做出她这种艰难的选择……”

“她不做这样的选择又怎么样，何必呢。”肖宁还是原来心直口快的性格。

云歌说：“她主要是为他们考虑，苏凌病了，吉西于心不安，苏凌这病又这么重，心软的子云觉得她可怜。”

肖宁说：“这样，她就不可怜了。”

“她开始觉得自己有女儿，有十分热爱的工作，有疼爱她的兄弟姐妹，可现在又有些不平衡了。”云歌说。

“是啊，境界再高，哪有让夫的。”肖宁说。云歌说：“所以我说，只有我们这些人，到了这样的年纪，还能主动做出这样的决定，如此为了别人着想，我还是挺感动的。”

“倒是啊，苏凌确实也是够可怜的，但为什么这俩人都这么执着，吉西值得吗？”肖宁说。

“是啊，我也不太能理解，苏凌自己条件相当不错，可这件事，这辈子就绕不开了，这么多年，就这么苦等。她真的不像你那么豁达。”云歌说。

“唉，真心希望她身体好起来吧，过几天自己想过的日子，可怜她盼了这么多年了。我也真心希望子云快乐……”肖宁由衷地说。

“你们渴了吧？”长生拿着矿泉水箱子，给云歌她们送来两瓶水。

“你说人这辈子究竟为什么活着？”云歌拿起矿泉水拧开瓶盖递给肖宁一瓶。

肖宁有点无言以对，说：“你这样的人物，问我这么深奥的问题。”

“我觉得最终是为了情，从大了说，你说信仰、理想、追求，不都是人的一种情怀吗？这算是大情，当然人有大情、小情，天情、人情。”云歌说。

“你这辈子算是把人研究透了，”肖宁说，“咱们这些兵团战友地处天南地北，离开这么多年，相互间还是那么魂牵梦萦，有时候自己都不理解自己。”

“还是那句老话，叹世间情为何物，直教人生死相托。想想兵团那些年，我们多年轻啊，一般情况下，最小的十四五岁，最大也就是二十岁左右，特殊时代、热血青年、情窦初开，那时候的感情，纯真、笃实。”

肖宁抢着说：“可有人说，我们这辈人，比较傻啊。”云歌说：“是啊，现在想起来，自己有时候都问自己，那是我吗，赤诚，执着，有时候还认死理儿。但我们之中出现了多少像战争时期的英雄，至今令我们敬佩。”

“但有些人不这么想，知青这条路走得对与不对，那不是我们的事。说不对的，好像我们知青这些人的不对，男的都是打架斗殴的，女的都是被侮辱与被损害的，没知识，没文化的，符合事实吗？”肖宁说。

“应当还是个别现象，那时候虽然艰苦，大家的情绪还是很昂扬的，而且，那十七年的教育多扎实啊，当时我们在兵团，老兵和当地人都是拿我们当文化人对待的。”云歌说。

“是啊，我们有那么多人被提干、当兵，上学，被直接选拔到城市，充实机关队伍、教师队伍，当然这也是少数，就是后来大家回城了，许多人也成了国家的人才骨干，你看盛楠，也没上大学，人家开始是劳模，现在不也是副区长了，即使是普通人，你看乔杨、彭萌、长生他们，也是这些年改革开放的参与者、见证者了，你说是吧？”肖宁说。

“嗯，无论别人怎么说，我觉得，贺萍她们至今还是英雄，无论对那个时代和知青运动如何评价，我们的努力、奋斗和贡献还是应当被记住的。”云歌说。

“没错，对我们这代人还是应当被肯定的。”肖宁竖起大拇指说。云歌喝了一口水，接着说：“另外，你想过吗？当时，我们那么年轻，现在说起来是花季的年龄啊，我们的懵懂和真情，也留下了一幕幕感天动地的故事，这一点你也是有体会的。”

肖宁还是不饶人地说：“都现在了，别拿我开心，你的体会就不深了，我可是不信啊。”

云歌说：“是啊，那岂是宝黛之恋、梁祝之情和罗密欧与朱丽叶可比的？这里面至少有你啊。”“别开玩笑了，孩子都多大了，像他们，不是也留下了这情感上的长恨歌了。”肖宁指了指病房。

“当然，他们也是知青里的特例，大多数不是长恨，是长情，比长恨歌天地广阔，比长恨歌有意味，比长恨歌真实、温暖。”云歌说。两人谈着，往事历历，如在眼前。

云歌是我的母亲，后来，她承担管理着一个国家级的媒体集团。这些年来她很忙，但她从来没有离开过她这帮知青哥们儿姐们儿。在我儿时和整个少年时代经常参加她们的聚会。我出生，接生的就是母亲的兵团战友做医生的子云阿姨，幼儿园阿姨、小学老师……似乎都与母亲有着兵团的渊源，直到我出国留学，还碰上了母亲兵团战友的孩子鹏鹏和丁丁，后来我们也成了朋友，至今还联系着。

与兵团战友的聚会从我母亲回城开始，家里经常有外地的兵团战友来访，一次，我们两居室的家，来了三十多人在家吃饭，十几个外地战友住在家里，母亲无论多忙，都笑盈盈地招待她的战友。

父母都是工薪阶层，生活并不算宽裕。有一次，一位在兵团扎根的钱阿姨生病了，母亲竟毫不犹豫地把父亲刚给她买的唯一一条金项链匀给了别人，拿这笔钱给钱阿姨做了住院费。直到半个多世纪后的今天，这样的来往仍然时常发生。我常常想，是什么纽带使他们的友情保持到今天，就像年深日久的佳酿，时间愈长似乎愈甘醇。

也许就像我母亲说的，就是一个情字。他们这些人的生活就像一部理想主义的大书，始于情、融于情，但不止于情。在她和兵团战友们的交往之中，当年那深情的故事、艰苦的场景，从他们的一颦一笑中娓娓道来。所以我经常听到她们以往发生的故事，也看到她们许多正在进行时的故事。

如今我已成年，每当我想起母亲这一代人的知青故事，我的眼前经常出现一系列画面：火车站上，战友们在呼喊，不远的地方停着运送知青的大卡车、拖拉机、马车；黑土地上，他们龙口夺粮，挥汗如雨，身后出现了一行行麦捆；完达山上，他们顶风冒雪、披荆斩棘，行进在原始森林中……

知青年代离今天已渐行渐远，但是一个伟大的民族，首先要直面自己的历史。这批人的成长与坚韧，让人想起了历史学家汤因比的一句话：“只有在亚当和夏娃被逐出伊甸乐土以后，他们的子孙才动手去发明农业、冶金术和乐器。”这位老先生反对人类自造逆境，但他认为“没有艰苦工作的国度，那里的人们容易变回猩猩”。这是不是值得人们思考呢？

20世纪60年代前期，云歌考中学了：“怎么别人都是二十六中，我怎么不是呢？”拿到录取通知书的云歌疑惑着，她拿给妈妈看，妈妈一看“六”字，就急了，说：“是第六农职吧？你不听我的话，说你是班干部，非要报第六农职，唉，你这孩子，看，现在麻烦了。”

“无所谓，是什么，我就上什么吧。”云歌说。母亲着急地说：“那怎么行，第六农职毕业是要去农村的，就不能上大学了，当时让报三个志愿，你第一志愿报的是六中，第二志愿是必报的二十六中，第三志愿是选择报的第六农职。你们这个小学不是重点校，你虽然学习不错，也不可能考上六中啊，可能就是第六农职吧？”

云歌说：“妈，你别着急，第六农职可以考农业大学，没事的。”“怎么没事啊，赶快去学校，问问去吧！”说着，母亲急火火地带着云歌去了学校。

大家敬重的女校长笑意盈盈地接待了云歌和母亲，赞赏地对母亲说：“你的孩子教育得好啊，考上省级重点校了，祝贺啊。”母亲也笑了，说：“是吗，家里的事多，我们并不管她，是学校的功劳，老师们的教育。”

“云歌啊，你给学校争气了，你以优异的成绩考上六中了，这是咱北方冰城最好的中学，咱们学校八个班，四百多人，就考上你们两个人啊，好好念吧！”校长拍着云歌的肩头欣慰地说。

“到了中学，学习上的竞争很激烈，好多同学小学就是重点校，基础都很好，你的身体也不是太健壮，到了这种学校，也不要总想着抢旗夺炮，差不多就可以了。”父亲看着埋头苦读的女儿说。

但云歌不这么想，她说：“爸爸，你不知道，这个学校真好，好大一个图书馆，读不完的书，我不能辜负这么好的学习环境。”从此，云歌对每一门功课都十分刻苦，一个学期以后，到了初一的第二个学期，她成了年级的学霸。

正当她向新的目标冲刺的时候，一场席卷全国的“风暴”把她和她的家庭全部裹挟进去。

20 世纪 60 年代后期，二八之年出落得亭亭玉立的云歌和她的“老三届”初高中同学或主动请缨，或被动员不得已而为之，成批报名上山下乡。

因为想去北大荒兵团，云歌在班主任老师的指点下，跑了好几个招收点，有些地域招知青，要一水的红五类，云歌家因为被抄家两次，算有问题家庭，都被拒绝了。

也许是当年知名的珍宝岛地区的特殊情况，密山、虎林地区这个点招的人多，标准也相对宽松一些，招生的人说：“我们主要看个人表现，到学校开个鉴定吧。”

云歌回到学校，几经周折，班主任肖老师终于给她拿到一份鉴定。云歌又跑去找到那位招生的人，对方告诉她把地址留下，回去等通知。

云歌终于接到了通知，她高兴地对妈妈说：“我终于能上兵团了。”妈妈却忧心忡忡地说：“那是多远的地方啊，半年都是冰天雪地，那可是个苦寒之地，你这么小。”

“没事的，那么多同学都去了，别人能去，我怎么就不行呢，妈，你放心，我一定能干好。”云歌乐呵呵地说。

去兵团的那天，平时慷慨激昂的学生们，毕竟都是十几岁的孩子，真的要离开父母了还是依依不舍，车站上响起了哭声，云歌面对着眼泪在眼圈里打转的妈妈，没掉一滴泪。她拉着妈妈的手安慰着：“户口不就是一张纸吗？我就不相信一张纸就能决定我的前途，只要别人能生存，你女儿就能，相信我，妈。”

望着皮肤白皙幼嫩的女儿，母亲的眼泪终于忍不住了：“孩子，你还这么小，照顾好自己啊。”

云歌搂住妈妈的肩膀说：“妈，你看这些同学，比我也大不了多少，比我低两年级的，都是这么小，好男儿志在四方嘛，相信我，没事的，放心吧。”

绿皮列车开动了，云歌微笑着向妈妈招手，渐渐地望不到妈妈的身影了。

回过头来望望周围泪眼婆娑的同学，云歌的眼泪也开始在眼圈里打转，可她转念想想，“哭也没用，去了就好好干呗。”云歌自言自语。

在万里雪飘的傍晚，云歌她们三百多人到达了目的地，车站说是叫春晖站，是个小站，只停两分钟，火车的阶梯离路基还很高，大家背着行李，连滚带爬跳下火车。一下火车，雪花裹着凛冽的寒气迎面扑来。

云歌没和同班同学分到老连队，而是和其他班的同学分到一个新建连队了。

分到这个连队的知青有五十多人，一个解放牌敞篷大卡车装不下，跟着两辆马车拉着行李。

车站到连队足有七十公里，朔风卷着雪花很快就把站在大卡车上的他们变成一个个雪人，本来就怕冷的云歌，手和脚被冻得像被什么东西咬了一样，脸也很快就麻木了。

车上还有两位分到其他连队的高中男生薛岚和杨荣，随车送他们的女朋友，在这样关键的时候，云歌看到薛岚默默地把女朋友乔杨拥在怀里。望着这种情景，云歌心里情不自禁涌出了一种说不出来的滋味，是羡慕，还是顾影自怜，她自己也想不清楚。

卡车终于到了一片漆黑的连队。有几个人提着鬼火一样的马灯跑了过来。

一位满脸大胡子的人走到车前，操着南方口音。“孩子们，冻着了吧？”显得很亲切，“我是你们的连长，叫梁士多，女娃子去宿舍，男娃子去帐篷。”

大家开始拿行李。薛岚和杨荣要随车去他们所分配的连队了，他们依依不舍地与女友告别，小菲与男友杨荣相拥一下，深情地对视。

性格外向的乔杨就不同了，她拉着薛岚衣襟不撒手，说：“你不能走，我已经离开父母了，我不能离开你。”

"听话，这位女娃，那里连马架子都没有呢，你不能去。"大胡子连长走过来说。"那你就不能走，你不能走。"乔杨拉住薛岚开始哭起来。

"乔杨，咱们不是说好的吗，我已经答应领导了，你知道的，这不是儿戏啊。"薛岚扶住乔杨的双肩。

"我不管，你不能把我扔在这，就走……"十七岁的乔杨哭着，拉着十九岁的薛岚就是不放手。

她的情绪影响了周围的知青，许多人，特别是女生也跟着落泪了，副连长刘飙走过来，很生气地说"太啰嗦"！"你看你的这样子，你才多大，就和男生这么拉拉扯扯的，这是什么影响啊。"

"你是谁啊，你管不着。"从来不怯的乔杨不客气地哭着说。

"他们刚来，你别这么说他们了。"大胡子说着把刘飙拉走。

薛岚温存地拍拍乔杨，把她拉到另一个男同学身边，说："东方，我现在不能不去那个连队了，拜托你，帮我照看一下乔杨，可以吗？"

"可以啊，咱们一起长大的，没什么好说的，就看乔杨吧，乔杨，你得理解薛岚啊！"东方温厚地说。

"我不，你不能走。"乔杨依旧拉住薛岚。"乔杨，咱别太拧，不是已经说好了吗，你周围还有那么多同学，你跟着我去，都是一帮男生，你也会孤单的。"薛岚耐心地劝着乔杨。

"是啊，乔杨，还是理解薛岚吧。"米莉过来劝乔杨。"米莉，你留下了？"乔杨问。"是的，连长同意了，那个大胡子就是咱们连长，很通情达理的。"

乔杨拉着薛岚就跑到大胡子连长面前，说："连长，能把他留在这里吗？"

大胡子连长对乔杨摇摇头，说："他，我留不了，这是团里的决定，姑娘，咱们走入社会了，就不是孩子了，不能太任性啊。""在哪儿不一样，都是种地呗。"乔杨说。

"不一样，他是带队建青年点，组建新连队的，是组织委派，明白吗？"大胡子连长严肃地说。

乔杨抹着眼泪放开手，薛岚拍拍她，拉起她的手，把她交给了米莉，又和东方说了几句话，上了卡车，绝尘而去。

乔杨呆呆地望着远去的卡车，眼泪又流下来。东方和米莉拿着她的行李和背包，拉着她进了宿舍。

云歌与众女生七手八脚地也搬着行李进了宿舍，在马灯微弱的光线之下，云歌看到这是土石混合的平房，还能感受到新房的泥土味和湿气，新搭的火墙，炉火正旺，靠火墙上下两层大铺，足能睡三十几个人。

大铺前面有一张原木钉的长桌，一边一个同样材质的长条凳。云歌和一位叫余英的女生被挤到下铺靠窗的铺位。

来迎接他们的一位男青年慕天飞快地把她们两人的箱子摆在她们和挂满冰凌的窗户之间。

女生们忙着铺展行李，云歌主动和乔杨、余英打招呼，并对帮她们抬箱子的那位男生说了声“谢谢你”。几天的旅途劳顿，放下行李，铺展开来，这些十几岁的女孩马上睡去。

雪过天晴，阳光之下的北国原野，千里冰封，不远的完达山银装素裹。这个新建连队有帐篷，有红砖房，有土坯房也有马架子，房顶上面都盖着一层厚厚的积雪，房顶下的墙上，许多人家挂着晒干的红辣椒、蒜辫子，各种穿起来的干菜、大葱，在阳光的映照下，显得颇有烟火气。

“金晶姐，小菲，咱们出去看看啊？”米莉醒了，揉揉眼睛说。这时外面响起了起床号。

小菲翻了个身说：“算了，我困，不去。”“哎，我也要去。”睡在上铺的乔杨边说边推身边的柳菲，但柳菲不动……

“云歌，你去吗？”金晶问。“去吧，咱熟悉一下地形。”云歌爽快地说。她们下了铺，吃了点路上带的东西，简单梳洗了一下，就朝外跑去。

大家也相继起来。拿脸盆打水，水是黄的。余英用杯子喝水，说：“这水，是涩的。”

“六点开饭，七点集合。”大胡子连长大声说着，见大家都起来了，他很高兴。

七点，食堂边上的钟敲响了，“集合，集合！”各个班、排长喊着，一些刚来的男女生站在操场上，许多穿军装的转业兵和以前来的知青也过来集合。

刘飙开始点名，发现新来的知青少了四个人。“这冰天雪地，几个女娃子会出事的！”大胡子连长着急了，“慕天、宝东、侯林出列，刘副连长，你和他们骑上马，找她们去。”

连长派出了四名精干、高大、年轻的男青年骑上马去找云歌她们，“刚下过雪，马上冷，给他们加斗篷吧。”连长说。

于是，有人从连部办公室，拿出了几件像麻袋片缝起来的绛紫色的大斗篷，几位年轻人披挂上去，高高地骑在马上很像古代出征的勇士，疾驰而去。

连长开始和连里的几个干部分别介绍这个连队的情况，连长是南方口音，对知青都叫“男娃女娃”，阶级斗争一直说是“阶级对正”，爹娘他说是“野狼”。

其他人听熟悉了，但知青们觉得可笑又不敢笑，有几个初中的小男生长生和霍晨他们做着鬼脸说“不知是哪的人啊”，小声学着“野狼”“野狼”。

骑在马上的慕天等四个人，很快就在前面大路上发现了四个女孩。“哎，回来，别走了，回来。”他们喊着。

“是喊我们吧？”米莉对金晶说。“管他呢，我们走我们的。”乔杨说。“不好吧，”云歌说。“是啊，我们刚来，还是回去吧。”金晶说。

说着，马已经到了她们的身边。“停下吧，别再走了。”刘飙说。“是啊，大家等着你们开会呢。”慕天说。

“我们不知道要开会，没人告诉我们。”乔杨说。“这不是告诉你了吗，请吧。”宝东友好地对乔杨说。“骑马呃，也挺不错的。”乔杨说着想上马，宝东托了她一把，她就真的骑上去了。

米莉和金晶分别也上了刘飙和侯林的马，只剩下云歌自己向连队方向走去，慕天跟上她，“哎，怎么不上马啊？”“我怎么来的，怎么走回去吧。”云歌说。

“那太慢了，别让大家等着你一个人吧。”“不会的，我跑着回去。”云歌说着跑起来。慕天笑着说：“你有马快吗？”

云歌站住了。“请吧。”“我自己来，不用你托我。”“你自己上不去。这样吧，”慕天说着屈起一条腿说，“上去吧。”

“这多不好意思。”“上吧，她们都是扶上去的，你不是不让扶吗，不然我也得扶你。”云歌只好蹬着慕天的一条腿上了马。

“这不是有脚镫子吗？”云歌得意地蹬了上去。“那是我蹬的，你得坐在后面。”云歌一下明白了，有点不好意思，挪到后面。

身高腿长的慕天敏捷地骑上马。“你得抓住我，不然会掉下去的。”云歌只好抓住慕天腰上的衣服。

“走了，小心点。”慕天回了一下头。“骑马倒是挺惬意的，你是北京知青吧？你什么时候来的，都学会骑马了。”云歌问。

“你怎么知道我是北京知青？”“听口音呗。”“我也一定要学会骑马。”“容易啊，有时间我教你，不过女孩学骑马的，不太多，学得比男生也慢。”

“别小瞧人，在这里，男女都得干活吧，有什么区别啊，而且我小时候，就想学骑马的。”“那好，多学些技能还是好，我看你个子挺高，也许容易学吧。”

“你说得对，既然来了，就得把这里的活儿都学会才好，你说是吧？”

“是的。你们昨晚才到，今天一大早，出来做什么？看雪景？”“说实话，倒还没有这样的好心思，只不过是想熟悉一下地形，散散心吧！”

“想家了。”“跑这么远，谁不想家呢。”“出来转移一下情绪，是吧？”

“你这人，还挺善解人意的。”“那是，都是知青嘛，都会有这种经历，慢慢就适应了。到了。”

操场上，马蹄声由远及近。四位男生砖红色的披风被西北风吹得飘起来，在他们身后都多了一位女知青，阳光照着她们，冰雪映着她们，她们那被寒冷冻红了的脸白皙透明，头发、睫毛上挂着霜，宽大的棉衣没有挡住她们苗条的身材，紧裹得绑腿显出了她们的修长，远远地看去骑在马上的他们，真有些像童话中的英雄与美女。

操场的人们突然对眼前的景象看呆了。大胡子连长回过神来，虎着脸说："赶快归队，下不为例。"四位女知青怯生生地说："知道了，谢谢连长。"

人群里一个十来岁的小男孩大声说："姐姐们长得真俊啊。"全场哄堂大笑，大家不由自主地鼓起掌来。"好吧，就算欢迎新来的兵团战士了，我们的队伍又增添了新鲜的血液，兵团战士是要守纪律的哦。"连长说着也笑了。

随后，新来的五十名知青被分到各个班排。在各班、排长开始认领新人的时候，围在操场上的家属们交头接耳："还真是，这批女学生真漂亮。"她们中的一位指着云歌："你看跟在马班长身后那个，你看那身段儿。"另一位说："你看那几个，那脸，像剥了皮的鸡蛋似的，白亮白亮的，啧啧！"

第三章

野茫茫亘古荒原　二八女石场逞强

外面虽然天寒地冻，新盖的房子，屋子里潮气很重，但还算暖和。主要是这批知青来之前，连里在屋后准备了足够的柴火，两垛木头齐齐地码在那里。

新来的女知青每天要为自己宿舍的炉子轮流劈柴，这一天轮到云歌和余英。余英原本就有些娇气，加上这两天赶上女孩子的月事："哎，这哪是女人干的活啊，云歌，我真的劈不了了，我肚子痛。"余英一下子扔掉斧头，坐在一块木头上。

"在这里哪还会分男人女人啊，再说，咱们也不可能专门找男生来给我们劈柴啊，那你回去休息吧，我自己劈就行了。"云歌说。"不然，我叫安力来帮你吧。"余英有些不好意思走。"不用，劈够两天烧的就行了，你回去吧。"云歌说着拿起斧头劈柴，斧头挺重，有的木头块太结实，斧子落在上面就留下一个白印儿，云歌尽量挑小一点，松一点的木头劈着。

"嚯，劈柴呢，怎么你一个人劈啊？"云歌放下斧头抬眼望去，原来是三天前骑马接她的慕天。"和我一起劈柴的余英不太舒服，我让她回宿舍了，没事，我一会就劈完了。”

说着，云歌举起斧头劈木头，这一次居然劈偏了，木头一下子被斧头给震得从石头上滚下来，滚到慕天的脚边，被慕天挡住了。慕天捡起那块木头，走过去说：“来，把斧头给我，我来帮你。”

“我自己可以的。”云歌又去找了一块木头，举起斧头，慕天握住她手中的斧头说：“劈木头不能只靠力气，来吧，我教你，可以吧？”云歌松开手。

“劈木头要看茬口，纹路，说是劈开，其实是震开的。”慕天轻松地劈开手里这块木头，接着就一块一块地劈起来。“茬口就是木头的年轮吧？”“你说得差不多。”

“这么好的木头都烧火了，是不是有点可惜啊？”云歌说。“你还有这个意识，还真了不起，”慕天抬头看着她说，“不过，现在没办法，煤供不上，什么时候我们有自己的煤矿了，你这意识就会起作用了。”

“开发本身其实有合理与不合理，过度开发，对大自然过度索取，是不行的。包括这些树木，你说得对，其实这些有年轮的树木都是可以成才的，确实比较可惜。”慕天接着说。

“那为什么还要把这么好的树锯掉烧火？”云歌问，“很简单，不烧火，你就得冻着。”慕天说，“所以说要解决煤的问题，光靠从外面运煤是不够的，好像我们团已经发现了煤矿，据说正在建点。对了，最近两天，你们没出去跑啊？”慕天笑着问。

“哪敢再出去啊，培训了两天，明天就正式上班了。”“其实，想出去了解一下自己住的地方，是对的，而且北大荒也值得了解。”

“你还挺理解我们的。”“怎么会不理解，我们已经跑过很多地方了，都是上学的人，对大自然都有一种敬畏和好奇心。”

“来之前，我跑到市里的图书馆，查过北大荒，除了一些后来的文艺创作，记载很少的，只是说北大荒是我国北疆一片未开垦的处女地，是人类未竟的一片原始的土地。”

“对的，我们这里是三江平原，就是黑龙江、松花江、乌苏里江东、北、中三条大江冲击而形成的大平原，是地球上硕果仅存的湿地，也就是沼泽地，而且是有机腐殖质极其丰富的黑土地，这里是地球之肺啊，据说这样的土地在地球上只有三处了。”慕天有点自豪地说。

“那就是说这是一块宝地了，”云歌说，“我看到较早的古籍《山海经》中就有大荒北之说,《山海经·大荒北经》说：‘东北海之外……大荒之中有山，名曰不咸，有肃慎氏之国……’大荒也已是蛮荒之地了，大荒之北更是荒中之荒了，也许现实中的北大荒，是比《山海经·大荒北经》中指的更北的地域还要靠北，是真正的极寒之地。”

“还真是，你知道的还挺多的，就是说宝地不一定不艰苦。不知你查到没有，按着《山海经》的说法，北大荒也不能说完全是亘古荒原。史实好像确实是这样，据说夏商时期，还有肃慎人与中原来往，肃慎人据说是满族人的祖先。战国，唐朝包括元明时期，这里也都搞过屯田，但资料很少。”

“据说清朝人认为这里是‘龙兴之地’禁止招垦，采取封禁政策，荒芜了土地，弱化了边防。”云歌边说边从慕天手里拿过斧子，又拿了一块木头，按着慕天说的，先找到茬口，一斧落地，木头马上劈开了。“看，这样就轻松多了吧？”云歌点点头。

云歌说：“这次学习，连长、指导员还有铁匠炉的一个老师傅给我们讲了北大荒开发的历史。”

“铁匠炉的是卢师傅，他是从宝泉岭调过来的，他是老资格，来的最早，1947年就到了北大荒，那时候，我们部队随着解放战争的炮声，就陆续进来十四万多人，吃了不少苦，建起了全国最大的国营农场群，离咱们最近的四十三团兴凯湖农场就是那时候建起来的。”

“说1953年至1955年有几批部队，直接从朝鲜战场过来的。指导员和连长都是1958年来的，他们也经历过抗美援朝，他们这次规模最大，说是中南海文工队、医务队都有人来。”

“没错，连长的爱人姜老师就是从中南海来的，人很好，特别关心我们知青，很快你就会认识她。”

“春节的时候见过一次，人漂亮，很和气。连长说1958年那一批转业官兵规模最大，全是成建制下来的，基本都到了密山、虎林一带，有大批荣立战功的英雄，也有大批高等院校毕业的，在当时影响很大，连郭沫若都写了一首诗《向地球开战》。”

“当时一下子来了这么多人，条件非常艰苦。没有汽车，他们就步行几百里到了目的地，没有房子住，他们就搭草棚，没有农具，他们开始甚至刀耕火种。”“比起他们，我们也就不委屈了。”

“当然，现在的条件，已经是他们拼出来的了。这北大荒啊，虽然说在开垦过程中曾发现过数万年前的石器、陶器、骨器，甚至铁器等，但刚进来时，给人还是一片亘古荒原的印象，就连今天我们都是这样的感觉。”

“就像郭小川诗中写的那样，‘这是一片神奇的土地，天上地下难寻’。”

“当、当、当……”食堂那边响起了钟声。“云歌，差不多了吧，该吃晚饭了，”余英拿着两个饭盆走过来，“呦，劈了这么一大堆木头，够烧一星期的了。”她看到正在码柴火的慕天说：“谢谢了。”

云歌也对慕天说："谢谢你了，真不好意思。""没事的，你们刚来，有事说一声就是，好了，差不多了，吃饭吧。"慕天说着把斧头放在刚码好的木头垛上，向食堂走去。

余英把饭盆递给了云歌，看了看云歌，又望了望慕天离去的背影，说："这小伙子，不错。""好像还挺有水平的。"云歌说。两人相对笑了笑，向食堂走去。

云歌分配的农工排负责上山打石头。第二天早上，她跟着队伍走进完达山，城里长大的云歌感到这里什么都新鲜。

这个班的班副是一位上海姑娘叫盛楠，她是1967年来北大荒的，一双大眼睛，两道剑眉，不像南方女孩，倒有几分男孩的英气。一路上她与1966年的转业兵宝东叽叽呱呱、嘻嘻哈哈，说个没完。

"这密林好幽深，这大山好神奇啊！"云歌对盛楠说。"你和别人不一样啊，这么冷，你不叫苦，还挺乐观的，还看景呢。""确实，这里的生活，比想象得还要艰苦，但这里那么多老职工，活得还都挺乐呵的，时间长了，你也会受到感染的。"

"是啊，向他们学习吧，而且这里，也有太多以前没见到的东西。"确实，艰苦生活并没有挡住她的好奇和畅想。

"排长去探家了，队伍由咱马班长带领。"盛楠把几位新来的知青介绍给马班长。

马班长个头不高，显得很敦实，一口的四川话，他告诉云歌等几个新来的知青说："打石头是个累活，但我们新建连队的基本建设，石头是主要材料，说白了，新建连队需要大批量的房子，打地基就得靠这石头。"

采石场上渣土、杂草遍地，远处的崖壁上有裸露的石头，让人看到这已经是开挖几年的老采石场了。纵向看去，已经有大半个山头被削掉了。

采石工地摆着几柄大锤，还有钢钎、雷管、炸药、大镐、铁锹和成堆的大小石头。

盛楠与其他女生不同，抡捶打炮眼成了她的长项。她对云歌说："在采石场上，打锤是个累活，而且有一定危险，你看，钢钎的顶部就像汽水瓶盖大小，十几磅的大锤抡圆了，保证砸到钢钎顶上，必须锤锤打中，不然，就会打到扶钎人的手上，那就不得了。"

云歌摇了摇头，说："那么小的钎子顶，我肯定打不准啊——"但她看着盛楠抡锤帅气的样子，还是十分眼馋。

"新来的和女职工都分配去清理渣土，你们就先清理渣土吧。"马班长对几个新来的知青说。

"这么多渣土，什么时候才能清理完啊，不是打石头吗，有必要清理渣土吗？”长生摇摇晃晃地推着独轮车说。

“你小子要有点耐心，渣土清理不利索，下一步干活就不利索，石头在哪里也不清楚，别小瞧，这也是个重要的活儿呢。”马班长说。

“其实清理渣土也不轻松，用铁锹把碎石块杂草送上拖车也需要力气，不轻松的。”盛楠说。

“所以你才打钎，不愿清渣土？”宝东跑过来拿盛楠开玩笑说。“小赤佬，怎么可能！”盛楠挥拳要打宝东，宝东转身躲到马班长身后。

“盛楠说的真是这样，清渣土也是个累活，特别是推独轮车，把中等石块运到山下，掌握平衡还真需要功夫呢。”马班长说。

云歌在马班长调教下，练了三天才基本出师，掌握了推独轮车的巧劲。可一天下来两条胳膊酸得抬不起来。

一个多星期之中清理渣土，让几个新来的知青觉得乏味。“其实抡锤放炮才叫打石头，就连抬石头都比这活儿有意思。”长生对云歌说。

“想抬石头可以啊，明天有几个人要去支援基建排，正好缺抬石头的，”马班长听到了，拍拍长生说，“不过，你这小身板，难说能行。”

“您把那个能字抹了！只留一个行字。”长生自信地说。马班长说：“那就看明天的！”长生一脸的不忿看着离去的马班长。

第二天，马班长就真的安排几个新来的知青抬石头。“他们能膘着劲抬一块块大石头，咱们怎么不行？”长生抡着拳头说。

盛楠过来拿着抬石头的杠子，挑了一块不大的石头，对云歌说：“我们一起上肩。”“这石头太小了，你在照顾我吧！”

“这块不小了，这是一百多斤的，试试吧，来，起……”石头是抬起来了，可是肩头上的杠子，压到骨头上，钻心的痛，云歌痛得直咧嘴。

那边的长生“哇”的一声扔了杠子，险些砸到和他一起抬石头的马班长，长生龇牙咧嘴地捂着右肩说：“肩膀压得太疼了。”

“小子，这才一百多斤，你都抬不了，你看人家宝东那块，足有四百来斤，人家悠悠的就下了山，你闹着抬石头，你抬得动吗？”马班长说。

“抬，抬得动，我就不信了！”长生搓了搓手，又拍拍自己的肩膀，说，“来，起呀。”马班长配合长生把石头抬起来，长生咬紧牙关说：“总算抬起来了！”“小子，有你练的！”马班长说。

“为什么杠子压在肩膀上疼得厉害？”云歌问盛楠，盛楠和她一起抬到目的地，放下杠子，抓住云歌的手放在自己肩上：“看我的肩膀跟你的有区别吗？”

云歌按了一下盛楠的肩膀，摸到一块富有弹性的肉块。“有，比我肩膀厚实，好像有一块软中带硬筋一样的肉块儿。”“对了，你把这块‘肉垫’练出来就行了。”盛楠说。

“哇，那得到什么时候！”云歌吐了吐舌头。“你不怕疼就快。”盛楠说。就这样，几个知青抬了十多天的石头，石块越来越大，但大家慢慢地都不叫疼了。

“你的肩膀还疼吗？”马班长问长生。“不疼了，就是有点发木。”马班长摸摸长生的肩膀，说：“自己摸摸。”长生摸摸自己的肩膀：“咦，好像长出一块肉疙瘩。”

“你看这一块，怎么样，敢抬吗？”马班长问长生。“够大，这一块有多少斤？”“三百多斤，四百斤吧。”

“你敢抬，我就敢抬。”长生说着拿起杠绳，把石头套住，把杠的另一头交给了马班长，然后两个人配合默契，微蹲，一起大喊一声：“起！”两人步幅一致地向山下走去。

采石场上，中等身材的盛楠打着绑腿，棉衣外套着上海姑娘比较爱穿的素花罩衫，显得挺拔而飒爽英姿，抡锤的姿势也煞是好看，再加上她一直叽叽呱呱地与掌钎的宝东开玩笑，真是采石场上的一景。

又在清理渣土的云歌本来这几天累得没什么精神，被盛楠的精气神感染，她去掂了掂打钎用的十几磅的大锤，再看看钢钎的顶部，说：“也就是大衣纽扣那么大点儿面积，要把锤抡圆了，把钎砸准了，真是不只要有力气，还得要功夫，要不然就悬了。”

云歌一边说着一边望着边打钎边谈笑风生的盛楠，伸了伸舌头。“小囡，伸什么舌头，我看你看了好几次大锤了，过来，练练！”盛楠操着上海普通话嚷着，一把把云歌拉过来，把手里的大锤交给她。

云歌用尽力气把锤举起来，却把掌钎的宝东吓跑了，云歌一锤砸空，几乎摔了个趔趄，盛楠扶住她，指着宝东大骂：“你个怂包！多悬。”

“来，姐给你掌钎。”盛楠挽着袖子，一双浑圆雪白的玉臂露出来，她扶起了钢钎，把它重重地戳在石窝里。宝东拿着两只厚厚的棉手套跑过来，递给了盛楠，盛楠摇着头说：“不用，我相信这小囡。”

盛楠又对踌躇着不敢砸下去的云歌说：“别怕。手离锤近些，抡圆了，就看得准了。”盛楠大声鼓励着，云歌看着盛楠那忽闪忽闪的大眼睛，收回大锤重新抡起来，这一锤还真砸准了，于是云歌就真的一锤一锤地打下去。

“这女人抡锤还真好看。盛楠，她比你抡得还好看。”宝东又开始贫嘴。“人家小囡招你惹你了？”盛楠在歇气的工夫追打着宝东。

云歌为了把锤砸准，别人工间休息时，她在一块大石头上用一块尖利的小石头画个点，对着这个点，她抡圆了大锤，一锤一锤地练。

在日记中她写道：“打锤打得我的双手的虎口被震得疼痛难忍，但我想盛楠肯定也有过这样的经历，我被采石场这热火朝天的劳动气氛感染着，不那么想家了，也不觉得那么艰苦了。”

一个多月下来，云歌在采石场上练就了掌钎、打捶、推独轮车的一系列技术活。她对盛楠佩服地说：“我还是比你差多了，你的劲比我还是大，七八十公分的锤把，你拿的是后端，然后抡了一个大圆砸下去，大锤就像长眼睛一样砸在钎上，真行。”

“你够努力，才一个多月，你就能打锤了，你说对了，你拿锤把的手还是太近，自信点儿。”盛楠说。

“是啊，我抡得是个小圆，力气不到，冲击力太小，砸得就浅，我看宝东哥给我扶钎还是提心吊胆的，还带了一双棉手套。”云歌说。

盛楠笑了，说：“那个‘十三点’，太怂，人不一样，虽然你个子高，但细胳膊细腿的，打锤力气就小些，你是女孩，这就不错了，慢慢练，就都行了。”

宿舍里，云歌正在穿外衣，大臂小臂都是肿的，穿衣服时疼痛难忍。“昨晚我看你腰酸痛得连上炕都费劲，”余英看着她说，“你这又是何必呢？没说让咱们女生一定要去砸大锤啊，真是的。”

副班长盛楠却说：“既然来了，就应当适应这里的情况，男人能干，咱也能干。”云歌说：“我觉得还是盛楠的话对啊，不然，什么都不会，怎么生活下去呢？”

但余英说她：“你这是逞能，连队里还是照顾咱们女生的，你看菜组、小卖部、食堂、后勤，尽量用女生，别太逞强了，男生的活你都干了，人家男生干什么，你看你累成这样子，你妈要是看见，多心疼啊！”余英帮着云歌穿上袖子。

云歌笑着说：“问题是咱们离家那么远，看不见，你写信也别说，让家里人空惦记，没这个必要。”

确实，有一次险些还真出危险了。那一日在采石场，大家忙了半天，午饭之后，炮眼全打好了，马班长和宝东装好炸药，检查了雷管和引信，马班长再一次强调要领说：“先要看好炮位，然后把导火索上的切口掰开，找出引信，看好撤退路线，然后再点火。”

接着，马班长点着了一支烟递给了盛楠，说：“你负责最上面的那个炮位。”盛楠拿过烟来猛吸了一口，望着还没下来的云歌说：“你别下来，我和你一起点炮。”

盛楠跑上山去，宝东看着不放心，也从后面跟过去。盛楠对云歌说：“我看你挺稳当的，总得有第一次，咱都得这么练才行。”

说着，她把烟头交给了云歌：“导火索的切口已经掰开，按住引信，就是炮捻，看准了，你来点。”

已经走到山脚的马班长大喊："怎么让她点啊！她不行，没经验啊！"宝东也喊着："别让她点啊。"

但已经来不及了，云歌接过盛楠递给她的烟头，抢先跑上山去。站在山上的云歌看着这不死不灭的烟头愣了一下，然后她一边吹着烟头，一边按住引信，用烟头点燃炮捻。

"那烟吹没用的，你要吸一口，再点。"看着云歌的盛楠大声喊着。但此时，云歌觉得炮捻已经点燃，开始往下跑了，听到盛楠的喊声，云歌停下来说："我点没点着啊？"

于是，她猛吸一口手里从未吸过的烟，又往回跑，盛楠抬头看炸药口已出现点燃的火花，她一个箭步扑过去，一把把云歌拉住，猛地往山下推去。

马班长他们在山下呼着，叫着，不敢近前。

宝东一个饿虎扑食，护住盛楠也向山下滚去。

此时山顶一声巨响，石块哗啦啦掉下来，好在炸药口有点向靠近公路的山后倾斜，大石块向有人的方向滚下来的不多。

但有一小块石头随着气浪戳开了宝东的棉裤，砸在宝东的腰上，盛楠倒是毫发无损，赶快从宝东身下爬了出来。

云歌被盛楠那一把推着也滚下了山，她爬起来，晃了晃手，手腕扭了一下，有点疼，脑门擦破块皮，并无大碍。

"险些出事啊！"大家围过来。坐在地上的云歌捂着脑门，面对着趴在地上还没起来的盛楠和宝东一脸的愧疚。

宝东的裤子被石块划破，棉花飞出来，半个屁股隐隐的露着，伴有血迹渗出，马班长脱下自己身上的大衣，准准地扔过去，一下子盖在宝东身上。

大家七手八脚抬着宝东向蹦蹦车走去，盛楠也跟着上了车。车当天去当天回来了。

连队路边。"怎么回来了？真是对不起！"云歌焦急地问盛楠。"问题不太大，宝东只是屁股被石头上掀起一块肉，洗干净，包扎好了，回来换药就行了，没事的，放心吧，这件事是我的责任。""是我自己不争气，差点出大事。"云歌歉疚地说。"谁都有第一次，你能干好的，我刚来比你还愣。"盛楠拍了一下云歌。

云歌把这事跟金晶说了。金晶说："盛楠是好意，让你去点炮，是信任你，你确实应当问问要领，结果你们两人都是愣头青。"

"盛楠更像北大荒的女孩，古道热肠的，却是上海姑娘，其实她大我不到三岁的，这姐姐那不让须眉的劲头，真的，金晶，我挺佩服她的。"

确实，善良、漂亮、热情的盛楠，后来有许多与她年龄相仿的男知青都喜欢她，可盛楠从那日采石场事件后，却属意于宝东。

当时，刚涉世事的云歌确实把盛楠作为她第一个佩服并尽力效仿的人。而这件事故后，盛楠与宝东的情感升温，最终成就了他们一生的姻缘。

第四章

去开会结识新友　遇柴山云歌遐思

后来，宝东真的在一次采石中受了重伤。这是一个来月后的事，那一天马班长和盛楠临时有个会，让宝东带着云歌他们十五六个人继续上山采石头。

从开始，云歌望着这座半边山体都被挖掉的采石场心里就有说不出的别扭。“这山挖得真够可惜的，本来都是长满绿植的山包，搞成这么高的纵剖面，看着就可惜。”云歌说。

“你们刚来，就会这么想，没办法，我们需要盖房，盖房就得用石头。”宝东说。

“这倒是把这山的结构看清楚了，最上面是土，中间是沙石，底下才是石头，当时找石头，也不容易啊！”霍晨说。

“那当然，这也是老转业兵，为我们开出来的采石场呢，也快十年了……”宝东说。

“哗啦啦”，走进采石场，高高的石壁顶端，不时地掉下许多小石块。“不好！”宝东说，“那上面有一块砂石块是突出的，一直在掉小石头，要是塌方了，咱们下面这么多人，可就麻烦了。”

“挺大一块，有好几立方啊，是悬在上面的，”宝东的战友郭坤说，“昨天炮眼已经打得差不多了，马班长不是说了，中午之前爆破，下午清石头吗？”

“但这块石头不解决，会出危险的，弄不好会突然掉下来。”宝东说。“这是你看见了，估计好几天了。”郭坤说。

“我去看看吧。”宝东说。“我和你一块去吧。”“不用，你带着大家干活吧。”宝东说着拿起一包炸药和导火索向山上爬去。

“可能是在部队训练过，看，宝东爬山跟猫上树一样。真快。”长生佩服地说。

“怎么样？”郭坤对已经爬上山顶的宝东大声问。“是冻砂石块，有个斜坡，说掉就会掉下去，得马上去掉。”只见宝东抓着大石块边上的小树，爬上砂石块安放炸药。

“小心啊！”不知什么时候，盛楠和马班长已经到了，只见宝东开始点炸药，炸药点着了，但宝东抓着的那棵小树断了，他开始向土块方向滑。

“唔——”下面一片惊呼，但宝东很冷静，拼着命又抓住靠上方的一棵树，向更高处爬去，还好，他机灵，顺势登上山顶，向山的另一侧冲了几步，躲在一棵大树后面，此时炸药响了。

石头打在树干上的唰唰声过后，大家跟着马班长和盛楠向山上跑去，宝东还是被那块大砂石砸伤了腰和一条腿，大家又七手八脚地把他送到团卫生队，当时盛楠衣不解带地照顾宝东一个多月。

“我觉得他可爱，别人的事，他都想在前面，他上次也是救了我一命呢。”盛楠深情地说。“这是感激啊，还是感情？”云歌问。

盛楠有点羞涩地说：“都有吧，为大家炸掉那块悬在头上的大石头，敢历险又机灵细致，人还是个热心肠。我也就是工人家庭，姆妈早就说过‘找一踏实、真实、老实的人托付终身’，我感觉他合适。”

“你为宝东辞去了调往师部的机会，为宝东放弃推荐上学的机会，如今，在宝东受伤的情况下与他结了婚，你这人的善良和感恩之心我确实佩服，但你还年轻，选择也多，这么着急，就嫁了。”云歌说。

“我就这样定了，慢慢你就理解了。”盛楠果决地说。

盛楠是最后离开北大荒的知青。为此，云歌常常感到不安。但我见到的盛楠阿姨开朗、漂亮、大气，一直是心直口快、乐呵呵的，一点都看不出她有什么哀怨。

后来她还是与宝东带着两个孩子双双回到上海，面对着后来当上了上海某区的副区长、精干漂亮的盛楠阿姨和文化水平不高、腿还有些跛的宝东叔叔，我常常想，他们的爱怎么那么坚贞？是什么让他们如此不离不弃、始终如一？像他们这种情况的兵团知青很多，相互间做的牺牲也很多，但双方却都觉得理所当然。

他们相恋时也就是二十岁左右，几十年过去了，他们还相爱如初，我真的常常叩问，在他们心目中爱究竟是什么？我问母亲，母亲说，现在看着再普通不过，但那是真正的情，那是经过生死磨砺，雪火锻冶，披沙沥金的天情。

打了几个月的石头，下一步就要上山伐木了，云歌所在的农工排并不是所有的人都上山，盛楠带着云歌等女职工晴天到场院的粮囤捣捣粮食，到菜组修修暖棚、到水利工地送送饭、准备春耕等杂活。

1969年年初，团里来了现役军人，兵团的感觉就更像准部队了。团里召开工作会议，从十连借了三个知青搞简报，盛楠、云歌和翻伟被借去团里开了一个星期的会。

在那里云歌认识了穆灵、肖宁、苏凌、男知青华宇还有与她们一个连队的北京知青翻伟等人。

这天，会开完了，大家在食堂里吃完晚饭，边走边聊天。“我们的个子差不多一样高啊。”穆灵说着与云歌比个头，“你高一些。”云歌说。“还是你高一点”，穆灵说着把一条腿举起来，搬过脖子笑着说，“这样我就比你高了”。

“呀，你真厉害，你练过。”云歌说。“人家是少年宫芭蕾舞队的，闹着玩呢。”肖宁说。

“这么厉害，真佩服。”云歌由衷地说。“还佩服你呢，小小年纪，文笔真快，记录和简报同时出来，原来翻伟是最快的，现在看，你比他不差。”穆灵说着向走过来的翻伟投去佩服的眼光。

翻伟温柔地接住她的眼光说：“没想到又来一个快手，我来得早，参加过会议，算是有过锻炼的。”

“翻伟的水平高，我只是把发言记下来，没什么提升的。”云歌说。

“那你就不容易了，简报嘛，也不需要太多提升。”肖宁由衷地说。

走出团部食堂，盛楠说：“翻伟留下来整理会议材料，我和云歌就先走了。”肖宁和穆灵走到云歌身边拉住云歌的手，说：“希望你们常来啊”“路上注意些”盛楠和云歌向大家挥手道别。

回到连里已经有了年味，食堂杀了一头猪。大食堂兼礼堂的舞台上，挂上了毛主席像，像两边还挂了红旗。

盛楠和云歌被叫到连部汇报情况，盛楠说：“其实指导员、连长也参加了，只是连长因为连里有事提前回来了，我的主要感觉是，这次工作会最后的总结会上新来的团政委提出了战备吃紧，同时要注意各单位阶级斗争的新动向，是这次会议强调的精神。”

提前回来的大胡子连长虎着脸对有些文气的曾指导员说：“战争来了，说打，咱咋也不能含糊；自己新建的连队里有啥子动向，有啥子斗争啊。”

指导员也摇摇头。倒是运动起家的副指导员刘飙上蹿下跳很起劲，说：“这可难说，我们这里不也有1966年打成‘反革命’的人吗。”

“他是写大字报抄错字了，这事我们连队不能扩大化，那是要害死人的。”连长不客气地说。

“那当时可是定了性的，他自己直到现在认识也不高。”刘飙说。

"咋认识啊，承认自己是'反革命'，认识就高了，听说是抄'大字报'丢了字，就打成了'反革命'，今后谁还敢出错，再说，定啥子性了，谁批准他是'反革命'了。"连长说。

"连长说得对，反正咱们不能乱来，'十六条'不是也说了吗，要分清敌我矛盾和人民内部矛盾的界限吗，我们可再不能搞扩大化了。"指导员说。

刘飙看着两位"老资格"的领导居然都是这种态度，眨了眨眼睛，一脸的不服气，但又不敢说什么。

"我觉得连长、指导员说得对，咱们是生产连队，哪有那么多斗争啊，再说，连队里除了转业兵就是知识青年，有多大问题啊。"心直口快的盛楠说。

"你们只管汇报情况，不需要你们表这个态，回去吧。"刘飙没好气地说。

看到这种情况，云歌没说话，她想起了远在家乡的父母，一种忧郁的情绪爬上心头。

这天，一个多月没休息的知青们好不容易熬了个星期日，寒冷的宿舍静悄悄的，没人起床。云歌却早早醒了，悄悄爬起来，站在窗前望着窗外的冰天雪地发呆。

突然，她看到大路上小山一样的树枝柴草慢慢地向连队这边移过来，她诧异了，柴草越来越近，她看到一条葱绿色的头巾在柴草底下晃动，"啊，那是一个女孩，整个柴草全部都驮在她瘦小的身上！"一种怜惜之情爬上云歌的心头。

此时，盛楠悄悄地走进宿舍，看到云歌在窗前发呆，便凑了过去。"看什么呢？"云歌问："她是谁啊？"盛楠看着云歌的表情轻轻地笑起来，说："怎么了？"

"她毕竟是个女人，我们帮帮她去吧，马也驮不动这么多柴啊。"

"在北大荒只要成了家，都要打柴啊，不然怎么烧炕，用什么烧灶啊？我也驮过，去年秋天我就帮徐姐驮过两次。"

"我们还是帮帮她去吧。""没用的，人家捆得好好的，你去了会给人家捆好的柴捆拽散了，反倒麻烦。"

但云歌还是拉着盛楠出去了。云歌看到驮柴的是比自己大不了几岁的女孩。她边用一只手摘下围巾擦汗，边笑着与两人打招呼。

三个人连拉带拽把这座柴火山推进了家属区。"她叫慧琴，也是哈尔滨知青。"盛楠介绍道。

"你怎么住这儿？"云歌问。"人家嫁了啊，这是家属宿舍，比咱们宿舍方便多了。"盛楠说。

望着这唇红齿白、身材瘦小的慧琴，云歌一脸的怜惜。"你拉着一座大山啊，你驮得动吗？"

“习惯了，你刚来，还不知道这里的情况，这不算啥。”慧琴笑着，抹抹脸上的汗说：“将来你们也得结婚，今后也要练着拉柴的。”

“是啊，这不正练着吗。”盛楠边搬柴火边笑着说。

离开家属区，云歌脱口对盛楠说：“我这一辈子就不嫁了。”“你不是说不怕吃苦吗？”盛楠问。

“是啊，我真不怕吃苦，怕我也就不来了。”“那为什么？”“我想象的家庭生活，其中也有男耕女织，女耕也不是不可以，但不是这样的。”

盛楠捏了一下云歌的鼻尖。“小资，你太小资了，这话你只能对我说，不要再说了啊。”云歌吐了一下舌头。

前几天刮了两夜的“大烟炮”，漫山遍野的雪，足有一两米厚，出行很困难，连上厕所都很不容易，一路上深一脚浅一脚的。

整个连队都留在宿舍里学习了，这天是以班为单位，人少，大家就活跃起来。“学习张思德，也可以讲战斗故事啊，马班长讲讲你们抗美援朝的故事吧。”盛楠提议。

于是，马班长开始绘声绘色地讲起了当年抗美援朝的战斗故事了。“对抗美援朝，我们不陌生，课本里就有《谁是最可爱的人》，但是没想到当时那么惨。”长生说。

“是啊，冻死那么多人，拿‘石头’当干粮，朝鲜老乡送吃的，一块干粮一寸血啊，真是不容易。”云歌说。“那是，你想当时刚解放，咱们从旧中国接下个烂摊子，一穷二白啊，连飞机，都是后来才有的。”盛楠说。

“在我身边走了多少弟兄啊，有时候打到最后，一个高地上就剩几个人，你想想面对当时武装到牙齿的美军，全世界都怕的美帝国主义。不过他们都是少爷兵，怕死。我们部队的老同志都是刚从‘三大战役’战场上下来的，都有个杀打不怕的劲头。”马班长说。

“那，班长，当时你多大？”盛楠问。“十四五岁吧，当时扛炮弹扛多了，个儿就没长起来。别都听我一个人讲啊，唱个歌吧，安力你起个头。”马班长说。

“唱什么啊？”安力问。“唱那个新歌，就是你经常唱的，挺好听的，你唱起来也挺带劲的。”马班长说。“反美的风暴吹遍了五洲，吹遍了四海，吹遍了整个地球……”安力用美声唱法，开始打拍子，大家跟着唱起来。

学习结束了，云歌和盛楠走在连队的大路上，雪后的太阳照着她们，脚下的雪被她们踩得咯吱咯吱响。云歌说：“这个新建连队有帐篷、有红砖房、有土坯房，有马架子，什么房都有啊，这里也挺好玩的，你看，隔着二号地，又是连绵起伏的完达山。”

“是啊，远远望去皑皑白雪掩映着茂盛的原始森林，景色还是挺好的，这里的房子各个连队都差不多，都是这么一步步发展起来的，从草棚子、马架子、帐篷到土坯房、红砖房。你看，在二号地和完达山之间蜿蜒着那一条砂石公路，据说当时，连长他们修这条路费了很大工夫呢。”

“是啊，那边地里忽然鼓起一个小山包，挺有意思的。”

“这是在二号地的另一端与连队之间独独的耸立起了这座小山，当地的老兵说，虽然它与完达山有一段距离，但还是与完达山山脉相连的，说是完达山山脉形成的时候，它的动作慢了一些，还没来得及靠近大山母亲，就被丢到这里，人们叫它独孤山。”

“离得不远，我们过去看看。”她们很快踏着雪走进二号地。“据说夏天它花繁叶茂，是这里的一景呢。”云歌说。

“是的，你看现在站在这半山腰望着咱们连队，那一排红砖房炊烟袅袅，房檐上挂着串串的红辣椒、五颜六色的干菜和大蒜，挺有一番味道的。”

“看得出你已经喜欢上这里了。”云歌说。“你呢？”盛楠问。“比刚来时亲切多了。”云歌笑着说。

第五章

叶桃偏爱触霉男　云歌传书为学友

团里的指示还是要落实，大胡子连长召集连干部开会，还把搞简报的盛楠和云歌也叫上了。连长说：“我们这个新建连队主要是筹备明年春天的生产，怎么落实团里的阶级斗争指示，开个学习会让她们搞简报的传达传达。”指导员表示同意说：“让盛楠和云歌做个准备。”云歌有些紧张。

刘飙说话了：“新建连队更应当抓好阶级斗争，而且也有阶级斗争新动向，二连过来的洪冬、郑峰，1966年都是现行‘反革命’。大冬最近与叶桃登了记，要结婚了。登记时扬言说，‘别看1966年他们整我，可是，我娶了二连最漂亮的女知青’。”

大胡子连长呵呵地笑起来说："大冬现在是马号的主力，没日没夜、工作勤勤恳恳，叶桃是当时你喜欢的女娃，但是她不愿意嫁给你，你也就莫记仇了。"

大胡子连长从出身到资历是刘飙不敢造次的，刘飙讪笑着说："那时候年轻，现在早翻篇了，传达归传达，有些形式还是要走的。"

"精神还是要传达的，我可没说走形式，但要文斗不要武斗，要以理服人。"大胡子连长针锋相对地。

刘飙诺诺地说："是，是。"云歌和盛楠没说话，但对连长都投去了佩服的眼光。

过了几日一个晚饭后，天上飘起了雪花，连里百十号人被忽然召集到大食堂兼礼堂里。

刘飙站在台上开始讲话："连长去团里开农机工作会议，指导员去师部集训了，本来，应当等他们回来再开会，但是，今天出现的问题太过分，不能不提前开会了。今天是腊月十八，现行反革命分子洪冬居然在中午举行了婚礼，郑峰第一个拿着贺礼去参加，接二连三去了几十号人，还喝酒碰杯，太猖狂了，把现行反革命分子郑峰、洪冬带进来。"

"洪冬，你不是今天结婚吗，给你冲冲喜！"刘飙狰狞的脸吼着，"你的新娘子呢，让她也来陪陪你！"下面的人应者很少，有人还轻轻地摇头。

刘飙说："把新娘子押来，我看这'反革命'家属有多高兴，来人……""来了。"大胡子连长和指导员同时走进会场。

"今天开会，我和指导员走之前并没有布置这件事，怎么擅自就开大会呢？"连长说。

"连长，指导员，确实没来得及向你们报告，出现了一个特殊情况，今天洪冬中午举行婚礼，郑峰煽动好几十人去他那里祝贺，太猖狂了。"刘飙说。

"可以了，刘副指，我这次问了二连指导员，他们两人都是1966年年初的转业兵，人家家乡都是在城里，他们俩人是老乡，人家是可以回家乡的，他们自愿来到北大荒，这种精神是值得表扬的。"曾指导员一板一眼地说。

连长接着说："两人来的那年是1966年，下半年，团里就成立战斗队，他们是一个战斗队的，洪冬字写得好，他是抄大字报丢了一个字，应当是跟着毛主席战斗到底，跟着把'着'给丢了，是犯了严重错误，但中国字也看怎么理解，所以他们的问题，没定性，人家结婚也是有团保卫股发的结婚证吧，洪冬，证拿来了吗？"

"拿来了。"大冬嗫嚅着，掏出了结婚证。

指导员接过来打开看，然后举起来说："这是合理合法的结婚证，人家怎么就不能举行个简单的婚礼了，两个人都是城市人，为建设北大荒来到这里，年轻男女，无牵无挂，完全合理合法。他们的亲人不在身边，结婚总是要祝贺的嘛，我们也要祝贺他们啊。”大家鼓起掌来，身在这个情景中，坐在人群中的云歌不知怎么，眼睛有些湿润了。

云歌和盛楠跟着人群向洪冬家的新房走去。洪冬的身后跟着两个“造反派”，他们向离宿舍区较远的马号后面一排马架子翻盖成土坯草房走着，这是马号用来值班的并排几栋土坯房，其中的一栋。

“这个刘飙，给人家的新房就放在这里。”盛楠嘟囔着。“这是新房啊？”云歌问。“是啊，这里一共有五栋草房，还是五十年代第一批垦荒时建的，这离畜牧排近，那几栋是马号牛号的人值班用的，这一栋最破，我还帮着他们找基建班给修了修。”盛楠说。

“你真好。”云歌拉着盛楠的手说。盛楠说：“人家有什么事啊，洪冬是转业兵，叶桃是知青，人都挺好的，就是这个刘飙……”

走在前面的刘飙好像听到了什么，回过头来，云歌赶快拉了一把盛楠，盛楠瞪了一眼刘飙，不屑地说：“我才不怕他呢，整个一个‘十三点’！”

走近雪中的小草房，看到泥墙上修修补补的痕迹。“也就十多平方米吧。”云歌说。“里面好一些，为这，我在这待了两天。”盛楠说。

小草房里面被火墙也隔成两部分，火墙一面通着炕，一面是灶台，面积小得转不开身，里屋大些，除了炕还有点空间，房顶不高，泥墙和顶棚都用新报纸裱糊的簇新，后墙上有一个小窗户，小窗玻璃上面贴了一个醒目的喜字。

一个一身红衣梳着两条短辫，齐齐的刘海儿，辫子中间扎着宽宽的红头绳的女孩从屋里奔出来。

云歌看到，这确实是个漂亮女孩。如烟微蹙的双眉下一双含情的星眸，秀气的小脸用了些许胭脂，显得莹洁光润，樱唇微启，贝齿如珠。在昏黄的灯光下，在这群刚刚下了班，还灰头土脸的人们之中，真的让人眼前一亮。

她抬眼望着刚刚被批斗完，高高大大、一脸的灰尘和疲惫的丈夫，轻轻地掸着他头上身上的落雪，又轻轻地把他从架着他的人的手中接过来，把他扶到了炕上。

她从炕边的木桌上拿起一个竹编的暖瓶，又拿一个搪瓷缸，倒了一杯热水捧到丈夫面前，轻声说：“喝口水吧，我刚下班，才从大宿舍搬过来，炕已经烧了，你摸摸，热乎吧，可还没来得及泡茶。”

这个漂亮的人儿的整个动作都是那么从容、淡定。望着她的举止，望着她对丈夫充满爱意的眼神，一串泪珠从云歌的双颊滑下来。

接着新娘子从小桌上拿起了两只盘子，一只盘子里放满了事先准备好的五颜六色纸包水果糖，另一只是葵花子。“没想到来这么多人，吃吧，我还怕没人来吃呢。”她笑着说。

每个人都从盘子里拿了一块糖，新娘子走到云歌面前，她抬眼亲切地望着云歌说："新来的知青吧，云歌，咱们是老乡啊，我叫叶桃，你的个子好高，好秀气啊。"

云歌望着她那粉白秀美的小脸："叶桃，你今天真漂亮。"忙又拉住叶桃的手说："老乡，祝你新婚快乐！"

大家默默地看着她们，忽然醒过神来："新婚快乐，新婚快乐！"长生带头鼓掌，气氛开始活跃起来。

盛楠见状说话了："怎么着，刘副指，你还要跟咱们闹洞房吧，没问题啊，来，叶桃，亲一个！"刘副指讪讪地说："别胡闹，散了吧，都走吧。"

长生把一只手搭在刘飙肩上说："你这干部，是不是管得多了点啊，人家炕头的事，你也管，是吗，累不累啊。"

刘飙推了一把长生的手，说："严肃点。""这不是刚才的会场，是洞房，三天不分大小，你听说过吧，"长生边说边拉着刘飙的衣领，"识点像，你走吧，闹不闹洞房，在这里，你说了不算。"

刘飙看着长生和霍晨，他们后面还有齐全、东方、金宝等一群知青，都虎视眈眈地看着他，便恨恨对他身后的两个人说"走"，便走出门去了。

回去的路上，云歌对盛楠说："我今天着实被感动了，对男女之情，看来我理解得还很肤浅，今天的叶桃，让我看到了，这种情感可真不只是花前月下啊，那是相濡以沫，是不离不弃，是真正的同甘共苦，这和以前电影戏剧中表现的情感，都是不能比的。"

盛楠说："你不是说你不爱哭吗？今天是什么场合啊？"云歌说："叶桃，一个普通的女孩，在这样的压力下，那种淡定和从容，那就是一种无畏。我泪眼模糊，模糊中好像看到这女孩身上有一种光在闪耀。"

盛楠笑着说："又开始小资了，你还不知道，刘飙为她费尽心机，她就是不理，她就是要嫁给大冬。我们劝她，不然，现在先不嫁，避避风头。她说她就要在这个时候嫁给大冬，为这，叶桃也吃了不少苦头的。"

盛楠的几句话，让云歌心里对这位老乡升起了敬意，她回头望了望那座小土房，说："这情感，岂是这座土房所能容得下的，爱情，可能就应当是这样子的吧。"

云歌早别人一年就上学了，在小学又曾经跳了一级，她在上中学时就是班里年龄偏小的，比同班同学将近小两岁，所以，母亲对她只身去外地不放心。

原本，与中学时的同班学友于珏已经说好了，两人要一起到北大荒的。

于珏还说："我已经和来招人的那个叔叔说好了，我们离开班里那几个'极左'的同学，我们两人一起去一个连队。"

云歌说："好呀，你想得真周到，那我妈就放心多了。"于珏说："我妈也是，到时我们互相照顾。"

可是，在云歌随学校三百多人一起动身的前两天，于珏却说家中有事，不去北大荒了，母亲为此还流了眼泪。

但云歌并没有因此犹豫，她毫不迟疑竭力劝母亲放心，之后，就形单影只地到了这个新建连队。

可是，两个多月后的一天，于珏突然来了，说是来兵团的手续已经办好了，但团里把她分到了没有几个同学所在的连队。

于珏对云歌说："这里有五十几个同学，加上还有你在，于是我决意要到这个连队，七连长挡也挡不住，这里也同意接收我了。"

云歌高兴地拉着于珏的手说："你这家伙，终于来了，我们同窗两年多呢，是真正的同班同学啊。"

于是，这几天下班无论多晚，她们都在寒冷的大路上走走。于珏休过一年学，比云歌大两岁，生活上的事和社会上的事，显得比云歌成熟了许多。

一天下班早些，于珏来找云歌。"咱们出去说说话好吗？""当然。"云歌欣然跟着于珏走出宿舍，俩人走在寒冷的公路上。

"冷吧？云歌。"于珏关切地问。"还好。""我有一件事只能对你说，也请你帮个忙。""帮你的忙，那还有什么说的。"

大路上，北风夹着雪花吹在她们身上，皮帽子的毛包着两张红红的、青春的脸。"我们去小学校的外间吧，太冷了，我找小学校的老师要了钥匙，说要写点东西。"于珏说。

"那是姜老师，人很好，对我们知青也很关心的。什么事啊？这么神秘。"云歌问。"走吧，进去说。"于珏挽着云歌从大路往连部边上的小学校走去。

小学校的炉子虽然已经压火了，但还是比外面暖和了许多。她们跺着冻僵了的脚，没马上坐下。

"说啊，啥事？"云歌问。"云歌，其实我挺对不住你的，让你一个人来北大荒了。""你现在不是来了吗。"云歌拍了拍于珏。

"我知道你想到了，我是想在城里让我爸爸给安排个工作，确实是已经有眉目了，可我爸出事了，开除公安队伍了。"说着于珏流泪了。

于珏一流泪，云歌也触景生情开始垂泪。"真的啊，不过这种事，现在也挺多的，你别难过，过几天，没准又解放了。"

"不会了，他已经不在家了。"于珏痛哭起来。云歌想起今天早上父亲也在公安局工作的乔杨告诉她，于珏的爸爸出了经济问题，说是三年困难时期时，他利用劳改犯种粮食，还倒卖过，并且还造成一个劳改犯出逃了。

云歌当时千叮咛万嘱咐快嘴的乔杨："于珏刚来，他爸刚出事，档案里也不会有，咱们都不容易，事情你只是听说，也没什么结论，可要说出去，于珏就死定了，别再对别人说了。"乔杨伸伸舌头，点了点头说："好的，不说了。"

"谢谢你，这么信任我。"云歌握住于珏的手。"我怎么会不信任你，当时说学校可以恢复高中了，只是名额有限，你不是一点都没犹豫，就把名额让给我了。"于珏说。

"那是因为我小一点，以后还有机会，谁知道我们都没机会了，"云歌惆怅地说，"我家出事了，你不还是经常来看我，我妈都挺感动的。"

"那是因为婶子炒菜好吃，拔丝地瓜、焦熘肉段，还有凉拌菜，哇，现在想想都流口水，你别说，我还真是跟婶子学了几手呢。"于珏情绪好些了。

"是啊，我也很想念我妈做的好吃的。"毕竟年轻，两人说着说着，还带着泪水笑起来。

"我找你是想说另外一件事。关皓分到这了吧？还是那么侃侃而谈吗？"于珏问。

"前一段沉闷了许多，现在好些了。"云歌答。"是吗，你这么了解他，你和他有接触吗？"于珏脸上的表情有点不自然。

"我挺佩服他的，当年在学校时真是个人物，学习好，能力强，他是66届老高三的吧，据说，他是学校已经定下来保送的学生之一，整个一个北大文科的料。"云歌大大咧咧地说。

"看来你和他还真有来往啊？"于珏紧张地问。"没有，就是他和石毅是一个班的，石毅的妹妹石冰跟我一个宿舍，有一次他和石毅一起来看石冰，他借给了我一本书《马克思青年时代》。"云歌说。

"书你还了吗？""没，其实这本书，我在学校图书馆看过，很好看，舍不得了，就是想再看一遍。"

于是，云歌滔滔不绝地说起这本书来："这本书和现在的书不一样，太好看了，不仅写了马克思怎样创立科学社会主义学说，还讲了他和恩格斯的友情，还有好长的篇幅描写马克思和燕妮的爱情，好美好美的燕妮·冯·威斯特华伦，她是贵族，也就是说共产主义学说的创始人娶了一个优雅美丽的贵族小姐……"

说起读这本书云歌兴奋起来。"好，你个小丫头，出来这么几天，学坏了……""这怎么叫学坏啊，是学习啊！"

"学什么，学燕妮，学爱情，关皓借你这本书，有什么想法吗？"于珏笑着说。

"什么想法啊，你这人就是想得多，在学校你也是。是别人刚还给他，他拿着这本书，被我看到了，是我跟他借的，我就是给你讲讲，你真是的，你胡说什么……”云歌站起来，和于珏围着简陋的课桌追打起来。

打闹了一会儿，云歌罢了手，于珏急切地问：“你怎么，真的没喜欢上借你书的人？”

“你说什么呢，那怎么可能，我们才多大，你知道我家的情况，我这辈子不想结婚了。”云歌说，“说了半天，你到底什么事啊？”

“你什么时候把书还给关皓？”“下星期吧。”于珏从她的棉大衣贴身口袋里拿出一封信，说：“你还真是提供一个好机会，还书时替我交给他吧。”

云歌看了看眼里充满了一种渴望的于珏，好像明白了什么，有点惊慌地说：“你没参加我们刚来第一天的知青学习会，会上宣布了，我们这批刚来的知青，是不许谈恋爱的。”

于珏问：“为什么？”“一是战备紧，二是年龄小，我觉得，这是对的。”云歌说。

“对什么对，傻丫头，我来这么几天，走了两个连队，这方面的事，早就发现暗流涌动了。”

“确实有些同学在家就谈好了，也可以理解吧，怎么，你也想暗度陈仓，哈哈……”云歌摇着信笑着。

“不许胡说，连这你也懂，这信，千万别让别人看见。”于珏郑重地说。“好的。”云歌严肃起来，认真地接过信。

“我妈原想让我找个现役军人，我爸出事后，我妈赶着我走，告诉我，你爸出了问题，现役军人，咱是找不上了，你去的第一件事就是先找一个看着将来能有出息的对象，做你今后的依靠。”于珏说。

“为什么要找依靠？你自己不是很好吗，靠自己不行吗？你才多大，”云歌说，“我来之前，我妈也是，听说你不来了，我妈也想要为我找个依靠，她跑去问隔壁邻家的男孩。那倒是我的小学同学，学习很差，个子小小的。于是，我跟我妈说，‘我这么高个，他那么矮个，靠的了吗？’我妈也乐了，说‘人家妈妈还嫌咱家抄家了呢’。后来又把她见过的咱们学校的男生数个遍，我说我还没长大呢，再说人家就不嫌咱家抄家了，我妈就无语了”。

“婶子说的对，越是这样越应当有个依靠。”“好，先解决你的依靠，我这辈子能怎样就怎样，不想靠谁了，哈哈。”云歌笑答。

“小声点。”于珏提醒她。“好的，保证完成任务。”云歌悄悄地说着拿着信，一溜烟地跑回宿舍。

云歌把于珏的信小心地夹在那本书里，压在枕头下面。接连几天晚上，云歌边飞快地重看《马克思青年时代》，边等着石毅与关皓来看石冰。

后来石毅来了，关皓却没来。云歌一问，原来关皓跟车去团部加工厂加工粮食去了，得一个星期才回来。

这一天，关皓终于回来了。傍晚，云歌悄悄地跑到男生大宿舍把书还给了他。

“看完了吗？”关皓笑嘻嘻地望着她。“看完了，看了两遍呢。”“不说说读后感吗？”“有时间再说吧，我还有事，书里有封信。”说着云歌跑走了。

关皓望着云歌跑走的背影，会心地笑了。

过了两天云歌她们班跟车去采石场拉石头回来，来到连队附近准备盖房的空场，那里已经东一堆西一堆的堆了不少石头、沙子。

云歌的头上围着一条紫色的围巾，从车上跳下来开始卸车，关皓正在与班里的人挖土，准备打地基。他走到云歌面前问：“下班你有时间吗？”

云歌说：“有吧。”“那还在大宿舍后面，我有些话，想对你说。”云歌觉得马上要完成于珏的任务了，高兴地回答：“好啊，可以的。”

下班后，云歌飞快地跑到食堂，刚好正在帮厨的于珏准备为大家打饭。云歌跑到她面前笑着说：“有回音了，今晚大宿舍后面，我带你去。”

吃完了饭，云歌老早就到于珏的宿舍等她，于珏拿出了雪花膏，细致地抹在脸上，重新梳了头发，在箱子边上对着她的小镜子，照着，照着。

云歌说：“别照了，眉若春山，肤若凝脂，够漂亮的了。”于珏确实挺漂亮，标准的鹅蛋脸，一双丹凤眼却会说话，顾盼生情，但她不像云歌小巧的嘴角微微上扬，她是上唇薄而微短，人中有些上翘，露出珠贝一样的牙齿。

到了大宿舍后面，关皓已经等在那里。“怎么，是你们两个人来了？”关皓问。

“我是把于珏送过来，马上就走。”云歌赶快说。关皓收敛了笑容道：“云歌，我是说我让你……有些事，我要问问清楚，唉。”

于珏似乎感觉到关皓的情绪，但她不是为了维护自尊心而轻言放弃的那种女孩。她红着脸说：“信里，可能有些话还没说清楚，没说清楚的，我可以再说说……”

“是的，于珏还有好多话对你说呢！关皓，她可是为你才来咱们连的，你可得好好对她，好了，我就不当电灯泡了，走了。”云歌一溜烟地跑走了。

于珏一脸的娇羞，她现在确实喜欢关皓，1966 年“文化大革命”之后，学校已经不以班级、年级为单位了，而是以派系、战斗队为集体，于珏虽然和关皓不是一派，但她见过关皓侃侃而谈的样子，显得很有才气。

初中的于珏心气很高，一心想考大学上北京，她学习好，在班里的名次仅次于云歌，写了一手的好字。当时的传单都是刻蜡版，然后印刷，于珏很乐于做这件事。

“还记得那次我去你们教室借蜡版吗？”于珏问关皓。那次，于珏去借蜡版来到了高中部，在那里认识了关皓。

“关皓，学校里你在大庭广众中侃侃而谈的雄辩之才，都给我留下了深刻的印象。那次，你热心地教我学刻蜡版，后来刻蜡版变成了我的强项呢。”于珏的回忆，打破了他们之间的尴尬。

如今，她对云歌说：“我觉得这个高三的高材生即使上不了大学，将来也会有用武之地。”

于是，在校时的深刻印象，变成了如今于珏比较实际的好感。“谢谢你，于珏，但我不是很了解你的。”关皓一脸的严肃。

“我是可以就近插队的，也可以到我们班所在的三连，或者留在七连，那都是老连队，条件比这好，但我想起了你，我觉得我应当来这里，不管多艰苦，我愿意在这极寒之地陪伴你，你怎么想，我不管，但我如果不向你说出我的心意，我觉得心里压抑、孤独……”说着，于珏的眼圈红了。

一席话，关皓面对这位印象还算好的女孩，无言以对。从此，于珏很少再去找云歌了，云歌也乐得自己完成了学友给她的使命。

第六章

中煤气关皓相助　小聚会云歌赴邀

女生宿舍紧连连部，是依靠连部两面山墙的一边新加盖了一栋房子。新盖的房子火墙还是比较暖和的，但也容易漏煤气。

一个星期日的凌晨，关皓等几个人从砖厂拉砖刚回来。他们走过连部，走到连部南面的女宿舍，发现从窗户缝里往外冒烟，烟越来越大，并闻到了一股煤气味，“呀，不对，煤气味这么重！”关皓说。

这时，开铁牛车拉砖的司机慕天和关皓一起装车卸车的战友们，也跟着走了过来。

关皓叫慕天：“慕天，你过来，看看，这是怎么了，这么大烟？”“不对，出事了！”有些经验的慕天走过来，马上说，“这个房间的火墙可能泄漏，弄不好，要着火，屋里的人一定中煤气了，快……”

他一拳打碎了一块玻璃，烟一下子从屋里冒出来，慕天大声喊着：“赶快起来，快起来！”关皓和其他几个人撞开门。

一股煤气味冲出来。宿舍里刚被叫醒的女孩们一片混乱，可能是因为天还没完全亮，不知是哪个女孩拧开了马灯，明火遇煤气，“呼”的一声靠火墙的上铺烧起来了。

刚跑进屋内的慕天脱下棉大衣往地上的水盆一蘸扑了上去，关皓也紧跟着端起一盆水泼上去。几个男生七手八脚终于把火扑灭了。

回头再看宿舍的女生，多数被煤气熏得爬不起来了。好在她们有的是和衣睡下，最少也穿着衬衣衬裤。“赶快穿好衣服。”慕天一边喊着，一边用大衣裹起一个已经昏迷的女生就往外跑。

几个男生学着慕天把大衣脱下来，或背或扶，把所有女生都送出门外。

这时，连里的李医生来了，人越来越多了，人们七手八脚地把这些中了煤气的女孩送进简易的医务室。慕天等几个人又帮她们往外搬行李。

云歌和她下铺的周晴因为离门近，所以她们中煤气不重，云歌虽然有点头晕，但她还是摇摇晃晃坚持自己从上铺下来，“这里肯定暂时住不了了”，她把行李捆起来，又把她的许多书放在一个大提包里。

她和周晴最后离开这间房，关皓接过她的行李和提包扶着她，霍晨扶着周晴走在后面，迎面碰上从另一个宿舍走出来的于珏。

于珏好像突然不高兴了，但她忍了一下过来扶云歌，然后板着脸对关皓说：“你去把她的行李放我宿舍去吧。”关皓应声便去送行李了。

“我送你先去卫生室看看，云歌，晚上你就住我那儿吧。”云歌无力地点点头说：“好，被火烧的宿舍的房顶散了架，屋里也是一片狼藉，一时半会也修不好。”

晚上，姑娘们只有到其他宿舍投亲靠友了，几个中煤气重一些的，留在卫生室观察。

云歌在外面吹吹风就好多了，晚上，她应邀去了于珏那里。于珏还真有话对云歌说，她说宿舍人多，说话不方便，还是到了小学校。

一进门于珏就迫不及待地问：“你现在还向关皓借书吗？”云歌说：“最近，一直是关皓主动借我，高年级大哥哥，诲人不倦。”

“他为什么不借给别人，偏偏主动借给你书，你想过吗？”“没想过，也许因为他发现我爱看书吧。”

“是啊，他投你所好啊，哪个男生不会这一套啊。”云歌突然感觉于珏这话不对头：“哎，你这什么意思？”

“我感觉他是喜欢你的。”于珏单刀直入地说。“别瞎说，我对这些事怎么想的，你是知道的。”

“你无心，他可不一定无意，”说着说着于珏眼圈红了，“咱们是多年的好朋友，我相信你，但你帮帮我。”云歌单纯地说：“你都想到这儿了，我能怎么帮，不可能再演‘柳毅传书’了吧？”

“不，不用，”于珏嗫嚅地说，“我就是希望你，今后你别跟他再接触了，也别再借他的书，不然，咱们就变成大兰和小兰了。”

云歌第一次对这位少年时代最要好的学友的心计、多疑有点不耐烦。“我没跟他接触过，只是借本书看看，你想歪了，你知道的，我从没这些想法。”

“好，姐相信你，以后想看书找我，啊，你生气了吗？”“没，我是觉得你变化太大了，你不是不了解我，我明明知道你喜欢他，我怎么可能！再说，不至于啊，你刚多大，这么急急渴渴，疑神疑鬼的，真是挺没意思的。”

“你不理解，我比你大两岁，这种事，大一岁是一岁啊，我得给我妈一个交代啊。”“好，一切为了阿姨心安，你这样做，也没错。”

于珏拍了云歌一下，“那，那你答应了？”“没有答应不答应这一说，这件事本来就跟我没关系。”于珏笑着说：“你看你，你板个小脸干什么啊？”

云歌说：“我没有啊。”但云歌心里很不是滋味，心中感慨：“这于珏，怎么变成这样了，有必要这么小气、多疑吗。”于珏带着云歌回到宿舍，室友都睡下了，两人悄悄地爬到上铺，一夜无话。

从那以后，云歌与于珏来往少了，她把从关皓那里借来的书全部还给他，关皓问：“我这里还有两本梅里美和莫泊桑的小说，你要看吗？”

云歌客气地说：“最近事多，手里还有一些书看，先不看了，谢谢啦。”从此她跟关皓基本无话了。

关皓每次见到她总是欲言又止的样子。后来，关皓他们要去六师了，她与大家一起相送。

那次，同室的好友金晶悄悄告诉她，说是前天，有人夜班回来，经过小学校，听到了不该听到的声音，之后，看到关皓和于珏走出来。“不过，也可以理解吧，关皓马上要走了。”金晶说。

云歌却说：“什么可以理解啊，他们都不是这种人。”“你知道，我这人从不扯闲话，你太幼稚，再说了，于珏冤枉了你，都这样了，她也不跟你解释解释，你还维护她。”

金晶说：“关皓其实还挺厚道的，这个于珏可不是个省油的灯，与她相处，你还真要加点小心。”

“你一向厚道，今天怎么了？解释什么啊，没必要，这不都清楚了，你不也说过清者自清，浊者自浊嘛。”云歌说。

一日大雪，整个连队都休息了。金晶悄悄地来叫云歌，让云歌随她到李坤大夫家去帮厨。云歌问："李大夫不是回家探亲了吗？"

金晶说："是啊，志远不是住在那里帮着他看家嘛。"云歌扮个鬼脸，吐了一下舌头说："那我可不去，你们两人趁此机会，过过小日子，多好。"

"鬼丫头，你还懂这个，讨厌！"娇小的金晶脸红红的，扬起手朝着修长的云歌白皙的脸上拍了两下。

云歌虽然是老初三的，但年纪小，聪明、单纯，金晶是老高三的，善良的金晶煞是喜欢这个比自己小四五岁的妹妹，"你呀，有时候像个小大人儿，有时候又是一个单纯得有点傻气的小丫头。"

云歌搂住金晶的脖子甜甜地说："谢谢姐姐，在一个宿舍，没少麻烦你，你主动教我缝缝补补，帮我干了多少我不会做的活啊。"

金晶说："别跟我说这些虚的飘的。跟你说，齐全去团部买了一箱'北大荒'、两桶啤酒，几个人都很闷，要一块聊聊天，我才叫你去凑凑热闹，也散散心。"

"还喝酒啊？我还是不去了。"云歌说。"有什么啦，都是你的哥哥姐姐。"说着，金晶拉起云歌的手向家属区走去。

"不过，吉西也叫了于珏，说是冲着刚走的关皓。"金晶边走边说。"金晶姐，你不是刚说不喜欢她吗？"云歌问。

"没办法，是吉西叫她的，吉西说她厨艺蛮好，还和志远说了，不好推了。""没事啊，她毕竟是我的同班同学，而且当时我们很要好。"云歌眨着单纯的眼睛说。

"单纯的老妹，他们叫就叫了，但我可是觉得她不简单，当然，我看你也不简单，将来也许有出息。"金晶拍了一下云歌的后背。"还能有什么出息啊……"云歌说。

聚餐还挺丰盛，一盆白菜拌粉皮、一盆炒黄豆，还有一大盆煮牛肉，味道蛮香的。

酒过三巡，志远、齐全、吉西、金宝、东方、安力等几个男生话匣子打开了。吉西说："几个月生活下来，原来的红卫兵，已经不是红卫兵了，原来的成分，也没那么鲜明了，原来的壮怀激烈，也冷静下来了。唉，我们现在还能说什么，相对无言，唯有泪千行啊。"

金宝说："面对着白雪皑皑的大山，荒无人烟的大野，酷寒的天气、超常人的劳作，有人编起了顺口溜：'知青食堂一碗汤，颜色好看味道香，喝完不用刷饭碗，顺手一泼碗溜光。'这是吃的。"

志远说："对，还有住的呢，'大雪如席朔风酷，寒屋零下三十度，锅台板凳沾屁股，谁知青年光棍苦'。"

齐全说："是啊，在男生宿舍的大帐篷里，中间有个死死灭灭的汽油桶做的炉子，晚上，冷天冻地，烈风如铁，虽然是棉帐篷，但四面透风，挨不住这酷寒，大家穿上衣服，一边跺脚一边念着顺口溜。"

东方说："初中的小青年好点儿，年龄小，单纯，感到艰苦的时候，他们当时来个大呼小叫或在宿舍里哭哭闹闹，过后就没事了。而咱们老高中的知青们就不一样了，我们总得想想今后吧。"

吉西喝了一口酒，用他标准的广播员声音朗诵着鲁迅的诗："'运交华盖欲何求，未敢翻身已碰头。破帽遮颜过闹市，漏船载酒泛中流……'我现在的状态与这几句正相合，后面两句是我当年的心气，再后面'躲进小楼'，咱没那个条件，只能是'躲进寒窑'，还成不了一统，那么多人一个大帐篷，炕头打嗝放屁，隔十来个人的炕尾，都听得清清楚楚，这么大年纪了，连点私密性都没了，唉。"

"你有多大，还私密性，你差一岁就到结婚年龄了，你结婚啊，结婚分给你一间这样的家属房，就可以躲进小屋成一统了。"于珏自来熟，与吉西打趣。

吉西是不吝的。"米莉她不要我了，说我靠不住，你说这人。哎，关皓走得那么远，你们几年能见一次啊，你干脆嫁给我吧。"

于珏闹了一个大红脸，金晶为于珏解围了："吉西，朋友妻不可欺啊，你可是关皓的同学，你说这话，不好意思吧。"吉西赶快说："我是开玩笑嘛。"

"咱不说这些，吉西说的也是啊，"齐全打破了僵局，"鲁迅的这首诗，还是有昂扬的成分，'俯首甘为孺子牛'也是一种极佳的境界。不过，吉西你是不能结婚的，米莉这事之后你不是说了，你这辈子要当和尚吗，和尚如果有华盖运罩顶，那是吉兆啊。"

志远笑了说："齐全，你太残酷了吧，让谁当和尚，吉西都当不了和尚，让谁不结婚，也不能让吉西不结婚啊——"大家全笑了。

吉西说："志远，你可是带着金晶姐来的啊，我可没带谁啊。""带比没带，也许更热闹呢。"志远不饶人地说。大家一阵哄笑。

吉西说："行啊，大家心情都不好，拿我开个心，也没什么的。"于珏若有所思地看着吉西。

齐全说："我的心情还没你好呢，我是'出门意寥廓，四顾但茫然'啊。"

金宝说："说真的，当时坐在寒风刺骨的大卡车上，我的心也凉透了，越走越荒凉，这哪是部队啊？想当年，在我们激动的时候，觉得自己就是上帝，于是感觉强大的不得了。一旦落到地上，才感觉到自己的渺小。理想在哪里？我们还有没有资格憧憬未来，唉，未来在哪里？"

"苏武留胡节不辱，雪地又冰天，穷愁十九年。"吉西哼起了《苏武牧羊》，其他男生也跟着哼起来："渴饮雪，饥吞毡，牧羊北海边……月落塞上，时听笳声入耳动心酸……"

于珏听到这歌曲一愣，金晶和云歌都看在眼里。金晶对云歌说："是的，他们比较苦闷，最近常常在大宿舍里一起借酒浇愁。"

云歌轻声说："我何尝没有他们这些想法，而且由于家里的情况，又多了一层沉重。但是难道就这样下去了吗？"金晶说："别唱这种歌了，免得人家说咱们搞封资修。"

"什么封资修，这，这可是励志歌曲！"喝得有点多的安力反驳金晶。

金晶说："前几天我看云歌离家时写了一首诗，不像她这年龄写的，云歌，你还记得吗？"

云歌望着当年她都佩服之至的高中时候高材生的哥哥姐姐们不好意思地说："记得。但不是诗，也就是顺口溜，在你们面前，不是班门弄斧吗？""我觉得挺好的，念念，活跃一下，别让他们垂头丧气的。"

"好吧，"云歌念道，"何惧崎岖路难行，岂畏眼前困难重。豪情锐气来战胜，与地奋斗乐无穷。硬骨因需风雪打，钢性千锤百炼成。天纵英睿必有用，直挂云帆济苍生。"

"诗有气魄，但押韵不合辙，做七言古诗，这首诗还需打磨。"金宝一副学究气地说。

"是的，在哥哥姐姐面前，我其实是班门弄斧。刚才你们的感慨我也有，但走到今天就是这样，我们是奋起，还是沉沦？沉沦不就完了？有些同学感觉被打回原形，那我们就从做回自己开始吧。反正我看透了，没有别的路，没有救世主，要求得自己的未来，全靠我们自己。救世主就是我们自己，就是这片土地。"

在金晶的鼓励下，她才敢在这些高中的哥哥姐姐面前侃侃而谈。"你才多大，唉，简单就没那么多想法，单纯就容易释然。"吉西高深而亲切地看着云歌说。

"云歌说的是有道理的，我们只能在这片土地上生长，这片土地就是我们事业开始的地方，虽然我们都比较彷徨，其实，我们也都在想今后怎么生长，今后的路怎么走。"金晶说。

"这北大荒的冬天真是风雪不断，真是大雪盈门啊，咱们女生宿舍经常连门都打不开了，呀，今天还真的打不开了。"清早起来，云歌用力推着宿舍的门，但推不开了，对室友说。

这又是一个星期日，昨夜的大风雪，女生宿舍的门不仅被大雪封住，而且，里外冷热空气相遇，门还就严严实实地被冻住了，余英和几个想去厕所的女生很着急。

正好盛楠来宿舍，看到门打不开了，就去男宿舍找来几位男生，他们手里拿着锹和镐，女生宿舍里的姑娘们好不容易与外面的男生配合着用镐刨，用锹挖，用火烤，才把门打开。

连长走过来通知："今天雪大，男职工扫雪，女职工休息。"帮着女孩们开门的男生好不委屈，七嘴八舌悻悻地说："你们的门下雪还要挖开，我们的门风一吹就飘起来""女生，好高级啊，这还让你们休息""男女不平等啊"……

"说什么呢，像男人吗！"大胡子连长不高兴地说。吓得长生和霍晨直吐舌头，乖乖地拿着竹扫帚跟着连长到大晒场扫雪去了。

金晶正好抓住这空闲时间带着云歌抱着被子去李医生家，把昨晚洗的被子缝起来。云歌说："我当时太懒，还没来得及学针线活，就到了兵团，所以看着脏了的被子干着急，只好求助你金晶姐学着做了。"

"没事，这比读书容易，一学就会，你去一下志远住的男生宿舍，取志远的被子，好吧？"金晶说。"你男朋友的被子，干吗让我去取啊？"云歌在金晶面前一副顽皮的样子。

"你这丫头，你的被子，我干吗做，自己又不会做，我做你的被子，你去拿他的被子，很公平啊。"金晶拿出大姐的威严。"你自己去，是怕影响，还是怕羞啊？"云歌继续耍赖。

"别贫了，抓紧去吧，三床被啊，我得缝一天呢。"云歌霍地一下弹起来，做个鬼脸，飞一样的跑向男生大宿舍。

"干吗这么急啊，又去借书？"云歌站住定下神来，原来是于珏。

好几天没见，云歌觉得挺亲切，"噢，于珏，去找关皓啊，男生不是都到大晒场了吗？他在吗？""他不在，你来干嘛？"于珏一脸的质疑与尖刻。

"我来拿志远的被子。"云歌说。"什么时候又跟志远联系上了？"于珏说。"什么话啊，金晶让我来拿的，你今天怎么了？"云歌不高兴地说。

"金晶，傻啊，志远这种人，我还不知道，"于珏知道自己有些失态，口气缓和下来。"志远，我在考虑关皓前，观察过他，此人眼高于顶啊，他喜欢的人，身材得像你，眉眼得像我，才华嘛，可能咱们连里还没有。金晶，瘦小枯干的，哼，她是一厢情愿……"

"你现在心里就是这些事啊，金晶惹你了吗？什么瘦小枯干的，她心地多善良啊，你什么时候变成这样子了……行了，走了。"云歌没等于珏说话，转头走了。

望着云歌的背影，于珏嘟囔着："老大不小了，还总充当这种角色，是真缺心眼儿啊。"

拿回了被子，云歌开始跟金晶学缝被子。云歌说："呀，我显然要比你慢多了，而且针脚也缝不齐啊。”

“你得有点耐心，不过，虽然你的针线不怎么样，但你的手可真漂亮。”金晶说。

“是吗，我没有这感觉。”云歌认真地缝着被子。“你看你个子挺高，可你的手比我还小，手指细细长长的，真是十指尖尖如嫩笋啊，弹钢琴没问题。”金晶夸赞。

“哪买得起钢琴啊，这样其实不好，手掌总是不长茧，就总是起泡。”云歌伸开手掌。“慢慢练吧。”金晶拍拍她的手掌。

云歌说：“金晶姐，你真是女红的一把好手，三床被子，你飞针走线，一个上午就缝完了。”“鬼丫头，嘴还挺甜，你得好好学，将来不会做针线活，怎么过日子。”云歌唯唯称是，说：“我妈也这样说”。

金晶说着开始收拾针头线脑往自己背过来的一个大书包里装。“金晶姐，你秀气贤惠又这么能干，将来是个好媳妇，可惜我不是个男人。”云歌说。

“又瞎说，你妈妈针线也很好，针脚细密均匀，你很难像婶子了，那天拆被子的时候，我还想呢，这真是‘慈母手中线，游子身上衣。临行密密缝，意恐迟迟归’啊。”金晶感慨地说。

金晶忽然想起了什么，说：“对了，那天在大宿舍帮你拆被子，在里面发现了一样东西，人多，怕引起误会，我就没吭声，现在交给你。”

说着，金晶开始翻她的大书包，从里面掉出了一个红纱巾包着的小包裹，云歌连忙去捡。“这是我的吗？”

“这个不是你的。”金晶红着脸连忙从云歌手里拿那个小包裹，她一把没抓住，包裹一下子散了，两对漂亮的手绣花枕套掉出来，还有一个精致的笔记本和一个钢笔盒。

“呀，好漂亮！”云歌拿起了这两对她从未见到过的如此精美的枕套。这枕套蕾丝镶边，精美的绣工，一对是鸳鸯戏水，一对好像是梅妻鹤子图。

“这你可不能看，这是封资修的东西。”金晶伸手拿枕套。“什么封资修，真是太好看了！”云歌转过身去，拿着枕套边欣赏边点头，念着上面绣的诗。

金晶一把抢过枕套。“不让我看，那我看这个！”云歌拿起笔记本，打开就看，扉页上漂亮的钢笔字：“送给我亲爱的同学金晶，用我送你的这支英雄金笔和粉红色的纸笺，记下我们在北疆战天斗地的日日夜夜，记下我们永不相负的爱情。志远。”

两个姑娘同时双腮泛起了红晕。“不是说了吗，这些你不要看，你要学坏的。”金晶说。

云歌调皮地说：“你学坏了吗？这就是学坏了吗？”“别拿我寻开心了，咱们说正事吧。”金晶从书包里拿出了一个手绢包，一层手绢、一层报纸、一层纱布，里面是十张一元钱。

金晶说：“这可能是婶子觉得你小小年纪到千里之外的北大荒，万一有不时之需呢。”

云歌一下子怔住了，接着眼泪唰地流下来，她知道这十元钱是抄家前妈妈缝到了小弟的被子里的，这是家里仅有的十元钱，怎么会缝进她的被子呢？比起别人，她其实对家多了不少惦记和牵挂，但是她从不说起，也不能说起。

最近，她想不通爸爸来信的笔迹为什么完全没有以前的刚劲，十一岁的弟弟给她偷偷写了信，告诉她爸爸在被办学习班，犯了老毛病，头晕手抖，已经两个月不能上班了，家里有许多事需要处理，妈妈因出身问题又不能出面。

她咬咬牙回信让弟弟拍了一封电报，她拿着封“母病速归”的电报找分管她们排的副连长刘飙请假，没想到刘飙二话没说，打开抽屉，一堆写有这种字样的电报。说：“你们的妈，怎么全都病了，不要跟我说，你这是真的吧，你们刚来才几天啊，就请假，什么母病，就是想回家过年吧。”

云歌无话可说，只有悻悻然地出来，不再提此事了。

想到这里，她实在抑制不住了：“金晶姐，我想家！我真的想回家一次，哪怕是一两天也行……”云歌一头扑进金晶的怀里大哭起来。

金晶抚摩着她的头发，也跟着垂泪，说：“志远的爷爷真的是病危了，他的两个孙子都在这里，志远去请假，结果和你一样。不然，咱们商量一下吧。”

“有什么办法啊？”云歌哭着问。“跑！”金晶说。云歌望着这个娇小的姐姐，觉得这话难以置信。“敢吗？”

“怎么不敢！百善孝为先，我们都是真有事，冬天本来就没有太多的活。”金晶挺决然地说。

“不然，咱们一起去找大胡子连长说说？”云歌有些犹豫地。“还是别给他出难题了，咱们刚来，不给假也是自然，这个假他也没法批，也不敢批，咱们自己做事，还是自己担着吧。”金晶说。

云歌说：“说得对，想不到姐姐，还真有丈夫气，要是真走，就好汉做事好汉当。”

第七章

年关近姐妹出逃　风雪夜再识慕天

那年阴历腊月二十的午夜，夜黑风高。云歌、金晶、志远、余英和余英的表哥安力（其实是男朋友）踏着北疆厚厚的冰雪，迎着凛冽的寒风，悄悄地离开了连队。

他们步行了五十多里路，天色微曦的时候，终于走到了团部。

他们避开了团机关的小广场，直奔刚建立的通往春晖车站的长途汽车站。“只有一班的长途车，半小时前已经发车了，今天就没车了。”去打听情况的志远回来说。

“我们已经走了五十多里地了，实在走不动了，安力。”娇气的余英开始对安力叫苦，“我的脚起泡了，真的走不了了，要不你背着我吧。”

高大帅气的安力马上顺从地蹲在地上，余英就真的让他背上走路了。金晶拍了一把余英说：“你至于吗？”

余英说：“我真的累了，金晶姐。”“你还是真有点沉，金晶姐会比你轻，别看云歌个子比你高，也会比你轻的。”安力回头瞟了一眼余英，笑着说。

余英在他后背上拍了他一把，娇嗔地说“讨厌”。云歌知道自己是跟着两对男女朋友出来的，谁也不能依靠，她不说话，默默地跟在他们后面。

“我没觉得太累，云歌累吗？”金晶关切地问。“不累。”云歌坚定地回答。

“现在已经八点多了，一点半的火车，这样走，肯定是赶不上今天的火车了。”志远说。

“听说这里运货的大卡车，有人招手，一般都会停的。”金晶说。“可我们人多啊，这又是冬天，敞篷车哪敢拉咱们啊，这么远的路。”志远说。

说话之间，云歌看到从团机关的广场上笔直开下来一辆封闭式小货车。“看，拦住它”，大家齐声呼喊着，云歌奔过去向司机招手。

小货车就真的停在他们身边了，车后门打开了，一只秀气的手伸向云歌。“肖宁。”云歌惊喜地喊着，被肖宁一把拉上了车，紧接着大家都上了车。两排简易的车座，刚好坐六个人。

“舒服啊。”安力高兴地说。金晶也高兴地对肖宁说：“真是谢谢了，好像你就是来接我们的。”“不用谢，你们是正好赶上。”肖宁友好地说，“云歌，那次你搞简报，走得急，没来得及跟你聊聊。你们不是滨六中的吗？我是滨七中的啊，跟你们同用一个滑冰场和礼堂，不过你们是省重点校，我们是普通中学。”

“现在还说这个，重点也没用，不是照样下乡。”余英说。“那不一样，你们都是高材生啊。”肖宁接着说。

“现在哪还有什么高材生，如果在学校，说谁是高材生，那还是修正主义的苗子呢。”安力说。

“说是那么说，毕竟当时你们考试得分高啊。后来我想起来了，我在礼堂看过云歌的朗诵，对她有印象。你们对我没印象了吗？”肖宁忽闪着大眼睛，笑起来腮边的小酒窝忽隐忽现，大家定睛看着她。

云歌和金晶异口同声地说：“想起来了，你是那个花滑女孩吧？”志远一拍大腿说：“对啊，你是当时那位滨七的冰上女神啊！你是哪年来北大荒的？”

“我是1966年报名来的。”云歌想起来肖宁在滑冰场上的情景，不停地做各种冰上动作，灵巧的动作、小巧的身姿、精巧的小圆脸上嵌着一双毛茸茸的大眼睛，带蕾丝边的护耳小花毛线帽，在阳光下，不断变换色彩的毛线裙装，她不时单腿做着旋转动作，像一只活泼的小天鹅……

“是啊，我那时也滑冰啊，哪个男生经过你身边，都会多看几眼啊！”志远说。肖宁有点不好意思了。

“你们这是干什么去，这大包小包的，是回家吗？”肖宁问。“是啊，你这车是上八连，还是上春晖车站啊？”安力大大咧咧地说。

“车是上春晖，你们这是回家吧？但是团里统一规定，新来的知青是不批探亲假的，你们请假了吗？”肖宁说。

云歌不好意思地说：“家里有事，没办法。”金晶嗫嚅地说，“家里确实真都有事啊。”

“是啊，你想想，我们都是六中的高材生，没事哪能说走就走呢！”安力显然觉得肖宁多管闲事。

“云歌，你上次来团里搞简报，给大家留下很好的印象，连政委都表扬你简报做得又好又快，记录的同时简报就出来了。我比你差得远。”肖宁说。

肖宁继续劝云歌：“别人我不熟，云歌，你可不要因小失大啊！”云歌惭愧地低下头。

“政委对人要求很严格，如果拿你们当逃兵论处……那不就麻烦了。”肖宁有点着急。

“那我们已经出来了，怎么办啊？”金晶说。大家的情绪一下子落下去。汽车上一路无语，到了春晖，云歌惭愧地跟肖宁告别：“肖宁，我真是家里有事，办完事我就回来。”

肖宁说：“已经到这了，也不好说让你们再回去了。云歌，真的，你还是快去快回吧，不然，受到处分不值当啊。”云歌此次与肖宁相见，肖宁的直率和逆耳忠言成为奠定两人作为终身朋友的基础。

大家怀着惴惴的心绪上了回家的绿皮火车。可能是因为时届年关，车上的人出奇得多，不仅座位满了，行李架上，通道里都坐满了人，连有些车座底下，都有人躺在那里睡觉。

云歌她们好不容易爬上火车，外面虽然天寒地冻，他们都挤了一头的汗。余英无奈地说：“快挤死我了，这人真是太多了。”原来，金晶开始把云歌推上火车，自己怎么也挤不进来了，最后是志远打开车窗，把她从车窗拉上来的。

两对情侣加上一个云歌，好心的金晶生怕其中年龄最小的云歌感到孤单，一直陪护着她。云歌老大不忍，说：“你可别为我，冷落了志远大哥啊。”

“我们已经四年了，初中时两家人就开始走动了，没事的。”金晶笑着说。

挤在两个车厢之间的云歌调皮地说：“这么说，你们是老夫老妻了？”“胡说，丫头。”金晶嗔怪地瞪了她一眼。

可没想到的是他们的关系在下半年志远去修路时就开始淡化了，金晶为此曾痛苦不堪，这是后话。

“让一下好吗，让一下吧……”操着上海口音的男生说话的声音由远及近。云歌抬眼望去，从车厢的另一头，一位男知青扶着一位怀孕的女知青艰难地分开人群在向这边走来。怀孕的女知青在人群的缝隙中，每走一步都很费力，男知青细心地扶着她，显然是过来如厕的。

一节车厢，他们走了好久，终于来到云歌站着的厕所边上，云歌赶快迎上去帮忙。大腹便便的女孩，却是一脸的清秀苍白。

女孩终于进了厕所，云歌问：“你们是知青吧？”男知青回答：“是的，我是1966年自愿报名来的，她晚了我一年。”

云歌问：“你们？”男青年很爽快：“我是高三的，她是高一的，我们年龄到了，就结婚了。”“云歌，那么多话，你查户口吗？”志远说得云歌不好意思了。

“没事，扎根了嘛，早晚都要走这步的。”男知青笑着说。云歌不再说话了。她望着两人回去的背影，陷入了沉思。

“将来你要是这样了，我来扶你。”云歌对金晶说。“你要是这样了呢，谁来扶？”金晶笑。“我可不想这样，我这辈子就没有这想法。”云歌好像在为自己又下了一个决心。

“抓住他，想逃票！”本来就拥挤的车厢，忽然一个男青年一头撞了过来，拼命地向前面车厢挤着，后面又跑过来一个男乘警，嘴里喊着：“抓住他，他逃票！”

“啊呀，坏了，我们的车票还没补呢。”金晶说，一下子几个人紧张起来，男青年跑到前面去了，乘警追到云歌和金晶身边。

金晶说：“乘警同志，我们是春晖车站上的车，车上人太多，我们还没补票呢。”“为什么不早说？看到抓逃票的才说。”乘警不耐烦地说。

“人太多，没找到乘务员。”志远说。“跟我一起往前走，到餐车补票！”乘警不客气地说。

“这么多人，我不想挤过去。”余英说。“怎么，你也想逃票？”乘警有些没好气。

“我们刚挤上来，没想逃票。我去，我去。”金晶说，大家把补票的钱给了金晶。“我和你一起去……”云歌说。

“呜……”云歌话还没说完，厕所里传来了女孩的哭声。“怎么了，这几天怎么这么乱。”过来一位女乘务员有些不耐烦地说。

她赶快打开厕所门，见一个女生望着马桶大哭，“我的钱包，我的钱包……呜……”她用上海话说着，哭着，把手伸向便池。

刚刚有了座位的那位怀孕的女生，让她的丈夫奔过来，问：“小囡，怎么了？”“我的钱包……”女生用上海话说，“阿拉把钱包缝到衬裤上，不小心掉进了便池被冲走了，车票和钱在里面……呜……”

这位上海男知青拿出了自己和妻子的火车票，开始向乘警和乘务员解释说：“我们一起回上海，一起买的票，我们两人作证……”“走吧，一起到前面餐车解决”，乘警的情绪缓和下来。

于是，云歌和金晶跟着乘警一行人往前面走，这一路又挤了一头汗，才到了餐车。

云歌见前面逃票的男青年想逃跑，已经被另一位乘警制服。他边上还有几位年轻人，那位上海女孩还在哭着。

列车长看上去四十多岁，和蔼地说：“先解决这位哭的吧。”女孩抽噎得说不出话来，那位怀孕女孩的丈夫也跟过来，帮她说话。

原来这位女孩也是1968年到北大荒的，男知青介绍着情况：“她是我爱人的低年级学友，她出身还是干部家庭，父亲朝鲜战场上牺牲了，母亲如今进了五七干校，家里只有姥姥得了重病，小姨来信说需要钱医治，那个钱包里装着她的车票和她所有的积蓄。”

那位被乘警制服的男青年，把自己的背包移到胸前，掏了半天，掏出一个小信封，从里面倒出所有的大小纸币，说："我是北京知青，是插队的，在靠山屯，这是我下乡后所有的积蓄，共二十多元，除了我的票钱，剩下的都给她吧，咱们都是知青，都不容易，搭把手。"

说着，逃票的男青年把钱放在女孩的身边，抬眼望望列车长，说："我就这么多，你们看着办吧。"

"坐车还是要买票。"一位乘警说。"那好，"那个男青年数出了补票的钱，交给了乘警，把余下的钱全部放在那上海女孩面前。

金晶拿出了几个人的补票钱，交给了乘务员。然后从书包里拿出了十元钱，放在女孩身边，云歌干脆把钱包拿出来，把里面的钱全部倒出来了，给了那个女孩。

女孩不哭了，她开始推辞，那个逃票的男青年拿着票第一个离开了餐车，接着你十元、我五元、两元……然后，大家纷纷离开了餐车。

乘警和乘务员愣愣地看着他们离去，列车长望着他们离去的背影，自言自语："谁家没有这下乡的半大孩子啊，都是些好孩子啊。"

回到家里，母亲很惊讶。因出身问题被停止工作的妈妈正在为毛衣厂做手工绣花的零活，云歌三个月没见，妈妈显然憔悴多了，刚四十岁的人已生华发。

被抄过两次家，家里已经没什么东西了。因回来得急，云歌只请马班长帮忙在食堂买了十斤面，一小包黄花菜、一小包蘑菇。

母亲很宝贝这点东西，说是"过年可以有好面包饺子了。再买只鸡，妈给你做小鸡炖蘑菇吃"。

"只是你爸爸不知什么时候能回来。"母亲又开始忧愁了。"我去学校看看，和他们谈谈。"云歌说。

爸爸当时是十一中的职工，因为被抄家、保皇等问题被办了学习班。

云歌几天之中快速地跑了几处，她去学校找当时革委会的领导，申请让父亲回家治病，其中一个年纪不大的人蛮横地说："你的父亲有历史问题，你要划清界限，不然我们要照会你们兵团，对你影响是不好的！"

"我父亲的历史问题有证据吗？只是因为上过'国高'就说有历史问题，只是为你们学校书记说句话，就是保皇派，我父亲如果有问题我可以划清界限，我父亲如果没问题我应当为他申冤告状，保护革命群众，不对吗？"几个月的成长，云歌说话比原来理直气壮了。

"没有证据我们可以找证据。"那个年轻人蛮横地说。"多长时间了，你们找到了吗？"云歌说。

"你是兵团战士，你要考虑你的态度！"那个年轻人说。"兵团战士才应当是这个态度，你也有父母吧，如果你的父亲受诬陷，你也会是我这个态度吧，对不对？”云歌说。

这时一位年纪大的革委会领导出来打圆场：“这孩子，小小年纪，说话这么厉害，已经学习第七天了，放心吧，明天你爸就可以回家了。”

云歌又去派出所寻求帮助，取得母亲离职后表现良好的证明，准备要求把被抄家抄走的日常用品要回来，派出所所长非常通情达理，给她开了证明。

她去了抄家那个学校的红卫兵组织，索要抄家拿走的日用品。这原来是一所高、初中都有的学校，由于没有复课，学校里比较凌乱，墙上挂着已经贴了好长时间的“大字报”。

云歌径直走进去，找到抄她家的红卫兵组织的办公室。“找谁？”和她年龄相仿的男生生硬地问。

云歌说：“找你们的负责人。”“什么事？他不在。”一个初中模样的男生走进来。云歌说明来意，“想翻案？”对方的声音提高了，而且从外面冲进来一个膀大腰圆的男生居然把两年前的皮带举起来。

云歌一把抓住皮带，一副保卫边疆兵团战士的气势，说：“放下皮带，好好说话，你要按十六条办事，对吗？”

“放下！”从外面又走进来一个像是老高中模样的男生对举皮带的人大声说，“头儿已经抓进去了，还不接受教训，人家是兵团回来的，你打了她，惹了事，怎么说。”

然后，他回头对云歌说：“不瞒你说，我们组织的头儿出了问题，所有抄家的物资，都已经交给了司法部门，你有什么材料，我们可以转交。”

云歌把一份申述材料和被抄走东西的清单交给了他，问：“交到哪里的司法部门了？”那人说“公安局”。

云歌说：“我刚去了派出所，据我所知，公安部门是不会轻易接收抄家物品的。”

“这……”那人迟疑了，“材料交给你，谁拿走的东西，我们只能找谁要，而且，你们拿走的都不是四旧或违法的东西，是生活日用品，天冷了，我弟弟的棉衣和棉鞋还在箱子里，等着穿呢，能给个时间吗？”云歌说。

那人说：“你也别太过分，我们现在把材料递给公安，怎么也得一两个月。”“我这要求，不过分，一个月之后，没有通知，我还会来。”云歌也没客气。

两天后，云歌把父亲接出来，直接去了医院看病。然后，在回家的路上父亲对云歌说：“我们单位的同事夸你交涉能力强，是啊，你才十六岁啊，又是个女孩子……”平时刚强的父亲说着摇摇头，眼圈红了。

云歌说："爸，谁让我是家里的老大呢，这不是应该的嘛。"父亲说："是啊，你的弟弟们小，你妈又是出身有问题，只能你来办。不过，年前你必须得回去，你要办的事情，已经办得差不多了，虽然那不是真正的部队建制，但那是兵团，而且面临着边境紧张的形势，你还是要守纪律。"

云歌没说话，她陷入了沉思。回到家里，父亲把自己的想法对母亲说了，"我们自己家有事需要办理，只有我们自己清楚，人家单位领导不清楚，无论怎么说，不请假就离开是不对，还是得尽快回去吧。""眼看要过年了。"母亲边说边含泪包了饺子，为云歌送行。

云歌觉得父亲说的有道理，于是，她火速联系一起回来的两对战友。他们都说："既然回来了，就在家过个年，再回去吧。"

金晶还是支持她回去的，说："志远的爷爷确实病重，我得陪着他，你要是事情办完了，叔叔说得对，回去吧。"

第二天，送行的路上，妈妈望着孤零零的女儿说："大年二十六了，还让你回去，妈确实舍不得你，但咱还是不和人家比，你爸是不愿因为家里的事，耽误了你。"

"放心吧，妈，我明白，我知道该怎么做。"虽然心里满溢着对父母的牵挂，云歌跨上站台还是笑着向母亲挥别。她知道兵团对于她意味着什么。

经过两天的旅途劳顿，云歌回到了连队。她放下行李，径自跑到连部，找大胡子连长承认错误。

走到门口，连长正在与副连长刘飙说着什么，只听刘飙说："他们还是现役军人，处理问题怎么这么软，就这么放任这些知青……"

"连长，我回来了。"云歌敲了一下门，就一步跨进去。连长对云歌年前回队很惊讶，说："年前回去，就是为了和亲人一起过年，怎么回来了？"

"觉得没请假离队不应该，把家里的一些事处理完了，就回来了。"云歌不好意思地说。

"知错就好啊。"连长笑了。刘飙看了看连长，却哼了一声，扭头出去了。

连长说："其他连队也有你们这种情况，今天上午开了电话会议，团长、政委都说到这件事，我们是部队建制，是有纪律的，不请假离队，是要受到处分的。"

云歌唯唯称是。"但是有几个连知青都出现了这样的情况，团长、政委统一了思想，说知青年纪小，出生在大城市，孩子们刚来，难免想家，这一次就不要处分了，批评一下就是了，但是下不为例，知道吗？"连长严肃地说。

"是，谢谢连长。"云歌说。"小鬼，你赶上了，新来的团长像个慈祥的老妈妈，爱兵如子，但再说一遍，下不为例！”连长强调说。

领导的做法让云歌十分感动，当然也如释重负，她眼里噙着泪花，不知说什么好，只说了一句：“连长，我今后一定努力工作。”

连队评五好战士的时候，由于云歌小小年纪，肯吃苦耐劳，民主评议中就通过了。

但由于她不请假回家的事，连队班子扩大会上，刘飙提出异议，与马班长和盛楠争执不下。

最后连部表决。“贯彻团党委的精神，回来的，认了错的，就既往不咎了，该评就评，还没回来的虽然班排报上来了，也要拿下。”连长说。大家都同意连长的意见。

于是，云歌被评上了五好战士。五好战士的喜报由连里寄回了家，后来听母亲说，父亲洗了手，郑重地拿起五好战士的喜报，激动地说：“咱们也是准军属了，这丫头给咱争气了，真是好孩子啊！”

回连的这天下午，马班长通知云歌：“知青宿舍春节期间的取暖煤不多了，机务排的老同志回家探亲，人手少，你今晚跟车去春晖车站拉煤吧，天冷，多穿些。”

不请假回家的事，领导和大家的宽容反而让云歌感到不安和内疚，心里沉甸甸的，她尽量认真地做好每一件事。吃完了晚饭，云歌跑回宿舍，把能穿的衣服全穿上了，戴上棉军帽，围上母亲刚为她织好的红毛线围巾，打了绑腿，穿上棉大衣。

听到蹦蹦车（铁牛 55）的声音，她马上跑了出去。北大荒的天虽然比城里黑得晚，但这天的天却阴沉沉的，刮起了西北风。

“你好！”正在检查机油的司机慕天向云歌打招呼，一口标准的京腔。“师傅好！”“别叫我师傅，我也是知青，就比你早来一年，忘了，你那天还骑了我的马呢。”

云歌看着两个拖斗发愣。“你怎么像不认识我了？”穿着军大衣、带着棉军帽的蹦蹦车司机慕天，足有一米八五以上的身高，帽檐下一双剑眉直插饱满的天庭，鼻梁挺秀，一双黑漆漆的大眼睛，炯炯有神。

“怎么会不认识，你是慕天嘛，你还帮我劈柴了呢，上次女宿舍着火，你还立了功呢……”云歌说。

“那叫我师傅干吗，看来我有年纪了，告诉过你啊，我是 1967 年来的北京知青，不过我是农大农机系的，确实比你大几岁，但我上学早，你们有些老高中的同学比我都大呢……”

“师傅是尊称啊，不好吗，不叫师傅，叫什么？”“叫名字啊，你的同学不管大小，不都是叫名字吗？”

“那好，慕天……两个拖斗，就我们两人吗？”云歌若有所思。

“是啊，转运站那边有人，会帮我们的，每次都是这样。”

云歌还是第一次与一位陌生男子单独出车，不是很习惯，慕天像是看出她的顾虑，说：“别担心，顺利的话，可以回来吃夜班饭。”

慕天抬头又看看天：“当然，也要看天气，今天这个天，很难说。”此时，天已飘起雪花。

云歌坐在了副驾驶的位置上，铁牛迎着风雪出发了。一会儿，雪花变成了鹅毛大雪，地面上很快铺上了厚厚的一层雪，眼前雪花飞舞，基本看不清路况了。

路开始比较滑了，慕天放慢了一些速度。“听说你刚从家回来，是吗？”云歌不好意思地说“是的”。

“听马班长说，你在家就住了三天，就赶回来了。”“家里确实有些事要办，事情办完了，就回来了。”

“从纪律的要求，你应该回来，从人情的角度，你应当在家过年，但你服从了纪律，你还是挺理性的。”

“我本不该回去，但是没办法。”“但是你处理得比较好。”“我没想那么多，只是觉得自己做得不对，早点归队。”云歌觉得这个慕天话有点多。

车终于开到必经之路雁山水库大坝的边上，显然每年都需要检修的大坝，没有修缮完工天就冷了。

大坝坡度大、路比较窄。慕天加大油门往上冲，刚冲了一半对面来了一辆解放牌大卡车。为了错车，慕天减了速，车失去了速度轮子开始打滑，等卡车过去了，慕天拼命加油门，可轮子仍在原地打转。

慕天跳下车，云歌也跟着下了车，发现轮子前面的这块地是凹下去的，慕天跑到路边搬了几块石头垫在那里，他上了车加大油门，车还是开不动，他下了车，看了一下路，觉得还是有点凹，他在风雪中脱掉军大衣垫在上面。

然后，他跑到后面摘掉一个拖斗，又上了车，还叫云歌说：“上来吧，外面雪太大。”云歌也上了车，她发现自己一点也帮不上慕天的忙。

慕天加大油门往坡上冲，一下子冲上了大坡，在坡顶停下来，然后利落地下了车摘掉拖斗，去拉坡下的另一个拖斗。

最后在坡顶把两个拖斗挂好，他松了一口气：“这下一半的路就没问题了。”“我好像帮不上你的忙。”云歌不好意思地说。

“你来的时间不长，明年就不会是这样了。”慕天说。“你都上大学了，为什么还来当知青啊？”云歌问。“咱们团大学生知青不少，慢慢你就都认识了。”慕天说。

“我是自愿报名来的，怀着改天换地的英雄梦，真心想来的。”慕天笑着说。

“我们也是一样啊。”云歌有些不服气地说。“不尽然吧，其实你们还是想读书，也应当读书的。”慕天说，“这是一个充满英雄情结的时代，但什么事都不能过头……”

自 1966 年下半年以来，云歌对这种犯忌的话很敏感，赶快岔开：“你的父母同意你来吗？”

“同意啊，我是学机械的，来农场也能发挥专业上的作用，再说，这里离大自然很近，我喜欢。”

云歌对他后面的一句话有点不解，侧脸看了一眼直视前方风雪的慕天，他坦然地握着方向盘。

朔风卷着雪花使得眼前一片白茫茫，“能见度太差了”，云歌说。但慕天那一双晶亮的眸子，清澈而深邃，似乎能穿透这天昏地暗的“大烟炮（白毛风）”。

“其实，开始我母亲根本不知道我来北大荒，她现在在干校已经待了两年多了，我父亲是搞技术的，我姥姥和姥爷是华侨，我父母都很忙，我跟姥姥姥爷生活，开始是巴西、加拿大，后来定居在新加坡。”慕天自我介绍。

“‘文革’开始时，说我父亲里通外国，其实他确实跟国外有联系，他是为了祖国建设辗转从海外回到祖国的。1965 年我高中毕业，他叫我回国上大学，毕业之后报效祖国。”“说明你的父亲很爱国。”云歌说。

“当然，他的提议正中我的下怀。我和我许多华侨学友都崇拜悠久的祖国文化，于是我们都回国读书了，我自愿报考北京农业大学，后来‘文革’了，我们就来北大荒了。”

“你们确实是一种英雄情结”，云歌听了他的经历，真诚地说，“说心里话，如果是我，我可能继续读大学。”慕天说：“大学不是也不开课了，不如到这儿来，也不算荒废光阴。”

云歌说：“那就到这里来做英雄梦了？”慕天说：“还真是，世界上有各种文化群落，他们各自都有自己的神话，自己的史诗，其中有一个共同特点，那就是人类集体的英雄梦想……”

一道雪坎让车重重地颠了一下，外面的雪更大了。“哪里是路面，哪里是沟壑，完全看不清啊。”云歌有点紧张。

慕天虽然在说话，但他的眼睛一刻也没有离开路面。驾驶室的玻璃窗全部结了冰，云歌几次试图用抹布擦，只能擦去点上面的霜，厚厚的冰却纹丝不动，从里面往外看，基本什么都看不清。

慕天只能打开车门，他一手握着方向盘一手扶住车门目视前方，他们完全顾不上一头扑进来的风雪。

就这样走走停停到了春晖车站。车站上一片白茫茫，没有人，也没有灯光，看不到煤在哪里，更不要说帮他们装煤的人了。

他们下了车，云歌感到自己的双脚已经冻得不听使唤了。她跺了跺脚才恢复了知觉。

慕天向有一点点微弱灯光的值班室走去，云歌紧走几步，跟了过去。

值班室的人还没睡，慕天叫他何大爷，何大爷把他们让进值班室，每人倒了一碗热水。云歌看到墙上的挂钟，指针已指到凌晨 1 点了。

大爷告诉他们："拉煤的连队挺多，新卸的煤基本拉完了，等候你们装车的人见太晚了，雪又下这么大，以为你们不来了，搭车回去了。"

"我们总不能空着车回去啊，连队还是需要煤的。"慕天说。

"还有原来卸的煤，都被大雪封住了。"何大爷说着给他们找了一把工兵镐一把铁锨，带着他们走出收发室，来到一个高出来的雪堆旁。

慕天抡起镐头，在路基上刨开了冰雪层，把煤扒出来，由云歌装车。风更大了，大团的雪花砸在脸上，说不出有多痛，云歌用围巾把整个脸包上，只露出一双睫毛上带着霜花的眼睛。

他们在风雪中不知忙了多少个时辰，两个拖斗的煤终于装满了，慕天一跃跳上车，何大爷叫住他："小鬼，估计你们饿了，但这大晚上的，找谁去做饭啊，我这有两个鸡蛋，昨晚来值班，大娘塞给我的，拿着吧！"

"您也饿了啊。"慕天笑着说。"我好办，离家近，你们这五十多里地呢，又赶上这"大烟炮"，还不知什么时候到呢，路上小心啊。"

慕天让云歌接过来鸡蛋，云歌响亮地说："谢谢何大爷！""赶上这天气，难为你这女娃了，新来的吧！"云歌点点头说了声"何大爷再见"，跳上了车。

回去的路就更艰难，两拖斗煤，车的负重量大了，大雪又形成一道道雪坎，慕天紧紧握住方向盘，以免车轮跑偏。

就这样，慕天驾车冲过一道道雪坎。云歌已经累得不想说话，她盯着漫天飞雪中车灯照亮的那一小块路面，听着车外面风雪怒号。

慕天说："饿了吧，把鸡蛋吃了吧。"饥肠辘辘的云歌从口袋里拿出了何大爷送的两个鸡蛋，她机械地剥开一个鸡蛋递给了慕天。

自己把另一个鸡蛋剥开皮放在嘴里。"这鸡蛋好像在嘴里没有停留，就滚进胃里去了。"慕天说。

慕天看了一眼云歌，说："困了吧，跟你说，我 1965 年回来的，第二年就'文革'了，我不想去参加什么组织，就整日待在图书馆里，我在国外住了好多年，也了解一点西方文化，我崇拜中国文化是经过比较的。"

云歌不理解地说："我们本来就是中国人，还要做什么比较吗？"她对慕天的话有点不屑。

慕天说："其实不同民族之间的文化需要比较，才能知道差异，才能进步。只是自我参照，就窄了，比较，现在也是一种研究范式，也是一个方向。"

云歌虽然是初中学生，她自幼喜欢读书，但从未听过"比较"是如此用法，但凭着她的文化积累，她听懂了慕天的话，觉得很有意思。

她同时被他的大胆震惊了，她觉得这样说话会犯错误，她原本累得昏昏欲睡，一下子清醒了："这种话不能乱说，会找事的"。

慕天笑笑接着说："没事，这符合兼收并蓄的原则，总有一天，我们会在更广阔的文化疆域中看自己，也许那样，更能找到我们必须的客观和自信。"

云歌说："你越说胆子越大。""我说的都是正面的，比如今天我们说英雄情结，我在国外就发现，中国人了不起，西方的神话里，火是普罗米修斯在天帝那里偷来的天火，而中国始终说火是燧人氏钻木取火摩擦出来的。""还真是，强调了人的力量。"云歌不由得赞许说。

慕天目视前方，接着说："在全球神话中，人类都经历一场大洪水，西方的祖先是听上帝的安排，躲在诺亚方舟里，而中国人却出现了大禹治水的英雄。""是啊，现在也没否定这一点，愚公移山，不也是这个意思？"云歌说。

慕天见云歌呼应了他的话，很高兴，接着说下去："太阳神是西方许多神话中的绝对权威，但当天上出现十个太阳，烤得人们无法生存时，中华大地上却出现了羿射九日；而女娲更是敢担当，是后代女子永远的榜样，当天倾西北，出现漏洞时，她居然炼石补天，还有一种说法，说是这位民族的祖母，见石头也挡不住天的漏洞，直接飞升上去，用身体补上了漏洞，多豪迈的英雄情结啊！还有……"

车突然歪了一下，不动了，无论往前开还是往后倒，车轮只是在积雪中打转。现在不比来时，路上还能看到东西，现在一片白茫茫什么都看不见。

在这前不着村后不着店的地方，云歌发愁了："讲了半天英雄情结，我们怎么办啊？"

"看！"慕天指着大路左边不太远的地方，云歌望过去，依稀看到一点光亮。去那里找东西垫车。"应当我去找吧。"云歌大着胆子说。

说完了她看看周围，除了车灯，到处漆黑一片，加上天昏地暗的风雪，马上她想到了狼或其他什么野兽，不由得打了个寒战。

"还是我去吧，别怕，这天，野兽也嫌冷啊。"慕天说，"你看好车，千万别灭火，别离开驾驶室。"

说着，慕天向远处的灯光走去，他的身影一出车灯，就被黑暗和风雪吞没，咯吱咯吱踩雪的声音也渐渐远去。

云歌独自坐在驾驶室里，恐惧、饥饿、寒冷，一晚上的劳累紧张也使她疲倦，她开始打瞌睡。

不知过了多久，云歌感到身上有些暖意，她睁开双眼，看到自己身上又盖了一件棉大衣。她霍地跳下车，看到慕天把车轮下的雪已经用工具箱盖子清干净了，正在用秸秆垫车，两捆秸秆全垫进去，车还是不动，云歌帮着他把两件棉大衣都垫进去，终于开出来了，两人松口气。

他们拿起了被车轮碾压过的棉大衣，不顾脏湿，抖了抖，披在身上，继续前行。过了水库大坝，云歌说："这下没事了。"

忽然，发动机出现了异常声音，慕天下车，打开车盖，发现水箱开锅了，缺水了，慕天马上把油门减小，对云歌说："你看，前面不远就是六连了，你去找点水，我检修一下发动机。"

天已微曦，云歌提着一只桶深一脚浅一脚踩在积雪里，走到六连修配厂时，天已放亮。慕天让她找一位姓刘的同学。

刘姓同学戴着一副深度近视眼镜，帮云歌打好一桶水。"饿了吧？""眼镜"问，"先跟我去下食堂吧"。他带着云歌走进不远的食堂。云歌满身满脸都是煤灰的样子，把正在准备早饭的女知青吓了一跳。"眼镜"向女知青介绍了情况后，女知青热情地说："大屉里还有几个包子，可能已经热了，给他们带着吧，再盛点粥给他们。"

女知青不知从哪找来两个罐头瓶子，灌了两大瓶粥，用一个旧屉布把包子包好。

"眼镜"从食堂角落里找了一只扁担和一只桶，说："雪这么大，你挑着走吧。"食堂的女知青看到云歌拿扁担的样子，问："新来的吧？"

云歌说："去年年底来的"，女知青很娴熟地教她挑扁担。云歌挑着扁担，深一脚浅一脚地踩在积雪里走着。

"我想'眼镜'就不会让你空手回来。我们先让它把水喝饱。"说着慕天提着桶给水箱加水。

在车里，他们首先解决了早饭，身上暖和多了。然后开始赶路，路上又经过几次垫车、挖雪、摘车斗、挂车斗，他们在风雪中继续前行。

上午 11 点多，他们终于赶回连队，大胡子连长和机务排长看他们回来了，也松了一口气。机务排杨排长说："咱北大荒出车最怕刮'大烟炮'，担心车掉到沟里，被雪埋了，都没处找人啊。"

云歌到食堂勉强吃了点东西，迷迷糊糊回了宿舍，洗了洗脸上的煤灰，倒头便睡。

那天晚上，云歌做了一个梦，那梦像电影一样把慕天白天说的中国神话串了起来，一会儿大家在女娲的号召下去找石材炼石补天，一会儿陪着精卫去填海，一会儿又跟着大禹去治水，真是好累。

最奇异的是，那位射九日的大羿怎么像是慕天，她看到嫦娥很犹豫，是不是要一个人偷吃羿拿回来的仙药，独自飞上月亮，但也许她很无奈，羿的徒弟小人逢蒙趁羿不在，仗剑相逼，她只能做如此的选择。云歌想，离开如此豪迈的英雄，她不后悔吗？仿佛有一首诗在她耳边响起“云母屏风烛影深，长河渐落晓星沉。嫦娥应悔偷灵药，碧海青天夜夜心……”

第八章

过新春长歌当哭　修水利错遇魏宏

春节马上到了，知青中想家的气氛越来越浓重，睡在自己身边的余英和金晶都回了家乡，云歌这些天除了出工，就在宿舍里看书。

这一天，宿舍里唯一的一个破马灯坏了，云歌修了半天也没修好，只有拿到班里，请马班长帮忙。

马班长教给大家一个照明的办法，他不知从哪儿找来了几个没了灯罩的旧马灯和几个罐头瓶，还有几个玻璃药瓶，然后让云歌她们找来旧布搓成细绳，围成直径与罐头瓶底差不多的圆圈，他让长生把罐头瓶倒过来放在地上，把绳圈沾上汽油围在瓶底上，用火柴点燃绳圈，看烧的差不多了马上把瓶子翻过来，底朝下放在边上的凉水盆里，啪的一声，瓶底齐齐地掉下来，然后拿旧砂轮磨磨底部，放在旧马灯架子上，罐头瓶就成了严丝合缝的马灯罩。马灯做完了，马上被经常值夜班的长生他们几个抢跑了。

接着马班长又带着云歌她们做小油灯，他把棉纱搓成粗绳，用软铁皮包住，露出一段线做灯捻，把药瓶盖中间钻个孔，把铁皮那段放在瓶子里，捻露在外面，然后在瓶子里倒上柴油，一个小油灯就做好了。

他嘱咐云歌等人：“第一要放柴油，不容易挥发，相对安全；第二要注意防火，因为毕竟是明火，一定要小心。”

从此，宿舍里不只是一盏马灯了，床头上有了光明，云歌在日记里写道：“从此，我的床头有了光，就像马克思说的那样，‘生命的灯因思维而点燃，劳动才能把油加进去’。”

每天晚上，云歌的灯熄得最晚。她从慕天那里源源不断地借来了大量的书籍，《共产党宣言》她能大段地背诵，《毛主席诗词三十六首》，她倒背如流，唐诗宋词她原来就会背诵多首，如今重温，有说不出的愉悦。

《毛泽东选集》四卷、《马克思恩格斯选集》中的《反杜林论》《路德维希·费尔巴哈和德国哲学的终结》她啃了几个月，她不懂时，就抽时间去问问慕天。

“你读书还真下功夫，白天超强度的劳动，你求知若渴，也不能太累了。”慕天关切地说。

“没事的，我兴奋的是于此之中，我还能偷偷地读了托尔斯泰、巴尔扎克、大仲马、小仲马、梅里美、莎士比亚、拜伦等西方古典名著，真是偏得，我没想到你手里会有这么多书，真是谢谢你了。”

慕天说：“有些也不是我的，是同学那里借来的，我们现在读书都是互通有无。没想到你这小女孩有这么强的求知欲，这么喜欢看书。”

但是，每天早上洗脸时，云歌的鼻孔都是黑乎乎的，艰苦的劳动、粗劣的饮食，原本 1.5 视力的双眼，两年后回家她就配上了近视镜。

且说来北大荒第一个春节。大胡子连长早就想到说：“第一个春节知青们会想家的，我们要搞点节目。”于是在春节前就排练了一些文艺节目。

云歌被选为主持人，并负责开场的朗诵与领舞。云歌自己要写朗诵的串词，串词是大胡子连长亲自审阅，说“串词写得很好，诗选得也好”。

演出地点就是大食堂，大食堂还真有一个木头搭的主席台，正中挂着毛主席像，两边挂着红旗。

联欢会开始，人工开启了劣质的幕布，云歌像模像样地站在台上，请连领导上台拜年，大胡子连长讲话，然后节目开始。

开始是群歌群舞，云歌站在大家中间朗诵：“未来的大厦谁来建？未来的天地谁主宰？革命的红旗谁来接？”众：“亲爱的党啊，我们，我们，我们，我们是祖国的新一代，革命的阳光照胸怀……”

然后就是群舞，云歌在中间舞旗。云歌曾向盛楠推辞：“我不善舞蹈，咱们那么多女生呢，好多都会跳舞，还是让别人来吧。”盛楠说：“你个子高啊，舞起来肯定效果好。”果然她修长的身材，俯仰有致，博得满堂彩。

后面是忠字舞、样板戏、当时的芭蕾舞等。在学校就很活跃的乔杨、米莉、周晴、季菲等跳了《在北京的金山上》，她们把原来在学校比较修身的军装都带来了，扎上皮带，纤细的腰身尽显，几个人脸型不一样，但都很漂亮，看得一些未婚的1966年转业兵眼睛发直。

于珏与两位男生唱了样板戏《沙家浜》“智斗”一场，于珏唱得字正腔圆，博得了满堂掌声，于珏很得意。

一对上海知青梅兰和男朋友葛玺跳了《白毛女》中的双人舞，真是舞惊四座。“这硬木搭起来凹凸不平的舞台，梅兰居然能穿着舞鞋翩翩起舞，高大帅气的葛玺，居然还能环跳，真是一对璧人。”盛楠对云歌称赞着。

上海知青很抱团，四位女生雅芳、晓梅、董娟和刘薇不知从哪找来一束塑料花，献了上去。

“老高三的葛玺是这批上海知青的领袖人物，他与梅兰的关系是毫不回避的男女恋人，因为两人是同学，都到了二十岁，连里基本不管，默许了。”盛楠站在台边上对云歌说。

“你怎么什么都知道，是在为自己打听吧？”云歌打趣盛楠。“讨厌的丫头！”盛楠拍了云歌一把。

葛玺把花交给了梅兰，向大家宣布一个消息：“告诉大家一个喜事，和我同班的刘薇与1966年的转业兵伊成确定了恋爱关系。”同样高大帅气的伊成走上台和葛玺等人拥在一起，大家鼓掌。

突如其来的节目，云歌有些不知说什么好，大胡子连长走上台，挽着刘薇和伊成的手说：“好啊，为他们扎根边疆的决心鼓掌祝贺。”

不知为什么，在几位上海女知青簇拥中的刘薇却落泪了，而且，最后几个人抱在一起哭起来。

云歌对盛楠说：“我觉得刘薇有了男朋友是好事，应当高兴，不明白他们为什么哭起来。”她看着她们愣在那里。盛楠在边上拉了她衣角一下，她才醒过神来，朗声说：“确定恋爱关系是一件令人激动的终身大事，我们的战友为此喜极而泣，让我们再一次对他们表示祝贺！”大家再一次鼓掌。

“行啊，主持节目了。”联欢会散了，不知什么时候，于珏走在云歌的身边，“啊，于珏，连长让写个串词，顺便就让我主持了。”云歌说。

“也就是在这个新建连队，大家都不了解你家的情况，要是在咱班同学的堆里，让你主持节目，难了。”于珏晃着头说。

“你说的也是，但不就是主持个节目吗，咱们是中学时代的好友，不知怎么，你现在说话怎么变得这么别扭，要是在学校，是不是你会替我高兴的。”云歌感慨着。

于珏也觉得不好意思了。云歌说：“你的阿庆嫂唱的不是很好嘛。”“那是，这是真本事。”于珏骄傲地说。

几位上海女生簇拥着葛玺、梅兰和刘薇走过来，云歌正要上前打招呼，被于珏一把拉走说："你知道吗，刘薇为什么哭啊，当初，是刘薇先看上葛玺的，梅兰漂亮，葛玺看上梅兰了，刘薇很失落，葛玺就拼命地撮合她和伊成，别看刘薇戴个眼镜，她心高着呢，没看她哭了，她哪甘心嫁给一个'黄棉袄'啊，她也真够不自量的，完全没什么长相，伊成能喜欢她，就不错了。"

"都谁跟你说的，你现在怎么说话这么尖刻啊！"云歌忍不住抢白了一句于珏。"晓黛啊，晓黛把他们的事都对我说了，晓黛也喜欢葛玺。哎，云歌，你说是梅兰漂亮，还是我漂亮啊……"于珏仰着脸问。

"你们都漂亮！"云歌没好气地说。慕天开的铁牛 55 突突的声音由远及近，直接开到她们身旁，慕天探出头来叫着："云歌。"

"哎，慕天。"云歌打着招呼。"你和乔杨一个宿舍吧？"慕天问。"是啊。"云歌说。"薛岚给她带的东西，你带给她，行吗？"慕天说。

"你又去 15 连了？"云歌问。"团里让去送一车木头。"慕天说。"可惜啊，你没参加联欢会啊。"云歌说。"想参加，是可惜啊，没时间啊。"慕天说着上了车。

"他没参加，你遗憾吧？"于珏一把拉住云歌的衣袖问。"什么意思啊？"云歌不耐烦了，于珏说："他没看到你优美的舞姿，没听到你悦耳的声音，没一睹你的风采，有点可惜，是吧。"

云歌甩了一下衣袖："无聊吧，我去给乔杨送东西去了。"离开于珏，云歌深深地透了一口气。

演出完了，大胡子连长很高兴，带着连领导班子的人一一与演出人员握手，台下的老职工和家属都啧啧称赞"知青们演得真好"，报以热烈的掌声。

不能不承认，那些年，知青为这片黑土地带去的文化和欢乐，是不可替代的，至今许多老同志说起来，还是记忆犹新。

大胡子连长宣布："下面，咱们按照北方的传统习俗包饺子喽。"大家再一次鼓掌，盛楠说："加上前几批知青，足有一百多号人，靠食堂几个炊事员手工作业，显然不行。"

"咱们化整为零，食堂只准备饺子馅儿，和好面，以班排为单位拿着洗脸盆去领，回到宿舍里包，然后到班组有家的职工那里去煮，这样热闹。"大胡子连长说。

"连长安排得很精心啊！"盛楠说。包饺子时盛楠和刘薇等上海知青就不灵了。但是盛楠是不甘示弱的，她心灵手巧，一会儿就学会了。

刘薇和几个男生就不太会了，但他们也不会坐享其成的，一会儿给大家倒水，一会儿到谁家找块姜剁碎添到馅儿里，里里外外忙着。

马班长虽然有家室，但在老家。他带着大家到了同班的转业兵老赖家，老赖是个闷葫芦，他妻子绿茵名字漂亮，人也漂亮又热情。

绿茵嘴甜甜的，对马班长一口一个马大哥地叫着，随手接过云歌手里放饺子的大盖帘，说：“这闺女真秀气。”盛楠跑过去搂住她的脖子亲热地叫着嫂子。

随后，一下子涌进十来个人，屋子里热闹起来。马班长吩咐大家分头行动，有的去食堂要醋和酱油，有的去小卖部买酒和罐头。

绿茵说：“大哥，不用去了，家里都有。”马班长说：“在你这煮饺子就够麻烦的了，煮好了大家都回宿舍吃吧，让他们把那些东西送到宿舍。”

绿茵和老赖坚决不让大家走，灶上大锅的水已经烧热了，老赖加了许多柴，屋子里暖烘烘的。

一会儿水开了，一拨一拨儿的饺子下了锅，大家围坐在绿茵放大的圆桌边，他家没有酒杯，找来几个搪瓷缸子，一边大口吃饺子，一边轮流喝酒。

云歌第一次喝酒，而且是“北大荒”60度白酒，说“真香，也真辣啊”。盛楠看她和周晴有点矜持，便跑过来教她们：“在这要学会大口喝酒、大块吃肉。”

大家一边吃饺子，一边聊今天的节目，绿茵嫂子说：“葛玺与梅兰真是天生的一对，芭蕾舞跳得真好。”

“不是说，不让知青谈恋爱吗？”比云歌还小一点的长生问。

“是啊。”云歌说。“谁说的，不可能的，让我们扎根，不谈恋爱，不成家啊？”盛楠说。

云歌说：“会上说的啊，前几天我和金晶穿着军大衣戴着棉军帽在大路上走，刘连副紧跟在后面，我们俩有点紧张，我说‘他什么意思啊’金晶说，‘他肯定搞错了，以为你是男生’，于是，我故意迈着大步，刘连副跟得更紧了，我顺势把一只手搭在金晶的肩上，刘连副越跟越紧了，于是我们俩人一起回头，‘尾随女生这么长时间，想干什么？’我和金晶同时大声质问，搞得刘连副很狼狈。”

云歌绘声绘色的讲述，逗得大家哈哈大笑。“长生，跟你可得说清楚，你不够年龄，你小子就不许谈，到结婚年龄才能谈。”笑完了，马班长马上严肃地对长生说。

“到结婚年龄再谈啊，那哪来得及啊。”长生困惑地说。马班长点着长生的脑门：“你小子这么猴急，想干啥。”大家又笑起来。

回到宿舍，看到大胡子连长的家属姜阿姨正把一笸箩炒黄豆、一笸箩葵花籽放在桌子上。“谢谢姜阿姨。”云歌和米莉说。

“你们好好玩，差不多就休息吧。”说着，姜阿姨走了。分散在各处吃年夜饺子的女孩们都兴冲冲地回到宿舍，好像多数都喝了“北大荒”酒，一个个脸红扑扑的。

因为来的时间不长，加上连队宿舍不够，这二十几位女孩还住在一起。云歌已经烧开了一壶水，米莉说。“我有茶，咱们今天喝茶吧。”

“好啊，我还有吃的呢。”乔杨说，于是，好几个人都爬到自己铺上拿吃的，新赶来的贺萍拿出来的东西最多。乔杨兴奋地说：“哇，花生蘸，芝麻酥，都是高级的糖果啊。”

新来的同学有两位，一位是于珏，另一位是贺萍，于珏进了食堂，就去和炊事班的其他女知青住在一起了，贺萍分到了农工班，就和大家住在了一起。

贺萍与乔杨、米莉是一个班的同学。在年级里，她是大家公认的才貌双全的女孩，高中的同学金宝，对她欣赏备至，而且一点都不隐晦。

云歌还记得那次聚会，说到贺萍要来云山，金宝还念自己为贺萍写的一首诗，“朔风猎猎北疆行，飞雪漫漫舞苍穹，人生能有几相逢，为得山川满目青。银汉浩浩有双星，阔野莽莽峰连峰，屯垦成边来此地，数到尽头少贺萍”，惹得大家直拿他开心。

云歌暗想，从才气到形象，他们两人其实还满般配的。可惜这次贺萍是为米莉的哥哥米帆来的。米帆是本校老高二的学生，比起才华横溢、口若悬河的金宝来，显然要内敛得多，但看得出贺萍真心喜欢米帆。

贺萍来到连队之后，工作很积极，据说他们排上山伐木时，就她一个女生敢和男生一起拉大锯，而且一拉就是一天。后来为了进度，连里把机务排派上山，他们这些女生就全下来了。

贺萍下来之后，住在女生大宿舍，与云歌相处得很好。“你们看，她们个子一般高，好像哪里还有点像。”米莉说。贺萍说：“我比云歌大一岁，我们两人的身高差不多吧。”

“只是贺萍眼睛更大，眼窝有点深，嘴唇丰润，身材比云歌更凹凸有致。”乔杨说。

“人家贺萍唱起歌来多好听啊，有花腔女高音的味道，我哪行啊！”云歌说。

“哪里啦，哪有什么花腔啊！”贺萍拍拍云歌说。

“那就唱啊。”乔杨说，“对，唱啊。”大家说，贺萍唱起了“我爱你，北京”，唱得声情并茂。

大家一边吃着零食，一边谈着今天的联欢会，天南地北地说着。宿舍里除了金晶，还有几位老高二的同学，其中的申韵又带头唱起歌来“远飞的大雁，请你快快飞，捎封信儿到北京啊……”

乔杨又唱起了“月亮在白莲花般的云朵里穿行，我们坐在高高的谷堆旁边，听妈妈讲那过去的事情……”

米莉唱起《江姐》中的“不要用眼泪告别……”

云歌唱起“我的家在东北松花江上，那里有森林煤矿，还有那我的爹娘……

爹娘啊，哪年哪月，才能回到我可爱的家乡……”

捎信、妈妈、眼泪、家、爹娘，几个月与父母家乡的离别，几个月的艰苦劳作，面对这大雪拥门、冰刀霜剑，女孩子们开始心生凄楚、顾影自怜起来。

“我们还不如像金晶、余英她们，回家过年啊！”从不掩饰情感的乔杨边说边首先哭出来，于是，大年夜女孩们的“夜半歌声”变成了“夜半哭声”，由嘤嘤的小声啜泣，变成了号啕大哭。

哭声惊动了连干部，那一夜值班的干部是刘飙，他不客气地敲着门，吼道：“你们闹什么，一会唱一会哭的，不要把你们的小资产阶级情调带这来！”

“你管得着吗，哭你也管。”乔杨说。申韵：“别理他，大晚上的，不开门！”大家继续哭着。“开门吧，是我，”是盛楠的声音，“你们睡了吗，连长、指导员和阿姨来看你们了”。

门开了，盛楠、连长夫妇、指导员夫妇进来了。大家停止了哭声。大胡子连长的爱人姜阿姨是教师出身，又拿了一筐箩冻梨和冻柿子，指导员的爱人王阿姨，也是一脸的文气，手里拿着两瓶罐头。

刘飙跟在连长身后先说了一句：“不像话，小资情调！”“谁不像话，你半夜砸女生门，才不像话！”一脸泪痕的乔杨不管不顾地回了一句。

王阿姨走过去安抚乔杨：“过年了，想家了，很正常。”大胡子连长开始说话了：“都是女娃，哭也不是什么大事，你们问问指导员是什么年纪当兵的？”

大家马上不哭了。“平时话不多的指导员，故事可是很多啊。”姜阿姨一口的南方口音，声音软软，慢慢地说，“老曾是十四岁当兵的吧，十八岁到朝鲜战场，你们熟悉的英雄邱少云就是他们营的。”

曾指导员问：“嫂子你呢？”姜阿姨居然有些羞涩了。王阿姨说：“你们姜阿姨是个知识分子，十七岁从南京金陵女子大学参加革命，做了好几年危险的敌后工作，你们看姜阿姨漂亮不漂亮？”

十几个姑娘定睛看着姜阿姨，然后异口同声说“漂亮”。王阿姨说：“她不知怎么，阴错阳差爱上老梁了……”“小王，你说这些干嘛啊”，姜阿姨更不好意思了，几位领导都笑了。

“人家老梁可是战斗英雄啊！”指导员为大胡子连长说话了。“原来你们都是有这么多故事的人啊。”云歌感叹地说。

“就这，姜阿姨还是刚刚解放，亏了当年的人证还都在，不然还有人怀疑姜阿姨是国民党特务呢。”曾指导员大大咧咧地说着，他身后的刘飙一脸的羞愧。

“讲讲你们的故事吧。”米莉乖巧地说。“今天晚了，你们看看他们，还哭吗。”王阿姨说。

女孩们都不好意思了，“休息吧，大家休息，好好过北大荒的第一个春节。”

指导员和蔼地说。“娃子们，休息了”连长说着第一个走出门去，其他人也跟着走了出去。

姑娘们也闹累了，纷纷上床睡了。从大年初一开始，云歌她们除了早饭在食堂吃，其他时间都是被老职工请到家里吃饭，因为老职工们热情的关心和浓郁的年味，也因为年轻、简单，宿舍里几乎没人再闹着想家了。

大年初六，连里开了参加团里水利建设的誓师大会，由连长带了两个排奔赴雁山水库附近的八连，动员大会上，大胡子连长说：“这是一项涉及所有连队的大型集体工程，挖引水渠和修筑水库大坝，水利是农业的命脉啊。”

这其中就有云歌所在的二排，马班长当了副排长，盛楠成了云歌她们班的班长。

慕天的铁牛 55 拉上大家的行李和一部分工具，每人领了一把大镐、一把锹，二排、三排都有一半以上的人是 1967、1968 年来的知青，1967 年来的是少数。

“咱 1968 年来的，还都没有经历过排水呢，一定挺有意思。”长生说。“有意思，就你这小身板，还且得练练呢，按说一人每天要挖十方土，这可是个累活。”马排长说。

男生扛着锹和镐，女生把镐放在车上，就出发了，据说有二十里路，中午之前赶到。云歌看到慕天开着铁牛 55，车上装满了行李和各种工具，从他们身边疾驰而过。

“这小子坐在车里，比我们舒服啊。”三排长老郑说。马排长说：“路不好走，拉这么多东西，有他难的。”

“不过，这小子招儿多。”老郑说。“是，小伙子，挺能干的，机务上那一套在团里都有点名儿。”马排长说。

“基本上没有大路啊。”云歌深一脚浅一脚地走着。“北大荒的路并没有完全开通，走大路太远，这一路上沟沟坎坎很多，小心点。”盛楠说。

开始路上大家还能集体唱歌，“我们年轻人，有颗火热心……”走着走着，知青就不如老职工了，有的趔趔趄趄，有的磕磕绊绊，有的干脆把工具放下歇口气，女孩们更是举步维艰。

云歌因为只扛着一把锹，她紧跟上盛楠，基本没有掉队。到了水利工地已经十点多了。

“老梁，你们到得挺快啊！”“是，秦河团长。”大胡子连长给来人打个标准的立正。

“不是团长了。”秦河说。“是总指挥。”连长说。“领着大家干活吧，不过新来的长弓团长人很好，咱是什么不要紧，搭档好处，合作就行。”秦河说。

“那就好，我们是生产单位，我们是得给国家打粮食的，这才是根本。”连长说。

“对，这是咱们的正业，这算是唯生产力吗？”秦河说。“我们可是生产建设兵团，明摆着生产建设是主业，这名字，可是中央定的啊，把北大荒变成北大仓也是中央领导说的啊。”连长说。

“对啊，长弓团长也这么说。”秦河高兴地说。连长让大家先到驻地，并跟马排长交代了一句什么。

马排长说：“这是当年北大荒几乎是所有国营农场的规划，也是根据北大荒的土质地况制定的——那就是每年冬季都要挖渠排水，为了来年化冻开荒做准备。这种工程一般都是在大地封冻后进行的。”

大家走到驻地，云歌看到这里基本是一处待完成任务的工地了。不远处是半地下的帐篷，构造是在一米多深的沟渠上搭上架子然后把棉帐篷罩在上面，这样保证了帐篷的稳定性，也会避风。帐篷两端都有棉门帘。

地面就是沟渠里的冻土，帐篷中间使用大油桶做的烧煤的炉子，炉子两边是木头搭的大通铺，通铺上铺着干草。

云歌她们把铺盖从拖车上取下来，迅速地铺在通铺上。“炉火真旺，屋里暖烘烘的，不错。”云歌说。

“到了晚上，你就知道了，西北风很快吹透了帐篷，地上的脸盆剩水都结成冰，鞋都冻在地上拔不起来。”盛楠说。

晓梅在边上说：“睡觉前把所有能压在被子上的都压上，天暖点穿衬衣衬裤睡，冷了或累了就和衣躺下，盖上被子，甚至戴上帽子，把脸蒙上让呼出来的热气留在被窝里。”

云歌她们很快都被传上虱子，城市来的知青都大惊小怪地拿脸盆煮衬衣，职工家属或当地青年就都无所谓。

比较难办的是晚上，厕所离帐篷很远，女生起来方便都是要有两个人以上，互相照应着，远处不时地传来狼叫狗吠，大家实在没办法了，就在帐篷附近一个固定的位置，时间长了宿舍外面，就变成一小座小冰山。

因为到处都滴水成冰，又来不及打井，下班时每人从水库抱回一块冰送到炊事班，以供应大家吃饭，饮水。

因为是重体力劳动，伙食还可以，经常有点肉吃。马排长通知云歌说：“你是这次指挥部的通讯报道员，但是，是不能脱产的。”“没问题。”云歌爽快地答应着。

“挖渠排水真是重体力活啊”，盛楠告诉云歌。云歌说：“咱们打石头都没输给男生。”可真干起来活来，云歌才知道个中滋味。

水利工地规模浩大，战线很长，许多地方都挂着毛主席语录和标语，最高指示“水利是农业的命脉”，等等。有的连队还插着连旗。

出工时间很早。长长的引水渠边上距离两三米就站着一个人，十连的工地上冻土已经被炸开，大胡子连长和几个老职工，正在分段，慕天、马排长和郑排长也在其中。

看来他们来得很早。连长让秦技术员给大家讲讲情况。三十岁左右的秦技术员是八一农大毕业的，学水利的，瘦高个戴着眼镜。

云歌说：“这个技术员，很像我们的数学老师。”“他很有水平。”盛楠说。

秦技术员说：“咱们北大荒的土地黑土层达半米以上，是世界上最肥沃的三大‘黄金黑土带’。大家知道这里是一片湿地，也就是说沼泽地，它的土质和气候决定整个地表的土层含有很多水分，所以冬天就会上冻，冻层大约有 40 多公分，上冻的过程很长，到三月会有一米以上。这就是让大家带镐的原因。”

云歌从口袋里掏出小本子飞快地记着。“光用镐不行，我们每天都要有炮手，先把冻土层炸松，然后用镐刨，用铁锹清土。”秦技术员推推眼镜说。

“对沟渠的要求是，上口宽三米，深一米五。斜坡角度为四十五度。”秦技术员说完后开始分工，“咱们循序渐进，开始老职工五立方米，没干过的两立方米。”

云歌拿起镐刨土，一刨一个小白印，刨了半天就像鸡啄米。她急了。“这样不行，刨土得想办法，把冻土层震裂。”一位二十岁左右的男青年走过来说。

他对云歌笑笑，说：“我是团宣传股的魏宏，是指挥部的报道组组长，你是云歌吗，是这次会战的通讯员之一吧。”

“哦，您好，我还没去报到呢。”云歌扶着镐说。

魏宏拿起云歌的大镐温和地说：“刨土方也要有巧劲，我刨几个点，你看看。”他熟练地把镐高高举起，落地的冲击力很大。

第二次镐砸下来的时候还是原来的落点，就这样马上冻土裂了一个大缝，然后他用镐敲着冻土的其他部位，说，“哪有空声，你就往哪刨”。

一会哗啦一声一大块冻土就刨下来，云歌回头看时已经有一圈人围过来，魏宏示范了几次，然后让云歌学着刨，但镐一到云歌手里就不那么听使唤。

“慢慢来，别着急，你是报道员，主要是写稿件，可以没有定额。”魏宏说。

“那倒不用，我晚上写稿就是了。”云歌说。魏宏看着云歌笑了：“这么累的活，你晚上还有力气写稿子吗？”

“可以的。”云歌一边刨土一边倔强地说着。“但你的稿子不能耽误，每天必须交一篇，广播站等着呢，还要向师部写报道。”魏宏说。

“好的，保证完成任务。”云歌也没含糊。傍晚收工，云歌和其他知青任务都没完成，就这样，显然都累得不轻，一个个走路摇摇晃晃，腿上好像没了根。

吃完晚饭，云歌腰酸背痛，恨不能一下躺在床上。但是她还要写稿子，她床沿上的灯光如豆，亮到半夜，稿子写完了，她也睡着了。

周晴起夜时，替她吹灭了油灯。第二天一大早，云歌爬起来，女孩们都说全身酸疼。她们稍做梳洗，就集合出发了，不时地听到不远处轰轰的爆炸声，土块落地声，和不断升腾起来的烟尘，就像在硝烟炮火的战场。

走在队伍中睡眼惺忪的女孩们似乎一下子被惊醒了，云歌揉了揉眼睛，摸摸稿件已经在口袋里，放心地向前走去。

由于知青们多少都学过物理，慢慢就明白如何刨下大土块的道理，加上大家不甘久居人后的心情，一个星期后进度就开始快起来。

每人一锹、一镐，一般都是两人一组，还要有一根扁担、一个铁筐。盛楠知道云歌每晚都要写稿，主动和她一组。

她们一起砸冻土、装筐、抬土爬坡、倒土。

“这铁筐上沾满冻土、一个空筐就几十斤重。”长生说。

“知道了吧，小子，累吧。”和长生一起抬土的马排长说。“还行，人家女生都一样干呢。”长生指指云歌和盛楠她们。

“揭开冻土层，就是黏土层，这时圆锹就不好用了。”云歌说。“尤其发的统锹又大又不好用。”盛楠说，慕天不知从哪里找了一把小巧好用的统锹，给了云歌，并给她做了个示范。

“这把锹真好使，切黏土层就好像切豆腐块一样。”云歌高兴了，盛楠对她吐吐舌头做个鬼脸说：“是啊，那要看谁给的啊。”

但沟挖到越深，往上甩土是很费力气的，云歌的两臂一直是肿着的。

后来，魏宏又拿来一把好用的小统锹，刚要示范，云歌说：“我这已经有一把了，挺好使的，你这把给盛楠吧。”魏宏不好意思，只能把统锹给了盛楠，“沾光了”盛楠朝云歌挤挤眼睛。

有时魏宏还帮助她们挖土，惹得郑排长他们打趣说：“到底是美女组啊，这么多人帮忙。”

听到远处赶马车的吆喝声，马排长说：“午饭来了，今天是大肉包子啊。”热腾腾的大包子真诱人，“拿到手里，必须抓紧吃，不然就冻了。”郑排长说。

云歌拿着吃了一半的包子，把稿件交给刚走过来的魏宏，魏宏说：“宣传股对你的稿子很满意，既实事求是，又鼓舞人心，你听到广播里念报道员的名字了吗？”

“没注意啊。”云歌说着咬了一口包子，但包子已经变成冰坨子，咬不动了，云歌愣住了。

云歌拿包子的手也被冻得红红的，魏宏从云歌手里拿过那半个包子，扔给工地上的狗，又去装包子的大笸箩里拿了一个包子，说："快吃吧，我还有个小会。"

望着他的背影，一位老职工说："他不是四十二团的吗？什么时候到咱团来了？"

"1966年他刚来时，在那里闹腾得太凶了，给他调到咱们宣传股了。"郑排长说。

老职工说："是1966年从北京来的知青啊。""是啊，来了就开始闹，不是个啥好东西。"郑排长说。

云歌听了这些议论，问："是吗，这样的人，为什么还会让他搞宣传啊。"

郑排长说："是啊，这不知道是啥原因，丫头，这样的人你要小心点儿。"

"我一个小农工，他能咋样。"云歌说。

那天确实太冷了，两位排长隆起了一堆火，叫云歌她们一起烤火，"这样包子就不至于冻成冰坨了，还可以烤着吃。"云歌说。

"在北大荒冬天的户外，只要是不干活，不运动，不管穿什么，不到一刻钟，就会冻得透心儿凉。"马排长说。

"是啊，滴水成冰，在这里得到了证实。"云歌说。大家烤着火，其实只是局部暖和些。

云歌对盛楠说："想起了抗联时期'火烤胸前暖，风吹背后寒'的诗句。"

盛楠说："他们没吃没穿的，还要和鬼子拼命，比咱们可要艰苦多了，但这场景，确实也是蛮像的哦。""向土地要粮食，有时候也要拼命的啊。"马排长说。

三月中旬，排水工作接近尾声，不仅水渠已挖到渠首，拦水坝也已基本竣工。

"附近连队几乎在这里忙了近半年，咱们也来了一个半月多了。"盛楠说。大家望着蜿蜒起伏与七虎林河相交的水渠和比原来壮观的大坝，都很高兴。

云歌这两天却更忙了。魏宏对她说："你的文笔不错，我把各连报道员的总结稿件交给你，你把这些稿件汇总成一个汇报稿件。"云歌心里明白这是在替他写总体汇报，但想想他让做就做了吧，只当是自己练练笔。

这是这次排水工程的最后一天，十连修的这段水渠做最后的平整，大家把泥土石块全部装筐运走，云歌他们望着这一个多月的劳动成果，心里充满了自豪感。

云歌问马排长："这水渠会年年修吗？""会啊，年年修缮，年年延长啊。"马排长说。

"加固肯定是需要的，延长是什么意思？"云歌问。"不断的开荒，土地面积增大，都要修排水沟啊，我们这里将来是祖国的大粮仓，那么多人吃饭，我们都得管啊。"马排长自豪地说。

"虽然艰苦，看来这是千秋万代的事，咱们的工作还是很有意义的？"云歌问。

“那当然是。”马排长说。“我正在写总结，很需要马排长说些大词。”云歌边说边赶快掏出小本子记。

“鬼丫头，原来你是为这呢。”马排长边搬一块大石块，边笑着说。

魏宏跑过来，问云歌：“总结写得怎么样了？”云歌说：“还有两个问题。”魏宏说：“把职工们的感受也作为一个问题写进去。”

“这不，她正在采访呢。”马排长说。“你抓紧再做些采访，领导要看总结，你今晚必须写完，直接交给我，我还要改改。”魏宏说。

“吃完晚饭我们就回去了”。马排长说。“云歌，你必须把稿子写完再走。”魏宏说。

马排长不客气地说：“那怎么办，后面的你自己写吧，你是专职工作，这本来就是你的事，云歌每天都是要完成挖土定额的，你是没有定额的。”

“排长，云歌是通讯员，也不是我一个人定的，云歌，你要服从大局。”魏宏开始打官腔了。

“反正我们排得统一行动，那你去找我们连长吧。”马排长毫不示弱地怼了一句魏宏。

“好吧，我这就去找你们连长，”魏宏说，“云歌，你必须把材料写完再走，我跟你们连长说去，你跟他一起走！”没等云歌回答，魏宏气哼哼地走了。

“跟连长走是可以的，但是，云歌，你要小心，这小子不是什么好鸟。”马排长说。

“排长，其实我也明白他在偷懒，但是这个材料既然接了，做完算了，您放心吧。”云歌没想太多，轻松地说。

晚饭后，大家开始捆行李，云歌把行李捆好，盛楠拿着统锹走过来说：“我帮你把行李拿走，你把这把统锹还给魏宏。我们走了，这里就没什么人了，写完了，赶快去找连长。”

“好的，两个行李太沉了，我还是自己拿吧。”云歌说。

“没事，我争取给你放车上去。”说着盛楠提着两个行李走出去，大家开始列队徒步回连队。

云歌自己坐在大通铺上奋笔疾书着。晚上八点多钟了，她基本写完了，认真地通看两遍，便拿起稿件，还有魏宏拿来的统锹，给魏宏送去。

魏宏的办公室加宿舍是在总指挥的帐篷边上。云歌踏着积雪走过来，秦河总指挥帐篷里没有灯亮，魏宏这边的帐篷灯亮着，云歌喊了一句“魏干事”。

“进来吧。”魏宏回答。

云歌进了帐篷，见里面是两个相对的小地铺，有一张三屉桌摆在中间，魏宏一个人背对着门口坐在桌子边上。

云歌把稿件交给他，把统锹放下，扭头就走。"等等，我看一下，还有什么要改的。"魏宏说。

"你改就是了。"云歌说着往外走。"我们一起改吧，这样你提高得快。"魏宏站起来拦住她。

云歌只好站在桌子的边上，统锹放在不远处。魏宏不经意地放下稿件说："你做事真认真，写这么多。"

"是啊，五个问题呢。"云歌说。

"写得还真不错。"魏宏抬头对她笑笑。"可以了，我走了。"说着云歌就往外走。

"别走啊，我还没说完呢，字也写得漂亮。"说着，魏宏一把拉过云歌的手说，"人也漂亮"，他放下稿件用另外一只手摩挲着云歌的手，云歌猝不及防，急忙往回抽自己的手，愤怒地说："你这是干什么！"

"啧啧，这手也漂亮，就这么干活，你还是'十指尖尖'啊，这么漂亮的手，挖土方，太可惜了……"说着，他一脸贪婪地望着云歌。

云歌无论如何都没想到会碰上这样的事，魏宏死死拉住她的手，往怀里拽："跟我好吧，我把你调到机关来，不再干这些苦活了。"

云歌是个刚烈的女孩，她哪里能忍受这种欺辱，她凭着这几个月中锻炼出来的力气，奋力把手抽回来，回头用另一只手狠狠地打了魏宏一记耳光。

魏宏摸摸脸，并不生气，笑着说："你看，你一生气，小脸白里透红，嫩嫩的，让人好想亲一下，我只是想跟你交朋友嘛，那么紧张，干吗呢？"魏宏站起来，伸出两手扑上来。

云歌霍地回身拿起靠在墙边上的统锹，对着扑上来的魏宏挡了过去，统锹碰上了魏宏的下巴，血流了出来。

魏宏摸了一下自己流血的下巴，恼羞成怒："好啊，你这么狠，告诉你，这儿没人，都去开会了，咱们就干脆点吧！"

他一把夺过云歌手里的统锹，扔在地上，又朝云歌扑来，云歌本能地往门口后退，心想"不管有没有人，只要出去就好办多了"。

"云歌，云歌……"是慕天的声音，但云歌还未来得及回答，就退出了门外，被帐篷的棉门帘绊了一下，摔了出去，撞上走过来的慕天。

慕天一把扶起她，大胡子连长跟在慕天的后面，也走过来，还没等掀门帘，就与扑出来的魏宏撞了个满怀。

"怎么了？"大胡子连长定睛一看，魏宏下巴上的血和地上的统锹，再看刚被慕天扶住的云歌，明白了几分。

"梁连长，我只是想跟她交个朋友，没别的意思。"看魏宏还想上前，慕天抢步，一只手一下抵住他还在伸过来的手。平时说话趾高气扬的魏宏一下怂了，变得小声小气地说“我喜欢她”。

大胡子连长生气了，“你喜欢她，她喜欢你吗，这个娃子还小，你别打她的主意！”说着，他一把把魏宏推了个趔趄。

“他怎么你了？”大胡子连长回头问云歌。“他拉住我的手不放。”云歌气愤的脸红红的指着魏宏说。

“流氓！”大胡子连长骂道。

“连长，我没对她做什么，不信，你问问她，连长，你一定得原谅我啊。”魏宏说着直往后退。

“没做什么？你跟马排长说你要来找我，让云歌写完稿件跟我的车走，你为什么没来找我？”连长质问魏宏。

“我忘了，连长，原谅我。”魏宏说。“你忘了，盛楠提醒过你啦，那是你没安好心，心怀鬼胎，要不是马排长和盛楠来告诉我，这女娃还没走，在这前不着村后不着店的地方，今天说不定会出什么事！”连长十分气愤。

魏宏一下子跪在地上磕头作揖：“原谅我！梁连长，她还伤了我呢。”

“活该，我们走！”大胡子连长一挥手，带着云歌和慕天直奔铁牛 55。

大胡子连长余怒未消，对云歌说：“女娃子，要学会保护自己。”“我确实没想到。”云歌说。大胡子连长语气缓和了一些，像父亲一样的口气：“这些事，今后要想到。”

“是，连长。”云歌感激地说。连长说：“不过，你也够愣的，那统锹快着哩，要是直接接触到他脸上或脖子上，也麻烦。”“是啊，而且这小子力气比你大，他夺过来伤了你怎么办？”慕天也说道。

云歌想起刚才慕天的挺身而出，也有点不好意思，对他说：“刚才谢谢了。”转而对连长说：“连长，那我可是正当自卫啊，不然……”连长说：“明白，我想的到这个流氓要做什么。”说着他和慕天对视一下。

连长说：“我们的兵团女战士，就是有胆气，女娃子有点烈性，挺好！不过，有时候，不是你一个人可以抵挡得了的啊，所以有些事，事先要提高警惕。”

云歌跟在大胡子连长身后有一种跟在父亲身后的感觉。

此时，见秦河总指挥和技术员等几个人走过来，“老梁，还没走啊，这次你们的任务完成得不错”，他看到云歌也在，“那个小鬼宣传稿也跟得上，不错。”

大胡子连长把秦河总指挥叫到边上，耳语了几句，秦河总指挥脸上出现了愤怒的神色。后来，听说魏宏离开了宣传股，发到七连当了畜牧排的副排长了。

第九章

骗面条长生称病 上机务云歌迷路

现在的云歌回忆："记得当时连队食堂的伙食是包月，直接从每人的32元工资里扣12元钱，菜每人盛一大勺，主食管饱。但当时有粗细粮之分，粗粮主要是玉米、小米、高粱米，细粮就是白面，当时水稻很少，基本没有大米，所以南方来的知青开始时很不习惯的。"

肖宁回忆："是的，而且，食堂对细粮是限制的，特别是晚饭和休息日，基本吃粗粮。有很长一段时间，平时在食堂吃饭基本平均一天是每人两个馒头，不够一般都是窝头、玉米碴子粥。女生两个馒头舍不得全吃了，或拿回宿舍当点心，或留给男朋友吃。"

云歌有时顾不上吃完两个馒头，她经常给长生，因为他们是一起来的，几十人中，长生最小，来的时候还不到十六岁，比云歌还小几个月。

"你正长身体呢，给你吃吧。"云歌像大姐姐一样的说，长生也不推辞。

现在的肖宁回忆："尽管粮食管够，因为油水太少了，大家也常常觉得饿得不行，经常没到饭点，早就饥肠辘辘了，所以男生们也基本都是在食堂吃饱了粗粮，把馒头拿回宿舍当点心吃。"

"特别到了冬天，把馒头切成片放在炉子上烤着吃，简直是人间美味，那叫一个香！"云歌看着肖宁一如当年单纯的样子，笑了。

那是一个星期日的晚上，长生因为一直跟着打井，住的是机务排的男生宿舍，宿舍里有他的同学霍晨和天津知青许瑶，还有宝东的战友大雷，大家把馒头片吃光了，好像还是饿，又没有睡意。

于是，饱吹饿唱，他们开始唱歌，从《在北京的金山上》唱到《莫斯科郊外的晚上》，霍晨说："这个不能唱了，小心人家听见会把我们抓起来……"

"穿林海，跨雪原……"大雷马上顶上来，于是又从《林海雪原》一直唱到《苏三起解》《空城计》，没想到《空城计》诸葛亮那一大段，许瑶唱得一板一眼。

“你会唱戏？”长生问。“我小时候跟我爷爷经常去天津卫的戏园子听戏，听戏前他还带我去小馆子吃一顿，我和我爷爷最铁了。”说着许瑶的眼圈有点红了。

“那你们去小馆子，都吃啥啊？”大雷见许瑶的样子，开始转移话题问。

许瑶说：“我爷爷最懂菜了。”“菜还有啥懂不懂的？吃呗。”长生说。

许瑶挺自豪，他盘起腿说：“当然，菜的学问大着呢，学着点吧，中国至少有八大菜系，还有满汉全席什么的呢。”

“是吗，看把你玄的，都是啥好菜？你能说得出来？”大雷问。

许瑶说：“什么鲁菜、粤菜、川菜、湘菜……”

“我就知道咸菜、酸菜、白菜、大头菜，这些你就别说了，你说说咱没吃过的什么菜吧。”长生垂涎欲滴地说。

“咱没吃过的可多了去了，当然，我吃过的倒也不算多，吃过鱼香肉丝、宫保鸡丁，最好的是东坡肘子还有烤鸭，烤鸭就吃过一次，用薄饼卷着吃，用面酱打底，然后放上葱丝、黄瓜条，上面放上几片烤鸭，卷起来，咬一口，一嘴油，那叫一个香啊！”许瑶吞着口水说着。

几个小伙子听得直吧嗒嘴。

“还有吃过好多种面条。”许瑶说。“面条还有好多种？”长生问道。

“面条倒是真有好多种，有些我当兵的时候倒是吃过，也听说过，北京有炸酱面、山西有刀削面、四川有担担面、河北有捞面、河南有烩面、上海有阳春面、湖北有热干面……”大雷接茬。

“行了，你们说得我更饿了。”霍晨说。“这也叫精神会餐啊。”大雷说。

“咱们还是来点真的吧，咱想办法吃顿热汤面吧。”长生吞着口水说。

“有啥办法？家属家可以吃到，我们买都没处买去，唉，看来我得考虑结婚了，我要是结了婚，先请你们吃顿热汤面。”大雷说。

“你对象还没有呢，等你结婚再吃，不知道哪个猴年马月了。”许瑶说。

“看我的吧。”长生似乎灵机一动，他开始挤眉弄眼的，搞得大家一头雾水。

“看你有什么用，没啥想，睡觉吧。”霍晨根本不信长生的话，他打了个哈欠无趣地说。

第二天傍晚，长生到女生宿舍门口探头探脑地找到了云歌：“云歌，你出来一下……”

云歌从宿舍里出来问：“长生，有事啊？”

长生摸了摸自己的后脑勺说：“想借个东西，你们女生用的，不知你能不能借？”

“什么东西啊？”云歌问。

“暖水袋。”长生说。“可以啊，你借这干吗，有女朋友了？”云歌问。

“哪是，我，我腰疼。”长生摸摸自己的后腰说，“怎么弄的？”云歌关切地问。“着凉了呗。”长生说。

“那没事，我去给你拿去。”云歌回到宿舍把暖水袋交给了长生。

云歌又说：“这么晚去打热水，早没了。”“我去想想办法吧。”长生说。

“对了，你去食堂看看周晴在不在？”云歌说，“好嘞”，说着长生回宿舍拿了一个暖水瓶到了食堂，来帮厨的周晴见长生拿着一个暖水瓶来到食堂，问：“你们宿舍好像不怎么打热水，今天怎么想起打热水了？”

长生说：“是啊，今天我们想喝点热水。”“早没了，我这一瓶给你吧。”周晴说。

“那你呢？”长生问。“我没事，宿舍里别人会有的。”周晴说。

“这暖瓶里的热水有多少度啊？”长生又问。“已经灌了半天了，也就七八十度吧。”周晴答。

“放到明天早上可以到四十度吗？”“可以，我这个暖瓶挺保温的。”

“那就谢谢了。”长生快步离开食堂。周晴追出来：“是谁想喝热水啊，不是谁病了吧？”

“胃不舒服。”长生随口说。“不是霍晨吧，他胃不好。”周晴有点急。“不是，是我。”长生赶快说。

“你注意点吧。”周晴关切地说。“好的。”长生说。

“嘿，拿热水回来了。”长生进了宿舍，霍晨说着拿碗倒了一碗热水。

“就准你这一碗啊，不能多喝，我得留明天早上喝。”长生说。

“你怎么了？”霍晨问，长生有点支吾地说：“我，我胃不舒服。”

这一个晚上，长生都没睡好，天还没亮，他轻轻爬起来，趁大家还没醒，把暖瓶的水全灌进了暖水袋，把暖水袋搂在怀里，“千万别凉了……”他自言自语。

天亮了，大家爬起来，长生却倒在床上不动。“长生，起床了。”大雷叫他，他一声不吭。

“昨天晚上他说他不舒服，病了吧。”霍晨说着想给他倒碗水。

“水壶没水了，他昨晚带回了一整壶水啊，一晚上喝这么多水，准是发烧了，找大夫吧。”霍晨说。

“好，咱们找大夫去。”大雷说，一会儿，在十连实习的大夫子云背着药箱走进来了。

“先试个体温吧。”子云拿出体温计甩了甩，交给了霍晨，长生伸手把体温计拿进被窝，一会儿，他迷迷糊糊地把体温计拿出来。

“呦，三十九度八啊。”子云摸摸长生的头，“头好像没这么烫啊，打一针吧，退退烧。”

“不，我不打针，我怕疼。”长生赶快说，“这么烧不打针啊，那就吃点药，先看看，想吃东西吗？”

“不，不想吃干的。”长生说。“那你去食堂给他要个病号饭吧。”说着子云开了个病号饭的条子交给了霍晨。“多喝水啊。”子云说着走出去。

“我去给他打病号饭吧。”大雷对霍晨说。“不，还是让霍晨去吧。”长生说。

“霍晨得出车啊。”“那等他晚上回来再打吧，我现在不想吃。”长生坚持。

“那你多饿啊。”霍晨说。“没事，你中午给我拿个窝头，我凑合着吃吧。”长生说。

“那怎么行。”大雷说。“哥，听我的，行吗。”长生说话还挺有力气，霍晨给大雷使个眼色，大雷好像明白点什么，自己先出去了。

“霍晨，你带着我的脸盆，下班时，直接去找周晴。”“找周晴？”霍晨奇怪地问。长生说：“你不知道吗，这两天她不是帮厨嘛。”霍晨没说话，带着脸盆走出去。

晚饭时，周晴端了一大盆热汤面送进宿舍，正好大家都下了班。“这么多，我哪吃得了啊，来，你们拿碗来，一起吃吧。”长生说。

“这是病号饭，我们哪好意思吃啊。”大雷说。“这么多，我吃不了，别客气啦。”长生说。

就这样每人都兴高采烈地分吃了一碗热汤面。长生看着大家狼吞虎咽地吃面，也美滋滋地端起碗来，说：“这回算是吃上热汤面了吧。”

过了一段时间，长生又生病了，又是发高烧。霍晨和大雷都推说有事，没有配合他，他只有自己去了卫生室。那天正好是李大夫在，李大夫给他试体温，结果还是三十九度多，李大夫摸摸他的脑门，看看他的嗓子，说：“年轻人，想吃病号饭，馋了就说馋了，别说谎啊。”

“没，没说谎。”长生有点不好意思。“拿出来吧。”李大夫说。“拿，拿什么？”长生说。李大夫把手一伸“热源”，长生乖乖地把暖水袋拿出来。

李大夫说：“你们哥儿几个，今天晚上到我家去吃顿面吧。”长生说：“那多不好意思啊。”“这你都好意思了，那有什么不好意思的，来吧。”李大夫拍拍长生的肩膀说。

晚上，霍晨和大雷拉着长生去李大夫家，长生死活不去，周晴和云歌也来了。“小老弟，拿我的暖水袋作案啊。”云歌笑着说。

长生不好意思地挠了挠脑袋低下了头。周晴说：“走吧，你已经吃了人家李大夫一顿面条了，这次就没什么不好意思的了。”

长生诧异了：“你想想，你要拿那么大的一个脸盆盛病号饭，司务长能同意吗？”周晴说。

长生明白过来："那就更不能去了。"最终，长生还是被云歌和周晴硬拉着来到了李大夫家。

长生见了李大夫满脸愧疚。李大夫笑呵呵地说："没事，小老弟，我当兵早，都是过来人，你做的事，我年轻时也不是没做过。从城市来，这儿的条件确实艰苦，想吃碗面条，也很正常，以后再想吃，就到我这儿来。"

李大夫的爱人是团卫生队的张医生，刚从哈尔滨探亲回来，说："是啊，我认识他的时候，他还爬树掏鸟蛋呢，小老乡，没事的，长大了，就好了。"

子云也来了，笑嘻嘻地看着长生："那天，你的脑门凉凉的，怎么可能三十九度八呢？"长生满脸通红地说："咳，真是不好意思。"

李大夫说："从现在起，不许再提这事啦，咱们开饭吧。"于是，一人一大碗面，上面还顶着一个荷包蛋，张医生还杀了一只鸡，拌了凉菜，大家美美地吃了一顿，从那次起长生再没出这样的事，好像人也真是长大了。

这天，马排长通知云歌连里决定调她去机务排。云歌与马排长特别是盛楠已经很熟了，她对马排长说不愿意调换工作。"我在这里表现不好还是有什么问题吗？您为什么让我走啊，听说机务排都是男生，我不想去。"

马排长说："你不知道吧，连里挑了又挑，选了又选，才定了你。你们刚到北大荒还不到一年，你能够从农工排到机务排，其实是一件不容易的事，也是一件大好事，我们当然要支持啊。

"另外，我们是建设兵团，有许多对今后的规划。团里提倡培养女机务人员，其他连队也都有女拖拉机手、女康拜因手，有的女同志还当了模范标兵。说明男人能干的事，女同志也能干，而且干得很好，相信你也会干得很好。"

"那不是要选表现好的女同志吗，比如盛楠，不是比我好许多？"云歌问。

"一般都选二十岁以下的青年上机务排，这是技术活，明白了吧。这是咱们排的光荣，你去了一定要争气，要干好。丫头，你不懂，这是学技术，我都羡慕你。"马排长解释说。

云歌还是不自信："我一直觉得自己动手能力差，心里底数不足，排长，我能干得好吗？"

马排长说："你干得多好啊！咱们梁连长不轻易表扬人，说这次在排水工地，你夜里写稿子，白天的土方照样完成，女孩子，不容易啊，去吧，好好干吧。"

盛楠不知什么时候走了过来，听着他们说话。"谢谢排长，可是，我真的舍不得咱们这个排啊。"云歌留恋地说。

盛楠拍了一把云歌："多好的事啊，我都想去，可说我年纪大了，都在一个连队里，咱们还是会经常在一起干活的，没事的。"

“我要是学不会，你们来帮我。”云歌说。“说孩子话，不懂得问师傅，我们懂什么，哈哈哈。”盛楠和马排长都笑起来。

但其实云歌心里还是有点疑惑，她毕竟还不到十八岁，她拉住盛楠：“我觉得跟着你们，我心里踏实。”

“你连父母都离开了，何况咱们还在一个连队，我知道，那里四五十人，就你一个女生，你不踏实，机务排除了转业兵，就是知青，你去了就知道了，他们人都挺好的，有什么事找我就是，你这挺能干的一个人，怎么胆小了呢！”盛楠亲切地拍了拍云歌。

这样，云歌需要从都是老同学的大宿舍搬走，她一面收拾行李，一面环顾这间来了就住在这里的大宿舍。

“怎么走了？”乔杨走过来问。“人家上机务了，学技术去了，好事啊。”米莉不无羡慕地说。

“真是的，我不想去啊，那里四五十人，一个女生都没有。”云歌说。

“要是我，也不去，多不方便啊。”乔杨说。

“机务排是选表现好的，你是全连第一个女机务人员，挺好的。”米莉笑着说。

“可我的表现也不算好啊，也许是因为我这傻大个的身高吧，真是的，我干吗长这么高啊，我妈都说，再长，怕我将来都嫁不出去了。”

“那怎么可能，你不就是和贺萍一般高嘛，多好看啊，亭亭玉立的，抢还抢不过来呢。”米莉笑嘻嘻地说。

说起个头，几个人又想起几个月前，云歌和金晶曾经闹出过的那个笑话。米莉和乔杨添油加醋地又学了一番刘副指，然后几个人又大笑起来。

“你年龄小，但你显得稳重，也许连里看重这一点吧，已经安排了，就去吧。”米莉说。

当然，也许家中不顺，自己显得比同龄人更沉稳些，云歌想。她与一个宿舍的其他同学告别，搬进另外一间小些的宿舍。

临走，金晶说：“咱们 1968 年 11 月下乡，第二年春耕就被通知去机务排了。十连是个建连只有两年的连队，你可能算是机务排的第一个女兵了，好好干吧，那边没有女生，有什么事就来找我们。”

云歌依依不舍，大家帮她把行李送到另外的宿舍。因为房间不大，只剩一个上铺，云歌说：“我晚上看书，怕影响别人休息，上铺挺好的。”

第二天，云歌穿上工作服，戴上当时流行的军帽，把两条小辫往帽子里一塞，在机务排这支五十多人的队伍中，乍一看去，还真发现不了其中还有一位女战士。

到机务排第一天，机务排杨排长十分严肃地告诉云歌：“其实机务排经常是人歇马不歇，几班倒，甚至连轴转，为什么到现在才来你一个女同志，因为干机务可不像农工排想的那么轻松，劳动强度是很大的。”

“没事，排长，我不怕吃苦。”云歌说。

杨排长说：“到时候你就知道了，我们其实不愿意要女同志，没办法，上级要求培养女机务人员。可今天必须说明白，来机务排要有试用期的，搞完了春耕，站完了今年的播种机，这几个月合格了，才能算正式的机务人员。丫头，你个子不小，但我看你并不壮实，有个思想准备吧，这活都是很累的。”

“放心吧，排长，累，我真是不怕。”云歌说。

“好吧，下一步你就参加春耕吧，春耕是春播前的耕地，也叫春翻，是用犁铧把去年种过农作物的地，再翻一遍，这个工序，咱们曾经靠人力，牲畜。咱北大荒是全国农业机械化程度最高的国营农场，已经用拖拉机拉着大型犁铧，在已经开垦过一两年的土地上春耕了。”杨排长耐心地说。

云歌的第一位拖拉机师傅是机务排德高望重的耿师傅，他是1953年的转业兵，据说是朝鲜战场上的坦克兵，还立过二等功和三等功。

他的名字很有意思，叫耿直，四十岁左右，高个子，红脸膛，吊梢眉，云歌心想如果让他演京剧中的关公，稍微化装就可以。

“小詹去接机器了，你来帮帮我吧。”耿师傅很客气。“耿师傅我是来学徒的，我什么都不懂，您得帮我啊。”云歌看着这位师傅就是一位值得信任的人。

耿师傅真诚地说：“你们都是有文化的孩子，学得快。不过，犁地时要有一个人坐在铧犁上，掌握犁的深浅，这是个苦活，按说女同志不适合，我对老杨说过，他说这是上面的意思，培养女机务人员，今天只有你来坐大犁了。”耿师傅一口的山东胶东口音。

“耿师傅，您是山东人吧。”云歌问。“是啊。”耿师傅微笑着回答。“我妈妈也是山东的。”云歌说，“我妈妈老家的亲戚的口音都是您这胶东口音。”“噢，你还知道胶东！”耿师傅有点高兴了。

耿师傅说：“你一会就坐在这里，我先做个示范。”耿师傅说着上了犁铧的座位，把操纵盘固定住，云歌学着耿师傅的样子，坐上了犁铧。

然后耿师傅上了拖拉机，加大油门拉着犁铧向前走，几组犁刀深深切入土地，大犁后面的土地翻出了黑色的波浪。

“这北大荒的地号还真是一眼望不到边的啊。”云歌自言自语地说，她望着红色的拖拉机笔直地行进着，显得非常壮观，也唤起了云歌工作的激情。

几次，耿师傅下车细致地交代了掌握犁铧的要领，云歌认真地操作着。耿师傅不时地用尺量着不同地段耕作的深度，指点着云歌。

由于犁铧的操作还算简单，几天过去了，云歌基本算掌握了要领。“怎么样？”云歌下班路上碰上金晶，云歌说：“觉得比挖土方还是轻快。”“你还有夜班呢，到时要多穿点。”金晶关切地说。

到夜班时果然就不那么容易了。那天夜班后，她回女生大宿舍，正赶上女孩们班组学习休息，她碰上乔杨和米莉，“夜班了吧，看你的眼睛就看出来了。”乔杨说。

“夜班辛苦。”乔杨说。“辛苦倒没事，主要不只是初春天寒地冻，也不只是拖拉机后面尘土飞扬，光是入夜后，铧犁的后面，不远不近地跟着一群狼，就让人胆寒呢。”米莉说。

“你怎么知道？”云歌问。“我听我哥说的，他跟过拖拉机。”米莉说。

“是啊，一双双像小绿灯一样的眼睛忽闪忽闪地注视着你，稍不注意，睡着了，就可能成为它们的一顿美餐了。”云歌说。

“但按耿师傅的说法，狼其实不是为了吃人，它们是为了吃翻地翻出来的老鼠，所以不远不近地跟在拖拉机后面。但如果你自己不注意，睡着了，从大犁上掉下来，那狼可就不客气了。”云歌说。

“那不还是的，你可得注意，赶快睡觉去，把精神养好。”乔杨说。所以，那年春天云歌坐大犁很紧张，一点倦意都不敢有。两只眼睛一直瞪到天亮，绝对不敢打瞌睡。

云歌进机务排不久，因为珍宝岛事件，团里成立了武装连，有些连队成立了武装排。云歌的连队因是新建连队，人手虽然少，也成立一个武装排。

战争气氛日渐浓重，一天夜里，连里搞反侵略演习，当紧急集合号吹响时，云歌宿舍这些来自不同班排的新兵，才刚刚从梦中醒来，棉衣裤还没穿好，窗外的催促声就响成了一片。

云歌抓起帽子就往外跑，好不容易找到了已经列队整齐的机务排，几遍口令后他们便跑步向完达山进发。

很快，他们就跑进了黑漆漆的深山老林，松枝树挂扑打着他们的脸，覆盖着霜雪的草丛小树羁绊着他们的脚步。

跑着跑着突然云歌感到她的前方没人了，脚步声也渐渐远去，这算是军事行动，她也不能大喊大叫，云歌一下子意识到自己掉队了。

瞬间，她的脑子一片空白，但她很快想到上次去拉煤，慕天说的经验之谈，“在深山老林里迷了路，应当在原地等着不动。当然，这要在你坚信有人会回来寻找你的情况下的选择。”

“这一点怎么能不坚信呢？”云歌想，她想到了老排长杨衡、副排长兼康拜因车长孙谬、还有拖拉机的车长老耿师傅，特别是55拖拉机的慕天，等等。

可半个小时之后，雪越下越大，“这都是初春了，还下这么大雪，真是‘燕山雪花大如席’啊，雪好像不是飘下来，是砸下来，风也越刮越大。”

那天云歌没有注意，机务排喊队的不是杨排长，是副排长孙缪。没有人来，耳边朔风阵阵、林涛汹涌，远处偶然响起什么野兽的叫声。

一阵不知所措的恐怖、一阵难以言状的孤独袭来，云歌脑海里出现了狰狞的坏人、凶恶的野兽，还有这深山老林里，不知道还会藏着什么样的怪物，想象里似乎他们就要出现在面前了。

狂风暴雪使她不能站在原地，她感觉如果一动不动，就会被这铺天盖地的大雪埋起来，而且全身已经被寒气打透了的她，意识到如果站在原地不动，就会被冻死。

她试着往一个方向走，大雪已经没过膝盖，她知道自己不能停下来，她艰难地往前走着，雪打着她，风吹着她，她大喊，她大叫，但她感到，在狂风暴雪中，她的声音是那么微弱，在浩瀚的原始森林里，她显得那么渺小。

但云歌鼓励着自己“我不能死，我还年轻，还有好多事没有做，我还有父母兄弟要管”，她反复地鼓励着自己，下意识地系紧妈妈给她织的红围巾，把棉帽子往下拉了拉。

她觉得她还是不能离原路太远，她又往回走，但风雪迷茫，原路在哪里，她已经辨不清。她只能凭感觉走，走到一棵大松树前，她大概觉得这是她刚才经过的路。

她把红围巾解下来，系在大松树她能够到的枝干上，一阵风雪打过来，她没站稳，顺着雪坡滑了下去，此时她还很清醒。

云歌觉得不能一直滑下去，她想起了马排长他们说过，烟炮天气，最怕的是滑倒在雪窝里，到时候找都找不到。

下滑途中她终于抓住了一棵小树，她想往上爬，但雪太深，她看着刚才系在大松树上的红围巾，觉得那是妈妈织的，妈妈好像看着她呢，妈妈会保护她的。

看着看着，她觉得全身几乎血管都要冻僵了。她想“我不能停下来，这烟炮这么大，停下来，真的会被雪埋住”，她还是要爬上去，到那棵大松树下，但冻僵的手已经不怎么听指挥了……

孙缪带着队伍在大烟炮中艰难地向回跑，已经快到连队了，他下意识地感觉应当清点一下人数，他忽然想起了队伍里还有一个女孩子，于是，他问：“云歌，云歌在吗？”

没有人回答，他一下子着急了，让队伍停下来，清点了人数，除了杨排长和慕天去接机器，就缺云歌。他发牢骚：“唉，来了个女同志，就是麻烦。”

他让耿师傅带队伍回去，自己带上新上机务排的男孩长生回去找云歌。

此时的天仍然黑漆漆的，大雪铺天盖地，他嘱咐耿师傅：“如果排长回来，赶快报告，排长没回来也要报告连长，这么大的雪，这女孩太危险了，我刚才怎么没到队伍后面看看呢，唉。”

于是，孙副排长朝原路一路呼喊着：“云歌，云歌，你在哪儿……”

没多久接机器回来的慕天拉着杨排长到了完达山下，正好碰上从连里赶来的耿师傅。“云歌找不到了。”耿师傅急切地说。他们把车停在路边。按着耿师傅说的路线一路找去。

他们两组人一直找到拉练的最终目的地，都没有找到。他们艰难地顶着大烟炮，又从原路往回走，杨排长对慕天说：“会不会离开原路了？”

慕天说：“离开了，也不会走太远，因为路太难走了，这种天气，雪这么大，一个女孩子，在林子里走不了多远，我们可以在路的周围扩大十到二十米的搜索范围。”

“要是掉到哪个雪窝里可就麻烦了。”杨排长说。慕天显然也很着急，心里默念：“这天这么冷，雪这么大，你在哪里啊？”

慕天抬头望着天上飘下大如席的飞雪，忽然看到远处树枝上影影绰绰有一点红色。“那里，那里有一点红色。”慕天大声说。

两人便寻踪而去，逐渐走近，看到那松树枝上迎风飘动着一条红色的毛围巾，“是她的围巾。”慕天激动地说。“好像是。”杨排长说。

在山坡的一棵小松树的边上，慕天看到紧紧抓住树干的云歌正努力向上攀登，但她抓住的那棵松树是一棵幼树，随时都有可能折断，眼看着云歌冻僵的手快要抓不住那棵树了。

慕天想，她要是从那里掉下去，下面就是很深的雪窝，找都难找。所以慕天没有喊，他只是抓住一棵棵树干快步跑过去。

到了离云歌很近的地方，慕天仍然没有惊动她，他一只手抓住另一棵比较坚实的松树，一把抓住云歌的另一只手，低沉地叫了一声：“云歌，可找到你了。”

然后，一下一下地把她拉上来。云歌冻得几乎答不了话了。他脱下棉大衣，披在云歌的身上。

“是慕天的声音。”云歌摇了摇头，定了定神，才相信这不是幻觉。

“云歌，幸亏你没往远跑，可急死我们了。”瞬间，杨排长也来到云歌面前。

已经冻僵了的云歌嗫嚅地说：“排长，我掉队了。”

“快把身上的雪掸一掸，不然都化在身上了。”慕天对已经变成雪人的云歌说了一句，然后又把披在她身上的大衣拿下来，给她掸雪，雪掸得差不多了又给她披上大衣。

“云歌啊，你把孙排长急死了，真把你丢到山里，可怎么向你家长交代啊！”耿师傅也赶了过来，操着山东口音向云歌嚷道。

云歌的脚已经冻得没了知觉，慕天看出她走路有些吃力，一直在她的身后护着她。云歌木然地跟着他们走回连队，她脸上表情好像也冻僵了，傻傻的，既没有哭出来，也没有说一句感谢的话。

她心里想："这一段时间怎么了，接着碰到这些不顺的事，怎么这么巧，狼狈的事，还都被慕天遇到了。"

云歌后来常常说起这件事，她说她记得那天她默默地跟在杨排长和耿师傅的身后，觉得他们的身影出奇得高大。这以后每当她雪夜走在路上，常常想起那天的情景，她说，这些人才是自己走入社会最初的引路人，面对当时艰苦的生活，他们那种从容、坦荡、乐观，令人叹服。他们在她的心目中已不只是领导、兄长，他们是一种意志、一种刚强、一种人生精神的坐标。

第十章

春种粟顶风冒雪　被人欺云歌葬书

"播种，对你也不容易，一台拖拉机拉三台播种机，一台播种机上站两个人，一个人管两个槽，一槽种子，一槽化肥，一个来回下来，就要往播种机两个槽里加化肥、加种子，一次平均一个人要扛十几袋百十来斤的麻袋。"这天，杨排长一边往地里走，一边对云歌交代。

云歌不好意思地说："排长，我来了之后，给你们添了不少麻烦。"

排长鼓励她说："你这就算不错了，上次迷路也没哭，有些女孩子就趁此机会打退堂鼓了。"

"排长，放心，我会努力争气的。"云歌说。

播种时，其他五位都是年轻力壮的小伙子，去年都播过种，做起来很娴熟，云歌提着麻袋上肩都很费力气，开始，她经常拉别人的后腿。

播种的前些天，慕天正好开车送种子，他和其他人经常教云歌怎样用巧劲把麻袋背上肩，之后，云歌就真的跟上大家了。

这一段时间，慕天常把车开得离播种机很近，有时间时他把一袋一袋的种子和化肥放在云歌的肩上。惹得其他小伙子直拿慕天开心："慕天，怎么不帮我们啊，这么偏心，你是啥意思啊。”

开拖拉机的耿师傅便训斥那小伙子说：“你大小伙子也好意思，你不帮，还不让别人帮，一个姑娘家，多不容易啊！”

有时耿师傅也下来帮云歌。播麦种都是要赶在北大荒的初春，有时凛冽的西北风夹着春雪打在脸上像刀割一样疼。云歌对金晶感叹：“可真是风刀霜剑啊！”

金晶说：“用围巾把脸包紧点。”云歌说：“姐，最难过的是北大荒的土地一马平川，车组和播种机上全是男的，咱一个十七八岁的女孩，上厕所成了我的最大问题。”

“那咋办啊，只能少喝水吧。”金晶说，云歌心一横，干脆白天不喝水，她对金晶说：“我干脆一天不喝水，然后，下班第一件事就是往厕所跑。”

“云歌，你真是受苦了。”金晶怜惜地说。“没事，我们年轻，玉不雕不成器！”盛楠鼓励她。

后来云歌曾得过一次严重的肾病，医生问她：“你是不是长期憋过尿啊？”云歌说：“是的，下乡站播种机时，憋过至少三年。”医生连说“难怪”。

那一日，云歌从地里回来，如厕完跑出来，迎面碰上了农工排的周晴，她陪着从哈尔滨来看望她的妈妈。

云歌奔过去拉住她妈妈的手，如同见到自己的妈妈。周妈妈看着满面灰尘只能看清一口白牙的云歌，吓得后退了一步。

云歌连忙自我介绍：“阿姨，我是云歌啊！”周妈妈拉住云歌的手，泪如雨下：“孩子，咱犯了什么错误了？咋造害成这样了？”

周晴赶快对她妈妈说：“妈，这是云歌，你不认识了，她到过咱家，您还让她帮我带过东西呢，她干得好，才能上机务排的。”

周妈妈说：“机务排，干的是什么活啊？咋把孩子造成这样啊。”

“阿姨，我刚从播种机上下来。”云歌有些自豪地回答。那真是个特殊年代，当时只有十七岁的云歌并没有些许的顾影自怜，却有几分的自豪感。

但后来发生的事情，对云歌的打击很大。

有一位表现极左的同班同学鲍力也来到北大荒，她是云歌避之唯恐不及的人。

刚刚经历了春耕、播种的考验，云歌觉得自己在机务排终于被肯定下来了，可是，正在这时这个鲍力却出现在她面前。

原来，鲍力听说云歌进了机务排，这一日她真就追到了十连。她找到大胡子连长，这天她倒没提皮带，但她插着腰，指着大胡子连长的鼻子说：“你们十连的领导班子是无产阶级还是资产阶级，云歌家庭出身有问题你们知道不？”

“你是哪里的？怎么说话呢。”大胡子连长不客气地说。

那天，云歌播种回来，她匆匆洗毕，草草地把头发扎起来，便赶到食堂打饭。

她左手拿着饭盒，里面装着一个大窝头和炒圆白菜，还有她爱吃的红红的辣椒糊，右手端着一碗玉米碴粥。

她迎头碰上了鲍力，一年多没看到这位老同学了，心想不管怎样也应当打一个招呼，她迎上去叫了一声“鲍力，你……”

可还没等她把话说完，鲍力就一个箭步扑上来：“说说你是什么出身，你居然敢混进了机务排？”说着她两只手抓住了云歌的衣领，使劲地往上拉。

手里拿着饭的云歌躲了一下，可鲍力步步紧逼：“你说啊，你什么出身？”鲍力对着云歌当胸就是一拳。

饭盒一下子掉到了地上，红红的辣椒糊撒了一地，粥也溢出来，洒在两人身上。

突然的肢体冲突，让云歌一愣，半年多的北大荒生活，让她的性格和身体都更加硬朗了，但比起敦实的鲍力，她还是显得瘦弱了些。

手里只拿着一碗粥的云歌，对着鲍力的推打，她被激怒了：“你现在还欺负人！”她因为个子比鲍力高半头，顺手把粥碗倒扣在鲍力头上，好在粥已经不热了。

这些年来，抡着皮带颐指气使的鲍力，什么时候受过这般委屈，满头满脸都是粥的她，一屁股坐在地上打着滚地大哭大闹起来，大喊“黑五类、狗崽子打人了……”

云歌也被自己的行为惊呆了，望着地上的鲍力，她手足无措，试图把她扶起来，鲍力一把把她推出去，在鲍力声嘶力竭的叫喊声中，大胡子连长奔过来，刘副指奔过来，许多在食堂吃饭的知青都围过来。

鲍力一边哭一边叫：“你们包庇黑崽子，她会搞破坏的，她会把你们的拖拉机给炸了！呜呜……”

云歌冲出人群，含着热泪奔回宿舍。云歌走后，大胡子连长让盛楠等几个女知青把鲍力扶起来，鲍力却坐在地上，说什么也不起来。

“你是来谈问题啊，还是来撒泼的？你刚才指着我鼻子耍刁，看你是个女孩子，我没时间理你，又跑到这儿来闹了！”大胡子连长急了。

鲍力只好站起来。她有着一副唱戏的好嗓子，声调一直很高：“你们包庇黑五类，就是反革命！”

“你这话说得严重了，你是什么人，我们还不知道呢！”刘副指都忍不住说话了。

曾指导员走过来说：“你不是八连的吗，你应当知道这是什么单位，这是生产建设兵团，容得你这么闹吗？”

“你们就不该要她，她是狗崽子，我是来提醒你们的，她不能上机务排！”鲍力毫不示弱。

“是不是狗崽子你说了不算，你们来北大荒时，都是经过政审的，上不上机务排，你更说了不算！”大胡子连长生气地说。

曾指导员说：“你是什么人，我们也不清楚，小张，给老瞿打电话，让他赶快来接他的兵，别在这捣乱。”

鲍力觉得再闹也没意思了，说：“我没捣乱，你们不听就算了，我自己走！”

“那不行，你是来反映问题的，又是女娃，你路上出什么事，我们负不起责任！”大胡子连长说。

“我刚才已经打电话了，老瞿坐铁牛55来，他马上就到，”刘副指告诉大胡子连长：“他说他要亲自来，说是来道歉。”

鲍力低下头，再也没说什么。

后来，八连的指导员老瞿果然来了，向大胡子连长道歉：“这个鲍力啊，在我们连就是个闹将，到连队第二天就给连领导班子贴‘大字报’，说八连的班子都是‘走资派’，不抓革命，只抓生产。”

“你们知青里有这种人就麻烦，就不着消停，害群之马啊！”大胡子连长不客气地说。

瞿指导员说：“是啊，大家都知道，要不是我挡着，差点没让我们连一帮老兵把她轰出连队，你忘了吗？鲍力！”鲍力不说话。

“这又来这闹，老兵们说她有神经病，至少是个偏执狂，你们别听她的，都是些孩子，能有什么问题啊，”说着瞿指导员指了指鲍力，“你说你对你的老同学，还这么狠，你这人还要得？走吧，跑到这里来给八连丢人！”

鲍力悻悻地跟着瞿指导员走了。

另一方面的云歌却觉得眼前的局面已不可收拾了，她不知道下一步等着她的将是什么命运。她跑回宿舍后，把几本书揣在怀中向独孤山跑去。

“我怎么这么倒霉，刚才又怎么会那么泼辣！”一行清泪奔涌而出，她知道这段时间不会有人到这独孤山上来，于是她放声大哭，这些年的积郁、这些年的奔波、这些年的茫然，都从这个十七岁女孩呜呜的哭声中奔泻出来。

“天啊，我觉得在这里，只要是努力工作，是会有出路的。没想到这灾难就躲不过去了。”

此时，她真的是瞻念前路，不寒而栗了，她有些绝望了。天渐渐地黑下来，北大荒春天的夜晚，星朗月明，这些，她全然无心注意，只是呜呜地哭着，哭得天昏地暗……

不知什么时候，远处响起了铁牛55的突突声，那声音由远及近，在山底下停了下来。

“是谁啊？谁在山上啊？”由于独孤山不高，听见有人说话，云歌吓了一跳。她这才注意到天已经黑了，好在还有月亮。

“山上是谁啊？”云歌屏住呼吸听着，确实有人在问话，“山上是谁啊？”“是慕天，”云歌听到离他不远处蹦蹦车的声音。

“是，是我。”她强抑住抽泣，迟疑地从大树后面走出来。那时的女孩身上色彩是很少的，尤其在兵团，穿红戴绿的姑娘就更少了。

云歌那天穿着妈妈刚给她织的白色的毛衫，她下意识地拢了拢跑散了的头发。北大荒当时是一片莽原，颇有“天似穹庐，笼盖四野”之感，在下面看站在高处的人，好像她一伸手就能摸到天上的星星。

那天的夜空很立体，慕天站在山下，看着云歌，好像觉得她是站在星星里，星星绕着她，那星星忽闪着多情的眼睛。

月亮照着她，那月亮皎洁明亮，毫不吝惜地把清辉泼泻在这个女孩身上，把她照亮，把她镀在高雅的银色里。

慕天望着修长的她缓步往山下走，惊呆了。由于奔跑的慌乱，她的发辫已经全散开了，一头秀发瀑布般飘洒，雪白的紧身毛衫裹着她略微发育的身体，秀长的双臂垂着一双小巧的手，稍有些隆起的胸部下面纤长细软的腰肢，那洗得发白的肥大的军裤，在风的吹拂下，像是飘飘地裙摆，只是头上缺少一顶花冠，不然……

慕天晃了晃头，觉得自己好像忘记身在天上还是人间，眼前这款款走下山、楚楚动人的女孩是仙子还是精灵？

“北大荒这荒芜之地，居然会出现这样的女孩”，慕天想着，心底里响起了歌声——《你是大荒的精灵》：“你是大荒的精灵，来到这里，你还如此年轻，你在这莽原上铸就着风骨心胸，你在这绿水间滋润了万种风情。你是大荒的精灵，来到这里，你还如此年轻，你的知识，唤醒了多少童蒙，你的青春，贯注了良田万顷。你是大荒的精灵，来到这里，你还如此年轻，你钟这日月山川的灵秀，你为这里描画了多少胜景。啊，你有你的幽怨，但你还是想与祖国一道奋力前行，你有你的思念，但你还是甘愿在这荒山大野，憧憬着未来的梦，未来的梦……”

云歌款款走下来，离他越来越近了，他已经看到她闪闪的星眸、长长的睫毛和那上面挂着的珠泪点点，看到她镀着一层月光的脸庞，显得那么白皙透明而秀美。

慕天自问：“前一段时间和她一起拉煤谈天，接触也不少，好像没有怎么注意她，也许觉得她还是个小女孩……”

“慕天，你怎么来了？”云歌见慕天痴痴地望着她，先打了招呼。

“怎么了，哭成这个样子，我印象中你是很刚强的啊。”慕天方才回过神来，不解地说。

“生活实在有点过不去了。”云歌眼里又蒙上泪花。

“至于吗？”慕天说。

“至于。”云歌认真地说。

“发生什么事了？”在慕天眼里云歌一直是个很好强的女孩，即使是那天在魏宏面前，她那么烈性，之后连一滴眼泪都没掉，这一点让大胡子连长和他都刮目相看，他从没见过她这般脆弱。

云歌大致把鲍力到来的事情对慕天讲了一遍，并说：“确实家里是被抄家了，但我觉得父母是冤枉的，春节前回去就是去办这件事，但至今没有结果。我觉得前途已经没希望了，这两年来，我的心理压力很大，我之所以能活下去，就是为了撑起我的家。如今，我好像也撑不住了，这里每个人过得都比我好，比我完美，我真的撑不住了……”说着，云歌的眼泪又像断了线的珠子流下来。

他望着她，一句诗来到心底“梨花一枝春带雨”，“完美？世间哪有那么多完美。”慕天轻轻地说。

“你想过吗？人类也是哺乳动物，你看小牛生出来不到十分钟就能站起来，拜四方，然后跑到妈妈身边吃奶，许多哺乳动物都是这样。而人类的婴儿生出来，却是软软地躺在摇篮里，肢体的成长要一两年，大脑的成长要十几年，而人类一辈一辈如此悉心呵护着下一代的成长，成为他们的天性和责任，如果和其他哺乳动物比，他们就会失去这种耐心，因为他们的本能知道，一个人来到世上是有使命的，只是使命不同。”慕天说。

“我哪里还顾上这么多，还哪有什么使命，能让我的父母兄弟活下去，就已经很好了。”云歌说。

“保护你的家庭，这至少是你目前的小使命，你能放弃吗？”慕天说。

“我确实不想放弃，但我来到这里都逃不过去，还哪有力量保护他们啊！”云歌说。

“这件事我知道一些，好像这个人之前还给连里写过信，我听杨排长说过，不是也没影响你上机务排吗？”慕天说。

云歌含泪说：“但现在不行了，她跑来闹得满城风雨。”

慕天说：“我挺相信兵团这里的人，他们多数都比较客观，比较实事求是，这只是眼前，你要往长远看……”

“我还有东西在上面。”说着云歌向山上走去，慕天不知这女孩子要去做什么，没敢贸然跟上去，但等了一会，她没下来。

“拿什么东西，我可以帮你吗？”慕天在山下问，云歌说“可以”，慕天大步走上山，见云歌在一棵松树下挖坑，边上放着一摞东西。

走近一看是用外衣包着的一些书。“这是干什么？”慕天问。

“我是想把它们埋起来，免得过一段翻出来说是‘毒草’，连累我的家人。”云歌说。

“我可以看看吗？”慕天说，“可以，看吧，其实你借给我的书，有些他们也会认为是‘毒草’，你要小心啊。”云歌紧张地说。

“这些正是我喜欢的书啊，但这几本书放在一起好奇怪。”慕天高兴地说“《新旧约全书》《山海经》《华盖集》《石头记》《封神演义》《资治通鉴》……”

“别念了，小心，”云歌警惕地左右看看。“你有这么多书，怎么不说借我看啊？”慕天兴奋地说，“这哪是什么‘毒草’，这都是好书啊！《石头记》是《红楼梦》的老版本，还是线装的呢！”

云歌说：“我不敢啊，怕惹出事儿来。”

慕天说：“别毁了这些好书啊。”

云歌说：“这都是我喜欢的书，当时抄家，我藏得那么辛苦，好不容易把它们带到这里来，我也不想连累你，还是先埋起来吧。”

“你既然害怕，就依你，这本《钢铁是怎样炼成的》和《资治通鉴》就不要埋了，我的那本《钢铁是怎样炼成的》传没了，《资治通鉴》我想看看，行吗？”慕天说。

“可以，留个纪念吧。”说着云歌又流泪了，看着云歌梨花带雨的样子，慕天好不怜惜，但他也有点不知所措，他觉得一切听由她的意愿，她心里会好受些。

他从车上拿出一个旧工具箱，把书用棉纱包一层，又用旧牛皮纸包一层放在工具箱中，说：“这样书就不会受潮。”

“还是你想得周到，但我走了的话，就得拜托你了。”云歌说。

慕天从车里拿出一把圆锹，走近这棵老松树下，在云歌刚用树棍挖的小坑基础上继续深挖了几锹，把装好书的旧工具箱放进去，说：“林黛玉葬花，你这是葬书啊。”

云歌赶紧蹲在那里埋书，她比较满意这种埋法，她细心地把土抚平说：“这棵松树是这山上最大的一棵，我记住了。”

慕天觉得她的心情好像好些了。说着她站了起来，也许是蹲时间长了，也许是哭时间长了，她的身体摇晃了一下要倒下去。

慕天一个箭步过来抓住她一只手扶住了她，刚二十岁的慕天也是第一次和一个女孩如此近距离的接触，刚才她从山上走下来那一幕，已经激发了他年轻男性的激情。

这一瞬，好像有一股滚烫的电流涌溢到他的全身，他真想一下子把这将来会长成女神一样的女孩紧紧地拥在怀里呵护她，抚慰她。

但是，他想到云歌刚刚受了打击，像她这样烈性的女孩，在最脆弱的时候，她需要的绝不会是男女情爱的温存。他顺势把云歌扶到大松树边上的一块石板上坐下，说："怎么啦？"

云歌说："没事，也许起来猛了，有点晕。"而此时的云歌也没有马上挣脱掉他的手，在她的心底里也有一股暖流在涌动。

瞬间，四目相对，月光之下，她看到慕天那浓密的黑发，开阔饱满的额头，刚毅的脸庞，两道剑眉直插双鬓，一双晶亮的双眸深情地看着她。

几年的北大荒生活历练使他有着健美的身姿，她多么需要在这样宽阔的肩膀上靠一靠，她发现自己的嘴唇几乎触到他的胸口，脸上一阵温热，心跳也加快了，身上有一种从来没有过的像触了电的感觉。

但是，她也很快冷静下来，有些不好意思地坐到石板上，慕天也坐在她的身边。"为什么难过到不想生活下去了？"慕天轻轻地先开口了。

云歌非常感激他这亦师亦友的冷静，而且，如果今天没有他的到来，她也许会做出什么傻事来。

"只是因为鲍力让你在众人面前丢了面子？只是觉得这几个月你白做了努力？也许是，是你觉得因此你的前途无望，是你忧心个人的人生价值不得实现，是你看不到你的未来了，所以，你如此痛不欲生吧。"慕天轻轻地说。

云歌惊异了，眼前这个她觉得在她面前有点饶舌的人，也是不过二十岁，怎么会一下子看到她的心底，她不得不承认地点点头。

"你是个聪明好强的女孩，你并不是真想来北大荒，你是想完成你的大学梦。"云歌想分辩，但慕天继续说下去，"这是没有错的，而且你们这批重点校来的学生，多数都是和你一样的想法。"

云歌说："是的，老高中的同学比我还悲观。"慕天说："于是，他们有的就无心干眼前的工作，就发牢骚，甚至借酒浇愁。"

云歌问："你怎么知道？"慕天说："谁不知道啊。"云歌说："我确实是想上大学的，哪怕是大学毕业之后再来，也行，但现在看来无望了。"

慕天说："你确实应当是上学的年龄，但由于人的弱点，大势让个体命运出了问题，我们这些人都存在一个如何面对的问题。"

"你怎么想？"云歌想起那日拉煤时他的那番"英雄论"，已经令她对他刮目相看了。今天，他对她讲关于人类的事情，也是她第一次听到，她发现他的思路和普通人不一样，于是她完全冷静下来了。

"上次说过，我学的就是机械，来这里也用得上。"慕天说。云歌问："你对自己学的东西，满足了吗？"

“当然没有，我现在一方面自学，一方面思考。”

“你上过大学，你有基础，我连高中都没上过，连思考都不知道从哪儿想起。”

“我看你是一个学文科的料，你也喜欢。”

云歌点点头：“是的，很喜欢。”

“你知道吗，文科是可以自学的，我看你已经读了不少书了。”

“太不系统了，抓到什么，读什么。”

“你年轻，现在可以这样读，以后再系统化，其实生活也是一本大书，这不是大道理，就看你用心不用心，你说是不是？”

“我怎敢说不是，这不就是现在对我们提倡的吗？”

“你冷了吧，我们还是下山吧。”

云歌看看周围，月亮已经西斜，星星忽闪忽闪地望着他们，“是的，太晚了。”云歌看了看埋书的大松树，把蓝色的工作服穿上。

这山原本就不高，路上，慕天望着远处幽深的完达山说：“我来得比你早，感受到北大荒的一年四季，山山水水比你多，我常常想，中国的文化是怎样形成的？它的初始和一路上经历的几乎都是华夏这片土地上的山山水水。”

云歌说：“咱们曾经说过，我来之前已经了解到，这里是历代中原王朝说的极北苦寒之地，可能比书上说的还要往北。也听说夏天更要命，蚊子、小咬、跳蚤，轮番上阵，有许多想象不到的艰难，这一冬，我已感受到了，但这些我都不怕，我有思想准备。今天我跟你说了吧，主要是我这两年太不顺了，许多打击，真是不可逾越的……”云歌说着眼泪又蒙住了双眼。

“是的，这些我也感受过，也有痛苦的时候。但是，你要相信，大势不会永远如此，如今是 1969 年了，与 1966 年相比，就不一样了吧？”

“你也有过我这样的经历？”“这是全国的事，像我这种家庭怎会没有这样的经历。1949 年到现在，建国也只有十几年，一个国家，一种制度，像一个人一样，从激情燃烧到成熟稳重，自然会有这个过程的。”

云歌近距离望着慕天深邃的双眸，一种敬佩之情油然而生：“你说的这些，我确实没有想过。”

慕天说：“关键是在这样的时候，我们都还很年轻，我们不能就此荒废颓唐，真到需要你了，你却头脑空空，什么都不懂，什么都做不来，你是知道的，成功永远属于有准备的人”。

云歌说：“说是这么说，但一天下来，已经很累了，看着看着书就睡着了。”

慕天说：“一个人的成长，确实不仅仅是读书，这绝不是大道理，你可能知道有一句话：练达人情皆学问，聪敏事事记经纶。”

“当然，这么学究气。”云歌破涕而笑了。慕天看到她的情绪有好转，松了一口气，说：“可能是生活的磨砺，你已经不是一般的同龄女孩，你知道的比她们要多很多，但是你还要明白，你不仅要努力生活，还要向生活学习。”

“这不是当前精神提倡的吗？”

“意义应当更丰富，当你面对离自己如此近的大自然，特别是如此天高地阔的北大荒，你会真正体会到，天地有大美而不言，你想过吗？天地可读啊。”

聪明的云歌有些迷茫地看着慕天。慕天接着说：“你遍览中国文学史，那些文人墨客，哪一个人笔下，不都是山山水水？多少人才都是这山山水水造就出来的，不是说‘青山有墨千秋画，绿水无弦万古琴’吗，当然也是因为有了他们，山水也才有了灵性。”

“你说得真好。”云歌由衷地说。

这时，他们来到了山下，慕天打开铁牛 55 的车门，他先让云歌坐了上去，然后自己坐到了驾驶座上。“我们回去吧。”

“是的，回去吧。”路上两个人完全冷静下来了。慕天说：“你可能觉得我们比他们要艰苦。但是司马迁、李白、杜甫、苏东坡，他们很大的原因都是因为受过各种磨难，走近山水的，在山水之中，他们开启了自己的才华。这些你一定更清楚，陶渊明不更是这样吗？他终日居无定所、穿行奔波，只能隐居在山林中，终日与山野做伴，他的诗作，就有了恬淡的风格，这一点你总是应当承认的吧。”

“你说的，还真是有点儿意思。”云歌被他的话吸引了。

“所以，当你想不开的时候，到大自然之中翻个跟头，打个滚儿，就像一头小鹿，在微风中撒个欢，跑到河边喝口水，在石头上蹭个痒，心情就好多了。你想想你难过了，为什么要跑到这山上来？”慕天说。

“你真是个诗人。也许，是不想再和人接触。”云歌说。

“不全是，其实许多人一生都要在大自然之中做过多次调整，做心情的转换，只是他们自己本身并不是很自觉的。”慕天说。

“想想真是这样啊！”云歌说。

慕天接着说：“你想是不是天地可读？就是说像读书一样读天、读地、读星月，读山水，读晴雨，读远方……这样你的生活就生动得多了，也不会荒废了。”

“听你说，想想还真是这么回事。”

“比如说读地，你知道安泰与大地的故事。西方有一种地景艺术，就是讴歌大地的艺术。”云歌觉得他说的话很新奇，也很大胆，其实夜已经深了，她却没有了倦意。

慕天说：“土地是不应当被遗忘的，遗忘了土地，就是遗忘了我们的来路，我们的神话中，人都是泥做的呢，可以理解为我们人类是来自大地的，这样，你才会更看得起耕耘在这片土地上的人们，同时，也看得起如今的自己。我们那些老职工，他们那么刚强、执着、淡定，他们有些人文化水平不高，但也许他们比我们更明白活着的意义。”

“你其实挺适合当老师的，真会教育人啊。”云歌开始活泼起来。

“你不觉得吗？这里超然物外的大山大水，更贴近于宇宙自然本身。不枯竭的河流、不死的松柏，都是大地的表情，都表现了大地的一种思考和表达。”

“这种想法还是很新鲜的。”

“我刚回国时，就去了西部，那里大漠孤烟、长河落日、千顷戈壁，但却生长着一种胡杨树，千年不死、千年不朽、千年不倒，我深深地感受大自然通过这神奇的树群，它们在做一种意志的表达。”慕天说。

“你这是天地有灵，是唯心主义的。”云歌反驳说。

“现代工业革命、科技革命，越来越改变人和大地的关系，我们甚至不甘心于躬耕劳作了。其实大地给予人的力量，是独立一切力量之外的力量，是一种不被历史限定，永远存在的力量，这才是人类的精神的源头，这能说是唯心吗？”

“慕天，你想到了这么深刻的呢。”

慕天看了看云歌，又劝了这女孩一句，他指着远处的完达山：“山有峰顶，海有彼岸。印度作家泰戈尔你知道吧？”

“当然知道，他来过中国。”

“他有一句话很朴实——你今天受的苦，吃的亏，担的责，扛的罪，忍的痛，到最后都会变成光，照亮你的路。”

云歌被慕天的话句句打动着。他轻轻地拍了一下她的肩，说：“时间不早了，明天还要上班，回去休息吧，不要想那么多，天是塌不下来的。”

铁牛 55 已经到了云歌宿舍的门口，云歌说：“你其实想得比我多得多啊，今天真是谢谢你，不然……”

走到门口，云歌回过身来又走回了 55 车边，脸上分明泛起了一种微妙的不舍，说：“今天读地，哪天有时间还再读天吧。”

慕天笑了：“别嫌我话多就行。”

“不，我爱听你说话。”

慕天认真地说：“记住，无论到怎样困难的时候，都要相信鲁迅那句话，‘希望是附丽于存在的，有存在，便有希望，有希望，便是光明’。我们会有时间聊这些的，外面太冷，赶快回去吧。”

“好吧。”云歌转身连跑带跳地回了宿舍，慕天望着她的背影，不觉笑了。“到底还是年轻啊，忧愁来得快，去得也快。”

第十一章

待审查回农工排　同室友余英怀孕

第二天，连队领导班子碰头，刘飙马上提出："昨天的事情发生在大食堂外，正赶上吃饭的时候，影响很大，鲍力虽然不讲理，但她说的云歌的事，大家也都听见了，是不是空穴来风，还是得查清楚再说，我们领导班子不能没有一个态度。"

"什么态度？"大胡子连长不悦。"云歌继续在机务排恐怕不行了吧，机务排是有标准的，如果她的家庭出身，真像鲍力说的那样，就不合适了。"刘飙说。

"春天机务上的活很多，再换女娃来不及，也不能听风就是雨，他们来的时候都是经过政审的，把老杨叫来，问问云歌的表现。"

杨排长很快被找来，刘飙问："这几个月，云歌表现怎么样啊？"

"这女孩很能吃苦，播种都是小伙子们干的活，一个来回，十几袋的种肥，每袋都百十来斤，几天之后她就顶住了。而且，后来她对种肥的比例搭配得很认真，不像小刘他们几个人，粗粗拉拉的，只是个大概其，到底是有知识的，不一样的，受她的影响，后来大家也开始注意种肥的配比了。"杨排长认真地说。

大胡子连长对刘飙说："听到了吧，我看没问题，指导员，我看对云歌再外调一次吧。"

曾指导员说："按说她们来的时间不长，又不是提拔干部，没什么必要。行啊，既然有人提问题，就外调一次吧。"

刘飙顺杆爬："连长说的是，对那天发生的事总要有个交代，我看让她先离开机务排，外调没啥大问题，考验一下再回去，有问题再选个人嘛，人我们还是有的是。"

大胡子连长和指导员虽然对云歌的印象很好，但也只能同意刘飙的意见。

春寒料峭，马排长带着全排人点玉米种，云歌走在盛楠的后面。

她穿着机务排发的海蓝色的工装，脚上穿着蓝色的雨鞋。已经当了副班长的于珏在另外一支点种队伍里。

于珏看到了云歌，就跑过来，有点幸灾乐祸地说：“哎，机务排还真没白待，捞套衣服，你看这成套的衣服，穿着就是好看啊，还配的是一个色的雨鞋，啧啧，好看。”

“你这么说话，什么意思啊？”云歌看于珏不阴不阳的，不高兴了。

走在前面的盛楠，回过头来，看了一眼于珏：“别以为没人知道，你跑到刘飙那里，给鲍力打证言，就已经可以了，还又说‘捞套衣服’，你是她的同学、朋友，她本来心里就不痛快，你这人怎么是这样的……”

于珏说：“盛楠，我是夸她精神，好看，不好吗？不过，既然穿着这身衣服，还是在机务排待着合适。”

“做事至少要有点良心吧。”云歌说。

“谁没良心，云歌，你说清楚！”于珏气急败坏了。

“行了，于珏，谁做什么了，自己最清楚，赶快回去干活吧，别在我们这里捣乱！”盛楠不客气地说。

队伍里好几个人都呼应了：“是啊，走吧，别在这找事了，去干活吧。”

于珏不服气地说：“你们没看见啊，盛排副今天这么厉害，我说什么了啊，真是好心当作驴肝肺！”“行啦，你该走了！”长生嫌恶地说，于珏悻悻地走了。

天上飘起了小雪，已经是早春时节，落在地上就化了，玉米地的垄台上又湿又滑，雨鞋根本踩不住。

地头上放着许多藤条编的簸箕和小铲，一堆肥料，一袋袋玉米种子。

每个人手里拿个簸箕，一边装着肥料，一边装着种子，肥料是有机肥，是人与牲畜的粪尿沤成的。

云歌的簸箕上装满这两样东西，足有二十几斤，垄沟泥泞、垄台湿滑，一会雨鞋上沾满了泥，越来越沉重，加上一只手端着沉重的簸箕，另一只手点种，身子根本弯不下去。

盛楠第一个甩掉了雨鞋，光着脚踩在地上，用脚趾抓地，走得稳多了，她很快走到前面去，赶上了老职工。

云歌也学着盛楠脱掉了雨鞋，两只雪白秀气的脚一步一步踩在地上，真是寒冷刺骨啊，但是显然速度快了好多，她沿着自己的垄沟，几粒种子，一把肥，放进刚铲开的小土窝里，然后用脚把它们埋好。

云歌追上了盛楠，盛楠说：“挺快啊，种玉米完全是人工点种，说是肥已经沤了一冬，其实好多都没有沤熟，人的粪便一坨一坨的，确实是又臭又恶心。”

老同志对此觉得再自然不过了，盛楠她们去年干过这类的活，也接受得了。只是新来的知青都皱着眉头抓着手里的粪便。

和云歌一起来的长生，今天也被派来点种了，他一边点种一边呕着，一边嚷着："哇，好臭啊。"

云歌看着自己雪白的双脚，一步一步地埋着粪便和种子，心里也不是滋味，就这样一直干到中午。

远处走过来两个挑担送饭的人，一个清脆的声音喊着"开饭了"。

"这饭可怎么吃啊，上哪去洗个手啊！"长生嚷着。挑担的人一位是食堂的上海知青石梁，一位竟是连长的妻子姜阿姨。

姜阿姨走到举着两只手不知怎么办的云歌面前说："前面有个小河沟，去洗洗手吧。"

云歌才如释重负，和大家一起跑到小河沟边上拼命地洗手、涮脚。

"手还是臭的，你闻闻。"长生咧着嘴，把手放在云歌的鼻子下面，姜阿姨把一把草叶递给了云歌："可以当肥皂用的。"

云歌转身分一半给了长生，"这草叶果然是像肥皂一样，起泡沫的。"云歌新奇地说。"这是皂荚草，可以当肥皂用的。"姜阿姨笑着说。

"姜阿姨，您什么都懂啊，真好。"云歌说着把两只湿手往衣服上抹了抹，她拿了一个包子，端着一碗玉米面粥坐在也正在吃饭的姜阿姨身边，说："您怎么来了？"

姜阿姨说："我也在这里劳动呀，今天是北京来人了解一个同志的情况，他们了解完了，我就回来了。今天，'蹦蹦车'去团部了，少一个人送饭，我就顺便跟着挑过来。"

"您这个年龄了，也干这种活？"云歌问。"我58年刚来时干过，现在又干了好几年了，挺好的。"姜阿姨话说得十分轻松。

此时，大家一吃完饭马上拿起簸箕，为了赶进度都不休息。姜阿姨接了发烧回去帮厨的周晴那一垄地，正好与云歌相邻。

姜阿姨也把鞋脱掉，一边轻快地拿着簸箕，点着种，一边告诉云歌点种的要领，云歌学着她的样子，也轻松了些。

"姜阿姨，听说您见过毛主席、周总理？"云歌问。"是啊，我解放后就到了北京，在当时的文工团创作室，老梁从朝鲜战场回来，本来他立了功，又受过重伤，是可以和我在北京团聚的，但是他说'南征北战，跑惯了，不习惯机关工作，'就跟着他们的部队来开发北大荒了。我们又过起了聚少离多的生活……"

"姜华，你在这里干，怎么给你算工作量啊？"于珏跑过来叫姜阿姨。"好的，副班长，我把这垄干到头，就过去。"姜阿姨说。

"来了也不报到，跑到这里来了，真有意思！"于珏嘟囔着。

云歌正要说话，已经干完一垄地的马排长过来了，说："周晴干了一半，回去了，是我安排姜老师接着干的，你的活干完了吗？”马排长问于珏。

“没呢……”于珏说。“干完自己的活，再来管别人！”马排长不客气地说。

“没事，她是我们副班长。”姜阿姨笑嘻嘻地说。

“去干好你的活，工作量我跟常排长说。”马排长接着对于珏说。

“老马，别打击年轻人的管理热情啊！”姜阿姨说。

“什么管理热情，我看她是马列主义上刺刀，老是枪头对外啊。”马排长生气地说。

云歌暗自想着：“确实是应当这样说她，她怎么忘了自己父亲的处境了呢。”

云歌尽量使自己手脚动作快起来，姜阿姨走到了她的前面，云歌说：“姜阿姨，别理她，你继续讲。”

“你们是同学，是吗？”姜阿姨问。“是的，姜阿姨，我们不仅是同学，在学校还是要好的学友，真是对不起，别跟她一般见识。”

“没事的，她是副班长，问一下也对，”接着姜阿姨又讲起了往事，“1958 年全军掀起了开发建设边疆的热潮，我们室给了一个名额，我马上口头报了名，怕不被批准，又写了申请。当时许多同志和我还不一样，我是在北大荒有老梁，我们的两个孩子已经出生了，我当时就想在北大荒结束我们的两地生活。”

姜阿姨麻利地点着种，接着说：“我们被批准 25 名同志，我是个特例。大家都是自愿到最艰苦、最需要的地方磨炼意志、贡献力量的。当时领导上非常高兴，也很重视这件事，还为我们举行了告别舞会，毛主席还陪我们每人跳了一曲舞，并叮嘱管物资的同志，给我们带好棉衣棉被。”

姜阿姨陷入了回忆，“那天，周总理也参加了，他见到我们就问：‘你们是自愿报名去的吗？’我们回答‘是自愿的，我们愿意去开发建设北大荒！’周总理很高兴说，‘年轻人，有志气，远走高飞吧。但是离开北京去北大荒，肯定会遇到很多意想不到的困难，不管怎样艰难困苦，大家都要乐观，要挺得住。你们的衣服要带多一些，被子要厚一些’。”

云歌说：“周总理这么细致，平易近人。”

“那当然，那年，王震将军冒着‘大烟炮’在密山火车站迎接我们，这一转眼就是十几年了。”姜阿姨感慨地说。

两个人聊着，不知不觉一垄地的活干完了。“你看说话干活就是快，到地头了，我该回我们班了。”姜阿姨笑呵呵地说。

“谢谢姜阿姨！”云歌由衷地说。可能是因为常年劳动，姜阿姨还葆有挺拔的身材，云歌望着姜阿姨远去的背影若有所思。

回到农工排，云歌仍然睡在余英身边。余英这一段身体不好，经常呕吐，不想吃东西。

云歌把从家里带来的所有胃药都给了她，也不见起色，安力倒是每天都来看她，但这样却给别人带来了不方便，惹得大宿舍里许多女孩都有怨言。

而云歌还是执着地照顾她，跑到家属房那里给她做面条，给她做油炒面，不会做的时候还拉上已经在学校当上教师的金晶。

金晶因为当上教师就不在农工排住了，但与云歌来往还是很密切。一次，说起余英的病，金晶忧郁地说："但愿不会有什么大事。"

"会是什么重病吗？"云歌问。

金晶说："重病倒不至于。"

"那会怎样？"云歌瞪大眼睛有些担心，金晶看着单纯的云歌欲言又止。

但那天，终于事情闹大了。一天下班后，于珏来到宿舍，说是她作为副班长来看望余英。

于珏问余英："说是你病了，你怎么不去李医生那儿去看病呢，你这样，谁知道你是真病了，还是不想干活啊？"

"我去了，李医生不在。"余英说。

"我把李医生找来了，他说你没去看过病，他一会就到了。"于珏边说边观察着余英的反应。

余英惊恐地坐起来说："不，不用，我好了。"

云歌过来劝余英："李医生看看也好，可以对症下药。"余英说："不，不，我不用看，于珏，你什么意思。"

"我没什么意思，就是让李医生给你看看，你到底得了什么病，不然，你两个月都没好好上班，工作量拉了大家的后腿，我是副班长，我不能不管啊。"于珏说。

"她病了，也不是刻意的啊，都是一起来的，你干什么这么不饶人啊。"云歌为余英辩解。

"我饶了她，谁饶了我，我们的工作量一直扯全排的后腿，人家都有意见的。你不懂，你就不要管。"于珏没好气地瞪着云歌说。

"为什么，我一直在管她。"云歌说。

"你管不了，你就是个傻子。"于珏说。

李医生来了，安力跟着也来了，于珏对安力说："你一个大男生在这儿，干嘛，你总到女生宿舍来，觉得方便吗？"

安力诺诺称是，退了出去。

让云歌不解的是，余英对李医生的检查有些回避，说："听诊器太凉，我不想用。""那就号脉。"于珏说。

李医生还真的就号脉了，他说："脉沉细，有湿寒，造成湿气上扬，是的，胃不舒服，伴有呕吐现象。"

"是吗？"于珏冷笑，发出疑问。"怎么了，于珏，你觉得有什么问题吗？"云歌问。

"你们都是一起来的，要相互照顾、互相体谅。"李医生冷冷地对于珏说。

李医生说完又对云歌说："你去帮她拿点药吧。"

"好的，"云歌转过头对于珏说，"你怎么变成这样了，都是一起来的，有点同情心，好不好啊！"

"你就是个傻子，你就住在她边上，就什么感觉都没有？"于珏说。

"什么感觉啊，我感觉是她病了，我不知道你在说什么。"云歌气哼哼地跟着李医生走出去。

"春节的时候，是你们两人和金晶一起跑回家的吧？"于珏说。

"是啊，这与她的病有关系吗？你是副班长，但你也不能不让人家生病啊，有点同情心，好不好？"云歌说。

"你叫一下金晶，你们一起过来拿药吧。"李医生轻声对云歌说。"好的。"云歌有些疑惑地答应着，跑去找金晶。

金晶在路上对云歌说："不是什么好事。"云歌问："得了重病吗？"金晶说："于珏说的也是，你和她挨着住，就什么都没发现吗？"云歌懵懂地摇摇头。

"你刚才说的是于珏叫的李医生，一定是于珏发现了什么。"云歌很困惑地望着金晶。"也不怪于珏说你，你确实是够傻的。"金晶说。

说着，她们已经到卫生室门口，两人先后走进去，发现大胡子连长也在。

连长很生气，说："金晶，把余英叫到医务室，和她谈清楚。云歌，提前给你探亲假，把余英送回家，这也许是最好的办法。至于安力，还是要接受处分的，刚来还不到一年，就出这种事，大家都要引以为戒了。"

说完，大胡子连长气呼呼地出去了。

云歌看着大胡子连长生这么大气，傻傻望着他大步流星的背影，回过头来看着金晶，金晶拍了她一下，小声说："还不明白吗？余英是怀孕了"。

云歌惊诧地说："啊，不可能啊，她比我就大两岁。"说着，云歌摇着头，脸红起来，金晶对着她的脸掐了她一把，说："你脸红什么，真是个傻孩子。"

按着大胡子连长的安排，云歌火速收拾行囊，准备陪余英第二天上路，慕天开着铁牛 55 把她们送到春晖车站。

在车站，两人望着远去的铁牛 55，余英的眼泪一下子流下来："我真想碰死在这里，这样回去，我父母会打死我，那个没良心的，送都没送我。"

云歌此时显得成熟了许多："连里一定和他谈了，他哪还敢来送你啊。"

一辆绿皮火车开过来。“云歌，我真的不想活了！”余英痛苦地说。

“那怎么行，你还不到20岁，不要想那些没用的，想想怎么处理这件事，车来了，赶快上去，不然赶不上车，就麻烦了。”云歌一把拉住余英，拼命把她拽上火车。

云歌连拉带拽把余英拉到一个座位上，不是节日高峰，车内空间相对宽松。

因为走得急，两人东西带的不多，每个人背着一个军绿书包，手里提个手提的旅行小包，云歌补了她们两人的票坐下来。

对面是一位现役军人，看样子也就三十来岁，和另一位三十几岁的男士并排坐着。

因靠车窗的座位有一个小桌子，相对舒服些，云歌让余英坐在那里，自己坐在她的身边，她把余英的书包挂在挂钩上，抬头看行李架上只能容下她们两个小包，便随意把自己的书包放到小桌上了。

因为对面有人，余英也不能对云歌说什么，两人看着窗外掠过的风景，各想各的心事，心情都不怎么好。

“二位是兵团的吧？”那位现役军人开口说道。“是的。”云歌回答。“回家探亲？”“是的，您是？”“沈阳军区的，我们是一个系统的。”那个军人很健谈。

“那怎么可能，你是现役军人，我们是农民。”余英说。

另一位是学校的老师，路上，大家有一句没一句地聊着，云歌对生人比较矜持，余英心里有事，显得有些心不在焉。

而对面的两位话还挺多，后来还留下了联系方式。到了沈阳，两人匆匆下了车。

“可走了，话还挺多。”云歌说。“这位高强干事人挺好的，唉，当时我妈就希望我找个军人，现在什么都不说了。”余英说。

“想什么呢，人家都是三十来岁的人了，肯定已经有家小了，”云歌惊道，“你还有这心思。”

“我不过说说。我现在生是安力的人，死是安力的鬼了，”余英说，“我想过了，这个孩子生下来，我已经十九岁了，安力也快二十一了，已经到了结婚年龄了。”

“也是，如果这样，就一了百了，不过就是早婚而已。”云歌说。

前天晚上，金晶拉着云歌，嘱咐了她好半天，她显得对这件事冷静多了。

“但我毕竟是未婚先孕，在院子里很丢人的，我不自寻短见，我父母也得扒了我的皮。”余英说。

云歌说：“我劝劝他们，商量个妥当的办法吧。”

“你带纸了吗，我去下厕所。”余英问云歌。“带了。”云歌说着去拿书包，打开了书包，云歌傻了眼，里面除了一包子弹，什么都没有了。

云歌着急地说："啊，这不是我的包啊，书包上还有部队的番号呢，怎么搞的。"

余英说："坏了，一定是刚才那个军人拿错了。"

云歌本能地把书包背在身上。

"我们怎么办？"余英也急了。"找列车长吧。"云歌跑去找列车长，列车长带着一个乘警，一起来到云歌她们的座位边上，说："等等，看他是不是已经发现了，如果没发现，我们再按着这书包上的部队番号打电话。"

过了一会儿，列车喘着粗气到了下一站，徐徐地开进站台了，车门打开时一位军人一个箭步冲进车厢。

"高强。"余英第一个看见那位军人，他手里提着一个书包，满头大汗地奔过来，急切地问："小同志，看到我的书包了吗？"云歌赶快把背上的书包交给了他，他打开书包看了看，说："多亏你们了，谢谢！"

乘警严肃地说："她们一直等着你呢，下次可要注意了。"车长倒是笑嘻嘻地说："这东西可不是随便丢的，不能一看到漂亮姑娘，就心不在焉哦。"

高强擦着满头大汗说："是，是，我是用吉普车才追上你们，太谢谢了！"车快开了，高强向大家敬军礼，再次感谢，便匆匆下了车。

折腾到第二天傍晚，云歌才把余英送到家里，正好余英的父母都在，余父正在教小弟写大字。

小弟很小，也就五六岁的样子，跑过来，扑到姐姐的怀里。看到她们回来，余英的妈妈也很惊喜，说："怎么，这么快又回来了，两个人一起回来的，是出差啊？"

余英怯怯地望着父母。"出啥事了？"余英的妈妈看到余英的表情一下子急了。

"婶子，有点小事。"云歌说。"什么事，开除了？""没有。"余英回答。

余英妈妈追问："那有什么事啊？"云歌踌躇了一下，看了一眼小弟，附在余英妈妈耳边说了情况。

"作孽啊，我就知道这小子不是好东西，就是个流氓！"余英妈妈马上大哭起来，一把揪住了余英，"你还有脸回来，你丢死人了，我哪辈子没做好事，生下你这个不争气的，你才多大啊！"

"婶子，这事还要冷静处理，惊动了左邻右舍不好啊。"云歌劝着。

余英妈妈的哭声惊动了余父和小弟。云歌的劝说还是有用，余家父母冷静下来。余英妈妈说："我要找安力父母去，他们生个这么流氓的儿子。"

云歌说："阿姨，这件事最好是冷处理，来时连长也这么说，这件事在连里都没声张，是连长悄悄地让我把余英送回来的，你们做父母的，就更应当顾忌余英的声誉了。”

余英的父亲对妻子说：“云歌说得对，人家连队都让云歌这样悄悄地把小英送回来，你当家长的还要敲锣打鼓啊，让自己难堪吗？”

余英妈看着云歌问：“孩子你多大了？”云歌说：“十七岁了。”余妈说：“看看，比你还小两岁，就这么懂事，人家父母是怎么生的，我真是造孽啊。”说着又要大哭。

云歌赶快扶住她，她挣脱开云歌，“啪”，打了女儿一个耳光。余英不敢哭，只是默默地垂泪。

云歌赶快护过去：“婶子，别这样，这样也解决不了问题，还是冷静点，想想对策，好吗？”

“是啊。”余英爸跺着脚干着急。在云歌的抚慰下，余英妈终于冷静下来了。并让云歌回家先去看望自己的父母。

临走，余英一把抓住云歌：“云歌，别走，我怕……”

“你得让人家回家看父母啊。”余英妈把余英拖回去，对云歌说：“孩子，你先走吧，这事，我们自己处理。”

云歌说：“好，婶子，一定冷静处理，别逼出什么事来，您和我妈一样，也就这么一个女儿啊。”云歌担心地看着余英，余英在一边垂泪。

余英妈边擦泪边说：“好啦，你走吧，好好陪你妈待几天，不要往这儿跑了，你放心吧。”

“余英，你要想开，咱们还年轻，没有过不去的坎。”云歌望着余英，确实有点不放心，但余英妈这样说了，她也不好再留下，只能从命，一步一回头地望着泪眼盈盈的室友。

半个月后，云歌要回北大荒了，余英妈来到云歌家。希望云歌再去看看余英，云歌欣然答应。

妈妈把家里仅有的鸡蛋票、糖票拿出来，买了二斤鸡蛋，一斤红糖，说：“你把这些，带给余英吧”。

云歌说：“妈，这不是坐月子才吃的吗，她还没到时候。”她想不明白妈妈为什么买这些东西。

妈妈说：“余英妈虽然没有明说，但余英一定是做人工流产了。”

云歌说：“不，余英不会，她说要把这个孩子生下来，然后和安力结婚的。”

妈妈说：“不可能的，安力这么不负责任，余英父母怎么能把女儿嫁给他。”

云歌说：“妈，你也这么看吗？”妈妈点点头：“男孩在婚前有这样的要求，就是不负责任，难道他不想想这样会给女孩带来什么吗？这些教训，你一定也要记住！”

云歌说："妈，你放心，我现在是不会想这些事情的。"

云歌拿着这些东西去了余英家。果然，躺在床上的余英悲悲切切。原来她的母亲还是请她做医务工作的舅妈帮忙，对余英实施了人工流产。

"一个鲜活的小生命就这样没了。"余英十分痛苦，说是经常梦到这个孩子。

云歌劝她："咱们都年轻，今后还会有的，不然，现在生了孩子，对哪方面都没办法解释，这样，也报答了连领导保护你的一片苦心。"

余英说："云歌，你还是不能理解我现在的心情，我对不起这孩子啊，孩子招谁惹谁了。"

云歌能想象出来余英是怎样与父母抗争的，但在那时候，她的父母绝不能承受女儿未婚生子，更不能接受让女儿婚前怀孕的人，这在当时是件大逆不道的事，是天大的耻辱，云歌细心地抚慰着余英。就这样，云歌与余英洒泪相别，如期归队了。

余英在家休养了两个月。余英的母亲亲自送女儿回北大荒。在母亲的逼迫下，余英与安力断绝了男女朋友关系，余母要求连领导把余英调到离十连，也就是离安力越远越好的单位。

余英被安排在畜牧连，结果被在那里当副排长的魏宏盯上。漂亮的余英性格柔弱，又曾经出过事，不硬气，终于成了魏宏的俘虏。

不堪受辱的余英给云歌写了一封信，说自己在畜牧连活不下去了。

云歌拿着信找到金晶，两人又一起去找大胡子连长。大胡子连长拍着自己的脑门说："我怎么忘了魏宏这个坏家伙在那里，那怎么办呢？你们是想把她接回来？"

"回来也不行吧，他父母希望她还是不和安力在一起。"金晶说。

"这样，金晶还要上课，我和畜牧连连长刘大个说一下，再找一下煤矿的领导，那里需要人，云歌去一下畜牧连，看一下情况，请畜牧连刘连长处理一下这事。"

畜牧连连长拿着余英给云歌的信，又听云歌说了大胡子连长的意思，当即找到了魏宏，魏宏开始还满不在乎地说："我们是男女朋友关系。"

见是云歌拉着余英走进来，顿时泄了气，对自己的行为供认不讳，畜牧连撤掉了他的排长。然后刘连长对云歌说："云歌，你先回去，我和煤矿领导联系一下，定下来，再通知你们，难得你年纪轻轻的对同学这么负责任。"

第十二章

游麦海重回机务　偶然见“麦田怪圈”

很快到了夏锄时节。“这时候是北大荒白天最长的季节，凌晨两点多，月亮还没有下山，太阳就不知疲倦地从地平线跳出来，日月同辉是北大荒习常的现象。”盛楠说。

“而且，这里的太阳比城里勤劳得多，晚上八点多，它才恋恋不舍地慢慢向西行进，还留下一片在城里看不到的瑰丽的晚霞。”云歌说。“可这是最劳累的季节，人们哪还顾得上欣赏这原本引人入胜的天象啊！”盛楠叹了口气。

盛楠说这是最劳累的季节，是因为玉米和大豆出苗后，马上需要人工除草和间苗。“用锄头除草是其他机械工具代替不了的，也是最劳累的活之一，这是全身运动，臂力、腰力、腿力，工具本身还得给力。”盛楠说。

由于广袤的大地块一垄地望不到头，锄到头基本就是中午了，“哇，好像从地球这头走到那头。”长生说。

可盛楠和马排长她们说说笑笑的很轻松就锄到地头了。

云歌生怕碰坏了苗，紧赶慢赶，还是落在了后面，马排长叼着烟在前面接她，“云歌，你这么大个儿头，锄地没问题，还是不得要领啊。你不是点过种吗，掌握好当时点种的大概距离，有些时候反要用锄尖。”在马排长的示范下，云歌确实快了一些。

“您怎么抽烟了，没见过您抽烟的。”云歌问排长。

“这时候，男同志就有优势了，不抽烟的，这时候也要抽，熏蚊子呗。”马排长说。

“是啊，不信，你试试。”盛楠不知什么时候跑过来，手里拿着点燃了的烟，一把塞到云歌嘴里。

“你看你这脸上、腿上、胳膊上都是包，啧啧，”盛楠心疼地摸着云歌手上的包朝向马排长说，“这细皮嫩肉的，过这一关，还早着呢。”

宝东也笑嘻嘻地走过来，递给盛楠一个蚊帐帽。“给她也找个蚊帐帽吧。”马排长说。

“这个先给你用，我那还有一个，明天我给你拿来。”盛楠把蚊帐帽递给云歌。

“没事的，这是宝东哥的心意，你自己戴吧，我等你明天拿来再戴，大家都一样，慢慢就适应了。”云歌有点不好意思了，执意不肯戴宝东给盛楠的蚊帐帽。

“是啊，三四点钟是蚊子小咬，中午是大瞎虻，晚上是跳蚤，这些城里的娃儿，苦了。”大胡子连长不知什么时候过来了，他说着叫来了慕天，让他去团部给每个知青都买一顶蚊帐帽。

第二天地头上摆了一批蚊帐帽，蚊帐帽上还有一个铁丝圈，铁丝圈上伸出一段有一个小槽的铁丝架，里面放上碾碎的艾蒿做的艾棒，可点燃驱蚊。

“这是慕天和蒋师傅昨晚加班做了一宿。”大胡子连长说，知青们心怀感激地纷纷带上蚊帐帽，长生说：“你看，远远望去，有点像一批外星人在锄地。”

“真好看，这是谁设计的？”云歌拿着蚊帐帽问。“是老一辈垦荒人设计的。”慕天眨眨眼睛说。

“等有时间，可以带你去蒋师傅那里看看原型。”就这样云歌戴着蚊帐帽度过了夏锄这一季，她从开始总是落在后面，变成了锄地又准又稳的排头兵。

那一天，云歌搭畜牧连的车把余英送到煤矿，回来时心里酸酸的。但一路上看到沿途地号，千顷麦田正在由绿转黄，阳光下金灿灿的一望无际。

这确实是北大荒独特的视野，云歌第一次看到如此壮观的场景，她在日记中写道：“天高地阔、碧空如洗、四野八方、毫无遮挡。极目远眺，那地平线犹如无限而巨大的画框。阳光之下，远山葱翠，野花争艳、麦海鼓荡。亦明亦暗、亦金亦黄。深深浅浅、波翻浪涌，一片丰收在望的景象。看着这一路上瑰丽雄奇的胜景，我的心胸开阔起来，像一脉清泉涌进心海，涤荡出一片纤尘不染的通透与明净。”

回到连里，杨排长通知她重回机务排。“连里外调完了吗？”云歌问。

杨排长说：“连长说是他请托团组织股的两位干事到哈尔滨办事顺便去的，说有些事没落实，但估计没啥大事。不管咋样，不是说重在表现吗，好好干吧。”云歌点点头，杨排长说从今天起，她正式被分到康拜因车组。

车长是副排长孙缪兼任，驾驶员是1966年来的北京知青袁泉。“因为咱人手少，车组有三个人，工作起来两班倒，其实是驾驶员两班倒，你这学徒就是一班，都是叫‘连轴转’顶两班，你就辛苦点了。”车长孙缪说。

这已经是康拜因检修中期了，云歌才回到了机务排。孙缪在老兵中说话能力是最强的，他带着云歌在康拜因周边转了转。

师徒俩边走边聊天。“这‘康拜因’就是联合收割机，上次来，你也算认识了，咱们的自动康拜因一般都是原来从苏联进口的，不知为啥，还用了一个英文的名字，是叫啥了……”“combine”“对了，还是你们年轻人，记性好，咱就叫它‘康拜因’了。”

孙缪开始吩咐云歌：“首先认识康拜因整个组成，从外观的每一个齿轮到内部的每一个螺钉螺母，从发动机到传送带，从离合器到滚筒……‘康拜因’是随时需要检修的，你这学徒起码还要熟悉所有的工具，锤子、扳子、钳子、螺丝刀，而且它们有不同型号，不同形状，螺丝、螺母的不同形状、型号，都需要掌握，随时都有需要。一旦机器运转起来，哪里的螺丝松动了，哪个工具不小心掉到哪个部位里了，都是要出事故的。”

云歌拿出一个小本子，一样一样对照记下来。一有时间云歌就搬出工具箱和各种部件，反复记，反复练习，保证车长和驾驶员一旦需要什么，必须准确无误地递给他。

而且速度要快，因为康拜因体型大，距离远，云歌和师傅们学会了空中抛物、接物。袁泉喊一声“云歌，接扳子”，一个红色手柄的大活扳子就飞了过来，云歌赶快伸手，准确地一把握住扳子的手柄，同时出了一身冷汗。

孙师傅那里又叫“云歌，8 个、10 个、16 个的螺母各拿两个”，云歌迅速从零件箱里找到，跑过去递上。

“检修传送带是个细活，女同志干这，比较合适。”孙师傅让她独立完成，她几天之中，坐在传送带边上，像绣花一样忙到天黑，拧紧每个螺丝，把所有易扣的螺丝换下来，终于把检修好了的一条结结实实的传送带装在康拜因上。

孙师傅很满意，对袁泉说：“这女同志干活还是真细，今年，这传送带就不会卡麦子了。”袁泉吐了吐舌头，跟云歌做了个鬼脸。

孙师傅又说“可惜云歌那双手，磨了那么多泡”，云歌有点不好意思，急忙做出大大咧咧的样子，把手背到身后。

半个月后，麦收马上要开始了，连队里杀了一头猪，赶在一个星期日中午，小会餐了一次。

连里开了麦收动员大会，还给未参加过麦收的知青每人发了一把镰刀，云歌也发了一把。

大胡子连长宣布：“下午做麦收前的准备工作。磨镰刀、洗衣服，有个思想准备啊，至少一个月不能休息。”

新镰刀要开刃，只有铁匠炉卢师傅那里有这样的磨刀石，铁匠炉离修理厂很近，检修康拜因时，云歌和 1947 年来的老转业兵卢师傅相处得很熟了。

大家都拿着镰刀到铁匠炉，排上了队。老卢师傅说：“云歌，你来凑什么热闹，这么多人，你先走吧，你的刀放在我这里，开刃的事包在我身上。”

卢师傅接过云歌的镰刀，“你明天是用大刀割麦，你这小丫头开着康拜因，就像开着巡洋舰一样在麦海里，多威风！这小刀开刃不着急。”

“卢师傅，看你说的，多美，您能做诗啊，我是学徒。”云歌顽皮地做了个鬼脸，卢师傅也不客气：“你这丫头灵着哩，我作的诗，你很快就学会了。”云歌嘻嘻地笑着跑走了。

她迎面碰上了慕天。“哎，云歌，正好要找你。”云歌问：“有事？”“与翮伟、齐全他们说好了，下午去独孤山下采黄花菜，你去吗？”

“金晶也去吗？”云歌问。“去啊，还有贺萍，米帆也回来了。”慕天说。

“贺萍好像在房上写大字标语吧，她还说一会儿让我去帮她出黑板报呢。”

“不用你了，米帆在帮她，米帆不仅会写，还会画，刚才连长见了他，还说后悔让他走呢，出黑板报就没你的事了，你一会一起去吧。”慕天说。

“好啊。”云歌愉快地应下来。

麦收前这个星期天下午，春夏之交的北大荒碧空溢彩，有几朵像凤尾一样漂亮的白云在苍穹上面飘着，太阳还不是太火辣，温煦地照着。

虽然说做收割前的准备比较紧张，但知青们还是年轻，贪玩，收拾得差不多，慕天与翮伟等一群人去了独孤山。

独孤山下有一片未开垦的平地，初夏时节已是姹紫嫣红，其中比较显眼的是黄花菜，如果开放了，可以与不同颜色的野百合花比美，但它是一水的黄色，为这片原野装点了几分的贵气和亮色。

云歌去晚了些，她还是穿着一身海蓝色的工装。“机务排的工装颜色这么抢眼。”翮伟望着匆匆赶来的云歌说。

“小号、中号的是海蓝色的，大号的是深蓝的。”慕天说着指指自己身上的衣服。

慕天说着也望过去，只见这女孩戴着蚊帐帽，一路上分花拂柳，她把蚊帐帽的铁丝装置卸掉，把遮脸的那一部分撩起来，蚊帐帽比普通草帽精致，白皙的脸上透着粉红，阳光下显得莹洁剔透。

“你最近看了什么书了，古的，还是洋的。”翮伟问慕天。“大洋古，是不允许的啊。”慕天笑着说。

“别给我装了，你还记得是哪本书中写的仙子落到后花园那些段落了吗？”翮伟说。

慕天笑了：“非礼勿视啊。”翮伟说：“没有非礼啊，只是说我们的兵团女战士不输古今中外的美女，哈，什么勿视，是你不想让别人视。”

“咱们的关系可都是一样的啊。”慕天有点不好意思了。“什么一样啊，你借给人家那么多书看，以为谁不知道。”翮伟说。

“那是诲人不倦嘛……”慕天说。“不会吧，你怎么不‘诲’别人啊？”翩伟说。慕天急了：“你没看过我的书？你……”两人正要追打。

“两位大哥好，”云歌已到眼前，“金晶来了吗？”

“来了，在那里。”慕天指给云歌，顺着慕天指的方向，云歌看到金晶和盛楠正在聚精会神地采黄花菜。

云歌没理会翩伟与慕天，径直向金晶她们奔过去，说：“原来你们先来了，我还去找你们呢，不然能早点到。”

“不晚，”盛楠边说边告诉她们，“黄花菜不能采花，得采花骨朵，晒出来形状好，也好吃。”

金晶说：“黄花菜在古代叫萱草，在古代是比较高贵的。”“是不是《楚辞》里还提到过呢？”云歌问。

金晶说：“是啊，心如芷萱嘛，也是母亲草。”“是啊，要不然我妈爱吃黄花菜呢，哈哈哈。”云歌摘了一个大的花骨朵，放在篮子里说。

“好像孟郊除了《游子吟》，还有一首《游子》就提到萱草，‘萱草生堂阶，游子行天涯。慈亲倚堂门，不见萱草花’是吗？金晶。”云歌说。

“应当是，当时这花那么圣洁，现在变成吃食了，你掌握的诗词还真不少。”金晶说。“我小时候就喜欢……”云歌说。

“熟读唐诗三百首，不会作诗也会诌嘛。”长生不知从哪儿跳出来。“长生，你会吗？”金晶问。

“我不会那些东西，没用，不说你封资修，算是不错了。”长生说。

“能确定这花就是萱草花吗？”云歌问着，有点不忍摘了。“啧啧啧，真是个酸秀才。”长生说着飞快地摘了一大把，扔进金晶的筐子里。

“是的，是萱草，如今它为人类服务更多了，不仅有药用价值，还有食用价值，这里很多，多采些。”盛楠说。

几个女孩嘻嘻哈哈地说着。开始拿长生开心，说他去偷瓜，装病，骗病号饭吃，说他偷鸡，怎样把鸡轰到远处，抓起来就跑，云歌和盛楠学着长生偷鸡的模样，逗得大家哈哈大笑。

黄花菜采的差不多了，大家开始爬独孤山，山不高，一会就爬上去了，独孤山上有一块大石板，云歌想起了前些天晚上葬书的情景，不由得看了一眼慕天，没想到慕天也正在望着她，她有些不好意思，别过脸去。

慕天与翩伟却一起走过来，慕天问翩伟：“还记得辛弃疾的词吧？”云歌说：“我见青山多妩媚，青山见我应如是。”“你怎么知道我要说这句？”慕天笑了。

“你看你们俩，一唱一和，琴瑟和鸣啊。”翩伟调侃他们。

“我是说辛弃疾也算是马上诗人，从‘少年不知愁滋味’，到阅尽生死、历尽坎坷，垂垂老矣的时候都能有这种感受，何况我们这么年轻？”慕天说。

“你说的是啊，这真是证实了‘世上只有一种英雄主义，就是看清生活本质后，依然热爱它’。”站在最高处的翮伟说。

紧接着翮伟忽然喊道：“你们看，那边麦田里是什么？”大家纷纷爬上山顶，看到有些地块的麦田里无端地少了几块，整整齐齐被割成形状各异的图案，几个圆圈形的居多，也有平行四边形，有的是三角形，“都是几何图形，不像是动物吃走的啊。”翮伟惊讶地说。

大家也都被这奇异的现象惊住了。“这是几号地？”翮伟问。“五号地，离山近，离我们驻地也近。”慕天说。“离得不远，我想过去看看。”翮伟说。

“好啊，有兴趣，我们就去看看”，“谁没有兴趣啊，真是奇了怪了”长生说，于是大家有的挎着筐，有的提着袋子，一起向五号地跑去。

慕天说：“这好像是国外早就传说的‘割麦的魔鬼’，据说是1647年一位英国的农夫发现的，后来在世界各地每年几乎都会在大面积的麦田里，有人发现形状各异的‘麦田怪圈’，我们看到的还是比较普通的几何图形，传说人们发现的还有水母状的、蛇状的、宇宙星系图状的、连环状的。”

云歌好奇极了，说：“这就已经够神奇了，那么清晰的几何图形，是怎么割成的？”

“对于这些，我们国家还没来得及研究……”“你们看，这麦子没有割掉，全是朝另一面倒伏的，好像倒伏得十分规则，好像也都不影响生长。”翮伟说。

“是什么东西压的。”长生说。“不对啊，压得怎么会那么规则啊。”金晶说。

慕天说：“好像有许多说法，相当一部分人认为是人为形成的，在国外确实有这样的人，像是一种恶作剧。”

“不会啊，咱们这里谁有那功夫，而且做得这么规则，如果发现了，还不得说你搞破坏啊，一般人不敢。”翮伟说。

“也有人说是自然形成的，比如雷电、龙卷风、磁场、极端天气等，反正大自然是鬼斧神工的最大创造者。”慕天说。

“这种可能也是有的，”翮伟说，“对了，还有一种说法，就是最吸引人的外星人的制造，因为我们人为制造的，这么大面积，一般都比较粗糙，而这些麦子原来都是正常生长的。”慕天扶起倒伏的麦子仔细看着麦子折弯处的节点说：“真的好像是麦子本身结构改变导致的弯曲倒伏，没有人为和机械践踏的痕迹，我们明年再来看看，据说如果是非自然力导致的，会对土壤产生某些深层次的影响，第二年还会有类似的印迹。”

“慕天，你这等于没解释。”长生说，慕天说：“是啊，现在对这种奇异现象就是大家都在争论，却没有定论，其实人类对大自然所知并不是很多啊，其实也就是百分之几，这些都等待着我们去探索。”

“不过你还真是让大家打开一个新视野，我们的学习还不够啊。”翮伟说。“是啊，你已经让大家明白了许多了。”盛楠说。

云歌向慕天投去一个敬佩的眼神，心想：“比起别人来，他懂得还真是挺多的。”

此时已是红日西斜，大家从五号地走回营区。

白天的所见，特别是那奇异的“麦田怪圈”，让晚上睡在床上的云歌回味着，不久她进入梦乡。梦中，他们一群人还在五号地观看那些“麦田怪圈”，但这些人里却没有慕天，忽然天暗下来，一个硕大的不明飞行物无声地飘过来，缓缓地落在一个圆圆的麦田怪圈上。

好奇心让她跑向那飞行物，她透过玻璃窗往里看，驾驶座上的驾驶员发现有人来，回过头往窗外张望，她惊异地发现那个驾驶员原来是慕天。

慕天严厉地看着她，意思好像让她赶快离开，但是她还是想看个究竟，一阵轰鸣声，云歌感觉好像被什么东西吸进飞行物，不知为什么，她却感觉一阵轻松地醒了。

开始麦收了。孙排长是技术骨干，特别忙。而为了抢时间，康拜因是人歇马不歇。云歌也迅速变成了顶班驾驶员，她站在康拜因上，手里一边扳着升降机操纵杆，一边照应着离合器。

她看着收割机一排排地把麦子整齐地割下来，运上传送带，传送带又把麦子送进滚筒里脱粒，经过筛子筛选，饱满的麦粒被收到粮仓。

粮仓里的装置“大搅龙”把麦子像瀑布一样倾泻进拉粮的大卡车上，“机械化收割，真是又快又神奇，真是壮观啊！”工作的新奇喜悦，使云歌忘记了劳累，也看到了自己劳动的价值。

忽然，康拜因下沉了一下，云歌知道这是进了地块中的低洼地段，她把升降杆往上抬了抬，只要不遗漏麦穗就可以。

走着走着，收割机和脱谷部分不转了，发动机出现了异样的声音。云歌判断是滚筒被麦秸秆堵住了。

低洼地有水，麦秸有些苴，特别容易把康拜因的滚筒堵住。“滚筒堵住需要把发动机上的离合器分离后，让所有的部件都处在静止状态，人才敢爬进滚筒，把里面堵塞的麦秸或豆秸掏空，确认人从滚筒里出来后，才能结合离合器让康拜因继续工作，如果不小心是人命关天的事。”孙师傅走前一再嘱咐两个年轻人。

孙师傅忙着去修理一部“趴窝”的拖拉机，袁泉发现机器的水箱缺水，去挑水了，两位师傅都没在身边，云歌想，总不能等着他们回来，这样会影响进度啊。

可是一心想赶进度的她却没想起来孙师傅的叮嘱，她一纵身，从操作台跳到停转的传送带上，敏捷地钻进了滚筒室，果然，层层的麦秸把滚筒堵得严严实实的，云歌很费力把一层秸秆儿拉出来。

忽然背后有一只手，一把把她和一大把麦秸同时从滚筒室里拉出来，并且大吼：“赶快出来，不要命了你！”此时滚筒和传送带缓慢地动了一下，只见孙师傅风一样跑上康拜因驾驶台，只听啪的一声，机器才停止了。

云歌傻傻地看着把她拉出来的慕天，慕天狠狠地瞪着她：“你怎么没关离合器？”云歌说：“我一着急给忘了。”孙师傅过来也生气地说：“多玄啊，亏了滚筒堵得死，差点出大事啊。”

原来，开着大卡车来拉麦子的慕天，看到这台康拜因不动了，便和回来的孙师傅一起跑过来，抬头一看离合器还在工作状态，便急着先跑两步，发现云歌在掏滚筒，他拿出洪荒之力把她从滚筒里一把拉出来。

“真是上天照应，今天的滚筒堵得很死，机器没转起来，孙师傅又及时关掉离合器，不然，你就变成饺子馅了，知道吗！”杨排长也跑过来，狠狠地批评云歌。

“看着你挺稳重的，你怎么这么愣啊，真出了事，我们咋交代啊！”杨排长表扬慕天，“亏了你和老孙配合得好，你们这是救了她一命啊！”

云歌想想这件事也好后怕，她脸涨得红红的，向排长道歉，向慕天和孙师傅道谢。

半个世纪过去了，长长的岁月已经使人淘沥掉许多事情，而这几件事却让我的母亲经常记起。确实，当年本该是读书深造的年龄，却失去了上大学的梦想；本该是在父母身边撒娇的韶华，却让她们当时渴望爱的灵魂难以皈依。但是，母亲和战友们聊天时常说：“命运让我们有幸遇上了许多大胡子连长和老排长这样的人。有了他们，才有了我们的后来；有了他们，才让我们在北疆大地的长天厚土中，生长出受用几十年豪迈的精神特质和坦荡的为人品格。当年成千上万的转业官兵至今还生活在北大荒，在那里，他们是那样的踏实、安然、知足。大批知青离开北大荒之后，他们一如既往、年复一年为北大荒继续涂抹着新绿。后来，他们勤勤恳恳地建立起真正的大粮仓，养育着祖国的改革开放和建设大业。”确实，虽然那里已是今非昔比，虽然他们与知青的人生经历不同，现在将心比心地想来，他们有没有大学梦，他们有没有思乡情，他们有没有艰苦的感受和委屈？算起来，如今他们都已进入古稀之年，他们至今仍无怨无悔，达观坦然。我想，他们早已把自己的生命转化为北大荒的一片绿野、一脉碧水、一座青山。

第十三章

云歌选进武装班　战友远行建新团

为了备战，连队成立了武装排，机务排归属这个排成立了武装班，云歌也被编进了这个班。

连队里摸过枪杆子的“老兵”们并不觉得多新鲜，知青们却摩拳擦掌，都想试试。“拿枪就意味着我们是真正的武装战士啦！”好多人都有点自豪地这么说。

而且，团里规定武装战士年龄限制在二十五岁以下，特殊情况基本不能超过二十八岁，年龄大的“老兵”可以当教练。

孙排长说：“机务排出一个武装班意义重大，从小的方面讲，我们有机器需要保卫。从大的方面讲，我们要保卫祖国领土。”

云歌没有想到自己也拿起了枪。授枪那天仪式很庄严，团里军务股来了两位现役的股长，从大卡车上抬下了一门迫击炮，然后是冲锋枪、轻机枪、步枪、有几个精致的盒子，里面放着手枪，操场上四五十名武装战士，基本都是知青。

有一个迫击炮班，一个机枪班，两个步兵班，一个步兵班是女子班，另一个步兵班就是机务排组成的，还加了一挺机关枪，慕天接过机枪，和霍晨他们一道架在队伍前面。

授枪叫到云歌的名字时，云歌很激动，她学着别人走到授枪的一位现役军人面前，嘴里说“屯垦戍边、保卫祖国！”打了个立正，接过一支步枪，背在肩上，又打个立正，正步回到队伍中。

后来，知青们都背着枪照了照片，云歌还把背着枪、全副武装的照片寄回家，父亲专门找了个相框，把照片认真地镶进去，挂在家里最显眼的墙上。

接下来就是武装训练。与正规部队不一样的是战士们必须完成手中的工作才能训练，所以一般都是在下班后或星期日。

而且，早上在出工前出操，常常深更半夜紧急集合。“昨天夜里，你们又紧急集合了？”金晶问云歌。“是啊，全副武装拉到大山里，班里全是男生，跑得快啊，我背着行李，扛着枪，够重的。但是我不管多狼狈，也得追上他们，上次丢过那次，我怕了。”她对金晶说。

“不行就算了，白天还要上班呢，累死你啊。”金晶说。“不能算，还没练实弹射击呢，我至少得学会打枪啊。”云歌说。

“看把你能的，多累啊。”金晶叹气。“累也得练啊，真有战争了，我来保护你！”云歌搂着金晶的脖子说。

后来连领导看大家太累，把训练尽量安排在农闲的时候进行。但农闲时往往就是冬天。

第一次练打靶就是秋冬之交，他们的队伍拉到一个河沟边的一片开阔地上，忽然天下起雨来，雨雪交加，他们趴在掩体后面，身下是冰冷泥泞的湿地，女子班先打。

云歌跟着机务班，看着她们打靶。“瞄准三点一线，缺口、准星、目标盘，屏住呼吸扣扳机，准能打十环。”她默念着。

云歌看见女子班的乔杨手在抖，忽然哭起来，大家围过来，“雨雪浇下来，我看不见靶心啊……”她哭着说。

云歌跑过去拿出手绢给她擦了擦。“女生就是不行，这事儿就不是女人干的。”长生说。“这话是你说的吗？”云歌说了他一句。

“小心你也看不见靶心，哈哈。”长生不甘示弱，云歌瞪了他一眼。轮到机务班了，慕天拿着冲锋枪和大家一起趴进掩体，刘飙喊了一声“放！”慕天九发子弹要打两个点射，三个连发，全部按规定完成，打了 82 环。

云歌五发子弹，打了 28 环，长生更惨，五发子弹飞了三发，剩了两发，才打 12 环。

“这玩意不咋地啊。”长生拍拍手上的枪悻悻地说。“哎，这是我这辈子第一次打靶，真是有点惨啊。”云歌也说。

“没事你常练练，估计应该没问题。”慕天走过来说。“你打得那么准，练过吗？”云歌问。慕天说：“当然，我不是还打过猎吗。”

“是啊，什么时候，借支猎枪，向你学学。”“没问题啊，你看到那些小动物，别心软就行。”长生听到也兴奋了：“真的，慕天，我也去，行吗？”慕天拍拍长生笑着说：“当然，没问题啊。”

团里要准备搞一次打靶比赛，这样，武装排训练就多起来了，练打靶也频繁起来，实弹训练也比原来多了。

云歌十分刻苦，“其他的训练我不敢指望，步枪我总应当练得差不多吧。”云歌有点自信了。

“你这次进步挺大的，5 发，28 环，女生里面算不错的，”乔杨说，“你也是太好强了，说实话，我是被挑上了，没办法。这些天还好点，暖和了，冬天那些日子，多难熬啊，趴在雪地里瞄准，冻得我直哆嗦，打枪又不能戴手套，握着这么沉的铁家伙，手冻得跟给猫咬似的，没想到你还挺迷这枪。”

“来了，就都得适应吧，本来就是女生，什么都跟不上也不行啊。”云歌说。

“这冬练三九，夏练三伏的，去年冬天一冬和衣睡觉，手里拿着武器，第二天凌晨把东西全部打包，跑到深山老林，爬冰卧雪的，我紧张死了。”乔杨说。

“不过当兵，也是咱们小时候的一个心愿啊。”云歌说。

“想想可以，做起来真是太苦了，白天上一天班，晚上还要轮流值夜班。有一天我碰到风雪天，眼前一片白茫茫，啥也看不清，远处传来狼嚎声，现在想起来，都吓得直打哆嗦。”乔杨心有余悸地说。

“我也碰上过，锻炼胆儿呗，战争时期战场上不是也有女战士嘛。”

“现在毕竟和那时候不同了，女生和男生还是不一样，反正咱们是女生。我现在不想那么多了，不行，你也找个合适的人，嫁了吧，让男生拼去吧。”

“真是的，你在学校还是数学尖子呢，你就认了，我不信。”

“我可是已经考虑了，全连谁都知道我的想法。那就看你自己了，不好意思说出来的话我帮你。”乔杨取笑云歌。

“没羞，你才多大！”云歌说。“十八九岁了，我考虑的是谁，大家都看见了，我就不在乎了。盛楠她们比我才大几岁啊，你怎么，想做独身主义者？不至于吧。我知道你是想活得有价值，可我们现在能做什么呢？”乔杨说。

“就是真想找男朋友结婚，也得工作啊，你看盛楠不是也在干吗，你看你大眼睛忽闪忽闪的，还真有点像冬妮娅，小心你的‘保尔’不要你了，到时候你怎么办。”

乔杨自信地说：“他敢，我是说，我们毕竟是女生，你别这么傻乎乎的，我一定帮你找个人，找一个好好疼你的。”

云歌搂住乔杨的肩：“你看你不是挺疼我的吗？”“那能一样吗？再说了……”乔杨话还没说完，“云歌，明天一早，我们来这里继续训练。”慕天走过来通知。

“明天不是星期日吗？”乔杨问道。慕天说：“你们不用训练了，刚才说机务排这个班要参加集体比赛。”

乔杨一把拉住云歌说：“她是女生，就应当在我们这个班，不能拿女人当男人用，拿男人当牲口用吧。”

“好厉害的嘴，明天我碰到薛岚，让他管管你！”慕天笑着说。“他敢管我，借他个胆子，对了，你也老大不小了，明天我找个人，好好管管你。还差不多。”乔杨笑着对云歌挤挤眼睛。

“那敢情好，我等着。”慕天说。“真的，那你等着吧。”乔杨说。“别食言啊。”慕天说。“没问题啊！”乔杨边说边拉着云歌飞快地跑走了。

第二天云歌背着枪早早就来到打靶场地，慕天紧接着也过来了，他笑嘻嘻地对云歌说：“还来得这么早，我还以为你今天不来了。”

“那怎么会。”“你和乔杨也是好朋友啊，这么护着你啊。”“她和我是一个年级的，还是一个诗歌小组的，她人很单纯、直爽，我很喜欢她的性格，她在学校是数学尖子呢，很出色的。”

“跟着男生一起训练，你确实挺累的，你们要是真有事，今天就休息吧。”慕天关切地说。

“女生，就是事多。”长生走过来说了一句。“就你话多。”云歌说长生，然后，对慕天说：“好不容易有一天我们班单兵教练，当然要来。”

这时候班里的十个人陆续都到了，孙排长和杨排长也来了，大家开始操练。

“这回师傅多了。”长生说。杨排长到了长生身边说：“你先打两枪，我看你咋样。”长生朝着云歌吐吐舌头。

孙排长到了云歌身边：“看看我们巾帼英雄练到什么程度了？”云歌心里有点紧张。孙排长说：“打枪一定不要紧张，战场上，不只是斗勇、斗技术，主要还是要斗智，头脑要清醒，呼吸要顺畅。”

他开始规整云歌握枪的姿势。“子弹顶上膛之前，深呼吸，然后再屏住气，扣动扳机要果断。”孙排长拿过云歌的枪做了个示范，“啪啪”两枪都是十环。“啊，排长，好厉害哦！”云歌说。

“你看杨排长更不在话下。”孙排长说，杨排长顺手拿过慕天的冲锋枪，对准靶心果断扣动扳机，“啪啪”，两颗子弹飞出枪膛飞到靶心，三发点射，也直中靶心范围，大家鼓起掌来。

“来，试试。”杨排长把枪给了慕天，慕天押上子弹，“啪啪啪”三枪都中靶心，大家鼓掌。

慕天另外两枪点射，一枪打了个 8 环，“不错啊。拿手枪试试。”杨排长把手枪给了慕天，慕天拿起手枪，“啪啪啪”三枪直中靶心。孙排长跑过来拍拍慕天：“你小子，行啊，啥时候练的。”

“在大学，军训。”“可以，这次我们过岁数了，都不能参加了，看你们的了。”孙排长说。

“我看没问题，这次就你带队了！”杨排长对慕天说。“刘副连长他们 1966 年的转业兵，好多都没过年龄，让他们带队吧。”慕天谦虚地说。

“团里说了，这次主体是知青，他们都比你们大几岁，而且人家在部队都有过训练。你们最年轻，锻炼一下吧，争取让我们十连拿上名次。大家有决心吗？”

杨排长大声说。

“有”，回答是响亮的。一上午的训练，十几个人都有进步，云歌5发子弹打了38环。长生进步最快，5发子弹打了46环，大家的兴致更高了。

吃了午饭，杨排长和孙排长要去看地号。“下午不要这么紧张了，大家差不多就休息吧。”杨排长笑呵呵地说。

但是，大家都没有去意，三两成群地切磋着今天训练的要领。慕天来到正在一个人练瞄准的云歌身边：“你的成绩不错了。”

“别安慰我，我还不如长生呢。”

“长生这小子，是机灵。”

“你是说我笨吧，那我得笨鸟先飞啊。”云歌继续瞄准着，体会着。

“到底是女孩，你不要紧张，长生他不怕输，不紧张，这点你要学他，轻松些。”

长生也过来了。“没有子弹只能体会感觉了，”他看着云歌说，“你的握枪，瞄准，姿势都没问题，就是要放松，别想打不准怎么办。”

“长生说得对，不要有心理负担。”慕天说。

“你们先走吧，我练一会儿，自己把靶扛回去。”云歌说。“那哪能啊，姐。”长生说。

“你们回去吧，洗洗衣服，明天一早还得上班。”慕天说。“哎呀，你们都回去吧。”云歌执意让他们都回去。霍晨也过来了，说：“把你一人撂这，哪行。”

“没事的，我一会就回去了。”云歌说。“这样，天还早，我们先都回去，一会我过来扛靶。”慕天说。

说着大家都走了，云歌继续瞄准。“男生确实学得快，我怎么也不能拉大家后腿吧。”云歌自言自语，“乔杨说的也没错，我跑到这男生堆里，压力确实大，可这又不是我自己要求的啊。”

“唉，还是好好努力吧。”她瞄准着、体会着，“确定心里要放松……呼”，心中想着，呼吸了一会。她把剩下的两颗子弹押上膛，“啪啪”。

“嘿！全中靶心，20环！”慕天不知什么时候冒出来。云歌回头得意地笑了，说：“终于打准了。”

慕天看她回头笑的样子心里一动，说：“再试一把。”他从腰上拿出手枪，云歌站起来，说：“你也有手枪啊。”

“杨排长的，他说让我带队，就把枪留给了我。”“我还没用过手枪，恐怕打不准。”

慕天鼓励她：“你还没打呢，怎么就知道打不准，既然步枪能打准，手枪也就打得准。”

云歌说："是吗？"慕天再鼓励她："当然！都是一个道理啊。"说着慕天扬起手，对准靶心就是一枪，"10环啊！"云歌拍着手。

"就一个军训，你就把枪法练得这么准，我就做不到。"云歌说。

"还有两发子弹，你试试。"慕天把枪递给她。"可以吗？"云歌犹豫。"当然可以，这就是演习的子弹。"慕天说。

云歌兴奋地接过手枪，开始举枪瞄准，慕天给她纠正一下握枪的姿势，然后，后退两步指挥她。"握紧枪把，深吸一口气，食指轻放在扳机上，动作要干脆。放！"

云歌放下拿枪的手一看8环。"还不错，第一枪嘛，"慕天说，"再来，自己来。"

在瞄准的寂静中，慕天把手放在自己的两肩上，静静地看着这个女孩，与那次埋书完全不同，她修长的身材，一身武装排发的单军装显得宽大了些，军用皮带衬出了她纤细的腰身，军帽之下乌黑的发辫垂肩，光洁的额头上有几丝碎发，粉白的脸上自然而红艳的嘴唇微抿，修眉如黛，一双凤眼间氤氲着同龄女孩少有的英气。

她举起小巧的手紧握着枪，"啪"一声枪响让慕天回过神来。"哇，10环！"云歌跳起来，慕天看着她还没长大的样子，不觉生出几分爱怜，说："这才应该是你本来的样子。"

"可以了，该休息了。"慕天又说，云歌欢快地把手枪交给他，说了声"谢谢，"她背起自己的枪，跟着扛靶的慕天一起向连队的方向走去。

他们经过那条小河，微风吹过，河水泛起涟漪。"前一段冰冻时看不出来，现在看这河水蛮清澈的，里面的小鱼都能看见。"云歌说。

慕天放下肩上的靶说："这就算是个小河沟吧，北大荒水多，这里的河沟也就很多。北大荒算是一片湿地，水是好东西。"云歌说："但水有时也很可怕，中外的创世记载中，都有大水的经历。""是啊，面对大水，不同民族就有不同说法，苏美尔文明、埃及考古和圣经中都记载了神用各种方式求助人类，比如诺亚方舟，神把他们选中的人类保存下来。而中国的神话是鲧和大禹治水，中华民族确实非同一般。我们的祖先靠自己的力量，用智慧终能让洪水猛兽与人和平共处，为人类服务。"慕天说。

"人类怕水、避水，又须臾不能离开水。"云歌说，他们看着河水，水中出现了他们并排而立的倒影。

"如果没有水，我们的祖先是看不到自己全貌的。"慕天说。"那我倒没想过。"云歌说。

"镜子的出现不是后来的事吗，我们的祖先低头看着自己身体的每一部分，他多想知道自己的全貌，把自己作为客观对象来认识。”慕天说。

“是你想多了，还是祖先想多了？”云歌笑起来。“真的，古希腊哲人名句中常提出‘认识你自己’，佛法中也有‘我系何人’的叩问，‘我生之前谁是我，我生之后我是谁’的诗句你应当读过吧”。慕天说。

“那是这个意思吗？”云歌笑道。“当然有这个意思，我们的祖先也许终于有一天，走在河边，河水正好平静，他无意中低下头看到了自己，那时候他们一定会很激动，也很迷惑。就像我们两人，一天到晚忙碌劳累，顾不上什么，忽然今天走在这河边，低头一看，原来我这么英俊，你那么漂亮，嘿嘿。”慕天笑起来。

“原来在这等着呢，你这么没正经啊。”云歌嗔怪地拍了他一下说。

“不是吗？说真的，上次我们说过天地可读，其实，水就用不同的姿态示人，你看冰雪、雨水、激流、惊涛骇浪、江河湖海。人类越发展，往往容易忽视生存最基本的东西，水，土壤，其实它们还是很厚道的，承受着人类对它们的重构甚至忽视和滥用。”

“你这么悲天悯水啊？”云歌看着他轻轻地说。“《红楼梦》里贾宝玉说‘女儿是水做的’，确实水的性格令人起敬，世界上有许多大瀑布。”

“我一个也没见过。”“你会有机会看的，就像我们刚才说的，水亦柔亦刚、润物载物，都是瞬息之间的事。它可以有拥地抱山的伟力，也可以有小桥流水的顺柔，可敬可爱。”

“我想起了一首《咏水诗》。”“背得下来吗？”慕天喜欢她的聪明强记。

“试试看。‘骊泉紫阙映，珠浦碧沙沉。岸阔莲香远，流清云影深。风潭如拂镜，山溜似调琴。请君看皎洁，直有淡然心。’”云歌还是边想边背下来。

“真好，你的古诗词功底真是不错，”慕天拍手称赞，“这首诗咏水的淡然，却又流清如碧，内蕴丰厚意远，你的记忆力真不错。”

“我背古诗词是一绝，参加过比赛呢，但现在还有什么用呢？”“会有用的。”

就这样，他们走着说着，慕天把云歌送到宿舍门口，“休息吧！”慕天望着云歌走回宿舍，目光中开始有赞赏的意味。

团里的打靶比赛，慕天得了第二名，长生和霍晨并列第八名，云歌五发子弹拿了40环，没有进前十名，但他们的团体赛拿了全团第一名。

团长、政委、秦河副团长等领导给大家发奖，大胡子连长让慕天去领奖。大家高高兴兴正要回去，秦副团长找到了大胡子连长：“老梁啊，跟你商量个事。”

于是，两个人在路边说了几句，然后两个人一起走到慕天面前，秦河说：“你们连长同意了，跟着大车班去‘二抚路’，明天就走。”

“好的，副团长。”慕天说。

“‘二抚路’咱们团那一段到了最后阶段，需要机械化了，这是大车班班长点名要你去的，说你技术过硬，点子多，我跟你们连长说了，也就一个多月的时间吧。”秦河拍了拍慕天的肩膀看了看连长说。

“没问题啊，当时我就想去，那里还有我们好多战友呢，他们已经去了半年多了，说是开始很不容易，很艰苦。”慕天说。

大胡子连长说：“是啊，从今年4月开始，从各个团抽调了六千多人，基本都是以你们知青为主体的兵团战士，他们团去了一个连，你们也是主力。”

秦河说：“他们对付的那是千百年难以逾越的漂垡甸构成的沼泽地，现在基本填平了，那些年轻人累得脱了一层皮啊，因为他们知道从二龙山到抚远县这‘二抚路’对我们备战备荒的意义啊。”

“好的，到那里，我一定努力完成任务。”慕天说。

确实，刚二十出头的慕天真心希望到艰苦的环境中磨炼自己。第二天天没亮他就爬起来收拾行李，带上几本书，坐上霍晨去团部拉砖的车出发了。

人高马大的大车班班长任毅是经历过朝鲜战场的老坦克兵，1958年转业来北大荒。他笑呵呵地迎接慕天：“你来了真好，5月的时候，我带车和人去过一个来月。”

“那您是最熟悉情况的。”慕天说。

“可是，前几天团长布置咱们班修咱团的解放路，很长的一条路啊，从二连横贯十五连，中间除了团部、修配厂、加工厂还有好多连队。确实这路也该修了，像弯弯肠子似的，经常陷车，说好了分三段，明年开春通车，我们全力以赴。没想到‘二抚路’进度这么快，也到了咱们去的时候了，得有个带队的啊，我想起了你，我和秦河老兄一拍即合。”

“我倒是想去，至于带队，咱大车班不是有好几个人吗，是不是也有去过‘二抚路’的？”慕天说。

“倒是有，情况你可以问他们，但技术上，基本都是开可以，修就差意思了。那前不着村后不着店的地方，车出了问题，上哪儿找人去，你最合适，别推了，这是个硬任务，我和副团长已经定下来了，来咱们看看车吧。小唐、小李，你们几个也过来。”任毅说。

几个人围在这些大车边上。“这两台东方红75是新的，已经试过车了，这台大马力推土机和这台斯大林100号，我带着人都检修过了，一会儿你再看看，其他三台前几天去了二连，和秦河商量，你们先带三台。”任毅说。

于是第二天慕天就带着五个大车班司机和三台大车，走了两天，星夜到了“二抚路”。

现役军人程指导员和连长白岩提着马灯等在路边，带着他们到作为伙房的帐篷里，吃了几个包子，喝了一碗热粥。

“在‘二抚路’修路，住的都是帐篷。”白岩说。

“想到了，修完路就走，怎么可能盖房子？”慕天说。

“这是我们几个连领导和后勤人员住的帐篷，比那边的帐篷小一些，稍微清净点，对面铺，你们住这边吧，已经下半夜了，那有一桶热水，你们抓紧洗洗睡吧。”程指导员。

“好的，谢谢了，你们也休息吧。”慕天说着打开行李，见小唐、小李早已哈欠连天，说：“两天一夜没合眼，洗洗休息吧。”大家稍事洗洗，便睡下了，一夜无话。

凌晨，慕天起了个大早，却见华宇、吉西、志远手里提着一桶热水从外面进来。

“哇，我以为我起得早，你们起得更早啊。”慕天见到他们很亲切地拉住他们的手说。

“不是起得早，是还没睡。”华宇笑着说。

“加夜班？”慕天问。

“算是吧，沙子山在我们这边，最近师部运输队调集了百辆汽车突击拉沙子，我们已经突击了好几天了，你知道这两天平均三分钟装一车沙子，一锹接一锹，这臂力练的——”志远说着晃了晃肩膀。

“晃什么，你现在胳膊抬得起来吗？”吉西说志远。

果然，三个人的胳膊抬着都费劲了。“你们显得比在连队瘦了些，但精壮了许多。”慕天笑着说。

当天，在路边的临时窝棚里的班子会上，程指导员说：“你们来得及时，装沙子、铺路、压路都等着你们呢。”

“宣传队明天要去抚远的两个工区学习，临走之前是不是要排练一下？”吉西问。

“又采石，又运沙，又铺路，这么累还有宣传队啊？”慕天问。

“当然，咱们的宣传队在各个工区比起来是最好的，”白岩自豪地说，“那样吧，团里大车班来了，今晚搞个联欢会，不就排练了。”

“对，这个办法好！”程指导员很同意。

晚上，全连聚集在伙房边的操场上，那里已经用木梁和石头搭起了一个像模像样的临时舞台。

发电机的马达声点亮了操场，全连二百多人不顾寒冷，乌压压坐在下面，一天的劳累并没有影响这些年轻人的兴致，台上台下呼应着。

他们自编自演的《筑路人之歌》让全场进入了高潮。

“筑路、筑路、筑路，地上本来没有路，我们今天来筑路，披荆斩棘筑路，移山填谷筑路，为屯垦戍边之路。筑路、筑路、筑路，地上本来没有路，我们今天来筑路，披荆斩棘筑路，移山填谷筑路，为咱北大荒筑路 / 筑路、筑路、筑路，地上本来没有路，我们今天来筑路，披荆斩棘筑路，移山填谷筑路，为美好未来筑路。”

“歌词朴实，但很有节奏感，配曲也豪迈。谁写的？”慕天问。

“肖宁，咱们这里的女秀才，能写，朗诵，唱歌，干活，样样都不含糊，咱们这个宣传队，就是她和吉西负责，搞得风生水起。”白岩欣赏地说。

“为了欢迎大车班的战友，我们新编了一段歌舞《北大荒的机务兵》。”肖宁在报幕，一身军装有点宽大，腰间的皮带衬出她精巧的身材，她忽闪着神采频现的大眼睛，笑意盈盈地看着大家，小巧的嘴边，两个酒窝时隐时现。

“女神啊，咱们修路连的女生漂亮吧。”热情的白岩禁不住在慕天的耳边悄悄地说。

“你……”慕天笑了。

“我只是说说，人家不知怎么想，这样的女孩，心都高着呢。”白岩说。

“你也很棒啊。”慕天鼓励白岩说。

“我们是北大荒的机务兵，在田里，我们的身后沃野千顷 / 秋收中，滚滚麦浪任我们驰骋 / 运粮路，车轮滚滚往前冲 / 在今天，满载砂石，飞驰在‘二抚路’的建设中……”

最后的压轴戏，博得了满堂彩，慕天带着五位大车班的司机直叫好。

紧张的工作开始了，慕天他们到了修路工地见路基做得相当地道。路基厚，路面基础宽，已经经过刮路机刮平，压路机压过，上面已经开始再铺石块、山沙。“做得蛮好，其中的功夫肯定下大了。”慕天赞赏地说。

“这里是重沼泽地区，两侧根本无法取土，开始施工，人也很危险，我们这个路段是先用原木铺，用杂树柴草垫，再到路的两端取草筏和土填进去，现在个别路段有翻浆现象，就是当时取的土太湿，需要你们帮助重新做。”程指导员说。

说是沙山离这个地段近，其实只是与这个工区比，三台大车很给劲，挖沙装沙，拉石铺路，拉土方修个别翻浆地段都有慕天他们的身影。

在装卸场地上，慕天和几位司机就地取材，用钢梁木材为汽车设计一个漏斗式平台，先把石块和山沙堆放在平台上，等卡车来了，车斗对准平台的漏斗，撤掉漏斗的隔板，石头或沙子直卸车箱，省工又省力。

慕天还想办法把 75 推土机上带的挖掘系统，安装在大马力推土机上，加快了排水沟的深挖和有些地段涵管的安装。白岩乐坏了，拍着他的肩膀说：“慕天，你小子真有招儿。”

一个月后，在三台推土机日夜不停的“隆隆”声中，这段公路已经显得有模有样了。

师部又来了刮路机和压路机，压路机的车长小庞是1967年来的北京青年，刮路机的车长是上海青年小陆，也是1967年来的，他们的工作积极性很高，也十分尊重慕天，修路场地大家干得热火朝天。

一天清晨，小庞的车发动不着了，没办法，找来了慕天。“这是台新车，来了之后刚检修完，刚加的机油，水箱不热，油箱是满的。”小庞很着急。

慕天走到发动机前，顺手抽出机油尺，说“没机油了”。

“加的时间不长啊，”说着小庞爬到车底下，不一会爬出来说，“坏了，放油的阀门丢了，油都漏出去了，不对啊，如果漏油，我应当能看到啊。”

慕天肯定地说：“那就是路上丢的。”两个人在压路机回来的路上看到了机油的痕迹，慕天在机油痕迹最多的地方找到了阀门。小庞接过阀门笑着说“神了”。

11月初，慕天他们完成了任务，那一天清早，大家簇拥在大车旁，程指导员说：“谢谢了，慕天，没有你们我们上大冻之前很难完成任务，那就只能等到开春，我们等得起，战备也等不起啊。”

慕天望着平展展的公路，望着热情的战友，握住程指导员的手说：“应当感谢你们，这漂垡垫子地区，是千百年人类难以逾越的天然屏障，你们经过七个多月的风餐露宿、艰苦劳动战胜了这天然屏障，唤醒了沉睡千年的一万多平方公里的荒原，这条‘二抚路’是千秋万代的大事业。”

“二抚路”经过半个月的收尾工作，11月中旬实现全线通车。派去修路的各团知青，陆续回到自己的岗位。

慕天回到连队已经入冬。

一个月后，团里布置下来，为了边疆建设，依托“二抚路”，兵团准备在抚远县组建六师。

金晶说：“抚远那里除了一条公路，基本是一片荒原，没有人烟，不过，你要是去，我就跟你去。”

已经心有他属的志远说：“你倒是不一定同我一起去，你妈妈身体有病，那里的交通现在还不方便。现在，抚远我修路已经去过了，我是想报名了。”

一个星期日的上午，连里召开动员誓师大会，曾指导员在会上说：“六师比我们这里还艰苦，所以，原则上是开始不带家属，年龄要求是十八岁以上二十八岁以下的年轻人。”

这样，连里符合条件的基本是知青，还有少数的66年的转业官兵。那时，知青们也想得开，多数还真是一腔热血，想的是既然已经离开了家，就“好男儿志在四方”吧。

按说，云歌还没到十八岁，但她也报了名，郑重地在大红榜上签上了自己的名字。

于珏就更坚决，在会上表态“是七尺男儿生能舍己，做千秋雄鬼死不还家，我报名”，去过修路连的关皓，领导早已与他谈过，所以他也报了名。

葛玺拉着梅兰在会上也表了态：“天涯处处有芳草，何需马革裹尸还。”葛玺平日并不是那么爱激动，今天显得很激进。

会议结束，晓黛对云歌说：“刘副指一直妒忌他，经常和他过不去，他们那个排又是刘副指分管，所以他真心想走，我也报了名。我想与葛玺他们一起走，我也喜欢葛玺。”晓黛悄悄地说，她其实暗恋着葛玺。

“葛玺不是有梅兰吗？”云歌问。

“葛玺太帅了，看到他，我就不能自已，梅兰人好，又漂亮，我不会打扰他们的，在边上看着他们，我都高兴。”晓黛说。

“那怎么行，你还是早点想明白，你也不要耽误了自己。”

“是，我知道的。”晓黛若有所思地说。

“我们是朋友，他们两人都挺好的，千万别做这种事，你人好，又漂亮，天涯何处无芳草啊！”云歌认真地说。

“是，我知道，我这人你知道，我也不可能去做什么。”晓黛的大眼睛里一片茫然。

二人说着走到男生宿舍边上。

“晓黛，帮帮我。”只见梅兰拿着一堆被套、枕套、换洗的衣服和两双上面有不少泥的农田鞋和袜子，从男生宿舍走出来。

东西多，眼看拿不住了，晓黛和云歌赶快上前接住，显然这些东西都是葛玺的。

“这么多，葛玺自己不会洗吗？”云歌愣愣地说了一句。

“已经习惯了，上高中的时候，我们下乡劳动，我就帮他洗。”梅兰软软地说。

“真没想到，男生，好懒啊！”云歌感慨地说。

梅兰轻轻地笑了：“他有他的事，我们是女生，还是要多干一些这类的活。”

“女生要多干家务活，我妈也说过，梅兰，你好贤惠啊，你们老高中的女生都贤惠，我看金晶，也是这样。”云歌心有不平地说。

梅兰轻轻地按了一下云歌的鼻子说：“你还小，还不懂，将来你比我们还贤惠呢。”

云歌笑了笑：“好吧，努力向你们学习啊。”

说着她们走到女生宿舍门口。“我去打水吧。”晓黛说着上海话，手里拿着一对水桶和扁担走出去。

“把你的衣服拿过来，姐姐也帮你洗。”梅兰说。

云歌笑笑说：“你已经这么多了，还是我自己洗吧，你就照顾葛玺吧。”

云歌看着梅兰一边井井有条地料理着，一边慢条斯理地跟自己说话，感叹道：“好可爱的女孩，好标准的一位知性的贤妻啊。”

梅兰笑起来：“将来你也会像我一样的。”

后来葛玺和梅兰都去了六师，1977年两人双双考上复旦大学，那时候他们已经结婚了，梅兰毕业后当上了上海某出版社的编辑，葛玺最终做到上海一所大学的副校长。

据说，在葛玺竞选副校长时，传出他与某女教师有暧昧关系的问题，其实，那位女教师就是先他们几年被推荐上该大学的晓黛。

晓黛后来留校做辅导员，她因为基础薄些，评职称一直未通过，葛玺为此辅导她完成论文，帮她创造条件，终于评上了副高，于是就招来了非议。

梅兰找到学校，作为妻子，作为晓黛的兵团战友，她何尝不知道始终未婚的晓黛心里想的是什么。但她相信晓黛，也相信自己的丈夫，她在校组织部门义正词严地证明葛玺的清白。因此，此事并没有影响葛玺的升迁。但听说晓黛为此得了严重的抑郁症住进精神病院，之后，梅兰几乎每个星期都去看她，给她送吃的，送药，直到现在。这是后话。

葛玺、梅兰、关皓、于珏、米帆、志远，这些上海、北京、哈尔滨等地的三十几个知青被批准去六师。

在欢送他们的大会上，大胡子连长说：“六师艰苦，我们派去的全都是连队里优秀的知青，都是有文化、有能力的硬汉。”

确实，后来传来的消息证实了这一点，六师师长是一位还不到四十岁的现役军人王少伯，他终日在开荒一线，他给这片土地命了一个响亮的名字，叫建三江。

他率领一批转业官兵和四万多知青，吹响了向荒原进军的号角。他们在浅没膝、深过腰的沼泽地里深一脚浅一脚地向前推进着建设进度，他们战胜严寒酷暑，做到了当年开荒、当年种地、当年打粮。

几年中，六师就开出三百多万亩土地，先后扩建了四个团，新建了七个团，近三百个连队。在农垦史上创造了奇迹。而当时的垦荒主体就是知青。

葛玺很快成为垦荒先锋连的指导员，他带领战友们为了抢时间昼夜奋战，晚上开荒看不清路，大家把手电绑在木棍上，十几步站一个人，为犁铧引路。

他带领着那时候的机械化垦荒队伍，75拖拉机拉着大型犁铧，烟尘过后良田万顷。

梅兰当了六师中心学校的副校长，每天身边围着一群群孩子。

于珏觉得即使报了名，自己是连队文艺骨干，也会被留下，没想到自己也会被派往六师，只能跟着关皓一起收拾行李。

金晶虽然与志远的关系有些疏远，但还是帮他把被褥拆洗干净，让学会了针线的云歌与她一起为志远缝缝补补。

晓黛没被批准很失落。云歌也没有被批准。

这几天云歌工作之余都陪着贺萍，米帆原本为了贺萍并没有报名，也许因为他是学生党员，结果派出的人员名单中也有他，米帆什么都没说，他要准备出发了。

云歌问贺萍："米帆不是没报名吗？他去连里说明情况就是了，不然，我替他去，我一个人吃饱了，全家都不饿的。"

贺萍说："他觉得大家这么踊跃报名，自己没报名，本来就不应该，他是为我着想，但既然让他去，他当然得去了。"

对于米帆来说，他理解贺萍没有报名，他对贺萍说："从个人的角度，你的父母年纪大，身体又那么不好，你随时都可能会回去照顾父母，而去了六师交通十分不方便，所以你没有报名，是实事求是的。"

米帆接着说："我决定服从组织分去六师了。"

贺萍也全力支持他："我理解你，等六师建设得好一些，交通方便些，我就过去。"

贺萍前一段时间被调到养鹿班，工作地点离马号很近。

米帆马上要走了，贺萍为了多有些时间能够与米帆待在一起，便要求让她多值几天班。

值班是在马号的草屋里，米帆下班后经常去马号值班的草屋里去看贺萍，一连几个晚上两人都谈到深夜。

贺萍依依不舍地说："我确实两难了，按说我应当与你一起去，可我是独生女，为了年迈的父母，我不能走得更远，而我又是为了你来到这里，真的很纠结……"面对难以割舍的恋人，无限的离愁别绪，米帆安抚着她。

贺萍因为到了养鹿班就搬到云歌这个宿舍了。米帆他们赴六师前一天晚上，贺萍没有值班，她在宿舍里飞针走线织着一双毛袜。

云歌平时看书睡得晚，她放下书，看到贺萍终于把毛袜织完，锁好了边，又收拾了给米帆带的厚毛衣、毛裤、毛背心、毛线帽子、毛围巾。

"哇，都是你亲手织的，好漂亮、好厚实，你的手真巧啊，"云歌悄悄地看着她的劳动成果说："临行密密缝，意恐迟迟归啊。"

贺萍笑答："那是说母亲啊。"

"那，这是什么？这是'长夜缝罗衣，思君此何极，为郎做寒衣'。"云歌俏皮地又吟了一句诗。

"你坏，我不睡了，你起来陪陪我，行吗？"

"这么关键的时刻，难舍难分的，你还不去陪陪他？"

"他明天要赶车，早睡了。"

"这么心疼他，我明天也要干活呢，也要睡了。"云歌调皮地说。

"那就算了。"

"别，说着玩呢，我起来，看你这个样子，我当然要陪陪你了。"云歌笑着爬起来，穿好衣服，围上围巾，两人走出门去。

时介冬日，地上已经有了积雪，踩上去，咯吱咯吱地响。

这晚，没什么风，天也不是太冷。两个同样亭亭玉立的女孩，走在营区的小路上。

"你这离愁别绪，好重啊，"云歌抬头望着天空说，"你看今夜，天多晴朗，真是'纤云弄巧，飞星传恨，银汉迢迢……'"云歌继续逗贺萍开心。

贺萍从大衣口袋里拿出两个大苹果，拿着其中的一个堵住了云歌的嘴说："这么大的苹果，总该能堵住你的嘴了吧，云歌，按说你能理解我的。"

"当然，我特别能理解，而且说心里话，这种情感其实挺美的。不过，这么大的苹果，是哪来的？"

"是前几天米帆师部的同学带给他的。"

"你好幸运，还是有男朋友好，有人疼啊。"

贺萍显然还沉浸在别情中，没理会云歌的话，转而问："你会唱一支歌吗？"

"什么歌？"

"《送郎出征》。"

"听说过这首歌，但我不会唱，你会你就唱啊。"

此时天已微曦，一弯下弦月西垂前显得更亮。她们走在一个冻着的水塘边。

贺萍轻轻地唱起来："春风吹动着泉边垂柳，水中花影漪，游云遮不住一轮明月，月儿出没水中……"

"真好听啊！"云歌说。

贺萍是女高音，在学校就是合唱队的。因为是夜里，今天她轻声唱着，声音很悦耳，她漂亮的眼睛显然蒙着泪花，显得楚楚动人。

"送郎出征漫步原野，情比月夜浓，来日方长啊，转战南北，望郎建奇功……"

云歌的记忆力相当好，马上伴和着贺萍唱起来。"真好听！"云歌称赞着。

但她看到贺萍已泪流满面了，她拿出手绢递给贺萍，然后拥住贺萍轻声说："哭出来吧，哭出来好受些。"

贺萍伏在云歌的肩上嘤嘤地哭起来，哭得那样伤心，云歌也跟着落起泪来。

云歌第一次从好朋友的歌声和哭声中体味到："爱情中的离情别绪，居然比与父母的离别，更别有一番况味，原来都是在诗词中，戏剧中能看到，生活中更是这样，那么美，那么动人，那么牵心动肺。"

贺萍拍拍她说："以后你也会体会到的，如同心被带走了一半。"

此时，起床号响了……

后来，贺萍告诉云歌："你知道吗，这三十多人赴六师的队伍并没有全走，志远和米帆都被留了下来，被派到团部的中心学校当了老师。"

但是，志远修路时认识了有才华、有形貌的一位上海女知青，心有他属了，金晶与云歌几次洒泪相述。

那日，志远回连队，云歌气不过跑到大宿舍去质问志远，志远说："你还年轻，不懂感情上的事。"

"不可能，别人的事我不懂，你们的事我懂，金晶姐很痛苦，你知道吗？"

"她本不该陪我来，她妈妈身体又不好，你劝她想办法回去吧。"志远说。"你怎么说的那么容易……"云歌说。

"可不就那么容易吗，我说过吧，志远眼高于顶，修路连的北京、上海知青多，年轻漂亮，志远还是看上别人了。"于珏不知什么时候走了过来。

志远被于珏突如其来的抢白，有点不好意思，云歌想起于珏当时的话，觉得她看得挺准的，心软了，对于珏笑着说："关皓也去了修路连了，你也小心点。"

"他啊，死心眼，打都打不走。不像志远，那么风流倜傥，我妈当时去学校看见你时，就说你不是个靠谱的人……"志远无言以对。

云歌暗想，于珏在这方面还真是做了不少功课，她开始解围："关皓也回来了吧，于珏你快去找他吧。"于珏还是要把话说痛快了，她指着志远说："他喜欢年轻的，身材修长的，连我他都嫌个子矮，你想他和金晶能长久吗，你要是留他，也许还有可能。"

"说什么呢，这么不着边际的话你也说！"云歌生气地说，于是三个人不欢而散。

第十四章

随机务上山伐木　深山里勇战熊罴

麦收之后，云歌对于康拜因这庞大的机器基本掌握了操作的要领，驾驭起来已经娴熟许多。

麦收后就是秋收，玉米已经灌浆熟透，大田的收割需要人手，机务排也被抽调一些人去支援秋收。正在检修康拜因准备收大豆的云歌和霍晨等几个年轻人，又回到农工排去帮助收玉米。

没几天到了秋天收豆子的时候，云歌又回到康拜因上，此时她已经可以自己顶班了。

由于备战的形势越来越紧，机务排的武装班训练也抓紧了，除了由杨排长亲自带班，还是工作时间抓生产，下班之后练打靶，云歌作为其中的一名战士，她又和机务排的男战士一道经历了一次次严酷的军事训练。

转眼间秋去冬来，北大荒的冬天来得早，10 月下旬到 11 月初，已是千里冰封，万里雪飘。

为了筹备基建用的木料，连里决定派机务排上山伐木。杨排长找到云歌，表示了他的意见："云歌，就不让你上山了吧，就一个女同志不方便，把你安排在卢师傅的铁匠炉吧。"云歌只能服从。

可在连资历最老的卢师傅对云歌说："农闲时铁匠炉活少，我还想上山活动活动筋骨呢。""卢师傅，那我们一起去争取吧。"云歌说。

于是卢师傅和云歌找到了杨排长，卢师傅是 1953 年之前的转业兵，杨排长是 1958 年的转业兵，杨排长还是很尊重这位老大哥，两个人软磨硬泡，最终杨排长还是同意他们上山了。"跟着您争取，肯定成，我沾光了。"云歌笑嘻嘻地对卢师傅说。"鬼丫头"卢师傅也笑了。

出发那天，慕天开着铁牛 55 拉人，后面跟着马车拉着行李、炊具和粮草。

站在车上虽然冷，云歌再一次亲近冬天的完达山，她在日记中写道："山峦起伏，银装素裹、林海雪原、莽莽苍苍，笔直的松树参天而立，还顽强地保留着深沉的绿，没膝的积雪覆盖着大地，显得那么晶莹剔透，阳光照进原始森林，轻纱般的薄雾掩映着不同的色彩，如幻似梦，让人充满了神秘的遐想。树上有时还有鸟鸣婉转，瞬间，一只山鸡带着雪雾扑棱棱地飞起，或是一只松鼠嗖的一声奔逃而去……当你忘记冬天的寒冷，仔细体味时，就会感到：在这里，哪一个季节的大自然，都是生机无限啊。”

半山腰的伐木场，一片待伐的成林，大家说着树的名称。“樟树、白桦、核桃楸、黄菠萝、水曲柳……你看，一棵比一棵粗壮。”卢师傅告诉云歌。

“这些树木质不同，各有各的用途，是吗？”云歌一一辨认着。

杨排长把大家集合起来，对新来的知青说：“伐木前要先确定大树的倒向，如果判断错了或锯偏了，树没按正常方向伐倒，就危险了，搭在另一棵树上，就难办了啊，一定注意安全啊。”

上山后第一个任务就是安营扎寨，大家开始打木桩支帐篷，云歌在日记中写道：“午饭前，三顶帐篷支起来了，两顶做宿舍，一顶做食堂。两间大宿舍里和排水工地的宿舍一样，左右两排大通铺，通铺是就地取材用刚锯的木板和树枝搭成，中间有一个通道，通道中间用大油桶改成的炉子，炉子两边用砖砌成‘地火龙’，一直延伸到门口。”

当时人们还没有环保意识，靠山吃山，柴火很多，一会儿帐篷里就暖和起来。杨排长不知从哪儿找了一张旧炕席，在帐篷里给云歌隔出了一个“小单间”，并给了云歌一把挺精致的小斧头，说：“白天别在腰间，晚上放在枕头下面。”

渐渐懂事的云歌领会了排长的好意，从那天起她就把两条小辫子塞进了一个单军帽，然后戴上棉帽子，在这支队伍里，就看不到还有一位女生存在了。

帐篷里和去年修水利一样，上半夜很暖和，到了下半夜就像睡在数九寒天的外面一样，有了上次的经验，到了下半夜，云歌就把所有能盖在身上的大衣，棉衣全盖上，戴上棉帽子，用被子蒙上头，不让自己呼出的热气浪费掉。

第二天，起床号一响，大家都神气活现地起床集合。首先开始清林，山上积雪相当厚，一脚踩下去都能到膝盖以上，好在都打了绑腿，但光走路就很费力气，云歌学着大家用自己锋利的小斧头，为砍伐的大树清理空间。

一上午下来，云歌的手起了血泡，胳膊也累得酸疼。真正开始伐木了，云歌和孙师傅一组，两人相对坐在树的两边，手握大锯两端来回拉。

云歌觉得“挺好玩的，跟小时候的拉大锯扯大锯一样”，说得容易，但开始她的力度水平程度都与孙师傅不一致，孙师傅告诉她要领：“两人要合作，劲儿往一处用，出手要一致，才能锯得快，倒得准。”

在孙师傅的带领下，云歌慢慢适应了，但长时间的用力，手和胳膊酸疼。锯得差不多了，树身开始“嘎嘎”响，然后，根据树倒的方向再锯几下，他们抽出铁锯赶快走，边走孙师傅边喊“顺山倒”，提醒周围的人迅速离开。

云歌远远地看着自己锯的大树不情愿地慢慢倾斜，然后咔嚓嚓，嘭的一声巨响，像一个战败的巨人沉重地倒在地，溅起一片雪雾，洒落满地枝叶。

瞬间，云歌心头涌上一种不忍，她对孙师傅说：“这么粗的大树要长成得几十年甚至上百年，生长得好好的，生生地被我们给锯倒了，长在这深山里，招谁惹谁了啊？”

孙师傅笑了：“姑娘，不锯树，拿什么盖房子啊，你住什么？”

“也是啊，但看着挺可惜的。”云歌有点不好意思。

树倒后，云歌跟着孙师傅砍掉所有的枝杈，孙师傅指着不远处一垛木材说：“你看到了吧，还要把树干码成垛，这叫‘归楞’，归楞要八个人抬……”

说着，几个人走过来，四道抓钩挂在树干上，杨排长走在前面喊号子，云歌毫不犹豫地加入了这个行列，孙师傅说：“找别人抬吧，你不行，很沉啊。”

孙师傅看看周围，大家都忙着，确实缺一个人，无奈地说：“那你就冒一次险吧。”云歌边用肩膀抬起木杠边说“没事的”。“那你跟着我的步伐，我迈哪条腿你就迈哪条腿，一点不能乱，这可是人命关天的事啊。”云歌说“没问题”。

云歌扛上木杠，不自觉地说了一句“好沉啊”。“行吗？”孙师傅担心了，云歌咬着牙说“行”。

孙师傅轻轻指挥着，“迈步，屈腿，迈步……”此时云歌已顾不上想肩上的沉重，只求像机器人一样跟上步伐，终于到了归楞垛的边上，孙师傅念叨着“哈腰，蹲，放”，这棵沉重的大圆木终于归了楞。

大家一同长舒一口气，杨排长回头看到云歌，云歌扶住一棵树大喘一口气，杨排长说：“老孙，你怎么让她抬啊？”孙师傅说：“她要试一下嘛。”

杨排长说：“女同志，不要再抬了。”喘匀了气的云歌说：“我这不是也抬了吗？”

孙师傅说：“你年轻，树太沉，会压得你不长个了。”“我已经够高得了。”云歌说着站在个头不高的孙师傅身边比了比，大家都笑了。

伐木其实有很大危险性的，杨排长强调：“因原始森林树木密集，大树能不能如约倒下，能不能按预计的方向倒下，都可能带来危险甚至惨剧。”

“是啊，我一再提醒大家，更多的情况是伐下的树没有倒在地上，而是搭挂在邻近的树上，大山里风大，又风向不定，无根树的树冠搭挂多少不一，风大了，树冠搭挂不实，大树随时可能倾倒砸到人，所以处理搭挂的树是一个难题。”孙师傅忧心地对杨排长说。

这一天伐木场地果然一棵大树搭挂了，山风吹着它在另一棵树上摇摇晃晃，像个醉汉随时都可能倒在地上，但树冠距地面十几米高，让这棵树安全地落在地上，还真不是一件容易的事。

身材不高的孙师傅吼了一声“你们别动，我来”，飞身攀上倾斜的树干。

那天的风很大，他的身体随着树干的起伏晃动着，可他像猫一样灵活地攀上了搭挂处，北风鼓荡着他砖红色的衣衫，他手起斧落砍掉搭挂的树枝，一斧又一斧，随着搭挂的树枝被砍下来，孙师傅跟着树干摇摇晃晃地下沉，他边注意着自己的平衡，边说：“这树枝太粗，得锯几下，慕天，拿锯过来，听我指挥。”

慕天应声对准那棵粗壮的树枝举起了大锯，慕天跃上一棵树的大枝杈，与孙师傅一上一下拉起锯来，大家看着悬空的两个人，心也悬起来，随着锯末飘飞，树干发出咔咔的响声。“要锯开了，你们注意随时撤离！”杨排长说。

云歌的心提起来，气都不敢喘，斜挂着的大树沉沉地倒下来，大家担心地望着孙师傅和慕天，只听咔巴一声巨响，牢牢地站在树上面的孙师傅一下子扑下来，一把抱住慕天在树倒下来之际滚到了相反方向。

随着倾倒的大树稳稳地到了地面，云歌觉得自己就像看着一次随时会出危险的战斗。“太危险了！”云歌惊叹，大家都为孙师傅和慕天捏了一把汗。

转过头来，云歌却惊喜地望着孙师傅若无其事地从树干另一边走过来，旁边跟着慕天，他掸着粘在身上的土和草，拿起大锯招呼说：“云歌，开始锯另一棵树了。”

云歌看他脸上的表情，就像刚才什么事都没发生过一样。慕天看着云歌肃然起敬的眼神，说“这些经过战争的老兵，就是不一样。”

伐木的生活是艰苦的，倒是每天能吃饱。大馒头、白菜汤，有时还提供一些辣椒糊，只是午饭在山上吃。

云歌拿着馒头飞快地吃着，突然想着自己毕竟是个女孩，得注意点吃相。

左右一看别人比她更狼吞虎咽，坐在她边上的孙师傅说：“没事的，别不好意思，是得快点吃，因为吃慢了，馒头就冻硬了，白菜就有冰碴了。”

一天，机务排最小的知青之一霍晨跑过来，大声喊着：“有熊啊，山上有熊瞎子。”大家围过来。“瞎嚷嚷什么？”袁泉说。

“真的，我看到一棵大树上有鸟窝，想去掏鸟蛋，就爬上去，卢师傅叫我去干活，我一慌往树下一看，妈呀，那树干上方有个洞，洞里的狗熊正抬头看我呢。我连滚带爬跳下树，就跑来了。”霍晨惊魂未定地说。

“山上这么多人在伐木，如果真有熊瞎子，是很危险的，你看准了吗？”“看准了。”霍晨说。于是，杨排长带着慕天、卢师傅、耿师傅，孙师傅、袁泉、李师傅等向霍晨指的方向跑去，云歌也跟了过去。

他们走近一棵大棹树边上。好粗一棵树，横直径足有一米五多，树干不很规则，上方确实有个洞。袁泉爬上去往洞里看，说：“黑乎乎的，什么也看不见。”

卢师傅用树棍往里捅两下，也没有什么动静。在伙房的宝东拿着枪跑过来，朝着树洞口就是一枪。

大家还没反应过来，一声咆哮冲天而起，紧接着真有一只黑熊从树洞里蹿出来，直扑向迎面站着的卢师傅，他身后的慕天一把推开卢师傅，黑熊顺势抱住了慕天。

这突如其来的一幕，把在场的人都惊呆了，宝东拿着枪不敢再打，因为黑熊抱住了慕天把他摔倒，而且，开始撕咬慕天。

毫无准备赤手空拳的慕天顽强地抵抗着，但是，他还是被黑熊抱住向山坡滚下去。

几个人追上去，但不知从哪下手，他们滚到坡地上被树棵挡住。狗熊倒坐在慕天身上，慕天一把抓住黑熊的一只耳朵拼命地往旁边拧，然后用足全身的力气抽出一只脚，把黑熊踢翻。

黑熊摇摇晃晃地爬起来，似乎想回过身子，再扑向慕天。没来得及起身的慕天，又踢过去一脚，还没有站稳的黑熊继续顺着山坡滚了下去。

此时宝东拿起枪朝着黑熊就打了一枪，没打中，黑熊回过身看了一眼，就逃向深山了。

慕天趴在地上起不来了，一条大腿被咬伤，两只胳膊被抓伤，裤子和衣服被抓烂。“这是个两岁左右的熊崽子，要是大熊就麻烦了，坐也坐死了，还好，头和脸都没有外伤。”杨排长说。

大家赶忙上来查看慕天周身。宝东拿了临时小药箱为他清洗伤口，他平静地躺在那里，一声没吭，但从紧咬的下唇和豆粒般沁出的汗珠来看，显然不是一般的痛。

杨排长亲自开车准备把慕天送到团卫生队，宝东和耿师傅陪在他身边。因为伤口怕冻，慕天坐在驾驶室的副驾驶座位上。

宝东和耿师傅只能站在拖斗上，路远天寒，云歌把自己的大衣抱出来递给了耿师傅，孙师傅把自己的皮大衣递给了宝东。

那天晚上，云歌也不好意思去打探慕天的伤势，但她第一次为惦记除了家里人之外的人而失眠了。她回忆着慕天对抗黑熊的每一个动作，心里充满了担忧，也升起了敬意。

到了星期日，许多人都上山采蘑菇，她却坐着霍晨去团部的车到了商店，买了一些棉花和军装黄的布料。

第十五章

去拉练巧遇苏凌　春耙地误进营区

据杨排长说，伐木工作得春节之后才能结束。但那正是 1970 年年初，边境形势紧张。上面来了通知，由师团组织一次千里野营拉练，要求机务排的武装班参加，并点名让云歌去做宣传报道员。

这样云歌就跟着武装班下了山。回到连里，大家对能去拉练的人都很羡慕。

云歌拿着自己新买的棉花和布料找到了金晶，金晶笑着说："做棉衣棉裤不容易，一天我可做不完，再说，我最近也事多。"

"那怎么办呢，我自己也做不来，至少裁剪我还不行。"云歌为难了。

"你说清楚，为什么要为慕天做棉衣裤，我就做。""因为机务排就我一个女生上山伐木了，看到他的棉衣全部都被狗熊给撕烂了，姐姐，如果是你，你更会这样做的。"云歌坦然地说。

"你说得也是啊，那今天就做吧，他还等着穿呢，一时也买不到现成的。"好心的金晶说。

于是，她们到了小学校，金晶裁剪，云歌缝，两人一直忙到晚上。金晶把上衣上完了袖，说："剩下的就是裤口、袖口，还有锁扣眼，明天我抽时间做吧，你明天不就去拉练了，一早就出发了。"

"那就麻烦姐姐了，不好意思，我明天一早就走，可能还得你想办法带过去。"

"不好意思，怎么不好意思？是不是你这小心眼里有什么啊。"金晶点点云歌的脑门说，云歌一下子脸红了，"真的没什么，如果是霍晨、长生，我也都会想到的。"

"那你脸红什么？""着急啊，怕你误会啊。"金晶拍了拍云歌的脸："你心里有什么，没什么，我都愿意做这衣服，那是英雄啊！""姐姐真好！"云歌搂住金晶的脖子撒娇地说。

两个人把衣服包好，扫了地，把教室的桌椅复了位，就各自回宿舍了。

第二天，天刚亮，云歌和武装班的十几个人稍作休整就出发了。

云歌因为要参加报道，去参加了团参谋长召集的一个小会，会上参谋长交代了整个拉练的情况。师部从十几个团调集了上千人的兵力，准备从师部出发，争取行程两千五百里路。

这正是北大荒滴水成冰的天气，天寒地冻、雪大路滑，但"铁二师"的队伍意气风发地出发了，每到一处都受到当地老百姓的欢迎，虽然是没有领章帽徽的队伍，但欢迎的场面就像当时电影中一样。

当时，这支队伍的主力是各大城市的知青，年龄大多数不到二十岁，虽然艰苦，但能有这样的经历，感受到这样的场面，每个人都很知足。

云歌所在的团有二百多人，算是一个分队。出发那天天下起了鹅毛大雪，每个人肩上都背着行李和枪，足有三四十斤重。

到了下午，她肩上的分量越来越重，虽然天气冷，却汗流浃背。这次拉练云歌结识了也是报道组成员的上海知青苏凌。

报道组由五个人组成，组长是已经从十连调到团部中学的吉西，还有团通讯股的北京知青华宇，一路上小分队的文艺宣传由吉西来抓。

因为连里机务排的武装班就云歌一个女生，也因为她是报道组成员，于是，她就和苏凌住在一起，行军也在一起了。

雪越下越大，大家的帽子上身上落满了雪，加上呼出来的热气，汗气，在睫毛上结了一层霜。苏凌走在云歌的身边。悄悄地对云歌说："我的眼睛冻住了……"

"是吗，眨几下眼睛。""眨不动了。""真的啊，我给你用热气哈一下。"这几天住在一起，云歌知道苏凌保持着南方女孩的特点，干净、细腻，比其他人讲究。

她娇小精致，细瘦的身材，细腻的小鹅蛋脸上，小鼻子、小嘴，却嵌着一双大眼睛，睫毛长而翘。

而且，云歌开玩笑地说："上海女孩都是很讲究仪表的，你看你虽然是一头秀发，多忙都是发丝不乱。你的衣服虽然与别的女孩区别不大，但都是平平整整，而且很有腰身的。"

苏凌笑着说："你看得这么仔细，说明你也很细致。"此时，云歌从拿枪的棉手套中抽出一只手，扶在苏凌的脸上，用嘴哈了几下，果然她的眼睛可以眨动了。

可是，云歌随手把枪从另外一只手移过来时，结果没戴手套的手沾在铁枪上，两个人又哈又吹，才把手拿下来，但还是粘掉一块皮，苏凌从书包里拿出了橡皮膏，撕一点卫生纸先包在天歌的手指上，再用橡皮膏贴上。

"你还是细致，还带了橡皮膏。"云歌说。"这东西有用的，扣子掉了都可以拿它先应付。"苏凌笑笑说。

“说什么呢？”吉西跑过来。“没事，云歌的手被枪粘掉一块皮。”吉西关切地问：“要紧吗？”苏凌说：“不要紧。”“你累不累，你的东西，我可以帮你拿一些啊。”吉西拍了拍苏凌的肩。

苏凌说：“还好，不用，大家都累。”“吉西，参谋长喊你！”军务股的小蔡来叫吉西，“好的，你们有事叫我啊。”吉西跑走了。

“他人蛮热情的，天津的，你们一起参加过学习班，那次班办得很长，他总是说你是他师妹。”苏凌说。

“是的，他是老高中的，有基础，那次他在班里很活跃，学马列著作时我们争论很多，我们不打不成交，他对我还是有帮助的。”云歌回答。

“听说非常有才，我就欣赏这样的人。”显然，苏凌对吉西很有好感。“听说你们连有不少各地老高中的，都很有水平。”

云歌说：“是的，欢迎你有时间到我们连里去看看。”

苏凌说：“有一位叫翮伟的，说是比吉西水平还高，还有原来的葛玺、关皓、吴慕天等，有一大批人才呢！”

云歌说：“你对我们连这么了解呢。”

苏凌说：“我在组织股帮了一段忙，对我们团的知青情况知道的差不多，知青中人才是很多的。”此后，苏凌经常向云歌说起关于吉西的情况。

北大荒旷野的寒风凛冽刺骨，行军时身上背着重负几乎迈不动步，苏凌瘦弱，很怕冷，她悄悄对云歌说：“发现没，休息时棉衣基本被风打透，出过汗的衬衣就变成了冰壳了。”

大家就地笼起了一堆火，云歌对苏凌说，“你说是不是再一次感受‘火烤胸前暖，风吹背后寒’的滋味”。

一次队伍到了宿营地是一个朝鲜屯，打前站的战友在这里给大家号好了房子，十连机务排武装班住在了一起。

到了宿营地，班长袁泉带领大家扫院子、担水、劈柴，干得热火朝天。

该做午饭了，袁泉从大家的干粮袋里倒了半盆高粱米。房东大娘接过了高粱米说：“你们帮我收拾一下柴火垛，我来替你们做饭。”

袁泉说：“谢谢大娘，给您派俩人帮厨吧。”“不用，不习惯，你们也不熟悉我家这灶，我让女儿帮忙就行了，别客气。”“那真的谢谢大娘了。”袁泉说。

结果到吃饭的时候，小炕桌上摆着一碗碗香喷喷的大米饭。袁泉紧张了，说：“大娘，我们拿的可是高粱米啊。”大娘笑着说：“一样的，高粱米我留下了，这个好吃。”

霍晨看着桌上的辣白菜，漂着油花的萝卜丝汤，已经饿得忍不住了，说：“军民鱼水情，大娘让我们吃，我们就吃吧。”

大娘拍着手说："是啊，这孩子实在，吃吧，坐炕上暖和。""谢谢大娘！"大家异口同声地说。

于是，哥几个坐在暖和的炕上，大吃了起来，大娘的女儿、媳妇不断地给大家添饭，霍晨乐得手舞足蹈，说着："这待遇，没挑了。"

那一天下午集合，每个人都很高兴，看得出午饭都吃得很好。而参谋长在会上对这事提出了批评："三大纪律八项注意记得吧，你们倒是没拿针没拿线，可高粱米换成大米饭！"

于是，参谋长让司务长把高粱米和大米的差价折合出来，让住在每家的负责人，还给了房东。

云歌和苏凌见此情景对视一下，笑着吐了吐舌头。

原来房东大嫂见几个姑娘参加拉练，不容易，还给她们煮了几个鸡蛋，她们当时就补了钱，大嫂说什么都不要，苏凌还是不容置疑地把钱塞进大嫂围裙的口袋里，苏凌对云歌说："看来我们还是做对了。"

"这里还真是当年抗联出没的地区，也是小说《林海雪原》描绘的深山老林，来之前我们对照了当时的地图。"苏凌说。

路上，大部队组织参观了当地的抗日展览馆，参观了日占煤矿和日本侵略者留下的万人坑、炼人炉。

还瞻仰了杨子荣烈士墓和展览馆，而且和各分队的领导一起参观了座山雕的威虎厅。"其实，这里威虎厅完全没有戏剧中那威武盛大的场面，只是一个小山洞里面放了几把破椅子。"云歌笑着说。

在这些地方，云歌和苏凌都进行了详细的记录和采访，写好后交给吉西，她们的报道还刊登在《兵团战士报》上，吉西说这都是他去做的工作，每当说起这些，苏凌都报以佩服的目光。

为了纪念烈士，师部组织了一次大型攻山头的实战演习，大家很勇敢，哪里危险往哪里冲。

山陡路滑，瘦弱的苏凌和几个战士滚下山坡，因为衣服穿得多，小伙子们都无大碍，只有苏凌崴了脚。

云歌和吉西赶快跑下去，从其他人手里接过苏凌。吉西要背她上山，苏凌死活不同意，只有两个人扶她上山。

苏凌脚肿得厉害，鞋都脱不下来了。师部来了收容车，有几个女生也是不同程度受了些伤，被班长、排长强推上车，苏凌就是死顶着车门坚决不上车。

这样，云歌每天晚上给苏凌敷药、按摩，吉西找来了"七厘散"，又找到些白酒送过来。

云歌把白酒放在茶缸里，在大油桶做的炉子上烧热，把"七厘散"倒进去，先往苏凌脚上的患处抹一些，然后把剩下的药酒在纱布上，把这纱布裹在苏凌脚腕上。

到了一个驻地，吉西遇上了一位正骨的老中医，便扶苏凌去医治，还真管用，第二天苏凌就不用云歌再扶着她了，拄上一根树棍就能跟上队伍了。

云歌对吉西说："这一路上多亏你了，谢谢了。""客气什么，你'上天言好事'，就可以了。"

云歌笑了笑，表示明白了吉西的意思，但她心里总有一种隐隐的感觉，吉西对于苏凌未必是一个好的选择。

一个多月后，历经东北十个县、三个市，这支千人队伍开始返回，由于那年风雪大，返程的路也并不轻松，每天依然五六十公里。

打前站仍然是师部的摩托车队伍、背着步话机的通信兵队伍，接着大部队就是步兵、炮兵。虽然大家都很累，但队伍始终很整齐，俨然一支正规部队。

道路两旁的老百姓都很热情，打着标语甚至敲锣打鼓。每到这个时候，战友们都挺起胸膛，显得很神气，感觉像凯旋的英雄。

一些大娘和嫂子围着云歌和苏凌，往她们口袋里塞鸡蛋，端上红糖水给她们喝，大娘摸着两个姑娘的脸说："多漂亮的姑娘，多小的年岁，累了吧，辛苦你们了，孩子。"说得两人挺不好意思。

最后一天，队伍下午三点出发走了一夜，上午十一点到了出发地，足有百十公里。以闻斌为首的师部领导迎接了这支队伍。

闻斌拉着自己的战友老红军张文中等人接见了队伍。张老其实比闻斌也大不了几岁，他声如洪钟："这次拉练，你们走了两千五百多公里，累不累啊？"

大家说"不累！"张老说"苦不苦？"大家回答"不苦！"

老红军说："现在和我们当初不一样了，你们都是城里的娃，如果在你们父母面前，你们还都是孩子，哪能说不苦不累，但是苦不苦，想想长征两万五，累不累，想想当年东北抗联的游击队，你们说对不对？"

大家整齐地回答"对！"老红军说："孩子们，你们觉得这次走了不少的路吧？"大家回答"是！"

"但这只是长征路的一个零头，还要接着努力啊！一代人有一代人的长征啊，你们这代人的长征，还得你们自己走，毛主席说得好'希望寄托在你们身上'。"

大家由衷地鼓起掌来，喊着"努力努力，奋斗奋斗""下定决心、不怕牺牲、排除万难，去争取胜利"云歌一边喊一边拿着小本子飞快地记着。

历时两个多月的拉练完成后，云歌回到连里，机务排已经完成了伐木任务，撤回了连队。

慕天的伤全好了，当了机务排副排长。排里学习时，见到云歌，他指了指身上的棉衣裤，唯唯称谢。

杨排长说："谢啥，排里当时用你们的话说，就她一个女生，她不做，俺跟老孙也得想办法让俺们家属给你做。"孙排长却低下头，神秘地一笑。

机务排新又进来了五位女战士，一位接云歌上康拜因，其他四位与云歌一起成立了"三八"包车组。

暂时她们在两台75、两台54拖拉机上实习两个月。云歌被分到耿师傅车组重点培养两个月，变成了"三八"包车组的车长。

开始，连领导找她谈话。"当车长？"把云歌吓坏了，"能让我考虑一下吗？就一天。"云歌跑到杨排长那里说："排长，干活我干得了，当车长干不了，没经验。"

杨排长说："干得了干不了，都得干，比起来，你算是机务排的老同志，你不干，谁干啊！有问题找我，找孙师傅、耿师傅都可以，好好干，这事没商量，去连长那里表个态。"云歌无话可说，悻悻地走了。

云歌只有按着杨排长的命令，到连长面前表了态。连长笑了："机务排都一致推荐你，说明你干得不错，没问题啊，就这么定了。"

云歌跑到孙师傅家借了几本书，《发动机原理》《拖拉机的基本构造及使用》《拖拉机保养》，等等。她晚上手不释卷读这些书，第二天干活时再对照一下自己学过的东西。

好在几个女孩都很合得来，陈小惠是北京的，潘莹是上海的，齐小茜是天津的，洪凤娇是杭州的，大家的年龄都差不多，潘莹比云歌大一岁，小茜比云歌小一岁，五个人接车那天，还请慕天给照了一张照片。

从此几个女生搬到了一起。她们在马号边上带铡草机、上山拉木头，三班倒，也还运转正常。

云歌拼命地在读书与实践中提高业务水平，上了拖拉机，她的最好感受就是与姐妹们在一起方便多了。"至少上厕所的问题解决了。"她对金晶高兴地说。

不久，一年一度的耙地开始了，一次，云歌与小惠值夜班，去离连队最近的二号地耙地。耙地比犁地要轻松安全，不用在犁坐上打舵轮。

那天耙地，两姐妹比较放松，初春的北大荒夜里还是寒冷的，但坐在拖拉机里还是挺暖和。

小惠是个单纯的姑娘，对云歌能参加千里拉练很羡慕，她们边开车边聊天，不知不觉两人都睡着了。

当她们醒来的时候，拖拉机已经走在连队的大路上，杨排长一面追着拖拉机一面呼喊着，好在耙地的速度走得慢，两人终于被跨到车沿上的排长叫醒。

沉在梦乡里的云歌揉着惺忪的睡眼不知所措，好不容易看懂了杨排长的手势，把车灭了火。杨排长一跃跳下了车说："你们怎么回来了，再往前走就撞上家属房了。"

"啊，排长，对不起，我们不知怎么就睡着了。"云歌愧疚地说，杨排长又好气又好笑地说："如果地号离得远，你们撞上什么，或掉到沟里，都是很危险的。"

云歌不好意思地低下了头。第二天，这件事便成了机务排车组中男同事的笑料，云歌为此事写了检查，从那以后"三八"包车组再也没出现过类似的问题。

第十六章

断姻缘贺萍惜别　起荒火众女献身

冬去春来又是一年，贺萍做养鹿班班长已经半年多了，因为连里养鹿时间不长，连大带小才有三十几头。

贺萍给这些鹿起了各种各样漂亮的名字，她最喜爱的是小母鹿花吟。好朋友云歌笑话她："花吟，这个名字太酸了吧。"

贺萍却说："那有什么，谁不喜欢美的东西呢。"

去年秋天，为了给花吟接生，贺萍几天几夜没合眼。平时她下班也经常在鹿场里，对这些鹿饲养得十分精心。星期日她就去团部中心学校看望米帆，他们常常一起出去写生。

他们两个人有共同的爱好，喜爱书画和诗词。贺萍偏重于书法、诗词，米帆更喜爱绘画，但也写了一手好字。

米帆有时也来连里，帮助贺萍完成往房顶写标语的任务。贺萍嗔怪他说："星期日你休息一下，这样跑来跑去的，第二天还要上班，连洗衣服时间都没有了。"

云歌说："人家关心你，你还不领情。"可贺萍说："每星期非要跑回来，真没出息。"

米帆却说："你不是星期日总是去房顶上写标语吗，我是不放心啊，女孩子爬到房顶上去，登梯上高的，太危险了。"

云歌调侃他们："你们俩过得不错，举案齐眉啦，亏得团里把他留下，没去六师，不然，哪有这好心情，好风景啊。"

这是一个星期日的下午，连里休息，贺萍急急地来找云歌。后面跟着那只漂亮的梅花鹿花吟。"你怎么把它带来了？"云歌不自觉地亲昵着小鹿。

"它要跟着嘛，你看生了孩子，它出落得越来越漂亮了，多像个美丽的少妇，珠圆玉润的，你看这身上的梅花纹，你看这眼睛毛茸茸，多美。"贺萍说。

"是啊，一身漂亮的梅花，一双大大的眼睛，双眼皮，这眼皮还真双，这睫毛还真长啊。"云歌说。

"我有事找你。"贺萍情绪有点低沉下来道。"什么事，怎么这么心情不好啊？"

"我的父亲得了脑溢血，很重，让我必须回去，真无奈，只能返乡了，正在办理困退手续。"

云歌体谅地说："老人病了，这也是没办法的事。"

贺萍说："你不知道，整个办理病退的过程，都是我的一位'表哥'出面的。"

"没听说你有这样一位表哥啊。"云歌说。"什么表哥啊，你还听不明白啊，回去就不回来了，就……"贺萍摇摇头痛苦地说。

"啊，就怎样？要是不回来了，那咱们就得告别啦，我可舍不得你！"云歌说着，眼眶有点潮。

"不只是与你告别。"贺萍说，云歌说："还要与花吟告别。"贺萍停顿了一下，继续道："最重要的是，还要与米帆做告别。"

云歌说："嗯，这算是离情别绪吧，不过，你与他告别也是暂时的，只能想开些，此情若是长久时，又岂在朝朝暮暮。"

云歌没想到的是，贺萍说。"不是的，一到说这事时，你就犯糊涂，我父母的意思是要从此与米帆彻底告别了，不再是男女朋友的关系了。"

"为什么！你们那么情深意切，怎么就说告别就告别了？"云歌惊问贺萍。

面对好朋友，贺萍无言以对，只是落泪。过了一会儿，贺萍说："我今天就是请你陪我一起去与米帆告别的，好朋友，好姐妹，能理解我吗？"

"不，不能理解，我不去。"云歌气哼哼地说。"等回头我再跟你详细说，你今天真得陪我，求你了，我不好再去找别人了，你就忍心让我自己一个人去吗？"贺萍又落泪了。

那一天傍晚，三个人站在团部学校的操场上，面对米帆，贺萍一直流泪。米帆倒是显得很理解。

“这样一来，你们倒真像是孔雀东南飞了，”云歌见状说，“你们谈吧，我在周围转转。”

云歌围着操场后的小山转了有半个多时辰，见天已黑下来，想去催促一下，却见两人相拥而泣、依依不舍。

贺萍抬眼看到云歌，叫云歌：“没事的，云歌，你过来吧。”贺萍放开米帆，泪眼婆娑对米帆说：“再找一个比我好的女孩吧。”

米帆又拥住贺萍：“再也找不到你这么好的了。”半晌，贺萍轻轻推开米帆：“米帆，请你理解我，我确实是没有办法。太晚了，我们得回去了。”说着，贺萍挽住云歌的手。

“我能理解，你不要有负担，我只是……好，你们走，走吧。”米帆摆了摆手，决然地回过身去。

回连队的一路，贺萍一直哭着。“我就不理解了，这又是何必呢？回去就回去，为什么你们这么难舍难分的，还要分开啊？真是的！”云歌不解地说。

“我妈答应了人家了，他能把我办回城，就嫁给人家。”“就是那位‘表哥’吗？你的父母也真是的，都什么时代了，还包办！”云歌气哼哼地说。

贺萍叹了口气：“你没发现我父母年龄比你父母要大得多吗，我是父母领养的啊！”

云歌愣了一下：“啊！？”“这些年来，他们对我如同己出，也是心疼我，如今我父亲病这么重，我母亲认为即使是我回去，我一个人也照顾不了这个家，我妈血压又很高。云歌，我对父母的养育之恩无以为报，也只能如此了啊。”贺萍说。

“你了解那个人吗？”云歌问。“他哥哥在部队，他和他妹都留城到工厂了。”“算是有点路数的，是吧？”

“嗯，是邻居介绍的，他是邻居家的表亲，说有一天他到邻居家，偶然看到我，马上回家对他父亲说，一定要和我交朋友，提什么条件都答应。”

“这一点我相信，但你就舍得米帆啊？”云歌说。“是啊，我心里好苦啊，云歌，别人不理解，你总该理解吧。”说着，贺萍又开始泪眼婆娑……

“就这样一对这么好的恋人，为了父母和家庭，分手了，唉……”云歌感慨。

四月的一天，许多连队和往年一样都要放火烧荒，云歌在日记中说：“这几天连里开始烧荒，杨排长说这也是北大荒每年初春种地前的一道工序，就是在大片土地上，把荒草烧掉为下一步开荒或播种做准备。”

“这主要是把去年残留在田地里的麦秆荒草，用火烧成草木灰，准备播种，这就叫‘烧荒’。听老职工说这是有跑荒问题的。‘跑荒’就是火离开了预计的范围，烧到别处去了。跑荒的情况是常有的，但一般都会被打了防火道，及时扑灭。”

那天，三连开始放火烧荒，不料中午时分忽然狂风大作，于是火借风势便烧起来，一次大规模的跑荒开始了，大火像一道长龙，瞬间蔓延开来，直逼完达山原始森林。

三连连长慌了，向团部求援。不巧，团里两位主要领导在师部开会，主持工作的副团长秦河当值，他带领手下的几个干部赶往三连指挥救火，但风越来越大，火势越来越猛。

秦河沉着应战，他指挥大家打防火道，人家奋力把防火道打宽，眼看有了效果。

但另外一位不懂生产的副职领导让团广播站开始广播了：“大火就是命令，火场就是战场，各单位要动用一切力量，奔赴火场，来救火。”

此时的云歌刚好开拖拉机在连队附近的地号里平整土地。之后，她与另外的姐妹交班回食堂吃饭。在食堂，她见到了提着一个小桶写标语的贺萍。

“又有几栋新房建成了，需要在房顶上写标语，这不，我刚从房上下来。”因为跟米帆分手，贺萍最近心情很不好，无奈地等着回城的通知。“我们不少人都盼着回去，事到临头了，我反倒有点不想回去了，开始留恋这里，留恋米帆、留恋花吟，留恋你，这里的什么，好像都值得我留恋。”贺萍说。

“既然已经办了，老父亲身体又不好，就别多想了。”云歌边吃饭边劝她。

“我本来身体不错，比你壮实，但最近身体不好，痛经很严重。”云歌确实感到，她的脸色比前一段苍白了许多。“又赶上这几天，昨天用暖水袋焐了半宿，不知怎么了，我总是感到冷。”贺萍说话有点没精打采的。

“这几年咱们风里来雨里去的，好多女生都有这个毛病，春天了，快暖和了，可能就会好些。”云歌说。

突然，广播喇叭响了：“各连队请注意……三连烧荒起了荒火，请各连拿出最大的力量去救火……”

云歌放下碗冲出食堂。“等等我！”贺萍也随着大家冲出来。“你还去吗？过几天，你不就走了吗，而且你身体又不太好，正好赶上这几天，就别去了！”云歌劝贺萍。

“我当然要去，我不是还没走吗，现在我还是兵团战士啊。”贺萍坚决地说，贺萍握紧云歌的手向火场跑去。

突然狂风大作，听到远处有人大喊：“又着起来了，快救火啊！”正赶上大风，火速蔓延得很快。

云歌的日记中记着：“从三连刮过来的荒火在十连烧起来了，又蔓延到其他连队，蔓延到周边的树林，人们担心很快就会烧到中苏边界，按着现在的中苏关系，如果大火烧过去，后果是不堪想象的。于是，一批批知青冲进火海。”

因为走得急，她们没有带打火工具，于是，云歌脱下棉裤的裤罩往沟里的水中一涮，贺萍也把黄色的上衣外罩脱下来，也往沟里涮了几下，两人便奔去扑火了。

开始，她们两人手拉着手，迎着大火冲，曾指导员也在火场上，他大喊：“不要迎着火头，容易受伤，咱们抓紧打防火道！”

云歌在后来的回忆中说那时的知青太年轻，基本都是十七八岁，应当还处在不谙生死、不明深浅、不懂人世沧桑的年龄。

他们又是一批“为有牺牲多壮志，敢教日月换新天”的年轻人，他们单纯，“哪里有危险，就往哪里冲”，他们实在，“明知山有虎，偏向虎山行”。

云歌在当时的日记中写道：“风势猛，火势烈，大家全然不顾，旋风把大火变成一团团的大火球，突然一个硕大的火球把我们这一群人冲散了。”

瞬间，大火球把几个女孩裹了进去，其中就有贺萍，火球旋过人早已面目全非……云歌专心扑火，并没有马上觉察到身边发生的事情。

过了一个时辰，田野大火终于被这些不顾生死的人们控制住了，但大家完全没有轻松感，因为此次“战火海”死伤几十人，贺萍就是其中的一位。

这时，云歌提着只剩一半的裤罩，脸上浮着草木灰，脑门上有一个被火燎到的血泡，袖口也被烧着，一只鞋冒着烟。她边用破裤罩打灭了脚上的火星，边往回奔跑，边呼喊着一起来的贺萍。

没有回应，她忽然看到前面有一群人，正从地上抬起烧得全身焦黑的伤员，她脑子里还没有把这些伤员和贺萍联系起来。

“先别管我，先救重伤员！”这不是刚来到连里的女副指导员刘芳的声音吗，云歌走过去，看到刘芳已经完全不是原来的样子，脸全肿了，手已经蜷曲了，同样受伤的曾指导员扶着她。

刘芳说：“你们先不要管我，不远处还有重伤员！”云歌跑过来说：“这还不重吗？来，我来抬你。”

云歌看到这里多数都是刚赶过来基建排的男生。“云歌，快去，好像贺萍在前面。”曾指导员边说边让几个男生抬走了刘芳，上了担架的刘芳此时声音已经嘶哑，她吃力地伸出一只烧得弯曲的手喊着：“云歌，快，快去找贺萍。”

云歌顺着刘芳指的方向和一群人奔过去，果然这里过火更严重，刺鼻的焦糊味，草地全是焦黑色，上面躺着奄奄一息的几个人，大家七手八脚地抬起他们。

其中一位身上还冒着烟……“衣服还着着呢，是个女生啊”，云歌看到一个全身焦黑的伤员，说着下意识地蹲下来，开始撕开她还烧着的衣服。

这女生似乎是下意识地用完全蜷曲的双手去抓云歌的手，手上还沾着一块未烧着的针织物，“黄色的！”云歌惊愕地自言自语。

“云歌……”一个微弱得几乎听不见的声音。“啊，你是谁，是谁，是贺萍吗，你，你是贺萍？”云歌哭着抱起她，好像从她喉咙深处发出来的声音：“是，云歌，我好冷……”

云歌拼命把裹在她身上还冒着烟的衣服撕开，脱掉自己的棉衣给她盖上，从身后的人群里，又飞来一件棉大衣，云歌不顾是谁的，赶紧盖住她的下身。

“赶快抬走，送到车上，送到团部抢……救……”受伤的曾指导员拄着一根外皮烧焦的树棍，指挥了一半，忽然晕倒。又过来几个人抬起曾指导员。

云歌执意要抬贺萍，她和另外一个男生袁泉抬起了贺萍，贺萍断断续续在对云歌说着：“云歌，我的父母……还，还有米帆……”忽然，她似乎用生命最后的力气说了一句“云歌啊，我多想活到明天啊！”，然后就闭上眼睛，不再说话了。

“会的，贺萍，你会的！”云歌抱着她的上身，眼泪一下子又奔涌出来。后来云歌为此写了一首歌《我多想活到明天》：我多想活到明天，哪怕它如此短暂，多想飞回我的家乡，与爸爸逛一逛松花江边，和妈妈吃一顿年夜饭。我多想活到明天，哪怕它如此短暂，多想牵挽着我的爱人，与他走过风风雨雨，和他共度地久长天。我多想活到明天，哪怕它如此短暂，多想走遍这北大荒，与你一起俯瞰林海，与你一起登上高山。我多想活到明天，明天一定是阳光灿烂。

云歌和袁泉终于把贺萍送上团部赶来的大卡车，她跳上车，车上已经摆满了伤员，好像多数是女生，她给她们一一盖好，才跳下来，卡车飞快地开走了。

她和一群战友下意识地追着卡车跑，虽然卡车绝尘而去，那一天他们就这样不自觉地跑了四五十里地，跑到了团卫生队，但卫生队房间太少，没看到几个伤员。

云歌她们打听到，贺萍这批伤员被拉到团招待所，师部的医生已经赶到团里，还带了不少抢救设备，都在招待所。云歌他们又马不停蹄，跑到招待所。

招待所始终电压不稳，云歌挤进临时病房，急切地询问医生。医生理解他们的心情，告诉她：“贺萍是94%多的深度烧伤，呼吸道烧伤，需要马上手术。”

云歌问：“可以看看她吗？”“不可以，房间马上要消毒，手术要在无菌的情况下进行。”云歌只好出来等待。

一会儿广播响起：“战友们，伤员手术需要大量血浆，请O型血的同志马上到输血室来。”

“我是什么血型？”许多人都在这样问着，但都往输血室奔去。

云歌跑到最前面，撸起袖子对医生说：“我不知道我是什么血型，总会有对应的吧！”“首先做个检测吧。”抽血的女护士和善地说。

过了一会，女护士告诉云歌：“你是O型血。”“真好，那就尽管抽吧！”云歌又撸起袖子说。

女护士说："先抽 200 毫升，好吗？""在场已经好多个人化验，O 型血的不多啊"，一位女医生走过来说。"没事，尽管抽，400 毫升吧。"云歌说。

"那也不行，不能影响她的健康。"女医生对护士说。"你也是知青吧。"云歌看着戴着大口罩的女医生。"是，北京知青，李子云，云歌，你不认识我了？"

云歌定睛看着她说："哎，子云，你戴着大口罩，我都没看出来。""抽了血要休息一下，不然会头晕的。"子云说。

"顾不上了，我们连有战友受重伤了。"说着，云歌按住抽血的胳膊，不顾子云的劝阻，跑向贺萍的病房。

门口站着一堆人，团长也在，看着大家的低沉脸色，云歌的心收紧了，走到近前云歌明白了，但她还是不甘心："是谁，是贺萍吗？"那位医生沉重地点着头："对不起，这女孩很坚强，但她伤势太重了，终因抢救无效，离开了我们。"

云歌一把抓住了医生的手哭诉："医生，不能这样，不应该啊！"云歌忍不住大哭起来："医生，她不能死，你一定要救救她，她的父亲得了重病了，她正准备回去呢，她的父母在家等着她呢，她不能走，她不能走啊！"云歌抓紧了医生："你要救救她，救救她啊……"

盛楠和金晶挤进来拉走了云歌。

回到宿舍的云歌呆呆地坐在自己几乎抬不起头的上铺，脸上满是泪水。"贺萍，你那么聪明，有活力……难道一位漂亮的女孩，一个美丽的生命就这样地走了吗？"

那天夜里，不到十八岁的云歌，听着失去战友的哭声，与贺萍接触的一幕幕像电影一样在脑海闪回，她不断地痛哭，不断地自言自语。"生命原来那么脆弱，战友原来那么坚强。"她流着眼泪迷迷糊糊中睡着了。

那场扑灭草原大火的搏战，给知青们留下了永生的印象。这支知青队伍在这场火灾中，留在北大荒二十多位战友，二十多条正值青春如花的生命被大火吞噬。后来新闻中看到的大兴安岭大火、加州大火、亚马孙森林大火、澳洲大火，每次都让他们再一次想起那场他们曾经亲临的草原大火。

那是一场离北大荒原始森林近在咫尺的大火，那是离中苏边界没有多少距离的大火，那是一路之上有许多营房、晒场、仓库的大火……他们再一次重温那些战友牺牲的意义——事实上，那是一种对自然、生命和国家财产充满大爱和悲悯的情怀，让他们无私无畏地赴汤蹈火。

90 年代一次知青的大型聚会上，云歌当场写的一首诗，后来被战友谱成歌曲《北大荒，我成长的摇篮》——"挥一挥手，呼唤高天，借一件浩大的衣衫，为这广袤的大荒，为这巍峨的群山，遮体御寒，我那时只是个孤寂的少年，是你撷来太阳给我取暖。挥一挥手，呼唤高天，借一幅宽广的帷幔，为这林海莽原，为这山花烂漫，抵挡风雨，我多少次曾经酣睡在你的臂弯，是你挽来皓月做我的灯盏。挥一挥手，呼唤高天，借万匹多彩的绸缎，为这千里冰封，为这浩瀚的葱茏，增色装点，我的血汗融进了你的沃野，是你捧来大山大水，滋润我的梦幻。”

第十七章

夜梦贺萍游幻境　笔墨酣然思友情

睡梦中的云歌梦见了贺萍，眼前的贺萍变成了戏剧里的天使，她穿的还是那件军装黄的衣裳，但军装已经变成了亮丽的长裙，身上飘着飞舞的彩带，她像小时候看到的神话中的嫦娥一样，笑意盈盈地向天空飞升起来。

她回过头来看着正在哭泣的云歌，说：“云歌，哭什么，你看，我这不是好好的，你一定要好好活下去，未来是很美好的，可惜我经历不到了。”

云歌哭着说：“你都走了，还美好什么？”贺萍还是动情地牵住云歌的手，说了一声：“跟我来，我带你去看看，就知道了。”

云歌被贺萍拉着也飞升起来，云歌看看自己白色的衣裙飘飘，身上也飘着漂亮的彩带。她跟着贺萍飞呀飞，飞到了一个有亭台楼阁的精致所在，贺萍帮她落下来，走进一座华丽的大厅。

她们继续往里走，这是一个个装满高高的柜子的大厅，每个厅的门上都悬挂着一块横匾。她们走过了远古厅、中古厅、上古厅、一个个大厅走过去，她们来到了未来厅。

这个厅比其他厅大，柜子也高一些。走进未来厅，贺萍叫云歌走到了写着 21 世纪上半叶的柜子边上，笑着说：“我看着你们走进的美好未来。”

贺萍打开一个能够平视的柜门，拿出了一幅画轴，用手一抖说“这是 21 世纪初年”。她随手把云歌拉入画中。

云歌在惊诧中和贺萍一起落到了地面。“天安门！”云歌认出来了，“北京！”贺萍说：“是的，这是北京，此时你早已大学毕业，到北京已经定居多年。”

云歌惊讶地说："我？"贺萍说："是的，你。"云歌说："大串联的时候，我想上北京，但有同学说我的出身有问题，不能给我开介绍信，就没去了，我多想去北京啊。"

贺萍说："这不是来了，而且，你是这个城市的一员了，往前走吧。"

眼前无数座云歌没有见过的高楼大厦，还有许多正在兴建的高楼。"北京过几年要开奥林匹克运动会，这里在修大型体育场馆。"云歌望着这磅礴恢宏的建筑惊呆了。

再往前走，有一座高塔，整个塔身都是巨大的屏幕，上面忽闪忽闪变换着不同的图案，云歌问："是在演电影吗？""不，这是我们的奥林匹克塔，演电影的电视机，现在每家都有，就是大小的区别。"

贺萍边说边拉着云歌飞起，来到一个漂亮的居民小区，都是落地大窗，窗明几净，里面的精制家具一览无余，室中间的墙上一个方屏正在播放着节目。

"原来我看过一个神话故事，描写墙上出现火焰般的字句和影像，这不是神话吗，我们现在在神话世界吗？"云歌惊异地说。

"不，这不是神话，这就是未来啊"，贺萍说着突然脸色一暗，她用力拉一下云歌的手，"云歌，时间到了，我不能与你们一起走向这未来了，你有时间时帮我看顾一下我的爸爸妈妈，我们这一世的亲情算是结束了，我忘不了他们的养育之恩，我多想与米帆告别，今生……"忽然，明亮的大厅暗下来，画轴自动卷起，贺萍快速地拉着云歌飞出来。

云歌落到大厅的地上，贺萍则飘飞起来，她的眼泪随着一阵花雨落下，飞起来的贺萍快速回眸，说："云歌，永别了，好好活下去……"空中响起了贺萍柔美的歌声《我真想活到明天》。

呆立在大厅的云歌觉得大地在下沉，越沉越快，经过一片黑暗，有微曦出现，云歌重重摔倒地上，她大喊："贺萍，你去哪儿……"

良久，云歌睁开眼，原来是场梦，眼泪湿透了枕巾，而那梦中的场景与形象却还十分清晰。

过了两天，兵团宣传处和当时的《兵团战士报》的记者都来到了连队，云歌被抽调到"4·8"报道组，她负责写贺萍这一段。

云歌写完了稿子，去找金晶，她对金晶说："我接待了她从家乡赶来热泪纵横的表姐，采访了和贺萍一起劳动的战友和同学，我感慨咱们的好同学、好朋友，只到北大荒不到两年的平凡女孩，有那么多自己都不知道的不平凡的事迹。你是老高中的，文字比我强，帮我看看吧，能改改最好。"

金晶拿起了云歌的稿件，通看了一遍，热泪盈眶，说："你是动了真情的，写得不错，你写贺萍在农工排割麦，割破了手，陇长刀锈，她落在了后头。可没几天她的小镰刀，刀锋劲健，一天割两亩地，男职工都追不上她。你写贺萍在基建排脱坯、盖房；你写贺萍去畜牧排养鹿班当班长，昼夜不眠不休，为母鹿接生；你写贺萍在炊事班小刘探亲时，人少活多，她主动早上两三点钟起床去帮厨，然后照样去上班；你写贺萍连里安排她给房顶上写标语，她休息日登着梯子走上爬下，去挥洒……但唯独没有写也不能写贺萍与米帆的恋情，写她对父母的牵挂……也难为你了，”金晶遗憾地说，“但是后面评价式的文字很可能会引起争论，还是留着吧，按说应当是押题的题眼，总体是一篇挺漂亮的文章。”

也许是因为情真意切，云歌写贺萍的那一篇报道被师部报道组组长表扬，与其他文章一起发表在《兵团战士报》上。

写贺萍是云歌走入社会真正尝试写作的初始，当时她写这篇稿子的感受很独特，在那样的年代确实如金晶说的那样曾经引起过争论。

她写道：“贺萍的牺牲让我们明白了原来英雄并不是铁打钢铸的，可以是普通人，可以十分年轻美丽，她可以真实地生活在人群里。她勇敢地冲向火海的形象，我们永远都不会忘记，相信我们一起扑火的同伴也永远都不会忘记。如果几十年之后再想起这场血与火的搏战，再想起贺萍，她仍然是风华正茂的青春形象，她不幸没有投入今后的祖国建设，她有幸葆有了此时的纯真、圣洁和果敢，她有幸让她那年轻美丽的形象定格在历史中，定格在我们每个人的心里。”

“你怎么想起写这些的？”金晶问她。“这不一样的评价也许来自我的一场梦境。”“什么梦？”“我自己也说不清楚。”

同是报道组的女孩张怡欣赏地朗读着，而已是团宣传报道干事的吉西却说：“完达山下这曲毛泽东思想的凯歌不能这样写，这是小资产阶级人性论。”

但云歌这篇报道，得到了师部老新闻工作者出身的庄组长的一锤定音与认可，发表之后受到知青们的赞扬，从此，团里不少人都知道云歌这支“小笔杆”。

报道写完已是一个月之后，云歌和周晴被连队派回哈市照顾病重的贺萍父母一个多月。

第二年，在贺萍的墓前，在大胡子连长和米帆等战友的见证下，云歌认贺萍父母为干爹娘。

从那时起，云歌就有了两对父母要孝敬，回家探望父母，要看望四位老人，过年过节准备两份同样的礼物。贺萍的父母生病了，云歌带着全家人去轮流照看，最终为二位老人养老送终。

我还记得当年那位姥姥驾鹤西去前的情境，这位姥姥年轻时是音乐教师，老人家拉着母亲的手说：“孩子，这些年，真难为你了，你比萍萍还细心……”

那日不久的一个凌晨，母亲忽然爬起来，推醒父亲，问这位姥姥要找的她喜欢的一首曲子找到了没有，说是要代替送这位姥姥的哀乐，这是姥姥的要求。父亲从抽屉里拿出了一盒磁带，放在录音机里，父亲怕吵醒我，把声音调小，母亲说："就这首，是干妈喜欢的。"

母亲的话音还没落，电话铃响了。那边传来贺萍父亲苍老的声音："你干妈已经走了，后面的事情你们看着办吧，干妈让你找的那首曲子找到了吗？"

"找到了，干爹。"母亲流着眼泪说。母亲哽咽着跟着录音机把那首曲子哼了几句"长亭外，古道边……"

第十八章

于珏怕死逃火场　长生义救轻生女

从报道组回到连队，云歌才听说大胡子连长被派去组建新连队了。临行时知青们恋恋不舍，为此，受伤刚出院的曾指导员还在家里给他饯行。

许多知青知道了，都跑到曾指导员家里与大胡子连长告别。连里又来了一位王宏连长，也是1958年的转业兵，人很和气，但魄力和能力还是比大胡子连长差一些。

"回来一看，该走的都走了，只剩咱俩了。"云歌没精打采地对金晶说。"哪里都走了，还有盛楠、乔杨、米莉、于珏，最重要的还有慕天。"金晶做个鬼脸。

"余英出事后，这些事更不轻易想了，男人太难了解了，志远、安力，对他们，我原来都是很敬重的，他们都是咱学校的老高中高材生，都做出这些不着边际的事来，还怎么信他们啊。对了，于珏怎样了？"云歌说。

金晶说："写了个检查，大胡子连长还是对她网开一面了，主要是关皓从六师办事回来了，她马上就小鸟依人了，关皓找过一次大胡子连长。"

正说着，齐全来找金晶了，说是"关皓要回六师，商量明天给他送个行。""我正好去修理厂拿工具，明天康拜因做最后一次检修。"云歌说着要走。

"你要去于珏那里吗？"金晶问。"那不是有人陪着她吗，我不去。"说着，云歌看着齐全腼腆的样子，对金晶做个鬼脸就跑走了。

原来，那场大火之前，因农活不多，于珏所在的那个排被分配帮助基建排盖房，已经干了半个多月了，她们帮助基建排盖房，基本是打下手，推独轮车运砖，挑砂浆，最轻松的就是递砖了。

看到盛楠挑着砂浆上“三级跳”，于珏觉得自己也不能示弱，几天下来，累得腰酸腿疼，于是，4 月 8 日这天她说自己痛经，说是要留下来帮厨了。

可这半天她都没去食堂，在宿舍连声叹气。她一边整理自己的衣物，一边自言自语：“知道这么累，就不该来这个破连队，真没意思。”

她转眼看到同班的上海女孩苗苗挂在床头的书包里面鼓鼓的，装的东西很满，好奇地走过去，开始翻看，发现里面有一大包颜色深红的腊肠，发出阵阵香气。

“多长时间吃不到肉了。”她下意识望望门口，想放回去，又舍不得。于是她从里面抽出一根，“真的是满肉的腊肠，”她闻了闻，“好香！”

她好像不自觉地开始吃起来，真是越嚼越香，她忍不住地一根，两根……兴奋地吃着。

忽然，播音喇叭响起来：“兵团战士们，现在发生草原烈火……”吓了她一跳，再看看这包香肠，已经剩了一半了，她尽量按原样包好，装进了苗苗的书包。

“兵团战士们，大家尽快去火场救火……”广播里急切地说着。于珏一下子站起来，“得去，不能落在别人后面，可这是救火啊，万一烧着怎么办？”于珏自言自语地说。

“兵团战士们，火势越来越大……现在到了十连方向……”播音喇叭继续响着，声音越来越急切，“怎么办，去吗？……万一烧到连里来，不就什么都完了，不行。”她想。

于珏开始行动起来，把她觉得值钱的、必备的装进书包，背在肩上，她又开始捆行李，她麻利地捆好行李，背起来，推门就要跑。

她忽然想起了那包香肠，她又把苗苗的书包打开，把那半包香肠拿出来。“说不定都要被烧到里面，还不如我把它吃了”。于是，她迅速地把香肠放进自己的书包，狂奔出去。

她望着不远处的火还没有扑灭，正在向近处蔓延，一群人正在追打……她朝相反方向的公路上跑去。

她的行李比较重，她不断地回头看火势，还好，公路不算太远，但她看到公路上有一群人在往这边跑，她“机灵”地闪进了路边的地号。

可惜这个地号种的不是玉米，是大豆，豆苗还没有长高。她听到身后也响起了车的声音，她回头看去，一台铁牛 55 正向大路开来。心想：“我是不是搭车走啊，不行，不能让连里的人看见，我不去救火，自己跑了。”她正要再回头，一下子被地里的一块塔头绊倒，因为身上背着行李，她半天没爬起来。

当她站起来的时候，抬头一看，副连长刘飙站在那里。“于珏，你干吗去？你不去救火，背着行李，要跑吗？”刘飙对知青从来都不客气。

“我……我去找关皓，他来信让我去……”刘飙说：“真巧，我们刚碰上关皓。”于珏偷眼看正在走过来的那一群人，关皓还真在这群人里。

于珏像看到了救星，扭头向关皓奔过去，一把拉住他：“讨厌，你不是说让我过去看你吗，怎么回来了？”关皓没反应过来，说：“最近忙，没来得及给你写信。”

刘飙走过来对于珏说：“现在没时间跟你理论，跟我们回去救火，跑步！”于珏看着跑走的队伍愣在那里，关皓拉了她一把：“走啊，救火去。”

“不，我怕！”于珏做出小女孩的样子，往关皓身边靠靠。“你真磨叽！你可是兵团战士，不是小女人，这种临阵逃跑，你应当明白，是要处分的。”刘飙毫不客气。

于珏抬起眼睛看了看刘飙，把行李交给了关皓，不情愿地跟着队伍往回走。

两辆大卡车从他们身边疾驰而过，远远望去，火势好像已经被控制住了，不时地看到回来的人，人们脸上的表情显然很沉重，情绪都蔫蔫的。

刘飙狂奔过去，这时，一辆大卡车缓缓地从火场开过来，追在后面的人群不停地往卡车上扔大衣。于珏看到满脸灰尘的云歌流着泪在卡车上接大衣。

又有一辆卡车到了连部的操场上，卡车停留片刻，云歌爬上车把每个人都盖好，正要跳下来，一只烧蜷曲的手伸向她，她回身把这只手放回大衣里，安慰了这个人几句，转身跳下车。

关皓一把接住她，于珏趁势跳起来往卡车上看了看，开始呕吐。云歌看了看她斜背在身上鼓鼓的书包，又看到关皓手中的行李。“这行李是你的吗？”云歌问。

“是啊，是啊。”关皓回答。云歌瞪了正呕吐的于珏一眼，扭头跟着人群去追卡车了。

于珏回到宿舍，看大家还没回来，迅速打开书包把那半包香肠塞进苗苗的书包，接着麻利地打开行李，铺回她的上铺，若无其事地躺下来。

宿舍里的姑娘们先后回来了，一个个灰头土脸的，大家情绪都很低落，开始洗脸换衣服。“好些了吗？于珏。”班长祈青关切地问于珏。

“还是痛。”于珏做痛苦状。“咦，我刚才好像在操场上看到你了，于班长。”瘦弱的苗苗显然累了，有气无力地说。

“怎么可能！”于珏生气了。“是啊，于珏痛成这样，她怎么会出去啊，苗苗，你一定是看错了。”祈青说。

"不，我好像也看到你了，关皓跟你在一起，关皓回来了？"嘴快的乔杨说。

"我躺在这里动都没动，我怎么知道，没看见。"于珏没好气地说。

"是不是该开饭了？跑这一下午，真是饿了。"祈青说。"我也饿了，但真没心思吃饭了。"乔杨马上捂了捂肚子说。

"真的啊，这一下午，这么乱，食堂还能按时开饭吗？"高新说。

"你们等等，我这里可有点好吃的，前天我妈才寄来，"苗苗说着，走到自己的床前，举起书包，得意地转了个圈："噔、噔、噔、噔。"

她把书包打开，拿出香肠的包："呀，怎么少了，我妈说二斤，现在一斤都不到了。"

躺在床上的于珏，脸上表情很不自然。"我这包包得好好的，谁给打开了？"苗苗把眼睛转向于珏的上铺，大家的眼睛齐刷刷地转向于珏。

于珏没好气地说："就你事多，回来你就开始叽叽咕咕，你的东西丢了，看我干吗！"苗苗的气力小，声音高不起来，但气愤使她不得不提高声音："我没说你，你心虚什么啊？"

"可今天就是你一个人在宿舍啊！"乔杨说。"你最好别参与，谁知她丢没丢！"于珏恶狠狠对乔杨说，说着她一着急一步从上铺跳下来。

祈青惊讶地看着她。"是你说的，没人来过啊！"苗苗继续说。"不说了，苗苗，谁做亏心事谁知道，这么好的东西，你肯给我们吃吗？"乔杨说。

"怎么不肯，就是太少了，不够分了，一人一小块吧。"说着苗苗看了于珏一眼。"看我干什么你。"于珏心虚地说。"我没看你，你别心虚啊。"

苗苗边说边把包里的香肠分给大家，说："就是点吃的啦，谁吃都是吃，干吗这么横，你说你病了，一个人在宿舍，看到吃的，吃了也没事的……"

于珏冲到苗苗面前，一把把剩下的香肠打到地上，发疯似的指着苗苗道："我病了怎么了，你倒是想病，这病你得不上啊，你有吗？你是男是女啊，跟你住在一块，心里都直犯嘀咕……"

祈青也从上铺一下子跳下来，一把拉住于珏："于珏，你是副班长，嘴下要留德，好吗，你怎么能这么说话呢！"

苗苗号啕大哭起来，她一个箭步冲出门外，朝着前面的一个废井奔过去。

已经在六师当上副连长的关皓明天就要回去，于珏面对救火的表现让他想了好多，但他是个沉稳的人，不可能因为一件事就对一个人下一个决断，而且，他想："女孩子有柔弱的一面，面对重大危险，胆子小也是正常的，没准这次她吓坏了，得去看看她。"

他想着走出了男宿舍，想去看看于珏，几个月都是书信来去，还真有些想念她了，想着，一种柔情升起。

他走近于珏住的宿舍，看到一个女孩边哭边跑向前面那个废井。“又发生什么事了，不是要跳井吧？”对今天的荒火心有余悸的关皓，自语了一句，便尾随着这女孩追过去。

“站住，有什么事啊？”关皓喊着看清了，这瘦小的女孩是上海知青苗苗。可苗苗根本不听后面的人喊，她越跑越快。

苗苗走到井边大哭几声，关皓一把没抓住，她纵身跳了下去。

此时，恰巧长生从不远的老乡家走出来。“有人跳井了，快来人啊！”关皓一边喊，一边准备下井。

长生跑过来，一把按住关皓：“谁，谁跳井了，你不能跟着一块跳啊。”

关皓急切地说:“得救她啊，好像是苗苗。”说着就要下井。长生拉住他说:“这口井是我们打的，我熟悉情况，还是我来吧。”

关皓摇了一下辘轳，摸了摸完好的井绳挂钩还在上面。“去找一个带梁的筐子。”关皓说。

“来不及了，我瘦，我下去方便，没事的。”长生十分急切地说。

此时井底传来了嘤嘤的哭声。“还活着！”说着长生抓住井绳，关皓慢慢摇着辘轳送长生下井，此时，祈青他们也跑了过来。

“去找筐子”，“去找李医生”，关皓说着。很快，筐子找到，慕天和一群人也跑过来了。

“人找着了。”井下传来长生闷声闷气的声音。“水深吗？”关皓问。“还行。”长生说。

于珏哭着来找关皓，慕天见状从关皓手里接过辘轳把手，辘轳动了一下，慕天问：“怎么样？”井下面的长生说“可以了，摇吧”，慕天摇着辘轳，摇着显得沉重。

一会儿，湿漉漉的苗苗坐在筐里被摇上来。头上流着血，脸色惨白。紧接着，担架横了过来，祈青等人把苗苗七手八脚放上了担架。

关皓和慕天一起把长生摇上来，他也全身湿透，直打哆嗦，大家也把他按在另一个担架上，一起跑向医务室。

医务室里，李医生正抢救苗苗。“她头朝下跳下去，好在里面还有些水，头撞得不太狠，但脑震荡还是有，先包扎创口，把湿衣服换换，还是得去卫生队吧。”

“团卫生队正在抢救救火伤员，一定顾不过来。”祈青说。“我们直接去师部吧，那里的透视也好些。”李医生果断地说。

“我不用去，我没事。”已经换好衣服的长生说。关皓说：“你也得去，头不是也撞了一下吗？刚才还喊头晕呢。”就这样，这一天又送走两位伤员。

慕天临走问关皓：“你随车回六师吗？”关皓说：“这事都与于珏有关系，我没法现在走，处理一下再走吧。”“你也真够不省心的。”慕天说，关皓无奈地摇摇头。

因为没造成实际的损失，连长还是对于珏网开一面，只是在连里警告一下，当然这与关皓从中斡旋还是有关系的。

但这一次，于珏还是去了她最初到的八连，关皓处理完这些事后，就回了六师。

第十九章

听广播引来风波　割樟草乔杨遇蛇

大荒火事件后，接二连三又出现了一些事情，知青们的情绪一直提不起来，云歌更是常常想念贺萍。“你不能太重感情了，这么重的活儿，又起早贪黑地写通讯报道，你每天这样食不甘味的，怎么行。”金晶几次心疼地说她，有时塞给她点什么吃的。

慕天在修理厂找到正在检修康拜因的云歌说：“晚上有时间吗？让大家到小学校来，听广播，有大消息。”

“这几天赶稿子，大家体谅我，宿舍的广播都关了，你这么高兴，有什么大消息啊？哪儿来的广播？”云歌不以为意。

“听我的半导体啊。听了，你就知道了，金晶、齐全他们不少人都来呢，到小学校。”慕天说。“行，那好吧……”云歌无精打采地说。

“慕天，你抓紧把那两车沙子运回来，基建那里还等着用呢。”不知什么时候刘飙来到慕天身边。

“好的，连长已经跟我说了，我上午拉一车，下午拉一车，肯定不误时。”慕天回答。

“还有事吗？”云歌冷冷地问刘飙。“没，没事了。”刘飙疑疑惑惑地走了。

“他这是什么意思啊，我们就说两句话，他就跟过来。”云歌问慕天。

“他不就是这样吗，经常疑神疑鬼的，总觉得别人想干坏事，不要理他就是了。”慕天说。

这天晚上，皓月当空、碧水衔星，许多知青吃完了晚饭，就来到了小学校，来听慕天的半导体，听着《北京颂歌》《北京的金山上》等歌曲。

“你的收音机还是好，音质多好，我的拿来北大荒，没几天就坏了。”长生对慕天说。

“他那个破半导体，扔了吧，打开了吱吱啦啦，就没听过说话。”霍晨说。

“哪能扔啊，当时买它，我爸拿出了积蓄的钱啊！”长生说。

“你哪天拿来给我看看吧。”慕天说。“能修吗？”长生问。“看看再说。”慕天说。

金晶和云歌把教室里的桌椅让给大家坐，两人拿两个小板凳坐在边上。

一会儿，收音机里传来了激越的男播音员的声音：“各位听众，报告大家一个特大的喜讯：我国第一颗人造地球卫星‘东方红一号’搭载着‘长征一号’火箭发射升空了。我国成为世界上继苏联、美国、法国和日本之后第五个完全依靠自己的力量，成功发射人造卫星的国家。”

大家情不自禁地鼓起掌来，好几个男生跑出教室，“真是没想到啊，‘东方红’卫星上天，世界第五，哇，真是大喜事！”大家欢呼着，把帽子摘下来扔上天。

随后，卫星上《东方红》的乐曲从收音机里传出来，“再大点声，慕天，能不能再大点声？”长生在门口手舞足蹈地嚷嚷着，与急匆匆赶来的王连长和刘飙撞了个满怀。

“慕天，你们干吗呢？”王连长问。沉浸在乐曲声中的慕天没有说话，他指了指收音机，示意请王连长坐下。

乐曲过后，又传来了播音员的声音：“今天，《人民日报》为此发了号外喜报……”

“刘副连长，我不像老梁那么了解这些知青的情况，可是，你看，这不是挺好吗？这，这哪是收听，收听……唉，你呀，就是太多疑。”也许是王连长为了保护刘飙，也许是他不愿意刺激这些热情的知青，后面的话他没说出来。

慕天不客气地接过王连长的话说：“敌台，怀疑我们收听敌台，是吗？”

刘飙低下了头，嗫嚅着说：“我看你通知好多知青，最近大家心情又不好，我以为，以为……”

“真是狗眼看人低！”长生不管不顾地骂了一句。好几位男知青愤怒地冲到刘飙面前，被慕天挡住了。

“同志们，我今天很受教育，确实是有人把你们看低了，包括我在内，如果是老梁，也许他就不会来，可是我今天来了，我也受教育了，从你们身上，我看到了什么是‘胸怀祖国，放眼世界’。年轻人，你们有出息。”王连长激动地说。

显然，大家的情绪跟着转过来，王连长接着说："而且，我还看到了我们国家从科技到农业，需要大量的高精尖人才，而这些人才就在你们之中，你们不仅要做好工作，爱护身体，还要多学知识，当国家需要你们的时候，你们不能一问三不知、手无寸铁啊，对不对？"

"对！"大家高兴地回答。

"不过，连长，这次荒火，知青牺牲了二十几个人，我们把命都豁出来了，怎么还不信任我们，还会怀疑我们听敌台呢！"盛楠不客气地说。

乔杨口无遮拦，也脱口帮着盛楠说话："我们还要怎么做，才能被相信？"

"是我的错，我经常有这种偏激的想法，希望大家原谅。"刘飙只能做检讨。

"这还差不多。"王连长看了一眼刘飙，又说："盛楠、乔杨，你们这个问题问得好，信不信任，看我们的行动吧。我的意思是说你们很年轻，还需要多学习文化知识，不是说让你们都一定飞走，但是，当国家需要你们，召唤你们的时候，你们要一定飞高。"

"好，听连长的。"长生嚷着，大家鼓掌。

"我国第一颗人造卫星上天了，太值得庆祝了，这些再一次让我们看到，我们的国家是要发展的，是不甘居人后的，你们接着听，走吧。"王连长拉着刘飙，向外走去。

"你们的胆太大，什么都敢说。"金晶说盛楠和乔杨。

"说得好，这刘飙太不像话了。"齐全说。

"多好的日子，让刘飙那小子给搅了，真是的！"长生说。

"又在重播了。"慕天说，收音机里又响起了《东方红》乐曲。"真好听，从此我们国家就加入'太空俱乐部了'。"齐全说。"我们国家有志气，新中国成立到现在才二十年，就有自己的人造卫星了，太棒了！"东方说。

"就是，'自力更生、奋发图强'，这个国策，到什么时候都是好的。"翮伟说。

"走向太空是人类几千年的梦想，如今在世界上，大国间的太空竞赛正在进行，第一次成功发射人造卫星的是苏联，那是50年代末，从此，他们载人太空飞行、第一次太空漫步……"慕天还没说完。

盛楠抢着说："我们看着为人类高兴，也为自己国家着急啊！"

"对了，记得是苏联的加加林吧。"金宝说。

慕天接着说："是的，当然记得，他是第一个登上太空的人类宇航员。然后美国急起直追，制订了'阿波罗计划'，去年，他们抢先登上月球，一个叫阿姆斯特朗的宇航员踏上了月球的土地，说'这是我个人的一小步，却是人类的一大步'。"

"听到这些，真叫人着急，"翮伟说，"今天我们终于人造卫星上天了，我们也是，有了第一步，就有第二步。"

慕天说："翮伟说得真好，在太空竞赛中，不能没有中国，这个世纪50年代之前，飞向太空，只是在科幻小说中。千万年来，面对无垠的太空，人类始终没有离开地球这个摇篮，真叫人不甘心。"

云歌说："是啊，人的寿命太短，对于地球环境的波动和巨变，基本没有感觉，觉得白垩纪、冰河期，离我们太遥远，其实，真的不一定。"

"所以啊，登月飞天，不是为了好玩的星际旅行，而是为人类寻找未来的家园。"慕天说。

"造卫星的是我们的父兄这一辈，造飞船的就应当有我们这一辈了，"翮伟说，"慕天你说得对，'敢上九天揽月，敢下五洋捉鳖'这样的梦想，是要付诸实践。人类要有忧患意识，当全世界所有人类的生活走上富裕时，需要的资源就成倍的增加了。大量的开采，地球的资源就会枯竭，成倍的攫取，地球的生态平衡就会崩溃。所以，我们要向太阳系，向太空，向深空进发。"

慕天激动地接着说："所以，我们国家要有自己的航天队伍，有属于我们自己的卫星、航天器、宇航员、太空站。"

金晶说："你们想的真是太高远了，可我们现在能做什么呢？"

"修理地球啊，先修理地球，再冲出地球，"吉西摊摊手说，"你们的理想确实太丰满了，可现实呢？"

"吉西，你都调到团里做宣传了，眼界应当宽了，现实总得一步一步走啊，我们的国家还年轻，我们的太空事业也是刚刚起步，要想延续下去，当然需要有后来人。"慕天说。

云歌拿着小本子记着，听着大家说话，想起了那次与耿师傅去慕天那里取零件，看到他床头那一摞英文书，和全英文版的《毛泽东选集》。她说："王连长说得真对，当国家需要我们的时候，我们不能手无寸铁。"

云歌今天也很高兴，她顺手在小本子上写了一首诗。

"写什么呢，怎么不说话了？"顽皮的长生不知从哪儿又跳出来，走近云歌的身边，"还记录，我看看，你写什么呢？"他一把把云歌手里的小本子抢过去说，"啊，还写诗了！华星冲云翰，浩歌映日娇。月扮炎黄舞，从此跨宇桥。我辈当努力，壮心比天高。他日傲苍穹，探秘登九霄。"

"嚯，这么一会儿，就写出一首诗来，真有你的，拿过来，我看看。"一般不夸人的乔杨跑过来给了云歌一拳。"哪是诗，随便写的，还没对韵脚呢，讨厌，长生，瞎嚷嚷。"云歌冲着长生埋怨。

"多好，乔杨再念一遍，不管起承转合、合辙押韵，这么一会儿，就写出来了，赶上曹植了。"金晶对云歌总是欣赏的。

乔杨拿过云歌的小本子，以她清朗的播音员水平，又朗诵了一遍云歌的诗。

“下面播送赵朴初同志的《贺新星——为我国第一颗人造卫星作》。”广播里又传来播音员激越的声音。

“我们还是听大家的吧，赵朴初都写诗了，赶快听！”云歌兴奋地说。

收音机中的广播员充满激情地朗诵：“飞星中宵发，报新星神州飞起，冲开天阙，三十亿人齐仰首，炫目光芒驰射，更盈耳曲音清越，天上人间频唱和，东方红，红满西南北，遍大地欢声彻，照临山水多奇绝，湄公河洪波骤涌，长鲸猛掣，富士峰头腾怒焰，大漠天方风烈，遍六合赤旗高揭，白虎大熊俱丧胆，看长空夺尽妖星色，应远胜，荒寒月。”

“大家之作就是大手笔”，云歌边说边快速把赵朴初的诗记下来，年轻人记忆力好，大家一起朗诵着。

“不在一个宿舍了，就总是看不见你，你最近干什么呢？”在连部的操场上，云歌碰到了乔杨，乔杨跷着脚搂住云歌的脖子说。

“播种、平整土地、写稿子。”云歌说。“是啊，干吗那么想不开，那么好强，要累死你——”乔杨说。

“你呢，干什么活呢……”云歌还没说完，金晶正好走过来，打招呼说，“你们聊，我先回去了。”

“你也过来啊”，乔杨说，金晶拍了拍两人说：“我还有苗苗的褥子没做完。”“该收钱了，这么多人找你做活。”乔杨说。

“你们都小，我帮帮小妹妹还不应该，今天月亮好，你们聊吧。”她说着跑走了。

“是啊，今天月亮好大，看不到那颗卫星，倒是让我想起和贺萍月下聊天的情景。”云歌说。

“她是咱们共同的朋友，我何尝不想她，但也好，不再受这份苦了，也免得那份情感的煎熬，倒是你，情感简单，就家里那点事儿，这年头谁家里又没点事呢，听东方说，慕天家里也有事。”乔杨说。

“是吗？”云歌马上认真地听。“你看你还是在乎他的，东方去团部学育种，认识他的一个同学，外号叫‘眼镜’。”乔杨说。

“上次去拉煤，我见过这个人。”云歌说。

“他们上学时住在一个宿舍。你知道吗，慕天的父亲和母亲是从海外回来的，他父亲可能就是搞卫星这一行的，这一行都要入伍，据说他母亲非常贤惠，但她海外关系比较复杂，她怕连累家人，就主动和慕天的父亲分开了。不过，这也是‘眼镜’听说的。”乔杨说，“我的意思是说，你也不要有什么自卑感，他家也不是没问题。”

云歌没说话低下了头。"你看人家不也是高高兴兴地听收音机，那种自豪感能感觉得到，能看出来，其中的人，我觉得可能与他有关系。"乔杨说。

"是啊，你这一说，我也觉得是这样，能看出来，他的家庭不一般，不说这些了。"云歌好像有点忧心忡忡。

"好的，我这几天跟班里跑到草甸子里割樟草，草甸子里水多又泥泞，烦死了，好在这次东方跟着我们，他经常帮着我。"乔杨说。

"东方不是在育种吗，还等着吃他育出来的大米呢！"云歌说。

"今年的樟草质量好，又多，连里让他们帮我们几天。云歌，我后来发现，东方这个人干事真是没问题，踏实、钻研、心细，说是大胡子连长让他育红松的种子呢，是师部派下来的任务，那就难了。"乔杨喋喋不休地说着东方。

"薛岚好吗？"云歌问。"好几个月没见他人影儿了，说实话，他真的缺少东方那种细致劲儿。"乔杨说。

"去了新建点儿，肯定忙啊，这一点你要理解他。"

"说真的，我都快把他给忘了。"

"那怎么行，人家可是对你一往情深啊！"

"唉，这种事，你还不懂。"

"你比我才大几岁啊，真是的，你是说我不解风情，是吧。"云歌看看左右低声说。

"那还真是，有人对你好，你好像也浑然不觉。"

"你说话离谱了，我这人从来都讲良心，怎么可能。"

"东方就说，论长相，我们这里，也有比你漂亮的女生。"

"我算什么漂亮，你才漂亮，大眼睛，长睫毛……"

"我还没说完呢，东方说，可能是因为看书多，你这人有股劲头儿，就是所谓的气质吧，今天我感觉还真是，和别人不一样，我听他这么说，都有点嫉妒了。"乔杨口无遮拦地说着。

"瞎说，人家有文秀。"云歌说。"文秀，闷闷的，没趣味，你说文秀可爱，还是我可爱？"乔杨愈加口无遮拦。

"别瞎想，咱们来的那天，在操场上，你拉着人家薛岚的衣角不撒手，那个镜头在我的心中已经定格了。多浪漫，一个十七岁的纯情少女，拉着一个十九岁的英俊少年，大家都感动了，薛岚又来了一场托孤，不，托妻，不，托女朋友，大家都说，你们是天生的一对。"

"我没瞎想，我是说你，薛岚他差远了，慕天你要是有顾虑，就东方吧！"

云歌赶快说："乔杨，咱别乱点鸳鸯谱啊，东方和文秀很合适，这两年，人家文秀老老实实地跟着东方一起育种，工作很认真的，爱学习，人也沉静，据说东方身体不大好时，她默默地没少照顾东方。”

“你的意思说我不会照顾别人，不学无术呗？东方也说，他说我在学校文科那么好，应当继续学，不要和薛岚的距离拉大，今天我也有感触，国家还是需要人才的，可这么累，从地里回来，就想歇歇了，哪有工夫再看书啊。”

“东方说得对啊，你的基础多好啊。”云歌真诚地说。

“在学校的时候，咱们都是诗歌学会的，还在一个小组，可我现在，好像什么都忘了，你还能这么快就写出诗来，真不简单。”

“咱俩喜欢的诗，路数不同，你是婉约派，我是豪放派，现在的诗，豪放风格居多。”

“还记得当时你就说，女诗人中，你最喜欢李清照、秋瑾，现在还是吗？”

“当然，还喜欢啊，不过，李清照还是婉约派词人，你不是也很喜欢她……”

“云歌，乔杨你们还在聊天。”她们不知不觉走到了大路上，一辆铁牛在她们身边停下来，盛楠和米莉从车上跳下来。

“你们干什么去了？”云歌问。“拉沙子啊。”慕天从车窗里伸出头来说。

“不是白天已经拉了吗？”云歌问。“两车不够，又拉了一车。回去吧，明天还上班呢。”盛楠说。

“是，排长！”乔杨打个立正。“小囡，十三点啊”，盛楠笑着点了一下乔杨的鼻子。乔杨搂住盛楠的腰。

“一起走吧。”慕天探出驾驶室说。“我们搭车可以，但不跟你们卸沙子啊。”乔杨说。

“没说用你。”盛楠一边说一边把她拉上车。几个姑娘坐上车，到了连里已经是午夜时分。

割樟草是农工排农闲时干的活。“还说这是农闲活，这活还真不轻松，你也穿雨鞋了。”乔杨对周晴说。

“是啊，昨天的农田鞋都湿了，今天也没干，不过，这樟草是咱们的宝贝，晒场盖粮食，苫房顶，都是好东西。”周晴说。

“这地方的樟草好啊，更挺实。”东方走过来。乔杨马上说：“吆，你可真像干活的，穿着么高筒的水鞋。”

“我得跟二位班长说一下，大后天我们就不来了，团里的育种站让我过去一趟。”东方说。

“没事，你自己安排时间吧。”周晴说。“其实你可以不来，育了一冬种了，王连长不是也说让你自己安排时间吗？”乔杨说。

“这几天正好是空当，连里也让我们有时间就来割樟草，不是也帮帮你们吗。”东方说。

“真是的，你还不领情，正好当下保护神吗。”周晴说。“嗨，现在，我还用他保护。”乔杨说。

“不过，东方可以，你帮了不少乔杨，上次和云歌说起，我们都跟着沾光了，这两年，薛岚倒是省心了。”周晴说。

“哪里啊，他帮你们什么了？”乔杨说，“灌暖水袋啊，吃的啊，跟着你沾了不少光，我们很领情的。”周晴说。

东方此时已经像割麦子一样，割樟草割到前面去了，身后出现了一捆捆捆扎整齐的草捆。

乔杨虽然平时牢骚多，就像盛楠说的“这是个刀子嘴，豆腐心的姑娘，真干起活来绝不示弱”，她今天头上包个洋红色的围巾，一会儿，她也割到前面去了，红围巾在高高的黄绿色的樟草中时隐时现。

她们班新来的杭州女知青还没有割过麦子，更没有割过樟草，落在了后面，周晴回转过来，教她们要领。

中午饭过后，周晴看了看天，又看了看满地的泥泞说：“这草甸子里，在阳光的照射下，地表的冰已经看不见了，一踩都是泥了。”

“到处都是湿的，坐也没地儿坐，只能接着干，早点干早点下班就是了。”乔杨对周晴说。“好的，我也是这么想。”周晴应着说。

乔杨说着就赶到自己刚割的那一片草地里，初春的阳光虽然不火辣，但这种体力劳动干了一上午，大家下午都有点发蔫。

周晴大声说：“大家打起精神来，把这块地割完，咱们就收工了。”

东方依然走在前面，而且和乔杨、周晴也拉开不小的距离。周晴和乔杨之间，乔杨和东方之间，都隔着班里其他的女孩，有的快些，但多数都比他们慢。

大家奋力地割着，争取早点完工。忽然乔杨一声惨叫，离她比较近的一个杭州女孩玲玲跑过去，说：“割到腿了吗？”

“怎么了？”东方也飞快地跑过来，他看到离乔杨不远的地方，有一条身上长着斑纹的蛇往远处窜去，他把镰刀对准那蛇砍过去，似乎砍到了，但那蛇摆一下身体还是跑了。

东方来到乔杨身边，乔杨坐在湿湿的塔头上用手捂住了腿，玲玲蹲在她身边，周晴也跑过来，乔杨显然很痛，周晴拨开她的手：“被蛇咬了？是毒蛇吧，已经有点发黑了。”

东方蹲下来，看了一下乔杨的伤口，说：“黑了，确实是有毒的蛇咬的。”他说着俯下身去用嘴吸出乔杨伤口里的血，然后吐出来的都是发黑的血，他连吸了三口，血才有了红色。

他站起身来说，“帮个忙。”“不用，我自己走。”乔杨说，周晴和玲玲扶起乔杨，走了两步，“你这么慢，来不及了，得抓紧时间去卫生队。”说着东方不由分说，背起乔杨就向大路跑去。

“太远了，你背不动，我跟你一起去。”周晴说。“你们走得太慢，周晴，你回去叫车吧，越快越好。”东方边跑边说。

他一口气跑出了十几里路，“歇一会吧，”乔杨的声音已经有些微弱。

“你这是毒蛇咬的，不能耽搁。”东方继续往前跑，又跑了几里路，后面传来了车的声音，此时的乔杨已经开始发烧了，昏昏沉沉的，头已经垂下来。

“滴滴”一辆解放牌大卡车停在他们身边，东方转过头来扶扶眼镜，司机已经下来了，说“是病号吧，上车！”驾驶楼里另外一个人也下来了，一口的北京腔说：“病得不轻，你们都上去，我上后面去。”

东方赶快说，“谢谢啦，你们这是去……”“我们去春晖，上车吧。”司机说，东方把乔杨抱上了车，“她被蛇咬了。”东方指指乔杨的腿说。

“是毒蛇吧？”司机一边开车一边问。“是，她已经发烧了。”东方说。“那我快一点，直接去卫生队。”司机说。“那真是谢谢了。”东方感激地说。

到了卫生队，乔杨已经烧到三十九度多了，医生说：“确实是毒蛇，来晚了，这条腿就麻烦了。”

于是，医生打了麻药，进行了伤口处理，开始给乔杨打吊针，忙了一夜，东方趴在乔杨的床边睡着了。

“醒醒，东方。”东方睁开眼，“薛岚，你来了”，东方扶扶眼镜，站起来，看着床上的乔杨，还在昏睡。

“辛苦了，东方，十连怎么就让你一个人来了？”薛岚说。“当时情况紧急，在樟草地里，又没车，我，我只有背她过来。”东方说。

“真是辛苦你了，东方！”薛岚虽然不易察觉的脸上掠过一丝的不自然，但还是动情地说。

“醒了。”东方朝乔杨的床上努努嘴，乔杨睁开眼，看到了薛岚，薛岚奔过去，乔杨转过身去面朝墙，眼泪一下子流下来，说：“你还来啊，我要不是快死了，你就不来了！以后你就别来了，只当我死了。”

“这是我们的问题，没把你照顾好，出了这样的事。”王连长边说边走进病房，身后跟着慕天、周晴和云歌。

“昨天，咱们车去拉沙子，下半夜才回来，我们来晚了，辛苦你了东方，割樟草没几个男生，地方又前不着村，后不着店的，真是辛苦了，薛岚啊，你这女朋友，咱们没照顾好啊！”王连长歉意地说。

“不好意思，连长，哪能这样说呢。”薛岚说。“怎么样，乔杨？”王连长问。“谢谢连长，还好。”乔杨说。

薛岚走到床边，乔杨又翻过身去，面朝墙，还是坚决不理他。

云歌走过去摸摸她的脑门说：“还是有些热。”“在不感染的情况下，也得三天退烧，何况她还有些感染。”医生子云说。

薛岚把云歌拉到一边：“你能陪她几天吗？”“应当是你陪啊。”云歌不客气地说。

“你知道我们新建连队，最近路还没修通，到处都是水，指导员没到任，连长年龄又大了，最近又犯了风湿病，我不能不盯着啊。”薛岚说。

“知道你忙，但是你对她是有责任的，下乡之前，她父母把她交给你了，在家，她又是老小，我陪她没问题，但关键时候你应当在身边啊。真的，我这是为你好，你听明白了吗？”云歌说。

“明白，我对不住她，我今天在这里，但是，我确实忙……这是没办法的。”薛岚说。

“听说当时在学校，你……”云歌说。“没错，我追她的，她那时还啥都不懂。”薛岚说。“我不知道你现在对她……”云歌说。“那是不可能的，我喜欢她，这辈子我……”薛岚还没说完。

“这样吧，让云歌陪乔杨几天吧，你那里先让别人替替你，啊，云歌。”王连长走过来说。

云歌赶快说：“好的，连长，放心。”

“云歌，这些药你记得给她吃，时间都写在上面。”东方把云歌叫到床边的三屉桌跟前，细心地一一交代。

“你这就走了吗，东方，这次没你，我就完了。”乔杨眼含热泪转过脸来看着东方，微弱地说，眼眸里分明有一种感激的深情，薛岚看在眼里。

站在边上的王连长说：“走了，东方，老梁给你的任务还很重，你得回去。”东方跟着王连长和周晴、慕天走了。

屋里只剩下云歌、薛岚和乔杨。“我去打壶水。”云歌说。“云歌，你别走，让他走。”乔杨转过身来说。

“别啊，乔杨，他确实忙，你就原谅他吧。”云歌手里拿着水壶说。“他不是忙吗，让他忙去吧，就别再来了！”乔杨说。

“乔杨，你应当知道我的心吧，我只是忙，两个连队又离得太远。”薛岚顺势坐在了床边。

云歌还是出去打水了，云歌知趣，她打好水去了子云那里聊天，中午的时候，她才回到乔杨的病房。

“你想把我渴死啊，这么半天不回来。”乔杨显然情绪有了变化，比刚才好多了。

“我想有薛岚在这里，他怎么也不会让你渴死。”云歌笑笑说。

“你这个小东西，还什么都懂。”乔杨说。没想到的是中午吃完饭，乔杨又发起烧来，而且，有些抽搐，薛岚急了，跑去找来院长。

“是不是去师部医院？”薛岚问。院长说：“咱们这里治毒蛇咬的病例，还是比较多的，也还有些经验。她小腿肿得很厉害，需要打开伤口，做开放性治疗，会好得快些。”

于是，乔杨被抬到手术室，院长亲自操刀，又打了麻药，打开伤口，除去脓血，这个手术足足用了一个多小时。

之后，在手术室里，又由子云给乔杨做了物理退烧，“看样子轻松多了。”云歌说，薛岚也松了口气。

薛岚陪了乔杨四五个晚上，他坚持晚上陪乔杨，白天让云歌陪，可这几天薛岚白天并不休息，都是回连队忙工作。

“这样，会累死你。”乔杨望着薛岚略显憔悴的脸说。“心疼了吧，你今天已经退烧，让他过两天再来吧，有我在这里，没事的。薛岚，你就放心走吧。”云歌说。

乔杨接着说：“是啊，我的腿已渐渐消肿了，晚上我能自己下地，薛岚，你就不用来了。”

“不行，我得陪你啊，再说，云歌一个人也太辛苦啊。”薛岚执意不肯，还是坚持晚上过来陪乔杨，而且还经常给乔杨带来一些吃的。

“看他趴在你床边的样子，不仅你心疼，我也很感动，看来他不是忽视你，确实是忙，你现在也看到了吧。”云歌说。

“我知道，他这个人就是粗心，人是没问题的。”乔杨说。

“这不就是嘛，男人要那么细心干吗，你应当满意了，让他回去几天，哪怕是睡个好觉，再来也好啊。”云歌说。

乔杨说：“好吧，其实我也心疼他，但云歌，就是苦了你了。”“我没事，这人多，还有子云呢，她挺热心的。”云歌说。

“还记得上次我们说起诗歌的事，你说你至今仍然喜欢李清照、秋瑾，是吧？”乔杨基本退烧了，只是伤口还没愈合，这几天一直痛，她躺在病床上说。

“是啊，李清照写情、写愁、写志，真是愧煞须眉的。”云歌也乐于转移一下乔杨的注意力。

“是啊，秋瑾是你喜欢的，我可不愿意做一辈子职业革命家，壮怀激烈，确实可敬，但作为女人，活得太累。”乔杨说。

“其实，在那样的时代，作为婉约派的李清照活得也不轻松啊，最好的时候，是她少女时代及刚与赵明诚新婚的时光，后来不是‘凄凄惨惨戚戚’嘛！”云歌说。

“是啊，咱不说她在文学史上的大名，作为一个女孩，她活得多洒脱，喜花爱酒，秀恩爱，写诗填词搞收藏，日子虽短，但她没有白活，我喜欢她。”乔杨说。

“秋瑾更是啊，更没有白活，她可能未必觉得自己活得苦，因为她后来的生活，是她自己选择的，她可能会觉得活得更有价值吧。”云歌说。

乔杨说：“是啊，她心胸更开阔，对国家更有责任感，算是一个有大气象的人”。

“她们所处的时代也不一样。”云歌说。

“但是她们都有一种气质上的豪迈，这一点咱俩都喜欢。她们可以像男人一样喝酒，对了，去年春节会餐，我看你也挺能喝的。”

“是啊，咱俩都没少喝，我那是第一次喝酒呢。”云歌笑着说。“可我醉了，你居然没醉，你的底线是多少，半斤？”乔杨说。

云歌笑了，“没练过，也没试过，不就喝过那一次吗，也是这辈子第一次喝酒，底线是多少，真的搞不清”。

“等我好了，哪天咱俩试试，我把你灌醉了，看看你那小心眼里想的都是什么，不可能没有男生吧，哈哈。”

“好啊，你赶快好了，我们试试。”云歌说。乔杨很兴奋：“到时候，咱谁都不带，就咱俩好好喝一顿。”

“好的，你抓紧好起来，”云歌说。“我没事了，等伤口长好了，我就出院。咱还说李清照，我喜欢她，是因为她不仅有才，还有趣，还可爱，她敢说出自己的感受，那可是宋代，她在词里敢直抒胸臆，讲她新婚的情爱，讲她的相思之苦，在当时都是犯忌的。”乔杨说。

“你在自比李清照，薛岚就是赵明诚了。”云歌笑道。“他啊，他哪有赵明诚那才华，哪激得起李清照那份诗情，‘东篱把酒黄昏后，有暗香盈袖，莫道不消魂，帘卷西风，人比黄花瘦’。”为了不碰到受伤那条腿，乔杨侧躺在床上，眯着眼睛陶醉地念着。

她长长的睫毛垂下来，脸上已经恢复了气色，小小的红唇说出这字字珠玑般的词，吸引了从门口走过的子云，“这么好听，我看你是好了”。

“不好意思，我们说的这是封资修的东西。”乔杨说。“没事，子云是1967年来的北京知青，比我们高一年级，她没准知道的诗词，比咱们还多呢。”云歌说。

“你接着念啊，谁不喜欢美的东西呢，有人相思只能是郎呀，妹呀，想呀，而李清照的相思，却相思出来了千古绝唱。”子云果然出口不凡。

云歌说：“其实李清照也蛮有批判精神呢，她有一本《词论》多牛啊，说柳永的词俗不可耐，说欧阳修、苏轼学问不错，可他们的词就是把诗改成长短句，吟起来太别扭，一点乐感都没有，够棒。”三个女孩笑起来。

“是啊，这可不是现在，那是宋朝，多有底气啊！”子云说。

“我欣赏她活得自在，敢笑，敢哭，敢爱，敢恨，敢说，谁爱怎么想就怎么想，谁爱说就说去，不过，你欣赏的秋瑾，也是这样的人。”乔杨说。

说起秋瑾，云歌很兴奋：“其实她们两人相隔七百多年，但她们还是有不少共同之处。”

“那不一样，李清照很女人，‘露浓花瘦，薄汗轻衣透’多美。”乔杨不同意云歌的说法。

“秋瑾也很有女人味哟，她们都喜欢花，李清照写的最多的是梅花，秋瑾喜爱菊花，都是与花同心、托物言志。”子云说。

“你不知道，云歌喜欢秋瑾写菊花，那都是‘铁骨霜姿’铮铮硬骨的。”乔杨对子云说。

“李清照虽然算是婉约派，但她的‘生当作人杰，死亦为鬼雄，至今思项羽，不肯过江东’，够豪放吧，一个宋代的女子，‘欲将血泪寄山河，去洒江东一抔土’够刚烈吧。”云歌说。

“是啊，我知道，你喜欢的李清照是这一面。”乔杨说。

“我知道云歌了，她喜欢秋瑾‘身不得男儿列……”三个人一起说：“心却比男儿烈，算平生肝胆，不因人热，俗子胸襟谁识我？”

“清高啊，云歌。”子云说。“不敢，只是佩服这襟怀，秋瑾这不同于一般女人的英雄气，其实这两个人，都不只是吟风弄月，见月缺花残，黯然泪下的人，‘漫云女子不英雄……”三个人一起念：“‘万里乘风独向东’，哈哈哈”几个女孩笑起来。

“子云，没想到快走了，才遇到你这知音。”乔杨说，三个人又笑起来。

“这么高兴，吃饭了。”薛岚端了一个大盆，走进病房。“好香啊，你们吃吧，我该走了。”子云说。

“别走啊，这么多呢，你都说香了，还不尝尝？”薛岚说。“哇，炖鸡。”云歌说。“好体贴啊。”子云说。

“亏得你能为我说出这么一句体贴，一句公道话，乔杨在我面前总是说我这不对，那不对，我哪儿哪儿都不对，见到你们，就又是秧歌又是戏的，”薛岚看了一眼乔杨说，“昨天，我说等她好了，就跟我去十七连吧，她还跟我耍脾气呢。”

“乔杨，这就是你不对了。”云歌一面给乔杨盛菜一面说她，“咱们连都是同学，当时是他支持我留下的，现在又让我跟他去。”乔杨嗔怪地看了薛岚一眼。

“已经好了，还挺快。”周晴端着一盆饭进来，后面跟着慕天。“我还没说呢，这鸡是他们带来的，是王连长从打猎队买的山鸡。”薛岚说。

“是啊，连长说给乔杨补补。”周晴说。“谢谢了，一起吃吧，我哪吃得了这么多啊。”乔杨说。

大家都各自找座坐下，慕天见没那么多凳子，就坐在三屉桌上。“你们不吃吗？”乔杨问慕天和周晴。“我们刚才在食堂边做边吃了。”周晴说。

“连长说你得回去，拖拉机那边霍晨探亲，刘二媳妇生孩子，人手不够了，让周晴来替你。”慕天对云歌说。

“我不用陪了，我好了，我跟你们一起回去吧。”乔杨说着动了一下受伤的腿，疼痛钻心，她“咝”了一声。

“你腿上的伤口还没完全愈合，不能出院，容易感染的。”子云说。

“那什么时候能出院啊，我已经待闷了。”乔杨说，“怎么也得一个星期到十天，你连地还下得不利落呢。”子云说。

“唉，躺一天两天可以，这样躺长了，还不如割樟草痛快呢。”乔杨说。“让周晴陪你，薛岚可以适当解放一下吧，他这样，太辛苦。”云歌说。

“没事，辛苦，命不苦。”薛岚笑着说。“不容易啊！”慕天笑着拍了一下薛岚的肩膀。

“慕天，你别笑，等你有了女朋友，肯定比他还殷勤。”乔杨不饶人地说。“哈，我不是没有薛老弟那么幸福吗？”慕天笑哈哈地说。

“不过，你可别找我这么刁的啊。”乔杨说。慕天笑了：“乔杨，谁敢这样说啊，你刁吗，薛岚。”

薛岚赶快说“不刁，不刁”。“薛岚，你当面一套背后一套，昨天，你可不是这么说的。不过，慕天，还真有又聪明漂亮，又不刁的女孩。”乔杨说。

“哪有啊，在哪啊？”慕天说。“远在天边，近在眼前啊。”乔杨看着身边的云歌，云歌假装没听见，大家不约而同看向云歌。云歌放下碗，红着脸说：“咱们该走了吗？”大家笑起来。

第二十章

米帆倾情绘女友 呦呦鹿鸣念主人

“云歌，明天你休息吗？”一个星期六的下午，米莉急匆匆地来找云歌，她倚在宿舍的门边，穿着一件碎花小衣，忽闪着毛茸茸的一对秀眼，夕阳的余晖照着她，好像在她身上镶了一道金边，显得这个女孩清丽剔透。

“米莉，有事吗？”云歌问。“上星期中心学校让我过去一趟，是因为我哥哥的事。”米莉说。

“米帆怎么了？”云歌问。“他除了上课，每天不吃饭，也不睡觉，一直在画画，把自己关在宿舍里不出来，人家领导怕他出什么事，让我过去一趟。”米莉着急地说。

“能理解，他对贺萍一往情深，这一次，他肯定是伤着了。”云歌说。

“你说的是，说他已经瘦得不成样子了，你说可怎么办啊？”说着米莉流泪了。“我们最近三班倒，明天我和刘二换一班，我们明天就去看看他，可以吗？”云歌说。

“可以啊，云歌，说起来你比我还小呢，可你真像个姐姐，”米莉说，“你是贺萍最好的朋友，想想贺萍比你才大一岁，十九岁啊，人生刚开始……确实，我哥难过也是确实可以理解的，我也难过，但活着的人，不是还得活下去？”

“说是这么说啊，不只是朋友啊，米莉，我们是好姐妹啊……”云歌说着，两个女孩抱头痛哭起来。

第二天是个星期日，云歌换了个班，便与米莉走了几十里路，来到米帆的宿舍。这是团部中心学校的家属宿舍，前几排是砖房，米帆的宿舍是单身宿舍，是较早盖的土坯房。

“我们宿舍里住着两个人，另一位上海知青小罗，他暂时去了七连代教了。”米帆说。

这样，宿舍里只剩米帆一个人。米帆自幼喜欢书画，他的床头挂着一幅字，云歌一看就是贺萍的笔体，娟秀的行楷透着灵气。

“这是你去六师前她写的吧？当时，我看她在小学校忙了两个晚上，又是写，又是裱的。”云歌说。

“是的。”米帆珍惜地望着。“写的还挺大胆的，”云歌边看内容边说，“这是宋代秦少游的《鹊桥仙》，‘纤云弄巧，飞星传恨，银汉迢迢暗渡，金风玉露一相逢，便胜却人间无数。柔情似水，佳期如梦，忍顾鹊桥归路，两情若是久长时，又岂在朝朝暮暮’。你去六师前，我们还一起吟过呢。”

“这些古代的东西，又是那么卿卿我我，上次我来还没有呢，就别挂了，别人看到，再提出什么来，不是找麻烦吗。”米莉担心地看着哥哥。

“按说没什么事，当时是上六师前，是贺萍鼓励米帆的啊。”云歌说。

“什么啊，不行，你看这幅。”米莉说，云歌走到床后，又一幅字呈现在眼前，“花非花，雾非雾，夜半来，天明去，来如春梦不多时，去似朝云无觅处。”字体遒劲，显然是米帆写的。

再看房间里，满是米帆画的画，画的几乎都是贺萍。素描、水粉、工笔、版画……各种姿势，摆的到处都是。

米帆正在画一幅油画，还没有完成，也是贺萍与梅花鹿。云歌惊叹“米帆画人物画的功底厉害啊，各种画法的掌握，都有功力，也不简单啊”。

云歌回忆起了前些天她还问过贺萍“为什么对米帆如此倾心”。贺萍说，“他的才气逼人，他的人品感人”。果然贺萍没有看错。

但今天不是说这件事的时候，云歌还是情不自禁地说了一句：“贺萍果然有眼力，米帆真是才气横溢啊。”米帆望着云歌摇摇头：“才气谈不上，纪念她吧，这世上没有了她，其他还有什么意思呢？”

“不能这样想，我们都难过，但我们必须都要活下去，而且，要好好活下去，这也是贺萍希望的。”云歌说。

“难道她不希望有人去陪陪她。”米帆热泪盈眶。“哥，你可千万不能这么想，我们每个人都有自己的使命和义务，你是咱家的长子，你想想你的妹妹，你的父母……”米莉此时已泣不成声，米帆走过去扶着妹妹的肩膀。

“米莉说得对，你想想，没了子女的贺萍父母，都是需要我们的啊……”云歌说。

“再说，你们已经分手了啊，哥。”米莉说。“不，没有，她不会跟我分手的。”米帆说着，把床头挂得那幅字拿下来，后面又是一幅字，原来这幅字后面还有好几幅。

米帆说：“你们说那一幅酸，看这一幅，这是明朝于谦的诗，多好！《咏煤炭》，凿开混沌得乌金，藏蓄阳和意最深。爝火燃回春浩浩，洪炉照破夜沉沉。鼎彝元赖生成力，铁石犹存死后心。但愿苍生俱饱暖，不辞辛苦出山林。”

“一般人只知道后两句，于谦这首诗的意境几乎像现代人的诗，贺萍走了，确实太可惜了，她的心胸和才华，她的见识……”云歌自己先哭起来。

但她又想起来那一夜的梦和梦中贺萍的嘱托，她擦了擦眼泪，说：“她希望咱们好好活的，米帆，我们要振作起来，学习她的心胸和才华吧，这是她希望的啊。”

米帆确实从此振作起来了，他开始真正把美术作为他今后追求的专业，他不仅在学校认真做好他的本职工作，把数学课上好，还主动开了美术课，为当时兵团教育还比较荒凉的土地上，增加了色彩，使一些喜欢美术的孩子，打下了美育教育的基础。

业余时间米帆带着学生们写生、临摹，画各种门类的画，但他的画，只要是其中有人物，有女孩，那个女孩的脸一定很像贺萍。

贺萍一手养大的梅花鹿花吟，已经怀了幼崽，那次大荒火之后，贺萍走了，它不吃不喝，眼看奄奄一息了。

连里的修理厂离畜牧班很近，养鹿姑娘小英碰到云歌诉苦说：“花吟比别的鹿都可爱，它脾气不急不躁，从不尥蹶子，放鹿时它也不乱跑，我们都喜欢它。”“是啊，我们也喜欢它，当时贺萍常常带着它。”

“自从它第一次生小鹿难产，贺萍陪了它一天一夜，最终，配合兽医生下了小鹿，而且，母子平安。花吟就对贺萍很有感情，经常追着贺萍。”“是的，我也见过它跟着贺萍。”云歌说。

小英接着说：“之后，贺萍在的时候，她每天都要看看花吟，看看它吃食吃的怎么样，边跟它说话边抚摩它身上的花纹，大荒火后，几天没见到贺萍，花吟自己跑出去，站在贺萍宿舍门口发呆。”

云歌陪小英带着花吟找到兽医，兽医检查了半天，也没看出花吟有什么毛病。

新来的一群上海知青听说了这件事，对这个重情的小鹿很好奇，就成群结队地来看它。

其中有一个叫黎凤的女孩，颀长的身材，大眼睛忽闪忽闪的，她和同伴们边说话边走近鹿舍。

梅花鹿看见她忽然站起身来向她走来，黎凤吓得直躲，饲养员小英说：“别躲，它好长时间，都不站起来了，你看它长的多漂亮，我们都喜欢它呢，而且它对人很友好，从来不伤人的。”

黎凤听了，就不躲了，伸出手摸摸它身上的花纹，仔细看着梅花鹿说：“确实漂亮，鹿皮上梅花花纹分布得这么均匀，漂亮的眼睛双眼皮，毛茸茸的。”“她像你啊。”黎凤边上的兰馨说。

小英说：“咦，我明白它为什么找你，你长得像贺萍哎，难怪花吟看到你，这么高兴，它一定是把你当成贺萍了。”

“是吗，我们没见过贺萍。”黎凤说。小英答道：“贺萍是我们班长，长得很漂亮，哎，黎凤，你配合一下吧。”

小英说着拿过一个小食槽递给黎凤说：“它一个星期不吃不喝，有力气的时候总往外跑，跑到贺萍的宿舍张望，赶都赶不回来啊，现在，它不吃也不动了。”

“动物对人还能这么有情，”黎凤说着对这只梅花鹿亲切起来，摸着它的头，梅花鹿居然把脸贴在黎凤的脸上，“它有名字吗？”

“有啊，叫花吟，贺萍叫它花花。”小英说，“啊，好的，花花，吃点东西吧。”花吟望着黎凤，眼里居然有泪光，它生怕她走了，再也找不到她，看着黎凤没有走的意思，它低头大吃起来。

见花吟水足饭饱后，黎凤和同伴走出鹿圈。没想到花吟发觉了，一路跟上，黎凤故意走到贺萍住过的宿舍，梅花鹿在门口张望，站了半天才回去。

没过几天黎凤从农工排调到了养鹿班。黎凤这位养鹿姑娘在她的有生之年里，始终没有离开过鹿群。

两年后，米帆和黎凤在云歌等人的撮合下，成了男女朋友，可米帆对云歌说：“黎凤人很好，我也喜欢她，但她和贺萍，鹿可能错认，我永远也错认不了啊！”

米帆后来与上海姑娘黎凤结婚，婚后两人感情很好，并育有一女。可惜，这位漂亮的养鹿姑娘黎凤，一次，为了追逐一只小鹿进了山，踩上了炸黑熊的地雷……

90年代初的一个夏天，母亲收到了米帆和余英婚礼的请柬，母亲那时已经很忙了，但她说，这个婚礼必须参加，于是母亲回单位把工作安顿好，当时我正放暑假，那次母亲带着刚到十岁的我，回到了哈尔滨，作为证婚人，带着我参加了那次隆重的婚礼。

母亲看着依然漂亮的余英和已经是某美院的副教授的米帆，感慨万千。那次，大家很快说起了贺萍和主要由母亲供养的贺萍老迈的双亲。

大家又想起了贺萍、黎凤、安力还有余英的前夫——牺牲在猫耳洞前的高强团长的命运，百感交集。

在那次酒席宴上，我见到了乔杨和米莉，两个人各有各的心事，悄悄地把母亲叫到身边，三个人聊起天来。

乔杨说：“我的房子还没有解决，只能与公婆挤在不大的两居室中，烦着呢！”“薛岚不已经是工程师了，还愁分不了房？”母亲云歌说。

“倒是排上号了，不知猴年马月能分到呢，我被街道给分到一个小工厂里，工资很低，上有老下有小的，我怎么觉得还不如在兵团呢。”乔杨说。云歌说：“还是要看你自己啊，抓业余时间吧，中年还是比年轻时候不容易，那时候确实是一个人吃饱了全家都不饿。”“是啊，我不像你们，都有学历，这不，我现在电大刚毕业，才到了我原来的小学教语文。”乔杨说。“这不是越来越好了吗，我们这一辈确实不容易。”云歌说。

米莉说她一直没有孩子，婆婆对她不太满意，但她拉着乔杨说：“但是我们俩人的夫妻关系，还是很恩爱的。”云歌说：“人到中年，这是最重要的。”

米莉说：“有一件事我只是跟你们俩说说，你说我哥这人，黎凤走了之后，就带着我小侄女一个人过，那么年轻，我们都劝他，再找一个，他就是不肯。如今，他事业有成，那么多人给他介绍对象，条件都不错，可一个都没成，这么多年过去了，他怎么就突然娶了余英了，余英当年是什么情况，唉，真是的。”

“那又怎么了？”乔杨和云歌同时说。米莉说：“余英在兵团的事，云歌，你是最清楚的，再说，她虽然人长得漂亮，可也人到中年了啊，还带了一个不是她自己的孩子，说真的，我真是不理解我哥。”

云歌说：“在兵团，那都过去多少年了。我确实了解余英，当时余英太年轻，年轻时咱们谁都不会一点闪失都没有，余英当时就是轻信，没主意。可她人挺善良的，她能对高强的孩子一直视如己出，坚持不再要孩子了。高强不在了，高强的母亲生病时，她衣不解带地一直照顾到最后，据说，高强的部队对她评价都是很高的，说明她人是挺好的。”

米莉说：“我哥也这么说，可我一直没叫她嫂子，叫不出口，说来说去，我还是觉得贺萍更像我嫂子。”

“米莉，你一直是很仁厚的，当时，你对黎凤多好，为了让她高兴，采花才受了伤的。”云歌说。“黎凤多单纯啊，余英的经历多复杂啊。”米莉说。“这就是你的不对了，我们当时都共同经历过那么多艰苦的磨砺，心里应当能容得下许多东西了，这话不用我说了，我相信米帆的眼光。”云歌说。“米莉，云歌说得对，我也这么想。”乔杨说。

“你们嘀咕什么呢，来，好好陪客人，人家云歌大老远的赶来了。”米帆走过来说。

酒席宴上，米帆挽住余英的手说：“有人不大理解我和余英怎么走到一起了，原因很简单，就是我们的经历太相同了。这么多年没有联系，我俩偶然在青岛的一次画展上见了面，这就是缘分，荒友之缘未尽。这些年来我们两人都没有成家，各自带着孩子过。按老辈人的说法，我们两人都是命硬的人，后来我们就开始联系了，我们共同认为，我们两个命硬的、不幸的人走在一起……”米帆有点说不下去了。

“你们两人走到一起，就一定会幸福的。”云歌生怕米帆说出什么不吉利的话，抢着接话。“云歌，借你吉言了。”余英忽闪着带着热泪的长睫毛，笑意盈盈地说。

“余英，冲着米帆，我还得叫你一声嫂子呢。”云歌举起酒杯，乔杨和米莉也举起了酒杯，都叫了一声“嫂子”，四个人一饮而尽，然后，她们四个人又紧紧地拥在了一起。我看到余英满脸是泪。我当时年龄小，傻傻地看着她们。如今，我想起来这件事仍十分感叹她们的情谊和心胸。

第二十一章

烛光照映大荒娃　水中见识瓢舀鱼

转眼到了夏锄时节，好不容易赶上一个星期天，金晶凌晨四点钟就爬起来，她习惯性地提着马灯、抓起装艾草的大包和装教案的书包向小学校走去。

刚到学校门口，一双手蒙住了她的眼睛。她马上想到是云歌，说：“讨厌，云歌，吓我一大跳。”

“怎么就知道是我，不是齐全啊。”云歌顽皮地说。“齐全哪有你这么坏，这么早，你跑来做什么？”金晶嗔怪地说。

“我刚下夜班啊，知道你会在这，就来了，看看你，现在不用我了，是吧，”云歌说着拿出来一包玉米花，“吃吧，你爱吃这口。”

“这玉米虽然多，却很少吃到玉米花，从哪儿弄的？”金晶问。云歌说：“孙师傅给的，他接班就来得早，她家嫂子还让他经常给我们带点吃的来。”

金晶抓了一把玉米花，边吃边做手里的事说：“孙师傅夫妻俩，人确实好，她家女儿在我这上学，也是个好学生。”“是的，那孩子我见过，小小年纪，稳稳当当的。”云歌说。

“这玉米花真香，和城里的玉米花不一样，这玉米豆一半爆开了，一半儿没爆开，所以就更香，更有嚼头，是嫂子自己做的？”

云歌说：“当然，嫂子用沙子炒的，说这是她的拿手活，她家孩子多，经常炒着给孩子们吃，具体是啥程序，没仔细问。”金晶说，“哪天我向嫂子学学，学会了，炒给孩子们吃”。

“你现在心里只有这些孩子了，每个星期日，你都来这么早，有这个必要吗？”云歌说。

金晶摆弄着艾草说：“习惯了，因为冬天我担心小学校教室的炉子灭了，每天都是这个时候起来，你知道我们有这炉子，容易吗，两个火炉通着两道火墙，好不容易在大胡子连长的支持下，把原来锅台式的大灶改成了烧煤的炉子，这样两个教室的冬天就暖和多了。”

云歌环顾周边，说是学校，其实是两间不大的旧职工宿舍，门对门的两间房，中间的过道里一边一个煤炉连着两间教室的火墙。

金晶说：“煤炉需要留着火，用稍微湿一点的碎煤把火压住，留一段时间，是没问题的，但有时压不好就灭了，这可是个技术活。我每天都要认真地做这件事，每天孩子们进教室都是暖暖和和的，我心里也觉得挺美。”

云歌拿起了桌上的茶缸，喝了一口水笑着说：“这是夏天，姐姐，其实你不用拿马灯，你看北大荒的夏天，天亮得多早，凌晨两点多，东方就出现了鱼肚白了，你这是习惯成癖了。”

“但是，今天虽然不上课，我需要把两个教室打扫一遍啊，这都是我一年多来养成的习惯，顺手就把马灯也拿来了。”金晶说着也笑了。她接着说：“你知道吗？在这里，原来小学校只是一间房，十来个人，后来，加上附近连队八九个孩子来借读，现在已经近三十几个孩子了，于是连里把这一整套大宿舍全给了小学校，发展的不容易啊。”

云歌说：“你说起学生就没完了。”金晶笑了说：“其实，十连小学校教学质量高，是全团闻名的，这可不是因为我，是因为原来小学校的老师连长的爱人姜老师，原来人家是大学的高材生，教小学，当然驾轻就熟了，加上姜阿姨人好，又认真负责，孩子们在全团同年级的学生中比起来，学习质量高出很多。”

“是啊，姜阿姨，人确实很棒，对咱们也好。”云歌深有感触地说。

“我忘不了姜阿姨跟我交班的时候说的话。”金晶认真地说。她回想起那天的情景：“姜老师告诉我‘来到北大荒我就做教师。到十连时，根本没有教室，只是一个四面漏风的马架子房，夏天的时候，外面下大雨，里面下小雨，冬天风雪漫天的时候，雪花都飘得进来，火炉是烧柴的，一会儿冷一会儿热。但我们堵堵风口，就继续上课，那也是当时连队最好的房子了’。”

“是啊，说起那时的艰苦，我们现在就不叫艰苦了。”云歌说。

金晶说：“姜阿姨介绍的情况，很细致的，我也很感动，她说‘终于有一天大烟炮，风吹雪压，马架子塌了，好在学校正赶上放假，孩子们没在里面，不然就麻烦了’，姜阿姨说，‘我带着当时的八个孩子从雪里把课桌、椅子和一些教学用具，用手扒出来，又转移到帐篷里上课了。’我说现在我已经觉得够艰苦了，可姜阿姨说‘现在比那时可是好多了，后来的学生就多起来了，其他连队来借读的孩子也挺多，一些孩子大早上爬起来，走十几里路来上学，那时候咱们这里还没修路，山路很难走，尤其是七八岁的小孩子，我只能在半路上去接接他们，有的小孩年纪小，走那么长的路，跟头把式的，我就背着一个，扯着两个’，姜阿姨说得很轻松，其实不用想，也能知道当时她有多难。”

金晶接过云歌递过来捋好的艾草，接着回忆：“我就问‘他们吃午饭怎么解决啊？’阿姨说‘都是自己带，后来和连里协调，让孩子到食堂和知青一起吃午饭，但吃了一段，孩子们就不爱吃了，而且还要交一笔伙食费，多数人还是自己带饭，冬天他们走到这里，饭盒和饭就一起冻成了砖头’”。

云歌捋着艾草说：“真的啊？”金晶陷入了回忆：“当然，阿姨说‘有一天我看到一个五年级的男孩，中午不吃饭，望着饭盒哭起来，我走过去一看，饭盒里的饭菜真的冻成了砖头，用筷子一捅硬邦邦的，化不开了’，说着，姜阿姨眼圈红了说‘我才知道我失职了，忽视了这件事。从那时起，我从食堂找来一个小笼屉，孩子们就再也不吃凉饭了’。”

金晶说：“我说‘这些借读的孩子也不容易啊，他们为什么要借读？’‘有的连队没条件办学校，男同志不愿意当‘孩子王’，女同志相对文化又低，你们知青来了就好了’。”

“娇小漂亮的姜阿姨拍了拍我的肩膀笑着说，‘其实许多老兵对下一代教育都很重视的，很有紧迫感的，别看咱们这里转业兵有许多农村兵，他们宁愿天没亮爬起来自己或让家属送孩子，都要让孩子上学，多数孩子学习也很自觉’，但有的男孩子就是淘气一些，本质还是挺好的’。”

金晶接着回忆：“姜阿姨鼓励我说‘他们对老师也挺有要求的，不过你们来了，他们一定会满意像你这样的老师，他们会喜欢你的’。”

金晶很真诚地回忆着：“我当时有些忐忑地说‘我还真没教过课，’姜阿姨就说‘你这重点校的老高三毕业生，还有什么问题啊，说真的，我已经观察你好长时间了，你很适合当老师的’。我问她‘听说团里成立了教育办，您要去那儿了？’姜阿姨说‘对，各连的孩子越来越多，也是为了孩子们吧，不然，我还舍不得离开咱连这些孩子呢，好在也是为他们服务’。”

一根艾草绳编完了，金晶又抓了一些艾草放在云歌面前说：“咱们一块编就是快。”

云歌说：“你接着讲啊。”金晶回忆：“我想起了前一段时间的事，对她说‘前一段时间对您的不公平，我们心里也很难过，’姜阿姨说‘这些年来我们就是这么风风雨雨过来的，都是生活考验吧，不算什么。前一段听说你感情上有点不顺，过去了吧？’我有点不好意思回答道‘是的’。”

“那有什么不好意思的，对姜阿姨有一种母亲的感觉。”云歌说。

金晶倒了两缸水，端给云歌一缸，接着说：“是啊，姜阿姨对我说‘个人问题是人生的大事，但不是全部大事’，她还说‘你是高三的学生，眼看毕业就上大学了，你有你自己的才华和价值，男人和家庭是我们生活中的重要部分，但也不是全部’。”

云歌说：“革命时期成长起来的知识女性，是很开通的。”

金晶笑了：“是啊，我就说的，‘姜阿姨，没想到，您看着柔柔弱弱，还是位女权主义者’。姜阿姨笑了说‘哈，那倒不是。好好干吧，生活都是在发展的，你这么优秀，不愁没有好男孩喜欢你啊’”。金晶的眼里噙着泪花说：“我当时的心情正是最低落的时候，我很感动，我说‘真的谢谢您，我以为连里是因为我与志远的事，照顾我的情绪，才让我换个工作呢’。”“你猜姜阿姨怎么说，姜阿姨郑重地说，‘不，那可不是，老梁是让你挑担子，可不是照顾你，’我对她说‘我知道了，我一定打起精神，争取让这个小学和您在的时候差不多’。”“姜阿姨拍拍我的肩笑着说‘不是差不多，是更好，’那些话刻在我的心里了。”

“这儿的学生好带吧？”云歌问，

“怎么说呢，我原来也这么想，但当时我没想到，第一天上课，班里的几个淘气包，就给我来了个下马威。”金晶说。

金晶接着说：“那是去年开春的时候，天气开始回暖，教室已经停了火，这是从一年级一直到六年级都有的两个班，大家的课本是不同的，也就是说我要背六个年级的不同课程。我熬了几夜，把教案还给姜阿姨看过，姜阿姨很是赞许，并告诉我不同年级在一起，如何分时授课辅导。”

“第一天上课，我有点忐忑地进了教室，学生们看我这新来的老师这么年轻，个子小小的，不像姜老师不怒自威，于是，几个女生窃窃私语，几个男生开始活跃了。”金晶说。

“学生又能怎么样呢。”云歌说，“那天，我们刚互相问了好，大家坐下。恰好教室门窗不严，有一只小鸟飞了进来了，‘你们看，这只鸟太漂亮了，’五年级的张琪忽然嚷起来，接着他学着鸟叫的声音‘啾啾’叫了两声，大家哈哈大笑。‘抓住它’，刘亮说着站起来朝着鸟奔过去，于是教室里乱起来，我大声说‘坐下’，没人听我的。”金晶摊着两只手说。

“没想到这儿的孩子，也这么顽皮。”云歌笑道。金晶却说：“孩子嘛，都是一样的，咱们都是过来人，活跃好动，其实不是坏事。于是，我说‘谁能抓住这只鸟，谁是好样的’。”

金晶绘声绘色地说："没想到，班里有名的'淘气包'张琪却说，'你行吗？老师，你敢跟我们一起抓吗？'我当时确实也可以说，我是来教课的，不是来帮你们抓鸟的，但我没这样说，却说，'当然可以'，我这一说，全班都活跃起来，又有好几个男生离开了座位。我自己也离开讲台，朝鸟奔去。"

"你还真行。"云歌说。"男孩子们早已向小鸟奔去，大家嘻嘻哈哈地抓鸟，鸟惊慌地往上飞，凭着在学校体操队的功夫，我纵身一跃，一把把落在电灯上的鸟抓到手里，我轻轻提起鸟的两个翅膀，鸟惊慌地朝我叫了几声，我说'我抓到了，怎么办？'"

金晶有几分得意，说："几个男生愣住了，看着我手里的鸟，有的说'老师还真行，跳得那么高'""老师给我吧，我把它养起来"张琪说，"拿泥包起来，烤着吃，可好吃了，"刘亮说。

"'这只鸟小不小'？我觉得同学们已经有点佩服我这小老师的抓鸟功夫了，便问，大家齐声说'小'，我又问，'它是不是一条生命啊？'大家愣了一下，然后齐声回答'是'。

金晶说："我问'它是不是有妈妈啊？'大家答'是'，我问'它妈妈在哪里？'大家回答不同，'在空中'，'在大自然中'，'在树上，'我说'它丢了，我们怎么办啊？''让它回到妈妈身边去，'小丽说，我说'对，它妈妈找不到它会着急的，是吗？''是的'多数同学说。"

金晶的脸上充满了欣慰的表情："我说'好，小丽把窗户打开'小丽离开座位，打开一扇窗，我小心翼翼地放飞了这只鸟，说了一句'天高任鸟飞啊'。转过头来，我笑嘻嘻地望着同学们，不知是谁带头，大家鼓起掌来。"

"从此，我真的变成了孩子王了，课余时间我和孩子们一起玩，也带着他们去写生，去远足，他们也挺听我的话了，这其中也给我带来无限的欣慰和快乐。"金晶兴奋地说。

"是啊，自从你到了小学校，才从你的脸上又常常看到笑意了，我们也为你高兴，"云歌说，"我记得有一次，刘亮驮着二年级的小同学杨希上树掏鸟蛋，结果手被毒蛇咬了，你背着杨希跑到卫生室，正好李医生到团部去了，你又背着孩子找到慕天，请他开着车，把孩子送到团卫生队，医生说，因为是毒蛇咬的，来晚了，这只手就保不住了。杨希的父母感动得直掉泪，刘亮哭着向你认错。"

"你怎么知道的？"金晶说。"连里谁都知道这事，家长们，都是口碑啊。"云歌赞佩地说。

金晶和云歌在教室打扫了一个多小时卫生，然后，她们继续坐在通道上编艾草绳，云歌给金晶续草。

"不是说咱们到河边洗衣服去吗？"云歌问。"还早呢，吃了早饭再去，"金晶说，“以后别总齐全齐全的，我就那么容易改变情感吗？”

“该有个改变了吧，志远这个人其他方面什么都好，但在女朋友问题上，他可是比齐全差多了，人家齐全这么多年不找，就是因为喜欢你，他行吗，朝三暮四的，怎么托付终身啊。”云歌似乎在教育金晶。

“可我梦里，还经常梦到他……”金晶说着，还红了眼圈。

云歌看着努了努嘴：“哎，没出息了吧，你就是跟我说，人家都有女朋友了，你还想着人家，没意思，你的心思还挺复杂的啊，是吃着一个，还想着一个吗？”

金晶拿起艾绳向云歌抽过去说：“死丫头，我这心里七上八下的，你还教训我。”云歌说：“只有‘齐’，没有八，我是为齐全委屈，人家哪点儿差，当年数学、物理都是学霸，就是人老实点儿，理工科脑子，哼，志远，就是会唱会说，说句不好听的，像是一个风流坯子，再说了，你和他现在还有可能吗？”

金晶又抽了云歌一下说：“没可能，我就不找呗。”

“我觉得你还是好好考虑一下，人家对你一往情深，再碰到这样的人，不容易的。”云歌有点苦口婆心了。

“你看你好像什么都明白似的，他有这么奇货可居吗？”金晶说。“珍惜吧，我的姐姐。”云歌说。

“对了，你这么早跑来，这么积极去洗衣服，是不是想见慕天啊？”金晶把话岔开了，云歌说：“没有啊，他不是去师部学习了吗，再说，我想见他干吗。”

“今天他要回来的，那个班因为夏锄停了，你不知道？”金晶说。“我不知道，谁说的？”云歌说。

“齐全啊，好像好几个人都跟慕天回来，他们说要下午一块捞鱼去呢。”金晶说。“我真不知道。”云歌眨着眼睛，一脸的天真。金晶走过来，按了她的鼻子一下：“我就喜欢你这副样子，像个孩子，不过你也十八岁了啊。”

云歌有点忧伤地说：“我怎么想的，你都知道的，唉，我在家是老大，我这辈子，好像就没小过，但考虑这种事，我还没到时候。”金晶说：“瞧你，又想起什么来了，走，咱们吃饭去吧。”

“这个？”云歌拿起自己编好的艾草绳说。“晚上回来熏，明天才管用。”金晶说。

“我晚上陪你过来，用我吗？你看你还是和齐全联系的挺多的，还跟我嘴硬。”云歌调皮地看着金晶说。“怎么会不用，又是齐全，又贫。”金晶拍着云歌走出教室。

此时食堂的早饭钟声响了，“铛、铛、铛”，说是敲钟，其实是食堂外挂着一块拖拉机报废的钢板。

云歌一出门，一条大黄狗从她身边“嗖”的一下奔往食堂去了，它好像已习以为常地奔跑着。“发现没，每次食堂开饭，狗比人跑得都快。”金晶望着奔向食堂的狗群说。

“是啊，不过还好，它们基本不抢我们的饭，我原来真是怕狗，现在倒是锻炼出来了，有时看见哪一只狗可爱，还偷偷地喂给它一点。”云歌说。

“食堂吃饭的同志们请注意了，我们拉回了两车煤块，质量很好，是用来冬天引火用的，今天是星期日，人都分散了，大家帮个忙，卸下车，可以吗？”盛楠对大家说。

“没问题啊。”金晶和云歌说。

“呦，全是女将啊，这些男生，就是懒，早饭都不起来吃。”盛楠说。“那有什么，我们还不是都干一样的活。”乔杨说。

就这样，一群女生几口吃完了碗里的饭，出去帮着卸煤。“这煤块还挺金贵，用麻袋装的。”米莉说。

“这一袋可不轻，有个思想准备吧，”慕天从驾驶室下来说，“一袋百十来斤呢，别看袋子不大。”

盛楠已经扛起了一袋，慕天上了车，从车上把袋子放在大家背上，就这样八九个人不到两小时，卸完了两车煤。

虽然天气不算热，可汗水却和着煤灰，搞得女孩子们满头满脸黑乎乎的。

“呀，我这可是刚换的衣服啊。”乔杨说。“你看盛楠的脸。”米莉说。“你也一样，哈哈，都成包公了。”盛楠说。

与慕天一起开另一辆车的霍晨走过来，对云歌和周晴说：“你们去洗洗吧。”

“去哪儿洗啊？”周晴拍着自己满头满脸的煤灰说。“快到小河边的那个树林里，有个河岔，周围都是树，还挺隐蔽的，你们可以到那儿去洗，我们经常去，霍晨，你去找长生，给她们放个哨吧。”慕天说。

“好的！”霍晨说着跑走去找长生了。“那我们回去，拿换洗的衣服去吧”，金晶对云歌说，大家不约而同地向宿舍走去。

几个女生在小树林边集合，在霍晨和长生的带领下，来到了河岔边。

“咱们怎么没发现这里，真是挺隐蔽的，上午还有阳光呢，真是好。”盛楠说。“我们敢洗吗？”云歌说。

“有什么不敢的，这周围都是树杈挡着，远处还让霍晨和长生放哨，吆，苗苗也来了。”周晴边说着便开始脱下外衣。

几个女孩手里都拿着一条床单，霍晨和长生见状，转过头开始往树林边上的路口跑去。

于是，盛楠带头，大家放开胆子，开始脱衣服，乔杨和周晴先把外衣全脱掉，然后脱衬衣，最后，身上只剩下手工做的抹胸和短裤，“不能再脱了。”乔杨说。

“是啊，这就挺不好意思的了。”云歌说，娇小的金晶披着花床单，走过来说：“到这里之后，我们从来没穿得这么少过。”

米莉上身只穿了一件提花的胸罩和与胸罩配套的三角小短裤，她有点不好意思。“还是在我们上海买的胸罩和短裤吧，漂亮。”苗苗看着米莉说。

“呀，穿得这么少，没羞，哈，”盛楠穿的却是一个红色的抹胸说，“我婆婆给我做的，米莉，比你暴露的少啊。”

“是吧，那可怎么办。”米莉抱着肩膀，左右看看，有点羞涩了。金晶拿着米莉的床单说：“盛楠，别逗她，其实挺好看的，披上这个不就行了。”

“别披，你们看，米莉的皮肤多白啊，腰身纤细，再配上这身精致的小短衣，多好看啊。”乔杨扯下米莉的床单说。

“别闹，又发疯。”米莉抢回床单重新披上，“苗苗的衣服跟我的差不多，好啦，有伴了。”米莉裹住床单，指着苗苗说。

大家一看苗苗果然穿的和米莉差不多的提花蕾丝边的小短衣裤，显得更加小巧纤细了。

“真的别闹了，一会那两个放哨的听到我们这里嘻嘻哈哈的，一好奇，哇，米莉，你们就惨了。”盛楠说，

大家赶快都披上床单，往水边走去，十来个不到二十岁的女孩，艰苦的劳动，不太丰裕的伙食，使她们的身材都很窈窕，大家娉娉婷婷走向池边。

“你看她们都披着床单，花花绿绿的，真好看，像是《天仙配》中的仙女下凡一样。”远远的长生望着那个小池边的女孩们说。

“你敢看？你要看，那就是耍流氓，把脸转过来。”霍晨不无严肃地说，强力地把长生的头扭过来。

“其实这么远，什么都看不见。”长生说。“那也不行，你想看什么，真是的，唔要面孔。”霍晨学着上海话一把拉住长生，往更远处走着。

这边，大家把床单放在池边的一块大石头上。“我们的身材都漂亮啊！”乔杨自我欣赏地说。

大家互相看看，说笑着，一个个地走进水里。

“这水挺暖和的。”米莉声音也暖暖地说。“哇，好舒服啊，多长时间没洗澡了。”苗苗说着舒服地闭上眼睛。

云歌和金晶也下了水，太阳照在水中，“这水可真舒服，暖乎乎的，痒哈哈的，真惬意啊。”云歌对金晶说。“是啊，我们有快两年没在水里泡泡身子了。”金晶说。几个女孩也跟着感叹起来。

云歌说：“平时不能洗澡，今天，我们尽情地享受这大自然恩赐给咱们的大浴

盆吧。”

“瞧，这女秀才，又酸上了，还浴盆，还淋浴呢。”盛楠看了看云歌说。“如果现在下雨，就是淋浴了。”乔杨说。

几个女孩舒服得忘了时间，一个多小时过去了，没有人想离开这河水，暖暖的河水扶过她们的身体，柔柔的微风吹着她们青春的脸庞，像母亲的手在轻轻地为她们拂去多日的疲劳。

“可以了吗？到时间了，有人要通过了。”远处，长生的大声呼喊，似乎让她们醒来。

她们用毛巾擦干白亮亮的充满青春活力的身体，拭干乌黑浓密的秀发，披上床单，换穿上干爽的内衣。

“好舒服啊，好像有一个世纪都没洗澡了。”乔杨伸展着自己挺秀的腰肢说。

“一个世纪，你有多大？”云歌梳理着头发说。“我潜在水中时，真是止不住落泪。平时，身上脏了，端一小盆水擦擦，出汗了，没水时，只能用毛巾抹一抹，不生虱子都难。”乔杨说。

“是我们没找到地方，这里不是挺好吗。”盛楠说。“那冬天呢，冬天那么长，我们都不能洗澡，你知道多难受啊！”乔杨说。

“冬天，将来我们也会修澡堂的，到时候给你们家也修一个。”云歌畅想着说。

“是啊，冬天你和薛岚在家里洗，夏天，你们俩就来这里洗，我们给你守护。”盛楠说，几个女孩笑起来。

“夏天，可以在他们家的院子里挖一个小池塘，那也是云歌说的‘天然浴盆啊’，那多好。”周晴说。

“是啦，那我们就不用为他们守护了，他们俩就……”盛楠还没说完，女孩子们就又笑起来。

“你这结了婚的人，说起话来真是疯。”乔杨指着盛楠，两人追打起来。

初夏的河边真是美，绿茵茵的河岸，又点缀了各种颜色的野花。

其中，有比较鲜艳的一种花盛开着，“这是什么花？”云歌问金晶。“这你不知道，是马兰花啊，你看它不是红色也不是粉色，是悠悠的蓝紫色，高贵而清雅，它开在哪里，那里就是一阵阵幽香。”金晶深吸一口气欣赏地说。

不远处的树林绿意葱茏，掩映着营房。另一面有一片白桦林笔直入天，“你看这白桦树长得真快，树干上那一个个眼形的花纹，在阳光下格外有神采。”云歌说。

“真的啊，像有眼神的样子。”金晶说，只见白桦林树干上那一只只眼形花纹好像笑吟吟地望着岸边这一群刚刚沐浴之后，出水芙蓉一样的女孩们。

其中几个女孩脱掉了外衣，只穿着衬衫，有的是碎花的，有的是格子的，颜色都不抢眼，但在这花草丛中，平添了几分雅致。

远处有一群男知青也端着洗衣盆往河边走来。

“我的工作服太厚了，不好洗，我先洗内衣吧。”云歌在自己的洗衣盆里翻弄着。盛楠说：“没事的，这种劳动布的衣服难洗，要用洗衣槌打一下，我带来了，我来帮你。”

“你还帮我，金晶不是说，你已经……”云歌朝着盛楠的下腹看了看说，“好像也没看出什么来。”

“是啊，没事的。”盛楠一把把云歌的工作服从盆里拉出来，带出了一些小衣服，云歌赶紧去捡，“呦，这是什么啊？这么好看。”在云歌另一边洗衣服的周晴说。

“是啊，”金晶一把把那件洋红色的小衣服捡起来，“啊，刚才我还没仔细看，婶子做的吧，绣工真是好。”金晶拿着这个手工胸衣欣赏着，“上面两侧绣着两朵含苞欲放的荷花，几乎与底色颜色相同，边上有浅绿色的荷叶衬着，衣服的边缘上也是手工缝出来的蕾丝边，婶子下这么大功夫，可以说精致了，慈母啊……”金晶赞叹着。

“我看看，我看看……”周晴不管不顾地抓着金晶的手抢着要看这件漂亮的小衣服，两人不小心，没拿住，衣服落进河里，因为太小太轻，一下子就漂到河中间去了。

几个女孩急了，云歌和周晴提起裤腿就蹚进河里。“这条河挺深的，你们穿这么多，不行，要沉底的。”金晶喊起来。

还是男生利落，刚到河边的齐全和慕天脱下外衣就下了河，大齐喊了一声“你们别下来，我们来”。

那件小衣服在河水的拍打下，开始下沉，在岸上已经看不见了，慕天游得快，他潜进水底，一把抓住了小衣服，和齐全两人一起上了岸，他们并没有仔细看是什么衣服，慕天随手就把手里的衣服交给了金晶。

“是云歌的。”周晴快嘴说了一句，云歌看着他们，老大不忍。“真是不好意思，让你们下水。”她红着脸嗫嚅地说着，从金晶手里把衣服接过来。

“这是你妈亲手做的，值得。”她说着看了一眼齐全。“值得、值得。”大齐赶快憨憨地说。

聪明的慕天看了一眼满面绯红的云歌什么都没说，催着大齐说：“我们换下衣服去吧。”“是啊，都湿了。”金晶说。

他们走了，云歌拿着衣服低着头不说话了。“不就是一件衣服吗，怎么了？”周晴没心没肺地说。

金晶也说：“是啊，他们又没仔细看，至于吗”“你不是很开朗吗，哈哈哈，这有什么啦。”盛楠笑着，转着大眼睛说，“除非……”

金晶马上向盛楠摆手，大家说着，笑着，把衣服洗完，云歌没说话，一直默默地洗衣服。

她把衣服洗完一看，那一群晚来的男生倒是先走了，树上拴着一条长长的背包带，上面挂满了他们的衣服，她才松了一口气。

周晴说：“他们倒是洗得快啊，力气大吧。”“他们洗衣服，根本不认真。”金晶说。

“我们去看他们捞鱼吧：”金晶说。“好啊，去。”周晴大声嚷着。

盛楠说：“我不去了，我得帮刘薇做饭去。”“是啊，你不能太累，回去吧。”金晶关切地说。

“我也不去了。”云歌说。“你干吗不去，你又不会做饭。”盛楠说。

“啊呀，今天这个事，她脸皮薄，不好意思了。”金晶说。“真个似个小妮！有啥哇啦，侬勿要跟我回去，阿拉无带侬。”盛楠一着急说起了上海话。

金晶拉着云歌：“别那么封建嘛，周晴说得对，不就一件衣服吗，亏你还有点学问，还想学贯中西呢，真是的，走吧。”云歌勉强地跟着金晶向前走去。

这群女孩沿着这条河向下游走着。

“结了婚的人，就大方多了。”云歌说。“那倒不是，盛楠本来就开朗。”金晶放开云歌的手说。“我也开朗啊。”云歌说。“你啊，有些事开朗，有些事，你就不行，而且，你的心有点重。”金晶说。

“刘薇还好，年龄大了，胡大哥虽然是转业兵，但也是高中生，嫁就嫁了。盛楠刚过二十岁，聪明能干，怎么说嫁就嫁了，我上次问她，她笑而不答，气死我了，她可是我的偶像啊。”云歌说。

“你这话说的啊，偶像就不结婚了吗？”金晶说。“我总是觉得有点可惜，现在，盛楠都这样了，我也没话说了。连里也是啊，原来不许谈恋爱，现在又支持了。”云歌说。

“你是不是太古板了，咱们这些知青一年大似一年，你让人家扎根，不让人家谈恋爱，结婚，都当尼姑、和尚啊！”金晶说。

“也是啊，到了年龄了，愿意谈的就让人家谈吧，反正我不想谈。”云歌执拗地说。

“别说那么绝，我看你刚才娇羞的样子，我要是男生，都会动心的。”金晶开云歌的玩笑。

“瞎说，你内衣被男生看见了，你好意思啊。”云歌说。金晶说：“人家根本没在意，你也就别当事儿了。”

她们说着，这条河的下游已经到了，这是七虎林河的河岔，据说这里鱼很多。

云歌发现好像男生又多了几个人，长生和苗苗也在那里。“苗苗，你跑得好快啊。”云歌说。“有人拉着，还能不快。”金晶看着长生说。

苗苗有些不好意思，跑过来一把抱住了金晶。“你们发现没，这次苗苗回来胖了，她的气色也好多了。”金晶说。

确实，苗苗气色变化很大，那次事情发生后，连里怕她情绪不稳定，再出事，便联系了她的父母，苗苗的妈妈来到北大荒把她接回了上海。

“我妈妈本身就是个医生，她带我做了彻底的检查，我根本不是什么‘双性’，是古代说的那种‘石女’，是血脉不通，做了一个小手术，就正常了。”苗苗说。

“真是太好了。”金晶说。见长生也跟过来，金晶说：“喱，长生，保护神啊。”长生做了个戏剧动作，深情地看了一眼苗苗：“俺是受了托付滴。”

“是的，这次我妈让他接我回来的，是我妈让我把他叫到上海的。”苗苗幸福地说。

“长生，不错嘛。”云歌赞道。“那是！”长生得意了。金晶说：“挺好的，两个小人儿，长大了……”

“哇……”河边传来了惊叹声，大家跑过去一看，只见翮伟手里的“扒网”，活蹦乱跳的一网鱼。几个女生也跟着跑过去，周晴数着：“哇，鲤鱼、鲫鱼、白鲢、鳜鱼、白鱼、泥鳅、老头鱼……”“老头鱼不能吃的，说是脑袋里面有虫子。”金晶说着，把其中几条老头鱼挑出来扔进河里。

“真是瓢舀鱼啊，今天算是见识了。”云歌高兴地说。

“用扒网，鱼就是有点小。”翮伟说。在炊事班当班长的石梁说：“自己摸的鱼大，我们摸过的。”

于是，慕天第一个下了水，长生也咋咋呼呼地下去了，接着几个男生都下去了。“你们捡鱼啊。”慕天说着扔上来一条大鲤鱼，接着一条条鱼扔上岸。

“好啊，你们尽管捞啊。”金晶说。几个女孩把洗完的衣服全部晾在河上游的树上，手里拿的都是空盆，她们把鱼放在盆里，但是盆太浅，鱼直往外蹦，岸上的女生，又在嬉笑着抓鱼。

“这些鱼直往我身上撞啊，啊，钻到我的背心里了，抓住了，抓住了。”长生说着甩上岸一条大鱼，苗苗把鱼接住放在云歌的盆里，盆里的鱼直往外跳，云歌赶忙拿外衣罩住。

两个时辰的工夫，石梁的桶满了，女生们的盆满了，慕天和长生把裤子当了鱼篓，慕天把自己的“鱼篓”架在石梁的脖子上，说：“我们吃不了这么多，这些和你桶里的鱼，拿到食堂去吧，明天让大家尝尝鲜。”

第二十二章

遭天灾水中捞麦　麦秸垛肖宁困卧

剩下的鱼全部拿到了盛楠家，盛楠把鲜鱼下锅，只放了一把大粒盐，煮熟了连汤加鱼盛进脸盆，大家围着几个脸盆吃起来。

“难得今天的人来得这么齐整。”金晶说。已经调到团里的翩伟、吉西包括米帆也被慕天拉来。

云歌悄声对金晶说：“我发现慕天有一个特点，他到哪里都有一群人愿意围着他，这些人之中不少都是很有思想的，像翩伟、吉西、关皓、齐全都和他是好朋友，愿意与他讨论一些问题。当然，像长生、霍晨这些小一些的知青也愿意跟着他。”

“你才发现，他不是一般人，人好，动手能力又强，又是个热心肠，老职工家的收音机、半导体什么的坏了，他都跑去帮忙修，大家都喜欢他。”金晶说。

大家对盛楠、刘薇有了小家觉得挺好，翩伟说：“至少我们也好像有了家，有了更自然的去处了。”

由于4·8荒火事件过去不久，特别面对着米帆，大家的情绪还是受一些影响。米帆却打破了沉寂说：“也许我离开了连队早些，我似乎觉得他们都没有死，我在团里教书时，似乎觉得贺萍还在这里养鹿，甚至我都想一会到畜牧排去看看她，真的，这几个月，我常常在梦里见到她，她比原来还可爱，还善解人意”。米帆说着，神情似梦如幻，“她笑盈盈地对我唱着歌——‘怀念我，你就望望天上的星星，我绕过皎洁的皓月，眨着晶亮的眼睛。你看那白云依依，正向你把深情传送。/怀念我，你就望望天边的彩虹，我穿越雨后的群峰，横跨云霄九重，你看那长桥悠悠，正搭向你的心中……’”

米莉看着低沉的哥哥，眼里溢满了泪水，米莉开始劝他：“哥，咱们不是说走出来吗？”

“无论怎么说，这些战友都是我们心中永远的英雄。”慕天说。

借调到团部又回来的金宝却说："无论说什么，人走了，我们是不是也可以说，我们不要英雄，我们要活生生的战友啊。"

"我就这么想，米帆的女朋友没了，她父母的女儿没了。"金晶眼睛红红地说。

"是的，活生生的生命说没就没了，我们一辈子都难以释然。"翩伟也说。

慕天说："但事情已经发生了，那么大的荒火，咱们这些人不可能不行动。难道看着不救吗，我们这里多数人都去救火了，那一天风向很乱，牺牲的也可能是我们，我们不能永远沉浸悲伤里，牺牲的战友也希望我们好好地活着。"

云歌揉揉眼睛说："确实代价太大了，但这些战友是我们这代人的代表，想起贺萍，我常常想起了精卫填海，一只漂亮的小鸟每天衔石填海，不舍昼夜，以弱小挑战不可想象的广袤浩瀚，我们的贺萍，以女孩娇小的身躯，挑战无边无垠的草原烈火，这是怎样的勇气和生命力！"

盛楠说："没错，这就是我们知青，这就是我们这代人，要是哪天战争爆发了，我们也会无条件地向前冲，一点也不会比前几代人差的。"

慕天点点头，把一小茶缸酒恭敬地在地上撒了一圈，然后又倒了一杯酒说"我们要永远祭奠他们，记住他们，几十年之后我们相聚时，仍然首先为他们斟上这杯酒！"大家举起了酒碗。

那一天，在悲壮的心绪中，大家开始饱餐了这顿"百鱼宴"，那次"百鱼宴"给长时间没见荤腥的云歌印象很深，几十年后，她还说，"从那以后，再没吃过那么鲜的鱼"。从那以后，这些战友每次聚会，都没有忘记为4·8牺牲的战友留上一双碗筷，斟上一杯酒。

但那一晚，云歌没有喝酒，离开盛楠家时已是皓月当空，因为前几天大雨，空气里湿度还很大，路上还是泥泥的，云歌和金晶分手，一个人向宿舍走去。

"云歌。"米帆和慕天走过来。"米莉呢？"云歌回头问。"她去帮厨了。"米帆说，"石梁说明天麦收第一天，他们连夜加班，包包子，连里让她们班出两个人帮厨。"

云歌说："是啊，明天三点就出工。""米帆，你行吗？"慕天问。米帆说："怎么不行，团里让学校麦收期间，抽出不低于百分之五十的教职工到连队支援麦收，我就回来了。"

慕天说："你刚调整过来心情，别太累。"米帆拍拍自己的胸口说"没问题"，说着，云歌抬头看了一眼慕天，想起了白天内衣的事，不自然地低下了头。

"我今天有点累，我先回去了。"米帆看着两人的神情说，慕天一把拉住了米帆说："你不是有什么东西要交给云歌吗？"

米帆说："噢，是这样，当时在学校门口我们分手，你还记得吧？"云歌说"记得"。"贺萍当时说她送我的东西，可以转交给你。"米帆说。

云歌问："都是什么？""笔记本、笔，她的书画，还有我去六师前，她给我买的，做的一些用品什么的。"米帆说。

"现在的意义不同了，你说你们真的分手了吗？她烧成那样，还念着你。"云歌含泪说。

"我是考虑这些东西，对她的父母是不是个念想啊？"米帆说。

云歌说："贺萍的东西我上次回去已经交给干爹干妈了。这些，她是送你的，留不留，看你的心意吧。"

米帆说："我当然愿意留下做个纪念了。"云歌拿出手绢擦了擦眼睛说："那就做个纪念吧，回头我跟她父母打个招呼，那位'表哥'的事，希望你不要在意，贺萍当时是很无奈的，你也清楚。"

"不，我不会，我能理解，我难过的是她已经要离开这里了，却永远留在了这里。"米帆深情地说。

"那她送你的东西，还是留给你作纪念吧，我就替她做这个主了。"云歌说。

"那好吧，我当然愿意！你向她父母解释一下。"米帆说。

"好的，我们是人，都活得很具体，只有她变成了神，我们还要好好生活，她也希望你活得好好的。"云歌说着，眼里溢着晶亮的泪水，她仰天轻叹了一声，"今天的月亮真的好大，好漂亮，我当时和贺萍，常常一起出来看月亮。"

慕天也看了看天，开导着米帆："其实，自古以来我们中国的女子就不同凡响，你看，就像云歌说的，中国古代神话不仅有精卫，还有奔月。"

云歌似乎很认真地说："我可不想让贺萍去那么孤单的地方。"

慕天说："但是，我们的祖先多敢想啊，一个柔弱女子，出于一些好奇心，一种无奈，居然一个人敢去做如此高远的旅游。"

"我就欣赏你这点，也许你小时候的生活和我们不一样，想法总是很特别。"米帆果然显得开朗了许多说。

慕天说："再说'女娲补天'，共工这些男人们争来斗去，触断了天柱，肯定是有的埋怨、有的奔逃，而作为女子的女娲却振臂一呼，站起来要把天擎住，她就敢撑起补天这么浩大的工程，也许有了她们，后来才出了穆桂英、花木兰、包括秋瑾、江姐和我们现在的兵团女战士。"

米帆说："还真是啊，以前没有细想，现在想想，中国的古代神话比古希腊的、古印度的真是不同。"

"不过你真的不像学机械的，应当是学历史的文学的哲学的。"说到这些，云歌早就忘记了上午内衣的事，笑着对慕天说。

"好了，明天要早起，休息吧。"慕天笑着对云歌说。"好的。"云歌招招手，向两位兄长似的男生道别。

回到宿舍已经很晚了，云歌轻轻地把洗好的衣服放到自己的铺位上，她点亮了小油灯，拿起妈妈给她做的那件绣花红内衣，仔细看了半天，然后吹灭了灯，把内衣放在胸前，笑盈盈地睡着了。

麦收是农业连每年的几大战役之一，但自从那次荒火后，这一年好像什么事都不顺。7 月初，小麦正灌浆时，云歌就和师傅们已经把康拜因检修完毕，等待小麦成熟马上开镰了。

但这一年麦收好不容易。7 月中旬刚要开镰，天却下起雨来，几场大雨，眼看丰收的小麦一下子被泡进水里，所有的人都心急火燎。

团里派来了工作组，李股长带着肖宁、老张、华宇等一行六人来到了十连。连里决定除了农工排全部投入麦收之外，其他机务、后勤、畜牧等各个排都要尽量抽调人力支援。

因为康拜因下不了地，云歌主动报名去农工排参加麦收。“你还是好好检修康拜因吧。”车长说。

云歌说：“我对自己的要求是，既然来到了农村，就要熟悉所有的农活，什么灾害，个人也要学会应对，再说，我们都算排里的年轻人，派人也应当派到我们头上。”

“这丫头，心还挺大，反正我们车得去一个人，那你就去吧。”车长说。

夏天北大荒天亮的特别早，通知是早上三点钟出工，不到两点半，云歌就和同宿舍的机务排的女生，还有孟倩、扑火受伤刚从师部医院回来的肖璐、小银等女孩爬起来，快速洗漱后，用小绳把裤腿扎紧，穿上雨鞋，准备出发。

孟倩拿出了一个缝上了一圈布的大草帽，戴在头上，肖璐脸扑火时受过伤，大家劝她不要去了，她说：“比起那些牺牲的战友，我活着就是一个幸运，我要和大家一样，该干吗干吗。”

云歌看着劝不了，就把自己的蚊帐帽给了她。“你呢？”肖璐不好意思了。“我没事，”云歌拿起来一个军帽戴在头上，随手把两只小辫子也塞进帽子里，“看，这多利落，像男生吧。”

肖璐打量着她说：“个头倒是像，脸不像。”“晒晒就像了。”云歌说着跑出去。

大家到食堂随便啃了点馒头就咸菜，喝了一碗小碴子粥，就集合出发了。

“肖璐，你不能去，”王连长走过来说，“肖璐出列！”“连长，我是轻伤。”肖璐说。“轻伤也不行，把脸晒坏了，是一辈子的事。”说着，王连长让畜牧排的小英把肖璐拉走了。

云歌随大家拿着镰刀来到了地头，地头上插着红旗，上面写着“为人民龙口夺粮、一不怕苦、二不怕死”。

云歌一眼看到了盛楠，她已经显怀，走路也不如以往轻巧。“你怎么能下地呢？”云歌说。

“我怎么就不能下地呢，我好着呢。”盛楠笑着说。王连长手里提着一只没底的高筒雨靴走了过来说，“看见没，底都粘掉了，盛楠你不能下去，你这样，去是玩命”。

“看来什么鞋都不能穿了，只能光脚下地了。”盛楠说着就开始脱鞋，连长拦住她：“不行，让你下地，等于我这个领导没人味儿！”大家死活把盛楠劝走。

云歌迅速脱下雨鞋和袜子，把裤腿卷到膝盖以上，站到一条垄上。“这北大荒的黑土层，雨水一泡，真是又黏又滑。”周晴走过来，话还没说完，她的一只脚一下子滑到垄沟里，差点摔了一个趔趄，云歌扶住了她。

马排长过来告诉她们：“得用脚趾抓住地，才不至于摔倒。”“这样在这一步一陷，一陷就陷到膝盖以上，想快也快不了，这活干的，真是难受。”周晴说。

“是啊，麦秸秆受潮特别茛，镰刀有时割不断，只能一边割一边拽，好长时间割不了多远。”云歌说。

就这样几天过去了。“每天都是十几个小时的劳作，两只脚在泥水里泡了一天，咱们腿上被麦茬划出一道道伤痕，你看，你的腿还流了血。”周晴对云歌说。

“没事的，你看，老职工，人家比咱们年龄大，都不说什么。”云歌说。马排长走过来说：“只是心里急啊，恨不能一下子把这几千亩麦田割完，可以理解，你们这些女孩子，十几个小时的劳动强度，大家都很困倦，但是，老天不给力，也真是没办法。”

工作组的几个人和大家一起割麦，一起完成定额。“其实我们也就是来支援麦收的，团机关基本没人了，每年都是一样，只是到的连队不同。”肖宁心直口快说。

这几天肖宁也一直与云歌一起割麦。“咱们两个人这次终于在一起劳动了，一直没机会见面聊聊。”肖宁笑呵呵地说。

她们割麦已不算生手。“肖宁，你曾经是团里有名的割麦能手，一天能割两亩地，是吧。”云歌说。

但这一回，面对一步一陷的泥地，肖宁的脚步也很沉重，她手不停，也还是走在前面。云歌不如肖宁熟练，但相差没几步。

“你也可以啊，刚放下写 4·8 英雄的笔杆子，就过来割麦子了。”肖宁说。

云歌说：“已经检修半个多月康拜因了，可惜车下不了地啊！”“是啊，真叫人着急，其实今年的麦子长得不错，穗大粒饱的，”肖宁遗憾地捋了一下熟透的麦穗说，“唉，就是那几天大雨，真坑人”。

她又对云歌说："云歌，你其实是个去机关的材料，能写，能讲，没想到你年纪不大，笔杆子还挺棒，字还写得漂亮。"

"那也是逼出来的，当时找到我了嘛，而且，其中要写的大多数都是知青，自己熟悉的战友，那还不得硬着头皮写。"云歌有点不好意思地说。

"那还是你有基础啊，你已经在马列学习班讲了好几次课了，讲得不错，你们重点校，就是出人才。马恩的《共产党宣言》三堂课，就有你们学校一个，你们连也出人才，两个老师都是老高中的，吉西、翮伟原来也都是你们连的，讲得也很好。没想到你这个初中生，讲的也这么好，主任说，知青来了就是不一样，你们给咱知青长脸了。"

"他们讲得比我好，人家老高中的，还是不一样，他们基础扎实。"云歌真心佩服地说。

"你还是挺敢讲的，你批判资产阶级所谓博爱的虚伪性，按说就够了，你说无产阶级只有解放全人类，才能解放自己，也是一种爱，是大爱、天下之爱，确实就会有人提出疑问，说你有超阶级论之嫌。"肖宁说。

"是啊，当时脱了稿怎么想就怎么说了，还好那天团长去了，说这是个政治理论问题，小孩子，还没搞懂，等于给我解了围，不然，麻烦了。"云歌边割一撮难割的麦子边说。

"不过，你还是有探讨的勇气，现在很忌讳说这个爱字，可是，人要是一点爱心都没了，还活的什么劲啊。"肖宁说。

"真想有机会，再学学。"云歌说。说着她们最早到了地头，石梁把水已经送到，几个人拿着碗各自舀了一碗水，阳光下，看水是有点颜色的。"咱们连的水有点涩。"周晴说。

"哈哈，我们的茶水不用茶叶了。"肖宁笑着说。望着这泥泞的土地，肖宁笑眯眯的样子，让云歌感觉是一种鼓励。

"肖宁，你比我早到北大荒两年，就是不一样。"云歌觉得这位比她矮了半个头，小巧玲珑的大眼睛女孩确实能吃苦，干活也有技巧。

肖宁歪着头问："有啥不一样？""你要比我坚韧、务实、乐观很多，干活还有门道，我是不是比你娇气啊，你昨夜赶了一夜工作组的汇报材料，今天照样出工，你不累吗？"肖宁只是笑笑，没说什么。

下午，大家又分了任务开始收割，由于土地浸水，收了的麦子不能放在原地，大家都把收好的麦子一垛一垛地放在地头的高岗上，等待着汽车拉到场院去脱粒，大车来了还要人工一捆一捆地装麦子。

肖宁边割麦子边说："这显然比康拜因直接收割要窝工多了。没有那么多车，地头的麦垛越堆越多，这要是再下雨，麦粒还不得发芽啊。"

云歌说:“好在这几天一直是艳阳高照，看样一时半会儿不会下雨了。”“云歌，我得方便一下，一会就回来。”肖宁边说边离开了地头。

云歌说：“你一个人行吗？”“可以的！”说着肖宁的身子打了个晃。“没事吗？是不是这几天太累了。”云歌关切地问。“没事。”肖宁笑笑就向麦田的深处走了。

太阳已经偏西了，云歌一直没看到肖宁回来。“云歌，看到肖宁了吗？”刘飙走过来问。“可能又去赶材料了，或是去开会了吧。”云歌说。

“今天没有会，就显她忙，李股长让她把昨天的材料再改改，让我来找她，着急交呢。”说着，刘飙跑到别处找肖宁了。

“云歌，看到肖宁了吗？”华宇跑来又问。“没有啊，刚才刘飙找过她了。”“是啊，到哪儿去了，说是在地里，怎么没有啊。”华宇说。

云歌有些不放心了，说：“那我们去找找她吧，她白天干活，晚上赶材料，好几天都没好好睡觉了，别有什么事。”

“快，快来帮个忙，”周晴深一脚浅一脚地跑过来，一把拉住云歌往地头一棵大树边塌了的麦垛跑去，“你说这个肖宁，在麦秸垛上睡着了，她躺的那堆麦捆，一半掉进了水塘，她马上就要掉水里了。可她，怎么叫，都叫不醒。”

云歌和华宇等一行人赶过去，地头有一个像小河一样的大水塘，因为水大，水塘的水离地面也就有两尺多，大麦垛的麦捆掉下去一半，形成一个圆形，肖宁的多半身还在岸上，两只脚随着掉到水里的麦捆，浮上浮下。

肖宁可能是困极了，她毫无感觉，依然甜甜地睡着，不知做着什么美梦，舒眉展眼的，两个酒窝时隐时现。几个女孩跑过来看着她，她眼眉弯弯，长长的睫毛盖住双眼，挺直微翘的鼻子，红唇微启，似乎在唧唧嘟嘟说着什么。

“嘿，真像一个睡美人。”云歌走近她自语了一句，水波荡漾着，云歌开始推肖宁：“肖宁，快醒醒，你随时可能掉到水塘里的。”华宇也蹚水进了水塘，帮助云歌扶肖宁起来，云歌叫了半天，肖宁才醒来，她睁开大眼睛，看到云歌笑笑，似乎还不知身在何处。

“肖宁啊，你是太累了，你睡觉的样子真像史湘云醉卧啊。”云歌也笑了。肖宁看看周围，华宇正拖住她腿下的麦捆，她才发觉自己身在水塘边。

她不好意思地笑了，想赶快一骨碌爬起来，由于速度太快，一条腿整个掉在水里了，云歌和华宇扶住她，帮她坐上了地头的另一个干麦垛边。

肖宁的裤子全被池塘的水打湿了，许多人到地头喝水，都来看肖宁，人越来越多了。周晴从地头的书包里拿出了一条海蓝色的裙子，说：“先把这个换上吧。”

“裙子，怎么会有裙子呢？”肖宁笑着说。“周晴，你居然干活带裙子！”刘飙说，但姑娘们眼睛都亮了，“多少年没看到裙子了，真漂亮，刘副，怎么这么不自觉啊，你一个大男人，人家女生要换衣服了，还不躲远点。”乔杨瞪了一眼刘飙说，面对着乔杨的数落，刘飙无言以对，只能悻悻地走到离水塘远一些的地方去了。

“是我中学的时候穿的，拿来是为了平时换衣服，方便啊。”周晴有点不好意思了，说，“换上吧，裤子湿成这样，不然怎么办呢。”

肖宁还真没推辞，把裙子往脖子上一套，就穿上了。“是啊，裙子还真方便啊，周晴，你真聪明，”乔杨快言快语地说，“是啊，为了夏天在地里换衣服方便，下次就让我妈寄吃的时，也给我带来一条。”

周晴说：“不能白穿我的裙子啊，肖宁，听说你是花滑运动员，跳个舞吧。”

“对啊，就是地不好，泥呼呼的，怎么跳啊。”云歌有点担心地说。

“没事，可以的，找个干点的地儿，我来配合。”华宇走过来说，于是，两人跳起了《抬头望见北斗星》，肖宁边唱边跳，配合默契。

“跳得真好。”周晴说。“不是白玩儿的，能调到团机关的知青，除了在原连队干得好，反映好，还都要有些特长。”乔杨说。

“是啊，要么能写会画有知识，要么会搞宣传能歌善舞，华宇和肖宁就是这样的人才。”云歌说。

两个人的舞技不相上下，好在地头这块高地不泥泞，肖宁居然还能时不时地来一个单腿旋转，华宇独立旋转似也有些功夫，惹得大家鼓起掌来。

副连长刘飙生气地又走进人群说：“不好好割地，干什么呢？你们俩还是团里来的，带头不好好干活啊，这些知青，怎么改造，都是一脑门子小资调……”

“啥子小资调啊，干累了，大家休息一下，娱乐一下，很好啊。”现役军人李股长接了刘飙的话茬说，刚走过来的李股长和王连长带头鼓起掌来。

“是啊，战争时期的部队，还有战地宣传呢！”老转业兵出身的王连长说，“受灾之年，龙口夺粮，大家都很累，我们担心年轻人情绪低落，看到大家这么高昂的情绪，我们放心啊，这样，小肖、小华，你们准备一下，后天搞个联欢会，好不好？”

“好啊！”大家鼓起掌来。李股长说：“云歌，你写个稿，写写大家在龙口夺粮艰苦的环境中，高昂的斗志和情绪，送到团广播站宣传一下子。”

“是，这就写！”刚才还为肖宁和华宇担心的云歌笑嘻嘻地打了个立正。

第二十三章

收割机穿“高跟鞋”　孙排长一语成谶

“北大荒的黑土地确实肥沃，应当是世界上少有的几块大型湿地之一。可咱们农田排水还没有跟上，不承认不行，虽然咱们有一定机械化程度，但基本还是靠天吃饭啊。”王连长感慨地说。

“这几千亩小麦靠着小镰刀收割是不可能的，机务排眼看着拖拉机、康拜因趴在检修厂，就是下不了地，唉！”杨排长嘟囔着。此时，杨排长已经提升为管机务的副连长，孙副排长成了排长。

孙排长也念叨“晚上下雨白天晴，地里的粮食收不成啊”，大家和李股长、王连长一样，急得像热锅上的蚂蚁。

杨副连长每天陪着王连长跑到地里观察地表水的情况，一天，他们看到地表水下去了一些，便把机务排的人召回来，先进地号一台54拖拉机去试车，结果耿师傅的拖拉机没开多远就陷到泥泞里，稀泥滞住了拖拉机的底盘和链轨，耿师傅加大油门，车在地里扭着、转着，寸步难行，就是出不来。

“没办法，”杨副连长说，“云歌，去把新75开来。”云歌迅速地跑回检修厂，把新75开到地头。

慕天找来粗钢筋，一头挂在耿师傅的车上，另一头挂在新75的车尾上，然后，他拉开新75的车门，说：“云歌，你下来吧。”云歌不服气地说：“怎么我就不行？”慕天笑嘻嘻地说“你经验还少”。看见两位连长正看着他们，云歌只能悻悻地下了车，站在旁边。

慕天上了新75，从泥里往外拉耿师傅的车，果然不容易，需要两台车配合起来才行，半个多时辰，才把耿师傅的车拉出来，平整的土地折腾出一个又深又大的泥坑，大家看着大坑直叹气。

又过了两天，在连修理厂，杨副连长拍着慕天的肩膀说：“还真是不一样，你这个上过大学的，学过机械的，点子就是多。”“这也是前辈们的经验，耿师傅和我就是改良一下，让机器的‘木鞋’更合脚些。”慕天说。

原来，慕天和耿师傅他们终于想出了一个没办法的办法，就是给拖拉机、康拜因穿上“木鞋”。

大家说干就干，于是，机务排、木工班、铁匠炉开始流水作业。卢师傅带着几个知青徒弟长生他们锻打螺栓、套螺扣，由于需要量很大，忙得不亦乐乎。

木工班把木头锯成15公分的长方形，按照拖拉机履带和康拜因轮子的宽度截成段，再把每一段方木用螺栓等距离固定在拖拉机的履带或康拜因的轮子上。

耿师傅和慕天把做好的一套螺杆和木方拿到修理厂，正好碰到回来磨镰刀的云歌，只见云歌手里拿着好几把镰刀，裤腿挽得高高的，腿上还残留着水中捞麦的泥土，“麦子太茛，费刀，马排长让我回来磨一下刀。”云歌说。

“他们有备用的刀吗？”耿师傅问。“有啊。”云歌说。“那你把刀送到铁匠炉，让他们谁抽空帮你磨磨，你和我们安装一下这‘木鞋’，那刀明天割地带过去，就是了。”“好吧。”云歌答应着把刀送去铁匠炉。

“经过学徒锻炼，云歌安装拧螺丝又快又好。”耿师傅边安装边说。“对，女孩子，比较细心。”慕天说。

云歌正趴在康拜因的轮子边上费劲地拧着一个大螺丝。“参加安装是对的，下一步用这康拜因，这些装置出了问题，就知道怎么修了。”云歌说。

经过三个人一下午的安装，一台拖拉机、一台康拜因的“木鞋”穿上了。车被抬高，着地面积也就宽了。“大轴就不拖地了，阻力也会减小了，会好些的。”耿师傅说。

天时不等人，大家通宵达旦忙了三天，终于完成所有康拜因和链轨拖拉机安装“木鞋”的任务。

孙排长揉了揉被电焊灼红了的眼睛，笑着对云歌她们说：“你看，你们女同志没‘高跟鞋’穿，咱这拖拉机、康拜因倒穿上‘高跟鞋’了，真不公平！”“是啊，您说的还真是，还真像高跟鞋啊，”云歌说，大家都高兴地笑了。

“穿上‘高跟鞋’了，这车也不漂亮，显得多笨拙啊，看，我们这康拜因摇摇晃晃像个傻大个，而且，也还是经常陷车。”云歌又被派回到康拜因上收麦子，她对孙排长说。

“这次可和去年不一样，去年虽然也辛苦，今年，得加好几个更字。”孙排长说。

“是啊，去年我开着康拜因感到自己遨游在麦海中，像开着巡洋舰一样，我还拍了一张照片寄回家，我在信里对父母夸耀，‘自豪而有诗意’。”

“金色的麦海，绿色的康拜因、加上远处红色的拖拉机，你父母看了一定高兴啊。”孙师傅说。

“那是，这一次可不一样了，咱这自动康拜因是后轮液压转向，后轮没法穿‘高跟鞋’，只能全靠前轮强拉着走，方向盘的阻力特别大，直行还好一些，开到地头转弯时，方向盘比磨盘还重呢。”云歌对孙师傅说。

每次转弯云歌几乎拿出吃奶的力气。没干过这种活的人是不知道的，但仍然兼着康拜因车长的孙排长是知道的，有几次转弯，孙排长正好赶上了，就让云歌停车，他上车帮云歌转弯。

一次，后轮有点下陷，康拜因就像长到地里，他也是咬紧牙关转了几次方向盘，用尽全力才转出来，之后，他甩着胳膊说：“丫头，难为你了，我都很费劲，何况你呢，实在不行，就和拖拉机的男同志换换吧，男的毕竟力气大些。”

“昨天您夜班，今天您还顶在这里，您比我辛苦多了，我还是忍着吧。”云歌说。

“今年遭灾，是个特殊情况，我们车一共三个人，你让小吕跟着我，就剩你一个女同志顶班，合算你这就一个半人，其实我和老杨都有点不忍心啊，但没办法，咱人不够啊。”孙排长摇着两手说。

“您放心吧，我没事，这样，也还练练劲儿呢。”云歌笑笑说。

“咱们机务排人手本来就不多，大胡子连长又借走了几个，人更少了，上次老杨倒是说过，这康拜因穿上木鞋，方向盘太重了，让你和拖拉机的小伙子们换换。”孙排长又说。

云歌满不在乎的样子说：“是啊，我是您培养出来的，现在收割当然要顶康拜因了，您说拖拉机的小伙子，他们干过康拜因的，最近不是都在康拜因上吗，剩下的不太熟悉这车，来了就顶班，怕是也不行。”

孙排长摊着手说：“是啊，今年地又不好割，就因为这，才没敢换。”

“拖拉机也穿了鞋，穿‘高跟鞋’的车，开起来都难，其实都差不多，没事的，还是我来吧。”云歌知道孙排长和几个连领导几个通宵都没合眼了，面对这样的领导，她无话可说，必须坚持。

一次，慕天正赶上来拉麦子，他上了康拜因，送给云歌一副手套，说：“听孙排长说，自动康拜因的后轮液压油缸卸掉后，开起来很沉重，我来试试。”

于是慕天跟了一个来回，转了两个弯，说：“云歌，这舵轮太沉了，你还是换到牵引康拜因上去吧。”

“我不愿和蜗牛似的让拖拉机拉着走，谢谢副排长关心，不换，你总是这么小瞧我。”云歌调皮地说。

“你怎么拿着大棉衣啊。”肖宁在路上看到了去接班的云歌说。“每年麦收都是人歇马不歇，我们一天白班，一天夜班，因为今年水灾，北大荒昼夜温差更大了。

前一天白天穿的是单衣，第二天晚上就要换上棉衣，夜班到了下半夜，穿它都不富裕。”云歌指指棉衣说。

这一天，夜晚露水大，地更湿了，行车阻力大，麦秸又茛，脱谷系统出了几次故障，云歌下车排除故障，地里水大，她只能脱掉鞋袜，把裤腿挽得高高的，光着脚踏进泥水里，冰冷刺骨的泥水让她打了个寒战。

晚上的麦田里已没有什么人，只有另外两台康拜因在地号的另一边收割。灯光几乎把大地上所有的蚊子小咬都吸引过来，拼命叮咬着云歌的脸，手和露在外面的腿。“真烦人，轰也轰不走！”云歌说。

本来出故障就让人着急，她一面用扳手固定着螺母，另一只手拍打着蚊虫。她看到另一台康拜因手电闪了三下，这是告诉她夜班饭来了。她排除了故障，继续耐心地边收割边向地头行驶。

饭菜摆在地头。“送饭的人哪去了，可能是怕咬，躲到谁的车里去了。”云歌心想。

车灯下，她掀开了盖在菜盆上的苫布，一层蚊子小咬闻香而来，瞬间，已经看不清盆里是什么菜了，云歌用勺子拨开扑进去的一层蚊虫，看清楚了“又是炒白菜，真的不想吃了”。她拿起了一个馒头，看到菜盆边上有一个瓶子，里面是辣椒糊，她打开瓶子，挖了一大勺抹在馒头上，就上了车。

她一面吃着馒头，一面用力打着方向盘，辣椒糊把她的嘴唇染得红红的，她全然不知，还是拼命地打着舵轮，终于拐过一个大弯。

她松了一口气，抬头望望，一抹新月像一条晶亮的小船挂在天上，天显得很低，远远看去，她的身边好像星星们忽闪忽闪的伴其左右。

“这个时候家里人一定都在熟睡，他们想得到我现在在做什么吗？”除了辣椒糊的辣，她觉得嘴里涩涩的，不知什么时候一行清泪挂在腮边。

之后，这眼泪就止不住了，她一面望着天上的月亮，一面吃着馒头，一面流着泪，一面自言自语“晴云如擘絮，新月似磨镰”“此生此夜不长好，明月明年何处看”。

她手把舵轮，甩了甩脸上的泪：“真的很想妈妈啊，上次回去，一个四十多岁的人，头上已经有了斑驳的白发，真是早生华发啊，显然，她是太惦记我了，‘月有阴晴圆缺，人有悲欢离合，此事古难全……’”

机器的轰鸣声淹没了她清亮的声音，她自己低吟着，尽量转换情绪，但不知怎么，眼泪还是像断了线的珠子掉下来，“反正没人，哭也没人听见”，她心里想着，哽咽着。

走着走着，不远处，一只手电向她闪着，她定睛一看是一个小巧的女孩在向她招手，她停下车才听到是苏凌在下面喊她，急忙问：“苏凌，你怎么来了？”

“高晓回团里了，准备去杭州接新来的知青，就让我来了。”她一面说话一面上了云歌停下来的机车。

“真是好久不见你了。”云歌说着，赶快抹去腮边的泪水，热情地说。

“是啊，肖宁说让我来看看你这孤胆英雄，好威风啊，你眼睛怎么了？”苏凌问。

“没怎么、没怎么，迷了一下。”云歌一面抹去腮边的泪水一面说。“你哭了，”苏凌拉住她的手看着她。“没，是小咬迷眼了，真的！”云歌回避着。

“真的？想家了吧？”“没，你怎么，怎么来的。”云歌王顾左右而言他。

“送饭啊，和石梁转了两个地头，反正回去也没什么好挑的了，我就让他先回去了，我来看看你。”苏凌搂住云歌的肩头。

云歌“啊”的一声叫起来。“怎么了？”苏凌吓了一跳，赶快放下手问。

“很疼！”云歌抱住自己的肩头，苏凌摸了摸她的肩头：“肿了，肿得很厉害，累成这样啊，别人知道吗？”

“千万不要说，这车都穿上木鞋了，舵轮太重，很正常的，连那两个车的小伙子都喊着说肩膀疼。”说着云歌恢复了常态。

她加大发动机的油门开始收割，苏凌坐在她的边上，说：“听说康拜因上人手太少，我和肖宁说好了，准备晚上轮流过来。”

“别，你们有你们的事，你们俩白天还上班呢。”云歌说。“我们轮着来，也不会有多少天的。”苏凌说。

“这样，你们就太累了，再说，机务的事你们又不懂，好好当你的小秀才吧。”云歌笑着说。

苏凌说：“是不懂，打下手，还不可以吗，你说我是小秀才，你不是吗？你看你的4·8稿件写得多好，尤其贺萍的那一篇，情深意切，好多人读了都流泪了……”

康拜因转弯了，云歌顾不上回答苏凌的话，她加大力气转着方向盘，苏凌走过去帮她，云歌站起来继续转弯，顺手调低收割机。弯终于转过来了，云歌松了一口气，又把收割机的割刀调高些。

“这么费劲，难怪你的肩膀都肿了，”苏凌又轻轻地摸摸云歌的肩膀，“肿得好高，上臂都肿了，没什么办法吗？”

云歌习以为常地说：“没办法，活干完了，养两天就好了。”

苏凌痛惜地说：“真是的，干机务，不容易啊。”“没事，今年遭灾了，情况比较特殊。”云歌说。

“你来了，真好！我喜欢听你说话，什么时候都是文绉绉的样子。”云歌边说边调着收割机升升降降。

“怎么啦？”苏凌问。“这儿有水，割得太低，水就进来了，麦子就湿了，割高了，会把麦穗放过去。”云歌说。

“你还真行啊，我给你当徒弟吧。”苏凌说。“那怎么可能，工作组也有好多事要干，怕你太累。”云歌说。

“咱俩聊天不累，我也愿意和你聊天，记得那次拉练，我们曾经聊过一个通宵呢。”苏凌说。“啊，那次拉练我也很难忘。”云歌说。

“最近提倡‘读点历史’，提倡读‘四大经典’，知道吗？”康拜因的座有点窄，苏凌尽量不让自己碰到云歌不断活动的胳膊，她往边上坐了坐说。

“听说了，这种提倡还是挺好的。”云歌边注视着传送带边说。

“团部的商店最近已经在卖这些书了，《红楼梦》《西游记》《水浒》《三国演义》，许多人都争着买，据说，出版社还不断加印了，一时间洛阳纸贵啊。”苏凌说。

“你买了吗？”云歌问。“买了，因为有提倡，许多老职工都买了，特别是各连的干部，基本都买了。”

“我过一段再买，以前也都看过，家里原来都有，后来……”云歌没再说下去。

“是的，我家的也是被当作‘四旧’给收走了，不说它了。给你讲关于许多人读这四本书特别有意思的事。”

“是吗，这四本书本身就挺有意思的。”云歌说。苏凌说，“不是这书本身的事，前几天，指导员、连长开会，让我做记录，政治处刘主任说起毛主席提倡‘读一点经典’这件事，说‘大家要重视啊，都读过没有啊？’十一连的连长邱顺本说，他以前没看过，只是看过戏曲什么的，说这次还真看了”。

“那这些连长、指导员还真不错，都那么忙的，还能把这么长的四本书都看了。”云歌说。

苏凌笑着说：“那天，邱顺本连长操着东北话回答刘主任说，《水浒》不就是讲胡子（指土匪）的事吗；《红楼梦》说的不就是一个大院里，几个丫头吃饱了没事干，争一个小子贾宝玉嘛，那林黛玉咋死了，气死的，那么多人争一个小子，她弱唧唧的，抢不上槽儿去哩。”

“哈哈哈……”云歌听苏凌活灵活现地学着，笑起来。

“四连连长吴大个一口山东话说——咱就赞成贾府那焦大，鲁迅说得好，他不爱林妹妹。你说他咋能爱那林黛玉啊，真搭帮过日子，林黛玉她病恹恹、哭咧咧的，还真不行！还不够伺候她的。”苏凌也笑起来。

“哈哈，说的也不是没有道理。”云歌边笑边说。“结果十三连指导员兰芷是1966年来的北京知青，她笑着说‘吴大个，那您家嫂子不是挺漂亮的吗，而且识文断字的，她像谁啊，林黛玉啊还是薛宝钗？’吴大个毫不含糊地说‘咱不像那些娇小姐。像鸳鸯，比鸳鸯还强，比鸳鸯还有文化’，大家全笑起来，兰芷又问邱连长‘您家嫂子呢？像谁啊？’你猜邱连长怎么说？”云歌问：“怎么说？”“邱连长说‘她啊，像，像那傻大姐啊’，全场哄堂大笑。”苏凌说完和云歌也一起大笑起来。

康拜因又到地头转弯处，云歌开始慢行，并加大油门，惊起地头的草丛里一只大鸟，大鸟扑棱着翅膀飞起，它鸣叫了一声，向水塘那边飞去，吓了两人一跳。

“是什么鸟啊？这么大，山鸡吗？”苏凌定神问道。“不是，比山鸡大，你看是白色的，腿那么长，像是白鹤。”云歌说。

“是啊，现在正是它们在这里的季节，”苏凌说，“哎，这个情景还真的让人想起了《红楼梦》，那其中的‘凹镜馆联诗悲寂寞’史湘云和林黛玉赏月联诗那一段。”

“还真是有点像。”云歌说。

“那一句给人印象最深，‘寒塘渡鹤影，冷月葬花魂’。”说着苏凌若有所思地低下了头。正操作机器的云歌回头望了一眼苏凌，说：“我的情绪都转过来了，你怎么了，你怎么一下子情绪落了十八丈？”

“没什么。我这人心重，容易想得多。”苏凌说。

“那前一句确是史湘云触景生情，但后一句虽然凄美，用史湘云的话说，太颓丧了些，用妙玉的话说，太悲凉了，如果说触景生情，我还是喜欢刘禹锡的‘晴空一鹤排云上，便引诗情上碧霄’，当然，现在是夜空。”云歌说。

“你这人也许有暂时的低落，但我知道，你还是个豪放派，”苏凌感叹道，“原以为想劝劝你，考虑个男朋友吧，有个生活上的寄托。”

云歌说：“我现在挺好，还不打算想这些事。”

苏凌说：“听说不是也有不错的人，对你好吗？”

云歌说：“你说谁啊？”苏凌说：“还用问吗，自己在那装糊涂，谁不知道，整天借给你书看，我看你床头英文版的《毛泽东选集》，也是他的吧？”

云歌说：“是啊，我们是亦师亦友吧，听说翩伟去机关后你们挺好的，我觉得不错。”

“你又往我身上扯，我不掩饰，与翩伟挺说得来，但他骨子里挺傲气的，不知是怎么想的。”苏凌说。

“这个人挺好的，博学、厚道，哪天我问问他，再傲气，凭我们苏凌，谁都配得上啊。”云歌大大咧咧地说。

苏凌说：“哈哈，你是自己自信啊，还是替我自信？”

云歌说：“当然是替你自信呗，你挺完美的，真的，他们还不了解你。”

苏凌说："唉，难说，你觉得吉西怎么样？"

云歌说："拉练的时候，我已经对你说过了，怎么了，你们有发展了？"

苏凌脸上掠过一丝惆怅："许多人都喜欢他，一言难尽啊……"

云歌问："你对他认真了，你得想想他对你是不是认真？"

苏凌不以为然地说："这话说得好成熟，你小小年纪这么冷静，可不好，另外，你不要公开说不想考虑这事，人家会怀疑你有问题的。"

云歌不解地说："有什么不好，我有什么问题？"

苏凌说："生理啊，心理啊，都可能被怀疑有问题，你知道，爱情是需要激情的啦。"

云歌笑着摇摇头说："哇，不敢相信，这句话从这么文绉绉的女孩嘴里说出来了？啧，激情，不得了了。"

"死丫头，人家跟你说心里话呢嘛，你看你！"苏凌打了一把云歌，若有所思地说。

"有什么情况？"云歌瞪起眼睛煞有介事地问。"以后看吧，"苏凌语气里又平添了几分忧郁。"有什么事吗？我去找他问问，毕竟我和他'黄埔'同期啊，"云歌说。

"你还不明白，再说，你想过在北大荒安家吗？"苏凌说。云歌说："扎根，我想过，安家，没怎么想。"

"扎根能不安家吗？"苏凌说。云歌说："那也不一定，扎根也不一定就安家，我觉得这是两回事。"

苏凌说："真这么想的？"云歌认真应答："嗯，真的！""有问题，看来你真有问题，你跟别人可别这么说，人家真的会怀疑你生理上有问题的"苏凌着急地说。

云歌笑起来，两人一起又笑起来。两个人就这样边割麦边谈天说地，一直到东方欲晓。

孙排长来接班了。孙排长看到了苏凌也在这。笑着说："如果知道咱工作组的苏秀才在这儿，我晚点来啊。"

苏凌说："孙排长开玩笑了，我是什么秀才啊，孙排长才是秀才呢。"

"我哪是秀才，我就是农民，大老粗。"孙排长一边打开手里的一个大布包一边说。

"您当兵之前就在乡里当小学语文老师，您在朝鲜战场上还当过通讯报道员，您的军功章里有一枚是当报道员立的三等功，您后来上沈阳高级炮校才学的机械，主要是为当装甲兵的连长而学习的。"苏凌说。

"啊，你怎么什么都知道。"孙排长惊讶地说。

苏凌说：“是啊，当时选宣传股副股长时，我在组织股帮忙，您是备选人之一啊，您自己也知道的。”

云歌也惊讶了，说：“孙排长是我的第一任车长，只是觉得他说话风趣幽默，教技术时，常常几句话就能讲清说透，说中要害，没想到有这么丰富的经历，我们这里真是藏龙卧虎啊，还是宣传股副股长的人选，厉害啊。”

孙排长说：“哎，好汉不念当年勇嘛。”“真是够可以的，排长。”云歌跷起大拇指。

“我这人，嘴太碎，1966年的时候说了些话，惹得有人不高兴了，从生产股到了连队，我又从这儿去宣传股，我当时就说还是算了吧。”孙排长说。

“我看您总是挺高兴的，以为您一直都很顺呢。”云歌说。

“没什么不高兴的，也说不上不顺，我挺愿意开车啊，摆弄这些‘冷兵器’，我心里最踏实，来吧，打打牙祭，”说着孙排长打开布包，里面露出几个热腾腾的包子和一个军用保温桶，两个碗，“这是你嫂子给云歌和小吕带的，小吕去团部修配厂取零配件了，苏秀才，你也尝尝吧。”

苏凌说：“好啊，那就谢谢嫂子了。”

云歌毫不客气地抓起一个包子吃起来说：“还有肉，真好吃。”苏凌说：“云歌，你有福啊，遇上一个好排长，还遇上一个好嫂子，哎，我还没见过嫂子呢。”

孙排长说：“有啥好见的，傻大姐一个。”

云歌想起了昨晚苏凌的话，大笑起来，苏凌也跟着大笑起来。

孙排长被她们笑得有些发毛，说：“你们笑什么，你们什么意思啊。”

云歌把昨晚苏凌说的邱连长对妻子的评价，学了一遍，孙排长笑笑说：“嗷，这你们就不知道了，这是我们当兵的对老婆的爱称。”

“真叫人受不了，爱称，这样的爱称，嫂子受得了吗？”苏凌说。

孙排长说：“那有什么受不了的，高兴着呢。”

“嫂子也是文化人呢，当年也在机关待过，好像比您上学还多呢。”苏凌像是在维护妇女权益。

“是吗，你怎么什么都知道？”云歌也好奇地说。“嫂子是连里的妇女主任，她的情况我们当然得知道。”苏凌得意地说。

“可嫂子很服孙排长的。”云歌说。“那当然，”孙排长很得意。“是啊，嫂子经常说，‘俺家老孙多才多艺’。”云歌学着孙嫂子的口气说。

“不不，比你们差远了，写，说，思想，这些我真的不如你们。”孙排长真诚地说。

“那嫂子服您什么呢？”苏凌不饶人地问。“那多了，不是说了，她是个傻大姐吗，她觉得我能说会写，说话有意思，当然，那是她那个水平的理解呗。”孙排长说。

“详细点儿嘛，孙排长，比如说。”苏凌不依不饶地问，

“对啦，排长，人家都说您会相面，还会看手相呢。”云歌给排长解围。

孙排长摇着手说：“不可以，不可以这么说，那可是封建迷信，那是闹着玩的。”

“那有什么，您给我们也算算呗。”云歌说，苏凌听了也非常感兴趣，说：“是啊，给我也算算啊，孙排长。”

“那可不行，你是工作组的，我哪敢，到时候给我上纲上线，俺可受不了。”孙排长一着急山东口音都出来了。

“不是说闹着玩吗，那就是假的呀，我们不信就是了。”苏凌两手一摊很轻松地说。

“您给我们算算吧，真的。”云歌说，“是啊，没事的，算算吧。”苏凌附和着说。孙排长看了看两人说：“让我说真话吗？”“当然。”两个姑娘异口同声。

孙排长说：“你们两人现在要好好锻炼，好好学习，将来国家会用到你们的。”“这算什么算命啊，现在不是也被用到了吗？”苏凌说。

“你们会担比这要大的任务。”孙排长说。“是啊，广阔天地，大有作为，任务当然大。”云歌说。

“你们会在这片广阔天地历练，你们将来还会到更广阔的天地里去担任务。”孙排长挥着手描绘似的说。

“您指的是什么？”苏凌若有所思地问。“为国家做大事业呀！”孙排长说。

云歌说：“打粮食就是大事业啊。”孙排长说，“怎么跟你们说呢，不是打粮食，比打粮食还大的事业”。

云歌问：“真的吗？”孙师傅越说越起劲：“那还有错，所以你们现在要丰富自己，到时候才能厚积薄发。”

“那您呢，您也是又有经历，又有才啊，”云歌说，“苏凌，哪天有时间带你去排长家，排长当年穿军装、带军功章的照片，威风着呢。”

孙排长认真地说：“那是当年，现在老了，我们这些人就是孩子老婆热炕头喽。”

“那您接着说我们吧。”苏凌很想听的样子，急切地说。“好，咱言归正传啊，云歌印堂饱满，比较理性，有发展，小苏，你眉间微蹙，将来千万不要为感情所累，你的出息可就不小了，嘿嘿，我瞎说呢啊。”孙排长拍拍自己的嘴说。

“您是说让我注意感情这些事吗？”苏凌问。“你看，苏凌，不是说了吗，你可千万别认真，闹着玩嘛，好了，你们赶快吃完，回去休息吧。”孙排长说。

苏凌还想接着问孙排长，孙排长说：“不过，这种事，你们年轻人都要把握好，

云歌也一样，但这些还只能靠自己把握，好了，不说了，我该干活了。”说着，孙排长挥挥手上了康拜因，两个人只好向孙排长招招手，边吃边往回走去。

“孙排长还真厉害啊。”苏凌感慨地说。“不是说闹着玩吗，你还真当真啊，你也太心重了吧！”云歌没心没肺地说。

“我双眉有蹙吗？”云歌学着孙排长煞有介事地说，“没有，眉间舒朗，不似弱柳扶风，却如姣花照水。”她又操着粤语“林妹妹，好美啊，哈哈哈”，两个人边说笑着边走进了营区。

没想到孙排长无意中一语成谶，母亲后来常常面对着苏凌的命运，回忆起那一场开玩笑似的谈话。

第二十四章

金晶齐全牵红线　成班长话说当年

在团卫生队已经当了半年多医生的齐全收拾着药箱准备回十连支援麦收，他想起马上就要见到女朋友金晶了，这个当年重点高中的理科学霸一下子脸红心热起来。

齐全其实挺帅气，浓眉大眼戴着一副宽边眼镜，眼神里透着大智若愚的聪明和厚道。他身高足有 1.85 米，细腰窄背，是个篮球场上的好材料，当时他是校篮球队的骨干。

早在高一的时候，他就暗恋上班里长得小巧玲珑的金晶。多少次在学校的操场上，他偷偷看着体操运动队的训练，平衡木上的金晶敏捷灵动，特别是看那金晶做些高难度的动作，他的心好像被什么东西揪住了，生怕她出意外。

一次家长会，他暗暗地把这女孩指给母亲看，在本校当数学老师的母亲推了推眼镜，看看高大壮健的儿子。“你那么大个，她那么小巧，这不成反比例了吗，”母亲笑笑说，“中学里是不准谈恋爱的，儿子，这你知道的。”温厚的话语中含着提醒。

“是的，我知道，妈妈。”齐全红着脸说。

妈妈说："知道就好，我觉得我的儿子是个很守规矩的孩子，而且你还没长大，只是一时的激情，还是好好学习吧。"齐全听着母亲的话点点头。

母亲相信儿子，后来也就没再理会这事。确实，三年过去了，什么事也没发生。

正当齐全一只手马上就摸到重点大学校门的时候，"文革"开始了。齐全对参加运动不感兴趣，成了逍遥派，上不了大学他苦闷了一阵子。

1968年年初号召知识青年上山下乡时，母亲说："你是独生子，可以不去的，这事，你自己决定吧。"

齐全说："可我在家也无所事事啊。"母亲无话可说，又过了几个月，他听说金晶要和志远他们一起下乡了，此时，他已经知道金晶和志远关系很好，但他却马上也报了名，来到了北大荒。

一次，和他住一个宿舍的同学东方对他说："你知道吗，金晶已经和志远确定恋爱关系了。"齐全慢吞吞地说："志远能一直对她好，她又喜欢志远，也挺好的。"

"别装蒜了，你是冲谁来的，其实我们心里都知道。"东方说。齐全却说："那有什么，她觉得好，那他们就好呗。"

东方不解地望着他无所谓的样子摇摇头。就这样，来北大荒之后，他们几个同班同学经常一起吃饭，一起玩，金晶对齐全的情感却毫无觉察。

直到志远去修路连一段时间后，与金晶疏远了，最终断绝男女朋友关系了，金晶十分悲痛，大病了一场。他和其他同学一起关心她，给她送病号饭，给她灌暖水袋。

从此后，到了冬天，他每天都给金晶灌暖水袋，当时与金晶住在一起的云歌也沾了光。

聪明的云歌对陷入失恋痛苦的金晶一直很担心，于是，她开始点拨金晶："齐全人多好，对你一直那么好，这个人是可以托付终身的。"

"对他，我一直没多想，他比我大几个月，只觉得他是个好心的哥哥，再说，我们俩好像不成比例啊。"金晶指了指自己小巧的身量说。

"情感与身量有关系吗？这一点你比我懂啊，姐姐。"云歌说。

金晶这话的意思被东方知道了，他告诉了齐全："你和金晶的事有门儿了，下一步，就看你自己努力了。"于是齐全对金晶照护得更加细心了，但他就是不敢对金晶表白。

"你还等什么？你就这么敏于行、讷于言啊，都是老同学，她能理解你的苦心啊。"东方不停地督促他。

齐全却红着脸说："她原来那么喜欢志远，志远又是咱们的同班同学，万一她不喜欢我，别给她造成压力，而且，我始终不知从哪开口啊，我就是怕让她为难。”“你是知道的，志远不是已经有别人了吗，你怎么想那么多啊，唉，你可真是个书呆了。”东方恨铁不成钢地埋怨他。

后来的事还得从齐全到团卫生队学习说起，一天，大胡子连长到了他们宿舍，问他：“小齐，你愿不愿意当大夫啊？”

坐在另一个床位上的东方赶紧对齐全挤眼睛，意思是让他说愿意，齐全明白东方的意思，但他还是说：“连长，怕不行，我没上过医科大学，不懂医，当不了大夫。”

“我就喜欢你这个娃子，实在，不懂就说不懂，不懂就学嘛，去卫生队边学边干吧。”连长笑眯眯地看着他说。

“是，连长。”齐全顺从地回答。“那就定了啊，去吧，好好学。”大胡子连长一面说着拍拍齐全的肩膀，一面往外走。

东方看着连长走了，从床上一跃而起，跳下床，给了齐全一拳说：“天上掉馅饼了，砸在你这闷葫芦的头上，请客啊。”

那是齐全去团卫生队学习的前两天，是个星期天，他笨手笨脚地缝被子。

东方进来说：“看你这笨劲儿的，还不去找金晶帮你。”齐全腼腆地说：“不好意思麻烦人家。”

东方说：“我和云歌说好了，下午你拿着被子去盛楠家，金晶答应帮你缝被子了，明白吗？”

“人家盛楠家那是新房，下星期盛楠就结婚了，给人家弄脏了，不好吧。”齐全矜持地说。

东方着急地说：“唉，你说你这人啊，真是个木头疙瘩，你觉得我容易吗？为了你，我腆着老脸找了云歌几次，你过两天可就走了，再犹豫，这事可就没了，行，你看着办吧。”

“那你跟我一起去吧。”齐全心里没底。“我去干吗，当电灯泡啊！”东方说。

这一边云歌对金晶说：“盛楠那里下午要缝被子，要你去帮忙。”

“盛楠结婚的被子，不是早就做好了吗？”金晶说。“是齐全要去学习了，被子缝不好，你的老同学，你不能不帮忙吧。”云歌小心地说。

金晶大大咧咧地说：“嗨，那你说清楚啊，他自己怎么不来说。”

“人家不好意思了嘛，他的性格你又不是不知道，你就别挑这个理了，去帮个忙吧。”云歌说。

这天下午，齐全拿着被子来到了盛楠家，他小心翼翼地敲开了盛楠的家门，说：“盛楠，麻烦了，在你家帮我缝被子啊。”

“好的，进来吧，你就在这等着，你等金晶过来帮你缝，我还有事，得出去一下。”说着盛楠往外走。

“那就金晶一个人缝吗？”齐全着急了。“她手快，一会儿就缝好了，桌上有水，你想着给她倒点水喝。”盛楠吩咐着。

“哎。”齐全有些局促地答应着。“齐全，你有什么想法，今天一定要对金晶说啊，别不好意思，你马上就要走了，再不说，可就没机会了，金晶可是个好姑娘，过了这个村，就没这个店了，侬晓得伐？”盛楠继续说。

“嗯。”齐全放下被子，搓着两只手，不好意思地应着。“齐全，我叫你一声哥，听东方说你早就喜欢她，你痛快点，亏你还是个高才生呢，真是的。”盛楠有点急了说。

“好的。”齐全继续不温不火地摸摸自己的头应着。说着盛楠出去了，屋子里只剩下齐全一个人。

过了一个时辰，“盛楠，盛楠，”金晶喊着盛楠就进屋了，“咦，齐全，就你一个人在啊，盛楠到哪去了？”

齐全说:“她说有事，出去了。”金晶看到齐全有点手足无措的样子，便说:“齐全，你也真是的，你缝被子干吗绕这么大弯子啊，咱们是同学，直接跟我说不就行了，你可真有意思。”

“我要离开咱连了，想，临走，想跟你说说话。”齐全红着脸说。

金晶想起了云歌的点拨，明白了几分，有点不好意思，声音一下子低下来，“啥事儿啊？”

“你知道我不大会说话，我是说……是说，咱们能不只是同学吗？”齐全横下一条心，直奔主题，终于把心里话说出来了。

“我和志远的事你也知道了，你是不是同情我啊？”金晶问。

“那还真不是，真不是，”齐全认真地摇着手说，“真的，算起来，已经五年了，高一的时候，我就，我就……常常到操场上去，看你练体操。”

这一句话让金晶吃惊了。齐全擦了一下头上的汗，继续说：“真的，真的，但我知道，我没有志远那么有才，那么聪明……但是我……我妈不想让我来这里……我还是来了……”

金晶说：“可是我是跟志远来的啊，这你知道的。”

“可是，我想，来了，还能看到……看到你，我是想，是想经常能看到你，就，就行了。”齐全脸红了，低下了头。他似乎松了一口气，又说，“无论怎样，我算是把闷在心里不少年的话说出来了，那时候我就想，将来能和你……金晶，你别生气，真的，你千万别生气，这是我的问题，我不该那么早就……就对你有这样的想法。”

这一次轮到金晶不好意思了，大齐这个典型的理科男，从来不说假话，她是知道的，她说："我跟着志远来的，我当时是想嫁给他的，你跟着来，能怎么样啊？"

"你嫁给志远，也没事的，他优点很多，我不如他，但是我确实也，也没想到……没想到志远他……他……"齐全似乎替自己的同学志远歉疚道，"不过，我真不是同情，也……也不是乘人之危，我是早就想过，我是真心的，但我知道，你不一定喜欢我……今天我只是……只是对你说说。"齐全虽然讷于言，但他还是想既然说了，就把事情说清楚。

"齐全，你怎么这么傻啊？"金晶的眼睛有些湿润了。"我喜欢你，是我自己的，自己的事，你千万别介意啊，真的，别介意。"齐全歉意地说。

"那现在呢？"金晶问。"我看到你很痛苦，我心疼……"齐全鼓足勇气摸着胸口说，"不过，我倒是现在有机会能对你说了，这些年来，我一直想着你……当然，如果你们一直好下去，我就永远不会说这些的，但现在也……也是一切看你，你，你不要勉强。"

金晶走近他，像往常同学之间一样，只是眼里含着泪花，她用手指点了他头一下，嗔怪地说："你真是的……整个一个呆子……"

满脸通红的齐全顺势一把把金晶从地上轻松地抱起来，轻轻地把她放到盛楠家的炕上，指了指自己刚拿来的被子，什么也没说，回头就跑出门去了。

齐全迎面碰上了盛楠。"怎么了，她拒绝你了？"盛楠看他紧张狼狈的样子，一把拉住他。"没，没有，我，我不敢听她说出结果，我走了。"说着，齐全匆匆跑走了。

回到宿舍，其他人出去了，只有东方在收拾行李。"我要去学育种了。"东方主动地说，"大胡子连长说，'你们这些高中生，只让你们闷头种地，就可惜了'。"

"好啊，你当时毕业时，不正想学生物吗？"齐全一边想着心事，一边闷闷地应付着东方。

东方看齐全心不在焉的样子问："你怎么了，看你的样子，是被拒绝了？"

"我，我鲁莽了，东方，我真是不应该啊！"齐全捶着自己的胸口自责地说。

东方一惊："你怎么了？"齐全把当时的情况讲了一遍。

东方笑起来说："你说你这人啊，不急的时候，你慢吞吞，这，又这么猴急，真是的，她是什么态度啊？"

"我自己也没想到怎么会突然这么做，她好像还没反应过来，没什么表示，我真是后悔，怎么能那么大胆啊，得罪她了，她会不会觉得我是要流氓啊，唉，我当时的脑子一片空白，真的不是故意的。"齐全拍着脑袋后悔地说。

"哈哈哈，不会的，傻小子，她没反应啊，那就瞧好吧。"东方为这憨憨的老同学高兴地说。

果然，傍晚，云歌拿着缝好的被子来了，说："齐全，金晶说让你把没有缝补好的东西，都交给我，她说你笨手笨脚的，缝不好。"

"那怎么好意思。"齐全说。"你这人，还会装。"云歌一边数落他，一边把他床上要缝补的东西收拾好，拿走了。

齐全走的那天早上，金晶等在路边来送他，他十分不好意思地说："那天，对不起啊，我太鲁莽了。"

金晶没有正面回答他，只是说："学习是件好事，学医就更是件好事，好好学，好好干吧，在那里自己要多注意身体，我得走了，我马上要上课了。"说着，金晶就真的转身向学校方向跑去，忙着上课去了。

从那天开始，他至少每星期都给金晶写一封信，抒发这些年积累的情感，他忽然感觉，"本人虽然是理工男，文笔还不错嘛"。

金晶的信开始篇幅较短，后来也长起来，每当接到她的信，齐全都感到幸福极了，他偷偷地先闭着眼睛把信放在胸口上，暖热了，洗了手，在没有人的时候，小心地把信展开，开始读，每封信他最少也要读三遍以上。

常常是在夜深人静的时候，他手里拿着金晶的信，在享受着这久违爱情的甜蜜中，美滋滋地睡着了。

学习对于齐全来说是比较容易的事，用同学们的话讲，"他走的就是这一经"。

况且，卫生队的学习并不太正规，只是个培训班而已，教材就是当时的赤脚医生手册，比较实际，就是简单的生理解剖、中西药理、常见病处理等。

但是，如同齐全给金晶的信中说的："给我们讲课的可是卫生队的几位老医生，倒是水平蛮高的。这些医生多数是转业的军医和医科大学的毕业生，讲课有理论有实践，还是蛮专业，蛮有经验的。"

齐全介绍说，"各连队一共来了男女二十多人。上了二十多天的课了，讲的内容很多，包括内外科、中西医、针灸、接生等，算培养的是全科医务人员。"

由于齐全有着超强的求知欲和学习能力，一个月后他就跟着去门诊、病房、抽血、打针、输液，包括医院里的器材、设备的搬搬拿拿，他从不惜力，几位医生都很喜欢他的认真态度。

两个月的培训结束后，卫生队的张院长找他谈话，准备把他留在卫生队工作。齐全却说："我已经二十出头了，刚处了女朋友，不愿分开，还是想先回十连。"

"你的意思是不想留在卫生队喽。"张院长问。"是的，想回我们连。"齐全说。

"咱们毕竟不是部队，下命令总是不好的，这样吧，你征求一下你女朋友的意见吧。"院长说。

"我女朋友她是教师，带几十个学生，她离不开十连那里。"齐全说。

张院长爱才心切，找了上任不久的王连长，王连长说了一声："这个傻小子！我来给你想办法。"

王连长找到金晶，把卫生队领导的意见和齐全的意思都告诉了她，金晶说"这个一根筋！"王连长笑了。

一个星期天，金晶被请到了团部卫生队。

原来，张院长听了王连长电话里出的主意，晚上请齐全和金晶到他家里吃饭，他还让妻子杀了一只鸡。

在院长家里，金晶到厨房帮厨，说："刘老师，看到你们夫妻在部队时的合影，真精神。"

"我们两人都是知识分子家庭出身，都是在大学时辍学参加了革命，我们是在朝鲜战场抢救一个重伤员时认识的。"院长的妻子刘老师说。

金晶问："您现在也在医院工作吗？""我在师部医院工作，离农场百十多里地，来回要坐短途火车，我们是两个孩子，现在是一人带一个，我带小的，张院长带大的。星期六晚上我带着孩子回来，第二天洗洗涮涮忙一天，晚上带着孩子再赶回师部。"刘老师说。

"那你们挺不容易的啊。"金晶说。"习惯了，也就没什么了。"刘老师轻松地说。

吃饭时，张院长还拿出一瓶北大荒酒，给齐全斟满，对金晶说："你有眼力啊，找了这么一个既厚道又有才华的男朋友。"齐全不好意思地憨笑着。

"难得院长看重他，他却不知情，硬要回去，真是不懂事。"金晶嗔怪地看了一眼齐全说。

刘老师插嘴道："老张说了，他是因为舍不得跟你离得远啊，难得他那么痴情。"

金晶的脸红了，不好意思地推了齐全一把："真没出息，哪能这样。"齐全不好意思地笑着。

"金晶，这得看你了啊。"张院长早看明白了。金晶爽快地说："刘老师从师部这么远，带着孩子都跑了这么多年了，我们肯定没问题啊。"

"看看，齐全，你还有什么说的。"张院长笑着说。"离得远了，我怕她情绪不好。"齐全愣愣地说。

"瞎说，我哪有那么娇气，再说，比起刘老师，这离连队也不算远啊。"金晶脸红心热，打了齐全肩膀一把说。

"好了，金晶都这么说了，就这么定了，啊，小齐啊，你就别那么多顾虑了，习惯就好了，有时候，也是小别胜新婚啊。"张院长笑着说。

"谢谢院长了。"金晶红着脸站起来举杯，齐全犹豫了一下，也举起了酒杯。

从此，齐全留在了团卫生队，团卫生队添置了一台 X 光机，卫生队决定派他去师部医院放射科学习三个月。

临行前的一个星期天，齐全回到连队，急急地去找金晶，迎面碰上了云歌，“这么着急，都来不及打个招呼了，你也不说谢谢我们这几个为你们跑腿的人了。”

齐全真诚地说：“云歌，真的要谢谢你和东方。”“还有盛楠啊。”云歌不依不饶这位大哥。“是啊，还有盛楠。”说到盛楠，齐全又想起了那天自己的鲁莽行为，不好意思了。

“快去吧，她在小学校等你呢。”云歌说完齐全便大步流星走向学校，他迫不及待地把自己去师部学习的这件事告诉了金晶。

最后说：“唉，又要学习，三个月呢。”“好事啊。”金晶全力支持说。

“中间你一定找时间去师部，看我啊。”齐全说。“真没羞！”金晶划了一下脸笑着说。

那一天晚上，他们在小树林里散步，皎洁的月光下，齐全拥抱了这个暗恋五年多的女孩。看到金晶脸上又有了笑意，朋友们都很为她高兴。

云歌拿金晶开玩笑说：“齐全离你这么远，又是学习，又是行医，你不担心啊？”

“真的，我不担心，我觉得他打都打不跑，我比以前踏实多了。”金晶认真地说。

云歌说：“是啊，如果说志远能说会唱，是天上的云彩，光鲜绚丽，但容易随风飘动。那么，大齐却是地上的一棵大树，虽然有八面来风，他自身也摇曳生姿，但它会永远稳稳地站在那里，期待着你去依靠，找男朋友还是找让自己心里踏实的人啊。”

“你想得还蛮深刻的啊，看你找个啥样的。”金晶笑着拍了云歌一把。

齐全憨憨的性格，聪明的头脑，在卫生队很快受到了大家的喜爱。特别其中有一位 1958 年从部队转业的军医秦咏大夫。

朝鲜战场上秦大夫就冒着枪林弹雨从事临床工作的，转业后，他从事 X 光诊断，在当时的卫生队独此一家。

用金晶的话说“齐全命好”，遇上秦医生齐全可找到了老师，他虚心求教，为了夜班急诊方便，齐全长期住在医院的工作室里。

有一段时间，大量的放射线，使他产生了反应，秦大夫判断他“吃线”多了，在家里给他拿营养餐，帮他找了一间离 X 光室远一些的办公室住宿。

秦大夫指导他读了不少医学书籍，帮助他分析各种疑难杂症，学习临床医学，保养医疗设备，齐全很快上了路。

后来，齐全和金晶在兵团成了家，第一批柴火就是秦大夫帮助齐全拉的，秦大夫夫妇还帮他们搭了鸡窝、种了菜地。一年后，他们生育一女。

恢复高考后，齐全考上了天津医学院，金晶因教学任务走不了，两年后，她因年龄关系只能考师范类院校，她考上了天津师范学院。

后来，两个人在天津定居，齐全成为医学专家，金晶是重点中学的模范教师，他们常常说起秦大夫，20 世纪 90 年代，他们就开始专程去看望秦大夫夫妇了。

与余英的事情虽然已经过去一年多了，安力一直也没回农工排。始终在基建排“劳改新生”比较多的这个班。

经过这一年时间的挫折，安力显然低沉了许多。他爱余英，但那次回家他喝多了酒，正好家里父母都去上班了，他一失足成千古恨，坑了余英，也害了自己。

刘飙一直说要把他打成坏分子，好在大胡子连长强调给出路的政策，只是说要加强监管，把他调到基建排这样一个班组。

他想念余英，他几次请人给余英带信，但余英却杳无音信。尽管如此，他相信余英还爱着他，这也是支撑他的一个精神动力。

今年的麦收时节，水大，离连队不远的水库堤坝有渗水的地方，排长派他和几个人一起去修缮。

“想开点，小伙子，一辈子长着呢，”班长老成路上开导着安力，“这不是一年也过了，王连长找我，说是要把你调回农工排吧，我说都一样嘛，基建排也需要啊，有时需要量个尺寸，测个距离，算计一下受力面积什么的，还是需要你们这些有文化的青年。”

“王连长怎么说？”安力显然情绪为之一振。老成说：“连长倒是说，这不是政策也在变嘛，现在不是也支持知青谈恋爱了吗？安力也就是太着急了，你小子也真是，已经是对象了，急啥嘛。”

老成接着说：“对知青的婚姻，现在好像确实有个政策调整，你让人家扎根，不谈恋爱，不安家，怎么扎根啊，前几天开会，说是统一政策，知青的恋爱结婚，按婚姻法执行，这不是已经都有先例了吗，刘薇啊，盛楠啊，这些年龄大点的，不是都结婚了嘛，对他们的前途，也没什么影响啊，反倒表扬他们了。”

安力问：“连长真是这么说的？”老成说：“当然，他当然也批评你安力，说你小子，干吗那么猴急啊？”

“是啊，班长，我肠子都悔青了，害了自己，坑了余英……”安力低下头。

“没事，慢慢来，连长说了，让你好好干，过一段时间恢复你副班长的职务。”安力正要说什么，成班长马上说，“你是不在乎这个副班长，但这是恢复你的名誉啊”。

“是啊，不知余英，她能不能原谅我。”安力说。“没问题，你们年轻，来日方长。”老成说。

说着，他们走近水库，老成说：“雁山水库是拼命拼出来的，这七虎林河水库也是拼出来的。”安力显然情绪好起来，他专心地听着老成说话。

“我们那个时候比现在艰苦多了，我是1958年从四川通讯学校直接来北大荒建水库的。”老成说。

“那您在当时学历还是高的。”安力说。“是啊，开始不适应啊，当时3月，成都花红柳绿、春光明媚，而北大荒却是天寒地冻、寒风凛冽，天地之别啊，我们落差那个大啊。”老成说。

“你们也有落差？”安力有点好奇地说。“我们也是人啊，我们之中许多人都是从朝鲜战场回国的志愿军，有战斗英雄、专业技术人员、营长、连长，参谋、干事，是一支有功劳、有学历、有技术的队伍啊。”“是啊，这两年我也看出来了。”安力说。

“许多人跟你们一样，也是来自大城市，到了这里，你知道的，咱们统一的职务都是农业工人，具体的工作都是抬土筑堤，开荒种地。”老成说。

“是啊，我们只想到自己有落差，其实你们也是一样的，你们比我们好，思想基础好，思想波动没那么大。”安力佩服地说。

“主要是看自己，既来之，则安之吧。我们赶上了‘大跃进’的年代，讲究突击，当时哪有休息日啊，早上3点前出工，晚上看不见才收工，两个大窝棚，一个住人，一个是伙房，硬是拼了一年多的命，才建成这水库。”老成有些自豪地说。

“工程结束，那就是一个累、困，我们放了三天假，我戴着狗皮帽子在窝棚里，睡了三天三夜。”老成说。

“我们现在就觉得很艰苦了，你们当时比现在苦多了，是吧？”安力说。

“那是，三天后我们走出窝棚，那虽然是10月底的天气了，却阳光明媚，我们看着连接水库东西两个山头的三千米大坝，像一道长虹，好看！我们不由自主地欢呼起来，当时，年轻，吃点苦，受点累，没的说，看到了成果，就心花怒放了。转眼这么多年过去了，但一看到这水库，也是心里美滋滋的。”老成说。

“我们现在也开始有了这些体会，看到了自己参加的劳动成果，也是这种心情。”安力说。说着他们来到了水库边。

走到水库近前成班长说：“咱们兵分两路吧，你带俩人到南面，我带俩人到北面，先检查一下，有漏点一定要认真堵严实，千里之堤毁于蚁穴啊。”

“好的，没问题。”安力答应着，带两个人往水库南面走去。

第二十五章

安力水库救孩童　破罐破摔虐情女

麦收时节学校也放假了，金晶带着孩子们到地里帮着大人们拾麦穗，甚至参加收割，这些孩子们干起活一点都不落后。

三十几个孩子与一年多前又不一样了，虽然，孩子们高矮不齐，一到五年级的都有，但他们不仅语文、数学都有很大提高，音乐和美术的素质也增强了许多。

金晶拿出了自己喜爱的手风琴对音定调，把前奏拉完，三四五年级的同学就随着乐曲用清纯的童音齐唱："让我们荡起双桨，小船儿推开波浪，水面倒映着美丽的白塔……"低年级也跟着唱，由大带小，慢慢学识谱。

在黑板上，金晶把简谱和五线谱对比着写在上面，低年级唱词，高年级唱谱，使孩子们对音乐课产生了浓厚的兴趣。

美术课也叫图画课，金晶靠自己的绘画基础，有时还请教一下米帆。她编排连队小学复式班的美术教案，低年级以图案画为基础，她在黑板上画出花草树木、简笔人物，让同学们照着画，由易到难，不断提高。四五年级的学生由金晶带着从素描开始练习，从简单的几何体入手训练透视技巧，然后开始做对明暗和光影的尝试。

金晶课余时间经常带着大家出去写生，孩子们在写生中对绘画线条的疏密有了直接体会，一年多之后，有的孩子居然能比较传神地勾勒出自己想描绘的人和景物，孩子们很有成就感。说起这些，金晶也十分骄傲。

这天在地头，金晶碰上了安力和两个基建排的人。"安力，你们也来割麦吗？"金晶问。

"说水库有渗漏的地方，连里让我们来修修，当时的施工很到位，我们检查一下问题不大，只是个别的地方堵了堵。"安力说。

"就你们三个人？"金晶问。"成班长带两个人到西头去了，让我们到这边来检查一下，堵堵可能的漏点。"安力说。

“金晶，自从出了余英的事，许多人与我远了，和我来往的人少多了，但齐全和你、云歌这些一起来的同学们，反倒对我更关心了，这一点我有说不出的感激。”安力接着对金晶真诚地说。

“那是应该的，现在对知青恋爱结婚的政策有变化了，连里对你也会有个说法，你调整好心情吧，没事的。”金晶说。

安力说：“是的，刚才成班长也说了，只是，余英，我害了她。不知她能不能原谅我。”

金晶说：“她人比较脆弱，但云歌一直关注着她，当时，她和我，和云歌关系都挺好，应该问题不大吧。”

“孩子们呢？”安力问。“他们也累了一天了，说到水库边凉快凉快。”金晶说。

“他们去水库边了？”安力有点急。“是啊，只有这个地号离水库近，干了一天了，出了一身汗，这不，我马上去看着他们。”金晶说着向水库边快步走去。

安力他们也跟了过去。金晶问：“安力，这个水库没雁山水库深吧？”安力说“深啊，而且和七虎林河相连，孩子这么小，最好别下水……”

“老师，陶陶他们下水了。”一个孩子跑过来。“是吗，真是的，可别出什么事啊。”金晶说着，飞也似地向水库奔去，安力和两个职工也跟着跑过去，迎面几个孩子惊慌失措地跑过来，嚷着：“老师，不好了，陶陶掉水里了……”

“陶陶只有八岁，不得了了！”金晶紧张地说着，几步就蹚进水里，朝着远处水面上还露出一点黑色头发的方向游去。

“不行，你不会游泳，水又大，我来！”安力追上了金晶，一把拉住她坚定地说：“听我的，金晶，你赶快上岸等着，不能再往前去了，还有那么多孩子，要你管呢！”

说着，安力已游出了好远，金晶退后几步，站了起来，眼看着安力游到陶陶身边，一把把陶陶拖起来，陶陶挣扎着：“书包，我的书包。”

安力抓住陶陶的两只手，强行拖着他游过来，和金晶一起把他推上岸，陶陶的肚子圆鼓鼓的，但嘴里还叫着“书包，我的书包掉水里了”。

“别急，叔叔给你找去。”说着安力又往回游，金晶一把拉住他：“不去了，书包不要了。”安力挣脱了她，说“没事，我水性好，这就回来。”便又游了出去。

陶陶的爸爸闻讯赶来了，他曾是李医生的助手，在部队时做药剂师和护理工作，他一把拎起陶陶的两条腿，把他倒提起来，控出了很多水，说：“没事了，金老师，安力，他怎么还没有上来？”

陶陶的爸爸问，紧张地在水边张望的金晶霍地朝水中奔去，陶陶的爸爸和那两个职工早不由分说下了水，把金晶推回来。

“他游泳很好的，应该没问题，这是怎么了？”金晶急得几乎哭出来，她眼睁睁地望着远处，安力已经没了踪影。

这时王连长带着成班长和一条船，一群人全奔过来，打捞了一夜，也没有找到安力。

“怨我啊，一把没拉住，不该让他再下水啊！”金晶哭起来，一下子瘫坐在地上。

第二天中午，人们从水库和七虎林河交界处找到了安力，他的两条腿被水底下茂盛的水草缠住了，身上还背着陶陶的书包，已经没了生命的迹象。

金晶后悔莫及，高烧不退，云歌护理着她，她一直哭着，梦呓般地说着：“我的罪过，是我害了他，不该让他下去，真是不该啊。”

一个大型的告别仪式在连队晒场举行，与安力一个车皮来到北大荒的三百来位同学来了二百五十多人，几乎能来的都赶来了。

陶陶捧着安力的遗像跟在余英后面，当时不许戴孝，但余英还是穿了一身洗白了的衣裤。

一天一夜她始终痛哭着，后悔自己没有原谅安力：“其实我心里早就原谅你了，安力，安力啊，你真的就在这里安家了，你为什么不带上我啊……”

和安力关系最好的长生，一面哭一面抢着说：“安力这是见义勇为，说明他是好人，前一段时间他冤枉了，他，他其实是英雄……呜呜……”

安力的父亲来了，这位头发已经花白的老工人一直很冷静，他听着大家对安力的评价，也是泪眼婆娑。

但他借着长生的话说：“能有这么多人送安力，能有这样一个好评价，我知足了。安力来这里，也不让人省心，惹出那祸也不小。他哪是什么英雄，就是因为有人需要，他哪能不去救，那是应该的，是做人的本分，他才愿意做这牺牲，他不是英雄，但他也不是坏人，孩子救出来了，是好事，谢谢你们，这么隆重地送他……”

正在筹备垦荒，建新连队的大胡子连长也来了，他站在最前排，扶住安力的父亲说：“老哥哥，这孩子是我接下的，我没照管好他，我有责任，这孩子是好孩子，就是太年轻，容易冲动，没大毛病，我们会请求上级表扬他……”大胡子连长说不下去了。

王连长边落泪边说：“是我没有照看好他，我有责任，但是安力确实做了这件见义勇为的事情，我们还是要为他请功的。”王连长哽咽着与安力的父亲握手……

这时候，安力的父亲才落下泪来，哽咽地说：“孩子，你听到了吧，放心地走吧，你做得对……连长要为你请功呢！”云歌和长生默默地走到他的身边，扶住痛哭的父亲。

那天晚上，余英和安力的父亲告别，安父亲连连说："对不起，安力作孽，给你造成这么大麻烦。"当着两位连长，余英跪在地上叫父亲，说："不是安力的错，是我，我自己愿意的。"

她哭得很痛说："爸爸，是我不该，对不住您老，没有保住安力的骨血，我也对不起他。"云歌一直陪着她。

王连长看余英哭得很痛心，等她告别了安力的父亲，就把她安排住在云歌的宿舍里。

到了宿舍，云歌把她安顿在自己的下铺，让她躺下，余英说："我睡不着，你陪陪我吧。"

云歌说："好的，但你不要再哭了，哭坏了身体。"

余英用小拳头捶打着自己的胸脯说："云歌，他这一走我才感觉到，我还是爱他的啊，我好恨，恨我自己，他给我写那么多信，我为什么不听你的劝，不给他回信；恨我妈妈逼着我打胎，让他连个骨血都没留下，我对不起他啊……"说着余英又哭起来。

齐全陪着金晶来看余英，余英毫不客气轰她走："你滚，不要在我这假惺惺的，不是你，他能下水吗？"

"真的对不起，是我造成的，一切都是我造成的。"金晶向余英哭着道歉。

"对不起有什么用，人都走了，是你的学生，你自己为什么不去救？让他傻乎乎地下水。"余英哭着说。

"是啊，是该我去救啊，该我去救，我好后悔啊！"金晶痛心地哭着。

"你现在说这些还有什么用，你们都欺负他，欺负他犯了错误，不是我，他有多阳光，怎么会出这事，是我害了他啊，你们都是同学，就没有同情心吗？都这样了，你还让他救人，是你，你也害了他！"余英抹着眼泪，指着金晶说。

"余英，别这样，你也了解安力，他很有男子汉气概，他在那里，他当然就不会让金晶下水，现在大家都很激动，还是沉一沉再说，齐全，你们先回去吧。"云歌挡住余英的手说。

"她心里过不去，已经两天没吃饭了。"扶着哭成了泪人的金晶，齐全对云歌说。"你劝劝余英，别太难过。金晶，咱们先回去吧，你要想开，大家会理解你的。"齐全拉着金晶走出门去了。

"余英，这就是你的不对了，金晶也很难过，痛心，心里也过不去。"云歌说，"我还痛心呢，我还过不去呢，不是她，安力怎么会出这样的事啊。"余英说。

云歌说："这样说不对，没有金晶在那里，安力也不会见死不救啊，你也了解金晶，金晶作为大姐，对你、对安力都很好，你离开十连后，虽然出了这样的事，她还是很照顾安力，有些人不跟安力来往了，她和齐全反而离他更近了，帮他缝缝补补，给他送吃的。我相信金晶说的是真话。”

“我知道，我知道，可我难受，我不知道我应该恨谁，怪谁，我其实应该恨我自己，怪我自己，你说是吧？”余英一把把自己的头发揪乱。

云歌抚着她的头，慢慢地拍着她，这一夜余英就这样哭睡在云歌的怀里。

余英愁肠百结地回到了煤矿，回忆起当年与安力在一起的桩桩件件，她后悔至极，独处时常常以泪洗面。

她带着这种情绪拼命地干活，甚至和男矿工一起下井，挡也挡不住。矿上根据她这一段时间的表现和现在的心情，决定让她当文书兼出纳。

她到团部的机会多起来，心情也比原来好一些。

矿上分管财务和办公室的副矿长金奎是1966年的转业兵，刚来的时候和刘飙他们一起造反的，还夺了老矿长辛福的权，后来辛福恢复了工作，也没跟他计较，反倒因自己最近身体不好，犯了腰病，矿上的许多事都让金奎做，于是背地里大家叫金奎“金大拿”。

金奎是县城的兵，机灵、能干，典型一个白面小生的样子，副连职干部转业来到北大荒，在部队，他就把家属和两个孩子带去随了军，如今他的妻子在团部当保育员，他的家也安在了团部。

余英的到来让他眼前一亮，那天，他不由自主地对矿长说：“好秀丽的女孩啊，看那脸、那嘴、那腰，啧！怎么到了咱煤矿了，犯错误了吧？”

辛福不客气地说：“你想什么呢！”为此，辛福还让矿上另一位女副指导员于桂莱关注一下余英。

前一段时间余英确实对金奎的殷勤加着小心。这一次安力的离去使她心灰意懒，就像她给云歌的信中说的“只能用劳累麻痹自己，用艰苦排除孤独”。

但是她终于没有坚持下去。于桂莱的家就在矿上，辛福的爱人也跟着辛福来到矿上做小学教师。金奎在矿上也有一间自己的家属房，可他的家属却在团部。

矿上的女生少，多数都是后勤人员，只有一间宿舍，基本都住满了，余英不愿跟大家挤在一起，成为文书后，就搬进连部的一间小后屋，她也乐得一个清静。

那一天，余英到团里办事，回来已经是黄昏，桌上有于桂莱给她留的饭菜，她打开一看又是炒大头菜、馒头。“不想吃。”她端着饭菜回到后屋。

自己开始垂泪，拿出笔来给云歌写信。“笃、笃、笃”，敲门的声音，天已经黑下来，她猜不出来是谁，她不吭声，也不敢开门。

敲门声一直响着，她不耐烦地问了一句“谁啊”。“是我，余英。”“于副指。”她跑去开门，于副指端着一碗面进来，上面还顶着一个荷包蛋。“好香啊。”余英高兴了，说：“谢谢您，于副指！”

“别这么说，就你一个人，心情又不好，我就是太忙，明天又要去学习班学习了。”

“您这么忙，又有孩子，还管我。”余英有点不好意思地说。“你要调整好情绪，我们都是这么从单身磕磕绊绊过来的，咱们这煤矿，女生少，你要照顾好自己啊。”于桂莱说。

“那您下个星期才回来啊。”余英说。“是的，一个星期的班，好好吃吧，我走了，记住，一定照顾好自己。”于桂莱叮咛着，余英说：“好的，谢谢于副指。”

第二天是一个星期日，余英百无聊赖，吃了昨天的剩饭，自己懒得做，就早早睡下了，一觉醒来，又有人敲门。“于副指已经去团部了，会是谁呢，不能随便开门。”她想。

她一直没吭声，但是敲门声一直轻轻地响着，最后，她烦了，问了一句“谁啊？”“余英，我给你送点吃的，星期日，食堂也没饭。”原来是副矿长金奎，他站在门外体贴地说。

“我已经吃了，不吃了，谢谢您，太晚了，您走吧。”余英坚决地说。

“那我放在这里了，我就回去了。”金奎说，过了一会儿，余英听到外面没声音了，她开了门，外面果然没人，只有一个小饭锅放在地上，她把锅拿回房间，打开一看，是一锅炖鸡，好香啊，余英不再多想，她美美地吃了一顿。

连续几天，金奎都采取这样的方式给余英送吃的。

“看来这个人还不错，放下东西就走，没什么坏心眼儿。”余英自言自语地说，“还是那么细心的人，他让我这受伤的心，还真有些慰藉。”

白天，余英也经常见到这几位矿领导，她似乎越来越觉得“金奎人挺好，对我也挺好，自从离开安力，还没有一个男人对我这么好呢”。

一个月后某个星期六的夜晚，余英的门又响了，她显然没那么紧张了，问都没问就开了门。是金奎，手里端着一个她熟悉的小锅，他笑吟吟地把锅递给余英。余英接过锅说：“我还没睡，进来吧，金矿长，谢谢您，您怎么总不回家啊？”

“矿上事多，老辛腰不好，于副指家务事又多，这不，他妈病了，她又回团部了。”

“您这么忙，还总给我送吃的，多不好意思啊，真的，您就别再管我了。”

“你，我哪能不管啊，你是我分管的兵嘛，再说，回家也没啥意思。”

“您确实没义务管我，真的，别再管我了，我都不好意思了。”余英认真地说。

“我知道你是一个重感情的人，自己的恋人就那么走了，我理解你的失落，你的孤单，你不容易啊……”他这么一说，脆弱的余英低下头，眼圈转泪了。

金奎怜惜地说：“别难过，有我呢，哥会照顾你的。”说着，他把感动的余英拥进怀里，拍拍她的后背，转身就走了。

余英看着他离去的背影，似乎有点不舍。“哥，他真像个哥，我现在多需要一个哥哥啊！”余英自语着，一种对这个人的依恋感涌上心头。

又一个星期六的晚上，下了班的余英无所事事，她有些盼望敲门声了，她看窗外的天。“已经很晚了，他不会来了！”她自言自语地说。

她脱掉外衣，开始准备休息了。可是，她话音刚落，敲门声就响起来了，余英有点兴奋，想都没想，马上开了门，金奎一步踏进门来，熟稔地把小锅放在桌上，他深情地看着余英：“想我了吧。”

余英不好意思地低下头。“我也想你啊，先尝尝我给你带来的什么？”余英打开小锅：“是鱼，哪来的？”金奎说：“战友送的，拿来的时候还活蹦乱跳的，鲜着呢，你尝尝。”

余英闻着说：“是鲜，还有鱼子呢。”金奎深情地看着她轻声说：“吃吧，我看着你吃。”

余英说：“你吃了吗？”金奎把碗往余英面前推了推，温存地说：“吃了，你吃吧。”

余英开始吃鱼，“这鱼怎么没刺？”金奎笑眯眯地说：“做汤之前，我已经把刺剔掉了，别扎着你啊。”

“你真细心啊。”说着，一股暖流涌上余英的心头，她羞涩地看了金奎一眼，金奎也正看着她，她低下头把鱼吃完了，余英站起身来要刷一下锅。

“不用，不用，”金奎一把把锅从余英手里拿过来，放在桌子上，说，“这种事怎么能让你干呢。”他顺势将余英抱在怀里。

余英本能地推了他一下，没有推动，便顺从地接受着他激情的亲吻，她觉得自己已经好长时间没有了这样的爱抚了，她面红心热，不再想什么，任凭金奎摆布……

此时，母亲的冷眼、云歌的叮嘱、安力的深情、于桂莱的暗示，她全忘了。

他把她抱到床上，迅速地解开了她的衣服说：“你来的第一天我就喜欢上你了，我会对你负责的，我会娶你的，宝贝……”而此时的余英似乎全然没有听见他说的话。

于桂莱很快发现了这个问题，她找余英谈话，余英只是哭而不答。

于桂莱找到金奎，金奎坚决不承认：“她是你的下属，也是我的下属，我还分管她，她心情不好，我就是关心她，有什么不可以吗，你怎么想的那么多，有什么证据吗？”

于桂莱忍无可忍找到了辛福，辛福说：“这小子我早就感觉他没安好心，但这样明目张胆、目无纪律，他败坏我们干部的形象了，他有老婆有孩子，最后会搞得无法收拾，不能这样下去，我必须得找他谈。唉，也是一个巴掌拍不响，这余英已经出过事了，怎么管不住自己啊。”

“金奎可是分管她的领导，正因为她原来出过事，她才不硬气啊，加上她原来男友出了事，心情也不好。再说了，她才多大，问题是金奎有家有小的，实在是不该。”于副指显然还是同情余英。

辛福找金奎谈话，没想到金奎还是一口咬定没这事。

在一次连长会议上，辛福碰上了大胡子连长，他一把抓住了连长说：“老梁，我把那个余英还是退给你们连吧。”

“我已经不在十连了啊，你找老王吧。”梁连长说。边上的王连长听到了坚决不要。“这女青年出过问题，看来素质不好啊，我们那里青年男女多，让她回我们那儿，就更麻烦啊。”

大胡子连长说：“年轻人，还是要教育挽救吧，不然一辈子就完了，我有个主意……”三个人如此这般地说了一通。

一个星期后的星期日，云歌来到煤矿看望余英了。

由于这几年的关系，云歌单刀直入地质问余英：“你怎么了，什么人你都能看得上吗？”

余英说：“他不差，他是副矿长啊。”

云歌气愤地说：“你还好意思说这话，他可是有妇之夫，人家有两个孩子，你知道吗？”

余英说：“他说他不爱他媳妇，他会对我负责任的。”

云歌说：“不爱，为什么不离婚？”

余英说：“他说他要离婚，娶我。”

“无耻，余英，你怎么会变成这个样子了。”云歌气得直哆嗦。

余英流着泪说：“我是无耻，我已经无耻了，我妈不要我了，安力不要我了，连队也不要我了，我没人要了，我已经是破罐子了，我就破摔了！你不要再管我了，你回去吧，好吗？”

“你爸为你得了心脏病，至今没好，你妈为你悲痛欲绝，你不是不知道啊，至今你连家都不敢回。你今天又搞这么一出，你曾经是小学的学霸，你考上的可是重点中学，余英，你忘了自己了吗？这些你都忘了吗？”说完云歌痛心地哭起来。

“那些事都是过去的事了，我不忘，又能怎么样，现在我已经这个样子了，安力也走了，我能怎么办啊，你说我怎么办啊！”余英抱住头也哭起来。

“你想想，人家煤矿会容你们长期这样胡闹下去吗，人家单位也需要有个正风正气，不承认就可以逃过去了？”云歌气愤地说。

“那可怎么办啊？”余英哭着说。“你回去吧，你父母都病了，弟弟又小，你具备了条件，你办困退，回去吧。”云歌说。

“后来我也想明白了，金奎对我好，其实是为了让我上钩，但是明白了，已经晚了啊，你说办回去，哪那么容易的，能行吗？”余英说。

“咱们想办法，这种耻辱的日子，你还过得下去吗？你这样，算什么啊？”云歌给余英捋了捋头发，痛心疾首。余英哭着说“那怎么办啊？”

云歌说：“你还年轻，还不到二十岁，你不能这样啊，这样自轻自贱，将来怎么办啊，这件事和你与安力的情况不同啊，你知道吗……”

“笃、笃、笃”，有人敲门。“我去。”余英挡住了云歌。“不，你给我回去！”云歌一把拉住了余英，自己冲到门边。

“余英，余英，”听到外面是男人的声音，云歌打开门，见金奎拿着一个小锅站在那里，“我是副……”

“金奎，是吧，又来送吃的，是吧？”云歌冷冷地说。金奎满脸赔笑：“是，是，听说你来了，我……”

“拿这点吃的引诱人，是吧，你以为谁都吃你这一套吗！”云歌夺下金奎递过来的小锅，一把摔在地上。

金奎紧张了：“你……你这是干什么？”

“云歌，”余英叫了一声，奔出来，云歌一把把她推回去，说，“舍不得，是吧，不就是点吃的吗，没出息！”云歌怒不可遏，回过头来指着金奎说：“滚！以后别再来，别再出现在这里！”

“你这人，真是的，怎么这样。”金奎一面说一面做贼心虚地往后退。

他与走过来的辛福、于桂莱撞了个满怀。“这是十连的云歌吧，康拜因手，和余英一起来北大荒的。”于桂莱向辛福介绍着，金奎乘机灰溜溜地走了。

云歌客气地把两位领导让进房间，余英见到两位领导又哭起来。

云歌说：“二位领导，昨天王连长找到我，派我过来，连长告诉我，余英来矿上时间短，你们不一定了解她家里的情况，余英父母生病，准备让她离开，连里商量余英原来是我们连的，让我来汇报一下情况，希望能得到咱们矿领导的帮助和支持。”

于副指看了辛矿长一眼，说：“符合条件的话，不是不可以，但走之前要把出这事的情况写清楚，现在兵团正在抓这样的事，我们不能让危害女知青的人逍遥法外。”

“我，我也不好……”余英说。

“你是女知青，我们照顾你的颜面，没有抓现行，希望你实事求是，把情况详细地说清楚。”于副指严肃地说，余英点点头。

“你还不到二十岁，希望作为女人，你的自重从现在开始吧！”于副指鼓励地拍拍余英的肩膀。

那又是一个不眠之夜，一叠材料出现在余英手里。“你终于认清了，他是趁你之危，但苍蝇也不叮无缝的蛋啊！”云歌说。

“是啊，这回我妈知道了，得把我剐了！”余英低沉地说。“想想你自己吧，给父母招了多少事！”云歌不客气地说。

没主意的余英说：“现在怎么办呢，回去，也不可能马上办成。”

云歌生气地说：“你还知道啊，就是留在这里，你就躲不开他了，真是的，材料交上去，金奎就滚蛋了，你自己好好的，也不会有人敢来纠缠你的。”

余英说：“我没脸回连队了，也不想回家，我宁愿在这遭白眼，也不愿回家去气死我妈，当然，我要是再能换个地方最好。”

“回不回去，你自己想好了，但你无论在哪儿，都要好自为之啊，”云歌说，“你想换个环境，我理解，但不管到哪里，不该做的事，今后就坚决不能做”。

“我一定改过自新，但我不能现在就回家，可我怎么办啊，到哪儿去啊？”说着余英留下愧悔的眼泪。

“争取去老连长的新建连，看行不行，大胡子连长很喜欢安力，曾表示，一年后安力的记过处分过了，要把他调过去的。”云歌说。

“我对不起安力啊，”说着，余英的眼圈又红了。云歌说：“别的就不要说了，一切从现在做起吧。”

云歌告别了余英和煤矿的两位领导。出得门来，听到铁牛的突突声。

于副指马上认出来：“小吴，慕天，你是来接云歌的吗？”“是啊，连长让来的，去春晖送车粮，回来也顺路。”慕天说。

“太好了，这都已经下午了，我担心云歌到了团部没车，天就晚了，只能住一宿了，这下好了，直接回去了，我们也就放心了。”于副指说。

慕天热情地跟云歌、余英打招呼，余英有点不好意思。

云歌与于副指等人告别后与所有的人挥挥手上了车：“再见，走了！”慕天和云歌对车下的人招着手，铁牛绝尘而去。

第二十六章

接云歌慕天赠书　收玉米义犬救主

云歌说：“我还是真的没想到，这么巧，你去送粮了。”

慕天说：“连长派的任务，我想你的问题也解决的差不多了，该回来了。”

云歌说：“谢谢连长和你啊，不然下午没车，我可能得‘十一路’要走到团部了。”

慕天说：“路上也有点怕吧？”云歌点点头。“到底是女生啊，我以为你什么都不怕呢。”慕天开着玩笑。

“一个人走夜路，你就不怕？”云歌说。“我不怕，看来男女还是有别啊！”慕天笑着说。

“你不怕，我也不怕。”云歌逞能地说。慕天说：“有我在了，你确实不怕了。”

云歌瞪了他一眼说“贫”。“不是贫，说真话，是不是我在你就不怕了？”“是又怎么样，我在，你也不怕了。”云歌娇嗔地看了他一眼道。

“这么说，我就没白来啊。”慕天有些深情地看看云歌，云歌不好意思地把头低下了。

慕天说，“还有一件让你高兴的事”，云歌极力地让自己平静下来，说“什么？”

“你不是想再看一次《简·爱》吗？”慕天说。“是啊，找了两年了，都没找到。”云歌说。

“你为什么想看这本书，是想重温什么？”慕天问，“没有，就是欣赏呗。”云歌说。

“你欣赏什么，我知道。”慕天笑嘻嘻地说。“不，不是，你别瞎想。”云歌的脸又泛起了红晕。

慕天发现这个女孩脸红时粉粉的双颊，映着晒不黑的白嫩的皮肤，真是人面桃花啊。慕天收回了心猿意马说：“我有这本书了。”

“借来的吗？”云歌说。慕天说：“不，寄来的。”云歌问：“哪里寄来的？”

“前一段我父亲回北京，让他寄来的。”说着，慕天把书拿出来，一本八成新的精装本《简·爱》。

云歌说：“怎么这么巧，你家正好有，是吗？”慕天说：“我妈喜欢，是我妈的书，但她去了干校。”

“那怎么可以寄这儿来，如果你妈妈要是找这本书，你给借出来了，多不好啊。”云歌有点不好意思。

慕天说：“我妈说送我了，这样，你就想看到什么时候，就看到什么时候了。”

“那多不好意思啊。”捧着慕天递过来的《简·爱》云歌的脸又红了，慕天得意地看了她一眼。

从煤矿回来，云歌更忙了，这一年艰难的麦收虽然结束了，但康拜因马上投入检修，准备收大豆。

而且今年前期雨水大，麦地里很快长出一茬厚厚的杂草，需要在秋收前全部翻耕一遍，再耙一遍，明年播种才能顺利进行。

这样，机务排人手又严重短缺，云歌就经常去拖拉机顶班。眼看杂草丛生的土地减少，几个地块经过翻耙之后又是一片黑油油了，大家刚想松一口气。

但大豆也“摇铃”了，成熟的大豆更需要抢收，云歌又回到康拜因上。

开康拜因割大豆比收麦子更要认真，因为大豆的结荚部位很低，收割台又不能紧贴地面，所以掌握好收割台的升降特别重要。“云歌这方面是一绝，她收过的豆地，残留的豆荚很少。”杨副连长说。

这样，这一年整个收豆子这段时间云歌基本都在康拜因上忙碌着。

但她看到在大田里割豆子的战友被蚊子咬得满头满脸都是包，她对盛楠说：“我知道割大豆比割小麦腰弯得低多了，直直腰，就会被拉下，这回，我比你们轻松了，不好意思。”

盛楠捶了捶腰说：“你轻松什么，我还不知道，你经常连轴转，你看你，眼睛还发红呢，‘俺们不管咋样，还能困个囫囵觉’啊！”

“哈，你看你已经被东北姐夫给同化了，南腔北调的，”云歌接过盛楠递过来的烤熟的玉米边吃边说，“这玉米真香，已经快长成了。”

“是啊，很快就要收玉米了。”盛楠说，“秋收是农活中时间拉得最长的、活最杂，机械化程度不算高的一项任务，其中很重要的一个项目就是收玉米。大豆主要还是靠康拜因，收玉米就只能靠人工上了。”

到了9月底，机械化收大豆的任务基本完成，只剩下人工在低洼地中收尾，云歌的车开回了修理厂。

卢师傅拍着康拜因说：“这大家伙今年也不容易啊，穿了一通‘高跟鞋’挺过了麦收，今年豆子长得不错，你们收的也最多，我看那大豆呼呼地往大卡车里淌，就想，你这云歌，一个小丫头，这白天黑夜地忙，不错，也算挺过来了，给。”卢师傅边说边递过来一把短把镰刀。

“卢师傅，奖励我一把镰刀吗？”“不是，玉米收割任务重，明天机务排全体跟农工排下大田，你刚回来，不知道。这把刀去年我用过，好使，拿去用吧。”

云歌接过镰刀问：“那您呢？”卢师傅说着又递过来一把镰刀说：“我还愁没刀使？小惠那一把我也给磨好了。”“谢谢卢师傅。”云歌和小惠一起说。

云歌说：“小惠，咱们今天还是把机器清理一下吧，明天又下地了。”于是云歌和小惠清理了一下午康拜因。

她们俩边干活边聊天。小惠说：“我以为怎么也要检修几天，敢情今天回来，明天就又下地了。”

“每年都这样，这眼看 10 月了，玉米地又多，全得靠人工，怕最后下大雪把玉米捂到地里，就惨了。所以每年到了这时候，除了厨房、马号、猪号离不开人的地方外，其他人员一律都得下地掰苞米。”云歌说。

小惠说：“好像都说北方农村农闲时间最长，咱们这里好像没有农闲啊。”

云歌以为然：“还真是啊，冬天又要伐木、修水利，好在咱们年轻，累了，睡一天就又活蹦乱跳了。”

第二天清早，机务排每人身后背着一个柳条筐，跟着农工排一起下地了。

远远望去，大田里的玉米长得郁郁葱葱，高大茂盛。

云歌顺手掰下一个玉米，层层淡绿色的玉米皮像衣服一样包裹着金灿灿的玉米棒，说“这玉米棒还真大”。

“是啊，这玉米长势确实好，秆可真高，玉米穗也大。”霍晨说。

云歌说：“这真是青纱帐啊，几米开外就互相看不见了。”霍晨说：“听说，黑熊经常出没玉米地，去年还伤过人呢。”

“是啊，熊瞎子掰苞米嘛，它当然要来，哪那么巧的，就让咱们碰上。”长生大大咧咧地说。

“阡道已经打好了，玉米直接往阡道上倒，每人三条陇，大家数好一字排开吧。”孙排长下达任务了。

“阡道在哪边？”一个刚来机务排不久的杭州小伙子沈阿宝问。“在那边。”霍晨指着他左边不远的空地说。

云歌说：“这么宽的阡道，好像刚打完。”“是啊，慕天昨天带着我们俩干了一整天，这一条阡道十条陇，相当于十亩地，我们中午吃饭，就是在地里吃的。”长生说。

云歌问："那么多阡道，主要都是农工排打的吧？"

"是啊。"长生回答。云歌说："得有几十条阡道啊？远远看上去，横平竖直的，还真好看。"

霍晨说："三五十条吧，前几天咱机务排是我们和慕天过来帮助翻耕了，你那时还在收豆子的呢。"

"哇，一条垄一亩地啊，得什么时候干到地头啊，一天得掰多少棒子啊！"阿宝说。

"我们播种的时候你还没来，我们播种的时候差不多是 30 公分一棵苗，一亩地怎么也得有 3000 多棵苗，三垄地就是三亩，你该掰多少个棒子，你就算吧，"长生摆起了老资格，"别忘了，你还得一筐一筐地把玉米送到阡道上呢。""哇，我干得完吗？"阿宝担心地说。

"别听他吓唬你，阿宝，干得完，昨天他们三个人干十垄，不是干完了。"云歌一边飞快地掰棒子一边鼓励阿宝说。

"那是因为我三个都是'老把式'，他可不行。"长生说。

"哈，长生，还摆老资格呢啊，你什么'老把式'，你不就比人家早来两年吗，阿宝，别听他的，我挨着你，干不完，我帮你。"云歌说。

慕天走过来说："云歌，你的镰刀挺好使啊，手起刀落啊，真叫一个利索。"

"赶进度啊，只能这样，你有时间教教阿宝呗，他两只手配合不到一块儿。"云歌说。

"是啊，我就是想过来教教阿宝，咱们机务排，不能落到最后打狼啊，阿宝，你这样，小心割到手啊！"慕天说着走到阿宝身边。

云歌大步向前走去，不一会儿，高大的青纱帐里只听见啪啪的掰玉米的声音，因为不到几米相互就看不见了。

一个星期后，阿宝的速度快多了，基本不用别人接了，五六点钟下班，他经常和长生同时完成任务。

刚来北大荒时，耿师傅家的狗下了一窝小狗崽，那时候长生百无聊赖，他死活要一只，想自己养着。耿师傅说："你要养也可以，养够了别乱丢，不愿养了，就给我拿回来，不许偷着吃肉。"

"那哪能，这狗多漂亮，我哪舍得吃啊，再说，凭我，还养不活一只狗哩？"长生边说边乐颠颠地把一只小狗崽抱回宿舍，没想到大家都喜欢，每个人都跟着照顾这只狗。

不到两年，这只狗出落得越来越精神，它一身黑毛，只有脑门上和爪子上有几撮白毛，大家叫他"黑子"。

长生平时哪怕自己没吃的，也不让狗饿着。"真是一条好狗，你看它身子长，腿长，大垂耳朵，它的长辈一定是一条猎狗。”霍晨抚摩着狗头说。

黑子对长生和宿舍里的人感情也越来越深，长生走哪儿它跟那儿，但长生上班时只能把它拴在宿舍里。

这一天，长生下地走得急，没来得及喂“黑子”，也没来得及把它拴住，于是黑子悄悄跟着长生下了地，到了地头上，大家才发现了黑子。

“你真是的，上班，怎么把狗带来了。”云歌说长生。

长生拍拍自己的爱犬说：“是它自己偷偷跟来的，没事，它不碍事，在地里它自己也能找些吃的，不用管它，到时候，它自己就回去了。”

黑子也真听话，一会儿就不知道自己溜达到哪儿去了。长生看见阿宝已经走出半陇地了，“他居然跑到我前面去了。”长生说着一路赶过去。

一会儿，茂密的玉米叶挡住了大家的视线，几米之外，大家谁也看不到谁了，只听见风吹青纱帐沙沙的声音，和砍玉米的声音。

长生紧锣密鼓，一下子超过了阿宝。此时，他已经看不到后面的阿宝了。他很得意自己的速度，掰着掰着，他忽然感觉自己的筐被谁在后面狠狠地拉了一下，“谁啊？”他话还没出口，回头一看，一只黑熊正扒在筐的另一面，从里面拿玉米。

“我的天啊，好家伙，越来越懒了，不自己掰，跑到我筐里来拿了。”机灵的长生边想边把话咽下去，悄悄地脱掉竹筐的两只背带，一跃而起，他大喊一声“有熊啊，快跑啊，”嗖地一声往前跑去。

可那只熊也不示弱，扔下玉米筐就朝长生的后背拍了一掌，长生的白衬衣上马上渗出了血印子，长生已顾不得这些，他想起了老同志说过。“遇到狗熊要顺风跑”。

可尽管长生顺风跑 ，黑熊还是追着长生，而长生后背已经受伤，越跑越没力气了，眼看伸着两只前掌的黑熊要追上他了。

突然“汪汪汪”几声狗叫，黑子不知从哪儿窜出来，挡住了黑熊的去路，它对黑熊又是咬又是叫，使得黑熊不得不停下来，应付这只狗。

两岁多的黑子，哪里是黑熊的对手，几次被黑熊打翻在地，但它又爬起来，高声叫着，奋力与黑熊厮打缠斗着，使得黑熊完全失去了追逐的目标。

这时候慕天等一群人听到声音赶到，杨连长放了一枪，只见黑熊一掌把“黑子”打出很远，快速跑走了。“长生，黑熊跑了，你咋样啊？”杨连长在后面喊。

受伤的长生回过身子，一眼看到了倒在血泊里的黑子，他叫着“我的黑子啊。”踉踉跄跄地跑回来，扑倒在受伤的黑子身边。

慕天跑过去抱起长生，“我要看看黑子，黑子——”长生哭着说，霍晨把倒在血泊里的黑子抱到长生身边，此时，“黑子”已经奄奄一息了。

“黑子，是你救了我啊，你不能死，不能死！”长生扶住黑子的头，大哭起来。黑子在霍晨怀里动了一下，睁开了已经无神的大眼睛，看了一眼长生，轻轻地吠了一声，安详地闭上了眼睛。

霍晨也哭起来，云歌和几个女生也跑过来，陪着长生落泪。

“救人要紧，赶快把长生送医院，慕天，背他上车。”杨连长说。

“连长，能不能救救它，救救黑子！”长生一把拉住抱着黑子的霍晨，哭着求杨连长。

抱着他的慕天说：“长生，黑子已经死了，你得抓紧去打破伤风针啊，黑子是为了救你而死的，你得好好活着，才对得起黑子。霍晨，在小树林找块好地儿，把黑子好好埋起来吧。”

云歌走过来，把一件外衣盖在“黑子”的身上。

这样，长生边哭边被慕天背起来，受过伤的慕天清楚，长生需要马上去卫生队，越快越好，他近乎疯狂地跑起来，他穿过密实的青纱帐，越过高高低低的垄台，霍晨跌跌撞撞地跟着他，终于跑回修理厂。

慕天把长生交给霍晨，迅速跳上铁牛 55，发动起来，然后和霍晨一起搀扶着长生上了车，又飞速跳上驾驶座挂上挡，铁牛向大路疾驰而去。

发生了这件事后，连里接受了教训，重新布置了任务，三人一组，老带新。这样在黑熊出没的玉米地，就保证了人员的安全。

第二天，玉米地里。“长生怎么样了。”云歌问走过来的慕天，慕天说：“问题不太大，长生是跑着被黑熊打了一巴掌，所以内伤不重，只是皮外伤。”

云歌又问：“骨头是个什么情况？”慕天说：“齐全说没有大型的骨裂，小的不能说没有，现在他只能趴着，估计得两个星期吧，霍晨陪着他呢。”

云歌说：“没有和熊直接交手，比你那次还是轻一些吧？”“你的哥们儿你担心，听说我那次，你更担心，说是下山时都跑到大胡子连长家去问情况了。”慕天得意地笑着说。

“都担心，都是哥们儿。”云歌歪了一下头，边掰着玉米边说。

可能掰得力气大了一些，这玉米衣多半留在了玉米秆上，剩下一层薄薄的玉米皮，“你看这一层薄薄的皮，像是一层纱，还有纹理呢，真是‘罗衣初卸露黄肤，累累嵌成万颗珠’啊”。

慕天说：“真是出口成章啊，写玉米的诗人本来就不多呢。”云歌说：“是啊，这是清朝一个叫王彰的道士写的题画诗，还是叫了它的学名玉蜀黍。”

慕天笑着说：“受教了。”云歌一面割玉米一面笑道：“学着点儿。”

慕天又说：“跟你说，我那次住院，开始被抓的伤口确实很疼，最痛的时候，居然想到了你，很希望你能照顾我几天，给我念念诗什么的。”

“美得你！”云歌把一个棒子甩到慕天的背篓里说。慕天笑着说：“还真准啊……”

“慕天，慕天！”杨副连长喊着就跑过来了，云歌回过头去集中精力掰玉米了，副连长说：“你恐怕还得跑一趟，连长让你送一车麦子到团部，顺便把苗苗带上，这几天她哭着喊着要去看长生。”

“麦子等一段再送也可以，主要是送苗苗吗，这丫头，一点也不矜持。”慕天说。

“让你去你就去吧，长生受伤后苗苗还没见到他呢，人家当然着急了，干吗要矜持呢？”走出前几步的云歌掰着玉米说。

“你就是太矜持了啊，走啦。”慕天边说边把一穗棒子甩进云歌的筐里。

云歌回头拿起那穗玉米看他一眼，就要扔过去，慕天看了一下杨副连长，指指自己的柳条筐说：“喏，我的筐太满了。”杨连长看着他们笑了。

天气渐凉，早晚温差渐大，而且开始下霜了。

但这一天早上还是秋高气爽的，大家走进离营区较远的一块玉米地，开始掰棒子。“咱们得抓紧了，这已经是10月中旬了，等寒潮过来，翻不了地，就麻烦了，这几天可千万别下雨。”杨副连长说着。

突然天上飘过来大片乌云，大雨点紧接着就下来了，卢师傅过来拍拍杨连长的背说：“你属什么的？”宝东接了一句：“龙的儿子啊。”

杨副连长生气了，回手给了宝东一拳，宝东机灵，一下子躲到云歌身后，云歌诧异地说：“龙多了不起啊，龙的儿子，不好吗？”

宝东笑了：“当然不好，是乌龟啊！”“乌龟有什么不好的，长寿啊！”云歌继续傻傻地说，大家哈哈大笑。

云歌认真地说：“确切的传说，龙生九子，它是第六个儿子，长得像乌龟，其实叫赑屃。”孙排长在边上说：“云歌说的是，赑屃，驮着重物，任劳任怨，老辈人还说是吉祥物呢！”他随手又推了一把宝东：“长知识了吧，别说那些没用的，好好干活！”

过了一会雨渐小了，但下过雨的天冷风嗖嗖，地里汪着水，云歌的农田鞋里也灌满了水，大家脱下鞋倒了倒，可鞋还是湿的。

装满玉米的筐浸了水，比原来更沉了，筐绳也湿了，紧紧地勒住了双肩。

“地块离营区太远，咱们抓紧把这块地掰完，争取早点回去。”孙排长说。

雨渐渐停了，太阳又出来了，可地还是湿的，蒸腾起一片湿气，本来还没干的衣服在湿气的包裹下，紧紧地贴在人们身上。

“下过雨的玉米秆茛得很啊，一刀都砍不下来。”云歌说着，用力把一个棒子拧下来。就这样泥里爬水里滚，终于在10月底全连完成了玉米的抢收任务。

由于机务排人手紧张，第二天一大早，云歌开着 75 拖拉机进入了已经割掉玉米秸的 5 号地开始翻耕。

坐在她身边的小惠问："咱们真是马不停蹄啊，翻耕这地有必要吗，明年春天再说不行吗？"

云歌告诉她："寒潮已经来了，咱们这里 11 月初地就开始封冻了，封冻层到了一定的厚度，地就翻不动了，明年种小麦就不可能了，所以抢翻耕是必需的，这套程序是大胡子连长他们那一辈人多年摸索出来的经验。"

就这样，机务排昼夜奋战，11 月初，把玉米地抢翻完毕，大家望着黑油油的土地松了一口气。

第二十七章

大雪天盛楠生子　众染疫云歌送饭

转眼秋去冬来，虽然因为水灾，小麦有些减产，但经过大家的努力，小麦大豆都入仓进囤了，只是有些玉米因为随时要用，还在场院门口码了垛，一场大雪，把晒场外面的东西全盖住了。

盛楠也接近临盆的阶段，但是她依然闲不下来，马排长去了生产股，她当了排长。"这场大雪把场院前后全部封住了，粉碎机动不了窝，人吃马嚼的东西都封在雪里。"周晴说。

"我们不只要清理场院，还得把有些没进场院的粮食从雪里扒出来，不然吃什么啊？"盛楠说。

所以，她虽然身体很沉重，但每天都上班。周晴劝她肚子这么大了，该歇了。

"咱们这活算是轻活，谁家女人不生孩子，咱们这里的家属，谁不是到了临盆才歇，我不上囤就是了，没事的。"盛楠说。

"宝东哥还在山上伐木，还是抓紧让他下来吧。"周晴说。

"先不用，他也是带着一个排呢，今年伐木任务又重，不然，过几天你陪陪我来，可以吗？"盛楠说。"当然，我没问题，随叫随到。"周晴爽快地说。

盛楠说："按预产期算，还有半个多月呢，到那时，宝东差不多也能回来了，下个星期，你过来就行。"周晴说，"好的，有事，随时叫我就是"。

晚上下班时，周晴陪盛楠回家，周晴让她休息，自己帮她做饭。

回到家里，盛楠确实觉得累了，周晴扶她上炕，帮她脱鞋，脱了半天，才把鞋脱下来，"你的腿和脚，都肿得这么厉害了。"周晴按着她的脚踝，一按一个坑。"没事的，怀孕都这样。"盛楠满不在乎地笑着说。

周晴做了一锅面，端上来，她们刚吃完饭，云歌就来了，盛楠问："你怎么从山上下来了？"

"连长让我下来写个总结，过两天再跟车上去。"说着云歌打开书包，从里面拿出一个大纸包："这是宝东哥在山上采的猴头和蘑菇、木耳，他真厉害，这一个月足足采了三对猴头，我们别人一个都没看见，他居然能成对成对地采，我们逗他，说要花钱买一对，他死活不卖，说这是他儿子的福气。"

周晴好奇地拿起一对猴头菇看着说："哎，还真像猴头啊，这么大呢，和真猴头都差不多了。"

盛楠爽快地说："送你们一人一对吧，这么多，也吃不了。"两人异口同声地说："我们可不敢要。"

"是啊，宝东哥都是爬到树上采的，挺不容易的，那可是一片心意啊，你哪能随便送人。"云歌说。

"肯定也有霍晨他们帮忙，我知道，一个人是采不了的。"盛楠说。

"那是，好多人都帮他呢，大家都说，你这孩子，是我们这几届知青第一个后代呢。"云歌说。

"哈哈，那霍晨他们还不是应该的。"周晴说。"那我也该谢谢你啊。"盛楠的嘴还是那么快。

周晴不好意思地推了盛楠一把说："别闹了，说正事，你现在感觉咋样？"盛楠说："还好，没有什么特别的感觉，没事，你们回去吧。"

"你看，雪下大了，那我们就走了，盛楠，你好好休息，有事叫我们，"云歌说。

盛楠说："不会有事，预产期还有半个多月呢，你们别担心。"两个小姐妹说着站起来，走了。

半夜里，盛楠醒了，她觉得肚子痛，一阵比一阵痛，她忍痛下地倒了一碗热水喝下去，觉得好了一点。

她忽然觉得又有点饿，她把晚上周晴煮的几个鸡蛋吃了两个。紧接着，她肚子又痛起来了，她似乎有了感觉。"不到时候啊，说是也有提前的，还是做个准备吧。"她自言自语。

她忍痛从炕柜里拿出一张隔湿的油布，她把油布铺在褥子上，上面垫上了事先准备好的大草纸，她扶住炕沿，忍痛上了炕，躺下。

她觉得疼痛一阵紧似一阵。此时，窗户上有些微亮了："已经到了凌晨，估计两点左右吧。"

盛楠听见寒风呼啸的声音："昨晚不如把她们留下了，说是有事叫她们，现在我自己已经不可能出门找人了，怎么叫啊？"她心想："呼喊隔壁，老张上山了，他媳妇回老家了，老张家隔壁是刘薇，但也只有刘薇一个人在家，隔着一栋房子，她也听不见，而且，她也怀孕三四个月了，这冰天雪地的，让她怎么出来……"

又一阵疼痛，盛楠额头上汗珠滚下来，她感觉孩子在往外动，她伸手把马灯拉向枕边。

她此时痛得想哭、想呼喊，半个多小时疼痛一阵紧似一阵，但她咬紧牙关忍耐着，她让自己彻底躺下，疼痛让她的两只手本能地抓住褥子的两个角，自己也本能地在用力。

就这样反反复复的几次。又是一阵剧烈的疼痛，她感觉孩子已经出来了，肚子轻松了许多，但感觉孩子还有什么与自己牵在一起。

她霍地挣扎着坐起来。"对，脐带，得剪脐带，"她边说边从炕沿的针线笸箩里拿出了一把剪子，又艰难转过身子打开马灯罩，利用马灯里的明火烧剪子，"这也就算消毒了吧，只能这样了。"她一咬牙自己剪断了脐带。

孩子"哇"的一声哭起来，她不顾疼痛，赶快拿起枕巾把孩子包起来，放在自己的被子里，又拉来一条毛巾擦孩子的脸。

她虚弱地躺下去，不知不觉地迷迷糊糊地睡着了。

良久，"笃、笃、笃"激烈的敲门声响起来，盛楠醒了，她一动，枕边的孩子哭起来，她才意识到自己已经生了。

她大声喊："周晴吧，我出不去了，自己开门吧。"

周晴踩着云歌的肩膀，跳进院子开了门。两个姑娘跑进来，"呀，生了！"周晴高兴地说："谁接的生啊？"盛楠说："我自己。"

"啊，我还是去找大夫吧。"云歌说着几步跑出去。一会儿，李大夫和几个女知青及几位"老兵"家属赶来了。

李大夫说："自己接生的，这应当是战争时期的事。"

在李大夫的指导下，两位结了婚的老兵家属把孩子从盛楠的被子里抱出来，洗干净，从炕柜中拿出事先准备的小被子小褥子，铺在盛楠的被子边上，把孩子放好。

周晴和云歌把火墙烧得更暖和些，同时熬了一锅小米粥，又煮了几个鸡蛋。盛楠想坐起来喝一碗粥。

李大夫一把把她按住说：“现在还不能动，胎盘还没有下来吧？”“还有胎盘？”盛楠问。李大夫说：“当然，胎盘不下来，还得了。”

等了好长时间没动静，李医生说：“我们都出去吧，让盛楠起来小便一下。”盛楠说：“你们在这儿吧，我没有，不想小便。”

“那就得用导尿管导尿了。”李大夫说。盛楠一听赶快说：“那我起来吧。”于是，大家都出去了。

盛楠重新躺下时，她开始叫李大夫，说是“好像肚子里还有个孩子，”李大夫指导周晴按压盛楠的肚子，终于周晴喊着：“出来了，胎盘下来了！”屋里屋外欢呼起来。

孩子被吵醒了，响亮的哭声昭示这批知青的年纪和身份到了一个新的阶段。

盛楠母婴健康，连队总结也交了稿。这天早上，云歌开始收拾东西，准备回到山上去。她背起书包正要出门，王连长来了。“连长，总结还有问题吗？”云歌问。

王连长说：“总结没问题，写得不错，不过，你还是先别上山了……”

“连长，卫生队来人了，药也带来了。”带着大白纱布口罩的李医生一下子奔了进来，后面跟着一位女医生也戴着口罩，穿着白大褂，说：“连长，我来报到。”

“子云吧，你好。”云歌说。子云冲她点点头，从她的医药箱里，拿出一个纱布口罩递给了云歌，云歌诧异地接过来，看着王连长。

王连长说：“都是熟人，你看，云歌，我刚才没说完，咱连队发生了传染病，大宿舍的人都躺下了，高烧不退、上吐下泻，昨晚折腾一宿，你刚回来两三天，看样子可能没事，你就不上山了，在家帮他们俩医生的忙吧。”

“好的，要我干什么？”云歌答应着说。

“活多了，家属宿舍还没发现病人，吃食堂饭、住集体宿舍的，都有问题了。”王连长很着急地说。

“是食物中毒吗？”云歌问。王连长说：“也许是啊，不知吃啥，不对劲了。”

“我们还是查找一下原因吧。”子云说。“正在查找。”李医生说着，大家一同走出门，直奔食堂。

食堂的炊事班班长石梁是上海知青，他是个很实事求是的人，他说：“看来食堂应该还没什么问题。”尽管如此，他仍然配合刘飙找原因。

“都找了，卫生还可以，而且石梁来了之后，生熟案板都分开了，冬天了，也没苍蝇了。”刘飙对王连长说。

确实，大家环顾一下，食堂后厨还算整洁，云歌平时没怎么来过后厨。“食堂的大灶真大，这灶上的大铁锅可以整煮两头猪了。”云歌对子云说。“你看那笼屉还是方的，可真大。”子云也说。

“是啊，一屉就可以蒸一百二十个大馒头，”石梁拍拍笼屉说，“因为今年遭灾，最近细粮不多，都是粗粮，一天一个人只能吃到两三个馒头，面不好，有时发不起来，还是死面的。从晒场粉碎过的玉米粗了一些，有时候连玉米棒子都一起粉碎了，不过我们有时间都过一遍箩，再下锅煮粥。”

“是啊，今年家属们也经常吃这个，前几天我让他们弄了十斤小米给盛楠，坐月子嘛，还是要照顾一下啊。”王连长说。

司务长老杜从菜组拉菜回来接过了下茬：“不过，我们还是想尽办法让大伙每天都见点荤腥，十天前您不是让杀了一头猪吗？小半扇送到山上去，多半扇留下来，我们把剔下来的骨头，头蹄下水洗干净煮了汤，存在大缸里，这又是冬天，每天做菜时舀上两舀子，就比白水煮菜好吃多了。”

“缸在哪里？”李医生敏感地问。“在门口，食堂里面做饭，温度高，怕不新鲜了，只能放外面。”石梁说。“缸没事，咱都用盖帘盖着呢。”老杜有底气地说。

大家听着往外走，子云跟着石梁走在前面，忽然从几口大缸边上的柴垛里窜出一只大老鼠，从子云脚下窜进食堂，子云被老鼠绊了个趔趄，往后倒了一下，被走在她身后的云歌扶住。

“啊呀妈呀，这么大的老鼠啊！”子云惊叫了一声。

“没办法，食堂的老鼠确实多，消灭了一茬来一茬。”当兵出身的老杜大大咧咧地说。

“李医生，问题是不是就出在这儿啊？”站稳了的子云说。

“是啊，我也在想，那可就麻烦了，这病传染性挺强的，不过昨晚我打的都是青霉素，还是对症的，再看看吧。”李医生说。

食堂门口一排大缸。“上面的房檐上还加了雨帘，也还算细心了。”王连长说，大缸上还都盖着盖帘，盖帘上有的还放上一块砖头或石头压住。

“有的怎么没有石头压上啊？”连长问。“有的是腌的咸菜或酸菜，盖严了，就坏了；这是汤，都拿盖帘盖着呢，你看上面一层冰，也不会坏。”老杜把一个盖帘掀开说。

“小葛，有事啊？”王连长看一个女孩跑过来。“连长，我们班的人都发烧了，有的还拉肚子了。”说着，小葛软软地蹲在地上。

子云急忙过去把她扶起来，摸摸她的头说“好烫”。“症状一样，还打青霉素吧，我先去，你在这儿，再看看。”李医生对子云说。“好的”，子云答应着。

“我扶小葛吧。”云歌跑过去。“你先别走，一会儿食堂有大量的病号饭要送，倒是什么病啊。”王连长着急了，转向子云。

“我和李大夫初步判断是鼠疫，有可能是肠鼠疫。”子云说。“那不是麻烦了吗？！”王连长忧心忡忡地说，大家无心再看了。

“这个缸装的是什么，怎么盖帘推到一边去了？”刘飙说，大家凑过这只紧挨着柴垛的大缸，盖帘果然只盖一半，里面也是乳白色的汤，只剩了半缸，上面浮着冰碴。

“是不是昨天舀汤时，忘了盖了。”老杜说。“这能忘吗？”刘飙严厉地说，老杜低下了头。

“这样，今天不是还得用吗，舀出来，再用大锅煮开，就消毒了。”子云说。

“是个好办法。”石梁说着，跑回食堂，拿了勺子和桶，开始舀汤，炊事员小刘又拿了一个桶出来，换装满的这只桶。

“连长，病号饭可能等会才好，我和云歌先去看看小葛她们吧，李医生一个人，怕忙不过来。”子云对王连长说着，拉着云歌就要走。

“不好，里面有东西。”石梁说了一句，大家又都站住了，一会儿，两只已经泡涨了的死老鼠被舀了出来。“这么大的老鼠！”云歌看了一眼，胃里马上有了反应，她拼命地忍住自己。

“是它们的事吗？”王连长指着地上的死老鼠说，“这是我吃食堂时也经历过的，大家恶心一阵子，也就没事了啊？”

“就看它们带不带菌了，这是比较严重的传染病，这只是一个传染途径，这种病呼吸道也传染，病人和没病的人之间，也应当隔离才对。”子云说。

王连长说：“我们哪有这个条件啊，山上的人就不要下来了，家属宿舍那里的人就不要来回窜了，你们食堂的人要戴口罩。”

“接触的病号的人也要戴口罩。”子云从药箱里拿出几个纱布口罩，递给王连长一个，其他的给了老杜。“我就算了吧，我昨晚在大宿舍待了一宿了。”连长说。

“您现在有什么不舒服吗？”子云问。“没有，挺好的，只是着急啊！”王连长摊着两手说。

“就看您的抵抗力了，您千万别着急，药我拿来很多，来时院长就分析过，有这个可能，药都很对症。再说，宿舍里基本都是年轻人，抵抗力也会强，是肠鼠疫的话，治愈率还是挺高的，我们一定努力。”子云说，“口罩您还是拿着吧，再去大宿舍就戴上吧。”

“好吧，石梁，抓紧做面条，我这就得去大宿舍看看。云歌、子云的住处你安排吧。”王连长急匆匆地说。

“好的，没问题，我们宿舍除了上山的，就是去探亲的，没什么人了，就安排到我们宿舍吧。”云歌说。“可以。”说着王连长匆匆地走了。

从这天起，云歌要么跟李医生和子云去给病号送药打针，要么提着桶或端着盆去各个宿舍送病号饭。

大宿舍的小伙子们平时都活蹦乱跳的，这些天却都躺在床上，东倒西歪，蔫蔫的。

云歌看两个医生忙不过来，她学会了打针、扎针止吐、用大锅熬中药等。

李大夫边倒中药，边告诉她“这是黄芪，生石膏、藿香、板蓝根……”，细心的云歌从此对中药的药性十分感兴趣，基本都记住了。

“你快成半个大夫了。”病得最重的长生哑着嗓子说，云歌在他的手臂上，人中上捻着银针止吐。

“这次没有李大夫，我就玩完了。”长生无力地说。“是啊，那天晚上你已烧得不省人事了，李大夫亲自给你做物理退烧的。”云歌说。

“啊，你和子云没在身边吧？”长生不好意思地说。

“你还顾得上想这些，当时我们还不知道你会出啥事呢，放心吧，那么多病号，我们哪顾得上看你啊。”云歌边说边拔针，“还想吐吗？”“好多了。”长生说。

“中午了，我得去拿饭，你得好好吃饭才行。”云歌整理好银针，站起来往外走。“平时有饭就想吃，这一发烧，不知怎么，都吃不下去了。”旁边霍晨说。

“云歌，有个事想问问你，苗苗她，她怎样了？”长生欠起身来问。

“你前几天差点没死了，顾得还挺多。”躺在边上的霍晨说。“去，你不顾啊，敢情你知道周晴在盛楠家呢，一点事儿都没有。”长生一着急，咳嗽起来说不出话来。

“苗苗也传上了，是吗？”霍晨关切地问。“是，她们发病晚些，也是宿舍里都病了。”云歌边给长生拍后背边说。

“她重吗？她的身体可弱了，扛不住啊！”长生边咳边担忧地说。

“苗苗她，还好。”云歌回答得没有底气，因为苗苗是女生中最重的一个，高烧不退，现在已经抬到卫生室边上的临时观察室了。昨晚，她和子云在那里忙了一宿，苗苗上吐下泻，高烧不退，云歌知道这时候她不能对长生说。

“云歌，求你个事。”长生咳着坐起来掏自己的书包，云歌走过来把他扶躺下：“别动了，你有什么事，说就是了。”

长生指着书包有气无力地说：“这里有钱，你去小卖部帮我买两瓶水果罐头，最好是桃子的和红果的，帮我给她送去，好吗？”

“没问题，我这有两瓶，一会吃完饭，你们大家分着吃吧，去去火。”云歌把两瓶水果罐头放在较轻的霍晨身边。

“苗苗的，我还会去买，你就别管了，放心吧。”云歌对长生说，没有完全退烧的长生脸红红的，无力地点点头。

一会儿，云歌挑着两只大桶到了大宿舍，一桶是面条，另一桶是中药汤，云歌说：“今天的面条一人一个荷包蛋，是老兵家属们凑的，这可是一份心意，大家一定都吃了，千万别浪费了。”

“你留一个吧，这几天你够辛苦的。”天津青年张欣欣说。躺在床上二十多个男子汉都应和着说：“我的不要了，云歌，你吃吧。”

“我的真不要了，吃不下。”长生说。“不行，你最重，必须吃，多吃些营养，好赶快恢复啊。”云歌说。

云歌拿着二十多个人的饭盆，一盆一盆地盛面，霍晨病轻些，一个个地送过去，说：“能坐起来的，抓紧自己吃吧。”已经过了五天了，多数人都在好转，吃得很香。

只是长生等三个人，还不退烧，云歌一个一个用勺子把鸡蛋切成小块，喂给他们吃。

“慢慢吃，别吐了。”霍晨吃完了，拿过长生的碗，逼着长生把鸡蛋吃下去。

霍晨自己的鸡蛋死活不吃，一定要给云歌，云歌说：“我还有呢，你好些了，帮我半个小时后，给大家一人一碗中药，看着他们喝下去就好。”

“你吃了吧。”霍晨说。“我有，我还要去别的宿舍送饭，一会儿面条就凉了，你也抓紧吃了吧。”云歌说着拿起扁担走了。

就这样一个星期过去了，宿舍里的小伙子都开始好转了，许多人都能下地了，女宿舍的姑娘们也见好了，苗苗等两个女生也开始退烧，脱离了危险。

这天，李医生、子云、云歌在卫生室里碰面。“松了口气啊，一个多星期了，人都活下来，子云，亏了你来了。”李医生说。

“哪里，主要是您，用抗生素之间，给大家每天喝两顿中药，促进了这么多人较早的康复，而且，我们健康人每天喝两碗预防，这个思路也很好。”子云说。

“云歌这次算是累着了，不过你也学了些东西。”李医生说。云歌真诚地说：“是啊，我觉得这次很有收获的。”

“主要是太累，她给别人送饭，自己却常常吃不上饭，每天护理病号，晚上回来很晚。”子云心疼地说。

“都在呢，”王连长一步迈进医务室，“这些天三位辛苦了，效果很好啊，你说都是些知青，真出了事，咱可咋向人家家长交代啊。”

“这些孩子都不错，很坚强，也很配合。”李医生说。

“我看云歌也快出师了，都敢自己扎针了。”王连长说。“是啊，她掌握要领很快，她可是帮大忙了。”子云说。

“真正帮大忙的是你，子云大夫，”王连长说，“不过，刚才你们院长来电话了，说是六连一些人也出现了同样的症状，让你最近几天回卫生队，准备去六连。”

“说让我哪天走啊？”子云问。“我说，怎么也得待个十天啊，让我们的病号们再巩固巩固啊，他说可以。”王连长说。

“连来带去的时间就不能算上了，还有三天的时间，子云，稍稍休整一下吧。”李医生说。“我听从安排。”子云说。“那就按李医生说的定吧。”王连长说。

“云歌，你说小树林那儿还有几棵冬青，我想采两棵。”子云说。“得留两棵啊，万一我们连再有发病的呢，这种植物，六连也不会没有吧。”云歌说。

“你这丫头，还挺本位主义的。”子云笑着拍了她一下。“开玩笑，我还真佩服你们，原来只知道冬青能治冻伤，不知道还有清热解毒的功效，等你走的时候才能采吧，不然就不新鲜了。”云歌说。

“那是李大夫的功劳，可以啊，帮我想着，别忘了啊，不过，我想，六连真的是也会有。”子云说。

“忘不了，还得扛梯子，爬大树，这么大动作，哪忘得了啊，还是采一些吧，万一你过去一时找不到呢。”云歌说。“好的，如果我们能采下来一棵整的最好，其实，这冬青真是挺好看的。”子云说。

“是啊，多神奇啊，冰天雪地，万木枯槁，独独它在树枝中间寄生出来，圆圆的，像一个鸟窝，绿绿的像一只绣球，万枯丛中一点绿，它怎么保持的生命力，真应当研究一下。”云歌说。

“看你这浪漫的，我们住在一个宿舍，每天互相见不到人，这么多天都来不及聊个天啊。”子云说。

两个人边走边说，进了苗苗的宿舍，迎面碰上小葛，小葛笑吟吟地看着她们，“你没事了？”子云问。“没事了，就是苗苗还起不来，饭也吃不下，今天到现在，倒是没发烧。”小葛说。“她身体弱，得恢复一段时间。”子云说。

“对了，我差点忘了，上次的罐头，她吃完了吧？”云歌问，小葛说：“吃完了，她当时发高烧，也就吃几口，可是一打开就没法留了，我就给大家分着吃了。”

“我这还有使命没完成呢。”云歌边说边从书包里拿出了两瓶水果罐头，走到苗苗的床前。

苗苗昏睡着，子云摸摸她的头，说：“不烧了，中药还得吃着。”“是，早晨给她喝了一碗。”小葛说。“对，不然不会睡得这么沉，药里放了一点酸枣仁和五味子。”子云说。

苗苗迷迷糊糊地睁开了眼睛，云歌连忙指着刚放在床头的两瓶罐头说：“苗苗，醒了，这是长生给你的罐头。”

“他好些了吗？”苗苗似醒非醒地说。“他好些了，又像活猴子似的了，过几天就能自己来看你了。”子云说。“我已经好多天没看到他了。”一抹清泪从苗苗无神的大眼睛里滚出来。“你得把情绪调整好，多吃东西，才好得快。”子云说。

“你吃点长生给你的罐头吧，有水蜜桃的。”云歌说。“好，他知道我喜欢吃什么，他拿来的水蜜桃，我爱吃。”说着苗苗要坐起来，小葛扶住她，又去把她的饭盆拿来，云歌打开罐头，盛出两块桃子，再倒些罐头里的汤水，苗苗的手有些颤抖。“我来吧。”小葛接过碗喂苗苗吃。

“我们去看看别人吧，苗苗，你一定要多吃东西啊。”子云边嘱咐着苗苗边和云歌一起走出了女生宿舍，又去了男生大宿舍。

第二十八章

采冬青挚友相别　送零食畅述未来

晚上，李医生请子云和云歌一起吃了一顿面条，李医生说：“也没什么好吃的，就算是为子云饯行吧。”“真好吃，还有荷包蛋呢。”云歌高兴道。

李医生说：“这些天，我知道，你一直在送面，自己却没舍得吃上一口面，就别说荷包蛋了。”

子云说：“有时候，她送饭、喂饭，时间长了，过了食堂的饭点儿，还经常就饿一顿。”

李医生说：“是啊，今年遭灾，我们兵团还是按期按量给国家交粮，剩下的就没有多少细粮了，听说最近做病号饭的这些面，都是王连长请团长特批的。”

“是啊，真是舍不得吃呢。”子云说，但太饿了，两个人还是吃得很香，吃完了饭，她们离开李医生家，趁着夜色回到宿舍。

回到宿舍，两人各自洗洗。“这几天，你够累的，这么多病号，只有你和李大夫两个人。”云歌说。

“不是还有你吗，你这次作用大了，听说这几年在机务上，你干起活来一直像个假小子，这次我看你心灵手巧的，跟我们搞医吧，这个行业也是很需要人的，你要是愿意，我去推荐你，女孩子，不能总是干机务，那么累，不合适。”子云真诚地说。

“说真的，我小时候就挺喜欢医学的，但现在机务已经干熟了，再换也不容易了。”云歌说。

子云说："也是啊，连长也不会同意的，但你心里要有个数，女孩子嘛，还是要做适合自己的活儿，干机务不是长久之计，现在都说男女都一样，你说怎么可能一样啊，身体的结构素质都不一样，当然，我这话说的比较落后吧。"

"哪能这么说，我知道，你说的是实情，你是为了我好，金晶也说过我。"云歌说。

"我一直听说你是个小笔杆，说你好强，故事还挺多，但也要量力而行啊，女孩子，毕竟一年比一年大了。"子云诚心诚意地说。

"你这话说的，还真像个姐姐。"云歌感动地说。"我听你的师哥讲过你。"子云笑着说。

"我的哪个师哥？你在卫生队见的人多。"云歌说。

"吉西啊，他说他算是你的师哥吧，前一段他得阑尾炎，手术就是院长带着我做的，也是个干起活不要命的主儿，耽误了，只有手术了，把阑尾给割了。"子云惋惜地说。

"是，他总这样说，我们开始在一个连，又在一个学习班学习过，他说是'黄埔'同期，我们还一起讲过课。那次他生病，我陪朋友去看过他的。"云歌说。

"是吗？我怎么没看到你啊。"子云说。云歌说："也许你不当班吧。"

"这个吉西在我们医院住了一个星期，大家都特别喜欢他，会唱歌、会跳舞、会朗诵，还会拉二胡，人活跃又可亲，还帮我们医院成立了一个宣传队呢，真是多才多艺。"子云十分赞赏地说。

"这位师哥就有这个本事。"云歌说。

"但是，他与人接触彬彬有礼，很有分寸的。他文章和诗写得都特别好，当时我们院长到师里去汇报，汇报稿，他还帮着给润了色呢！"子云抑制不住自己，说起吉西来滔滔不绝，让云歌很诧异。

因为那次去看吉西，是苏凌叫她一起去的，苏凌告诉她，前一段时间，吉西已经正式说了，希望他们做男女朋友，还写了两首情深意切的诗，苏凌还给云歌看了。

"你怎么知道他诗写得好？"云歌收回回忆问子云。

"因为他给我写了两首诗，"子云有些羞涩地说，"这诗里倒也没说什么，他一直说我像《林海雪原》中的小白鸽。"

云歌爬起来，把灯点亮，照着子云。"啥意思啊？"子云从床上抬起头来。"我看看你像不像小白鸽，啊，倒真的有点像，比小白鸽还漂亮，还白呢。"云歌端详着子云说。

"为这，你还把灯点着了，坏家伙。"子云羞涩起来。

"你想电影里的小白鸽肯定是化了妆的，你没化妆，就比她漂亮。"云歌顽皮地说。

“瞎说，我不漂亮，没人说过我漂亮。”子云不好意思地说。

“这不是有人说你漂亮了吗，像小白鸽，还不漂亮，你确实有一种文静的美，不过，你的性格，好像不适合那位师哥。”云歌真诚地说。

“我只是佩服他，没想那么多，你这丫头，别瞎想。”子云说。

“我看你说起他，挺害羞的，真的，那位师哥比较适合那种文艺范的，但性格应当比你再硬朗点的。”云歌说。

“你好像符合这标准。”子云打趣地说。“我？哈，我们俩早就认识，关系不错，但从来都是没电的。”云歌说。

“是吗？那谁合适他呢？”子云说。“是的，不合适就不带电呗，不过，前一段他和苏凌挺好的，而且他还挺主动的。”云歌笑着提醒道。

两个姑娘聊到这里，不知为什么，都沉吟了。云歌心里着实为苏凌鸣不平，但想想，也就是两首诗嘛，她觉得自己是不是反应有点过激。其实，面对这两个特点不同的好朋友，她都不希望她们把吉西作为人生归宿，她觉得不踏实，但又没办法说明白，只能提醒到这个程度。

听了云歌的话，子云也觉得自己有点失态，但是，她确实从心里仰慕吉西，她感到她的心情好像没有得到云歌的呼应，也许是因为她刚才说的苏凌吧。

“吉西确实挺有才的，但有才的人，有的可以做朋友，不一定都能做知己。”云歌补充了一句。

“是吧，这么优秀的人，可望不可即，做朋友都不容易，哪还谈得上做知己。”子云觉得算是得到了云歌的回应，因为此时她还没想那么多。

但云歌觉得她没有理解自己真正的意思，可云歌不想再说下去了，背后说人的不是，而且只是一种感觉，就违背了自己做人的原则了，于是她转移了话题。

“对了，子云，你今天说的酸枣仁、五味子，是管什么的？”云歌问。

“你好像对中药很感兴趣，这两味药，都是安神的。”子云说。

云歌说：“哦，明白了。冬青的功效比较多，是吧，你说那冬青不像松树根深枝茂，还是寄生的，好几种树上都有，居然能在极寒的严冬长得那么茂盛，翠绿翠绿的，有时候远远地望去，真是给这寒冬带来一抹生气。”

子云说：“是啊，关键它还是一味那么宝贵的药材，清热凉血，这次它发挥的功效确实不小，李医生还真是有经验，把它作为重要的药材入药，其实李医生是个西医出身，但听说他后来经常给大家开中药，而且经常是就地取材，疗效还不错，真是挺佩服的。”

云歌说：“听说他们随部队刚来北大荒时，生活异常艰苦、交通不方便，更是缺医少药，李大夫很钻研，只能就地取材，上山采药，摸索出不少经验呢。”

“其实冬青是很难采的，我真想象不出来，咱俩当时在情急之中，居然爬那么高的树采到了。现在再让我去爬，还真有点怵了，长在那么高的地儿，云歌，你说它们是怎么长出来的？”子云说。

“我想来想去，觉得应该是鸟的功劳，就像蜜蜂采蜜，同时授了粉，鸟也许是吃它的果子的同时，传播了它的种子。”云歌说。

子云说：“聪明，看来是这样的。没想到你一个文学女孩，对这里的自然环境还了解不少。”这句话云歌想到了慕天和他说的“天地可读”。接着子云突然问：“哎，今天看到女生宿舍里的苗苗，弱弱的，活脱脱的一个林黛玉，她和长生是男女朋友吗？”

“是啊，好着呢。”云歌说。“他们都不大啊。”子云说。“是不大，长生和我同岁，生日比我小，苗苗还小点。”云歌说。

两个女孩聊着，几乎同时开始进入睡意蒙眬的状态。“看着，真好，那么纯，也不顾忌什么。”子云萌萌地说。

“你也觉得好吧，想想咱们这些知青，开始来北大荒时不怎么适应，后来想通了，工作上都跟小老虎似的，一个比一个能干。感情上也很丰富、但纯真。”云歌说。

“是，看到他们，我今天想了半天，就是这么纯真、简单地过一辈子，多好。”子云由衷地说。

“我们的向往是一样的，但人活一辈子，好像真是各有各的命运……”云歌说着睡着了，子云也很快进入了梦乡。

第二天，卫生队又给王连长来电话了，催着子云回去，云歌仓促地帮着子云收拾行李。“别忘了，你不是还要冬青吗？”云歌说。

子云说：“对了，王连长告诉我，院长让我直接去六连，院长下午带着药也去六连，院长还说他们虽然是老连队，但没有李医生这样的人，只有一个卫生员，平时还可以，这时候，就难以应付了。”

“那你就累了，自己注意些吧，这两个包都装好了，书也给你带上了。”云歌拍拍刚装好的包说。

“以后我要经常找你借书的，发现你有好多好书。”子云说。“那没问题，只要我有的，你想看就说。”云歌大方地说。

“这几天虽然累，但和你在一块很高兴，还能学到许多东西。”子云亲切地说。

“是我从你们身上学得多，不过，子云，这是传染病，你去六连，可要多注意啊。”云歌关切地说。

“咱俩命都大，这次又是给病号做物理降温，又是给他们处理呕吐物、粪便，全是近距离接触，居然没传上，你这丫头，看着不算壮实，抵抗力还不错。”说着子云点了一下云歌的脑门。

“是中药的作用吗？”云歌问。“也有这个可能。”子云说。“那我们去采冬青吧？”云歌说。

“好的，我们去拿梯子吧。”子云把药箱收拾好了说。

两个女孩走出宿舍，向男生大宿舍后面的基建仓库走去，她们走到男生大宿舍，长生从里面走出来：“两位姐，干吗去？”

“长生，出来了，终于好了。”子云欣慰地说。“好了，昨天都上班了。”长生说。

“长生，你的任务我已经完成了啊。”云歌说。“知道了，她说这次的罐头，比哪次都甜。”长生说。云歌说：“是你的嘴甜。”

“你们干吗去？”长生问。“我们去基建仓库找梯子，去采冬青。”云歌说。

“采冬青，那么高，采那干什么？”长生不以为然地说。

“那是好药材啊，我们已经采过两次了，你都喝过的。”子云说。

“真是难为你们了，你们怎么采啊？”长生问。“这不，去借梯子嘛。”云歌说。

“嗨，这事，找我啊，你不知道我上树掏鸟蛋是第一能手啊。”长生对云歌说。

“你不是病刚好嘛，哪有爬树的劲儿啊！”云歌说。

长生不由分说地叫了一声“霍晨，出来”，霍晨应声出来问：“啥事？”“走，去帮她们采冬青去。”长生说。

“等等，咱得把梯子拿上，还没借梯子呢。”子云说。“拿什么梯子啊，不用。”长生说。

“别逞能，挺高的。”云歌说。霍晨说：“真不用，反倒成了负担，还得扛着。”“那好吧，听他们的吧，不去借梯子了。”云歌对子云说。

四个人边说笑边走向了小树林。“这小树林最近好像没人来过，雪地上连个脚印都没有。”云歌说。

“咱要是不活过来，这小树林都没了生气。”长生对霍晨说。

霍晨笑笑问云歌：“哪有冬青啊？”“喏，那上面。”云歌指着一棵高高的白杨树说。

“啊，好大一棵冬青，但是，太高了，有梯子都够不着。”子云说。

“没事，这还算高！”说话间，长生搓了搓手，后退了两步，然后，一个箭步蹿上树，像一只猴子一样灵巧地爬了上去。

他很快爬到树冠边上，从腰上拿出一把水果刀，几下就割断冬青的根，他一只手托着像鸟巢一样圆圆的冬青，一只手扶着树干，嗖一下，就下来了。

“呀，长生，你真厉害，好身手，这冬青，真好，是一个整个的哎！”子云拍着手说。

“上面还有花骨朵呢，圆圆的，真漂亮。”云歌说。“长生，你体力恢复得不错。”子云说。

“子云要去六连，那儿的病号据说也不少，她说得要两棵。”云歌说。

“这棵，我来。”霍晨说。他们往前走着，“那有，看，翠绿翠绿的。”云歌指着另外一棵更高些的树上，确实是一棵绿绿的冬青长在枯枝之间。

“把你的水果刀给我用一下，”霍晨接过长生的水果刀放在口袋里，连个后退的动作都没有，直接噌噌地爬上大树，利落地把整个冬青取下来，眨眼间，人就落到地上。

“都是整个的冬青，这么漂亮，还真的舍不得用了。”子云高兴地说。

“是啊，当时我们采下来的都是碎的，这可真好看多了，圆圆的，可以当绣球了。”云歌笑着说。

子云说：“你还真能想，留一个给你抛吧。”云歌说：“那哪能，还是留给你吧，这么漂亮的绣球，别抛错了就行。”

远处嘟嘟的铁牛声响起来，云歌马上想起了慕天。“已经是十几天没见到慕天了。”她想。

他们走回连队，确实看到慕天的车在路边停着，他从车上跳下来，看向云歌说：“瘦了一圈啊！”云歌笑笑看了一眼慕天，低下头没说话。

“是吗，我们在一起没觉得，你还真细心啊！”子云看着慕天看向云歌那一双深情的眼睛说，然后向云歌眨眨眼，云歌好像并没有什么感觉，只是朝她笑笑。

“现在走吗？连长让我送你。”慕天对子云说。“那就谢谢了，走啊，院长那不是催着呢吗。”子云说。

说着，大家走进宿舍，帮着子云拿东西。霍晨从小卖部找到一个大纸箱，正好把两棵冬青放进去，云歌说：“这下没问题了，不担心路上碰坏了。”

“真的谢谢了！云歌，走了啊。”子云朝霍晨点点头，然后拉了一下云歌的手，云歌回过身来拥住子云说：“到那里，你一定多注意啊。”

“你的好朋友还真多！”慕天边上车边对云歌说。“那是！”云歌自豪地朝子云做个鬼脸，子云坐在驾驶楼里，云歌把书包递给她。

“这就走了，”李医生赶来了，子云又要下车，李医生快步跑到车边说：“别下来了，那边有什么事，就说话。”

“好的，再见，师傅！”子云告别李医生，又向大家挥挥手，铁牛扬长而去。

云歌看着铁牛，觉得两眼越来越模糊，渐渐的几乎看不见远去的铁牛了，她眨了眨眼，转了一圈，周围也更看不见了，眼前的什么都从模糊到看不见了。她又眨眨眼睛，还是看不见。

云歌急了说：“李医生，我怎么什么都看不见了？”刚要回卫生室的李医生回过身来说，“啊，云歌，真的吗？”“真的，李医生，我看不见你了。”云歌急得要哭出来。

没走远的霍晨和长生听到云歌在大声说着什么，也跑回来。看到云歌摸着往前走路，李医生扶着她。

“什么原因啊？”长生着急地问。“不会是雪盲吧？”霍晨说。

“这雪不大，她又没长时间在外面，我估计她的身体是缺了什么了，加上长期劳累，这蹦蹦车已经走远了，也没法去卫生队检查了，回去，我先给她吃些药试试吧。”李医生说。

“光吃点药，能行吗？”长生有点急。“就先吃药，试试吧。”此时云歌也冷静下来说。

大家一起去了卫生室，李医生拿钥匙打开一个小柜子，从柜子里拿出了一些小药瓶。“这是鱼肝油吧？”长生说。

李医生说：“不是，是维生素 A，这才是鱼肝油，这些都拿给她吃，一天吃三次，千万别间断。”长生接过药。

“她看东西不方便，找谁护理一下吧。”李医生说。“金晶不在，让周晴吧。”霍晨说。

“好的，我跟王连长说一下去，这样，你们跟我顺便到家里来一下。”

到了李医生家，他把灶台边筐子里的鸡蛋都拿出来，又到鸡窝里掏出了两个，一共十来个鸡蛋，找了一个小筐子，放在里面说：“拿去，一天给她吃俩。”

“怎么好意思啊。”长生说。“这是药，你别偷吃就行啊。”李医生说。

“那哪能啊，这么多鸡蛋，就这样拿走了，不好意思，我给钱吧。”长生说，李医生不高兴了：“说什么呢？”

“是啊，你们说什么呢？”云歌瞪着眼睛就是什么都看不见，她问。“没什么，给你拿药呢！”李医生瞪了长生一眼说。

李医生又说：“云歌你回宿舍吧，吃了药，好好休息。”

“李医生，我还能好吗？”云歌有些焦虑。“没问题，能好！”李医生安慰她。

李医生问云歌：“你感到别处有什么不舒服吗？”“没有啊！”云歌说。“眼睛痛吗？”李医生问。“不痛。”云歌说。“一定要坚持吃维生素 A、鱼肝油，还有那些小片片，记住，坚持吃我给你拿的这些药。”李医生叮嘱着。

“吃这就能治病了？几粒药丸、几个鸡蛋。”长生不怎么相信地小声对李医生说。

“试试吧，不然怎么办呢，你看这天又要下雪了，慕天好像直接回山上了，现在没车，我和连长再商量一下吧。”李医生说。

长生和霍晨把云歌送回宿舍，给她吃了药。“你这些天也是太累了，给我们送饭，自己常常忘了吃饭，好好休息一下，我让周晴中午给你带病号饭来。”霍晨说。

“不用，这与吃东西没关系。”云歌说。

“有关系，李大夫说了，你是身体里缺了一些营养，那还不是吃的问题？”霍晨说。

云歌说：“好，那我休息吧，没办法，也看不见了，什么都干不了，唉，真是的。”

两个男生出去了，云歌躺下，她不敢流泪，这是李医生告诉她的“这个时候一定不能流泪”。

“云歌吃饭了。”周晴端着一碗面，上面顶着一个荷包蛋，迷迷糊糊睡着了的云歌醒了。“还是看不见，周晴，这可怎么办啊！”云歌着急地对周晴说。

“李大夫和王连长都认为你是严重维生素A缺乏症，说是他们在朝鲜战场时，见到过你这样的病人，而且不是一个人，有时是一个班，当时是因为缺医少粮和给养造成的。”周晴说。

“你一定得配合，把饭先吃好。”说着周晴给她喂饭。“我自己来吧。”云歌摸索着接过碗。“你吃了吗？”云歌问周晴。

“我吃了。”周晴说。“别像我，没吃说吃了。”云歌说。“我不会像你这么傻，咱们工作这么累，身体再不好了，不就完了吗？”周晴说。

“说的是，”云歌说着忽然觉得饿了，她大口地把面条全吃光，“面条真好吃。”云歌说。

“是啊，这些天你是不是都没好好吃饭啊？”周晴说。“倒是，人太少，忙不过来，有时，过了饭点，就算了。”云歌说。

“今年遭灾，咱们的伙食也不好。”周晴说。

“可我离家时，我爸对我说过，无论吃什么，你多么不爱吃，不好吃，都要能吃饱。一定吃饱，这句话我一直记着。”云歌有些想家了。

“对啊，我父母也嘱咐我了，咱们出门在外，在这样的苦寒之地工作，也得照顾好自己啊。”周晴说。云歌回答：“难得你这乐天派，能说出这样的话来，我一定听你的。”

五天后的早上，云歌睁开眼睛，周晴端着碗大米粥和一小盘咸菜进来，云歌模模糊糊地看见了她，逐渐清晰起来：“周晴，我看见啦，看见你了！”

周晴高兴地把饭放到窗台上，走近云歌床前：“真的吗，太好了。”“这是眼睛、这是鼻子、这是嘴，我看见了。”云歌摸着周晴的脸，她从床上坐起来搂住周晴。

“我们去找李大夫，真感谢他。”云歌说。“先把饭吃了，再去吧。”周晴说。

“我来了，可以进吗？”李医生在门外说。云歌马上回答：“可以，李大夫，快进来。”李医生和王连长乐呵呵地走进来。“李医生，谢谢你，我看见了，好了。”云歌站起来对李医生说。

“他有这经验，抗美援朝时，给养供应不上，就有你这种情况，我们都是经历过的，可是现在让你出现这个情况，我这心里还是，还是过意不去啊……”王连长话还没说完，“您也经历过？”周晴抢着问了一句。

“这些事我们经历多了，那时候，打着打着枪，忽然眼前看不见了，那是很危险的，一个人牺牲了还不算，还会丢了阵地的，”王连长说，“所以你看不见了，别的战友就得顶上去，那时候，才真叫艰苦啊。”

“我们刚建国，就打了那场大仗，很不容易，多少比你们还小的战友把生命都留在那里了，王连长腿那块大疤，挨了两枪，大腿骨头都打碎了。”李医生说。

王连长接着指着李医生说：“那是他一点一点把骨头拼起来的，我当时以为这条腿完了，你们看我现在不是走得挺好，人的生命力强着呢，能参加那场大仗，值啊，那是咱们立国之战啊！”王连长似乎被自己回忆起的那场战斗再一次感动了。

李医生说：“怎么样，云歌，好好吃药，营养跟上去，就好了，你看连长，受过那么重的伤，都没事，多乐观。”

“以后要注意，人逐渐大了，要学会照顾好自己，身体嘛，还是干事业的本钱啊！”王连长说。“是！”云歌深深地点头。“好好休息一段时间吧。”王连长说。

“连长，我还是上山吧，这里没什么需要我干的事啊？”云歌说。李医生马上说：“不急，还是休息两天吧，这个毛病搞不好，还会犯的。”

“是啊，你刚好。”周晴说。“这样，过两天山上要下来拉粮食，你要是彻底好了，就上去，上去也要注意，最近更要注意，不注意，会反复的啊！”王连长强调说。

“好的。”云歌高兴地回答。“你好好休息吧，我得回班里去了。”周晴拍拍云歌说。

“是啊，你们班基建备料要加紧，开春就要用，过一段还要来一批新知青，咱们的营房还是紧张啊，不过这两天，你适当过来看看，不要让她再反复了。”连长说。

“药还得接着吃，要巩固一下才好，听连长的啊。”李医生对云歌说。

宿舍里只剩下云歌一个人，这几年她似乎从来没有过这么清闲，她似乎有些不习惯了。

她打开箱子从里面拿出了一些书，“英文还得多背些单词，从慕天那借来的英文版《毛泽东选集》读起来，生词还是挺多的”，“高二下学期的数学还没学完，等金晶回来，要请她辅导”，“古诗词还得背，唐宋之前的掌握得不太好”，她自己盘算着。

她拿出了一本《古诗源》，又拿出了慕天拿给她的那本《简·爱》。“我这里的书，好多都是从慕天那儿借来的，可现在都在用着，没有一本可以马上还的，真不好意思，这本《简·爱》倒是可以还了，其实已经看了很多遍了。”她把《简·爱》捧在手里，还是有点舍不得。

她忽然觉得自己很盼望见到慕天，那天他来接子云，他只对她说了一句“你瘦了一圈”，深情地看了她一眼。“我怎么了，怎么特别想见到他，可是那么多人我能说什么呢？就是没人我又能说什么呢？”云歌纠结地想着。

一阵困倦，云歌抱着这本《简·爱》躺在床上，想起前几天眼睛什么都看不见时自己的恐惧和孤独，她把书翻到简·爱和罗切斯特对话那一段，简·爱对罗切斯特说：“我发现你很孤独，我来做你的伴侣——给你念书，陪你散步，和你一起坐着，侍候你，做你的眼睛和手……只要我活着，我就不会让你孤零零地一个人待着。”

“多么深情啊，”云歌想，“其实，简·爱原本就是个孤女，也许她知道孤独的滋味，所以，她不想让她深爱的男人孤独，可女人可以像简·爱那样，男人是不可能的，听说男人要自我得多吧。”

想着想着，云歌睡着了。一个很响的敲门声让她醒了，她睁开眼睛，“笃、笃、笃”：“云歌，你在吗？”

她嚯地坐起来，“哎，来啦！”她打开门，慕天笑嘻嘻地站在门口，手里端着一碗东西，肩上背着一个大包。

“连长不是说两天后才来拉粮吗？怎么今天就回来了？”云歌问。“到团里有事，就顺道回来了，中午还没吃饭吧？”慕天说。

“中午了吗？”云歌揉揉眼睛问。“都下午了。”慕天说着笑了。“是吗，这几天待懒了，睡着了，没觉得。”云歌又揉揉眼睛。

“你就是这么不注意啊，赶快把午饭先吃了，”慕天边说边放下碗，他摸摸碗边，“还热着，天冷，先把面吃了，”他从衣袋里掏出了一个用纸包着的馒头，“也没凉，快，先吃了。”

“嚯，这不是面啊，是一碗鸡蛋啊。”云歌惊讶地说。“是啊，你给大家分荷包蛋，自己这么多天，连饭都顾不上吃，还能不病，快吃吧，一会儿凉了。”慕天疼惜地说。

“你吃了吗？”云歌问。“下午了，我怎么能不吃了。”慕天说。

“你尝一个吧。”云歌用筷子夹了一个鸡蛋。“我不吃，这是我去盛楠那里送山货，宝东让我端给你的，盛楠很惦记你，说你这病吃鸡蛋最好。”慕天说。

“真不好意思，抢人家坐月子人的鸡蛋吃，”云歌接着问，“你去团部有事吗？”

“有事，可能我要去大胡子连长那里了。”慕天说。云歌听了放下筷子，有些不舍地问：“你要走了？”

慕天说：“是，十七连筹备得差不多了，机务排还没组建呢，怎么种地啊？大胡子连长找了王连长，又找了团组织股，说是已经定了。”

“不过，跟着大胡子连长也挺好的。”云歌说。“你也可能去呢，重点是从咱连机务上调人，那里是苦一些，得住帐篷，这要看你自己了。”慕天说。

“大胡子连长需要我，我就去，没什么苦不苦的。”云歌边吃边说。“我就知道你是这态度。”慕天说着，云歌笑了。

慕天打开自己背来的大背包，从里面拿出了几盒罐头，午餐肉的、熏鱼的、水果的，还有一包榛子仁，一包松子仁……“这是麦乳精，一天喝一杯，你这毛病，不要以为现在就没事了，不养好，还会犯的。”慕天一面往外拿东西，一面说着。

“这么多东西，你要干吗，我是要跟你的车上山的。”云歌说。

“问题是我的车暂时不上山了。”慕天有点得意地说。“王连长不是说你是回来拉粮食吗？”云歌说。

“山上的粮食还能吃一个星期，我回来后，王连长让我拉五车沙子，两车水泥，你想这得多长时间啊！”慕天说。

“那，那我怎么办啊。”云歌急了。“有什么怎么办的，休息啊，你忘了，不会休息的人就不会工作，你想，你的身体出了多大事，那是什么都看不见了啊，而且是身体的原因，不是眼睛本身的原因，那也是可能反复的，王连长说他们部队曾有过这样的教训。”慕天很着急地说。

“我知道，我什么都看不见的时候，我想过……”云歌看着眼前这些吃的东西，忽然眼泪像断了线的珠子一下子滚下来，就像见到了亲人，这几天的恐惧、担忧、委屈，随着这抑制不住的眼泪像开了闸的江河奔泻出来。

“别哭，这样对正在恢复的眼睛不好。”慕天轻声说，但此时的云歌，见到了慕天，几乎抑制不住自己。

“你好像已经是出了名的坚强，怎么我觉得其实你没那么坚强，挺爱哭的，”说着，慕天从云歌的床上随手拿起了一条手绢，递给她，她没有接，从自己口袋里拿出了一条稍旧的手绢给自己拭泪。

手绢很快全湿了，慕天又把自己手里的手绢递给她，她还是没接。

“为什么，是新的？嗷，这一条漂亮啊，一位洋气的女郎，穿着拖地长裙，背对着大家优雅地弹着钢琴，脚边还有一只小花猫陪伴着她，舍不得用吧。”慕天抖抖这条新手绢说。

“这画面也太小资了吧，凭云歌这样的铁姑娘，怎么会喜欢这个呢？这是个问题啊！”慕天学着刘飙的口音和腔调，逗得云歌破涕为笑，“讨厌，”云歌擦着眼泪说。

慕天又拿起来她翻着页的《简·爱》：“这两个孤独的人啊，可你怎么可能会这么孤独，再说你这么年轻漂亮，最差也是简·爱，怎么可能是罗切斯特，我是这罗切斯特还差不多”。他笑嘻嘻地说。

“胡说！”云歌伸出拳头。慕天用双手接住了她的手说：“听话，休息两天，多吃点营养，为了你的将来，好吗？”云歌有些不好意思，抽回了自己的手。

慕天也坐回桌边的凳子上。“将来能怎么样呢？”云歌显然有些悲观？“将来，将来这些东西也许你根本就不想吃了，会有好多好吃的东西，吃不完而且不敢吃。”慕天说。

“怎么可能会不敢吃？”云歌说。“怕营养过剩啊。”慕天说。

“营养过剩，那怎么可能？”云歌说。“怎么不可能，我相信我们会赶上一个物质极大丰富的时代，到那时候，你不一定是拿着提袋买东西，而是推着手推车买东西，市场好大，琳琅满目，东西太多，你只能选自己需要的，你不需要，人家推给你，你都不要。”慕天说。

“是啊，我哪有那么多钱啊，而且好东西，都是要凭票的。”云歌说。

“到那时候，生产的吃的东西管够，谁都买得起，可能就没有凭票这一说了，只是像这些东西，你就不一定想买了。”慕天指指桌上的吃食说。

“又在做梦，我就这点工资，当然不想买了。”云歌说。“那时候，你就不用拿着钱买了。”慕天说。“是到共产主义了吗，各取所需了？”云歌说。

“那还不是，还是要花钱的，只是货币的形式不一定像如今这样，人类的经济和消费，已经开始用计算机来控制，你去哪里买东西，拿一个小计算机，或者可以放在口袋里的小无线电一样的东西，随时随地可以收钱花钱。”慕天神秘地说。

“那毛票可以，钢镚怎么办？”云歌懵懂地说。“纸票、钢镚等货币其实就是数字，你存进存折里，或者把它存在计算机里其实都是一样的，不过这肯定需要很高的通信科技才能实现。”慕天说。

“那钱变成数字了，人们能踏实吗？”云歌说：“哈哈，你还没钱呢，你就想到这个问题，等你有了钱，到那时，你就不用像葛朗台那样看着一堆金币，只看着无线电上的数字就行了。”慕天说着笑了起来。

云歌也笑了说：“我这辈子不会是有钱人，你倒有可能，你才像葛朗台呢，我可不是，你说那高科技谈何容易，我们国家多穷啊，人口又这么多。”云歌担忧地说。

“穷和人多未必是坏事，穷则思变，人多热情高，干劲大，你好好养眼睛，我们才能够有机会亲眼创造、参与和见证那样一个伟大的时代。”慕天说。

“看你，神乎乎的，我真的佩服你这乐观主义精神，我可没有你那奢望，也不贪财，我们大家都能吃饱穿暖，就不容易了。”云歌说。

“咱不说你说的奢望，还说那小无线电，也许可以当你的钱包，你的收音机，给你保存的资料，还能打电话。”慕天说。

“你的想象力也太丰富了，你真的可以写科幻小说了。”云歌笑道。

“卫星上天、宇宙飞船、包括电视、计算机、原子弹爆炸，原来都是科幻小说的情节，不都逐渐在变成现实了。我们才建国刚二十年，等到建国五十周年，七十周年，这些都会实现的，都会变成人们的习以为常。”慕天说得有点得意了。

“我可不敢想，不知我能不能活到那时候，我的生活这么多沟沟坎坎的。”云歌忧郁地说。

“所以，在努力工作中还要注意身体，注意安全，你想到未来需要我们，你就会注意了，我还是对你很有信心的。”慕天鼓励她说。

“真的吗，你的思路真是很不一般，我当然相信，未来一定比现在好，但没你想得那么多，那么神乎，那么难以想象。”云歌说着好像也有点兴奋。

“当然，任何时代都会有属于那个时代的问题，人有人的弱点，物质丰富了，尝到了甜头了，就会有人像你说的，贪财了，对物质追求无止境了，之所谓物欲横流，也还是会带来一些新问题的。”慕天说。

“你想得可真远。”云歌情不自禁地对眼前这个男生又增加了几分佩服。这一天他们谈到很晚，慕天把晚饭打回来，他们一起吃完，才去加夜班，拉沙子了。

云歌的心情显然好多了，这天晚上她把书整理了一遍，就休息了。她睡得很沉，真是日有所思，夜有所梦，到了凌晨她梦到自己推着一个运沙子的独轮车，去了慕天说的那个繁华的大型市场。

眼前，自己没见过的五颜六色的新鲜水果、蔬菜、各种活着的水产品，太多了，买东西的人，衣着都很洋气，她看呆了。

一个女孩走过来给她一个很漂亮的小推车，换下了她的独轮车，她有点不好意思。“我这不是刘姥姥进大观园吗。”她自言自语地笑着说。

正在她手足无措时，慕天从远处走来，他的衣着和周围的人一样，显得比现在帅气：“你怎么变成这样了”？

他笑嘻嘻地说：“时代不同了嘛。”“你人变了吗？”云歌问。“没有，我们这种人不容易变了，但衣服还是要换换的。”慕天说。

他带她穿过食品区，进入了服装区。“好大的服装区啊，衣服都这么漂亮，我真的都没见过。”云歌说。“你选几件吧，你不能总穿这身工作服啊！”慕天说。

“大家都说我穿这件蓝色的工装好看，这种衣服，我能穿吗？”云歌指着一件素色连衣裙说。“怎么不能穿，你身材这么好。”慕天说。

“很贵的！”云歌说。“不算贵。”慕天说。“下乡之后我就没穿过连衣裙，我可以穿吗？”云歌说。“当然可以啊！”慕天点着头说。

一位姑娘手里拿着这件素色的长裙，捧给云歌。“这么好的衣料，颜色倒是蛮适合我的，不花哨”，云歌说。

“试试吧。”慕天说，她走进了试衣间，把工作服换下来，穿上了这件长裙，因为换衣服，两条辫子散开了，她用试衣间中的梳子梳了梳，变成了披肩长发，走了出来，慕天有点惊讶地看着她，边上卖衣服的姑娘，拍着手说：“哇，太美了！”

慕天把她引到商场的大厅中间，一架白色的三角钢琴摆在那里。“这架钢琴比当年我们少年宫的那架还漂亮。”云歌说。

慕天说：“你不是说你跟隔壁阿姨学过几天钢琴吗？走过去，坐在琴凳上，弹几下。”

云歌看看自己的两只手说：“开了这么多年拖拉机了，不知还行不行。”“没问题，你的手型没变，可以的！”慕天继续鼓励她。

她走过去双手拉了一下长裙的裙摆，居然显得很优雅，坐在琴凳上，随手弹几下，一首好听的曲子，从她的指间流泻出来，引来一些顾客的驻足。

慕天拿着一个小盒子在她的正面、背面“咔、咔”两声说：“可以啦，回来吧。”

云歌飘然离开钢琴：“还记得你那条手绢吗，你看，你多像那条手绢上的那位钢琴女郎。”慕天手里拿着那个长方形的小扁盒子，那上面留下云歌弹琴的背影。

“这是我吗？”云歌惊讶地问。“怎么不是你，刚拍的。”慕天说。“你这是照相机吗？”云歌问，慕天笑而不语。

“是你说的那个能装钱，还能照相的小盒子吗？”云歌问。

“是的，功能很多的。”慕天说。“这个，真有意思，我可以有吗？”云歌问。

“当然可以，我们可以下去，看一下电子大厅。”慕天引着穿长裙的云歌走进大厅。

云歌看呆了，许多自己没见过的机器、仪器摆在那里，墙上就像科幻作品中描写得那样，巨大的屏幕闪闪烁烁，不停地翻动着画面。

“这是哪里，我们到了外星球了吗？”云歌有点看傻了。

慕天说：“不是啊，这就是在我们的中国啊。”云歌诧异了，他们走到了摆着许多幕天手里那种小盒子的所在，慕天为她选了一个小盒子。

“我带钱了，我自己付，我的衣服还在卖衣服的那个柜台上，钱包在那里。”

说着，云歌快速向刚才卖衣服的那个大厅走去。

“别走，你的钱已经在这里了，”慕天一把拉住她，拿起那个小盒子说，“钱在这里，我已经帮你把你的工资转过来了。”说着他把那小盒子递给她。

“我们可以去那个服装大厅了，”慕天说。走到服装大厅，服务员笑脸盈盈地看着他们说：“女士，可以自己到那穿衣镜去看一下自己吗？”“可以啊。”云歌也和气地说。

她走到镜子前面。“这是我吗？”云歌问。“怎么不是你，你可能一直没有认真看看自己的样子。”慕天走到她身边欣赏地说。“一对璧人啊！”服装小姐对另一位服务员说。

云歌忐忑地说：“这不好吧，刘飙会说我小资的。”

“没事，现在没事了，这件包起来吧，你还要试几件正装，你是职业女性，上班穿。”慕天说。

“够穿就可以了，我不想买那么多衣服。”云歌认真地说。“女士，那边我们为您准备了不少适合您的衣服。”服装小姐温和地说。

就这样，他们走了几个柜台，买了几件衣服。“您这衣服还要吗？”服务员指着她穿来的工作服。“当然要，麦收时总要用的。”云歌说。

服务员把旧衣服包起来放到盒子里，此时的云歌穿着一件蓝色的中长连衣裙，显得典雅而出众。

他们又买了一些吃的东西。“这么多东西，我们怎么拿回去啊？”云歌说，“有车啊。”慕天说。“你把铁牛开来了？”慕天笑着点点头说：“我去开车。”

他说着向车场走去，她推着车在车场边上等慕天，等了好长时间没动静。她推着车向车场走去，有一个保安过来拦住他说：“女士，这货车不能进车场。”

“那这么多东西，我怎么拿啊？”云歌说，“您再等等吧。”保安说。云歌又等了好长时间也没见慕天来。

她急了，保安和气地说：“不然，您打个电话吧。”“这里哪有电话？”云歌说。保安笑了：“您手上的不是电话吗？”

“是吗，这是电话吗，怎么打啊？”云歌说。保安诧异地看看她说：“我帮你吧，他的电话号码呢？”

“不知道啊！”云歌说。保安说：“他的名字？”云歌说：“慕天，吴慕天。”

“接通了，不知道是不是。”保安把电话还给她，于是她拿起那个小盒子“喂，慕天，你在哪啊、慕天……”电话没人接，她又加大声音：“慕天，你在哪里啊……”

“醒醒，云歌，我在这里”，她睁开眼睛，看到手里端着碗的慕天，边上站着周晴和霍晨。

“做梦啦，嘻嘻，梦里还在叫着慕天，真有你的。”心直口快的周晴做了个鬼脸说。

云歌一下子脸红了说：“是吗？”“是啊，声音还挺大。”周晴说。

“我，我真的不记得了。”云歌更不好意思了，霍晨拍了一下周晴，示意她不要再说了。

“没事，有梦就好，该吃早饭了。”慕天深情地看了云歌一眼说，把碗递给了她。

第二十九章

去新队再练风骨　当红娘余英嫁人

半年多前，大胡子连长接受了组建新连队的任务，大家都舍不得这位面冷心热、刚正耿直的老领导离开。

那天下工后，在连部门口，几个知青围着他，说：“连长，您怎么又要走啊，我们要联名写信，不让你走。”长生孩子气地拉着连长的衣角。

“那怎么行，调令都来了。”连长说。“这个连队第一锹土就是您挖的，怎么总派您去开荒啊，您不知道啊，这可都是苦活啊，您知道吗？”长生说。

大胡子连长却笑呵呵地摸了摸长生的脑袋说：“怎么不知道，自从 1958 年来这里以后，我已经走了八个连队，都是从第一锹土拓荒开始，这一辈子，我就是来垦荒的。”

恰好当时，从大路驶来一辆吉普车，从车上下来了两个人，径直向这边走来。前面是一位现役军人，后面跟着一位比连长年龄不相上下老转业兵模样的中年人。

他快走几步奔向连长，一把拉住连长的手说：“梁士多啊，梁士多，本来是个文绉绉的名字，结果来这里，就变成了‘粮食多’了。老梁啊，看来你确实是个垦荒的命，图个吉利，也得派你去垦荒啊，你到哪儿，哪儿粮食多，我们要去，领导上还不让呢。”

他看看围在大胡子连长身边刚要离开的年轻人，梁连长笑着拍拍这个人，然后，对长生几个人说："你们别走，介绍一下，这是组织股的张股长，这就是新来的王连长。""领导好！"几个年轻人礼貌地打着招呼。

大胡子连长看了看年轻人的眼神，又笑着拍了拍王连长说："1958 年十万转业官兵成建制入边，咱们这十几年就没含糊过，咱都是朝鲜战场上走过一遭的人，你当年受伤太重，哪能让你去啊，现在你的腿能走，就不错了，你是带着伤工作的，也干这么多年啊。"

"你伤的也不轻啊，你脖子后的弹片，不是还没拿出来呢！"王连长说着把胳膊搭在梁连长的肩上。

"我没事，就是下雨阴天有点感觉。"梁连长说着晃了晃脑袋。

王连长说："老弟，咱们也都不小了，在那荒草甸子里，还是要多注意啊，别忘了，你还有风湿呢。"张股长说："是啊，团长也让我提醒你。"

"好，请领导放心吧。"梁连长又转过头对王连长说："老哥，多支持我啊。"王连长说："没问题，知道你到那儿，首先要有个四梁八柱，要谁，要什么，你说话。"

围着他们的几个知青，看着他们，心里升起了敬意。于是，大胡子连长欣然地和王连长交接后，踏上了新的垦荒路。

十七连选的是一片荒草甸子，沼泽湿地，常年积水、塔头遍地，各种水生植物丛生，一片繁茂。

大胡子连长从十连带来十几号人，团部又派过来十几号人走进了荒草甸子，挖了开荒的第一锹土。

半年后，大胡子连长在团部的安排下分期分批带走了副连长刘飙作为管行政党务副指导员，吴慕天作为机务副连长。团部派来了白岩为指导员、华宇为管生产的副连长。

同时，团部为了帮助新建连队的建设，锻炼干部和知青，作为工作组到基层，又下派了一批人到了十七连，组长是副团长秦河和生产股现役军人程云股长，还有翩伟、吉西、肖宁、苏凌，穆琳，云歌本来是筹备开荒大会战的成员，但因为要参加通讯报道也被编进了工作组，最令人意想不到的是刚调到电话班的于珏也在其中，共有十来个人。

大家第一次一同参加了班子会。有经验的大胡子连长明白地说："修路、盖房是当下最需要解决的首要问题。"他在向工作组汇报这半年来的工作时，同时提出了这个问题。

刘飙没给老领导留面子，反驳说："上面的精神从来都是先治坡，后治窝啊，得先开荒种地啊。"

白岩指导员是 1966 年来的北京青年，心直口快："团里确实要求当年开荒，当年播种，当年收获，但这半年多来，这土地的基础状况，我感觉确实不容易。”

慕天十分肯定地接过一句：“还是得具体情况具体分析吧，你没吃的，怎么治坡，你没处住，怎么治坡，不修沟渠不修路，开荒也难。”

秦河和程云在团里都是有名的务实派，秦河说：“老梁和小白带着大家干了半年多了，你们使得是我们刚到北大荒时的劲头，老梁是我们团拓荒的先行官啊，他身上还有朝鲜战场上的弹片呢！这半年多，你们住的是四面透风的帐篷，喝的是水泡子里的水，吃的是煮黄豆，竟然挖出了路，盖出了房，找到了打井的地点已经开始施工，还开出了不少荒地，你们付出的代价我想象得出来。”

“副团长说得对，你们不容易啊，现在千头万绪抓根本，什么是你们当前的根本呢？”程云看看大家。大家都清楚，现在的团部，秦河虽然是副团长，但其实现在是现役军人说了算，尤其程云是生产股股长。

“阶级斗争。”刘飙抢着说。

“开荒。”白岩说。

程云不客气地瞪了刘飙一眼说：“我昨晚和秦河副团长统一了意见，你们现在的根本问题是生存……”

“生存？！”刘飙和白岩异口同声地惊呼。

“不对吗？在这块难啃的沼泽地上，你们生存不下来，什么都谈不上吧，是不是啊！”程云说。

“倒是，这事儿我想过，但好像不能这么说。”白岩说。

程云接着说：“为什么不能这么说，现在是 4 月了，你们如果在 11 月之前房子还没盖起来，大雪封门的时候，让我们的孩子和家属住在四面漏风的帐篷里吗？你们现在路刚修了一半，连链轨拖拉机运粮食、蔬菜都难开进来，你们能不吃饭吗？刘副指，听说你媳妇过几个月就要生孩子，你连一个鸡蛋都不能给她吃，你觉得过意得去吗？”

慕天很赞同程云的意见说：“您说得特别好，那开荒怎么办呢？”

“大面积开荒要通过全团的机务力量大会战来完成，而且，不是一年，预计要三年。”程云说。

程云接着说：“你们不仅要通过努力，安排好自己职工的生活，还要有接待全团共同来参加垦荒机务力量的能力，第一场大会战马上就开始了，你们怎么打算？”

大家互相看看，把目光集中在连长身上。

秦河说：“这半年，你们很辛苦，给你们个底吧，咱们毕竟不是刚开发北大荒的时候，就像我们发一盆面，得有‘面肥’啊，团里决定把十连的离你们最近的 3 号地拨给你们，这块熟地老梁知道，当年也是他领着开出来的，足有两千五百亩；马场离你们近，下一步就不让五连管理了，由你们管理，他们的一千五百亩地也是你们的；你们已经开了近五百亩荒地，估计到年底，你们自己总共能再开垦一千亩，这样当年开荒，当年打粮的任务只要你们努力，是达得到的。”大家听了很振奋鼓起掌来。

“十连机务排兵强马壮，那是老梁打的底子，我们决定要拉出至少三分之一的人到十七连来。第一次大会战明年四五月打响，你们得做好准备，这是硬任务。”秦河又说。

“团里支持力度这么大，我们没有理由不做好准备。”大胡子连长干脆地说。

从这次会议后，大家的目标很明确了，几乎所有人都投入了基建。

云歌住进了基建排的女生宿舍，宿舍其实是个隔成两间的大帐篷，一个地火龙管两间，中间用两大块胶合板隔起来，隔壁就是基建排的男生。

这一边上下大通铺，住了二十来个女生。由于排水沟还没修好，宿舍里满地泥水，女孩子们爱干净，每天都有人把泥水扫出去，但是过了不到两小时，地上又积了泥水，所以大家的鞋都是湿湿的。

这些女孩有上海的、杭州的、北京的、哈尔滨的，还有老职工子弟，她们在这半年多的拓荒中都吃了不少苦。

“特别是晚上方便时很麻烦，二十来个女孩都是集体行动，大家手拉手抓住一条粗绳子，深一脚浅一脚踩在泥地里，前面的人拔出脚来，后边的人才敢踩下去，一看脚陷得深了，就赶快往回拉，不然就可能陷进‘大酱缸’里。”“据说其他连队开荒是有教训，陷进去，就很难出来，一会儿人就没了。半年过去了，我们对这种‘集体方便’，已经习以为常了。”大家你一句我一句对云歌绘声绘色地说着。

她们对云歌挺客气，在上铺的一个边角处给她挤出了一个铺位，副排长阿芳很热情，她拿着一个特别小巧的、有灯罩的小油灯送给了云歌。

“真漂亮，我不好意思要啊。”云歌感激地说。“这是杭州青年让家里人从家乡寄来的，我怕罩子碎了，就买了两个，刚好送你一个吧。”阿芳说。

“我给你钱吧。”云歌不好意思地说。“不用，没多少钱，让你住在这边上的铺位，写东西方便点。”阿芳实在地说。

“谢谢，我还没见过这么漂亮的油灯，又安全，真好。”说着云歌把钱塞给了阿芳。

“我们听说过你，是个能干的女康拜因手，但没想到你这唇红脸白的，好像是吃不了这份苦的样子。”阿芳说着笑起来。

“你们连队比起来算是老连队了，你们住的都是红砖房，到这里多苦啊？”宿舍里的杭州青年邱莹试探着说。

云歌说：“这里确实比十连苦，但是十连也是大胡子连长带着大家这么干出来的，咱们努力几年，也许会比十连还要好呢。”

阿芳说：“人家可是康拜因、拖拉机的车长都当过的，你这点苦，算什么。”

“你们在机务上多好啊，来这儿干吗？”北京青年聪聪说。“我过一段是要随机务排参加大会战，这一段安排我在基建排，基建排我确实没干过，还得向你们学习啊。”云歌真诚地笑着说。

邱莹说：“说是十连还要来人，来一个农工排的加入我们基建排，是吗？”云歌没来得及回答，阿芳就接过来说：“是啊，好像说是个女排长，也是阿拉上海人，说是非常精明能干，但听说是结婚了，已经生孩子了。”

“你说的是盛楠吧，是的，她来得早一些，1967年来的，确实很能干，人也好，我刚来时，她是我的班长，许多东西都是她教我，算是我的师傅呢，我一直很佩服她。”云歌赞赏地说。大家你一句我一句地询问着云歌，很快云歌跟大家熟起来。

真正让大家了解云歌的还是在工作中，云歌和基建排一起修路，因为她参加过修水利的大会战，所以对挖土方并不陌生。但这次不是冬天，挖的土经常黏在锹上，她仍拿着慕天给她的小统锹，切塔头仍然像刀一样，很快，甩起来也还算轻松，所以她和男生一起挖土方。

沟底渗水，她的手上脚上都是泥，连绑腿都是湿的。回到帐篷里脱下鞋子，脚泡得更白了。

其他女生有一部分帮着运土，一部分跟着阿芳脱坯，为继续盖房做准备。“还是跟我们运土吧，不在沟底，鞋不至于这么湿，时间长了，会得病的。”邱莹看着云歌心疼地说。

云歌并不在意地说：“没几天了，路很快就修完了，排水沟也差不多了，以后我们住的地方，就会干爽一些了。”

十几天后，干了半年多的修路工程终于告一段落，那一天支路沟渠与主干道也打通了，驻地、食堂、修理厂、马号、猪号的地面一个星期后都慢慢干燥起来了，所有人走在这干爽的土地上，不由自主跺两下，又高兴又自豪。

“终于举全连之力把路修好了，下一步的当务之急是打一口好井，让大家喝上干净的好水。”慕天说。

主要抓基建的华宇副连长说：“老兄，基建，盖房是连队主要任务，是当务之急啊！”慕天以为然说：“是啊，全都是急茬。”

工作组主要配合抓盖房，翮伟、肖宁、苏凌等人都在盖房的基建工地上。

慕天一面抓机务开荒、春播，一面抓打井，云歌虽然还住在基建排，但修路、挖沟的任务完成后，工作组安排云歌和吉西配合慕天这两项工作，云歌原本就是机务排的人，她在十连时已经站了三年播种机了，所以她成了慕天的得力助手。

十七连的机务排人更是少之又少，云歌基本是顶班作业，有时人手不够，顶两班也是经常的事。“也就是说，你一天在地里至少要待上十六小时。”邱莹说。宣传报道、写总结材料自然主要是吉西承担了。

这一天，程云股长找到慕天说：“团里要召集所有连队的机务副连长开垦荒规划会议，估计得三天吧，新建连队的机务副连长必须去，我已经和老梁说过了，你去吧。”

“打井正在关键时刻，我就不去了吧，回头您传达精神就是了。”慕天说。

程云说：“那可不行，明年要在你们连队搞垦荒大会战，你怎么能不去？这样吧，大田播种和开荒先由云歌协调几天，我看她虽然年轻，还挺稳健的。好在十连技术水平最高的 75 拖拉机车长耿师傅这几天也要到了，开荒播种的事，你也就能省心多了。”

“那好吧，我去就是了。”慕天虽然不喜欢参加会，但既然程云股长已经安排好了，他勉强地说。

大田的事程云已经和云歌打了招呼，慕天临行时虽然没有来得及交代托付，但云歌还是想去看看打井的情况。“来了这几年一直吃井水，甜的、苦的、咸的、涩的，都喝过，还不知道井怎么打，那怎么行。”她心想。

慕天走的第二天一早，她到地里和几位师傅碰了个头，就赶往打井工地。打井工地上人不多，只有七八个人，也算是这里的技术工种了。

大家都在忙着自己的事，云歌到正在摇辘轳的牛师傅那里打了个招呼，牛师傅说：“已经差不多有十米深了，正在安装井框。”

云歌看到井坑边上，堆着一堆用木头做的井框，便问：“牛师傅，我没有打过井，井框是一直安到井底吗？”

牛师傅说：“是啊，水经过井框，算是过滤一遍，清凉又好喝，再说，有井框到底，井才能固定下来，不至于塌陷，下雨天外面的脏水一般也流不进去了”。

云歌顺手拿起一个井框板，说“还有点分量”。牛师傅说：“这都是木工师傅用柞树类的硬杂木做的，结实不腐，不用钉子，用榫卯组装成六角形，直径按着井圆的尺度，高都是二三十公分，从打的最深度往上码，形成了井筒，咱们现在着急，是十米以下边打边码。”

“老牛，还挺能说的嘛，我在井下就听到你在白话了。”辘轳被牛师傅摇上来，框里坐着灰头土脸的长生。

“长生，你也过来了。”云歌说：“我早过来了，你想啊，打井能没有我吗？”长生说。

“是啊，长生起大作用了，不仅懂技术，细心，还灵活，到这时候，下井安框基本都是他。”牛师傅夸着长生，长生很得意地看着云歌。

“苗苗好像没来？”云歌问。“过一段吧，这儿条件太艰苦了，她身体又不太好。”长生说。

“他有对象啊？那他还在我这儿装里格楞。”牛师傅笑着问云歌。

“是吗，这家伙，没说啊，您不知道，还是个漂亮人呢！”云歌笑着说。

“这小子，你怎么不早说，我差点给他介绍一个。”牛师傅说。

“牛师傅，您可别乱点鸳鸯谱啊，他可是连家长都见了，”云歌边说边转向长生，“长生，你别刚离开苗苗就装蒜，你是我同学不假，在苗苗的问题上，我可是捍卫她的，到这儿了，女孩又不少，你变了心，可不行啊。”

长生说：“你放心吧，我不可能，咱‘海枯石烂’啊！”。

牛师傅说：“是嘛，要领证了？”长生认真地说：“总得到一块再说呗。”

牛师傅一边说一边把帮长生挖土的小强摇上来。“喝口水吧。”云歌递给小强一碗水，小强看来很渴，一缸子水咕嘟咕嘟喝下去了。

“下面能容几个人？”云歌问。“现在在井筒里干活，只能容两个，还得瘦一点的，现在就是我们仨倒着来，一般就是一个人下去，先挖土，然后长生安井框。”牛师傅说。

“小强，你歇会儿，我下去挖会儿。”云歌说着就要下井，牛师傅赶快拦住说：“你可不能下去，女人不能挖井。”

“为什么？”云歌问。牛师傅说：“这你都不知道啊，女人打井，水就不好喝了。”

云歌说：“牛师傅，什么年头了，您还信这个，这么迷信！”“下面又黑又危险，还是不去吧。”牛师傅说。

“没事，您问问长生，我什么苦没吃过？”说着云歌坐到筐里，牛师傅无可奈何地给她戴上安全帽，把自己身上的雨衣脱下来给她穿上，把她摇下去。

云歌第一次下井，心里也有点紧张，辘轳到中间她抬头望了望，只能看到一小片六角形的天空。“我变成了井底之蛙了。”云歌说。

“你不能抬头，上面掉下去的石块会砸到你，”牛师傅担心地说，“先挖中间，后挖边上，井筒下沉才能均匀。”云歌爽快地答应着：“好的，没问题。”

到了井下，确实黑乎乎的，到处都是湿的，绝对不可能坐下，云歌开始挖土，因为有修路、修水利挖沟的基础，云歌挖得不慢，一会儿一筐土，她晃晃绳子，上面就往上摇筐，筐一摇晃，就有土和石块掉下来，砸在头上。

就这样，云歌在井下干了两个多小时，牛师傅朝下面喊“我们两三个小时一换人，你该上来了”，井里有很大的共鸣音。“好的，挖完这一筐，我就上去。”云歌说。

云歌在井下一直坚持了三个多小时。“不错，牛师傅说你还能顶个人用。”长生对摇上来的云歌说。“什么话，人家干得挺快！”牛师傅称赞地说。

为了让大家喝上安全的水，此时打井是昼夜加班，这之后的几天，云歌忙完了地里的活，就一直跟着一起打井。

第三天，长生要到木工房盯下一批井框，云歌和小强倒换着干了一天。傍晚，慕天开会回来就到了打井工地，看到牛师傅和小强都在，问：“谁在下面？长生吧？”

牛师傅说：“不是，长生做井框去了，是云歌，干得还真挺快。”

慕天说：“您怎么让她下去了？不是说女人……”牛师傅抢着说“怎么了，这你也信了？”说着，小强已经把云歌摇上来。

“水不好喝，你负责啊！”慕天好像不客气地对牛师傅说。“我负责，我还不信了，我看关键是你泉眼找得好不好。”云歌也不客气地接话了。

“技术员说泉眼没问题。”牛师傅说。“牛师傅，女人不能下井，我们不懂，这可是开始挖井时你说的。”慕天还是不依不饶地对牛师傅说。

“这女子不一样，干活麻利，有灵气。”牛师傅一着急连山西话都出来了。“好好，牛师傅，女人能不能下井，能和不能，都是你说的。”慕天无可奈何地说。

“不是你负责管大田播种开荒吗？你刚回来，还不去看看。”云歌说。“耿师傅来了，那有耿师傅。”慕天说。

“这儿还有牛师傅呢。”云歌说。“我们两班倒，需要人，所以才让云歌下井了。”牛师傅鲜明地站在云歌这边。

晚上，云歌和慕天两人都不在时，牛师傅问长生：“他们俩是什么情况？”

“下井确实不是女人干的活，心疼了呗！”长生说。“对象？”牛师傅问。“好像也不是。”长生说。

牛师傅说：“明白了，慕天这小子，是剃头挑子吧？”“这俩人，说不清。”长生摇摇头道。

又是一天傍晚，云歌来到打井工地上，牛师傅说：“你是不是在地号跑一天了？”云歌说：“没事的。”

“太累，你一个姑娘家，不能这么干，再说，你没看，慕天都说我了。”牛师傅说。

“别听他的，我跟耿师傅车时，睡了一会儿，没问题，我跟小强已经说好了。”云歌说。

牛师傅说：“是啊，小强这两天拉肚子，今天实在是来不了了。”

“我知道才来的，您腰上又受过伤呢，不能让您一个人井上井下忙，再说一个人也不安全啊，不然就得停工啊。”云歌说着坐上筐，戴上矿工带的有灯的安全帽就下了井。

于是，云歌和牛师傅倒换着干了一班。就这样，云歌经常到打井工地上替班。

6月的一天，云歌在新建好的修理厂检修康拜因，慕天拿着一个军用水壶笑嘻嘻地走过来，递给了云歌，“啥意思，送水不能只给一个人送啊。”云歌说。

“尝尝。”慕天仍然笑着，云歌尝了一口说:“不错，挺好喝的，哪儿弄来的？”

“打到十七米，出水了。”慕天喜滋滋地说。“就是那口井的水？”云歌又喝了一口说:“好喝，一点儿都不涩。”

“当然不涩，是不是有点甜？你品品。”慕天问。“不明显。”云歌喝了一口说。

“又没有撒糖，肯定不会像糖水一样，团里的技术员说的确是泉眼水，余味回甘，还真是。”慕天兴奋地说。

“那我们以后就喝这口井的水了，不再喝又涩又黄的苦井水了，也不再喝水泡子里的水了？”云歌也很兴奋道。

慕天说：“是啊。”“那真好。”云歌会心地笑了。

慕天说：“高兴了吧，牛师傅说还有你的功劳啊。”云歌想起了慕天那天的不客气说：“不能那么说，那是技术员的功劳，人家泉眼找得好，也是大家的功劳，没黑天没白天地加班，我才干几天啊，不过，这说明女生下井，也没啥毛病。”

慕天说：“你这人，还记着呢，女生不能下井那可是牛师傅说的，不是我说的。”“你那天回来没鼻子没脸地说我和牛师傅，当然记着呢。”云歌说。

“唉，你真是不理解我，听说你白天在机务上干，晚上跑到那儿去加班，这哪受得了，”慕天深情地看了云歌一眼，“不能太累啊。”

“咱们不是都一样，为的是大家都能喝上好水嘛。”云歌也心软地说。

“我还有一个军用水壶，这个，给你用吧。”慕天说。“那，真是不好意思。”云歌把水壶递给慕天。

慕天把水壶推给她说：“主要是我还有一个，你不是没有嘛，那算干活的奖励吧。”

“谁用你奖励啊。”云歌有些不好意思道。“那当然得奖励了，有奖励才有积极性嘛。”慕天笑着说。

云歌有些羞涩地拿着水壶又喝了一口水，品了品说：“好像余味回甘是对的，确实有点甜。”

且说余英那次在煤矿留了一个月后，在云歌的斡旋下，她到了十七连的农工班。半年后，十连许多人拉到了十七连，她又与云歌在一个连队了，虽然不和云歌一个宿舍，但云歌的鼓励使她对自己越来越有信心。

一年多后的一天，云歌到团部办事，无意中碰到了自己与余英一起探亲时在火车上见到过的沈阳军区的军人高强，此时的高强是到团里来搞调研的。

偶然见到云歌，高强很惊喜，回忆了当时丢子弹的事，说为此还受了警告处分。

"找到了，还要处分吗？"云歌说。"是啊，组织上处分得对，要是找不到呢，要是落在坏人手里呢，后果不堪设想啊！"高强说。

"也是，您还是很有组织纪律性的。"云歌说。"还是不够啊，这种东西是不能丢的。"高强说。

接着他马上提起了余英，"你那位比你大一点的战友好吗？她叫余英吧？"云歌说："是的，她挺好的。"

原来高强的妻子因产后生病去世了，家里有一个不到一岁的小女儿，她的母亲从山东赶来照顾。

高强无可奈何地说："这不是长久之计啊，我妈催我，让我给孩子赶快再找一个妈。"

"对啊，是应当再找位嫂子。"云歌应付着说。

"想来想去，那一次对余英的印象挺好，我就是说说，不好意思，你们还年轻，人家女孩不一定会同意，你也别当事……"高强不好意思地说。

云歌说："余英是我的好朋友，但有些事我不能瞒你，她因为年轻不更事，出了些事情，你了解清楚，再考虑吧。"

"能有啥大事啊，你能帮个忙吗？"高强听云歌的口气，似有可能，有点急切地说。

云歌郑重地说："余英还年轻，她现在生活得很平静，表现也很好，这事，我得先问问她是怎么想的吧。"

高强说："是啊，是啊，你能帮我问问，我就求之不得啊。"

云歌说："这是婚姻大事，您也一定要了解一下余英的情况，再做决定，这样对双方都好，那我们互相等消息吧。"

云歌回到连队后，找到了余英说："余英，记得那次坐火车碰到的那个军人吗？"

余英和两年前变化很大，她穿着一件男式的旧军装，头发理得短短的，还戴了一顶旧军帽，帽檐儿的边已经磨毛了。

“这帽子已经破了，别戴了，先把我这顶给你。”说着云歌摘下自己的帽子，给她戴上。

“那你呢？”余英不好意思地问。“肖宁前几天送了我一顶。”云歌说。“那就谢谢了。”余英打个立正说。

余英谨慎地接着说：“言归正传吧，你问那个高强，是吧，不是后来他给我们寄了两枚纪念章吗，还写了一封短信感谢咱们，我都给你看了。”

“后来就没联系吧？”云歌问。“没有，怎么啦？真没联系过，出了什么事了？”余英有点紧张。

云歌说：“你紧张什么啊？”“你知道的，出了那些事之后，我心如槁木，生怕惹出什么是非来。”余英说。

云歌说：“也不必这样，当时你也是少不更事，已经过去快两年了，现在大家都挺肯定你的，前几天我到团里办事，碰到了高强。”

余英平淡地说：“是吗，他怎么能到咱们这儿来了？”云歌说：“他是来调研的，他还问起你。”

“问我？怎么可能。”余英自卑地说。

云歌说：“人家对你的印象好呗。”余英说：“怎么可能，我这种人。”

“你哪种人，人总是要犯点错误吧，我们长大了，就成熟了，你说是不是啊？”云歌说。

“说是这么说，总是有污点的吧！”余英无奈地低下了头。

“因为这么想，你就一直没回家，是吗？”云歌说。余英说：“我觉得没脸见我父母。”

云歌说：“今天真的跟你商量，高强他妻子病逝，他说那次见到你，印象很好，他让我征求你的意见。但他有一个孩子，还很小。他比你大七八岁吧，你想考虑吗？”

“这两年，我什么都不想了，也不想再考虑什么人了，没意思了，人家知道我的事，也不会看得起我的，我这辈子就一个人过了。”余英说。

“已经过去两年了，也不要从一个极端跑到另一个极端，难道你还想出家吗？”云歌说。

“有一段时间，我还真这么想过，可惜现在没有尼姑庵了。”余英笑着说。

“我们还年轻，今后的路还长着呢，你不能这么想，那次记得你说过，你妈就希望你找一个军人，这个人看样子挺实在的，就是大了点，还有一个孩子，这些都要考虑进去，想想吧，当然他有明显的不利条件。”云歌认真地说。

余英说：“好吧，让我好好想想，我的不利条件，其实比他明显，我想，他知道我的事后，就不会再找你了。”

这件事高强还真的认真了，因为是军婚，对方单位来了外调。

一个月后，高强找到了十七连大胡子连长：“组织上说，她确实出了些事情，但只是生活问题，她还年轻，一时意志薄弱，就看我是不是介意，让我自己考虑选择。”

大胡子连长说：“同意你们组织上的意见，大主意你得自己拿，但这个女娃，其实素质没那么不好，只是年轻，意志力、定力还需要磨炼。”

高强问：“听说她后来表现不错？”

大胡子连长说：“是啊，这两年她没有什么问题，工作方面严格要求自己，各方面都很好，大家反映也很好，去年还评上了五好战士。只是年龄上，你们相差不少，而且，进门就当后妈，还要看她自己的意愿吧。”

高强说：“我相信我的第一印象，不介意她过去的事，她当时那么年轻，还是可以原谅的，这件事拜托您了，征求她的意见，看她介意不介意我的婚史和孩子？”

这天下午，云歌找到了余英，按着大胡子连长介绍的情况跟余英说了一遍，余英说：“还是你帮我拿个主意吧。”

云歌说：“你自己的事，还要自己拿主意，这件事，我觉得是个好选择，这不是大胡子连长也介绍了高强的情况，他个人情况挺好的，没有政治和生活上的污点，只是那次丢子弹，受了个处分，但年龄比你大，结过婚，又有个孩子。”

余英不自信地说：“那我，我的情况他知道吗……我想让他先知道，让他有个判断，最好。”

云歌说：“他知道了，这是军婚，他们组织上对你外调了，组织上该说的一定会说，而他也蛮有经验的，又找了大胡子连长，你知道连长是个实事求是的人，他一定会丑话说在前面的，看来他是没什么意见，才会跟连长表态说，你当时少不更事，最近几年不是很好嘛，主要是看你，你要是同意，我们就去找连长，让连长通知他们单位。”

余英有些羞涩地低下了头，云歌笑着说：“别不好意思啦，看来你是同意，那我们去找连长吧。”

最终余英跟高强随了军，两人感情一直很好。20世纪70年代末的一次自卫反击战中，高强作为一线指战员壮烈牺牲。余英一个人作为烈属，含辛茹苦地抚养着高强的女儿，这是后话。

第三十章

大雨天帐顶漂移　现慈心姜华赠被

6、7月的北大荒是小咬、蚊子、瞎虻、跳蚤肆虐的季节，原来湿冷的帐篷，现在十分闷热，蚊子、小咬、跳蚤轮番上阵，姑娘们防不胜防。

“这里的蚊子、小咬，比十连厉害吧？”睡在云歌边上的邱莹在蚊帐里说。“是的，宿舍里比这帐篷里少，但地里都一样，邱莹，你的蚊帐可真漂亮。”云歌说。

“你看咱们宿舍杭州知青的蚊帐都漂亮。”邱莹说。“是啊，一个比一个漂亮，有的还带蕾丝边的，真好看，江南织绣，真是不一样。”云歌赞叹。

“难得你这样的一个人，还会注意到这些？”邱莹有点不解地说。

“我妈妈还会绣花呢。”云歌说着解开外衫，露出里面红兜肚上的绣的本色的莲花。邱英诧异了：“我原来觉得你是康拜因手，铁姑娘，又能写，又有头脑，不会喜欢这些的。”

“我们都一样的啊，都是女孩子，谁不喜欢漂亮呢？”云歌说。

“我自己就绣花，我绣了好多手帕呢，我的箱子在仓库里，哪天拿出来给你看。”邱莹说。“好啊。”云歌高兴地答道。

“云歌，我们都很喜欢你，你虽然也是来得不久，也算是工作组的，但你不装蒜。”邱莹说。

“我们都是知青，都是一样的，装什么蒜啊？”云歌说。

“不一样啊，有的人就不行。”云歌知道邱莹说的是谁，没有接茬，邱莹也不说话了，从此，她们逐渐成了好朋友。

云歌这几天把康拜因检修完了，就和宿舍里的女生们一起脱坯。

脱坯是个累活。邱莹说：“干吗要脱坯啊，用砖不是挺好的，盖的房又暖和又好看。”

云歌说：“咱们团已经专门成立了砖厂，但没有几个砖窑，按着各连的基建速度，砖厂的砖远远供不应求，而且成本高，‘门面’房比如连部或者食堂，一般都尽量用砖砌，所以各连盖居住用房多数都用土坯代替砖用，叫‘干打垒’，房屋的墙裙用石头，上面用土坯。”

“你原来的连队也是这样吗？”邱莹问。

“当然，因为都是就地取材，冬天打来的石头，再找到合适的黏土，很方便的，但在我们连我也没脱过坯，咱俩一样，都是现学。”云歌说。

两人看着“老职工”牛师傅和好泥，然后把现成的麦秸用铡刀铡碎，和到泥里，说是要把泥“饧”上一半天，才可以脱坯用。

云歌学着大家拿一个内径一样的木质方框，沾好了水放在地上，用锹挖一坨“饧好”的泥，在方框里填满，用刮板把泥刮平抹实，然后把木框提起来，一块坯就完成了。

“挺好玩的，像小时候玩泥巴。”来北大荒不到一年的杭州青年邱莹因为也是第一次脱坯，一边脱坯一边说。

“一会你就觉得不好玩了，一天定额可是二百块啊。”牛师傅说，邱莹朝云歌伸了伸舌头。

果然越干越不好玩了。“怎么这锹越来越重啊？还有这么多蚊子、小咬围着，轰也轰不走，真烦人！”邱莹轰着叮在脸上的蚊子、小咬，小巧的瓜子脸一会变成了大花脸。

大家都忙着干活，谁也没看谁。刚离开盖房工地的指导员白岩过来看脱坯的进度了。“咱们尽量抓紧完成任务啊，不然，砌墙师傅就要停工了。”白岩说。

“放心吧，差不多。”牛师傅说。“您肯定没问题，质量又好，”白岩蹲在牛师傅脱的坯旁边说，“你看这质量，整齐，瓷实。”

对面心里没底的邱莹把头抬起来，向牛师傅的砖坯方向望了望，白岩看了一眼邱莹，“哈哈哈，你演戏不用化妆了”，大家全向邱莹看过去，全笑起来。

“你看看，挺秀气个姑娘，咋造成这样！”牛师傅也笑着说。正在低头忙着的云歌抬起头，看了一眼邱莹，也笑了，她从口袋拿出一张草纸给邱莹擦脸。

“你们笑什么啊，我的脸怎么了？”邱莹用满是泥的手摸摸自己的脸，这脸上的泥就更多了，和她一起来的金凤从口袋里拿出一个小镜子说：“自己看看吧。”

“啊，我是怎么搞得啦。”邱莹说。“没关系，擦擦就好了。”云歌劝她说。

“不用擦了，一会儿又抹一脸，你看谁干活像你这样，活没干多少，弄得哪儿哪儿都是，自己还觉得挺美的，哈哈。”白岩说。

“指导员，白岩，就是你先说的，凭什么这么说我，你真坏。”邱莹带着哭腔，边说边开始追打白岩，白岩说：“你完成多少块了？”邱莹马上站住，泄了气。

“今天看来是完不成了，都下午了，还没到一百块，但我也不能饶了你。”说着，邱莹抓起一坨泥巴，打向白岩。

云歌一把抓住邱莹的手笑着说："算了，给指导员留点面子吧。"

"他哪像指导员啊，这么贫："邱莹一面擦脸一面气哼哼地说，眼泪都快掉出来。

"好好，我认罚，我帮你完成任务，好吧。"说着白岩一下子拿起了路边十来个木框，摆了一行，飞也似的挖泥，十几个木框同时放泥，他一路小跑脱起了坯。

"真快啊，像是在玩积木。"金凤说。"像是在包饺子，又轻松又快。"另一个女孩说。"哇，不愧是指导员啊！"云歌细心地看着白岩的动作。

"我脱过三年坯了。"白岩说。"那也不一定这么快啊，"长生佩服地说，"你能不能慢动作，让我也学学。"

白岩真的就教起了大家，把木框集中起来，上完泥后，分别抹平，进度大大提高了。

"还是集体的力量大啊。"白岩笑呵呵地说，于是这一天，大家都完成了任务。

回去的路上，邱莹嘟囔着说："这白岩，真讨厌，我的脸脏了，你悄悄地告诉我，不就行了，当着那么多人说，真是的。"

云歌笑笑说："我们以前没共过事，但一起开了几次开会，觉得他就是这个脾气啊，挺直爽的，爱开玩笑，但是，他这样不自觉地鼓动了大家，你看后来的进度，多快！"

邱莹说："是的，他确实就是这个脾气，其实人挺敞亮的，也挺能干的，干活嘎有方法啦。"

"你是说他好，还是不好啊？"云歌问邱莹，邱莹居然脸红了。

"这一个星期外面骄阳如火，帐篷里又热又咬，真难受，"邱莹说，"云歌，你看你的两只胳膊被各种虫子咬的都是包。"

"这种天倒是咱们脱的坯都干透了，基建排男生每天都在挑灯夜战，房子迅速地盖起来了，过一段搬进新宿舍，就会好多了。"云歌说。

"铛、铛"，"敲钟了，咱们看看去，有什么事"云歌对邱莹说。两人跑出来，碰上正跑向晒场的肖宁，她说："这天，本来是大晴天，大胡子连长忽然让通讯员敲起钟来，说是要下雨。"

一部分人正奔向了场院，抢收摊开的麦子。

云歌和另一部分人把晾在路上的土坯一块一块地收起来，暂时码在盖好的房子里。

"为什么这么急，太阳照得好好的。"云歌问一起收坯的肖宁。肖宁说，"大胡子连长发的话，说他看到食堂的水缸湿了半截，说马上就有大雨要来。"

"确实有'月晕则风、础润则雨'的说法，有这么灵吗？"云歌说。"哎，反正大胡子连长看天气，还是有一套呢。"肖宁似乎是有体会地回答。

肖宁的话音还没落，硕大的雨点就下来了，云歌抬头看天，就这么一会儿，西边天上的乌云滚滚很快就把太阳挤到后面去了。“这么灵！”云歌说。

“这就是有经验啊！”肖宁赞叹。“你了解梁连长？”云歌问。“了解啊，1966年我来的时候，分到二连，当时，他是二连管生产的副连长，大家都服他，不过，没几个月，他就去建十连了。”

大家干完了活跑回宿舍时，身上都已经湿透了，但姑娘们还是爱干净，都洗了洗，才钻进自己的蚊帐。

晚上，外面风雨交加，帐篷被风吹得摇摇晃晃，隔壁的男生送过来两块石板，阿芳和云歌用石板把帐篷的两条门帘压上。

“这下应该没问题了！”云歌说。“也难说，有时候就压不住。”住了快一年帐篷的阿芳说。

躺进蚊帐的云歌把灯点上想看会儿书。但是帐篷并不严实，风从缝隙刮进来，几乎把小油灯吹倒，她只有把灯灭掉，拿着一本《唐诗三百首》默背。

吹进来的风还带着些许雨星，一会儿就把蚊帐打湿了，她本能地裹着被子往邱莹这边挪挪，她忽然想起了一句诗，默念着“夜阑卧听风吹雨，铁马冰河入梦来”。疲劳的她很快睡着了。

后半夜，云歌好像在做梦，梦中，她和慕天一起分别骑着高头大马去完成一项任务。他们迎着疾风暴雨飞驰，慕天用他那深沉而有磁性的声音朗诵着高尔基的《海燕》，她应和着……“海燕像黑色的闪电，高傲地飞翔，一会儿翅膀碰到波浪，一会儿箭一般地直冲云霄……”

忽然，前面出现了一道悬崖，慕天的马一下子越过去，眼看跑远了，而她的马却踟蹰在悬崖边，不敢前行，她急了，她拼命地拉住缰绳，夹紧马肚子，终于，在大风雨中她纵马越过了悬崖。

风雨吹在她的脸上。她醒了，她摸摸自己的脸，脸上湿湿的，确实吹着风雨，“这是在哪儿……”她又摸了摸盖在身上的被子，觉得自己是在睡觉。

“这怎么都是水啊，怎么好像是在外面，”睡意蒙眬的她一下子惊醒了，她抬眼看见了，她这边帐篷的一角不知什么时候已经被吹开了，而且被风雨不断撕扯着这个角，开口越来越大。

她霍地坐起来，迅速地在风雨中穿上了外衣，此时，风雨已经彻底刮进宿舍，邱莹醒了，阿芳醒了，大家都醒了，上下对流，门帘也被刮开了，风雨倾泻下来。

云歌踩着铺上的木板，拼命地拉着帐篷掀起来的那一角，迎着风雨往回拉，阿芳和邱莹帮着她拉，风太大了，这一角撕扯得越来越大。

阿芳说：“上边不知有什么东西给挂住了，这个角好像短了一块。”话还没说完，三个人拼命往回拉时，“嚓”的一声，原来帐篷一角的前半部分被风挂在帐篷的支架上，其他部分被三人扯断了。

因为用力过猛，三个人摔倒了，滚到了铺上。

云歌首先爬起来，她看到剩下帐顶那块残角在风雨中摆动着，她爬到摇摇晃晃的帐篷顶，一把把挂在上面的那块帐篷角拉下来，发现这块角也已经破碎，和帐篷这一边完全接不上了。

疾风暴雨继续往屋里灌，一声响雷裹着闪电就像在帐篷顶上滚过，有几个胆小的女孩裹着被子，吓得直哆嗦，有的甚至哭起来。

这边的声音惊动了隔壁的男生，但是，一些女孩衣着不整，他们又不敢贸然闯进来。“什么情况啊？”副排长申林焦急地问。“我们的帐篷顶掀起来一块，你们呢？”阿芳在上铺回答。

“我们只是有的地方漏雨，上铺有些地方不能住了，正在往下搬，我们怎么帮你们啊？”申林说。“你们先把你们的问题解决了吧，实在不行再说。”阿芳说。

又一声响雷滚过，已经露在风雨中的云歌决绝地说：“反正已经湿成这样了！”她拿起自己湿漉漉的棉被，抓起邱莹脚边针线笸箩里的剪子，在被子上并排戳了几个洞。

“这是干什么？”阿芳和邱莹不解地看着云歌，云歌用绑腿把被子和在风雨中飘动的剩下那片帐顶接上，然后用另一条绑腿拴住被子的一角，冒着大风雨向帐篷中间的梁柱冲去，把两端绑腿拴上梁柱。

大风吹得她根本站不稳，但她死死地抓住梁柱，阿芳和邱莹也走向她，“小心我们三个人把梁柱踩折”，云歌提醒着，三个人趴在帐篷顶上，让受力面积小一些，她们一起分别把拴被子的绑腿牢牢地绑在帐篷的梁柱上，用绑腿把帐篷角和被子连在一起。

“行了，至少大雨暂时进不来了。”云歌绑好帐篷，松了一口气。

云歌在风雨中从帐篷跳到湿滑的地面上，回头接住阿芳和邱莹，她们走到帐篷门口，门帘在风雨中飞舞着，她们又重新用石头把门帘压住。

但是，灌进来的风雨，已经把靠北边这一角的上下四个铺位都打湿了，基本不能住了，云歌和邱莹的床，已彻底湿透。

“到我这来吧！”南边下铺的女孩纷纷把不能住的女孩安排在自己的被子里。

“我那边没事，到我这来吧！”阿芳递给云歌一条干毛巾，“把头发擦擦，把湿衣服换换吧。”云歌把外衣搭在已经不烧火的地火龙上，钻进了阿芳的被子里。

外面还是大雨倾盆，但宿舍里只听北面的帐棚顶滴答滴答地往水盆里漏水，大家都安静下来。因为年轻，姑娘们很快就进入了梦乡，一夜无话。

起床号响了，管生产的副连长华宇在外面通知大家：“今天下雨，停工学习一天，大家可以晚起一小时。”昨晚没睡好的女孩子们蒙眬中听到这个通知，翻个身又睡着了。

阿芳和云歌挤在一起暖暖的，她伸了伸胳膊，生怕碰醒熟睡的云歌，轻轻地侧了一下身，又睡着了，外面的雨还在淅淅沥沥地下着，时大时小。

天已大亮，阿芳醒了，她觉得有点热，看看云歌还在熟睡。她看着云歌精致的脸庞。“她的脸怎么这么红啊，两个人挤在一起热了吗？”她忽然觉得不对。

她拢了拢云歌额前的乌发，摸了摸她的脑门。“这么烫，我说怎么这么热，发烧了呀，”她再摸摸云歌的脑门，“哇，太热了。”

她迅速爬起来穿好衣服，穿上雨衣，雨鞋，冲进雨中。

过了一会儿，阿芳带着子云大夫掀开帐篷帘走进来，女宿舍的姑娘们基本都起了床，只有云歌还昏睡着，邱莹坐在蚊帐边上，说：“平时，她起来得最早，见她没有动，可能是抵挡昨晚上那场风雨，累了。”

“她发烧了！”阿芳说。“是啊，昨晚她一直在风雨中，淋得不轻，”邱莹撩起蚊帐，摸了摸云歌的头，“好烫啊”。

大家围过来，云歌迷迷糊糊地睁开了眼睛，子云医生把体温计拿出来：“试一下吧。”

子云这位1967年来的北京女知青，和云歌已是老熟人，她自己说她是十连李医生的徒弟，如今也成了医生，长驻在十七连，她拿着体温计说：“39.8，太高了，得打一针。”

脸烧得红红的云歌醒了，她想爬起来，但她觉得身上软软的。打了针，阿芳拿了一个搪瓷茶缸，倒了满满一缸温开水，云歌吃了药，一下子把缸子里的水全部喝光了。

“下了三天雨，大家学习了三天，云歌病了三天，真是的，什么都吃不下，”阿芳摸摸云歌的头说，“好一些了，不那么烫了。”

子云每天给云歌打一针，第三天她才退烧，但还是咳得很厉害。天渐渐放晴了，大家开始到工地备料，宿舍里只剩下云歌一个人。

云歌不停地咳嗽，“咳起来五脏六腑好像都快咳出来，觉得自己咳得好像马上就不行了，可是，这样躺下去是不行的，在北大荒，如果没有劳动力了，那岂不成了废人了。”她想着。

她边想着边试着穿上衣服爬起来，但是站起来的时候，她的两腿直打哆嗦，觉得身上一点力气都没有了。外面的活很多，她真的很着急。“被雨浇一次，怎么会就变成这个样子了，真是没用！”她埋怨着自己。

“云歌，你在吗？”“是慕天，他怎么来了？”云歌自语了一句，说，“在啊。”“方便吗？我进来了。”慕天说。云歌说：“好吧，进来吧。”

慕天抱了一个大包袱走进来。云歌站起来，“你怎么起来了，你这次可是病得不轻！”慕天说。“你怎么知道的？”云歌问。

“谁不知道啊，你那天晚上，简直，简直是女娲补天啊！”慕天说。“哪有那么夸张啊，正好在我的头顶上，谁都会这么做的。”云歌说。

“那天确实雨太大了，真是风雨交加。”慕天说。“你看我多差，雨浇了一次，就变成这个样子了，真是不争气。”云歌很着急地说出了心里话。

“这不是很正常嘛，那天那么冷，你又在外面冻那么长时间，风吹雨淋的，那还不病？就别着急了。”慕天说。

“其实好多事都是逼出来的，当时也没办法，不挡住，帐篷会出问题，这么多人都会被浇成落汤鸡。”云歌说。

“但是在天灾、人祸等突发事件出现的时候，人的选择真是不同的。”慕天边说着把手里的东西放在一个铺位上。

“你是在表扬我啊，当时阿芳、邱莹她们也都在，不是我一个人，只是，我的身体不争气，人家没事，我却病啦。”云歌说。

“阿芳向大胡子连长讲情况的时候，我们都在，连长都感动了，说‘真是好娃子啊！’对了，这是大胡子连长让姜老师给你拿的被子。”慕天指了指他刚拿来的大包，从里面拿出一床新被子说。

云歌手扶着被子说：“啊，我那被子当了帐篷顶，都被雨浇完了，我是准备让我妈给我再做一床寄来的，姜老师给我拿被子了，这么好的军用被，多不好意思啊，谁让你就帮我接受了，真是的，你征得我同意了吗？”

慕天说：“你真是不知好人心啊，那天雨掀帐篷的事阿芳汇报给大胡子连长了，当时我们正开班子会，连长说，现在哪个知青都是一床被子，一床褥子，谁也帮不了她。”

“连长马上打电话给姜阿姨，姜阿姨说，‘手头现成的只有当时我离开北京时，发的那床军用被了’，连长说，‘你舍得吗？’姜阿姨说，‘舍得，他们就是我们的孩子，当然舍得，再说，云歌跟我很熟悉的，是个好孩子，我也非常喜欢她的！’”慕天一板一眼地说着。

“为我们想得这么细致，真不好意思！”云歌说。

慕天接着说：“于是，连长对我说，‘我已经和王连长说好，你去十连拉一车磨好的麦子，还有油什么的，再到我家找姜华拿被子’，那我不是只能遵命了吗？”

“这么有纪念意义的东西，我怎么能要啊！”云歌又感动又不好意思。

“你谢谢大胡子连长和姜阿姨就可以了，你要是不要，反倒让他们觉得你见外了，再说，不要，你盖什么啊？”慕天说。

云歌拿起被子，把脸贴在被子上，流泪了。“我发现你有时候挺爱哭的啊。”慕天看着她，开始拿她开心，云歌一把抹去眼泪，说：“讨厌，要是你，你不感动吗？”

“感动也不用哭嘛！”慕天笑着说。“姜阿姨她们人真好，拿我们当自己的孩子。”云歌说。“所以我愿意在他们这些人身边工作，他们都是真正有大胸怀的好人。”慕天说。

“比起他们，我差远了，还说什么补天了。”云歌说。

“现在说神话是迷信，其实不一定啊，你说，就算是女娲补天，有没有，谁也说不清。其实那是先人们一种愿望，一种期盼，一种理想人格的推崇，你说是不是？”慕天说着帮助云歌把被子放回床上。

“你说的还真是。”云歌说。“这些神话人们至今不忘，是其中的理想人格已经成为我们民族文明中的集体人格，成为大胡子连长、姜阿姨、你、阿芳这些人的自觉行为，好了，我就别在你这饶舌了，我还有事，得马上去团部。”说着慕天拿出一个漂亮的纸包。

慕天从里面拿出一块黑色的东西，云歌问是什么，慕天说：“糖，吃一块吧，有热量的。”云歌接过来放在嘴里：“这是什么糖，有点苦。”“将来你会吃习惯的，别着急，好好休息吧！”慕天说。

他把纸包放在被子上，掀开帐篷帘向外走去。后来云歌才知道，这是慕天的妈妈给他寄过来的巧克力，那是云歌第一次吃巧克力。

第三十一章

请老耿于珏帮厨　收大豆云歌加班

“我来得晚些，你们经历了春天的挖沟、修路、基建、开荒，走出了夏季的日晒多雨和夏收，现在，终于到了秋天。”盛楠说。

“是啊，咱们这个新建连队逐渐帐篷开始少了，几排红砖房、土坯房拔地而起，变化还挺快啊！”云歌兴奋地说。

在地头上，一身工装的云歌和后来十七连的盛楠聊着天。“我们发展得确实挺快，你看，周围也有了收获过的麦田，大田已经开始秋翻地，正待收割的大豆在秋风的吹拂中，深绿色的豆荚日渐饱满，特别是两块熟地大豆的长势真是好。”盛楠说。

“没错，砂石路还在延长，路两边新种的白杨树枝繁叶茂，总算像个连队的样子了。”云歌说。

麦收后，云歌和连队的女知青都离开了帐篷，住进了新建的女生宿舍。云歌和肖宁、苏凌、穆琳、于珏住在一起，因为宿舍少，十个人一个房间，还有三个菜组的姑娘也住进了这个宿舍。

程云股长明确说：“工作组就是帮助领导班子把新建连队的建设抓好，工作组的年轻人按分工到各个班组，和大家一样完成工作量，我们分工不分家吧。”

大家都对程股长的意见深以为然。于是翩伟、苏凌、肖宁、于珏到了修路、建筑工地和大田。

吉西、穆琳、云歌到了机务、后勤、畜牧等班组。“我们都是来北大荒四年以上的知青了，所以连队里的苦活累活都难不倒我们。”翩伟说。“吃点苦，咱们都没问题，大家都一样。”心直口快的肖宁说。

“不只是劳动，配合领导班子抓好学习、思想工作也是必需的，云歌，你的任务量比较大，机务上你管一个车，要顶班，其他工作也要担起来。”程云说。

“是，正常。”云歌说。“听说你经常顶两班？”肖宁说。“机务上人少，没办法。”云歌摊着手说。

“马上要秋收了，也不要太累。”程云关切地说。“没事，放心吧。”云歌说。

团里调拨了一台新东方红 75 拖拉机给十七连，还有一台半新的联合收割机。十连的耿师傅来当新 75 的车长，云歌当联合收割机的车长。

这一天云歌和耿师父到团里接了新 75 拖拉机，又回到十连，准备把耿师傅和大胡子连长的家搬到十七连。“搬两个家，装得下吗？”路上，云歌问。

“都没啥东西，连长家的两个箱子和吃饭的桌子椅子这些家什，都已经搬过去了，只剩下些被褥和锅碗瓢盆了，装得下。”耿师傅说。

到了十连，云歌见到了姜老师，这还是拿到姜老师送的被子后第一次见到她。

姜老师正在往一只书箱里装书，云歌连忙奔过去握住姜老师的手说：“姜阿姨，您关键时刻送我那么好的被子，还没谢谢您呢。”

姜老师也连忙放下书，握住她的手，亲切地说：“云歌，我听老梁说了，你小小年纪不容易啊，说是还病了一场，确实比在这里瘦了！”姜老师理了理云歌的头发，拍拍她的脸。

云歌有一种见到母亲的感觉，忍不住眼圈红了，说：“我挺好的，早没事了，您自己都舍不得用的被子，那么有纪念意义，那么暖和，却给了我，我真的，真的很……”

“姑娘，谁用不是用呢，你用最值得，不许把这事放在心上，不再说这事了，”说着姜阿姨从锅里拿出一个热乎乎的熟玉米递给了云歌说，“还热着呢，跑累了吧，先吃了，再搬东西。”

说着她又拿茶缸给云歌倒了一碗水，“嗯”，云歌像女儿一样答应着，香香地吃起玉米来。

然后，云歌帮姜老师把书箱、炊具搬上拖斗，俩人又跑到耿师傅家，耿家孔阿姨早已把东西装好了。

耿师傅家也很简单，两只装衣服的木箱，一些炊具，饭桌和日常有的小杂物，孔阿姨手里拿着两个镜框，对着一个帆布旅行箱发愣。

“挺麻利的，都收拾好了。”姜阿姨说着带着云歌走进来。“就是这两个镜框，他让我放在这帆布箱里，但是这箱子他锁着呢，我得找找钥匙啊。”

云歌接过两个相框，一个相框里镶的是耿师傅的穿军装半身正面像，胸前戴着一堆奖章。

云歌说：“哇，耿师傅年轻时好精神啊，得了这么多奖章啊。”另一个镜框里镶着一些小照片，有一张结婚照，全家福，孩子们的照片等。

“耿师傅在朝鲜战场上是立过大功的，他只是不说就是了，我家老梁都知道。”姜阿姨说。

“是吗？”云歌说。“是的，他们一起守高地，你看他现在不爱说话，当年打起仗来像小老虎一样。”

“那时候年轻嘛，他们还不是都一样。”孔阿姨一边盛了一碗毛豆递给云歌一边说。

姜阿姨接着说：“老梁说他那次缴获了两辆坦克，他先打趴下一辆，打死了驾驶员，自己坐进了驾驶室开动了这辆坦克，就朝着敌军另外一辆坦克冲去，那辆坦克上的老美少爷兵怕死，挂起了小白旗，耿师傅自己开着一辆坦克，又一路驱赶着另一辆挂着小白旗的坦克回到了阵地，这些军功章他都是用命换来的。”

“哇，耿师傅平时和和气气的，真看不出来这么厉害！”云歌感叹地说。

回到了十七连，已经是下午了，耿师傅把拖斗和云歌留在了家属区，然后马不停蹄，开着新 75 去车场。

路上，正好碰上大胡子连长，大胡子连长见耿师傅连家都搬过来了，非常高兴，他拍了一把耿师傅说：“老耿啊，我盼着你来啊，这条件不如十连，你又跟着我受苦了！”

“这有啥，到哪儿都是开车。”耿师傅不善言辞，也不说客气话。

“把你调来不容易啊，老王他不愿放，这下好了，今晚上，我请你喝酒啊。”连长拍着耿师傅的肩膀说。

“好嘛，正好家还没安顿好，我让老孔去帮下姜老师。”耿师傅说。“不用，姜华在那边已经把鸡杀好了，晚上来吧，让嫂子和孩子都来。”连长说。

“行吧。”耿师傅一点也没客气。“东西都搬完了吗？”连长问。“差不多了，云歌帮助老孔把床上的东西整理一下，就齐了。”耿师傅说。

这一幕被刚走过来的于珏看在眼里，最近她虽然与云歌住在一个宿舍，但云歌早出晚归，没有跟她多搭讪，云歌对她也是客客气气不多话。

她看到云歌和宿舍里的其他人关系都很近，聪明的她意识到“只有和云歌重新修好，才能鲤鱼翻身”。

“如今这姜华又搬到十七连了，真后悔当时这女人受审查时，对她那么尖刻，”于珏想着，“唉，我怎么那么没眼光啊，真是傻透了，看云歌，这个鬼丫头，如今混得这么红，就是因为她比我鬼。”她恨恨地自语。

“我现在还是要和在八连一样，放下身段，那次，如果不是从大晒场的三阶跳板上掉下来，也不会有今天呢。”于珏心想。

她原本应当去基建排脱坯，“看来云歌是去姜老师那儿了。”想着她转回去，在家属区路口等了半天，也没见云歌的影子。

倒是盛楠从大路走过来，在背后拍了她一下，说：“站这干吗呢？”“盛楠，我是叫你排长啊，还是叫你副指导员啊？”于珏回过神来，笑嘻嘻地看着盛楠说。

“我们原来都是一个连的，叫盛楠就好，你在这儿干吗？”于珏说：“我等云歌啊。”盛楠说：“她在这儿吗，我来了就在地头碰到她一次，还没正经跟她说上话呢。”

于珏另有他意地说：“她忙啊，这不是又帮连长搬家呢嘛，这种事她愿意干。”

“是的，我知道的，她是接车顺便的，你找她干吗？”盛楠似乎明白于珏是什么意思。

于珏讨好地说：“她不是右腿有了关节炎嘛，我探亲时拿回儿贴膏药给她。”盛楠问，“你不是和她一个宿舍吗？直接给她就是了。”

于珏低下头说：“她现在不愿理我。”盛楠问：“为什么？”于珏又开始夹枪带棒了：“我当时离开十连时的情况你也清楚，人家现在和当年也不一样了，理我干吗啊。”

盛楠又问了一句：“她怎么不一样了？”于珏继续说：“人家现在又是车长，又是笔杆儿的，唉，此一时，彼一时呗。”

盛楠耿直，不想听下去了说了句“不可能，她根本不是那种人，你们是同学，你更应该了解她，你还等她吗？我可是得去工地了”，就向前方走去。

于珏心里说“她们的关系还挺铁”，嘴上却说：“我和你一起走吧，我的任务还没完成呢。”

盛楠缓和了一步说：“你干活倒是蛮麻利的啊！”“吆，谢谢领导表扬啊，你这人就是大气。”说着，于珏讨好地挽起盛楠的胳膊一起向工地走去。

姜老师真是麻利，一下午她就把新家收拾的差不多了。傍晚，她就开始准备饭菜了。

于珏忽然来了，说：“姜老师，您好啊，云歌说您晚上要请耿师傅吃饭，她说她还有活没干完，不能来帮你，让我来帮个厨。”

姜老师愣了一下，说：“我知道她是夜班，就没跟她说啊，没事的，可能是孔阿姨对她说了，谢谢你啊。”

于珏用云歌打破自己的尴尬：“您看有什么活儿，别客气，云歌可是我最好的同学。”

姜老师说：“好的，我知道，那不好意思了，把那白菜切一下吧，切成丝，越细越好，拌个凉菜。”

“好的。”于珏熟练地拿起刀，切起来，一会儿一盆细细的白菜丝切好了，姜老师夸奖地说：“你干活很麻利啊，这白菜丝切得可真细。”

于珏说：“这是杀了几只鸡啊？”姜老师实在地说：“三只，带着也麻烦，除了两只生蛋的母鸡，就都变成了今天的菜了，老梁说今天来的人多，除了鸡，也没啥别的荤腥了。”

于珏说：“三只都炖蘑菇，就太单调了，不如炖两只，煮一只，做个白斩鸡啊。”姜老师说：“那太麻烦，怕时间来不及了。”

于珏爽快地说：“没问题，您交给我吧。”

“你做过饭吧，看你很熟练的。”姜阿姨说。

“是啊，小时候父母上班，我在家是老大，每天放学都是我做饭，后来到八连，在食堂又干了一年多。”于珏说着用淀粉快速做了几块拉皮。

她边说边利落地把凉菜配好，白菜丝上放上切好的拉皮，又切了一根胡萝卜，半根心里美萝卜、一条黄瓜，于珏问：“没有海蜇吗？”

姜老师说“没有”，于是，她焯了一些木耳，切了丝放在里面，没有猪肉，她切了一块鸡胸肉，炒好放进去，然后上面撒了香菜和蒜末。

“真漂亮！”姜老师赞赏地说，无形中她变成了给于珏打下手了。

“这哪是在家里吃饭，像是在饭馆啊！”晚上，走进来的耿师傅说。“姜老师厨艺见长啊！”孔阿姨赞道。“这哪是我啊，这是于珏的手艺啊。”姜老师忙说。

紧跟着白岩、慕天，他们还拉来了翮伟、吉西和华宇都来了，“漂亮啊，这是凉菜啊，颜色真丰富，这有凉拌鸡……”华宇说。“这叫白斩鸡”，于珏纠正说。

“小鸡炖蘑菇、西红柿炒鸡蛋、辣椒炒木耳……啊呀，色、香、味俱全啊，多长时间没见过这么好的菜了。”嘴馋的吉西啧啧地称赞道。

“耿师傅，你面子好大啊！”白岩拍了一下耿师傅。“哪里，是连长的福气。”耿师傅说。

“姜老师是贤内助！里里外外一把手啊！”白岩说，“翮伟，你见到好吃的就不客气，连长还没回来呢，你们就开吃了，这么迫不及待啊。”

翮伟和吉西被白岩说得不好意思地嚼着嘴里的白斩鸡。“还有呢，这确实得趁热吃。”于珏又端上来一盘。

“啊，拔丝土豆。”翮伟说着把筷子伸过去，顺手夹了一块，拉出了长长的糖丝。

大胡子连长带着一身的土，走了进来，看也没看桌子上的菜，说：“慕天来了吗？”慕天忙答：“在，连长。”“今天咱们那台自动康拜因到大豆地里试车，我看就两个人啊？”连长说。

慕天说：“是的，只能是两个人，咱们机务上人不够。”

连长说：“原来是牵引康拜因，拖拉机上还有两个人，互相帮助一下，还说得过去，但规定也是三个人。我今天一问，自动康拜因，她们也才两个人，三班倒，怎么倒啊，我刚才去看了看，晚上就云歌一个人在地里。”

慕天说：“连长，您记得吧，在十连时也经常是这样的。”

连长不满意地说：“十连是两台自动康拜因，都安排到一块地里，要好些。这一台车一个人，在一马平川的地号里，有个安全问题啊，不行，再安排一个人吧。我们要抓紧培养康拜因手，选一个人，让他们老带新，也行啊。”“好的。”慕天回答。

于珏看人也来得差不多了，识相地躲到厨房里。“老梁，先吃饭吧，大家都等着你了。”姜老师说，大胡子连长对老耿夫妇说：“老耿啊，你能来帮我，我很高兴，这么利落就让嫂子也搬过来了，嫂子，对不住啊，这里比十连艰苦不少。”

“在哪儿不是干活啊，都是工作，客气啥，还做了这么多菜。”孔阿姨说。

大胡子连长这才看到桌子上的菜，不以为然地说：“这么花哨，姜华，你长本事了！”

“哪儿啊，这是于珏的手艺。来，于珏你也来一起吃吧。”姜老师边说边把于珏从厨房拉出来。

“我一起吃，合适吗？”于珏有点扭捏。

“怎么不合适，你看翮伟和吉西都在这儿，你们都是一样的。”连长说。

“谢谢连长。”于珏忙说。“坐吧。”姜老师热情地让着她说，于珏挨着姜老师坐下。

于珏熟练地把凉菜拌起来。“好吃，这凉菜有水平！”白岩边大口吃边说。

“吃拔丝土豆吧。”于珏说。“是啊，凉了就没丝了，嚯，这丝好长，有水准，”吉西夹了一块拔丝土豆称赞说，“于珏，你可以到咱们食堂了啊。”

“不一样，把大锅菜做好，可不容易。”快速吃饭的华宇说。

“华宇，你们着急什么啊？”连长说。

“吃完了，我去地里看看去吧。”慕天说。连长说：“也好，你先吃饱了，去看看吧。”

“我也得走，新食堂今晚做准备，明天要封顶了。”华宇边吃边说。“好的，去吧！”连长说。

“你看，这老梁，你一催，他们就坐不住了，吃饱了吗？”姜老师问。

“吃饱了。”慕天和华宇答道。姜老师从厨房拿了两个熟鸡蛋塞到慕天的口袋里说“给云歌拿着”。“好的，”慕天笑笑和华宇一起出去了。

“我看你去食堂是可以的，只要和在家做饭一样认真。”连长对于珏说。“好的，连长。”于珏恭敬地回答。

“你和云歌是同学吧，认真又能吃苦的劲头，你要向她学习。”连长继续说，“好的，我一定向云歌学习。”于珏低声说。

“关皓好吗？”连长问。姜老师说：“别问了，刚小于说，他们分开了。”姜老师的一句话，让在座所有人都惊诧了，只有吉西还闷头吃菜。

“不可能吧？”连长说。“是真的！”于珏的眼圈红了。“年轻人思想活跃，正确对待吧，你们还年轻。”连长半信半疑地说。

“是的，连长，我一定好好工作！”于珏擦擦眼睛说。“好！”连长说。于珏站起来说：“我吃好了，姜老师，我也回去了。”

“吃饱了吗，今天辛苦你了！”姜老师站起来拍拍于珏说。“我们也走了。”吉西拉了一把白岩和翮伟，“那，连长，我们走了，你们老哥俩聊吧。”翮伟说。四个人一起离开了连长家。

从十连来的几个人基本都是开拖拉机的，在康拜因上干过的人很少。可收豆子更是人歇马不歇，因为怕哪天突然变天，把大豆盖在雪里。

云歌和十一连来的一个刚上机务一年的男知青陈晓三班倒，由于陈晓对自动联合收割机不熟悉，云歌每天在地里的时间都是十几个小时。令人欣喜的是今年的收成非常好，每一颗大豆都是个大粒儿饱，看着就让人高兴。

每天解放牌大汽车跟在康拜因的边上，不一会大豆就像瀑布一样倾泻到车斗里，云歌看着真是爽。卡车司机也是倒班，人不够，慕天也经常顶班。

一天，秋高气爽，吃过了中午饭，云歌挑着一担水来接替陈晓，陈晓很奇怪说：“我们就两个人，需要喝这么多水吗？你挑水走这么半天，不累吗？”

陈晓也是和云歌一起来的哈尔滨知青，是老高一的，比云歌大两岁还多，但在技术上，他完全是个小弟弟。

“你忘了，水箱该加水了，齿轮保养了吗，电瓶情况怎么样？机油是不是该加了吧，操纵杆的螺丝紧过了吗？”云歌问。

“我只顾收割了，没注意这些，云歌，咱们人太少了，我来之前不是有小惠吗，我一来又把她调走了，自动康拜因怎么也得是三个人，这么干，累死人啊！”陈晓说。

云歌说：“确实应当是三个人，但人不够啊，你看机务排都忙得脚打后脑勺了，我们现在是两个人，忙一些，但机器的状况也一定要掌握，我们一起再做一遍吧，不然这个时候，机器‘趴窝’就麻烦了。”

“好的。”陈晓倒是很配合，果然，水箱的水再走两圈就可能没有水了。“水箱要是‘干了锅’，发动机就会出问题。”云歌像个老师一样说。

“机油已经不多了，再加一些吧”，云歌带着陈晓边说边对康拜因的上上下下检查了一遍，“运转了一整天的机器，总会有些问题，一定要及时看看，不然就会突然趴窝，那就被动了。”云歌一面说着一面麻利地紧螺母、添机油，陈晓不时地帮着忙。

陈晓忍不住地说：“云歌，咱们是一个学校的同学，我跟你说句心里话，收完这次大豆，我还是想回十一连，十一连的机务，比这里强多了，这里太艰苦了，就咱们两人倒班，太过分了。明年春天再跟着开荒，想想都可怕。”

云歌说：“我听说你已经调过来了。”陈晓说：“没有，我问文书了，我的关系还没过来。”云歌开玩笑说：“那容易啊，档案拿过来不就是了。”

陈晓摸着后脑勺不好意思地说：“别，云歌，我想请个假，回十连找领导说说，先别拿我的关系，让我再考虑一下，我再看看我的女朋友，跟她商量商量。”

云歌说：“哟，可以啊，你有女朋友了，是谁啊？”“邢阳，也是咱们学校的。”陈晓有点不好意思地说。

云歌说：“邢阳，和我是一个年级的，她很棒哦，女子架线班的班长，大雨天架线，最近米帆还画了一张画，说她是原型，很漂亮、很能干啊。”

陈晓说：“是啊，我们原来是住得不远的邻居，来的时候她妈找到我妈，把她托付给我，后来我们就好了。”

云歌想了想说：“是啊，陈晓，我想起来了，在学校的时候，当时欢迎新生的联欢会上，你是不是诗朗诵那个领诵的？”

陈晓想起来当年自己英气勃勃地站在台上朗诵。“是啊，那都过去几年了。”陈晓说。

云歌说：“你现在的声音也还是很有磁性的，可你的状态已不完全是当年了。”

“怎么可能像当年啊，当年，尤其我们，已经是重点中学的高中生了，很快就摸到大学门了，现在是什么，是农民了！”在同学面前陈晓不掩饰情绪。

他接着说：“邢阳和我不一样，你们俩就有点像，我总是对她说，这么干有什么意义啊？日子过得这么苦，当年什么浪漫啊，什么理想啊，什么未来啊，全都没有了，而且我现在一听到说这些，我就烦透了。”

“看你当年可不是这样子。”云歌说。“那能比吗，我说邢阳，你是不是在装，可我了解她，她又不是装，真是拼命干，干得还挺高兴，你说，傻不傻啊？！”陈晓说。

云歌说：“你觉得我也是在装吗？”“也不像是装，可我不理解，真的，这次来，是她鼓励我来的，十一连已经挺苦了，没想到这比那苦多了。”陈晓叹了口气说。

“邢阳会同意你回去吗？”云歌问。“她才不会，不瞒你说，对许多事，我们已经有了分歧，没准这次见面，就散伙了。”陈晓心情低落地说。

“你真心喜欢邢阳吗？”云歌问。“当然，我现在还有什么，只有她了。”陈晓无奈地说。

“邢阳虽然是初中生，但当年是不是也是想上大学的？”云歌问。“那当然了，你知道，她也是她们班的尖子生呢。”陈晓说。

“我们都来了四个年头了，刚到这里，都有落差，都有迷茫，但后来发现，这也是一项事业啊，而且也还是很有意义的事业，命运确实没让我们按着自己的预期发展，可我们这么年轻，就什么都不想干了吗？”云歌坚定地说道。

“邢阳也这么说，但我还是想回去一趟，跟领导谈谈，也看看她”，陈晓固执地说。云歌很通情达理地回答：“好的，去吧，没问题的……”

“开工了，我这车可等着呢！”不知什么时候，慕天过来了。“今天你顶班啊？”云歌问。“是啊！”慕天做了个请云歌上康拜因的手势。

“那我先走了。”陈晓说。“好的，去吧！”云歌说。陈晓向慕天点个头，蔫蔫地走了。云歌飞速上了康拜因，把车发动起来了。

慕天在下面望了望陈晓的背影，大声问：“他怎么了？”云歌说：“没怎么，想回十一连去看看女朋友，明天晚上就回来。”

慕天问：“他有女朋友了啊？”云歌说：“怎么了，人家怎么就不能有女朋友呢，人家的女朋友是邢阳呢。”

慕天说：“是吗，我看他蔫蔫的，还有点吊儿郎当的，还有这么优秀的女朋友，唉，都比我混得好啊……”慕天说笑着抬眼望云歌，云歌的车已走出去很远了，留下一片割得很干净齐整的豆秸茬。

慕天上了车，跟了上去。就这样，云歌的康拜因不停地行进着，慕天的解放车一会就装满黄澄澄的一车大豆，运往大晒场。

很快太阳偏西了。“喝口水吧？”慕天不知什么时候把云歌的军用水壶灌满了水，云歌停下车来，接过水壶，喝了几口水。

慕天从车里拿着一卷东西上了康拜因说：“你干活真是猛啊，这一车一车的。”

云歌说：“豆子长得齐，地也平整，前几天在新开的地里就不行，豆子长得稀，地高低不平，还有塔头呢，那就慢了。哎，你看……”

云歌看到离这块地号不远的一座山上，一群大雁飞起，在天空中逐渐排成整齐的人字形，一群又一群。

“从来没有这么近距离地看到大雁群，排队这么整齐，好像有人在喊口令，”云歌完全被吸引住了，“真好看啊！”她忘情地说：“‘何处秋风至，萧萧送雁群’。”

慕天欣赏地看着她，说：“你知道咱们这里为什么原来叫雁山农场吗？”

云歌望着他摇摇头。慕天说：“咱们这不是完达山脉吗，离咱们团最近的这座山叫雁山，主要可能就是因为那里天气暖和了，从南方飞来的大雁都在那里栖息，这座山脚下就是七虎林河，可能大雁也会选风水、地段吧，这里有山有水，应当比较适合它们生存。”

云歌听得入神，感慨道：“啊，雁山原来还有来历，那我们这里还是风水宝地呢！”

慕天说：“什么时候有时间，可以过去看看，可是，看着这山挺近，其实离咱们这里，还挺远的。”

云歌问：“是吗？你去过吗？”慕天说：“去过两次，一次是伐木，离那里挺近，我们几个人就去过一次，当时是冬天，只看得出有山有水，其他都看不出来。”

云歌说：“冬天当然也看不到大雁了。”慕天说：“是的，但那又是一番景象，咱们这里打猎，可以打山鸡、野兔、狍子好多种，但是一般不打大雁。”

云歌问：“为什么？可能是肉不好吃吧？”慕天说：“这倒不知道，没吃过，因为大雁是成双成对的，一个死了，那个就活不成了，这种情感，也许人们也都很感动。”

云歌说：“是吗，这里的人还知道这些？”

慕天说：“那当然，这是人们在生活中感受到的，老兵中许多人都是有文化水平的。对了，我的古诗词不如你，有一首词是写大雁这种情感的，我背不下来，你应当知道吧？”

云歌边开机器边拍拍脑袋，说：“是啊，我想起来了，元好问，好像是金……元朝时期的吧，有一首《雁丘词》，是不是啊？”

慕天说：“对，是叫《雁丘词》。”

“他之所以写了这首词，就是他和一些同伴去赴试赶考的路上，看到一位捕雁的人，捕了一只雁，杀死了，结果，雁群里的另一只雁‘竟自投于地而死’。元好问看了，就把这两只雁都买下来了。大家以为他要煮着吃呢，可他却把这两只雁葬在汾水边上，并垒起了一座石碑叫‘雁丘’，还同时赋了一首《雁丘词》，”云歌一面想一面说，“我说的对吧？”

“对，很对，你果然古诗词比我好，知道的这么详细，你还记得那词吗？”慕天欣赏地说，

云歌说：“词就不说了吧，也记不清了，好像算是封建的东西吧。”

慕天说：“怎么封建呢？你不说，倒是封建了。”云歌说：“说就说，‘问世间，情是何物？直教生死相许’……”

云歌看到慕天得意的样子说：“你是不是在犯坏啊，都是些艳词靡句，你刚才说的《诗经》里，至少有 5 首诗涉及大雁，你怎么没让我背呢，真坏！”云歌一下子脸红了，“去，开车去，豆子已经满了”。

两人一看不知不觉，康拜因已经转了一大圈，又回到汽车停的边上了。

“唉，诗还没背完呢！”慕天无可奈何地跳下康拜因，把车开过来对准输粮口，云歌搬开闸门，大豆瀑布般的倾泻出来。

就这样两人各自在自己的驾驶楼里忙着，慕天又拉了两车，他在晒场卸车时，炊事班的石梁把两个人的饭送到大晒场，说：“康拜因的饭你帮着带过去吧，食堂人手少，帮个忙吧。”

慕天欣然答应“好的，没问题，吃什么啊。”“是包子，小碴子粥，拿点咸菜吧。”石梁回答。

就这样，半天一夜过去了。到了第二天中午，云歌和慕天两人坐在地头吃饭，“除了包子就是包子，这石梁就不会做别的。”慕天说。

“包子挺好，有菜有饭，方便干净。”云歌说。

“你倒是好说话哈，”慕天看着云歌清澈的眼里有点红，“累了吧？我昨天晚上想，你真是个能吃苦耐劳的女孩，将来咱俩要是办一个农场都没问题啊。”

“胡说，谁跟你办农场，小农意识。”云歌有点不好意思了说。

慕天笑道：“开个大农场啊，就不是小农意识了。”云歌说：“你想什么呢，想当大地主啊，到下班时间了，别贫了。”

“我跟陶三说了，让他晚上来接班。”慕天得意地说。“你真是，你以为我愿意让你在这儿，唠唠叨叨的。”云歌故作不屑地说。

慕天笑嘻嘻地说：“不是怕你闷嘛，哎，我就不明白了，你说的《雁丘词》内容丰富、话题也多，它怎么能算艳词靡句啊，明明是歌咏忠贞爱情的好词，我对古诗词了解的不算多，但这首词多美，别有意境，你要是不喜欢，你怎么记得那么清楚，印象那么深啊！”

云歌说："我小时候就能背好多古诗词，不只是这一首印象深。"慕天说："你真的觉得《雁丘词》这首词不好吗？我倒觉得它是情诗中最好的，有境界、有层次，有内容。"

"看来你对《雁丘词》很了解啊，你还装作不知道，跟我耍心眼！真坏！"云歌说。

"'渺万里层云，千山暮雪，只影向谁去'，'天也妒，未信与，莺儿燕子俱黄土，千秋万古'，真是咏物抒情情高贵，拟人手法接千载。"慕天振振有词地说。

"你这不是都记得吗，非让我背，还对这样一首词评价这么高，你真小资。"云歌说。

慕天不理会接着说："不过我要是那只被杀的雁，我不希望我的伴侣为我而死，我希望它活得更好，你看我是用批判的眼光读古诗的吧，哪有小资啊？"

云歌有点扫兴："你真这样想啊？"慕天说："是啊！"云歌嘟囔着："你不是说是歌咏忠贞爱情的好词吗？怎么又这么说，我还是欣赏这种忠贞，至死不渝……"

"云歌，我回来了。"陈晓笑嘻嘻地站在两人面前。"好啊，提前归队啊。"慕天说。"不好意思啊，副连长。"陈晓说。"吃饭了吗？"云歌问。陈晓说："还没。"

"这有包子，我再转一圈，你先吃饭。"说着云歌上了康拜因，慕天也跟着上了康拜因。"这是什么，你的？"云歌看到有一卷东西放在车座的边上，扔给了慕天，慕天没说话，打开了这卷东西。

"狍子皮，"云歌说，"我听说你有一张上好的狍子皮，怎么拿到我这来显摆"。

"你怎么知道的？"慕天奇怪地说。"金晶说的，她当时和志远还好着呢，她刚来时有一段时间腰不舒服，志远说'我要给金晶找一张慕天那样的狍子皮'。"云歌说。

"嚯，志远居然盯上了我的财产了，这是畜牧连的同学送我的，确切地说，是拿我的一个小闹钟换的。"慕天说。

"拿这里来干什么？"云歌不解地说，慕天说："送给你啊！"云歌诧异了："我，我可要不起，你拿小闹钟换，我能拿什么跟你换呢？"

慕天说："不用换，听说你水里捞麦时得了关节炎，这马上又要冬天了。""没事，已经好了，真的不用。"云歌决然推辞。

慕天说："我主要是没用，这东西是隔凉隔潮的，是女孩子用的。"

云歌还是推辞说："你不用那你当时为什么换啊，我真的不要，你自己留着吧。"

慕天说，"我当时是喜欢这毛色发亮，很漂亮。""君子不夺人所爱，反正我不要。”云歌执意不要。

“你上次补帐篷时身体受了些寒，而且，你的褥子也浇湿了，不暖和了，和姜阿姨一样，是我的心意，别推了，好吗，我得开车去了。”慕天真诚地说。

云歌不再说什么了，一圈开过来，豆子又满了，慕天飞快地把狍子皮卷好放下，跑下了康拜因，开车去了。

第三十二章

匿名情书惊四座 连长夫妻月下老

盛楠来十七连快一个月了，只在地头看到云歌一次，没来得及说什么，就匆匆分开了。

后来，她到她的宿舍去了两次，一次是空无一人，有一次云歌还真在，但睡得很熟，她悄悄地爬到上铺看了看她，“显得疲劳啊，瘦多了。”她也没忍心叫她。

这一天，盛楠路过云歌的宿舍，她又进去了，云歌正好坐在上铺发呆，她拍了一把云歌道：“你在啊，死丫头，我都来了快一个月了，也不说来看看我。”

“啊，盛楠，副指导员好。”云歌忙从上铺跳下来，装模作样地打个立正，做个鬼脸，一把搂住盛楠。

“这几天忙着跟基建排做食堂封顶的准备工作，昨天食堂终于封顶了，大家都松了一口气。”盛楠说。“是啊，这是个大工程啊！”云歌说。

“现在需要做的室内装修，阿芳很能干，又是老乡，她工作起来很让人放心，所以我还算省心。你发什么呆啦？我说话好像没听见啊？”盛楠问。

“宝宝安排好了吗？”云歌问。“给他断了奶，白天上托儿所，晚上宝东先带着，这里没托儿所，也搬不过来，我问你呢，你怎么啦？刚才发什么愣？”盛楠顺势坐在下铺。

“没怎么啊！”云歌眨了眨眼说。盛楠说：“你可是瘦多了，金晶给你带了一对护膝，羊皮的，做了好几天呢。”云歌说：“真难为她了。”

“你刚才抱着个什么，有什么事啊？”盛楠一把把云歌上铺的东西拽了下来，说："刚才我就看你抱着它发呆，呀，狍子皮，这毛色真不错，哪儿弄来的？"

"你说我怎么办啊？"云歌说。盛楠问："怎么了？"云歌说是慕天送的。"那有什么怎么办的，给你就要着呗。"盛楠大大咧咧地说。

"不好吧，这又不是一个容易找到的小东西。"云歌说。"那有什么了，一张狍子皮吧，在咱们北大荒也没什么稀奇呀，你是不是感觉慕天对你太好了啊？"盛楠用手指点了一下云歌光洁的脑门。

云歌的脸一下子红了，一本正经地说："你说我是不是还是还给他啊？"

盛楠认真地说："不好吧，人家的心意，是啊，他也不小了，比我还大两岁呢，他本来就对你挺好的，你到底是怎么想的啊？"云歌说："我现在还不想……"

盛楠抢着说："慕天人挺好的，你们也说得来，你不也快二十了，该考虑了。"

"咱们原来不是说过，我现在不能考虑这些事的，"云歌认真起来，"我家的情况你最清楚，父母的事情现在还没有结论，我很敬重他，我从他那学到很多东西，是挺说得来的，但是，……"

盛楠又抢了一句说："那不挺合适的嘛。"

云歌说："但我觉得我们是师友，他父亲早年做科研工作，但后来做的工作，好像他都说不清，万一人家做的是重要的保密工作，我家的情况没有结论，那不是连累人家了吗，我可不愿意这样。"

盛楠边想边说："他，我还真有点知道，提他的时候，是我和组织股一个老同志一起搞的外调，不瞒你说，当时争议还真挺大的。"

"为什么？"云歌很关切。盛楠认真地说："跟你说说也无妨，确切地说他是纯粹的高级知识分子子弟，他的社会关系比较复杂，他的父亲不是一般的知识分子，是在国外留过学的理工科知识分子。"盛楠拿起桌上的半杯水喝了。

盛楠接着说："只是 1966 年他父亲受了些冲击，后来，很快就被保护起来了，之后就离开了北京，进了部队，去了大西北，他的工作，真是保密的，而且保密性很强，具体干什么就没细说，他的母亲是有海外背景的，所以他母亲……和他父亲，现在不在一起了。"

盛楠接着说："他本人大学以前，基本是在外面长大的，你怕受他连累？但是，问题不大，不是都提干了吗？"

"这不就是嘛，我哪里是怕他连累我啊，你知道我家是非常普通的，很明显，家庭背景差距太大了；可现在我家里又有事，还没结论，也会连累人家的，你看，他妈妈都不和他父亲在一起了，我这不是给人家找事儿吗？"云歌说着话时脸上有几分忧伤。

"你说的还真是，据说他父母感情不错，分开了，是他妈妈不愿连累他父亲，这可不是外调来的，是他同学那个'眼镜'和我一起开会时说的。不过，我这个人简单，你要是真不想，就别往那方面想，你不说师友吗？师友就不能送一张狍子皮了？别想那么多，收下吧，将来想办法再还这个情不就行了。”盛楠还是大大咧咧地说。

“好吧，还是你比我明白，不一样啊！”云歌说。

“我算是过来人了，什么不懂啊，不过，云歌，这可是个好选择啊，从人品、才华……”

“姐姐，你不是刚已经说了吗，他妈妈都为他父亲分开了，我是配不上人家的啊！”云歌脸红了，她心情复杂地低下了头。

“还算你有点自知之明，不然好事都是你的了！”于珏其实早回来了，想和云歌谈谈，听到房间里有人说话，就一直没进去，她站下来，偷听她们说话，听到这里，她愤愤地小声嘀咕了一句。

“你这个小囡，就是想得太多，不过我明白，你是替他着想，为他好的！”盛楠一边说话，一边爬到上铺把云歌的被子褥子掀起来，把狍子皮铺在下面，然后铺褥子。“这褥子的棉花都黏在一起了，这么薄了，着水了吧？”

云歌说：“是啊，上次被雨浇了。”“难怪，慕天送你狍子皮，我这就理解了，你也不要想多了，不然，你怎么过冬啊，小囡，真不让人省心！不过，慕天够细心的，以后慢慢看吧。”盛楠笑道。

“看能看到什么啊，家庭状况就摆在那里，哪敢谈什么以后啊！”云歌蹙着眉头说。

“那难说，来日方长，事情都在变化，我还有事，你是晚班吗？”盛楠问。

云歌看她忙忙叨叨的样子说“是的”。“赶快休息吧，别多想了，晚上我要是有时间，去地里陪陪你。”说着，盛楠匆匆往外走去。

于珏快速闪到房后，也向工地走去。

晚上，盛楠倒是没去地里，她因为孩子发烧赶回十连了。云歌开着康拜因，心里依然想着那狍子皮的事，“他为什么一定让我背《雁丘词》呢，我的家庭情况他也清楚，他不为我想也得为自己想想啊”。

她回忆着前两天的情境：“问世间，情为何物……”慕天在一旁充满了欣赏的表情，可是他后来又说：“情有广义与狭义之分，多数人认为《红楼梦》里的贾宝玉是情种，是天下第一情种，这么理解，人类的情种，出现的就太晚了。”

云歌问：“那是谁啊？”慕天看向天空：“你说盘古开天辟地不是情，女娲炼石补天不是情，羿射九日不是情。”

云歌说“那是神话”。慕天说：“我倒觉得他们才是人类情感的基型。当然这是大情、天地之情。”

“这确实是大情怀，不是我们普通人有的，那是神的情，我是凡人，普通人

啊！”云歌笑着说，

慕天接着说：“即使是普通人，人的情又为何物？是一种牵心动肺的顾念，也是一种美好诚挚的奉献，更是一种纯正庄严的担当，你说对吗？”

“说得好，你说得对啊！”云歌佩服他的概括能力。

慕天说：“所以我说，我要是那只被射杀的雁，我希望我的伴侣不要为我死，而是要在世间活得更好……”

“啥意思啊，真搞不懂，干脆就像盛楠说的……”云歌正想着，忽然，康拜因顿了一下，她感觉是哪里出了故障，于是她停下来，下车开始找问题。

“云歌，修机器呢。”于珏从地头走过来。“啊，于珏，你来了！”云歌醒过神来说。

“我来陪陪你啊，你说你，当时团里调你，我劝你机务干得差不多了，去团里多好，坐机关，风吹不着，雨淋不着的，你不去，你看你这没黑没白天的，多辛苦啊！”于珏恢复了原来闺蜜的口气，做出心疼的样子。

“习惯了，也就没什么了，你来有事吗？”云歌问。

“没事就不能来看看你啊，你别忘了，在中学时，咱俩可是最要好的朋友。云歌，我发现你变了。”于珏嗔怪地说。

“你也变了。”云歌说。“你变好了，我变坏了，是吗？”于珏说。

“也不是，你现在不是很好吗？”云歌说。“不要再讽刺我了，云歌，我其实很难过的，你不爱理我，现在有事我连个说话的人都没有了。”说着于珏哭起来。

“有什么事要说啊，为关皓的事？”云歌边说边查找着故障。“是啊，他说不要我就不要我了。”于珏边哭边说，哭得很伤心。

“也许是因为你做的事，让人家太下不来台了吧。”云歌客观地说。

“当时年龄小啊，又不像你那么机灵，说实话，其实也就是选择上的错误，他说他能理解，他原谅我了，可是……”于珏哭得更伤心了。

“那后来呢？”云歌找到了故障，发现连接发动机的一个齿轮的螺丝松了，她边继续固定齿轮上的螺丝边说。

“结果他当上了副连长就变了，和一个上海女孩好上了。”于珏愤愤地说。

“我原来的印象，关皓好像不是这种人啊！”云歌说。

“我知道，你会向着他说，就像刚才你说的，人会变的，我也不愿意相信，可我是有证据的啊！”于珏说着拿出了一张照片，照片上的关皓和一个挺秀气的女孩站在一起，笑得挺开心。

“是吗，连合影都有了！”云歌惊讶地说。“你以为呢，那可不是！”于珏说着又哭起来。

云歌上了康拜因，开始同情于珏了，说声“你也上来吧”，于是云歌一面开机器一面劝她。

“我爸爸的事已经定了，不可能再回公安了，我今后靠谁去啊？”于珏抹着眼泪说。

“靠你自己也蛮可以啊，你看你现在，自己做得不是也挺好嘛。”云歌说。

“我不能就这样啊，上次我回家，去看你妈妈，你妈还鼓励我抓紧找对象呢，还让我催你呢。”于珏说。

“是啊，有合适的人，你是可以考虑啊，我也帮你看看。”云歌真诚地说。

“我也着急啊，你帮人帮到底啊，真帮我看看啊，别总对我不理不睬的，你知道我心里有多难受吗？”于珏一派楚楚可怜的样子说。“怎么会，不都是因为忙嘛！”云歌反而觉得有些对不住地说。

“云歌，我常想起当年我们在一起学习的时候，那时候，多好，你还能像当年那样帮我吗？”于珏表现得很诚恳。

“当然，我这人你是知道的，什么事说完，就算完了，没问题啊。”云歌说。

这一夜于珏的哭诉，终于使云歌在关皓和于珏的问题上偏向了于珏的处境。

这些天因为黄豆得按时进囤，阿芳带着基建排一直在晒场，盛楠和阿芳都是上海人，很快就成了朋友。“最近，摊晒、扬场、收场，忙个不停，其实比基建的事也不少。”盛楠说。

“还好，主要抢场比较紧张，北大荒的天，像孩儿脸，阴晴无定，太阳还明晃晃地照着，没几分钟，雨就下来了，钟一响，就拼命地往晒场上跑，几次抢场了，有时雨下得比咱们跑得快啊。”阿芳说。

“但这几天，我们基本没什么大闪失的。”盛楠有点得意。

“这也得益于大胡子连长，这位‘活气象预报’呢！”阿芳佩服地说。

“真是，这是他的一绝，在十连也是这样的。”盛楠说。“简直神了！”阿芳说。

这时，邱莹走过来。“邱莹，听说你干活和男生都有一拼啊！”盛楠打招呼说。

“是啊，几十个男男女女割麦子，她准是头几名，前些天割豆子也是一样，不过你看她这手，”阿芳一把把邱莹的手拉过来说，“这可是绣花的手啊。”

邱莹的手上结了一个个小痂，盛楠怜惜地看着邱莹。“这有什么啦，大家不是都一样啊。”邱莹倒不以为然了。

“豆子要进囤了，今天男生少，我们得扛包上囤。”盛楠说。“没问题的！”阿芳和邱莹异口同声地说。

“哎，我是想说，我和云歌床挨床地住了那么长时间，自从搬出帐篷，她这一走了，我心里空的啦，好像缺了点什么。”邱莹说。

阿芳接过来说：“我也是啊，别看她比我还小两岁，但是她有主见、坚强，还嘎讲义气。”

“这么多天了，她也不说来我们宿舍看看我们。”邱莹抱怨地说。

“她忙啊，两个人顶三班呢。”阿芳说。

“你们都喜欢云歌？是，这个小囡，嘎可爱啦。”盛楠点头笑道。

“她说她是你一手带起来的，她是你的徒弟。”邱莹说。“哈哈哈，哪里啊，这丫头，是她自己努力，她的故事多着呢，有意思着呢。”盛楠又笑了。

“我们该上囤了。”说着，盛楠急急地跑到豆垛边上，一哈腰，百多斤重的大麻袋上了肩，她轻快地向三级跳板一路小跑走上去。

邱莹跟在后面，她这是第一次扛包上跳，她也学着盛楠，哈一下腰，但当麻袋落到她肩上时，她“哇”的一声一下子坐到地上，上肩的男生小贾赶快把她扶起来。

“第一次扛吧，不行啊，不行就算了，在边上打打下手吧。”不知白岩什么时候来了，他嘻笑着说邱莹。

“指导员。”小贾向白岩打个招呼。

白岩走过来开始给邱莹做示范动作：“我来教你吧，上肩之前哈腰，腰也是直的，不能像你这样……”白岩夸张地做个难看的动作，惹得周围的人哈哈大笑。

“我是你那个样子吗？真是的！”邱莹很生气。“可不是吗，就是这样！”白岩扛着麻袋还笑着学她的动作。

“我就不信了，”邱莹气呼呼地走过去，“来，上肩。”

管上肩的男生小贾为难了。“怎么啦，你也看不起我……”邱莹气愤地说。

这时，正好盛楠扛完那一袋又走过来。“没事，别听他的，这个白岩，真是的，第一次扛，谁都不行，慢慢就适应了。”她鼓励邱莹。

白岩扛完了一袋也笑嘻嘻地走过来：“真的不行就算了，别逞强。”

“谁不行，快，上肩。”邱莹恨恨地向上肩的男生小贾喊着，小贾是她的老乡，悄悄地说：“别赌气啦，小心闪了腰。”

“是啊，听小贾的吧，这不是逞能的事，别再闪了腰啊！”等着上肩的白岩笑着又接了一句。

“你干什么，指导员，”盛楠责备白岩，说着她从地上拿起一袋豆子，递给小贾说，“递给我，邱莹你看着我！”盛楠轻快地把袋子扛起。“有个巧劲儿，你体会一下，小贾，给她上啊。”

邱莹这一次果然没摔倒，但看着扛得蛮吃力的。

“嘿嘿”，白岩笑了笑，邱莹狠狠地瞪了他一眼。盛楠说：“你在我前面走，稍快些，越快越省力。”

邱莹听盛楠的，在她前面上了跳，还是显得有点踌躇。“别往下看，往前看！”盛楠说。

第一袋终于扛完了，邱莹松了一口气，迎面碰上白岩，她瞪他一眼，气哼哼地说“哪像个指导员的样子”，白岩看着她完全不生气，仍然笑嘻嘻的没说什么。

“没事，你干其他活都行，干这活肯定也一定行。”盛楠鼓励她。

邱莹气鼓鼓地说：“这阿芳也不过来了。”“她这两天不是……我强把她劝走。”盛楠说。

“对了，我忘了，被他气糊涂了，白岩他总是和我过不去，真是的。”邱莹情绪缓过来一些。

“他在开玩笑，你们很熟吧？”盛楠问。“谁和他熟！讨厌，他尽看我的笑话！”邱莹没好气地说。

很快，邱莹就熟悉了扛麻包，上三级跳板两腿也不再发抖了，慢慢地就习惯了。

中午，食堂送饭来了，今天是烙饼，大家都高兴了。

于珏跟着送饭的车，和石梁一起抬着菜桶说：“今天是炒土豆丝，还有肉丝炒绿豆芽，大家可以卷着吃啊。”

“真不错，”盛楠说，“于珏，你去了食堂，就不一样哦。”

于珏笑笑，卷起一个饼递给了盛楠，“给她吃，我自己来，”盛楠把饼递给了邱莹。

邱莹正在和阿芳说话，顺手把饼递给了阿芳，自己又跑去卷了一个饼吃起来。

“信，来信了呃！”玲儿一把把石梁拿来装信的布袋子抓过来，大家一拥而上。

“真是家书抵万金啊，一看到信，就什么都不顾了！”盛楠感慨地说。

“盛楠，你的信转过来了。”阿芳手里拿着一封信，递给了盛楠一封信。“没我的？”邱莹站起来问，“玲儿，都拿出来了吗？”

“是的，都拿出来了”，胖胖的玲儿拿着布口袋又倒了一下，一封信掉了出来。

玲儿把信拿起来：“这么薄，是你的哎，邱莹，怎么没有发信地址啊？”

邱莹接过来看着说：“是我的吗？名字是啊？真的没有发信地址啊。”

远处，正吃饭的白岩狼吞虎咽地吃完了一个饼，于珏给他盛了一碗粥。“给别人吧，我还要到地里去，有事。”说着，白岩看了一眼拿信的人群，匆匆地走了。

“没有地址也是你的，写着你的名字呢，要么你拆开看看吧。”玲儿对邱莹说。

“怪了，不可能有人写信，不写地址啊！”邱莹说，大家看完了自己的信，都围了过来。“拆开，拆开不就知道了吗？”小贾说。

“也对啊”邱莹说着把信拆开了，里面只有一张信纸，邱莹飞快地打开了，在众目睽睽之下看信。

“邱莹同志：你好！这一年多来我看到你是一个思想好、劳动好、人品好，热爱边疆、扎根边疆的兵团女战士。我想征求你的意见，我们的关系能不能比普通同志更进一步，你如果同意，就告诉我，不同意，就算我没说。谢谢，致以革命的敬礼。”玲儿傻乎乎地在边上像朗诵一样念着信，最后说了一句：“咋回事，没落款啊？”

许多人听了，脸色都变了，玲儿又说：“没有地址，没有落款啊，这是谁写的啊？”

“别说了！”邱莹脸红红的，她快速地把纸折起来塞进信封，对玲儿说。

“比普通同志关系更进一步，是啥关系啊？”玲儿还是傻乎乎地问邱莹。

阿芳走过来对玲儿说：“别问了，你话怎么这么多！”邱莹低下头，同时脸红了，流泪了。

玲儿是本地青年，心地挺好，但平时有点傻傻的，说：“为啥不能问啊，邱莹姐，你哭啥呢，这信是啥意思啊？是谁欺负你了吗？不写名字，咱也得把他找出来啊。”

“不说了，玲儿，行吗？”阿芳说，“不过，玲儿说得也对，邱莹，你要是猜不出来是谁，是得把他找出来，不知道这个人是谁，我们也不踏实，咱把信交给指导员去。”但大家环顾一下大晒场，没有找到指导员。

回到连里，邱莹毫不犹豫地把信交给了大胡子连长。这件事在青年人占百分之八十的连队，成了一个爆炸性的新闻，在各个宿舍风传着，成了大家茶余饭后的谈资。

“你说这是什么事啊，搞得我压力挺大的。”邱莹碰到了云歌，沮丧地说起这件事。

“你别有压力啊，这不是你的事。”云歌劝她。“哪一个姑娘家，碰到这种说不出道不明的事，也不好啊，再说组织上……”邱莹话到一半。

“说明你有魅力啊！”云歌拿邱莹开玩笑。

“瞎说，谁知道是谁啊，说不定是个什么麻脸老头呢？”邱莹说完，两人都笑起来了。“不可能……”云歌说。

“说什么呢？又高兴了，邱莹。”盛楠和阿芳走过来。“高兴什么啊，这是没办法啦。”邱莹收住了笑说。

可云歌还在笑，边笑边说：“她说，她说给邱莹写信的是个麻脸老头，哈哈哈。”

“哈哈哈，找出来了？”盛楠说。

“不可能，你看那字写得还挺漂亮的，至少是个高中生吧。”云歌说。

“咱们连的劳改新生那些岁数大的，文化水平也不低啊，字写得也漂亮啊，哈哈。”显然盛楠还在拿邱莹开心。

云歌说：“不可能，他们都可以给我们当长辈了。”

“没准哪里有个老不正经的呢，心里有鬼，才不敢写名字呢！”走在后面的于珏接话了。

“是吗？也有这个可能，不过，咱别把人都想得那么坏啊。”盛楠笑着说。

“是啊，没准是哪个英俊小伙子，看上咱邱莹了呢。”阿芳说。

“我觉得是，一般情况下，是咱们知青里的人。”云歌认真地分析道。

“哎，咱们邱莹就像那信里说的，什么都好，还有一条，他没好意思说，长得也好看啊。”盛楠说。

“也对，那些歪瓜裂枣的也不敢打咱邱莹的主意啊！”于珏赶快顺着盛楠说。

盛楠翻着大眼睛边想边问“那会是谁呢？”正好这时白岩从她们身边经过，盛楠叫住了白岩：“哎，指导员，邱莹的事，你知道吧？”

“听说了，怎么了？”白岩显得有点忐忑的样子，被云歌察觉了。

“你知道了，就得管啊，这是思想工作上的事，是指导员应当管的事，这几天你怎么能不闻不问的啊？”盛楠认真地说。

“你还是副指导员呢，又是女同志，你才该管呢，你管也方便，我还有事呢，”说着白岩头也不回地就往前走去。

“咦，这个人呐，怎么回事啦？”盛楠说。

“会不会就是他啊？”聪明的云歌坏笑道。

“不可能！”邱莹和于珏异口同声地说。“他不会管这事，他根本看不上我的。”邱莹不高兴地说。

“是啊，他可是干部子弟，又是指导员，连级干部，怎么可能？”于珏酸溜溜地看了看邱莹说。

“你什么意思啊？于珏。”邱莹敏感地问。

“连级干部怎么了，咱们这里不讲这一套。”云歌打圆场地说。

“云歌，我知道你会跟我杠，不信，看着，一个指导员会找一个小兵，那就怪了，再说了，人家是什么出身啊，怎么可能？”于珏轻蔑地一笑对云歌说。

“于珏，你话说的怎么这么势利啊，我们没感觉他们之间有什么区别啊！”盛楠也不高兴了。

眼看邱莹眼圈一红又要哭，于珏一看惹祸了：“不好意思，我就那么一说，不行，还是找肖宁吧，让团保卫股侦查一下。”

“说我呢？”肖宁走过来，“你们都在啊，”她指着盛楠和云歌说：“大胡子连长通知，今天吃完晚饭要开会，班子成员和工作组成员，在连队里的都要参加，还有你，于珏，到连部啊。”

“好的。”于珏爽快地应着。盛楠不客气地对于珏说：“你也是工作组成员，你读书也是不少，可有人比你读书多好多，想法也不像你这么奇怪，你这话叫人听着，味道总是感觉不对，是什么原因啊？”

“我这人就是没心眼，太心直口快了。”于珏辩解地说。“你这不像是没心眼，也没那么心直口快。”盛楠说。

于珏赶快说：“那对不起了，副指导员。”

云歌在边上，一直没说话，她在想：“于珏怎么变成这样了，真叫人汗颜，是什么原因让她的思路和别人不一样了，变得市侩又复杂。”

晚饭后的会在刚建好的连部举行。连部两间房，一间里面有两个三屉办公桌，一个文件柜，一个办公桌上放着手摇电话。另外一间算是个小型会议室，中间用木板钉了一个长条桌，两边是同一个材质的长条凳。

开始，大家分别商量生产的事，大胡子连长说了几项任务。“秋粮收尾、秋翻地、准备打石头、上山伐木，”又接着说，“我们的基建任务也很重，彻底上冻前还要盖十栋宿舍，三栋自用，七栋准备明年开荒，接待全团来的机务人员。”

他环顾一下大家，说：“基建排的状态要好，不只是工作状态，还有思想状态，最近基建排那里说是有封信，搞得满城风雨，邱莹把信交给了我，还哭了一鼻子。今天两位工作组的组长不在，不知道指导员，副连长、副指导员和班子、工作组的同志，对这些情况清楚吗？”

“哎呀，这事全连都知道了，影响很坏，简直是要流氓，惑乱人心。”刘飙说。

“这事不像是好人干的。”平时在班子会上不敢多说话的于珏趁机插了一句。

“我们的连队多数是年轻人，知青的年龄也渐大，好像我们好长时间不反对年轻人谈恋爱了吧，而且还有政策了。”慕天说。

盛楠说：“是啊，到年龄了，不谈恋爱，怎么扎根啊？”

“我们现在不是已经有开花结果的了。”华宇笑嘻嘻地把手往盛楠面前一摊，全场的气氛开始活跃了。

盛楠笑着瞪了华宇一眼：“这事我看没必要上纲上线，要谈恋爱，就有不同形式，人家不写名字，很可能怕对方不答应，不能说是什么大事吧。”

“盛楠已经安抚了邱莹，邱莹是个非常懂事的人，就没什么大事了。”云歌说。

肖宁担忧地说：“谁写的，我们不知道，还是个事儿啊，难免总是有猜测啊，这样，总是不好吧。”

刘飙说：“是啊，我们连这点事都搞不清楚，也太无能了吧？”

“指导员，你看呢，有什么好办法？”大胡子连长看着一直低头不语的白岩说。

“是啊，指导员，你平时挺活跃，这件事你得有个态度，思想工作的事，你还是要抓的啊。”盛楠说。

白岩抬起头，有些不好意思地说：“这件事，我得做检讨。”

大家面面相觑。盛楠说：“出了这样的事，到现在不知道是谁写的，你也不抓，你确实是该做检讨。”

“我们都是班子成员，我同意盛楠的意见。”刘飙说。

“不，我说的不是这个意思，我是说这封信是我写的。”白岩说，说完他讪笑着看着众目睽睽的人们。

在座的人全傻了，惊讶之极。

大胡子连长很沉稳，好像早有准备，马上批评说：“你是指导员，是全连思想上的最高领导，用这种方式找对象，你考虑到后果了吗？”

“是啊，你怎么能这样做呢，你可是指导员啊！对我们班子什么影响！”刘飙本来对白岩就不服气，他有些气愤地说。

“真的，这确实让人想不到，有点像闹着玩儿。”于珏附和刘飙说。

“没什么好说的，我真诚的、无条件接受组织上的处分。”白岩有点沉重。

盛楠看着白岩的样子，倒笑起来：“指导员，你可是连首长啊，怎么这么幼稚啊，真是的，说说动机吧。”

“不至于吧，就是一封信嘛。”华宇也笑着说。

“是啊，不过是没有署名，做得不太恰当而已。”慕天呼应着。

“既然允许年轻人谈恋爱，在法律原则的允许下，也应当允许采取不同形式吧。”翩伟说。

“我看还是应该严肃点吧！”刘飙说。

“是的，特别是在干部中，此风不可长，不是说当干部的不能谈对象，但不能搞得满城风雨，影响情绪，闹得人家女孩子哭鼻子。”大胡子连长不客气地说。

“连长说得对，我没有想到会有这么大影响，我说说自己的错误动机吧。”白岩真的有些沉重了，大家也严肃起来。

白岩说：“我这个人有不健康的思想，我中学时代就有过对女孩子怀有好奇心的错误，当然，我只是想想，从来没有过任何行动。”

白岩沉吟了一下，接着说，“到了北大荒，我曾经暗下决心，我要干好建设边疆的事业，不到三十岁不结婚，家里父母催促过我，我也没当回事儿。前一段记得还和连长讨论过这个问题”。

“是啊，我确实跟你说过，三十岁太大了，人到一定年龄想到婚姻的事，是很自然的，我们共产党人也不主张为了事业当和尚嘛。”连长口气和缓了些说。

“是啊，我觉得连长说得对，我想了半天，也做了观察，觉得邱莹挺好，本想悄悄地写封信，投石问路呗，怕人家不同意，所以没敢写名字，但没想到会造成这么坏的影响，我确实没想到，但我不该想不到。”白岩诚恳地说。

“哎，你真是的，人家要是同意呢，你不写名字，找谁说去啊？”盛楠急切地说。

“我想通过我的观察……”白岩小心地说。“你绕那么大个弯子干吗啊，真是的。”盛楠又说。

“指导员，说真的，你造成了坏影响，可是不可低估的。”刘飙立刻接着说。

“是啊，我首先要向邱莹同志检讨，然后在全连大会上检讨，然后，听凭组织处分。”白岩说。

“要不把邱莹叫来，你向她先检讨，免得坏影响越来越大。”刘飙建议说。

“我看没必要，其一邱莹也还不知道真相，不知她是什么态度，其二这是个人私事，至少开始不宜这样解决。”慕天不客气地反驳刘飙。

刘飙正要说什么，连长走到白岩面前严肃地说：“唉，你真是没长大啊，生活上这么不成熟，还是看看人家邱莹的意思吧，邱莹倒是个好青年，她作为一个女孩子，开始比较紧张，是可以理解的，不能再给她任何压力了。”

白岩红着脸说：“那是不是请您帮个忙啊？问一下，或者盛楠，你帮个忙，当然，我该检讨，肯定要做深刻检讨。”

连长说：“你需要检讨是必需的，看大家有没有不同意见吧？”

“连长说得对，造成这么大影响，不能不检讨。”刘飙说。

“检讨也就是个人问题处理不当吧。”华宇说。

“不管怎么说，白岩同志需要检讨，大家没意见吧？”连长又问了一句。“没有”，大家稀稀拉拉地说。“今天散会吧。”连长宣布。

“这个白岩，真是的，蠢的啦”。盛楠路上对云歌说。

“不过，我真觉得这个人不错，真是一张白纸，挺纯的。”云歌说。

盛楠提议说：“那倒是，我们去找邱莹，看看她啥意思吧。”

云歌说：“好的，其实他们挺合适的！”盛楠说：“我发现你自己不着急，倒像是个小媒婆哎。”

“多难听啊！”云歌拍了盛楠一把。盛楠说：“那有什么啦？”

云歌跟着盛楠走进基建排的女生宿舍，看见阿芳正坐在那里发愣。

“阿芳，还没睡呢。”云歌说，阿芳看到云歌，高兴地说：“哎，云歌，你终于到咱们宿舍来了，大家都挺想你的。”

云歌怕打扰别人，小声说：“这不是来了吗，邱莹呢？”

阿芳说：“我还在纳闷呢，这么晚了，刚才被姜老师给叫走了。”

“这么快啊，行了，云歌，咱不用管了，”盛楠对云歌轻轻地笑着，然后她又拍拍阿芳的肩说，“不要纳闷了，别等她了，听好消息吧，睡吧。”

晚上，大胡子连长回到家中，“今天回来还挺早。”姜老师迎出来。

“请你抓紧帮我办件事。”连长说。“啥事？”姜老师问。“不能太晚了，你得赶快去找邱莹。”连长看看表，推了一下姜老师。

姜老师莫名其妙道：“干吗这么急啊？”

连长说：“我送你，去路上说。”姜老师嗔怪着：“瞧你这神乎乎的样子。”

路上，大胡子连长说：“白岩这小子，没脑子，写了一封匿名信。”

姜老师一惊：“啊，不会吧，白岩写匿名信？告谁啊？”

连长说：“你听哪儿去了，不是告谁，是求爱信，匿名的。”

姜老师说：“是吧，我说白岩不是那种人嘛，求爱？还匿名，不过，他确实也不小了，这不是个事儿吧，老梁，咱对年轻人，可不能太左了啊。”

“没左，这些事我还不理解，我找你的时候，还没白岩大呢！”大胡子连长笑着说。

姜老师嗔怪道：“看你，别往别处扯，到底什么事？”于是，大胡子连长对姜老师讲述了事情的经过，姜老师说：“那就问一下邱莹，不就行了？”

连长说：“这丫头思想、劳动都很好，但有个小脾气，白岩这事没做好，她要犯起犟来，这事不就黄了嘛，而且，白岩不就麻烦了吗，所以我得让你出马啊。”

姜老师欣然答应说：“好，我明白了，你快回去吃饭吧，饭菜都在锅里呢，我这就过去。”

连长说：“那好，我就回去啦。”姜老师笑着说：“回去吧，看我的吧。”

“邱莹！”姜老师走进宿舍，向着要到上铺休息的邱莹打个招呼。“姜老师来了”，邱莹从上铺的蹬木上跳下来。“我想找你，说个事。”姜老师轻轻地说。

“好的！”邱莹爽快地应着。“大家都要休息了，我们出去说吧，好吗？”姜老师声音小小的。

“可以啊。”邱莹心里有点奇怪，她穿上外衣跟着姜老师走出去。

“邱莹啊，听说你有封信啊？”姜老师和蔼地问。“是啊，不知道是哪个鬼写的，我已经交给了连长了。”邱莹说。

“还在想着这事呢，是吗？我也听说了，委屈你了，外面冷，到我那儿去说吧。”姜老师拍拍她。

“好，不会影响连长休息吗？”邱莹问。“不会，他还忙着呢。”姜老师说。

“姜老师，能跟你说说，我心里也许会痛快些，这件事那么多人都在议论，你说我是招谁惹谁了，说不想，也不可能，不过我这人也想得开。”邱莹实在地说。

姜老师关切地捋捋邱莹的头发问：“这么年轻的好女孩，出现这种事也正常，也不用把事情想得那么坏，不过，你觉得是谁呢？”

“我原来想是我的两个老乡，后来觉得又不像。”邱莹见姜老师很亲切，怎么想就怎么说了。

“我就是来告诉你，这事是谁干的。”姜老师说。“您知道啊！”邱莹惊讶道。

“也是刚知道的，是白岩，是指导员写的。”姜老师沉稳地说。

邱莹不太相信说：“白指导员，不可能啊，他经常跟我过不去，出我的洋相。”

姜老师爱惜地拍了拍她说：“傻丫头，那是他注意你了。”

邱莹说：“不对，他是指导员，我就是一个小兵，不可能的，今天于珏还这么说呢。”

姜老师说：“我们还是比较了解这个小伙子的，他肯定不是看重这些的人。不过，听老梁说这事，他没处理好，这次他要受到处分了。”

邱莹有点奇怪：“啊，受处分，那为什么？”“这次他造成了坏影响，给你也造成了压力了，作为一个连队的指导员，是不允许的，肯定要受处分了。”姜老师说。

邱莹着急了说：“姜老师，我没什么压力，我这人有什么事，过去就完了，您能跟连长说说嘛，千万不要给他处分。”

姜老师说：“这事不是老梁一个人说了算的，是要班子讨论后提出意见，请示团里的。”

“那么严重，那可怎么办啊，姜老师，白岩他，他可是个好人啊！”邱莹像是在求姜老师了。

“是不是好人，现在你说了也不算了，是你把信交给老梁的，那组织上当然要查，你是个女孩子，组织上当然要保护你啊！”姜老师严肃地说。

“那，那我这是把他给害了，我得去找连长！”直率的邱莹说着转过身去，要开始行动了。

“没用的，他自己已经交代了，连队主要领导干部，随便给女青年写信，还是匿名的，那还不处分，现在是他的态度还可以，不然处理会很严重的。”姜老师说。

邱莹着急，开始抛开顾忌了：“姜老师，能想个办法吗？他虽然是指导员，但是，他也是个男青年啊，他也有谈恋爱的权利嘛。”

姜老师说：“信是你交给组织的，你怎么替他说话，只能看下一步事情的发展吧。”

说着，她们一起走进了连长的家，连长不在家，孩子们已经在另一个房间睡了。邱莹赶快问：“您说看发展，怎么发展，他才能不受处分呀？”

姜老师说：“我给你倒碗水，看把你急的。”

邱莹真的渴了，拿起茶缸一口气把水全喝了，姜老师看邱莹单纯的样子，心里充满了爱怜，说“我再给你倒一碗”，说着姜老师又给邱莹倒了一碗水。

“不用了，谢谢姜老师！”说着邱莹的眼泪流下来，姜阿姨拿出一个手绢，递给她，看邱莹越哭越痛，姜老师安抚着她：“怎么了，孩子，受委屈了，咱们一定批评处分他，给你一个满意的回答。”

“姜阿姨，我不是这个意思，我感觉是我害了白岩了，我其实蛮喜欢他的，但我确实没想到他也喜欢我，更没想到他会给我写信。”邱莹不得不说出自己的心里话。

“你喜欢他？邱莹，今天就姜阿姨在，你得说真话，这是你的终身大事，不能听说要处分他，你就心软了，所以说喜欢他，这事情，可是一码归一码啊，孩子。”姜老师像母亲一样提醒她。

“不是，姜老师，他虽然是指导员，但他一点架子都没有，手把手教我们干农活，而且他自己也特别能干，能吃苦，我真的喜欢他，但我不可能主动去表白，我觉得我配不上他，不够优秀，他能找到比我更好的女孩子。”邱莹真诚地说。

“哟，你这是给他评功摆好呢。”姜老师说。邱莹破涕为笑，“每次我看到他笑嘻嘻的样子，我心里其实都暖暖的。”说着邱莹不好意思地低下了头。

姜老师继续提醒邱莹说：“孩子，你得仔细想想，你是一个兵佩服这个领导啊，还是一个姑娘喜欢这个小伙子，选他为托付终身的丈夫呢？”

这个不善于掩饰情感的女孩子一下子脸红了，她像对母亲一样一下靠在姜老师的肩头：“阿姨，我没谈过对象，我觉得你说的两个都有吧。”

姜老师说：“听老梁说，他还想向你道歉呢，你等着，我去找找他去。”

邱莹一把拉住姜老师说：“挺晚了，太打扰你们了吧。”姜老师亲切地说：“孩子，没事的，别客气，这事对你对他，都是个重要的事……”

“姜华！”外面传来了大胡子连长的声音。姜老师答应着：“哎，来了，来了”。

连长说：“通知你一下，有人来了啊！”姜老师连忙说：“没事，我没睡，邱莹还在这儿跟我聊天呢。”

连长进来了，身后跟着有点尴尬的白岩，说“姜老师，还没睡”。姜老师说：“指导员，进来吧。”

邱莹站起来，两腮红红地打招呼：“连长、指导员！”

闹了十几天的传言，如今四目相对，邱莹先低下了头：“邱莹，真是对不起！”白岩深深地给邱莹鞠了一个躬。

“老梁，耿大哥他们说有什么事，要找我们了？”姜老师对连长说。

大胡子连长还是那不客气的样子，说：“白岩，小老弟，你想想，在部队，我当过侦察排排连长，你的那笔字，瞒得了我吗？”

白岩尴尬地说："你早就猜出来是我了，是吗？"

连长看了一下手表，说："你想呢，现在是八点半，给你们一小时的时间，走！"说着连长拉起姜老师的手，走出了家门。

房间里就剩下白岩和邱莹，白岩一时不知所措，搓了搓手，邱莹坐在原来的凳子上，不说话。

"邱莹，不管怎样，我得向你道歉。"白岩说。"你就会说这一句话吗？"邱莹又恢复了往日伶牙俐齿的样子。

"不是，我本来想，就咱俩悄悄地开始，不希望那么早，别人就都知道了，你怎么当着那么多人拆信啊？"白岩小心地说。

"你还好意思说，又没地址，又没落款，觉得好奇怪，谁还能想那么多啊！"邱莹说。

"你就没想想，你这么好的姑娘，会不会是有人向你提出点什么？"白岩说。

邱莹故意反唇相讥："我这人简单，没有那么多歪心眼"。白岩说："这怎么是歪心眼，男大当婚，女大当嫁嘛。"

邱莹说："我还没说你呢，你为什么不署名啊，这点，我就看不起你了，好汉做事好汉当，真是的。"

"好汉当，我当得起，今天班子会上，是我主动承认的，但对你，我就想了，要是我署了名，你不同意，我担心你也会有压力的。"白岩说。

邱莹明白了白岩的心意，但她还是说："可是你不署名，也不写地址，我知道是谁啊，我们只能乱猜了，觉得要么是个坏人，要么是个麻脸老头。"

白岩哈哈大笑，邱莹也笑了，白岩把自己的凳子向邱莹这边挪了挪，说："像你这样的姑娘，坏人、麻脸老头，好意思给你写信吗？"

邱莹委屈地说："可我同意不同意，找谁说去啊。"

白岩轻轻地说："你看我平时那么注意你，你就想不到有可能是我？"

邱莹的声音也轻下去："后来也想过，那天我们一起猜，云歌倒是说过一句，有可能是你，但大家都是否认的，从那天起，我就开始想是不是你啊，但这事，怎么敢确定啊。"

"是啊，不敢确定，这确实给你出难题了，而且，这信也是让你来找我，哎，真是我的错，我的错，"白岩拍拍自己的头，"唉，怪我，怪我，我真笨。"

邱莹说："你为什么不开始就找连长和姜老师呢？"

"也想过，后来又想觉得两个人的事，写个信，简单点儿。"白岩说。

邱莹说："结果呢，简单了吗？"白岩说："不管怎样，现在简单了，你也清楚是谁了，能回答一下我的问题吗？"

邱莹说："直接回答？"白岩笑嘻嘻地答道："是啊，咱们都是敞亮人，面对面，直接回答吧。”

邱莹说：“你是真傻，还是装傻啊。”“正面回答吧，我这个人，是有点傻，我洗耳恭听。”白岩调皮地竖起耳朵说。

这样一问，邱莹满面娇羞，她沉了一下，说：“我倒想问问你，你周围那么多比我好看的、聪明的、能干的、有才的，你怎么想起给我写信了？”

白岩说：“这个原因就很难说清了，是缘分，是磁场共振，说不清，反正我觉得看你脱坯时，小翘鼻子上沾了一小块泥，自己还不知道，觉得很可爱，大晒场上看着你扛麻包时出洋相，觉得很有意思。”

邱莹说：“啊，你太坏了！”

白岩认真地说：“我这个人想法多，行动力也算强，但比较简单、粗心、较真，反正有不少缺点。但我会是个能靠得住的人，反正，北大荒挺艰苦，要嫁给我的女孩，得做一辈子留在这里的准备，你思想纯正，能吃苦耐劳，人又漂亮，但你还是要想好了。”

邱莹说：“我可还没答应你呢！”白岩小心地说：“对，对！”

邱莹认真地说：“你别看我人大大咧咧的，你的缺点、优点我都看得明白，但是，你的为人，我们私下里都是有评价的，大家都说，有你们这样的连长、指导员，吃点苦也值，但你比连长，经验还差得远。”

“喂，今天不是评价干部……”白岩不好意思了，笑嘻嘻地说。

邱莹说：“但这一辈子的事，更要看素质、人品啊。”

“你的意思是说我的素质、人品还够格，你比我想得不简单哦，说话还会拐弯抹角的。”白岩顽皮地说。

“讨厌！”邱莹娇嗔地说。“那，你就是答应我了，你能不能直接说一句啊，行吗？”白岩恳切地说。

邱莹笑而不答。“说一句，好吗？”白岩央求着。邱莹问：“怎么说？”白岩干脆地说：“嫁给我，同意，还是不同意？”

此时，邱莹满面绯红，“姜阿姨让我留下来，我就留下来了，还可能不同意吗？”

“那我在全连大会上做检查，也值了！”白岩从凳子上一下子跳起来。

“我都同意了，还要做检查吗？”邱莹问。

“是啊，那也值了”，白岩抑制不住兴奋地说。“自找的，活该！”邱莹攥紧拳头要当胸给他一拳，白岩一把抓住了她的小拳头。

“谈得怎么样啊？”大胡子连长夫妇已经到门口了，两个人赶紧放下手，垂首站立。“报告连长，谈得挺好。”白岩说。

连长和姜老师相视一笑。“回去吧，好好写检查啊！”连长笑着说。

"连长，检查可以写，还处分吗？"邱莹鼓足勇气问。

"哟，姑娘，开始心疼白岩了啊。"姜老师笑着拍拍邱莹说。

"你是干部，检查还是要做，造成影响了嘛，看你们现在的样子，检查做好了，大家如果原谅你了，估计处分也许就会免了吧？"大胡子连长爱抚地拍了拍白岩的肩膀说，"回去吧，浑小子。"

从此，十七连多了一对爱侣。白岩和邱莹后来成了家，育有一女，一直很幸福。

第三十三章

走夜路华宇背狼　雁山下感受自然

"去年冬天的修水利、伐木、打石头、盖房，还都算顺利，现在耙地、春播马上就要开始了。"刚开完最后一次垦荒规划会的华宇一边向秦河汇报连队目前的生产情况，一边往食堂走。

"但今年开荒你们是咱们团的大头，刚才团长不是也说了，这场会战至少有十几台拖拉机去你们连，事前准备要搞好啊，你先去吃晚饭吧。"到了食堂门口，秦河边嘱咐，边把华宇推进食堂，自己向团机关走去。

食堂里，参加会的各连机务副连长都在吃饭，华宇快速把饭吃完，背上书包，准备出发。

"还有汤呢，你这么快，就吃完了？"九连副连长姚合对华宇说。

"趁天还没黑，我得赶回去。"华宇说，姚合与华宇是同学，又是一个车皮来北大荒的。

"有车吗？"姚合问。"有车，11 路。"华宇笑着说。

"你的路不近啊，路上注意点。"姚合说。

"放心吧，咱一个车皮来北大荒，算起来都快五个年头了，不都是这样来回走吗？老把式了。"华宇无所谓地握着拳头，晃晃肩膀说。

姚合使劲拍了他一下说："不过，你小子，确实壮实了，你看这肩膀头，虎背熊腰啊，你在学校的时候，可是个豆芽菜，来的时候也还像个麻杆呢。”

“你也一样，咱都是北大荒的大馒头搋起来的，好，再见啊。”华宇说着背起了黄色的军用书包上了路。

他抬头看天，只剩下夕阳的余晖，北大荒冬春之交的傍晚，天气还比较冷，他系好军大衣的扣子，从挎包里拿出了一个厚厚的黄色毛线脖套，摘下帽子套在脖子上。“这脖套还真暖和，织工也不错。”他自言自语地说。

“唉，这还是我自己买的毛线，求她帮我织的，什么时候她能主动送我就好了，快了，快了！”这个时候的华宇像个大男孩，晃着头笑出声来。

天渐渐黑下来，他心里想着与肖宁接触的桩桩件件事情，她柔美的体操动作、跳起舞的轻盈欢快、睡卧在麦秸垛上那睡美人的样子，难怪云歌说她像史湘云醉卧，她笑起来两个小酒窝时隐时现，以及她那甜美的歌声，想着想着他很兴奋，自己就地转了个圈，跳了几个舞步。

心情好，他感到周围的环境也美，他抬头看着夜空，感叹平时太忙，真的很少注意北大荒的夜空有多美夜空中繁星闪烁，月光洒在这大路上，远山的冰雪还没有完全融化，在月光下闪着莹白的光，掩映着像披上一层轻纱的完达山麓。

早春的风充满寒意地迎面吹来，带着徐徐的山野的清香，他的心情豁然开朗。

“今天没有过路的车啊！”他自语着继续往前走去，远处传来凄厉的狼叫，他突然想：“不要碰上狼啊，不会的，我这人命大，小时候听奶奶讲大灰狼的故事，那时候怕狼，现在五大三粗的，还会怕狼吗？”他轻蔑地笑笑，用拳头捶了一下自己宽阔的肩膀。

走了一段路，忽然，他下意识往路前方望了望，在路边不远的草丛里，有一对冒着绿光的眼睛正向他这里张望。“还真碰上了！”他马上警觉起来，借着月光他看到狼的轮廓，两条细细的前腿支撑着比狗宽一些的前胸和狗相像的头脸，脖子上的鬃毛乍开着，做着随时扑过来的准备。

“看来他已经发现我了。”华宇想，他又飞快地回想起在九连时，和团里知名的老猎手刘大力打猎的经历和他讲述对付狼的各种经验，“后退是不可能了，跑，它就会追上来。”

于是，他大步往前走，看到路边有一棵粗细相当的小树，说了一句“对不起了”，他把小树连根拔起，然后蹲下来，连摔带撅地把枝杈去掉一些，他的这个动作居然让狼后退了几步，于是，他一面唱着歌一面扛着树棍大步流星地朝前走去，狼居然没敢从正面扑上来。

于是，他把狼甩在了后面，还好这是一只孤狼，不然，他走过来之前，就会有狼群跟上来。“你是孤狼，我是独行侠啊。”华宇用手拍拍胸口笑道。

但狼显然还是没有放过他，他感到它在不远不近地跟着自己，他想起挎包里有一支手电，他蹲下来从挎包里拿手电，用眼睛的余光看到狼随着他蹲下来，也停住了。

他把手电拿出来，不慌不忙地站起来打开手电，狼是怕光的，于是它后退了几步，愣愣地在原地站了一会，又在后面保持一定的距离跟着。

"不肯走啊，看来是只饿狼，"华宇说，可惜手电筒不争气，过了一会儿就暗下来，慢慢地，电池就用光了，华宇说了一句"算了，关键时刻你掉链子，"就把手电又塞进挎包。

他仍然唱着歌大步流星往前走，狼仍然保持着距离跟在他后面。

天完全暗下来了，"要做准备，它随时可能冲过来"，华宇想，路上一片黑暗，周边死一般静寂，越晚，大路上过车的可能性就越来越小。

"准备战斗吧！"华宇拿树棍的手出汗了，一边走一边摇晃着这根棍子，他知道只是这一个动作，狼很快就会清楚对手再没什么武器了，他知道狼是会从后面冲过来的，他想起了刘大力说的话："狼是麻杆腿、豆腐腰、铁脑袋，但它不像虎和熊，整个个头不大，一百来斤左右，只要沉得住气，对付它没问题。"

"狼如果从后面冲过来，你绝不能回头，你要是回头，它会一口咬断你的喉管！"刘大力当时还绘声绘色地讲起了当年一个前辈对付狼的情景。

华宇想着："这招有用，看来关键时刻，这根棍子要扔掉，棍子太细，打狼腰借不上力……"

忽然，他感到空气中弥漫起一股浓重的血腥味，说时迟，那时快，狼忽的一扑，两只前爪锐利地搭住了他的肩膀，他已经感到双肩的衣服已经被狼爪刺透，伴着一阵疼痛，肩膀上有血流出来。

他已经闻到狼呼出的气味，随着狼头的扭动，血盆大口马上就要咬住他的脖子。"看来你是个残忍的家伙，大力师傅说的一定是这个动作。"华宇大吼一声，瞬间，他不顾狼的撕咬，反手抓住了狼的两只前爪，拼命往上提，提到一定高度，他拼出全身所有的力气，用自己的头准确地抵住了狼的喉头。

这样，狼的嘴就朝上了，完全不能发挥作用了，它的两只前爪被华宇死死抓住。但它的下腿力气很大，拼命大跳、往上蹿。

这是生死的肉搏啊，华宇死死抵住狼的喉管，紧紧地抓住它的前爪，狼锐利的前爪在挣扎，华宇的两肩和手、胳膊被抓得血肉模糊，但他此时似乎已经感觉不到疼痛了，他把所有的力气都集中在两只胳膊上。

他的眼睛直直地朝前看，往前走，他走啊，走啊……他似乎已经无痛感，无知觉了，他的手拼命地抓住狼的前爪，他的头拼命地向后抵住，就这样机械地走了好久，好久……

前面忽然传来铁牛 55 的声音，他使尽最后的力气，拼命地保持着一个动作，朝着那车挪去。车停在他身边，慕天狂奔过来，手里拿着铁撬杠，朝着狼的腰就是狠狠地一撬杠。

然后，慕天扔下撬杠，从已经精疲力尽的华宇身上抓起狼的两个前爪，狼还在挣扎，慕天抡起狼的前爪在地上猛摔了几下，狼终于断气了，他顺手把狼扔进后车斗里去了。

“华宇，华宇！”慕天一边喊着一边去扶华宇，华宇却一下子倒在慕天的怀里，晕了过去。他把华宇抱上车，毫不犹豫地开着铁牛 55 直奔团卫生队。

“这小子还真是一条汉子！”等在连办公室的大胡子连长接到了慕天的电话说。原来，华宇离开团部时给连里打了个电话，说 8 点之前准时到，大胡子连长召集白岩、慕天、刘飙、盛楠等班子几个人想碰个头。

大家等到九点还没见华宇回来。“这华宇，真不守时，这么散漫。”刘飙抱怨着。

大胡子连长没理刘飙，他有点担心地说：“他打电话时 5 点来钟，说已经吃完了饭马上出来，到现在还没到，他不是个散漫人，太晚了，慕天，你去接接他吧。”

于是慕天发动起了“铁牛”，风驰电掣地向大路奔驰而去。

“没想到会出了这样的事情，这几年，狼劫道的事不多了。”大胡子连长接到的是慕天从卫生队打来的电话，他马上带着吉西、子云和肖宁连夜赶到卫生队。

在卫生队的院子里，慕天边向大胡子连长汇报情况，边往病房走，走进病房，连长怜惜地看着正在俯身熟睡着的华宇。

他头上缠着绷带，脖子后面和双肩都包扎着，胳膊也包扎了一部分，连长严肃地带着大家退出来。

医生齐全和子云打个招呼，开始向连长汇报华宇的伤势。“给他打了镇静剂和抗感染、破伤风的针剂，基本上没有伤筋动骨，脑后、颈后有多处咬伤、双肩、胳膊和手严重抓伤，特别是颈后的咬伤，当时好在有个厚脖套，不然会伤了骨头，不过，他真是个英雄，如果没有殊死搏斗的胆量，就难以想象了。”齐全佩服地说。

连长问：“需要输血吗？”齐全说：“不需要，也确实出了不少血，但因为没有碰到大血管，还不需要。”

“子云，你们去找一些鹿茸、鹿心血来。”连长从口袋里拿出一些钱来。子云说：“连长，这……”“昨天刚发的工资，还没来得及上交呢。”连长说。

“慕天你带着子云去买，肖宁先留在这儿，看看伤势的发展吧！”慕天和子云出去了。

“你和我去团里汇报一下情况。”连长对吉西说。“好的。”吉西和连长也出去了。

肖宁坐在华宇的床边上，看着他缠满绷带的身体，不觉流下了眼泪，她用手绢擦了擦华宇的脸。

“我的徒弟呢，我的徒弟在哪儿……”早上，一夜没合眼的慕天在华宇病房的边上刚睡着不久，就被一个山东口音高声大嗓的人吵醒了。

“你找谁啊？”子云的声音。“我找华宇，我刘大力，他师父，他咋样了啊，要紧不？”

子云和肖宁迎出来，“您找他有事吗？他伤得挺重的，还没醒呢！”

“肖宁，我醒了，请刘师傅进来吧。”病房里传来华宇微弱的声音，显然他也是被大力吵醒了。

这个人高马大的中年人一个箭步踏进门来，急切地问：“华宇，咋样了？”

“老哥，这么快你就知道了？”华宇说话有些沙哑吃力。

“你们连长打电话问我，说像你这种情况要紧不，该吃点啥合适，我马上就来了，”说着大力把布包往桌上一放，“都在这里，我把我存的多年的老山参给你拿一棵，这是鹿茸，这是鹿心血，这是鹿胎膏。”

“我吃鹿胎膏？坐月子啊？”华宇说。“这你就不知道了，这东西补血最好，男人也能吃，剩下了留给……”他看看床边站着的肖宁，“你是他女朋友吧，剩下的你留着吧。”

肖宁一下子脸红了。“大力，别瞎说，人家是同事，”华宇小声说，“不过，老哥，我真得叫你一声师傅，要不是咱们一块打猎时你说的那些招数，我可能早变成那只狼吃剩的一堆骨头了。”

“咱爷们儿就是敢打敢拼，我就喜欢你这样的，真不愧是咱的徒弟！”大力兴奋地说。

“那是一只成年的狼，很壮实，我当时也紧张啊，肌肉收紧、血流加速。”华宇声音微弱中带着嘶哑说。

“到了那个时候都一样，都是人嘛，生死关头，谁不紧张啊，但你闯过来了，哈哈，小子……”大力手舞足蹈地说着。

“大力队长来了……”慕天进来向大力打招呼。“这是？”大力问。“这是我们机务副连长慕天。”华宇介绍说。

大力一拍慕天的肩膀，又抬高了嗓门：“啊，知道了，你也是十连出来的，斗熊的那个，是吧，老梁啊，真是强将手下无弱兵！”

慕天说：“您和我们连长是一个部队的？”大力大大咧咧地说：“都是志愿军一军的，他是官，我是兵。”

慕天说：“我知道您是神枪手，有好多勋章呢，说您十多岁就跟着部队从东北一直打到海南岛，攻碉堡时，您专打敌人枪眼，打进攻时，您专打敌人的军官，是吧？”

慕天这样一说大力高兴了，一拍大腿说：“是啊，准是你们连长跟你们说的，那官儿一完，敌人不就乱了套，哈哈。”

华宇跟着笑，一下子扯动了伤口，“嘶”，他咬了咬嘴唇。“我看你没事儿，没伤骨头就不要紧，不出一个月，又活蹦乱跳了，不过，你小子小脸儿保护的还不错啊，不像俺”，大力指指自己右腮上的伤疤。

“你对付的那是大虫，我这不过是一只狼嘛。”华宇说。

医生齐全来了，客气地说：“对不起，病人现在不宜多说话。”大力大大咧咧拍了拍床上的华宇说：“俺走了，缺啥，就吱一声啊，咱那儿都有。”

慕天送他出门，迎面碰上了子云，大力说，“徐大夫，你调到十七连了，多费心了”，说着走了出去。

“我看了一下华宇的衣服，都扯烂了，血糊糊的，得准备一套衣服。”子云对慕天说。“我去买吧。”慕天说。

“咦，大力的包怎么都没拿走？”子云问道。“是他留下的，说是给华宇的。”肖宁说着把里面所有的补品掏出来，最后，还有一套半新的军装。

“看，衣服有了，昨天连长的大衣不是给他留下了。”子云说。

肖宁说：“就差一套秋衣，补品也不用买了。”“对，那就先买一套秋衣吧，我去买吧。”慕天说。

“我的那个脖套……”华宇问。“你那脖套不能要了，已经烂得不像样子了，全是血……你的脸怎么这么红啊？”子云说着去摸华宇的脑门，“糟了，发烧了，不行，得叫院长。”

慕天推门出去叫齐全和院长。不一会，他们都来了。“烧很高，他的抓伤，特别是咬伤还需要进一步清理，我们这里条件有限，我已和师部医院联系好了，马上就去。”院长说。

慕天到卫生队队部给连长打电话，“院长……”慕天还没说完，冷静干脆的院长马上说：“知道你们明天就开始开荒，你不能去，子云也不能去，让齐全和肖宁去，好吗？”

“好，谢谢院长！”慕天看着齐全和护士正往救护车上抬华宇，他走过去握住华宇的手说：“华宇，挺住！”

此时的华宇已经说不出话来，慕天眼含热泪看着救护车远去。“不要着急，他是有感染，他得动一次手术，把抓伤特别是咬伤的部分全部清理干净。”院长劝慕天。

“是，我知道，那是刮骨疗毒啊，手术后，麻药劲儿一过，非常疼。”慕天心疼地说。

“是啊，你也有过这种体会的，”院长痛惜地说，“有齐全跟着，放心吧，你能挺过来，他也能。”院长拍拍慕天的肩膀。

“大力说得还真准，不到一个月你就出院了，这两天感觉还好吧？”慕天和华宇住在一个宿舍，慕天看到华宇利利落落地回来了，高兴地说。

华宇笑呵呵地说：“挺好的，你看我，能吃能睡的，都养胖了。”

慕天说：“呃，你成了远近闻名的独胆英雄了，我到团里开会，许多人都打听你，尤其是女生。”

华宇说：“瞎说，怎么可能，你就拿我开心吧，你前两年斗熊，云歌还写了一篇报道稿，在全团广播，我还记得题目呢，《更无豪杰怕熊罴》。”

“你不知道吧，你也上了报了，”慕天从床头的一摞报纸中翻出了一张，“看，谁说没广播，你不在，没听见就是了，这不，报上都发了。”

华宇拿起了这张《兵团战士报》，上面豁然的大字题目《独胆英雄　勇战豺狼》，问：“肖云是谁？”

慕天说：“肖宁和云歌啊。”“你都知道，肖宁这丫头，她和大齐一直在照顾我，她怎么没说，你早就知道了。”华宇说。

“当然，我当然知道，题目我还改了个字呢，开始是孤胆英雄，我和吉西都觉得‘孤’字有点惨，就改成了‘独’了。”慕天说。

华宇珍惜地拿着报纸，拍一下慕天的肩膀说：“咱俩都是大难不死，必有后福吧。”

慕天说：“你有后福了，那天我听盛楠说最近有个脖套的事，说大热天快到了，肖宁还在织一个黄色的脖套呢，那肯定是给你的喽。”

华宇说：“是吗？”慕天说：“是啊，心意很明显，哈哈。”

“还不知道怎样呢？”华宇有点担心地说。

“过两天就要开荒了，明天星期日休息一天，好几个人准备去雁山，你能去吗，身体行吗？”慕天说。

华宇赶快说：“怎么不行，都憋了一个多月了，再说了，我不去，难成这台戏啊。”

星期日这一天，十几个男女知青天刚亮就爬起来，向雁山出发了。

“这天还真争气啊，风清日朗的。”白岩对身边的邱莹说。“我们家乡现在已经是百花竞艳了，北大荒的春天是我们这些勤劳的人们千呼万唤，才肯到来啊！”出生在杭州的邱莹边走边说。

云歌、肖宁、苏凌、盛楠、于珏等几个女生走在一起。“你到十七连跑野了，连孩子也不管了。”云歌说盛楠。

盛楠说：“宝东说他管了，你们不领情啊，我是来过的，是来给你们带路的。”

“慕天说他也来过呢。”肖宁说。“一会他们不定跑哪里野去了，扔下你们不知往哪里走，我这好心，你们不理解啊，真是的！”盛楠说。

“是啊，有盛楠在咱们踏实多了。”于珏说。

“雁山是国家规定不能砍伐狩猎的地区，是真正的原始森林，不能到处乱跑的，明白吗？”盛楠说。

他们走过一段背阴的丘陵，上面还残存着冰雪，从冰雪的缝隙中却钻出了一朵朵、一簇簇嫩黄色的小花，给这小山坡带来了生气。

“这么冷就开花了，快看，还是五个瓣儿呢，小小的，弱弱的，当真是好看！”苏凌高兴地蹲在坡边仔细地看着说。

“是啊，枝蔓还是软软的，就能这么抗寒。”云歌说。

“我们这里是酷寒地带，几乎没有梅花，这小黄花就是第一个迎春的使者了，它叫冰凌花。”盛楠说。

“是哪个凌啊？”苏凌问。“就是你那个凌啊！”盛楠说。“苏凌，你真了不起，是第一个报春的使者啊！”云歌高兴地拍拍苏凌。

“我啊，我就长这样啊，弱弱的，还不如黄花菜呢，个头还大点儿！”苏凌不甘心地说。

大家笑起来。“在北大荒冲寒先喜，还不行啊，你还想怎样啊？”肖宁说：“你还真别说，它还真有点像你，你看你最近瘦的。”

“那你呢，你是什么啊？”苏凌不饶肖宁。“她是芍药，那年水里捞麦，她在麦垛上偷偷睡觉，有人说她像史湘云醉卧芍药裀呢。”云歌说。

“芍药，比我好多了啊，花朵大多了，也比我漂亮多了啊……”苏凌不服气地说。

“你们走得还不慢啊，怎么停下了，没到呢，还得往前走啊！”慕天走过来说。

“是啊，这不是她们看到好看的东西了吗。”盛楠说。

“前面还有好看的，你聪明，盛楠，带这么大袋子，前面有好多野菜可以采啊。”慕天说。

“你看，难怪她们说，有你就行了，确实，对这里知道的这么细啊。”盛楠说。

“那哪能啊，没有盛楠指导员的地方，哪成得了一台戏啊！”华宇一步蹦过来顽皮地说。

“看来你是好利落了。”盛楠拉着他仔细看着。“那是！”华宇开始跳《抬头望见北斗星》。

盛楠说："肖宁，来伴舞！"肖宁马上说："他自己跳独舞才高兴啊，人家可是独胆英雄。"

"就是太'独'了，才需要人来'伴'啊！"华宇停下来，笑嘻嘻地看着肖宁。

"你行吗，刚好，别逞强啊，"一直没说话的吉西拍了一下华宇说，"一直忙着写总结，没顾上看你，伤口恢复得好吗？"

翮伟走过来也说："脖子后面的伤口长平了吗？"

"还好吧，摸着还没长好，倒是不疼了，看——"华宇低下头，给吉西、翮伟看看后脖颈。

"多玄啊，肖宁的脖套还真立了点功，不然咬透了，就完了。"盛楠怜惜地说。

华宇抬眼感激地望了望盛楠身边的肖宁，肖宁不自然地别过脸去。大家开始分散着往前走去。

"在这里看还是一片冬天的灰黄，往前面看就是春天的一片翠绿了。"慕天不知什么时候来到了云歌的身边说。

"真的啊，"云歌往远看果然是苍翠欲滴，顺口说出，"虽然是寒冷的北大荒。也是'造物无言却有情，每于寒尽觉春生。千红万紫安排著，只待春雷第一声'。"

"出口就是诗词啊，你掌握的诗词量还真多，这一首我都不知道。"慕天赞赏地看着她，云歌浑然不觉地说："这是清朝人张维屏的诗，清朝人的诗，也许离现在比较近，注意的人反倒不多了。"

慕天说："你真是博闻强记，是个搞文科的材料。""当时心气确实很高，少年宫里，诗词比赛还真拿过不少名次，现在看来都没什么用了。"云歌有些低沉道。

"不能那么说，毛主席诗词中不是还有不少和古人的诗词，也都是古体诗啊，书到用时方恨少，你这顺手拈来，将来会有用的。"慕天满怀信心地说。

"看，蒲公英、苦苦菜，四叶菜、蕨菜，看那儿，还有山葱、山蒜、山韭菜，我们回去包饺子，好哇啦！"盛楠、邱莹、阿芳边采边兴奋地说。

"前面就快到雁山了。"慕天说，方才情绪还有些低沉的云歌被眼前这壮观的原始森林震撼了。

慕天情不自禁地说："看，多壮观啊，高耸入云的大山上，山山滴翠；古木参天，树树凝碧；浓密的覆盖了整个幽深的山坡上，树干笔直刺向天际。"

云歌说："是啊，再看那下方的树干，两个人都合抱不过来，其间藤蔓萦绕，密不通风。"

"这坡的底部就是一条水域，远远看去，你看，那水中栖息着许多水鸟。"慕天说。

"这才是真正的原始森林吧，真正的原始森林，才会这么浩瀚、广大，这才是真正的林海听涛，绿可浸衣，可是我们以前去伐木，没看到这么粗壮的大树啊。”云歌说。

“你说的那些树基本都是次生林了，这些树才是原始的树木，是不能随便砍伐的，”慕天说，“我在这些植物中，最喜爱的就是树。”

云歌问：“什么树？”慕天用力地拍拍一棵大树说：“无论是什么树，都喜欢，你想想，无论是城市乡村，中国外国，只要有树，有绿意，就有生气。再说它们对人类的奉献精神，真是这个星球上苍绿的英雄。”

“你说得还真对，哪怕是岁月流转，叶绿叶黄，它们还都忠实地记录着时间，勃发着生机，哪怕是八面来风，摇曳生姿，它们还都坚定地站在那里，照看着希望，不仅是喜欢，更是崇敬。”云歌赞赏道。

他们说着走过一片茂密的松树林，高大笔挺的落叶松郁郁葱葱，突然头顶上一只什么动物跳过去，云歌吓了一跳。

“看，松鼠。”云歌沿着慕天的手指看过去，一只松鼠正坐在松树上啃着什么，还不时地抬头警惕地望望他们。

“啊，你看，松鼠的眼睛多漂亮，圆圆的，双眼皮，真好玩，长长的大尾巴，真好看！”云歌说。

“松鼠是这里最普通的动物，而且它不怕人，当地人因为它眼睛大，叫它‘大眼贼’，”慕天看到云歌孩子一样高兴的样子也笑着说，“你喜欢这里？”

“当然，还记得辛弃疾的一句词吧‘我看青山多妩媚，料青山看我应如是，情与貌，略相似’，那一定得是南方俊逸灵秀的山了，这大山、大水、巨树，在我看来像是一座高不可及的圣殿，人在她面前，太渺小了。”云歌感叹地说。

“你看看，我说天地可读，还是对吧！”慕天得意地说。

云歌说：“真的啊，后来，我真的注意到了，‘诗三百’中涉及的动植物几百种，仅鸟类就数十种，真是‘青山有墨千秋画，绿水无弦万古琴’啊。”

“眼前这高山大水从未见过，真是震撼，可望不可即，好像在抒发着一种磅礴的激情”，慕天边说边欣赏着她被景色倾倒的样子，煞是可爱，“一方水土养一方人，时间长了，你对这里的山水熟悉了，青山看你就会‘应如是’了，貌不相似，情也似啊。你看在这里住长了的人，仔细想想，他们的情怀就有些与这里的山水相似吧。”

“细想起来还真是啊——粗犷、豪迈、大气！”云歌赞同地点头。

说着他们走到了山脚下的七虎林河边。“那是什么？”云歌问。“天鹅啊！”慕天说。“天鹅，这里有天鹅？”云歌说。

“你真是大惊小怪，比天鹅更神奇的动物在这里多的是，你感到这里比连队里暖和吧？”慕天说。

“是啊，虽然离得不远，这里的春天来得早些，你看，基本都是绿色了，为什么啊？”云歌问。

他们举目四望。“你看着周围都是山林，挡住了八面来风，这又是七虎林河的河岔，也算是黑龙江有山有水的一个温暖的臂弯吧。”慕天说。

“这里是野生动物的天堂啊。”云歌说。

“是啊，晚上人就不能来这里了，什么动物都出来了，这里就是山中霸主熊与虎，豺狼猛兽的家乡了，只是白天是鸟儿居多。”慕天说着，婉转清亮的鸟鸣进入了耳鼓。

“你听，多好听，不知是什么鸟叫，”云歌说，“这里是鸟的大合唱啊，你看，绿的、红的、黑的、白的、彩色的，分不清是什么鸟啊，你看，那一群一群的大雁。”

慕天说：“是啊，那天收豆子，你不是还想来看大雁吗，大雁比起这鸳鸯、鹳，咱们这里叫它‘老等’的野鸭子，色彩就逊色了。”

“是啊，这里鸟的颜色像花一样。”云歌说。

“但我还是喜欢大雁，它们机警、专一、有集体意识。另外，你看那鸳鸯，羽毛的颜色多漂亮，但是，好多戏曲中把佳偶比作鸳鸯，其实错了，鸳鸯是很随意的。”慕天说。

“你总是往不该想的方面想，多好看的天鹅都吸引不了你，看那边河里一片雪白，全是天鹅啊，这里不仅能感受大山的呼吸，林涛的汹涌，还能看到这么美的天鹅，真好！”云歌又兴奋了。

她继续对慕天诉说着：“我小时候觉得天鹅可能就是和鸡、鸭、鹅一样，后来，读了《史记》，司马迁说‘燕雀安知鸿鹄之志哉’，我才知道天鹅是与众鸟不同的鸟，是鸿远与志向的象征。”

“不止如此吧？”慕天说。“是啊，后来看到苏联芭蕾舞团演出的《天鹅湖》，柴可夫斯基的那音乐，那芭蕾舞轻盈美妙的舞步，四小天鹅，呀，让人迷醉——高雅、圣洁……”说着云歌靠在一块石头上，痴痴地望着河里的天鹅，望着它们一飞冲天，又从天而降的瞬间。

“两只、四只、六只……”慕天和她一起数着，他们似乎与情境融在了一起。

忽然，一只绿色的大鸟凌空飞起，发出凄厉的叫声在慕天和云歌的头上盘旋。

“长生，放下！”盛楠追着手里拿着什么的长生，长生吐吐舌头把东西放在一块大塔头的草丛里，“那是它的孩子，可能已经孵得差不多了，小心它啄你的眼睛。”盛楠不依不饶地说着长生。

“怎么了，长生？”云歌问。长生不高兴地回答：“我掏了几个鸟蛋，有什么啦，这盛楠，这么较真。”

“算了，长生，你得放下，这里是林管区，确实不行。”慕天说。

云歌依然望着在天空盘旋的大鸟，只见那只绿色的大鸟叫了两声，一头扎进刚才长生放回鸟蛋的那个大塔头的草丛里不动了。

慕天也看着这只大鸟，像是自言自语：“其实，人向大自然的索取，应当是理性的。”

“其实这只大鸟如果没了这些孩子，确实可怜，但长生不知道这里的情况，咱们，特别是男生谁没吃过鸟蛋啊。”云歌说。

“我说的不是这个意思，人发展农业是为了什么？”慕天说。“当然是为了生存。”云歌不假思索地回答。

“其实也是对大自然的索取，但这索取是有底线的，动物和植物都是有天然生物链的，有些自然规律我们还摸不清楚，你违背了它，将来会给人带来什么后果，是很难说的。”慕天说。

“我听说世界上有环保主义者？”云歌说。慕天有点惊奇“这你还知道？”“在学校时，偷偷从《参考消息》上看到的。”云歌低声说。

“我们现在还不算发达，总的看，这方面做得挺好，能坚持下去就好了。”慕天说。“你想的还真挺远的。”云歌说罢若有所思。

第三十四章

呆肖宁错失佳偶　春开荒发现文物

“这一大包足够了，邱莹那儿还有一大包，”肖宁一边挖野菜一边对盛楠说，“这云歌哪去了，是不是风花雪月去了。”

“可能吧，肖宁，别采了，看，我这也有一大包了，”盛楠说，“说人家风花雪月，你也快去风花雪月吧？”

“干吗欺负我们啊。”华宇说。“你看，你看，还没咋样呢，就护上了。”盛楠笑起来。

她一把把肖宁推到华宇身边，说：“你看我说什么来着，去，去跟他风花雪月去吧，也不用我再说了，华宇，我完成你的任务了。”肖宁只好有点被动地跟着华宇往前走了。

“谢谢你给我新织的脖套啊！”华宇热情地说。“不是谢过了？”肖宁说。

华宇笑嘻嘻地说：“再谢不行啊，这次也是亏得你照顾，一个来月，从开始人事不省，到现在又是一条好汉，我确实很感激！”

“不是还有齐全嘛！”肖宁说。“齐全是医生啊，他起的作用确实不小，但是他说，当时我脖子上的那个脖套保护了我，还不是要谢你啊。”华宇说。

“哎，他可是做了好多不是医生该做的事”。肖宁说。“你也一样，真的，我心里很感激。”华宇又一次强调。

“组织上派我们照顾好英雄，我们是应该的啦。”肖宁笑着说。

“还是不一样啊，特别我发烧那几天，你为我物理降温，齐全都跟我说了。”

肖宁一下子脸红了说：“只当我是护士好了。”“我知道你很尽心的。”华宇说。

“我们是好战友，你伤成那样，我怎么能不尽心啊！”肖宁有些动情地说。

华宇接着说：“肖宁，我们认识的时间不短了，我一直觉得很说得来，咱的性格也差不多，热情、直率，我们的爱好也相同，喜欢唱歌、跳舞、朗诵……”

肖宁一会儿低下头，一会儿看河里的水禽，不再看他。

“我觉得，我觉得我们的年龄都二十出头了，也不小了，是不是可以考虑一下，也就是再前进一步吧！”敞亮的华宇话说得很流利，而且很自信。

但他没想到肖宁倒踌躇起来：“华宇，你是感激我这次照顾你吗？”

“你照顾我，我当然很感激，但如果这次照顾我的不是你，我也会对你提出这个问题的。”华宇认真地说。

肖宁抬起头直视着华宇，眼睛里含着泪说：“华宇，让我考虑一下，好吗……”

“哎，肖宁，你们过来看看，丹顶鹤呃。”云歌兴奋地叫他们。“真的哎，红顶红嘴，雪白的羽毛，真是美啊！”肖宁不自觉地跑过去，华宇也跟了过去。

大家都围过来，和慕天、云歌等人会合在一起，苏凌说：“这里真的有鹤啊，云歌，还记得在十连时，咱们在地里看到的鹤吗？”

“记得，当时天黑，看不太清楚，而且一下子就飞远了。”云歌说。

苏凌也很兴奋：“好漂亮啊，可能当时就是飞到这里来了。”

慕天说：“是的，鹤就是喜欢在大型湿地中栖息，‘鹤鸣于九皋，声闻于野’。”“‘鹤鸣于九皋，声闻于天’，慕天，你的《诗经》记得好熟啊！”苏凌接着慕天背的诗句说。

吉西说：“古代的时候，鹤可能不属于特别罕见的鸟。”云歌说：“是啊，多少诗人写鹤啊，当时鹤的种类也多，白鹤、白枕鹤、丹顶鹤……”

华宇说：“近处看鹤飞舞，我们多幸运，看姿势好美！”

只见一只鹤张开双翅，“翼展真宽大啊，你看那颜色，你看那颜色，黑是黑，白是白。”盛楠说。

“翅膀大，飞得就快，你看它飞起来翅膀并不怎么动，靠的是滑翔，确实显得高雅，优美。”肖宁舞动着自己的双臂说。“你也要飞啊。”盛楠笑她。

只见那些鹤轻轻地飞起，又轻轻地落下来，扇动着翅膀，细细的长腿，不停地跳着，叫着，它们看到这群人似乎没有恶意，也就不躲避他们了，肖宁和于珏跑到它们中间跳起了华尔兹，似乎有几只鹤也跟着呼应着。

慕天笑着对云歌说：“丹顶鹤如果也有人的思想肯定很纳闷，这几个人类学我们干吗？”众人大笑。

回去的路上，肖宁和云歌走在一起，肖宁看着云歌说：“你今天玩得挺高兴。”

“是啊，我第一次到这里来，你来过吗？”云歌看着肖宁问。“来过，但因为忙着什么事，没怎么看周围，哪能像今天玩得这么仔细。”肖宁说。

“华宇老弟，好了，我说不出一个月，你就没事了嘛，你看，又是一条好汉。”一个高声大嗓的人走过来。

“大力兄，师傅，你们也来了。”华宇亲切地一把拉住大力的手。大力身后跟着一行人，都背着猎枪，好像还有些猎物，大力背的是一支新的双筒猎枪。

“来这么多人，打猎啊，这里不是不许打猎吗？”华宇说。“国家规定得很细，什么可以打，什么不可以打，在哪里可以打，在哪里不可以打。放心，老哥不会违反规定的，天儿好，出来走走，没看到啥。来，给华宇他们些东西。”

他从同伴那里拎过来三只野兔、三只山鸡递给了华宇。“那多不好意思啊，”华宇说。

“没啥好玩意儿，拿回去，补补，哎，那个姑娘，姓什么来着，谢谢你照顾我兄弟啊。”大力大着嗓门一口叫住了和云歌一起走过来的肖宁，肖宁和云歌只好站住，肖宁客气地与大力打招呼：“您好，大力师傅。”

大力指了指华宇手里的猎物，不容置疑地吩咐：“你把它拿回去煮煮给他吃，给我徒弟补补。”肖宁答应着：“哎，好的，谢谢大力师傅。”

大家看大力来了，都围过来，大力转过头悄悄地对华宇说：“这女孩不错，不过，这些女孩子都挺俊的啊！”华宇看了一眼大力说：“说什么呢，老哥。”

大力说：“你看我干吗，我已经早过季了，我就是说你啊，别挑花了眼。”华宇说：“不可能。”两人哈哈哈笑起来。

大力说：“春天来这里，好看，好玩，秋天来这里就不一样了，漫山遍野都是果实，不只是好玩，还好吃，好逛。秋天，你们和我们一起来，啥吃的都不用带，我请你们。”大家鼓起掌来。

肖宁和云歌鼓完掌继续往前走：“什么情况？”云歌笑嘻嘻地问肖宁。肖宁说：

"唉，别提了，我就是想找你呢，跟你说说。"

云歌说："怎么了？"肖宁说："现在人多，吃完了饭，你有事吗？""今晚没事，明天就得早起三点半，归来星满天了。"云歌说。

"我们住一个宿舍都捞不着说话，那你不是太辛苦了。"肖宁说。云歌说："没事，我习惯了，回去太早，也睡不着，正好聊聊天。"

他们在夕阳西下时赶回连队，到了大胡子连长家，姜老师因为团部学校有事，这个星期没回来。

他们拉着连长到了隔壁耿师傅家，连长说："老耿啊，他们想在你这里闹一把。"

孔阿姨迎出来说："好哇，来吧，人多热闹。"大家在孔阿姨的带领下，七手八脚地忙起来，很快饺子包好，兔肉炖好，鸡肉做熟。

"于珏的厨艺真是精进！"云歌吃饭时赞扬了一句，于珏很得意，用眼睛瞟了一眼吉西，苏凌看在眼里，低下了头。

于珏报答云歌的夸赞，夹了个兔腿给云歌："我不吃兔肉，给华宇吃吧，人家送他的。"云歌挡住了自己的碗。

"对，应当给华宇。"于珏脸上瞬间有一丝不悦，但马上顺着云歌的话说。

"不吃兔肉，这可不像你的性格。"耿师傅说。"我原来不吃狗肉，从去年开始不吃兔肉了。"云歌说。

"为啥？"盛楠问，云歌笑而不答。"她不吃好啊，你们可以多吃。"大胡子连长说。

于珏看着大家对云歌都很关心，脸上掠过一丝不平的表情，但她马上说，"云歌吃素了，吃凉菜吧！"云歌马上顺从地夹了凉菜。

吃完了饭，帮助孔阿姨收拾停当，肖宁拉着云歌往外走，于珏走过来，三个人一起走到宿舍门口，云歌对于珏说："我们说个事，你先回吧。"

于珏站在宿舍门口，恨恨地看着两个人离去的背影，说："哼，故意躲着我，有你好看的。"

北大荒春天的夜晚，还有几分寒意。"冷吗？""不冷，吃了那么多东西，出来走走，正好消化消化。"云歌说。

"云歌，我心里很矛盾，华宇他为什么现在才提这件事啊，早干吗去了。"

云歌说："早提和晚提有区别吗？"

肖宁说："当然，区别大了。"云歌说："你是觉得他是感激你这次照顾他，是吗？"

肖宁说："这是一个方面，你还记得你们刚来那一年年末，我们在一起搞简报吧"？

“记得啊。”云歌说。“从那时起，我们经常在一起工作，还记得前年我们都是工作组成员到十连吧，待了半年多，你也知道，其实我挺喜欢他的，可他始终没有表示，我觉得他眼高于顶，心里根本就没有我。后来在十连时，金宝找到我，表示希望和我做朋友，我们交往已经一年多了，他现在提出这事，我怎么办啊？”肖宁说。

“他知道你和金宝的事吗？”云歌问。“后来金宝就调出去一段，他当然不知道。”肖宁说。

“他不知道，就有权利向你提这件事啊！”云歌说。

“是啊，可是已经晚了啊，我能怎么回答他呢？”肖宁叹着气说。

云歌笑笑说：“那看你喜欢哪个人啦？”肖宁说：“我还是喜欢他啊，金宝虽然交往了一年多，但这个人我总是有点摸不透。”

“金宝是我们一个学校的，又一起在十连工作过，我还算了解他，比起来，你和华宇更合适。”云歌坦诚地说了自己的想法。

“可我已经答应金宝了，而且我们又都是一个城市的。”肖宁说。

“你对他有承诺了，说非他不嫁了？”云歌说：“也不是经常见面，倒不至于那么山盟海誓。”肖宁说。

“这不就是了嘛，关键是你怎么看这俩人。我觉得华宇适合你，从性格到人品，何必顾忌人家提的早与晚呢，华宇可是比金宝小两岁呢，男生成熟得晚，你说的那时候，他也许还没有考虑到个人问题，也未可知啊。”云歌说。

“你对金宝有看法，他有什么问题吗？”肖宁问。“什么问题倒没有，他来这里是冲着贺萍来的，你是知道的。”云歌说。

“是啊，这不是什么事了，人家不能因为贺萍一辈子不娶啊，况且贺萍并不喜欢他，人家是和米帆好的。”肖宁说。

“按外在形象金宝比米帆好啊，我当时不理解，问过贺萍。”云歌说。“贺萍怎么说？”肖宁急切地问。

“她没说什么，说是她喜欢画画，米帆和她的爱好都一样。”云歌说。

“这不就是了，她并没说金宝有什么缺点呀。”肖宁说。

“那倒是，这就看你了，肖宁，我觉得华宇合适，这不过是我的直观感觉吧。”云歌说。

肖宁说：“我再考虑一下吧，真是的，叫人为难。”

过几天肖宁又找到云歌，她给云歌看了金宝给她的一封信。“哎，这情书给我看，不合适啊！”云歌笑着说。“不是拿你当姐妹嘛。”肖宁说。

“金宝的字写得蛮漂亮，文笔也好，好缠绵啊，还宁宁小妹呢。”云歌笑起来。

肖宁嗔怪地说：“讨厌，人家让你拿主意，你看这一段，‘有一件事要告诉小妹，师部这里有位女孩，是北京青年，条件很好，还是干部子弟，她向我表示好感，我说我已经有了宁宁小妹，宁宁，你就是我在这个世上的唯一……’”

“你看他碰到了和我一样的问题，人家就回绝了，所以，我现在犹豫都不对，而且当时就该跟华宇说清楚。”肖宁眨着纯真的大眼睛说。

“你这事跟金宝说了吗？”云歌问。“当然没有。”肖宁说。“你以后还要对他说吗？”云歌问。“我觉得也没必要说吧！”肖宁说。

“那金宝为什么要对你说呢？”云歌说。肖宁说，“表示忠心呗！”“我觉得男生也没必要对女朋友通过这些来表白啊！”云歌说。

“人家处理问题的方式不一样，别的不说了，我想找一下华宇把这事说清楚就算了。”肖宁说。

云歌说：“你可想好了。”“想好了。”肖宁下了决心的样子。

第二天肖宁就找到华宇，说明自己已经有了男朋友。“以后我们就做好朋友吧！”肖宁说。

第一场开荒的大会战在十七连打响了。十二台红色的拖拉机开进了连队修理厂，好不威风。

修理厂里，大胡子连长对华宇、慕天包括拖拉机的几个车长交代工作：“虽然我们做了一冬的准备工作，但随时还会有突发的事情，给拖拉机和大犁安装的防陷装置，都准备好了吧？”

慕天说：“加上十七连自己的三台拖拉机就是十五台，拖拉机的‘木鞋’，大犁加宽的支撑轮，‘草筏子’的切割机都准备了，作业的地号也做了一下初步的分配。”说着，他拿出了一张草图给连长看。

“食宿、加油、维修、零配件等，我和慕天也基本安排了，又搭起了两顶帐篷，原来还是没想到这么大规模，男生两个大宿舍腾了出来，给兄弟连队的机务人员住，已经搬好了。”华宇说。

“好，一个多月的时间，我们连队自己职工要克服一下，大家有没有怨言啊？”连长说。

“没问题，大家都非常理解，人家是来给咱们连队开荒的。”华宇说。

“我们三台拖拉机的机务人员自己开荒的同时，还要为兄弟连队的机务人员服务。”连长说。“没问题，大家都参加过培训班，基本都熟悉。”耿师傅说。

云歌带着一台拖拉机和其他连队的几台拖拉机在北面的一块荒地上作业，因为云歌带的三八包车组基本都是生手，耿师傅提出：“云歌，咱们换一下吧，把新75给你们开。”

云歌说：“师傅，那多不好意思啊！”“你们新手多，这事连长也知道，换了吧！”耿师傅说。小惠跷起大拇指说“耿师傅真义气”。

五连的拖拉机女车长严青和云歌很熟，过来和她打招呼。“你们的犁改装了？”严青问。

云歌说：“这儿的低洼地多，怕陷车，咱们都开过荒，所以，之前带着几个姐妹把大犁做了改装。用了重型犁体，把前面的支撑轮加宽了，还安装了切割刀。”

“我只安装了切割刀，还没做其他改装，我看这块地还行，试试看吧。”严青说。“没事，需要改装部件都是现成的，需要装的话，我来帮你就是。”说着云歌上了车。

上车不久的小惠跟着上了犁坐，翻地还算顺利，切刀也好使，拖拉机在前面走，随着大犁后翻涌出一排排黑色的波浪，显得很壮观。就这样很顺利地干了几天，她们白天翻地，晚上把翻过来的地再耙一遍。

一天，严青和二连的一位男车长姚林来找云歌。“云歌，我们到了这片地的高岗上，翻了一会儿觉得不对，觉得这地底下是空的。”严青说。

“有水吗？”云歌问。“没有。”姚林说。“那就怪了，去看看吧。”云歌说。

姚林手里还拿着一块石头把玩着。“你这石头很光滑啊，挺好看的，自己磨出来的？”云歌问。

“我哪有那功夫，就是在那高岗上捡的，把土刮干净，就是这样的。”姚林说。

“这石头在咱们这不稀奇，但这么光溜的很少啊。”云歌接过石头，仔细看着。

“一块石头嘛，有啥稀奇的？”严青说。“你看这石头像是人工磨过的，这一端圆钝的，这一端比那一端薄，而且越来越薄，到边上，还有点锋利，像不像斧头？”云歌举着石头欣赏地说。

“你这一说，还真有点像。”姚林说。她们边说边来到高岗，云歌从车里拿了一把圆锹，问：“就这里吗？”“是，就是这儿。”严青说。

云歌开始挖土，她深挖了几锹，发现下面确实是空的。“像是洞穴。”严青说。

这时候，慕天、刘飙和大胡子连长也过来了，大家蹲在地上翻弄着挖出来的土和其他地段的土，土质也不一样，上面也没有草筏子。

“像是坟地。”大胡子连长自言自语地说，慕天从拖拉机上拿了一把铁锹，向下挖了几锹，哗啦一下，塌了一大片。

“这里算是从没有开垦过的处女地吧？”云歌一边把那块石头交给慕天一边问：“是啊，怎么可能有坟地呢？”慕天说：“又不像一般的坟地，好像面积很大。”

他拿起姚林手里那块石头，说：“这是石斧啊，哪儿来的？”“我捡的，就在这儿捡的。”姚林说。慕天把石头递给了连长。

“这儿我们是不是先不动了，我们向团里报告一下，可以吗？”慕天说。

“你们就是事儿多，我们开荒的日程这么紧，我看没必要吧，就真是几座荒坟，也早就没主了，填平就是了，何必耽误工期呢？”刘飙不屑地说。

“你不懂，就按慕天说的办，几台车先去其他地号，安排吧。”连长仔细看着那块石头果断地说。

过了几天连里来了七八个人一行的考古队，大家对他们非常好奇，大胡子连长跟大家说：“团里希望我们连全力配合考古队的工作。”

考古队长沙金是一位四十来岁的中年人，戴一副眼镜，他很快就和慕天成了朋友。

“我们这是新建连队，条件不好，听说考古队的队员一水的学考古的大学毕业生，你们只能克服一下了。”慕天说。

沙队长却说：“这就不错了，我们长期在野外考古，你看我们的衣着和兵团的职工没啥区别吧，有些地方住都没处住，就别说吃了。”

“但是考古这工作虽然辛苦，本身还是挺有意思的。”慕天真心地说。

“我也是喜欢，才学的这一行，我们国家地大物博、历史悠久，考古的天地很大。”沙队长说。

“是啊，你们这一行，可是寻找民族文化根脉的基本途径啊，多有意义啊！”慕天说。

沙队长问：“你是北京知青？”“是的，但我是北京农业大学学机械的。”慕天回答。

“亏得有你们这些明白人，不然，这一大片古墓群就毁了。”沙队长感激地说。

“这里是古墓？”慕天还是有些好奇了。“看样子很像。”沙队长说。慕天说：“北大荒，都说是亘古荒原，这么大的荒原，即使有古墓，怎么就被我们碰上了？”沙队长笑笑：“巧了，还真是被你们碰上了。其实，也有不少中国古代民族生活在这里的痕迹，就比如传说有七千年历史的古肃慎人，也就是东北亚通古斯诸民族的祖先。”

慕天颔首：“哦。对！您说得没错，之前好像还真读过类似的记载，但是没想到我们能碰到。”“人类真正有文字记载也就是上下五千多年，而且记载也是有限的，所以，人类对自身，对自己的过去，知道的并不算很多啊。”沙队长说。

“对自己的过去有好奇心的，并不是人类的全部，很多现代人觉得这些，已经与自己没什么关系了。”慕天说。

“其实不然，对于人类，今天是昨天的延续，昨天和今天又是未来的前提啊。”沙队长说。

慕天很佩服地赞扬说：“您说得真好，这是哲学的思维，在世界上，为什么许多文化都断裂了，有些已经荡然无存了，与后来人类对自身的历史与文化的态度也是有关系的吧？”慕天一副请教的虔诚。

沙队长说：“当然，我们的文化绵延至今，与许多先贤不断地叩问和执着地坚守关系很大。最近这几年，我们国家的考古工作进展很快，我们在四川、河南、河北，特别是浙江等地都发现了我们祖先的遗址，而且，发现了世界上迄今最早的栽培稻的遗存。”

慕天很激动地说：“听说过一些，你们承担着寻觅华夏远古文明的使命，在这些方面你们真是有担当的精神。”

沙队长说：“哪里，工作性质所在，其实，这件事也是不容易的，也需要吃苦耐劳的啊。”

但是，考古队工作进展很慢。“因为这个地号虽然有高岗，但也毕竟是处在湿地上，地下水渗漏得很严重。”

沙队长找到了大胡子连长和慕天：“连长，我们不敢往下挖了，这是一个较大型的墓葬群，有几十座古墓……”

“这里有古墓？而且还这么大规模？”连长也很惊讶。“是的，连长。”沙队长说。

“我来北大荒这么多年，真是没听说，也没想到啊，这很重要啊！”连长说。

“是啊，而且古墓内壁有很特殊的黏土，使墓中大都没有被水淹的痕迹。”沙队长说。

“你们测定是多少年前的古墓了吗？”连长问。“六千年至八千年吧。”沙队长说。

“那太神奇了，那是我们的历史啊，我们要全力以赴保护！”连长斩钉截铁地说。

“连长，你真是明白人，并不是我们到哪里都能得到你这么透彻的理解。”沙队长感激地说。

“连长当年也是学生参加革命的，很有文化根底的。”慕天说。

“但是我们现在遇到了困难，往下挖就意味着破坏了古墓内层的防水黏土，虽然地处高岗，但这块地毕竟在湿地之中，所以，渗水严重，挖深了，大量的渗水会使里面的文物漂起来，文物经不起水的浸泡啊！”沙队长说。

“我们一起想办法，保护文物是大家的事。”连长说。沙队长握住连长的手。

大胡子连长带着沙队长、慕天找到华宇，慕天提出：“以当时我们建连的方法挖沟排水，让沟深低于墓底一米多，估计可以解决问题。”

华宇提出：“我们开荒春播任务重，建议成立青年突击队，以义务劳动的形式，帮助考古队，看怎样？”

沙队长说：“那很不好意思，占用大家的休息时间了。”

“年轻人对你们的考古很好奇，他们会愿意接近你们的，各位老师在劳动中给我们讲讲考古知识和你们遇到的故事，不是挺好的。”慕天说，大家同意并采纳了这个意见。

首先，由连里的勘测技术员和考古队一起勘测墓葬群的面积、深度和边缘，然后，在古墓群周围开始挖沟，几乎所有的知青都报名参加了义务青年突击队，白天黑夜的轮班倒挖排水渠。

云歌几乎每天都参加义务劳动，经常听沙队长讲考古的故事，沙队长确实故事很多，他讲“马王堆的文物中，发现一本天文奇书《五星占》，表面上看是关于占卜的记录，仔细看其中总结了很多天文知识，许多对天体计算的精准程度，令人称奇，应当说，改写了世界天文史”。

她忽闪着天真的眼睛一直追问沙队长：“那我们这次发掘呢？有可能改写什么？大家都认为北大荒是亘古荒原，怎么会出现这么大的古墓群？这古墓是什么人的？那时候的北大荒是什么样子？《山海经》的大荒之北指的是不是这里？”

“至少有可能改写世界粮食史，其他我还说不清楚，你这丫头，有时把我和几位老师问得哑口无言，很多事我们只能慢慢探究。”沙队长笑着说。

第三十五章

古墓群引发畅想　找零件师傅忠言

半个月过去了，古墓周围的沟挖好了，沟里渗出了不少水，而古墓中完全无水，这样，文物一件件顺利地出土了。

“其实，就在这里建个博物馆就好了。”慕天说。“为什么不能呢？”云歌问。

“我们这里现在还没有这个条件，博物馆需要的恒温啊，恒湿啊，咱们这里还不具备这些条件。”沙队长说。

“将来我们会有北大荒博物馆吗？”云歌问。“我想会有的，”沙队长说，“所以我们是想完好无损地把这些文物挖掘出来，保存好，送到省博物馆去。”

开始文物只有几件，后来连里专门腾出一间宿舍装文物。“这是新石器时代的石斧。”沙队长拿着上次云歌他们捡到的那个物件说。

为了感谢年轻的突击队员们，考古队请大家参观了这些出土文物。

“你们是首先目睹这些文物的人，这是六千多年前的东西，这是新石器时代的石斧、石磨、石矛、石镞，陶罐、陶片；你们看这陶片上还镶嵌着大片的鱼鳞、这陶片上有几何图形样的纹饰，这陶片上有字纹、花纹、鱼纹；这还有兽骨、鹿角、骨针，这是装饰品，你看这是把骨头磨成管状，这还有玛瑙管，串起来像是一串项链吧。”沙队长津津有味地介绍着。

“那时候的人们就知道打扮，知道美了？”云歌问。

“追求美，是人类与生俱来的天性嘛。”沙老师说。

“这座古墓的主人肯定是个大地主吧？”于珏问。“那不止，怎么也得是个部落酋长的级别。”沙老师说。

“我说呢，这些都是剥削阶级的东西。”刘飙这么一说，沙老师就不说话了。

“对文化的考察，就不能这么看了。”慕天说。于珏不服气地看了慕天一眼不说话了。

“于珏问的没错，你看沙老师都说了，比地主还大呢，当时普通农民还不是草席一裹完事，可能当时连草席还都没有呢，哪有这么大的坟，留到了今天。咱们干了这么长时间，等于为剥削阶级服务了啊，真是没意思。”刘飙悻悻然地说。

“你前面说的确实没错，这不是普通人的墓，你后面就没说对，马王堆，那是西汉的一座王陵，按你的说法，国家就不该做这件考古的事了吧，做了，就是为剥削阶级服务了？”华宇没好气地怼了刘飙一句，刘飙无言以对。

“这些都是农具吧？”云歌指着一堆石器问沙老师。“是啊，你看这是石斧、石锛、石臼、石耜。”沙老师说。

“咱们中国是以农业立国，这文物，能说明北大荒也曾经历过原始农业和传统农业的阶段吗？”慕天问。

“你说得对，有可能是这样，这次的出土文物意义真是重大，你们看看这东西，”沙老师拿着一个口有点破碎的陶罐，里面装的像是稻谷类的东西，“这显然是当时种植的粮食啊。”沙老师像捧着宝贝一样捧着这个陶罐。

“这可是六千年前的粮食啊，发现在我们的这块大地上，这真能说明我们这块土地上那时候就有了自己的农业了吧？”云歌说。

沙老师点点头，他又拿出一个碗状的陶器，指着这碗边说：“你们看这是莲纹，在出土文物中是有的，但是，六千多年前就有莲形纹的陶器是不多的，而且这是几粒莲子啊，说明这里很可能也种过荷花呢，古代荷花也叫菡萏，大家见过荷花吗？”

“见过”，“在公园见过”，“在画上见过”。知青们回答着。

“荷花，出淤泥而不染，濯清涟而不妖的荷花，好美啊，我们南方知青可能见得多一些。”苏凌说。

“那就是远古菡萏，亭亭生妙香，超然于红尘，‘惟绿荷红菡萏，卷舒开合任天真’这么冷的天气，怎么会有荷花呢？”云歌说。

“我们这里现在也是四季分明的，当时是什么气候，还有待研究吧？”吉西说。

“是啊，原来以为这里是亘古荒原呢，结果几千年前就有人类了，而且还在这里生活过，还种了粮食了，看来一切皆有可能。”华宇大大咧咧地说。

“说的也是，也许是一轮远古的太阳，照到了久居洞穴的先人，他们忽然觉得只在荒野中找吃的还不够，就来到这北疆的大野繁衍生息，开始刀耕火种了。”云歌畅想着说。

“是啊，你看那管状的小石头和玛瑙，真的像沙队长说的，分明是一串项链啊，可我们这里并不产玛瑙啊。”肖宁说。

盛楠接着说：“可能是这里狩猎的小伙子用自己打来的猎物换来的，把它送给这里穿着虎皮裙的东北姑娘了，是定情物也未可知，哈哈。”

“盛楠开始演义了，他们没想到这悠远的爱情，变成了我们今天的话题了。”苏凌笑着说。

“不就是些石头、瓦罐嘛，有那么复杂吗？”刘飙不屑地说。“是啊，真矫情！”于珏附和着说。

“说的是，我们看到的这些石头、瓦罐，会感到文物本身确实并不稀奇，但今天发现了它，才是稀奇。”翮伟说。

“在世界上说起古文明，总是欧洲中心论，在中国说起文明，就是黄河中心论；这一次考古说明，远古的北大荒并不荒凉寂寞，因为这里有人类发展的密码、祖先的足迹，和我们今人的根脉，说明北大荒也是人类文明发展的摇篮，我们应当自豪啊！”慕天说完，沙老师带头鼓起掌来。

考古队临走的那天晚上，大家开了一个简短的联欢会，沙队长他们几个人也表演一个节目，沙队长首先说：“我们不如知青们，那么多文艺细胞，不会唱歌，不会跳舞，我们朗诵一段郭小川的诗歌吧。”

“郭小川，不是已经进牛棚了吗？”刘飙说着要站起来，坐在他边上的连长一把按住了刘飙说：“你听听人家念的是什么，再说话。”

“刻在北大荒的土地上……”沙队长开始朗诵，其他的队员手里拿着抄好的诗歌。“沙队长真朗诵起来，还蛮有播音员的水平呢。”云歌说。

“人家在大学就是活跃分子，听说是学习尖子，学生会副主席。”肖宁低声说。

“继承下去吧，我们后代的子孙！这是一笔永恒的财产——千秋万古长新；耕耘下去吧，未来世界的主人！这是一片神奇的土地——人间天上难寻。”

因为台下的许多知青都会背这首诗，于是台上台下产生了互动，大家鼓着掌，有节奏地朗诵着。

“永远记住这个时间吧，1954 年隆冬时分，北风早已吹裂大地，冰雪正封闭着古老的柴门。永远记住这些战士吧，一批转业的革命军人，他们刚刚告别前线，心头还回荡着战斗的烟云。野火都烧起来了，它用红色的光焰昭告世人，从现在起，北大荒开始了第一次伟大的进军。”

“我看知青里好多人都知道这首诗，是不是都来台上助阵啊？”沙队长说。

“好啊，苏凌、云歌、肖宁，你们这些秀才上台助阵，会念的都上去。”大胡子连长说。

三个女生应声上了台，紧接着慕天、华宇、吉西等一群知青都上了台。

大家接着一起朗诵：“谁去疗治脚底的血泡呀，谁去抚摸身上的伤痕！马上出发吧，到草原的深处去勘察土质水文。谁去清理腮边的胡须呀，谁去涤荡眼中的红云！继续前进吧，用满身的热气冲开弥天的雪阵……节省些口粮做种子，用扛惯枪的肩头把犁耙牵引，没有拖拉机、没有车队，没有马群，却有几万亩土地——在温暖的春风里翻了个身！哦，没有住宅区，没有野店，没有烟村……”

“你真行，云歌，全能背下来，我可是早忘了一些了。”肖宁悄悄地说。“我也是。”苏凌说。

云歌朝她们笑笑，继续跟着朗诵，“战斗和幸福，革命和青春，在这里的生活乐谱中，永远是一样美妙的强音。欢乐和劳动，收获和耕耘，在这历史的图案中，永远是一样富丽的花纹……你们的生活，纵然千百倍地胜过当今，也不会有一个早上，忘记了这一代人的困苦艰辛，一切有出息的后代，历来尊重开拓者的苦心，而不是只从他们身上挑剔微不足道的灰尘……”

“这个人还能写这样的诗呐。”刘飙嘀咕着。“你以为呢，人家可是老革命啊，他写诗的时候，你还不定在哪儿呢！”连长说。

“我们觉得这首诗最能表达我们对你们的敬意，所以今天把这首诗献给在座的北大荒人，这也是这些天跟你们一块生活的体会。”沙队长深情地说。

连长走上台与沙老师热烈握手，沙老师对知青们说：“不好意思，你们帮了我们那么多忙，没提到你们，这首诗是歌颂老兵的，不过，也代表了你们的精神。”

“这首诗选对了，他们——‘老兵们’，是我们的‘提灯人’。”慕天指指连长和在座的转业官兵们说，大家一起鼓起掌来。

回到宿舍，云歌一直思索着这次参观文物的对话，她对沙老师所描绘的远古世界十分好奇，甚至有几多联想、几分迷恋。

那天晚上她做了一个梦，梦见自己生活在远古洪荒年代，她和周围的战友们都穿戴着树叶和兽皮，一个腰间穿着兽皮的裸背男子用绳子拉着一个石耒耜在前面走，她跟在后面点种，男子回过头来笑嘻嘻地看了她一眼，啊，那个人原来是慕天。

一会儿，她和慕天又骑在马上，慕天张弓一箭射中了猎物；一会儿，他们走过那莲荷涣涣的莲池，美丽的荷花映衬着她生动粉白的脸，慕天把一串漂亮的石头玛瑙项链戴在她的脖颈上，然后，欣赏地端详着她，她羞涩地低下了头。

晚上，大家围着篝火，烤着各种猎物和吃食，成群的萤火虫起起落落，照着他们年轻的脸庞，慕天递给她一只用鲜丽的野花编成的花环说“喜欢吗？”

她望着他说：“好美啊！”他把这花环戴在她的头上，萤火虫在那花环上面起起落落，闪着星星点点的光亮，战友们涌来，毫无顾忌地赞扬他们。

她与慕天和大家一起围着篝火跳舞，慕天深情地望着她，表情那么坦荡、自然、无拘无束，她欣喜地迎接着他热烈、率真的目光，心里没有任何羁绊、顾虑和胆怯，两张青春的脸越来靠得越近……

她心里默默地说：“远古，一定是人类最美，最自由，最快乐的时光。”

从那次考古队发现了五百多件文物后，云歌他们不断听到北大荒发现古代人类遗址、新旧石器时代遗址、古生物化石、青铜器时代遗址，每每听到这样的消息，云歌都很兴奋。

她对慕天说：“确实像郭小川诗中写得那样，这里，确实是一片神奇的土地。”

慕天说：“是啊，这块‘捏把黑土冒油花，插双筷子也发芽’的北大荒土地，早就和中原文化融合在一起了，而她又有着完全属于自己独特的浩瀚广博的情怀和豪迈独特的性格。”

考古队离开了，一次云歌和盛楠在路上又聊起了考古队在的那些日子，云歌说：“听说他们的工作仍然紧锣密鼓地进行，最终爆出惊天的结果——北大荒现在看来是亘古荒原，但几千年前确曾有人类在这里生活过。”

盛楠说：“这让许多人重新认识这片神奇的土地，大家都不时地议论着。”“是啊，我们知青都有很强的好奇心和求知欲。”云歌说。

“云歌，你看起来更清瘦多了，前些日子，你坚持带班出车，又热衷于参加青年突击队帮考古队做事，考古队的事我一再劝你，你没必要每天都去，看你瘦的，告诉你，这样要累死的。”盛楠心疼地说。

“没事，我喜欢考古队的工作，这一次，好像给我打开一个新的天窗。没事，我们年轻，每天睡一会就够了”，云歌笑笑说。

“你是胸怀大志啊，还是为了陪慕天啊？真的，我看你蛮愿意跟他在一起的，好像有说不完的话，”说着盛楠笑起来，“你倒是怎么想的啊，又不愿意接受人家，又愿意跟他一天到晚谈天说地的，真是的。”

云歌认真地说：“两回事儿嘛，上次不是跟你说了，那是我的真心话，这是一辈子的事，不管怎样，我不想为我委屈了人家。”

盛楠说："你就是想得太多，你看我和宝东说结不也就结了，孩子都有了。"

"你和宝东哥踏实，我想过，如果我和他，不踏实。"云歌说。"有什么不踏实的？"盛楠不以为然。云歌说："上次回家，我爸爸还嘱咐过我，一定不要找门第比咱家高的，你是女孩子，只看一时的热情是不行的，我听我爸的话，觉得有道理。"

"伯父也是老脑筋，现在还讲什么门第啊，真是的。"盛楠说。

"也不完全是因为这个，对慕天，我敬重他，佩服他，但你不觉得，我和他不是一个世界的人啊。"云歌说。

"我说不过你，可是有不少女孩都喜欢他呢，你将来可别后悔啊。"盛楠像姐姐一样不客气地说。

她们一起走到了地头，地头上有两台拖拉机，陈晓挑着水桶走过来。"陈晓，车怎么停了？"云歌着急地说。

"啊，你们那台拖拉机发动机打火，水箱总是开锅，我去担点水加上。"陈晓说。"为什么，这可是新车。"云歌说。"也许与这块地难翻有关系，陷车太严重了，我去担水了。"陈晓冲盛楠点个头，向连队方向走去。

"这个陈晓，原来他闹着要走，听说最近他的变化很大。"盛楠说。

"是的，这次开荒，他是耿师傅车组的驾驶员了，工作很积极，技术水平提高蛮快的。"云歌说。

"耿师傅对人真是很好，他不多说话，但身教胜于言传。"盛楠说。

"是啊，这点我体会最深，耿师傅技术没得比，开荒打堑他基本是第一犁。当年十连开八号地时，耿师傅开车，我坐在五铧犁上，那么大的一个地块，走到地头我回头看，笔直的一条堑，最后，地翻到路边完全平行，一点儿三角都没有，这水平真是少见。"云歌不自觉地跷起大拇指。

"技术高吧，人还很谦和，农机具什么问题到他手里，都不是问题，他对我们这帮知青好啊，说咱们这么小离开家，不容易。"盛楠说。

"按他的资历和能力，团里早就想提他，他不干，他说他喜欢开车。"盛楠接着说。

"是啊，听说他和团长是老战友，一次机务会上，团长找到了他，大家才知道，团长让他去团里聊聊，他一直没去。"云歌说。

"为什么呢？"盛楠问。"他说'人家那么大官，忙着呢，我去了，是麻烦他'。"云歌说。

"这是陈晓的福气，碰到这样一个好师傅，"盛楠问，"你和陈晓是一个学校的同学吧？"

"是的，他的女朋友邢阳是我们一个年级的同学。"云歌说。"邢阳，我还真没想到，我正要找她，我们的电话出了问题，经常不通，团里有急事联系不上，不行啊！”盛楠说。

“没事，那就想办法通知她，正好她也可以过来，看看陈晓嘛。”云歌说。

说着她们已经走到拖拉机边上，盛楠向在车下修车的耿师傅打招呼。“我来吧，师傅。”云歌很快也钻到车下，从耿师傅手里接过扳手，紧螺丝。

“没问题了，新车，有点认生啊！”耿师傅从车下爬出来说。

蹲在车边的小惠也走过来，说：“陷车很厉害，这块地太湿了，走不了一个来回，就陷一次车。”

“是的，前天我们就到了这块地，一晚上没翻多少亩，进度真是个问题。”云歌说。

“咱们开荒的时间有点晚，至少应当提前二十天，和播种一起，确实忙一些，但是，根据以前开荒的经验，化冻层超过十几公分，就可以开荒了，其实，4月下旬就差不多了。”耿师傅说。

“您跟连长说了吗？”云歌问。“说了，他说只能等明年了，他也说现在化冻已有近三十公分了，确实就容易陷车了。”耿师傅说。

“那我们只能尽量了。”云歌说着，见陈晓把水挑回来，马上和他一起分别给两台拖拉机的水箱灌上水。

云歌去检查一下加宽的大犁和拖拉机上的“木鞋”，然后，发动了机器，朝盛楠招招手说“回去吧”，她上了驾驶楼，就开始翻地了。

耿师傅也上了车与云歌并驾齐驱，大犁后面翻出了黑色的波浪。夜间，又有几次陷车，他们都排除了。

凌晨的时候，耿师傅的车停了下来，云歌的车走到和耿师傅平行时也停下来。云歌快步跑过去，见耿师傅四脚朝天，一只手费劲地托住那个铸铁的大油底壳，腾出另一只手，拧着螺丝。

“陈晓呢？”云歌边伸手帮耿师傅托住油底壳边问。“拿机油去了，不知是树根还是硬塔头，把油底壳的螺丝撞松了，机油都漏出去了。”耿师傅说。

“耿师傅，我来拧螺丝吧。”云歌说。“你也不行，好像螺丝已经撞变形了，易扣了，根本就拧不紧。”耿师傅从车底下爬出来。

云歌灵巧地钻进车底，拧了一会儿，爬出来说：“师傅，确实是螺丝易扣了，这专用螺丝咱们车上都没有了，得去修理厂领。”

耿师傅说：“连里的修理厂好像也没有，我上次要过，说没有。”

云歌说：“那就没办法了，只能到团修配厂去领了。”

“这样的话，陈晓拿来机油也没用，一会下班咱们早点走，看看慕天那儿有没有。”耿师傅说。

云歌说："他那怎么会有这专用螺丝啊？"

"呃，这你就不知道了，他那的零件多了去了，有一次团修配厂还从他那找零件呢。"耿师傅说。

"是吗？"云歌好奇了。耿师傅说："不过，咱得早点走，晚了，不知他跑哪去了。"

云歌说："好，这台车……"耿师傅说："这台车，先趴窝了。"

云歌说："您跟我们回去吧，半路上会遇到陈晓。"耿师傅说："只要能找到那种螺丝，这台车就没问题了。""好的，那咱们试试吧。"云歌说。

耿师傅和云歌回到连里，直奔修理厂，修理厂果然没有这种专用螺丝。

"要么我去团修配厂跑一趟。"修理厂小吕说。"为一个零件让你跑一趟，先看看慕天那里吧。"耿师傅说。

"对啊，上次我去他那里，连康拜因发动机的螺栓都能找到。"小吕说。

耿师傅和云歌没有停留，直奔慕天的宿舍。慕天的宿舍在男生大宿舍的边上一栋家属房里，和云歌的宿舍一样，上下铺，八张床，华宇在上铺，慕天在下铺。

"你在啊，我们还生怕你跑了呢。"耿师傅说。"昨晚加夜班了，十连的王凯媳妇生孩子，回去了，我替了他一班，啥事？"慕天问。

耿师傅拿出了油底壳的螺杆："你有这个吗？"慕天说："油底壳螺丝啊，我有，但好像也就剩一个了。"

跟在后面的云歌惊奇地说："你连这都有，真想不到。"慕天得意地说："你以为我这里只有书，是吧，别忘了，我是学机械的。"

云歌望了望他那还算整齐的床铺，和床里面像码砖似的一整排书问："在哪里啊？"

慕天一翻身下了床："想看看我的百宝箱吗？"他从床底下拉出一排排整齐的大小不一的木盒，有些木盒显得很精巧，大木盒中装的是各种工具，大配件，小木盒装的全是零配件，这些零配件，有拖拉机的、康拜因的、粉碎机的等各种大小农机具的配件，还有电气设备的、半导体的。

云歌问："呀，你哪来这么多东西啊？""他下乡时带来的，用完了，又自己花钱买了，配上，补齐。"耿师傅说。

"真不知道你还有这种雅好呢。"云歌笑着说。"那可不是他个人的啥雅好，可解决大问题了。"说着，耿师傅开始蹲下来挑零件。

"这儿呢，真的有啊，"云歌的眼尖，一下子看到了，"你怎么还有电器配件呢？"

"你还是不了解他，他修半导体，可是一绝呢！"耿师傅一面说，可眼睛没离看工具盒里摆着的大红柄的活扳子上。

耿师傅说："慕天，你这扳子真漂亮！""您真识货，这是德国进口的扳子，还没用过呢，宝剑赠英雄，送您了。"慕天说。

"不不，这么贵重，还是进口的，我可不要！"耿师傅说，慕天不由分说，把那个活扳子拿起来，塞到耿师傅的怀里。"那真谢谢了，上次你嫂子那个半导体，你修了之后，一直好使着呢。"耿师傅感激地说。

"你不相信，你看，耿师傅还会说假话！"慕天对云歌说。"我相信了！"云歌眼里掩不住的赞佩。

"这样，等有时间，我给你装一台半导体。"慕天说。"说你胖，你还喘上了，修和装是一回事吗，你学的又不是无线电。"云歌说。"好，到时候你看。"慕天笑着说。

"我们得抓紧把那油底壳装上吧。"耿师傅说。"好的，"说着云歌随耿师傅往外走。"我这算是百宝箱吧。"慕天一边擦拭那些木盒一边对云歌做个鬼脸。

"这真是个好小伙子，没得比，听说他父亲是个大科学家，这两年一直在大西北，不知道的一点都看不出来，人真好！"出了慕天的宿舍，平时不评价人的耿师傅感慨地说。

"我只觉得他的书多，没想到他还能保存这么多实用的东西。"云歌也很感慨。

"那些东西都是他自己的，自己花钱买的，就这么给大伙用着，这还不算，这些年来，他技术上提高也快，车有啥毛病，他听都听得出来。"耿师傅继续赞扬着慕天。

"那还不是跟您学的吗？我听说不少您在这方面的故事呢，挺神的！"云歌说。

"我那是多年的经验，他才干机务几年啊？人家文化水平高，学啥都快，现在他比我强，上次咱那 54 拖拉机喷油嘴出了毛病，被碳灰堵住了，就是他听出来的，连是第几个缸的问题，他都听出来了，最后一修一个准儿，咱机务排这些人也都佩服他呢。这种人，还是少啊！"很少关注年轻人个人事情的耿师傅又补了一句说："你说是不是啊？丫头。"

"是。"云歌像在长辈面前一样老实。"难碰到啊！"耿师傅显然有了言外之意。

云歌第一次听到平时不善言辞的耿师傅对人有这么高的评价，也听明白了耿师傅的意思，她的脸红了，心里有感佩、温暖，也有苦涩、无奈。

第三十六章

加班夜惊心动魄　垦荒地老耿牺牲

第二天晚班，连长找到耿师傅，说：“现在大队伍作业差不多了，你带班带得挺辛苦，过几天更辛苦，你的车就得到大家都说最难啃的那块地了。”耿师傅说：“没事，咱连自己的地，总得干完啊。”

“那块地陷车很厉害，现在那儿就云歌那个车组。”连长说。“好的，没问题，这块地就咱们自己来吧。”耿师傅爽快地说。

这块地只是云歌的一台车，这天晚上，云歌和小惠把车认真检查保养一遍，就开始作业了。

前半夜虽然有几次陷车，两人垫上塔头都顶过去，但不知为什么，大型的塔头越来越多，没等切碎就把犁给堵住了，走不了多远，大塔头把犁顶得高高的，然后只能把车停下来，她们用铁撬杠连砸带撬把塔头打碎压平。

来回折腾好多次，坐在犁上的小惠索性迅速地从犁座上站起来，迈出一只脚，用身体的重力把塔头踩下去，然后又迅速站回犁架上，这样的做法比较累，动作慢又有些危险，但进度快多了。

这样走了一阵，云歌下车换小惠，云歌也采取小惠的办法，还是比较顺利。

但走着走着，忽然眼前又出现一块特大的塔头，借着车灯的光，云歌迅速地踩上去，但这个点地比较凹，云歌的一只脚陷下去了，身体晃了一下，她没来得及跳回犁架上。

惯性使她随着塔头倒下去，而拖拉机还在继续前行，犁铲紧跟着马上下行，切刀随着犁铲对着云歌也马上压下来，时间使她来不及做任何动作，瞬间，车停了，犁铲和切刀悬在那里，离她的身体已经不到半尺。

小惠从车上跑下来，把云歌从犁铲底下拉出来：“妈呀，好险啊！再过一分钟，你就变成两段了。”小惠被吓得说话都哆嗦了。

云歌也半天没说出话来，她长出了一口气问：“可是，可是你怎么就知道停车啦？”

小惠说：“是啊，我不知怎么就回了一下头，只看见你没在犁座上，就停车了。”云歌说：“天啊，你救了我一命啊！”

“真是鬼使神差啊，我真是无意间回了一下头。”说着，小惠哭起来，两个人抱在一起哭着哭着又笑起来。

“好悬啊，你大难不死，哈哈！”小惠笑着说。“命不该绝啊，哈哈，这块地是生地，高低不平，坑坑洼洼的，咱别冒这险了，有塔头，该下来，就下来撬吧。”云歌说。

“好的，还是我坐犁吧，你惊魂未定呢，啊呀，其实我也是。”小惠摸摸胸口说。

这时候，石梁来送夜班饭了。“包子！”小惠兴奋地叫起来，“还有热粥。”石梁关切地说：“地不好翻，你们都辛苦啊！”小惠低下头，笑了笑。

两个女孩吃饱了，喝足了，又满血复活了，她们上了车又开始作业了。

下半夜，小慧坐在犁座上，不知怎么，塔头少了一些，还算顺利，车灯之下翻起了一片黑色的波浪，老鼠也被翻出来，好在两个女孩裤脚都扎着绑腿。

云歌因为刚才的教训，不时回头看看。忽然借着车灯，她看到离大犁不远有一双绿眼睛闪闪烁烁，不远不近地跟在大犁后面，云歌马上想到是狼。

平时拖拉机翻地，经常有狼跟着，甚至是群狼，据说，其实它们是为了吃拖拉机翻出来的老鼠，但是，都是远远地跟着，大家也习惯了。

“这只狼，怎么跟得这么紧。”云歌不时回头，小惠毫无感觉，她专注地打着犁的升降轮，车后灯的灯光下，云歌看到小惠白皙的脸上泛着疲惫。

而那只孤狼一直跟着大犁，似乎它并不注意翻出来的老鼠，一双绿眼睛凶恶地注视着大犁上的姑娘，有时还呲呲牙，时快时慢，越跟越近。

到了地头，云歌加大了油门，闪着后灯，引起了小惠的注意，她开始朝云歌看，云歌迅速地把车拐了个弯，停下来，打开车门向小惠招手，小惠下了犁座，飞快地跑过来，云歌一把把小惠拉进驾驶室，快速地关上车门。

“怎么了？”小惠问。“你往后看！”小惠透过后车窗，看到灯光下不远不近的狼，正往犁座上张望，“啊，是狼，这么大的一只狼啊，今天晚上这是怎么了，妈呀！”小惠带着哭音说。

“别怕，咱不下去了，就这么翻吧，有缺漏的地方，明天早上再补。”云歌说。

当东方出现鱼肚白的时候，狼不见了。“狼走了！”小惠回头看着车窗外，松了一口气说。“狼一定挺失落的，这么水嫩的姑娘，没吃着。”云歌笑着说。

“你还笑，都吓死我了，你说这一晚，真吓死人了！”小惠拍了一下云歌。“干机务这种活，常碰上，小心就是。”云歌沉稳地说。

“没上机务的时候，我好羡慕你啊，有一天我们在大田里劳动，远远地看见你们，蓝天白云下，绿茸茸的苗地上，你们开着红色的拖拉机，简直是画中人啊！”小惠说。

“现在呢，后悔了吧？”云歌问。“后悔倒没有，当时有的女孩说你们太美了，坐在驾驶楼里，风吹不着，雨淋不着，说‘看那云歌的脸，总是白白嫩嫩的，整天车来车去的，真舒服’。”

云歌笑笑说：“你看你不也是白白嫩嫩的。”“那可不是因为上机务，那是咱们天生的。这没黑天，没白天的，后来我跟她们说，机务排就像流行的那句话‘女人当男人用，男人当牲口用’啊，你看今晚，多可怕。”小惠说着又要哭。

“大田里大家在一起干活，对女孩来说，还是相对安全的。”云歌一面拉操纵杆一面说。

“那我还是愿意当女拖拉机手，家里人都为我自豪呢，”小惠说，“不过，云歌，刚才我想，你看你差一点儿被压在犁下，多悬，要是刀耕火种的年代就没这事了哈。”

“可那刀耕火种的年代，狼更多啊！”云歌说。小惠说：“也是啊。”

云歌说：“哪一代人，都会碰到不同的问题，都各有各的难处。”“云歌，虽然干机务不容易，我也愿意干，不只是愿意干这活，我也愿意和你聊天。”小惠搂住云歌说。

连续下了一天一夜的雨，十七连驻地一片泥泞，拖拉机手们也下不了地，宿舍周围到处都是水，连里只有组织大家学习。

“广播和电话也都不好用了，”盛楠急得团团转，“满地的泥浆，轮式拖拉机进出连队都困难了，咋办啊？！”

“连长，咱们连的蔬菜不够，总吃煮黄豆，拖拉机手们有意见啊，说我们接待不到位。”盛楠找到大胡子连长说。

“是啊，油料也不够了，需要联系团里的油料库，得进几桶了。”连长说。

“我去十连一趟，至少打个电话，请团里来个人把电话和广播修好吧。”盛楠说。

“雨下这么大，你咋去啊？”连长说。“车出不去，我走着去，没事！”盛楠麻利地穿上雨衣、雨鞋，大步流星地走进风雨里。

盛楠还没有回到十七连，团里架线班的人就来了，两个女孩开着车，车上装着器材，走在泥泞的路上，千辛万苦进了连队。

其中一个女孩走进连部就问：“云歌在哪里，盛楠让我们找云歌。”

文书小赵跑到女宿舍，把加夜班休息的云歌喊起来，云歌穿好衣服，来到连部。

“邢阳！”云歌远远地展开双臂上前一把抱住邢阳。

团架线班班长邢阳身高和云歌差不多，浓眉大眼，梳了两条小辫子。“你们学校的女孩都好看。”小赵说着倒了一碗热水递给邢阳。

邢阳一口气喝完了水，对小赵笑笑说：“你不是也挺好看的啊。”

“找陈晓了吗？”云歌问。“没时间，如果是电话线断了，要接线，得三个人，就找你帮个忙吧。”邢阳的语速比较快。

“让陈晓帮你不好吗，你们好说说话嘛。”云歌说。

“你不想帮我这个忙啊？”邢阳说。“怎么会，不是为你着想吗？”云歌说。

“来不及找他了，那咱们抓紧吧，这已经是下午了，天黑之前能找到毛病最好，去把雨衣穿上。”邢阳果断地对云歌说。

然后，她和另一个女孩小路开车到大路边的电线杆停下，利落地从车上拿下梯子。

邢阳快速把电话机背上，又戴上耳机，爬上了电线杆，开始查找哪里有断线或短路的问题。

“这么多电线杆，都查一遍，得什么时候啊？”跑回去穿好雨衣的云歌扶住梯子问。

“找到短路或断线的地方，就是目的地。”邢阳说，就这样，她们一直找到傍晚，才找到电线的断头。

雨越下越大，天很快黑下来，邢阳自己跨到电线杆上，让小路爬上梯子，扶住两个断头，还拿着手电。

邢阳掐断一根线，接上一根线，雨打在她穿着雨衣的身上、脸上，她就像没事一样，耐心地接着电线，云歌不断地递着工具、接口等。

云歌看着雨中的邢阳，那么坚毅、那么习以为常，一道闪电划过，照在她的脸上，显得那么从容、圣洁，她想起了最近在杂志上看到的《海燕》那幅画，“正好像以她为题材画的”，扶着梯子的云歌自言自语地说。

终于接好了，两个人从梯子上下来。“回连队食堂吃点东西再走吧。”云歌说。

“不去了，五连来电话，说他们那儿也出现了情况，风雨天，容易出情况的，人家还等着呢。”邢阳说。

“总不能不吃晚饭啊，不看看陈晓了吗？”云歌问。“没时间了，对了，你把这些带给他，”邢阳说，“胃药和给他织的一条毛裤……”云歌接过东西放在自己的挎包里。

“云歌，云歌，邢阳呢？”盛楠提着一个装饭的篮子，冒着雨跑来了，“还好，你们还没走，晚饭还没吃呢，饿了吧？我给你们拿了几个包子，还有粥，热的，吃一口再走吧。”

“谢谢啦，还真是有点饿，”邢阳笑着说，“包子我们带着，粥就不喝了，还要赶去五连呢。”

说着，她用力地和云歌把梯子放在了车上，接过用布包着的包子，交给了小路。

她利落地把云歌收拾好的工具送上车，说了声“再见”，邢阳和小路向盛楠和云歌招着手，消失在雨夜里。

第二天天就转晴了，云歌因为昨晚帮助邢阳检修线路，换成了白班，她在修理厂看到了陈晓：“昨天邢阳来了！”

“是啊，广播喇叭不响了，我听说她要来，等了她半天，后来天晚了，又下雨，就以为她不来了。”陈晓说。

“因为其他连队线路也出了问题，她急着走，这是她带给你的东西。”云歌把邢阳给她的包裹交给了陈晓。

“要说她也是粗中有细，还想到了我最近胃不好，这么忙，还打毛裤，真难为她。”陈晓说。

“幸福吧，多好的人啊，她很辛苦啊，昨天一直冒着大雨作业。”云歌说。

“是啊，那是男人干的活啊。”陈晓说。“好好珍惜吧！”云歌说着上了车。

“我们那地块到尾声了，明天就去你们那块地了，”陈晓说，“听说那块地是全连最凹的地，车陷得厉害吧？”

“是啊，可是大会战明后天就结束了，这块地得咱们得自己招呼了。”云歌说。

“你们先走吧，小陈，我一会给你送去。”耿师傅从铁匠炉的房间里探出头，对陈晓喊了一声。

“耿师傅一夜没合眼，还不休息？”云歌说。“大犁螺丝易扣了，我套个螺栓。”耿师傅说。

云歌和陈晓各自开车去了不同的地号。路上，陈晓看了看邢阳给他带的东西，想到邢阳对他的关心，心里美滋滋的，脸上露出了微笑。

他发现有一条近路去地号，就对身边的助手小王说：“从这儿走更近。”

“是近，咱可是没走过啊！”小王说。“试一下吧！”陈晓说。

于是，他从大路拐了个弯，走上了一条长着荒草的路，“这还长着一些小叶樟呢，荒草甸子啊，不是路，好像没人走过。”小王说。

“嗨，这里哪儿不是荒草甸子啊，路都不是人走出来的，你看车走在上面和走在海绵垫子上一样，挺舒服，不错嘛，挺平坦的。”陈晓得意地说。

没多远就快到地号了，他们忽然感到车往下一沉，还没等说话，车就不动了，陈晓加大油门，链轨空转就是不动，在车的压力下，地上马上渗出了大量的泥水。

“小王，把大犁的销子拔了。”小王蹚着泥水，把销子拔下来，陈晓加大油门把车开了出去，又换一个角度退回来，准确地开到插销子的点上。

小王插好销子，陈晓加大油门，想冲出去，可大犁纹丝不动，这样又重复了一次，车迅速下沉，别说大犁拉不出去，车本身也出不去了，整个链轨被泥水淹没。

此时，送螺栓的耿师傅赶到了：“你们怎么从这走啊，这不是路啊。小王，你去找连长。陈晓，你出来，去叫五号地的云歌，她的车新，劲儿大，让她拿着钢筋来把我们拉出去。”

陈晓二话没说就去找云歌了。等到云歌赶到时，耿师傅、拖拉机和大犁都看不见了，隐隐地在那“大酱缸”中，看到拖拉机红色的车顶和大犁的后尾。

云歌大叫“耿师傅”，没有回答，陈晓疯了似的爬进大酱缸，用吃奶的力气把钢丝绳的一头拴在拖拉机上盖的梁上。

车还在下陷，陈晓跟着车下沉。“抓住钢丝绳！”云歌哭着喊，迅速进了驾驶楼，加最大油门，往外拉耿师傅的车。

无济于事，她的车也开始下陷，整个链轨也被泥浆淹没，陈晓从钢丝绳上爬过来，敲着车窗玻璃：“云歌，不要再动了，灭火，赶快出来！”

云歌满脸是泪，回头看了陈晓一眼，没有理他。

此时，大胡子连长和慕天、小王带着几台车赶到，每台车后都带着一根钢丝绳，在连长的指挥下，五台车加最大马力同时拉，全部憋灭了火，而且都不同程度地下陷。

“慕天，火速回连队，给团里打电话，请来至少两台100号工程车和一台最大号起重吊车，把情况向秦河同志汇报清楚。”大胡子连长急切地说。

“是！”慕天开车便走。已经到了傍晚，食堂送来了饭菜，没有一个人吃得下去，大胡子连长两只眼睛像喷着火一样，望着已经完全看不到顶的拖拉机下陷处。

陈晓捂着眼睛蹲在“大酱缸”的边上，云歌的车陷得最深，泥浆已经漫过车座，但她就像没有感觉一样一动不动地目视前方，任无声的眼泪流淌。

晚上8点钟左右，两辆100号工程车赶到，他们带着钢缆绳。其中一位师傅提出：“必须一台一台车往外拉，而且，我们需要找一块相对地势高的地段停车，如果我们也陷进去，就没得救了，而且其他车还可能出现危险。”

大胡子连长和慕天找到了一个高岗，大胡子连长说：“长野榛科的地方是洼地的高处，长小叶樟的地段是草甸子里的凹处，如果是老耿开车，他怎么也不会走这种地方。”

连长一面对慕天说一面招呼 100 号，两台 100 号用钢缆链接最后一台 75 拖拉机，他们同时加大油门，终于把陷在泥潭里的第一台车拉出来。

然后，用一台 100 号把其他五台车拉出来，云歌的车陷得比较深，泥浆早已漫过车座，必须马上拔掉云歌车后的插销，但云歌不让拔，陈晓冒着危险蹚着泥水走近云歌的车，开始在泥里找插销，云歌一把拉住他，阻止他找插销："要拉把我和耿师傅一起拉出去，要不就别拉。"

"云歌，那已经不可能了，"陈晓声泪俱下地说，"求你，云歌，我已经害了耿师傅，不能再把你也害了！"陈晓不顾她的阻拦，整个双腿都陷到泥里。

"危险！"慕天把 100 号车引到路边，接上气焊枪走进泥潭，他向外推着陈晓，自己也蹚着水深一脚浅一脚地走近那个插销处，干脆地打开气焊枪，把钢筋截断。

他爬上云歌这台车的链轨上，艰难地走近车头，把 100 号的钢缆拴在上面。"云歌，加大油门，你应该记得，这台车才是耿师傅的车，耿师傅不会希望你置这台车而不顾的，你要冷静，再加大油门！"慕天对云歌说。

云歌机械地听着慕天的指挥，慕天挥着手，说"车还在下陷，另一台 100 号"，另一台 100 号的师傅把缆绳抛过去，慕天接过来，拴在另一条缆绳上，说："云歌，掌握好，你的车配合好 100 号，可不能灭火！"

慕天把手向空中一劈，大吼一声"开始"，三台车同时加大油门，云歌的车拖泥带水地被拽出来。

大家涌过来，大胡子连长一把把云歌从驾驶楼中拉出来，云歌却没有理会连长，她不顾湿漉漉沾满泥浆的衣裤，眼睛直直地转过身，向耿师傅陷车的泥潭走去。

大胡子连长一把拉住她："孩子，你不能再往前走了，不能去啊。"盛楠和孔阿姨跑过来，云歌看到了孔阿姨一把抱住她。"孔阿姨，对不起，我没有把师傅救出来！"云歌面对着孔阿姨，跪在满是泥浆的地上，终于大哭起来，在场的人无不落泪。

"起重机的力量还是不够，从师部调来两台起重机，都没把耿师傅的拖拉机拉出来！"慕天第二天在修理厂见到了情绪低沉的云歌。

"我们连这种力量都没有吗？"云歌急切地说。"你看过《老兵新传》吧，就是类似的情况，还有红军过草地，现在，这'大酱缸'有多大面积，有多深，我们都没有底数，你那天其实就很危险了。"慕天说。

云歌擦了一下眼泪说："你知道的，耿师傅可是我心中的一尊神啊。"

"老耿啊，你这是为开荒牺牲啊，我没保护好你啊，朝鲜战场上你都大难不死，怎么就没逃过这‘大酱缸’啊！”送耿师傅的那天，团长来了，他边哭诉边走到孔阿姨面前，握着她的手：“嫂子，我是他的战友啊，他从来不找我，老同志了，不能总开车，说给他调换一下，他说他喜欢开车，唉……”

大胡子连长哭得像小孩一样，他走过来说：“是我害了他，我不该让他来这里，如果他在十连，一定是好好的！”

不久，大胡子连长为此得了一场重病，痊愈后身体大不如从前。

最难过的是陈晓，在讨论如何处理他时，刘飙很激动：“他造成了国家财产的重大损失，让我们失去了一个难得的机务骨干，应诉诸刑事责任。”

“他不是故意的，他有很强的悔过心理，写了几千字的检查材料。是他的责任，他承担了，不是他的责任，他也承担了，这还是个好孩子。”大胡子连长冷静地说。

肖宁和保卫股的张干事认真听取了大胡子连长的这些意见，他们看了陈晓的检查，检查写得情真意切：“如果不是我路途上的误判，就不会出这样的事故，我亏欠耿师傅，亏欠他的家庭，亏欠这里，亏欠国家，我要用我的一辈子，偿还这些亏欠。”

最终，连里从组织的角度给他记大过处分，调离机务排一年。

后来，陈晓又进了机务排，他的女朋友邢阳被推荐上了当时的八一农大，恢复高考后，陈晓也考入了八一农大机械系，毕业后，两人双双回到雁山农场，成了真正扎根一辈子的知识青年，最终，陈晓在团机务副场长的任上退休。

自从耿师傅走后，上天似乎和大家一样悲痛，淅淅沥沥的雨一直下个不停，天气也越来越暖，土层化冻的厚度越来越大。

大会战基本结束，各连的拖拉机陆续撤退，只有严青的拖拉机留下来，和云歌一起硬是把耿师傅没开垦完的那块地开完了，并且平整了一遍，最终，原计划这次开荒大会战的指标三千亩地基本完成了。

第三十七章

去马场结识彭萌　恋草原痴迷骑马

自从这次开荒耿师傅牺牲后，云歌的情绪一直提不起来，她每天都把自己沉在工作里，整天在修理厂围着准备麦收的康拜因默默地转来转去。

一天，盛楠来找她，“明天星期日，陪我去马场吧。”“你刚搬过来，不收拾收拾，管管孩子啊。”云歌说。

“不用，有宝东呢，我分管马场，得经常去看看啊。”盛楠说。“好啊，你会骑马吗？我想学骑马。”云歌说。

“在十连的时候骑过几次，你想学，可以啊，那儿有个北京女孩，叫彭萌，人很爽利，马骑得也好。”盛楠说。

第二天一大早，云歌跑到盛楠新搬的家里，见宝东轻手轻脚地在给家人准备早饭。

“真幸福啊，还有人给你做饭。”云歌说着一步跨进门，看见宝东正忙着从一个竹筐里拿鸡蛋。

盛楠说：“你也成个家，不是一样的啦。”“那不一样，像宝东哥这么‘贤惠’的男生不多啊！”云歌说。

“咱本事不大，给媳妇做个饭啥的，总行吧，”宝东憨憨地笑着说，“云歌，你怎么，听盛楠说你情绪一直不大好。我是部队出身，‘要奋斗，就会有牺牲’啊，这些年来，咱北大荒人为了屯垦戍边，多打粮食，可牺牲了不少人，大家难过一阵子，记住他就行了，不能总是难过，走了的人也不希望咱这样，你说是吧？”

“说是这么说。”云歌眼圈红了。“耿师傅当时显然是想救那台车，不然车都陷得那么深了，他怎么会还往车里进。他是坦克兵出身，他不甘心损失那台车，你没听说吗，他在部队就是这样的人，朝鲜战场上，他一场仗缴获过两辆坦克，所以，大家都服他。”说着宝东眼圈反倒也红了。

云歌早已泪流满面。“你这是劝人吗，你看饭都没吃呢，她就哭起来了，真是的。”盛楠开始数落宝东。

宝东赶快去端饭。盛楠搂住云歌。“听陈晓说，耿师傅第一个就想到我的车，可是我赶到了，却没有把他救出来，我对不起我这么好的师傅……”云歌越说越伤心。“咋哭了呢，云云姨……”一个好听的童音响起。

“看，还是把他吵醒了。”云歌有点不好意思，马上止住了泪，掏出手绢，把眼泪擦干。

宝东一手拿碗，一手抱着孩子走过来。两岁多的小南南，大眼睛，白白胖胖，煞是可爱，他爬上床，捧住云歌的脸，学着大人的样子，用小手给云歌抹泪：“乖乖，不哭啊，吃蛋蛋。”

他从爸爸的碗里，拿出来一个煮鸡蛋递给了云歌，云歌把他抱过来，拨开鸡蛋揪了一小块蛋白，往他嘴里送，小南南用小手捂住了小嘴说，“不吃，给云云姨吃，你吃了，就不哭了。”

云歌笑起来：“真可爱！”“对，南南自己有啊，”宝东端了一小碗蛋羹，把南南抱过去，喂着南南。

“我们抓紧吃吧，不能去得太晚。”盛楠对云歌说。吃完了饭，她们向马场走去。

路上，她们不自觉地又说起了耿师傅。盛楠说：“本来生产股一直想调耿师傅，耿师傅一直推说自己文化水平低，愿意开车，就没去。”

“耿师傅不愿坐机关也对，他开车那么好，坐办公室不是可惜了。”云歌说。“那可不是，耿师傅对机械有一套绝活，不是一般人能比的，他要是去了生产股，对各连的机务，还是很有作用的。”盛楠说。

“那倒是，平时处理事故就能看得出来，按说耿师傅确实没上过什么学，他这本事哪里学来的？”云歌说。

“经验啊，据说他自幼在工厂里做过童工，解放战争时他参加过三大战役，当时进部队他就是技术兵种，跟着那时候还不多的坦克和大炮。抗美援朝时他已经是坦克部队的技术骨干了，当时他们缴获过来的坦克、汽车、大炮，修修就能用，就是因为志愿军中有耿师傅这样一批人，当然，其中也有上过学，学过机械的人。”盛楠说。

“那难怪，所以，他的技术能力很‘神’，我听慕天也说过，说是秋收时，慕天开着一辆大卡车往晒场运豆子，但这辆车发动着了总是冒黑烟，他们怕出事故，就把发动机拆开了，找来找去也没发现什么毛病，可重新发动起来还是冒烟，耿师傅过来说‘排气管看了吗？’慕天问‘排气管能有啥’，耿师傅说‘还是看看吧’结果，从排气管里拿出一团豆秸根，把排气管堵得死死的，后来问耿师傅他怎么知道是排气管的问题，他说听声音听出来的。”云歌说。

盛楠说："所以，慕天这鬼精灵，从那时起他就开始跟耿师傅学着听机器的声音，来判断故障，耿师傅前一段说他已经出师了。"

"难怪，那次我和耿师傅去慕天那里找零件，耿师傅还夸慕天，说他听机器的声音就能判断出发动机喷油嘴的问题。"云歌说。

马场不远，走过一个大坡，就到了。一群姑娘和小伙子站在路边，嘻嘻哈哈地说话，等着盛楠的到来。

"怎么还夹道欢迎啊。"盛楠笑着说。"那是，看是谁来了？"一位身材魁梧四十来岁的人笑着说。

"咱这是百十匹马的马场，说话的这位场长是1958年转业兵马来福，是部队军马场的老把式；副场长是北京知青马子力，到八一农大进修了半年兽医。"盛楠向云歌介绍说。

两个人都人高马大的。马来福红脸膛，大眼睛，身上穿着旧军装，腰间扎着根麻绳，别着旱烟袋。他大手一挥说："谢谢盛楠给我们解决了电话线问题，原来说我们这里有马，有这么好的交通工具，就不要电话了，就一直不给我们安电话。"

"马是马，电话是电话，两回事嘛。"盛楠说。"是嘛，不能不承认，你们知青来了，好多观念就不一样了。"马场长说。

"是啊，要不是盛楠的支持，我也不一定有机会去学习呢！"马子力感激地说。

"那倒不是，是师部给的名额，这样的名额当然就得给马场了，谁管马场也是没说的。"盛楠实在地说。

马场的几位女孩基本都是知青，有食堂的，牛号的，云歌笑着向她们点点头，跟在盛楠后面看着大家你一言我一语地说着。

忽然远处传来了快速的马蹄声。"彭萌放马回来了。"马场长说。

"这马场有你们'两匹马'就没事，就叫人放心。"盛楠笑着对二马说。

说着，一个女孩骑着高头大白马出现了，身后跟着几十匹马，她戴着一顶军帽，两条粗黑的小辫子垂在肩上，脸晒得红红的，眯着眼朝大家笑着说"盛楠来了"，她打着招呼，敏捷地翻身下了马。

"你看看，这丫头，风一样的就刮过来。"马场长说。彭萌英姿飒爽地走到盛楠面前："副指导员好！"打个标准的立正。

然后，她笑着看向云歌。"这就是彭萌吧，好高的个子！"云歌主动向她招手。"这是我们连的康拜因车长云歌，她很佩服你的。"盛楠对彭萌说。

"佩服我，你开的可是铁家伙，那多厉害啊，我就是一放马的，弼马温，嘿，云歌，你的个子也不矮啊！"彭萌大大咧咧地说着与云歌比个。

“看你刚才骑马的样子，真威风啊！”云歌由衷佩服地说。

“她要学骑马。”盛楠指着云歌说。“那容易，比你开康拜因容易多了。”彭萌说。

“你还没吃饭呢，先去食堂把饭吃了吧。”一个高大敦实的小伙子走过来对彭萌说。“去，彭萌，你先去吃饭，吃完饭再过来吧，带她们骑骑马。”场长说。

“好的，我一会就过来啊。”彭萌招了一下手，跟着那小伙子跑走了。

“我在城里见过马，一匹马拉一个车，最多两匹马，拉蔬菜，拉冰、拉粪，那些马比我想象的马可差远啦，耷拉着脑袋，慢吞吞的，没个精气神。在连队里见的马，就比城里的强，车也大。但这里的马又不一样，可真大啊，像是古书里说的汗血宝马。”云歌兴奋地说。

“你还真说对了，彭萌放的这一批马全是军马，还真是这种马，”马场长说，“还有比这大的马呢，子力，让她们见识见识咱们的种马。”

“今天配种，不老实，别踢着她们。”子力说。“没事，拴着呢，踢不着她们。”马场长说。

场长和马子力带着她们往前走，远远地就听到马咴咴的叫声和打响鼻的声音，一排马厩在眼前，一座高大的马厩里，有三匹高大壮健的马正兴奋地吃着草料。

“真大，快能和大象、骆驼比啦！”云歌说。“这马正当壮年，七八岁的年龄，马的年龄一般三十岁左右，咱们这里也有老马。”马场长说着带着她们往前走，一座马厩里只有两匹马，蔫蔫地吃着更精细的草料。

“这两匹马比那三匹马差远了，个头不小，但毛色暗、鬃毛长，那匹枣红马的鬃毛耷拉着，没精神。”盛楠说。

“这可是朝鲜战场上立过功的英雄啊。”马场长说。“啊，它们去过朝鲜？”盛楠说。

“是啊，他们已经是接近马的天年的年龄啦，老了，其实，那三匹马比不了它们，当年它们是志愿军炮兵部队的，驮过我们的钢炮呢，那是当时在编的马。”马场长自豪地说。

说着，他从腰间的烟口袋里拿出来一个半长的烟袋，又从里面捏了一些烟叶，边捏边放在烟袋里，点着，把烟嘴放在嘴里，重重地吸了一口。

然后，他指着那匹枣红马说：“你们梁连长认识它，它是我的老伙计，我是带着它当的兵，解放战争那年它跟我一直打到海南岛，它和其他牲口一同拉着钢炮随着部队南进，到了海南岛，十匹马最后只剩下三匹，那可都是好马啊。”

至今想起来，马场长还是痛心的样子，马场长亲切地拍拍那匹枣红马接着说：“它通人性啊，需要隐蔽时，敌人的炮火打到它身边，它就不像别的牲口吓得尥蹶子，乱跳乱叫，它有处变不惊的本事，一声不吭，当时让好多人称奇。”

“真的吗？”盛楠不太相信。“是，它真通人性，那次，我们炮营立了功，给它戴上大红花，它摇着尾巴，双眼皮大眼睛，忽闪忽闪地放着光，当时大家都说他要是人，准是个沉稳俊朗的小伙子呢！”马场长爱抚地又拍拍他的枣红马。

“真的啊，马也能立功？”云歌好奇地说。“是啊，功劳大着呢，不仅立功，朝鲜战场上，它还救过我的命呢。”马场长说。

“马还能救人命？”盛楠也好奇了。

“那可不假，我们炮兵转移阵地，来回拉炮和炮弹的都是它们，那一次我们在两个阵地，一夜跑了五趟，行程百十里路，人可以换换，马就那么几匹，累啊。”

马场长拍着枣红马说：“记得那晚拉炮，就是这枣红马驾辕，朝鲜的山路多，走到一段悬崖坡地，大车的闸失灵，直往下冲，眼看到了悬崖边，我想，这下完了，问题是我完了不要紧，大炮要是滚下悬崖，拿什么打敌人啊？”“是啊！”盛楠说。

“我着急啊，只见咱这枣红马一屁股坐到地上，挡住了炮车，整个大车全撞到它身上，它一声不吭。我奋力把炮移下来，把车向后推，缰绳缠住了它的脖子，它半天起不来，我割断了缰绳，扶起它，在悬崖边遛了遛，它才缓过劲来。不是它，我早玩儿完了，不是它，当时我们哪能及时把炮和炮弹送到阵地上，炮弹要是供不上，阵地就守不住啊！”马场长说着，就像又回到当年。

“原来说是牛任劳任怨，老黄牛，孺子牛，现在看，马也这么伟大！”云歌感动地说。

“你以为呢，那可不是普通的牲口。”马场长似乎深有体会地说。云歌认真地看了看枣红马，又看了看马场长，心里油然升起了敬意。

“走啊，骑马去呀！”彭萌风一样地来到了马厩。“这丫头，你倒快啊，”马场长笑着拍拍彭萌的肩膀说，“她算是我老战友的孩子，那天说着说着才知道，敢情她爸爸跟我还是一个部队的，当然跟咱不一样，人家现在还在部队，是首长了，大官了。”

“啥大官啊，没准也要靠边站了。”彭萌笑哈哈地说。

马场长指着对面的马厩说：“去草场转转吧，一会儿你们骑的马就是它们的儿子、孙子。”

马场的院子很大，马子力牵着一匹大种马向一个马厩后边的架子走去：“这些，你们姑娘家，就不用看了。”说着马子力做个鬼脸。

“他去给马配种了，”马场长说着带着盛楠她们往前走，他们去了对面的马厩，“小林，把马牵出来吧。”

刚才催着郭莹吃饭的小伙子应声牵出了三匹马，其中一批是郭莹刚才骑的大白马，一匹是显得很精神的枣红马，一匹是全身油亮乌黑、四蹄踏雪、只有脑门有一撮白毛的黑马。

“这两匹马都是英雄的后代，性子有点烈，你们虽是姑娘家，但开始学骑马给你们一匹蔫头奋脑的骑，可能你们也不会甘心吧。”马场长说。

“场长真理解我们，”盛楠说，“不过，我骑过马，云歌没骑过，她刚学骑马，就给她这么烈性的马骑吗？”

“没事的，我就想骑这种马，才有意思。”云歌豪迈地说。

“没事，她这个头不比彭萌矮，没问题。”马场长鼓励着。马的装备齐整，盛楠一越骑上了枣红马。

“不然让这康拜因姑娘骑你的白马吧。”场长对彭萌说。“白马掰道，反倒麻烦，乌驹性子急一些，但它真走起来还是挺稳的，您放心，有我呢。”彭萌说。

彭萌接着说：“云歌，别怕，大胆上，你胆大，它反倒老实。”

云歌学着她们一越，骑上了黑马，黑马果然认生，“咴咴”的又叫又跳，云歌拼命地抓住马缰绳，彭萌过来呵斥黑马，黑马看了看彭萌，嗖的一下蹿出去。

彭萌和盛楠两人紧紧跟上，彭萌边跑边呵斥着黑驹，在彭萌的呵斥下，黑马老实了许多，云歌虽然有点紧张，但她还算从容地抓住马缰绳。

她们顺利地来到了放牧的草场：“我原来只是听说内蒙古大草原广阔无际，这儿的草原也很辽阔啊，放牧的条件也很好。”云歌说。

“不是很好，是相当好，我们去过萨尔图红色草原接军马，那里的草原也是一望无际，但那里的草比较短，都高不出三十公分，我们这里的草好家伙，高的有一米多高。”彭萌说。

“是啊，北大荒真是什么都高大、粗犷、雄浑，你看那草原几乎和天相连，再远才能看到山。”云歌说。

三个女孩骑在马上，看到远处的蓝天绿草，近处五颜六色的野花，心旷神怡，青春的脸上洋溢着惬意。

“那西北草原处的环境不一样吧，那里毕竟是高原，应当算是较干旱地区，而我们这里是湿地，水多的缘故，草才长得高吧？”盛楠说。

“是的，我们去接军马体会很深，大西北可以是‘风吹草低见牛羊’，我们这里就是牛马进来，走远了，也会被这茂盛的草地淹没，刮多大风也没用，是风吹草长，不见了牛羊，信吧？”彭萌说。

“那是，咱们这是林高草木深，绿浪滚滚，‘朔风吹，林涛吼……”盛楠唱起来。

“说人家爱泛酸，她先唱起来了，”云歌笑着说盛楠，“你们看，好像最近所有的山上，都开着这种花，还真漂亮啊。”

“那就是映山红啊，咱们这里叫达子香，也有叫野杜鹃的，因为它属于杜鹃花科。”彭萌说。

“是吗，咱们这里也有映山红啊？”云歌好奇地说。盛楠又哼起了当时流行的歌：“若要盼得红军来，岭上开遍映山红……”

“是啊，你可能原来没太注意，每年春天，山上特别是起伏的丘陵，就因为它们变成了起伏的花海，你看那边，满山都是这粉红色，年年如此，一直延续到五六月呢。”彭萌欣赏地说。

“这么美的花，原来都没注意，看来北大荒的春天，是这映山红带来的，这真是，‘春来杜鹃花似海，夏日湖畔波涛声’。”云歌说着兴起。

盛楠看着云歌高兴的样子对彭萌说：“云歌是个秀才，能写，也真能像她说的‘泛酸’”。

彭萌笑着说：“有文化呗，我就喜欢这样的人。”

大家边说话边在草原上驰骋着，彭萌说：“但这里可不像内蒙古大草原，不是哪儿都可以去的，最前面那儿，我们已经拦上了，那里是湿地沼泽，有‘大酱缸’，不能放马，会出危险的。”

“这也有‘大酱缸’啊，会陷进去吗？”云歌说着一脸的乌云泛起。

“说不准，北大荒的沼泽地真多，也真美，这也是北大荒地貌的特色。”彭萌说。

“是啊，说全世界这样好的地质没几处，说这是地球之肺。”盛楠看到云歌的样子把话岔开了。

“这里能看到类似远古如画一样的荒芜，野性而神秘，你看那塔头苔草、岛状林，数漂筏苔草沼泽最可怕，这里真是大自然掌控着一切，人在这里，说出危险就出危险。”云歌欣赏又有些悲戚地说。

彭萌说：“这沼泽的形成可是有年头了。”

“是啊，沼泽水多，植物生生灭灭沉积下来和淤泥搭在一起形成了漂筏甸子，像浮毯一样，浮在深深的‘大酱缸’上面，人一旦踏上去，就是灭顶之灾啊！”云歌沉沉地说。

“人是离不开大自然的，水啊，阳光啊，食物啊，你说，大自然需要人吗？”彭萌说。

“大自然博大，能涵容万物，但大自然对人类和对其他生物是一样的，任你生生灭灭，它是不管的，估计在大自然眼里，人和其他生物没什么区别。”说着云歌眼圈红了。

“云歌，你看那么一大片芦苇沼泽，多壮观啊！风吹过来，那芦苇像波涛翻涌，那么远，看不到边际，好像与天相接，沙家浜的芦苇荡与它没法比，太开阔了。我们不说这些了，好哇啦？”盛楠看了一眼彭萌。

彭萌会意了，转了话题说："人活着不容易，你们看马场长笑呵呵的，其实他也不容易，我们那年冬天去萨尔图接军马，也是历经风险。"

"是吗，你还去接过军马，这好事，你也轮上了。"盛楠说。

"还好事呢，说是军马，其实，在草原上都是散放的野马，二十四军马，当地的牧民兄弟费好大劲把它们才套住，带上笼头，费好大力气帮我们装上火车，又装上马吃的草料和用具，还给我们每人带了一袋干粮，说是草原上最好的吃食。"彭萌说。

"那不挺好吗？"盛楠说。"确实，特别好吃，又香又脆，叫馕，我们后来还试着做过，怎么做也没有那个味道。可那一次可苦了我们，马场长差点没把命搁在路上。"彭萌说。

"是吗？我以为是趟美差呢！"云歌说。

彭萌说："哪里啊，我们三个人要给马喂草料，饮水，我们和马一起，是在货运车厢，没有暖气，火车走走停停，11月的天气，越走越冷，我坐在两个车厢之间的地上，四面透风，冻得几乎僵住了，晚上尽量不敢睡，真怕睡了，就醒不过来。"

"确实，从内蒙古到北大荒，可不是越走越冷。"盛楠说。

"没两天草料被马吃光了，馕也快吃光了，好不容易到了一个小站，我们跑到村里，跟老乡买了几个馍馍、几捆草。走了一个星期，才到了春晖车站。"彭萌说。

"怎么走那么长时间？"盛楠问。

"你不知道，货车经常要给客车让道。马场长到家可算高兴了，转运站的人们热情地帮我们卸车，这才吃了一顿热乎饭。"彭萌说。

"到了春晖，也真的算到家了。"云歌说。

彭萌说："是啊，我们也是这么想啊，没想到麻烦还在后面呢。我们吃饱了，喝足了，从马区里一人拉出一匹大种马，备上马鞍，以为都是老把式，骑上去赶着马群往回走吧，没想到这三匹种公马不听你这一套，没走几步，就都把我们都摔下去了，而且，它们带着马群，沿着铁路一会就跑没影了。"

盛楠说："是吗，那可麻烦了。"

"我们估计其中有马识途，它们想回去，我们回到车站坐了两站火车，下了火车就是师部的方向，师部有人告诉我们确实有马群一路向西北跑去。"彭萌说。

"这马还真识途，怀念家乡啊。"云歌说。

"当时刚下完一场大雪，雪深有半米厚，我们虽然跑不快，但也终于看到了马的踪迹，我们终于在铁路线上追上了马群。"彭萌说。

"这就好了。"云歌说。彭萌继续说："'在铁轨上很危险，火车来了会造成马死车翻啊，’马场长着急地说。”

“还真是危险，这接马看来不容易，处处是坎儿。”盛楠说。

“马场长不知哪来的力量，一个箭步窜到他骑的那匹马上，不管那马怎么翻腾，他都没有掉下马来，他拼命把马群往对面山上赶，我们也相继跃上一匹马，多数马还算听话，都跑向对面山上。”大家听彭萌讲得入神，不觉放慢了马的脚步，云歌也学着，放松了马缰绳。

彭萌接着说：“只有两匹马一直在铁道上，马场长似乎是听到了声音，他把半个身子探出去赶那两匹马，那两匹马终于向马群靠拢了，此时我们和马群已经到了对面山坡上，眼看着火车驶过来，马场长夹紧马肚子，一个飞跃，马跃到我们这边的山坡上，马场长却给甩了出去。我们找到他时，他的腿和头都摔破了，出着血，他却狠狠地说，‘过来干吗，赶快去看住马群’。”

“马场长还是受伤了呀？”盛楠问。“伤很重啊，我们最终千辛万苦把马群如数带回团部，马场长却颅骨、腿骨粉碎性骨折，失血过多，抢救了半个多月，才脱离了危险期，你仔细看他现在走路一条腿是打不了弯的，就是那次坐下的病。”彭萌说。

“其实北大荒的许多收获，都是用老兵的命换来的，我来了之后，这方面的体会越来越深。”盛楠说。“是啊，他们看着都是平常人，真到需要的时候，都豁得出去。”云歌说。

在草原上边说话，边奔跑，云歌觉得骑马还算容易。回来的路上，黑驹不知道为什么，就不那么听话了，也许还是欺生吧，一辆汽车从她们身边经过，彭萌和盛楠的马都没事，只有黑驹突然一尥蹶子，往旁边闪去。

云歌猝不及防，一下子倒下来，一只脚还挂在马的脚蹬子上，奔跑的马把云歌拖出去十多米，彭萌急了，骑马奔过来，一鞭子下来才让黑驹停住了。

盛楠吓坏了，赶快下马朝云歌奔去，还好，云歌只是胳膊擦掉一大块皮。

“还敢骑吗？”彭萌问。“没事，学骑马，哪能不摔啊！”云歌说着又上了马。

“敢上就快跑，把手悬起来，不用坐得太死，跟着马的步子起伏，就不感觉颠了。”彭萌说。

云歌跟着彭萌跑起来。“不要紧拉着缰绳，这样马的嘴会不舒服的，它就脾气不好，要放松。”彭萌又说。

云歌照着样子催马跟上彭萌，风吹着三个女孩的秀发向后飘动，衣服也跟着飘起来。马蹄生风，头顶蓝天，眼前是望不尽的绿色原野，路边的排排绿树向身后倒去，一种惬意自豪的心绪油然升起。

“骑在马上是不是觉得自己一下子高大了许多。”彭萌说。

“是啊，这里的人，也让我们高大了许多。”云歌说。

“这个人说话就是有水平！”盛楠向云歌努努嘴对彭萌说，彭萌眯起眼睛会心地笑着说：“是啊，秀才嘛。”

从此，云歌有时间就会去找彭萌，跟她学会了用钐刀打马草；跟她学会了喂马、套龙头、备马鞍、戴马嚼子；跟她去放夜牧，明白了“马不吃夜草不肥”的道理。

彭萌也经常到康拜因上，看云歌在麦海中驰骋，两个人成了无话不谈的好朋友。

第三十八章

肖宁失悔遇薄情　慕天彭萌纵说马

“你让我认识了彭萌，我觉得我的心都比以前宽了，一个女孩，整天生活在马群里，打草、喂马、放牧，很累的，但她每天都乐呵呵的。”云歌对盛楠说。

“是啊，那是个假小子。”盛楠笑着说。

转眼到了麦收时节，中午送饭，盛楠来到了康拜因上。“今年的麦子不好收，是吗？”盛楠问。

“是啊，麦秆低，穗小，不如往年饱满，今年亩产还会低一些。”云歌说。

“我们兵团机械化程度高，说是不靠天吃饭，其实庄稼长成什么样，还是要看天气，前半段雨水大，日光不足，好在最近天气好了，但灌浆的时候早过了，麦子就有些歉收了。”盛楠担忧地说。

“是啊，今年播种的最佳时间，下了一场雪，又赶上倒春寒，虽然艰难地播下了种子，但当时的苗情就不好，这块熟地还好些，生地的小麦还泛着绿，这都7月中了，可咋办啊！”云歌着急地说。

“十连的情况好些吧，地熟啊。”盛楠说。

“是的，咱们新开的地多，”云歌说，“你把家搬过来，倒是方便多了，就是房子不太好。”

盛楠说：“这已经不错了，房子不够，好几对知青都要成家，对了，云歌，我上次回去，乔杨还问你呢。”

云歌关心地问：“是啊，她好吗？”盛楠说：“听说好像有点事，还记得你们刚来的时候，薛岚求东方照顾乔杨吧？”

云歌说：“这已经是三四年前的事了。”盛楠说：“有些高中的知青准备结婚，薛岚也跟乔杨提出来了，可乔杨不愿意，说再等等，就这引起了薛岚的猜疑，他让我找你，一起去看看乔杨。”

云歌不以为然地说：“他又这样，这个小心眼儿，猜疑什么啊！”盛楠说：“可能觉得是不是乔杨有点移情东方了。”

“不可能，他们都不是这样的人。”云歌肯定地说。

“你怎么就那么肯定，人都是在变的，薛岚在十五连当副连长，也是太忙。”盛楠说。

“这两个人我真敢这样说，东方的心不在这上面，他脑子里全都是育种的事，乔杨是个很有底线的女孩，这又是薛岚疑神疑鬼，”云歌说：“看来我们这些知青长大了，这种七七八八的事儿，渐多了，真叫人操心呀。”

盛楠笑着说：“你看你一副长辈的样子，你不也是其中的一个吗？”

云歌笑着说：“我没人家命好啊！”

“是啊，从前年开始，各大学又来招生，有些人都想办法走了，你至今也没有找男朋友，是不是有这方面的想法，也想走啊？”盛楠说。

云歌自知之明地说：“我的情况你知道的，家里的问题到现在也没个说法，不可能的，我根本不敢想。”

盛楠说：“你们学校有好几个人走了。”

云歌说：“是啊，金宝去上学了，肖宁还十八相送，一直送到鸡西。”

“是啊，人家甜哥哥蜜姐姐的哈，你不羡慕啊？”盛楠说。

“我羡慕你，也不羡慕他们，”云歌说。“为什么？”盛楠问。“肖宁在这方面很单纯，金宝可就难说了。”云歌说。

“你怎么这么说？”盛楠说。“直觉，瞎说呢，但愿不会有问题……”云歌说。

“今年的麦子长势不算好啊，中午快过了，还不干活啊？还在这闲聊。”肖宁走了过来。

“说曹操曹操就到了啊！”盛楠笑着和肖宁打招呼。

“我们聊天也没耽误干活啊，一直转着，吃饭了吗？”云歌问。

“上午就和程股长、老连长他们一块看地号，唉，看来今年只能指望大豆了，和他们一起在二号地吃了。”肖宁说。

盛楠说：“云歌最近胃不好，宝东给她做了碗面，我给她送过来。”

肖宁说：“云歌行啊，有人疼啊！”云歌说：“是啊，我孤身一人，只有姐妹疼啊，不像你们！”

盛楠说：“我得走了，得去基建那里，我们正在配合团修路连建环场公路，正好修到我们这个路段上。”

肖宁说：“要说团长，真有眼光，专门成立个修路连，一水的知青，决定建这环场公路真是个好思路，‘要想富，先修路’，这是千秋万代的事啊。”

“是啊，设计得也很巧，先挖排水沟，用排水沟的土把路基加高，推土机、刮路机、压路机全用上了，宽度可以走两台‘大解放’都没问题，这样我们回家去春晖车站，短了二十里路呢。”盛楠说。

“关键是团长来了之后，把1966年打成‘走资派’的干部全用起来，把许多老知识分子也用起来，这样技术力量就大了。”肖宁说。

云歌说：“估计也是顶着压力的，听耿师傅说他当年在战场上就这样。来了以后，很务实，就明说，我们刚来，不了解情况，也不懂生产，得向原来的干部学习、请教，要听他们的。”

“是啊，说是耿师傅作为老战友，说我的事你不用考虑，就给你提一个建议，有一个人你要用起来，那就是秦河，抓生产那是一把好手，他能替你挑一多半的担子。没几天，秦河就解放了。”肖宁说。

“团长这样的干部难得啊，不跟风，不唯上。你别说，大胡子连长跟他有点像。”盛楠说。

“是啊，咱们很幸运啊。你们说，冬天大雪封山，这公路也能走吧？”云歌说。

盛楠说：“当然能啊，但路基是需要及时保养的。”

肖宁说：“那没问题，将来修路连解散，留下一个养路班就行了。”“好啦，你们聊吧，我得走了。”盛楠说着向地头跑去。

“一到收割，宿舍里就看不见你了。”肖宁说。

“是啊，今年的麦子又不好收，时间又晚，恐怕和收豆子的时间连上了。”云歌说。

肖宁说：“机务排人手总是那么紧张啊，你也够辛苦的。”

云歌说：“新建连队，培养人不是一朝一夕的事，这不，我强烈要求陈晓上拖拉机，我一上康拜因，耿师傅接的那台新车，人手就更不够了，让他戴罪立功吧。”

“再说，他真不是故意的，而且认错很深刻，有人问他，让你上大学你去吗？他说，‘如果能上大学，我还是去，但我毕业得回来，我欠雁山的太多了，一辈子都还不清’，他是个好人，很有良心的。”肖宁说。

“是，他跟我工作了一段时间，我有体会，这个人很真实，虽然铸成大错，是他莽撞了，做事没走脑子，但他确实是个好人。”云歌肯定地说。

“你能这么看，我很欣慰。”肖宁说。“肖干事，一副居高临下的样子，为什么啊？”云歌说。

“耿师傅是你最敬重的师傅，前一段你心情那么不好，这件事毕竟是陈晓的大失误啊！”肖宁说。

“开始我确实恨陈晓太莽撞，首先是他的女朋友邢阳让我感动了，事情刚发生，她就来了，她对陈晓说，‘人命关天，怎么处理你都得认，但你放心，我会一直陪着你’，够意思吧？”云歌说。

“是吧，这我还不知道。”肖宁说。

“而且，她拉着陈晓去看孔阿姨，把两人的全部积蓄都给了孔阿姨，孔阿姨坚决不要，她拉着陈晓跪在孔阿姨面前说，‘弟弟妹妹还小，今后我和陈晓也是您的孩子’。”云歌感动地说。

“是啊，邢阳一直很敞亮，女子架线班的班长，闹着玩呢，一年四季风里来雨里去的，还是那么漂亮的人儿。云歌，最近一直想跟你聊聊，心里难受。”肖宁说着眼圈红了。

“怎么了？”云歌惊讶地问。“当然，我这纯属个人的事，但我也只能跟你说说，你不说我有人心疼吗？现在没了。”肖宁说。

“真的吗？这么短的时间就有变化了？这金宝，也真是的。”云歌说。

肖宁热泪盈盈地拿出一封信来说：“你不惊讶吗？”

“我不怎么惊讶，只是觉得来得太快了些，我不看他的信，肯定也是酸文假醋的。”云歌不客气地说。

“他说他其实舍不得我，但他妈妈的身体不好，要照看妈妈，不能和我长相厮守了。”肖宁说。

云歌说：“那就是想不回来了，问题你也是哈尔滨青年啊，没有矛盾啊？”

“是啊，我送他的时候，我们都很不舍啊，还说我们是天造地设的一对，还畅想我们的未来，他反复说他这辈子非我不娶。”肖宁流起泪来。

“他不是兵团的委培生吗？委培生是哪来哪去，他还得回来啊！”云歌说。

“是啊，我后来到团里开会时，忍不住去邮局给他打了个长途电话，我问他这件事了，他说他妈妈给他找了个女朋友，父亲是市教育局的，将来可以帮他留下，所以他才下决心了。”肖宁一面哭一面说。

“肖宁，这种人你还留恋，你觉得值吗？”云歌气愤地说。

“我觉得我要搞清楚，是他真的有难处了，还是对我没感情了。”肖宁揉着眼睛说。

“唉，果然是沉浸在爱情中的女人，不能说愚蠢，但可以说是智商最低的阶段吧。”云歌说。

“他是老高中的，而且是你们学校的高材生，他能诗会画，写一手好字，我一直很欣赏他的。”肖宁说。

“我们学校的同学都知道当年他追求贺萍，贺萍却无动于衷，我当时不了解情况，看他的条件挺好的，两家又住得近，人长得也和贺萍般配，我问贺萍为什么不和他好，贺萍说，‘处长了，你就清楚了’，我没有和金宝有更多接触，但我直观感觉贺萍的话，是对的。”云歌说。

“去年春天你对我说的话，我一直在想，你为什么主张让我接受华宇？”肖宁问。

云歌不假思索地回答：“我觉得你与华宇人品、世界观比较相近，而且，华宇是可以托付终身的人。”

肖宁说：“你和华宇接触也不多，你怎么敢这么说？”

云歌说：“也是直观感觉吧，我也没觉得金宝有多坏，只是觉得他比较实际，在感情和利益发生冲突时，他有可能会选择利益，华宇就不同了。”

“你的感觉也许是对的。”肖宁说。“有才学的人很可能人品好，道德也好，但才华和人品道德毕竟还是两回事，有些有才华的人，可能是精致的利己主义者，也未可知啊！”云歌说。

“我真的没想那么多，要知道，当时是他主动找的我啊，我觉得是，是他先喜欢我的。”肖宁泪眼婆娑地说。

“当时你们的处境不一样，他还在十连，一个普通的农工，你已经是团部的干事了。”云歌说。

“他会那么浅薄吗？我怎么觉得他不至于。”肖宁说。

“当然，你本身可爱的方面，他也看到了，如果你们俩现在还是当初的样子，他没去上学，估计也不会有今天的变化。”云歌说。

肖宁点点头说：“想想也许是这样。”云歌说：“咱们团上了学之后和男、女朋友吹了的人，也是有的，但真是不多，所谓‘一年土、二年洋、三年不认爹和娘’的人，我觉得，这种人肯定原来就有这样的思想基础，不完全是环境的变化，也不是所有人都会这样的。”

“我现在已经心如槁木了，没想到那么山盟海誓，说变就变了……”肖宁说，“麦子又满了，你别说，这块地还真好，新地号就是这样，说不准，一块地，麦子的长势都不同，那怎么办，没到地头呢。”

“你帮我把手电打开，向地头照着，一会就有卡车过来了。”云歌说着打着舵轮，继续往前走，她边打舵轮边说：“还是尽量向地头靠，不然卡车没法停。”

康拜因快到地头了，汽车也来了，云歌打开仓闸，麦子喷涌进了大卡车的车厢。肖宁说：“不错，看着挺壮观的，看粮食的瀑布，让人心里就痛快。”

“云歌，晚饭给你带来了”，慕天和华宇从车上下来了，“趁热吃吧！”两人把饭拿下来。

“怎么是你们？”云歌问。“我接班正好把饭拿过来，华宇从五号地过来，小惠没来吗？”慕天问。

“她不是探亲了，安排了小武，今天一天他都在铁匠炉，有几个螺栓没有现成的，我让他量好尺寸打一套，把扣套好，都不是专有螺丝，自己打也可以凑合用。”

慕天说：“好在卢师傅这方面技术还挺过硬。”

“她有伴，我来了，但我不懂，帮不上什么忙。”肖宁从康拜因上跳下来说。

“正好是两个人的饭，来，先吃饭吧。”华宇说。“你们吃了吗？”肖宁问。“我们都吃了。”华宇说。

“华宇，去年春天我们去了雁山，碰见那个大力，说是好多地方我们都还没去，他秋天要请我们去，去年秋天也没兑现啊！”云歌说。

“是啊，这一年，忙忘了，怪我，到团部碰到大力，没问这事，你们还愿意去吗？”华宇说。

“当然，他还说秋天去，我们什么都不要带呢。”云歌说。

“你还记得真清楚啊，这丫头，贪玩又贪吃。”华宇说。

“你别忘了，问问，还请不请我们去了？”肖宁说。

“他不请，我们可以自己去，只是时间不太好安排。”慕天说。

“麦收完了，不休息啊？”肖宁说。“你知道，今年麦收晚，麦收完了，就秋收了，收大豆，收玉米，脱谷，别人好说，康拜因是闲不下来了。”慕天看了一眼云歌说。

“慕天，你怎么变成黄世仁了，想把云歌累死啊，你不心疼，我还心疼呢！”肖宁不饶人地说。

“不是，你问问华宇，这是刚才连长对我们俩说的，我当然想去山上玩了。”慕天说。

“我们收完豆子去吧。”云歌说。“收完豆子就晚了，今年收豆子，比去年也会晚，收完了还不得 11 月，大雪封山了，你还去干吗？”肖宁说。

“一说玩，你们这两位，没想到还真起劲，估计收完麦子，还会休整一下吧，啊，慕天，是这样吧？”华宇说。

“估计会吧，连长这方面挺开通的。”慕天说。

“连队就这一台自动收割机，我看，她比谁都累，这没黑天没白天的。”肖宁指着云歌说。

“是啊，原想休息，就真的休息一下，睡睡懒觉，洗洗衣服，一天也就过去了。”慕天说。

“我们女生从来不堆衣服，当天就把脏衣服洗了，再说，玩也是积极休息啊。”肖宁说。

“那好办，你们都不觉得累，我们有啥问题啊，我找大力说就是了，到时候，可别犯懒，说不去啊。”华宇说。

“我们肯定去。”云歌、肖宁异口同声地说。

说着，他们几个人各自上了车，大卡车一溜烟地绝尘而去，肖宁望着远去的卡车若有所思。

“上车吧，想什么呢，早一点翻过这一篇吧！”云歌对肖宁说。“是啊，不翻也得翻啊！”肖宁一边跟着云歌上车一边说。

“你还真舍不得他啊？别剃头挑子一头热了，这种人，没意思。”云歌说。

“还记得在决定华宇的事情时，你说过，我会后悔的。”肖宁说。“是啊，刚才，华宇在这儿时，我还想这事，现在也不晚啊。”云歌说。

“那不行，这样对人家华宇不公平。”肖宁说。

“这有什么，你又没跟金宝结婚，再说，华宇这人心胸挺大的，如果他真喜欢你，不至于在乎中间这个插曲吧！”云歌说。

“你聪明，但你还是没谈过恋爱，男生是在乎这点的，而且，是在他刚受过伤提出来的这件事，我就拒绝了，其实对于他来讲，是够绝情的。”肖宁说。

“意思是说让他寒心了，也伤了他的自尊心了，是吗？”云歌说。

“是的，你没有我了解华宇，他的自尊心是很强的，而且，这根本不是他的错。”肖宁说。

“是你的错？这好像没有错与对的问题吧。”云歌说。

“不能说没有，是我的判断错误，也是我的性格弱点，我觉得我是信守承诺，最近我问自己，其实当时我也很矛盾，犹豫，在究竟喜欢一个人什么的问题上，没有一个正确的，属于本质性的思考。”肖宁说。

“思考得很深沉啊，其实这件事，有时候很简单，比如白岩与邱莹，有时候又很复杂，比如你，还有苏凌，如果不出现问题，就不会想那么多，其实多想想对于我们又何尝不是一件好事。”云歌说。

“按着一个人的成长来说，确实不一定是坏事，回忆起照顾华宇那段时间，我看得出来，当时他对我确实一往情深，我当时觉得比起金宝，他有点毛头小伙子的味道，不够老成，就没有珍惜，其实这恰恰是他的本真。”显然肖宁对当时的决定后悔了。

“但当时你拒绝他了，华宇确实会认为你并不爱他，但你们之间的友情，他还是不会否认的。”云歌说。

“那倒是，前两年，你讲《共产党宣言》第三章，有人说你谈爱谈多了，我就不以为然，我们年轻人现在挺需要关于爱的教育。”肖宁说。

“其实这是一门学问，马克思对于人类之爱是有过论述的，而且他实践了自己的理论，我在学校的时候，就被一本《马克思青年时代》吸引得爱不释手，来北大荒后，又找来看了两遍。其中描写马克思与燕妮的爱情，让我第一次看到原来这样的大人物，也会有这么美的爱情。”云歌陶醉地说。

“你在学校的时候多小啊，就已经懂了这些，我还以为你这方面晚熟呢，原来心里什么都有啊，这丫头，那你自己的事，怎么不着急呢？”肖宁拍了一下云歌说。

“两回事，给我印象很深的一句话就是马克思在给他的一位朋友的信中说，‘你应该考虑在你结婚之前应该成为一个成熟的人，而且无论对你或她都是长期的考验’，我总是觉得我还不够成熟，可能也是想得比较多了吧。”云歌说。

“所以啊，看书多了，想得多了，顾虑也多了，人家慕天对你显然挺好，你总是无动于衷，别忘了，也不能随便错过一个意中人啊。”肖宁说。

云歌说：“我们今天不是说你的事吗？”肖宁有点心灰意冷道：“我的事啊，现在还有什么可说的。”

云歌说：“我们都还年轻，怎么可能，你那么多优点，而且你一笑俩酒窝，那么漂亮。”云歌点了肖宁的脸颊一下，两个人同时笑起来。

肖宁说：“好在就像鲁迅说的……”云歌和肖宁一起学着男声说：“不要只为了爱……而将别的人生意义全盘疏忽了。”两个年轻的女孩又无所顾忌地大笑起来，两个姑娘清脆的笑声，像音乐一样在康拜因所在的田野中回响。

由于机务排人手紧缺，陈晓回到机务排，但暂时不开拖拉机，于是他回到了云歌的康拜因上。

“陈晓工作态度的变化让我都没想到，从作业到机车保养一丝不苟，而且话比原来少多了。”云歌对排长说。

陈晓说：“能让我回机务，真的很感谢，我这辈子没有别的想法了，希望在这里一直干下去，偿还我的亏欠，争取做一个像耿师傅那样的人。”

“但也不要整天像背着一个磨盘似的，太低沉。想想，你是没经验，纯属是疏忽，但这个疏忽就是代价太大了。”云歌说。

“我以为你会恨死我，我也恨我自己，我当时怎么就鬼迷心窍了，小王还在边上劝我，可我非要走那条路，唉，后悔药真是没处买啊，哪怕我坚持看着车，让耿师傅去找你，我绝对认。”陈晓痛心疾首地说。

云歌说："开始，我确实恨你，对耿师傅，我是有感情的。""我也有感情啊，我悔死了，我宁愿那个人是我，唉，本来就应当是我，耿师傅这么好的人，太可惜，太可惜了，我真的有罪啊！"陈晓说着眼圈红了。

"后来我想，莽撞的事谁没干过，只是后果没你那么严重就是了。"云歌说。

"一辈子的良心谴责，不可弥补啊！"陈晓低着头说。

"你也是耿师傅的徒弟，耿师傅一定不希望你一蹶不振，肯定希望你能成为一个像他一样的好驾驶员。"云歌说。

"是啊，他太善良了，他让我去找你，他自己想替我扛，把车开出来，避免损失，真是的，我怎么就没想到呢！"陈晓沉重地说。

"你知道就好，不要辜负了耿师傅，也不要辜负了邢阳。"云歌说。

这样，云歌见陈晓掌握康拜因已很熟练，所以，这几天，她放心大胆地让陈晓独立操作机器，他们的康拜因收麦子真正实行了两班倒。

这一天是星期日，连里不忙的班组都放一天假。云歌昨晚夜班，第二天早上，宿舍里的人都上班了，她才回到宿舍，稍微洗洗，她倒头便睡，醒来的时候已经中午，她懒懒的不想起来。

前几天金晶背着一堆棉絮来看她，先到的宿舍，看她不在，知道她在地里忙，居然替她拆洗了褥子，把擀毡的褥子里面的棉花都换了暖和的新棉花，结果为了天黑前赶回十连，金晶也没来得及见到她，给她留个字条，就走了。

"多好的姐姐啊！"云歌闻着有太阳般清香的被褥想象着金晶为她做被褥那忙碌的情境，心里很温暖，也不想去吃饭，这些天她太累了，只想睡觉，想着想着又睡着了。

忽然有人拍她的脑门，"云歌，起来了，午饭总得吃啊！"云歌睁开眼睛，揉了揉："彭萌，你来了，对了，你要的书，我找出来了。"

"好的，再困，也不能不吃饭啊，我给你拿来饭了。"彭萌放下手里的篮子得意地说。

云歌伸个懒腰，迷迷糊糊地坐起来说"不想吃啊"。"真的不想吃，烙饼，炒鸡蛋，炒土豆丝，还有一缸子牛奶呢。"彭萌说。

云歌听了，坐起来问："哪儿来的这么多好吃的啊？"彭萌笑了，说："你就别管了，起来吧。"

云歌爬起来，下了铺。"好长时间没吃过饼了，"云歌说，"哪弄来的，还有炒土豆丝，闻着就香。"

"哈哈，吃就是了。"彭萌把饭菜摆到桌子上，两个人吃饱喝足。

"走啊，骑马去啊？"彭萌说。骑马最让云歌着迷，她兴奋地说，"吃了一顿好饭，又去骑马，好呀，好呀”。

彭萌把剩下的东西放到篮子里，把云歌给她找的书，托尔斯泰的《战争与和平》用报纸包好，也放在篮子里。

出了门。两个女孩刚走到大路上，就听到身后铁牛55开过来，车在她们身边停下。“到哪儿去啊？”慕天从驾驶室探出头来问。

“去马场，咦，你昨天加班，今天怎么没休息？”云歌说。

“还想问你啊。”慕天说。“我们去玩。”云歌小声说。“去马场玩，玩什么？”慕天说。“不告诉你，”云歌说着和彭萌一起笑起来。

“去马场啊，那就上车吧，我也去马场。”慕天说。“你去马场有什么事啊？”云歌问。

“我去送铡草机啊，呶，你看，在车上呢。”慕天指了指拖斗上的铡草机说。

“对了，还真是啊，我们的铡草机还是刚建马场时的呢，从十连运来的，当时就是旧的，现在快老掉牙了，好长时间了，都不好使了，这下行了。”彭萌高兴地说。

“是啊，连里打报告要了一台新的，盛楠让我抓紧时间送过去。”慕天说。

“那太好了！”彭萌拍着手，自来熟地先上了车，回过身来一把又把云歌也拉上来。

然后，彭萌拍了拍慕天说：“谢谢，真是急群众之所急啊。”“谁不是群众啊，咱们都是一个车皮拉来的。”慕天笑着说。

“可你不一样啊，水平高，进步又快啊。”彭萌说。

“你也不慢啊，全团谁不知道马场有一个‘假小子’，骑马一溜烟，走路一阵风！”慕天说。

彭萌嗔怪地瞪了他一眼说：“谁是‘假小子’啊，有那么夸张吗？”“对不起啊，不爱听了，是不让须眉的巾帼英雄骑手彭萌同志，好了吧？”慕天说。

云歌坐在彭萌身边不吭声，听着他们斗嘴。“云歌，还没醒过来呢吧，你来马场干吗？”慕天问。

“不是说了吗，玩啊！”云歌说。“玩，我猜得出来，你是去蹭马骑的吧？”慕天说。

“你怎么知道？”云歌问。“我怎么不知道，你这些日子迷上骑马了，经常跑马场，谁不知道。”慕天笑了笑。

“你耳朵还真灵，盛楠告诉你的吧？”云歌说。

“你不是早就想骑马吗？彭萌，你可不知道，云歌当初刚来的时候，是个调皮捣蛋的家伙。”慕天说。

“我这人，我这人怎么会调皮捣蛋了？”云歌不服气地说。“她的故事，我还真听说过，刚来第一天，是个大雪天，她就和几个小伙伴往团部跑，春节逃家、锹劈魏宏、义救余英……好像事还挺多，哈哈。”彭萌边笑边说。

“你看，连你都听说了，那天她们刚来，第二天全连集合，结果四个女生失踪了，连长着急啊，让刘飙带着我们几个骑马追上了她们。人家那几个都乖乖上了马，结果她不上马，她说要自己走回去，我好说歹说，她才上了我的马，坐在我身后嘟嘟囔囔不服气，说，有什么神气的，早晚她自己也要学会骑马……”慕天话还没说完。

“就你记性好，有完没完啊！”云歌嗔怪地瞪了慕天一眼。

“哈，也到了。”彭萌说，他们下了车，把新铡草机抬下来，场长老马早就跑来了，高兴地说：“这下好了，簇新的铡草机，可着用啊。”

“骑一圈马呗？”彭萌对慕天说。“好啊，不过我一会儿就得走，连长让我去团里接一批种子，一会你跟我的车一起回去吧，不然就得自己走回去。”慕天对云歌说。

“我好不容易有这么点时间，还想多骑一会儿马呢，场长，他们俩说是一个车皮来的，在路上，俩人合起伙来数落我。”云歌委屈地转到马场长身边说。

“怎么，你们俩老乡想欺负云歌，那可不行，我和云歌，也算老乡哎！”场长拍拍云歌说。

“谁敢啊？”彭萌搂住云歌的脖子笑起来。

“老马，老马！”远处有个女人在喊着马场长，远远看去那人身材挺拔秀气，手里挎着个小篮子，头上扎着一条粉红色围巾，很惹眼。

“嫂子吧？”彭萌说。“是，我这老胃病，一顿吃不多，她有时间就做点吃的，给我送来。”马场长说。

说着这位嫂子就走到大家面前了，笑盈盈的，修眉大眼，双腮粉红，不施粉黛，却依然艳丽，看上去也就三十岁的样子。

“呀，嫂子好年轻、好漂亮啊！”云歌脱口而出。

“你说这，她爱听，”马场长说，“美玉，这是咱们连开康拜因的车长云歌。”

“这么年轻就是车长了！”美玉嫂子走过来，拉住云歌的手说。

“来，我今天做得多，你们吃吧！”说着她打开小篮子上雪白的盖布。“呀，韭菜盒子，烙得这么地道，嫂子，这是给场长送来的，我们可不能吃！”彭萌笑着说，眼睛还是没离开那诱人的韭菜盒子。

“今天做得多，你看两层呢，吃吧！”嫂子亲切地拍了一下十分熟络的彭萌，然后，收回手端起了上面的盘子，下面果然还有一层雪白的盖布。

“那，咱们就不客气了，”彭萌拿了一个韭菜盒子给了马场长，“场长，这是你的，剩下的，来呀，云歌，慕天，咱们包了。”

她一人分一个，云歌拿到一个，看着舍不得吃，说："嫂子，你，不吃吗？"嫂子笑笑摇摇头说："我吃过了。"

一会儿的工夫，两大盘韭菜盒子就全吃光了。

"人间美味啊！"云歌咂着嘴说。"这是东北最好的吃食了！"慕天说。

"嫂子，你这馅儿和得好，除了韭菜、鸡蛋，还有什么？"彭萌说。

嫂子说："虾皮儿剁碎了放进去，就鲜了。""可我做的馅儿都是有点散啊！"彭萌说。"放一点大油、再放一个生鸡蛋。"嫂子说话口音显得有点生硬。

"彭萌，你还自己做韭菜盒子呢，没看出来啊，别说了，再说，我们这些吃食堂的馋死了。"慕天说。

"是啊，我还是没来北大荒时，吃过我妈做的韭菜盒子呢。"云歌说。"是啊，那你今天来这，收获可是不小啊。"慕天笑道。

彭萌看着云歌大笑起来。"场长，你看他们俩，又欺负我。"云歌说。

嫂子笑着拉过云歌，拍着她的手说："哪天你去我那里，我还给你一个人做。""对，不给他们俩吃！"马场长也笑着说，云歌高兴地把头靠在嫂子肩上。

"看看，彭萌，想蹭韭菜盒子吃，拼命套近乎。"慕天指着云歌说。

"真的是啊，哈哈。"彭萌说。

"你们不许欺负云歌啊，是不是看人家小两岁，我们在部队，可是爱护小鬼的，我当时就是小鬼。"

"是，场长！"慕天笑嘻嘻地说。"我们哪敢啊"彭萌也附和着。场长又说："那你们去骑会儿马吧，让小林跟你们一起去吧。"

四个知青骑马奔向草原，云歌骑的还是那匹黑马，慕天骑的是上次盛楠骑的枣红马，彭萌骑着她的大白马，小林骑着一匹深黄色的马，个头比其他几匹马还大些。

"嫂子说话的口音不像我们，是哪里人啊？"云歌问彭萌。"她是朝鲜人。"彭萌不假思索地说。

"哦，东北这里朝鲜族人多。"云歌说。

"不是，她是地道的朝鲜人，她是马场长从朝鲜直接带回来的。"彭萌说。

"啊，是吗，当时是不允许的吧？"云歌说。

"是啊，所以马场长受过很大的处分，差点儿开除军籍，马场长当时是副排长，一撸到底，外加一个党内严重警告。"彭萌说。

"那肯定是啊，战场上，他们怎么认识的？"慕天说。彭萌答道："那时金美玉嫂子她们管给志愿军送补给、弹药和粮食，一次战斗非常激烈，往阵地上送东西的金美玉她们来不及后撤，只有留在阵地上，她们就帮助志愿军抬伤员。"

云歌说："英雄美人，沙场结缘，一路坎坷，终成眷属吧？"

“你还挺会猜的啊，当时年轻的马场长战斗很勇敢，他大高个、浓眉大眼，英姿勃勃。那天他的大炮几乎被敌人炸毁了，马场长受了重伤，金美玉硬是把他背出阵地，背回自己的家，她和家里人照顾马场长一个来月，后来，马场长好了，两人也就好上了。”彭萌说。

“那这嫂子怎么跟着马场长回来的？”云歌问。

“问题就出在这儿，其实当时很艰苦，马场长他们都是坐闷罐车回国。几个战友同情他们，开始让金美玉躲在一个大油桶里，后来在油桶里实在闷得喘不过气来，就给她穿上军装，藏在他们中间带回来了。回国后发现这件事，不仅处分了马场长，还严厉批评了当时马场长他们的副连长，就是现在的大胡子连长。”彭萌说。

“真看不出来，马场长的胆子好大啊，大胡子连长还挺仗义的，好浪漫的一个故事啊！”云歌有些感动地说。

“是啊，他们这些 1953 年、1958 年来的转业官兵，现在看起来已经像是个普通农民了，其实他们每个人都有故事，都是不简单的！”彭萌说。

云歌说：“真是这样的，其实他们之中有的文化水平挺高的，有的原本就是城市兵，学生兵，他们能这么扎扎实实地留在北大荒，兢兢业业在这里劳作、扎根、成家立业，面对着他们，我们真是没什么好说的。”

彭萌说：“美玉嫂子年轻时很漂亮的，有点像《柳堡的故事》中的二妹子，一笑俩酒窝，确实，他们真是美女爱英雄啊！”

云歌说：“现在也挺漂亮的，也挺贤惠的吧？”

“当然，据说朝鲜女人都很贤惠，里里外外一把手。马场长对她也好啊，怕她想家，跑到百里之外，到老乡那里拿麦子换江米，回来给嫂子做朝鲜的打糕，还给我们吃过呢，黏黏的，糯糯的，撒点糖，很好吃的。哎，云歌，一会儿你跟慕天的车回去吗？”彭萌说着问云歌。

“不是说了吗，别赶我走啊，我想多骑一会儿马，可以吗？”云歌说。

“当然，我就是想留你多待会，我有事要跟你说，他要是不放心，回去我送你就是了。”彭萌说着挤挤眼睛笑了。

“好呀，我们俩一起骑着马，说说话。”云歌高兴地说。

“没事，我骑马送你，这次你在前面骑，我坐你后面，哈哈，”彭萌悄悄地说，“真是的，你这么长时间的事，慕天还记着呢。”云歌说：“是啊，这家伙太坏了！”

“是不是他心里有你啊？”彭萌笑着说。“不是，这家伙就是有点贫嘴饶舌的。”云歌说，两个人一起大笑起来。

“小心啊，注意力要集中，你骑了几次了，行吗？又摔过吗？”慕天和小林一起骑马过来，与她们并排了，他笑着问云歌。

“又看不起人，怎么不行，摔过也没事的。”云歌有些不好意思地说。

“缰绳不要拉得太紧，这样马不舒服，它就可能尥蹶子，把你摔下去，放松些就好了。”慕天说。

“嚯，成教练了，人家彭萌已经教过我了，你什么时候练的骑马啊，说不定你也摔下来过呢。”云歌反唇相讥。

“这你还别不服气，我早了，我很小就骑过马。”慕天说。

“是吗，我说呢，总在我面前摆老资格。”云歌说。“当时跟着我姥爷一起，当然，和这些马不一样，那是运动项目。”慕天认真地说。

“马术，是吧？”云歌说。“你还知道马术啊？”慕天说。

“怎么了，书里看到的，马术服，真的挺漂亮的，尤其是女装。”云歌说。

“是啊，你要穿上，一定好看！”慕天说着看了一眼云歌，此时在他的脑子里，似乎云歌已经穿上马术服了，包身的马术服，她穿起来，显得更修长高雅。

“那种衣服，谁穿上都漂亮，彭萌穿上也会很漂亮。”云歌没心没肺地说。

“那种马很贵，但比起咱们这些军马，也是样子货。”慕天说。

“咱们国家好像还没发展马术。”云歌说。“是啊，还没来得及吧，将来一定会有的。”慕天说。

“马真是人类的好伙伴，我小时候，就希望有一天能骑在马上驰骋，一直没有机会。”云歌说。

“说得好，马确实是人类的好伙伴，我和你一样，喜欢马，迷恋骑马。”慕天说。

“真的啊，我看马场长也十分迷恋马，珍惜马。”云歌说。

“是啊，当年战场上，马曾经与他生死与共啊。”慕天说。

慕天接着说：“马场长说得对，马确实真通人性，我们常说‘俯首甘为孺子牛’，牛是最任劳任怨的，不够全面，其实，马比牛刚勇，比狗忠诚。人类的大历史好长时间都有马的伴随。”

“我没想那么多，只是喜欢。”云歌说。

“你为什么喜欢，就像你说的，因为马是人类最早，也是最好的朋友、伙伴，几千年来，特别是冷兵器时代，群雄逐鹿，马负载着人类，创造了多少威武雄壮的活剧，使它成为人类文化的一部分。”慕天说。

“我挺佩服你，做什么事都会去寻觅它的根本，思考它的内涵。”云歌由衷地说。

“终于说了一句良心话，多和我在一起，至少可以相互启示吧！”慕天笑嘻嘻地说。

这时候彭萌和小林赶上来了，认真地听着慕天说话：“作为动物，马的历史也很长，应当是六七千年前，它是人类由野马驯化出来的，从此，它为人类文化增添了极有光彩的一笔。”

“是啊，想想一位古代英雄，给他骑上一匹骏马，会为他增加多少高贵和英雄气。”云歌说。

“说得好，我们爱马，也是敬爱它能给人带来英雄气，战场上无论打得如何血肉横飞，它都要驮着自己的主人冲锋陷阵，哪怕它的主人流尽最后一滴血，它都可能冒着枪林弹雨，把主人驮回到自己的阵地上。”

“就爱听慕天说话，让人想到诗和远方。”彭萌由衷地说。“他就是挺会高谈阔论的。”云歌附在彭萌耳边说。

“那不是，我们养了这么长时间马，也没想到这么多。”彭萌说。

“倒也是。”云歌说。“这才是你的真话，服了吧？”彭萌说云歌，云歌笑着点点头。

“你看，我们的文字文化都浸透着马的印记，我们的文字有多少马的偏旁部首，真是挺多的，我们的语言更是，时光如白驹过隙，老骥伏枥，马上、马路、马力、马达、拍马屁……”慕天的话被彭萌的笑声打断。

“好了，我不高谈阔论了，该回去了，云歌，你不走啊？”慕天说。

“我先不走呢，想再骑一会马。”云歌说话的语气柔软了许多。

“那我就先走了，你自己走，也别走太晚，路上注意啊！”慕天嘱咐了一句。

“瞧你这不放心劲儿的，我用马送她，行了吧？”彭萌说着对云歌做了个鬼脸。

“我和你一起走，送送你。”小林对慕天说，说着，慕天和小林骑着马，扬长而去，两个女孩都不由得注视着他们疾驰远去那生气勃勃的背影。

第三十九章

将门女巧遇暖男　不负人华宇断情

两个女孩骑着马，肩并肩奔驰在草原上。“我喜欢你的性格，总是笑呵呵的，和你在一起，就没什么愁事了。”云歌说。彭萌说：“哈哈哈，我真有事要跟你说呢。”

“什么事啊？”云歌问。“你看刚才那个小林，感觉怎么样？”彭萌问。

“样子挺好的，高高大大的，显得敦厚踏实，但没怎么听他说话。”云歌说。

“他就是这样，不怎么爱说话，这辈子，他也说不出慕天那么多金句来，也不是我原来想象中未来的白马王子。”彭萌说。“你对他有想法了？”云歌问。

“是这样，我年初探亲，我妈说我已经二十出头了，该找男朋友了，结果，住我家对门的阿姨马上来提亲，说他家儿子在部队，高个子，和我挺合适的。”彭萌说。

“是啊，你人漂亮，身材高挑，又热情，家里条件又好，肯定有好多人等着你抛绣球呢！”云歌说。

“他家条件比我家好，我爸和他爸虽然是一个级别，都是副军级干部，但人家现在挺红的，他在部队正在读军事学院。”彭萌说。

“不是挺好吗？”云歌说。“过几天他真就回家探亲了，我们在北京见了面，接触了一段，觉得味道不对，挺没意思的。”彭萌皱着眉头说。

“能有什么不对的？”云歌问。

彭萌说：“聊天时，他一口一个我爸、我爸，生怕谁不知道他爸是个部队领导，觉得特没劲。”“就是说他有家庭优越感吧。”云歌说。

彭萌说：“多少有一点，也没事。他太严重了，真叫人受不了！有一次我们部队院子里的放映厅放电影，我们大院的管理人员挨门挨户发票。”

彭萌捋了捋头发，接着说：“发到我家，我出门领票，正好碰上他也出门领票，我看见他正对发票的小战士发脾气，说‘就给首长发两张票，你不想想，怎么够啊！首长的爱人、子女、秘书、勤务兵，多少人啊，回去告诉你们领导，就发两张，我们不要了’，说着，把票摔在地上……”云歌不由得插话说：“这就太不像话了。”

彭萌气愤地说：“是啊，我帮着捡票，他居然说，‘干什么呢，彭萌，你真是在农村待长了啊’，我没理他，还是把票捡起来，递给那个小战士，那个发票的小战士脸红红的，低着头，一句话都说不出来，他趾高气扬地望着人家，他那副样子，我真看不惯！”

“还这样啊！”云歌说。

“他就这样，结果他还冲着小战士的背影轻蔑地说，‘嘁，农村兵’，我生气地说‘你怎么能这样对待人家呢’你猜他怎么说？”彭萌对云歌说。云歌说：“真想不出来。”

彭萌接着说：“然后，那小战士还没走远呢，他就昂起头得意地对我大声说，‘像他们这样的农村兵，能到咱们这个大院里来当兵，就已经不错了’。”

“怎么能这么说话呢，农村兵怎么了，和他一样，都是部队的兵。”云歌说。

彭萌说："就是啊，我说'你爷爷是不是农村的，你爸是不是小时候也在农村长大的'，结果他说，彭萌，你怎么能这样跟我说话！"彭萌的眼圈发红了。"他怎么能这么张狂！"云歌也气愤了。

彭萌说起这事气得脸红红的，她接着说："那男孩拍拍自己的衣服居然质问我说，'你没看我的衣服吗，我现在是四个兜儿，是部队的干部，你是什么，你就是个农工，放马的！'我说'好，你当你的干部，我放我的马'！啪一下我就把门关上了，再也没理他。"

"过两天，他妈妈过来道歉，说儿子不懂事，他知道错了，我妈说我也是太任性，但我死活没再搭理他。"彭萌轻蔑地说。

云歌说："这种人就算了，确实也没什么意思。"

彭萌又说："回来之前，我父母倒开通，我妈说，'萌萌，你要是觉得这人不行，就算了。'我说'要是您，可以接受吗？'""我妈拍了我一把说'你这孩子，就是眼里揉不进沙子，不过，也是啊，现在确实有些人左脚才换上皮鞋，右脚的草鞋还没来得及脱下来呢，就看不起农民了，可这种人别看在当兵的面前那么横，见到领导，又是一个样'。"

云歌打开军用水壶，递给彭萌，她喝了一口说："我对我妈说'您看明白了就好'。我妈说'怎么不明白，只是没想到年轻人也会是这个样子，不说他了，男大当婚，女大当嫁，年龄不小了，可以找男朋友了'。回来后，我仔细想想，我就觉得小林不错。"

"你是将军的女儿，更是个内心洁白的姑娘，小林是哪儿的知青啊？"云歌问。

"齐市的，家里就是普通工人。"彭萌说。

"你不觉得你们两人的家庭差距太大了吗？"云歌问。

"这算什么，这是我们两个人过，又不是跟家庭过。"彭萌说。

"那你觉得你父母会同意吗？"云歌问。"我要同意，他们就会同意。"彭萌说。

"你的父母很开通的啊！"云歌说。

"是的，我和小林在马场工作几年了，和他在一起，最大的感觉是心里踏实、不会被欺骗、不累、不装，让人感到安全。""是啊，这一点是最重要的。"云歌说。

"这么多年他一直对我好，放夜牧时，他暗暗地陪着我，打石头时，他抢着跟我抬石头，他都是在后面，生怕我有什么闪失。他木工、瓦工活都是最棒的，他给我做的小书架、衣架都是用的榫卯呢，放牧时，他怕我寂寞，就给我吹箫、吹口琴，我胃不好，他常常给我做吃的，刚才那些东西就是他做的。"彭萌深情地说。

“他知道你的家庭情况吗？”云歌问。

“他知道我的出身，但他只是觉得我一个女孩子干这么累的活，不容易，看得出来，他对我没有什么想法，也从来没有这方面的任何表示。可你说，这样的人不值得托付终身吗？”彭萌回忆着几年来他和小林的朝朝暮暮，云歌也感动地点点头。

彭萌说：“他对我好，有人有议论，说他想找干部子弟，我想不通，就去找马场长，马场长说‘这孩子挺好啊，就看你想找什么样的，你要找门当户对的，他好像不够格，你要找一辈子好好过日子的，他可是个好人选’”。

“后来我想，我还是想找一个能和我相濡以沫，踏踏实实过日子的人，你觉得我的选择对吗？”彭萌说。

“我觉得没什么错，挺好！”云歌说着，不觉在心底里对这位新朋友升起一种敬意。

就这样，彭萌与林东在北大荒经历了十年的爱情长跑。返城时，彭萌回到了北京。林东在齐市的一个大专学了建筑，毕业后分到本地工作，他几经辗转到了天津，边工作边学习，凭着自己的踏实和钻研，自学拿下大本，进了天津一个设计院，两人在天津终成眷属，用彭萌的话讲他们成了一对幸福的普通人。

麦收终于结束了，马上就要投入秋收，连队决定还是要休整一天。云歌与肖宁早就和几个朋友“串通”好了，第二天再登雁山。

华宇傍晚回到宿舍，“我已经和大力说好了，大力说让我们从连队不远的后山，直插将军岭，然后从雁山下来。”华宇对慕天说。

“哦？多大的一圈啊，我在十连时，有一次拉练经过那里，但那是冬天，当时忙着赶路没看见什么，从后山插到将军岭，可是不近的路啊，不是还有女生吗？”慕天说。

“我觉得她们也应该没什么问题，如果要去，明天就得早起，我去和盛楠说一声。”华宇说着走出去。

“我早知道了，你不是告诉白岩了，邱莹早告诉我了。”盛楠对华宇说。

“你们去吗？路可是不近。”华宇说。“当然，怎么会不去？你们能走，我们就不会落后。”盛楠说。

“人家可以去，你还不回家管管孩子，宝东可真够‘贤惠’的，结了婚了，还这么野。”华宇打趣地说。

“小赤佬，要你管，宝东明天也要去，我婆婆来了。”盛楠自豪地说。“真是好命啊！”华宇说。

“哎，华宇，我还真有事问你。”盛楠一本正经地说。“啥事？”华宇做出洗耳恭听的样子。“别贫，我想问问你，你现在有没有女朋友？”盛楠单刀直入地问。

“谁让你问的？”华宇一听这事又开始没个正经。“云歌托我问的。”盛楠说。

“怎么，云歌，她想嫁给我啊？不可能吧。”华宇说。“不是她，她是帮肖宁问。”盛楠说。

“怎么可能，肖宁不是已经和金宝山盟海誓了吗？”华宇说。

“金宝不是上学了吗！”盛楠说。“这是一辈子的事，上学怎么了，就了不起了，上学就人走茶凉了，这，这也太说不过去了吧！”华宇说。

“是啊，云歌早就提醒过肖宁，但都是同学，也不好说得太明白，前些日子，肖宁把这个变故，告诉了云歌，肖宁现在情绪挺不好，云歌让我问问你。”盛楠说。

“说什么呢，这么热闹。”穿着工装的云歌从修理厂那边走过来。

“这不，说曹操，曹操就到了，我们正说肖宁的事呢。”盛楠说。

云歌认真地对华宇说：“肖宁原来其实是喜欢你的，但你一直没有反应，后来你们去十连，金宝一直追着她，就谈上了，你提出来之后，她犹豫了一阵子，后来觉得与金宝已经谈了这么长时间了，如果推了这件事，有点见异思迁的感觉，所以……”

“所以，我和她，看来是真没缘分，前些日子探亲，我妈说我也不小了，抓紧找个女朋友收收心，一再催我，我就在我认识的女同学里找了一个，长相还真有点像肖宁。”华宇说。

“那又何必呢，你喜欢肖宁，你就直接找肖宁吧！”云歌急切地说。

“这个女孩没有肖宁的头脑，没有肖宁一笑俩酒窝。但我们其实认识挺早，我们在一个少年宫一起做过许多次表演，后来就各自下乡了，这次我妈提起这事，说来惭愧，我还是忘不了肖宁，就照着肖宁的样子找了她，两家父母都见了面，过一段她还说来看我，这做人不能不守信用吧，你看，总是错过了。”华宇说得很沉重。

云歌看了看盛楠，一时无语。

“怎么，云歌，你刚下班啊？”华宇打破了尴尬说。

“是啊，后天就开始收豆子了，明天又要出去，这次检修的时间太短了，该加油的，该改装的，该保养的都得做到了啊，前两天我们一直连轴转，现在是修理厂的发电机出了点毛病，不发电了，就没法工作了。这发动机又是螺杆配不了套，还是个特制的，自己做不了。我要去慕天那里找找，以前这事都是耿师傅找他要，唉！”云歌脸上掠过了悲伤。

“没事，我带你去要。”华宇说。“我们不是在说肖宁的事吗？”盛楠拉了一把云歌对华宇说，“这就是说你已经有女朋友了？”华宇说：“是的，你们说得太晚了！”

"你也真是的，就这么容易移情别恋啊！"云歌不客气地说。"不讲理吧，云歌，你仗着你小点，就不顾事实，是吧，这事的前前后后你最清楚吧？"华宇说。

"是啊，云歌也没有别的意思，你这事是可以理解的，人家都有男友了，你也不能这辈子就当和尚了。"盛楠开着玩笑说。

"这事还有余地吗，我承认肖宁一失主意，也希望能别成千古恨，大哥！"云歌说。

"我也很遗憾啊，但是真的不行了，双方父母都见了面，我也得对人家负责任吧！"华宇很无奈地说。

"错错错，莫莫莫，一对好姻缘，就这样完了，哎……"云歌觉得比较痛心。

"我们算是有缘无分吧，"华宇也沉重地摇摇头说，"走吧，去找零件吧！"，三个人一起去了慕天宿舍。

慕天没在宿舍，华宇把他床下的"百宝箱"搬出来，三个人找了半天都没有找到。

"还是要找到慕天，让他自己回来找吧。"盛楠说。"基本找遍了，没有，他回来就有了。"华宇说。

"他不会是已经去了修理厂了吧？"云歌说。"那我们来时，应当能看到他的。"盛楠说。

"那我还是回修理厂吧，那儿等着呢，看看不行，就到团修配厂领吧，发电机一停，就啥都不能干了。"云歌着急地说。

"我回宿舍经过那里，我和你一起去，"盛楠说着回头又转向华宇，"华宇，你收拾一下，明天可是全靠你了。"

"好吧，有事叫我吧。"华宇神色有些黯然地留在宿舍。

盛楠和云歌一起向修理厂走去，"哒哒哒"，快到修理厂了，她们听到了发电机的声音，修理厂又是一片灯火通明。

"一定是慕天去了，修好了，你还真了解他。"盛楠说。"他是分管副连长，他应该管。"云歌说。

"你总是这样，你不要走肖宁的老路啊！"盛楠数落着云歌。"不一样啊，原因已经跟你说过了，世界上真是少有两全其美的事。"云歌说。

"他对你多好，你就不动心？"盛楠说。"就像刚才华宇说的，没办法，这是一辈子的事，我不愿意耽误人家，影响人家！"云歌这一次眼里忽然有了泪光。

"怎么了，小囡，你要真有想法，我去跟他说去！"盛楠搂了一下云歌。

"不要，我是替肖宁遗憾，不然，她和华宇两个人多般配！"云歌说。

"所以啊，这个路也是肖宁自己走出来的啊！"盛楠说。

云歌有些忧郁地说："所以，阴错阳差，古来有之，真正有感情的人，到头来也不一定就能走到一起，从来都是……”

“过来了，我看康拜因检修得差不多了……”慕天带着仓库保管员小吕正往康拜因检修场地走，迎面看到了盛楠和云歌。“发电机是你过来帮助修的？”盛楠问。“是啊。”慕天说。

“那刚在路上我们怎么没看到你？”盛楠说。“你们到我宿舍去了？”慕天说。“是啊，我们把你的‘百宝箱’翻了个底朝上，也没找到发电机顶缸上的螺栓。”云歌说。

“前两天我就听到发电机声音有点不对，所以今天早上，就把螺栓带上了，从连部直接过来的。”慕天说。

“你这么厉害，声音不对，你真的能听得出来，神了啊！”盛楠说。

“你们不知道，这可是慕天的一绝，这方面的本事在团里的机务上，都小有名气呢！”小吕说。

“是啊，慕天，你行啊！”盛楠说。慕天一面帮小惠紧着齿轮上的大螺帽，一面笑着说：“这都是跟耿师傅学的。”

云歌听了神色又黯然，她去归置新改装的收大豆的传送带和滚筒。“还有后桥再看看，就基本可以了，”慕天说，“这收完麦子才一个星期，你们就检修完了，不容易啊。”

“没办法，后天就下地试车，我们和麦收时期一样，但这次是马歇人不歇了，”云歌说，“你们先回去吧，我和小惠再看看，收个尾。”

“好吧，我也帮不上忙。”盛楠说着往前走去。

小吕说：“慕天，我们核对一下咱这儿主要配件，好吗？这次又亏了你，不然发电机就修不了了。”

“好，顶缸的螺丝我也就剩这一个了，后天，咱们到修配厂领一批零件，那里如果没有，我再想办法。”慕天说着和小吕去了仓库。

云歌和小惠把康拜因的后桥螺丝全部紧了一遍，让机器空转了一会儿，已是晚上十点多了，两人收拾好工具，一起朝宿舍区走去。

将军岭的路比直接去雁山的路要难走，基本上是爬山。瘦削的苏凌说：“这山路，有点像咱们那次拉练了，开始还好，都是大慢坡，这越走越陡啊”。

云歌回头拉了一把她说：“是啊，这坡度确实越来越陡峭，真正上山就得是这样吧，你看前面。”

两人放眼望去，参天大树形成的树林覆盖着整个山坡，绵绵延延伸向大山深处，藤蔓萦绕，高处浓绿的树冠搭在一起密不透风，遮住了早晨的阳光。

近处的灌木葱茏，高的有山核桃树，低一些的有榛子科、柳毛子、苕条子，各色的草和野花见缝插针地生长着，各种颜色把整个山坡包裹得密密实实。

“仔细看这里的山水，真是一幅巨大的油画啊！”爬山有点累的苏凌兴奋地说。

“我没去过南方，我看你这上海小俏囡，也能想象出南方的山水——曲径通幽小桥流水吧！”云歌说。

“当时忙着上学，我也没怎么到哪儿去过，你读过那么多古诗词，你早就知道南方山水的样子了。”苏凌说。

“是啊，古诗中写景状物的居多，林语堂说过‘中国艺术的冲动，发轫于山水’，古人常常把最美好的想象力赋予自然，寄情山水，以景寄情，以情寓景。小时候念那景致、那楼宇、那寺庙、那山水，好像在咱们心里已经有了。就看什么时候有缘，去寻景，去印证，去丈量一下心中的景与真实的景有多少距离。”云歌说。

“我常常想，你说为什么会是这样？”苏凌问。

“土生万物，地载山川，人也是土地之子啊！咱们华夏民族的传说，女娲造人就是用泥捏成的，西方传说，上帝造人，亚当也是泥捏的吧。两种文化中的人都没有离开泥土。那些文人就像安泰，离不开大地，回到大地，也就是说那些美妙的诗词也来自大地，”云歌说，“你说，中国文人，他们有时是不是也是避世啊？但是越避世，他们就越离不开大地，甚至泥土。”

“那当然，陶渊明不就是最典型的一位吗？”苏凌说。

“大自然超然物外，圆融身心，能使生命快乐，我们今天就是在找这种快乐来的，其实也是人的一种回归，你说是吧？”云歌说。

苏凌说：“哈，也就你能把出来玩说得这么有情怀，不过说起来也真是这样。你说去找那些古代诗人的足迹，也会有机会的，那不只是寻景，也是一次对话，和古代那些大诗人们聊聊天，咱们评点一下，他们诗词中哪句贴切，哪句还需要他们继续努力。”

“好狂啊，苏凌，你是苏东坡的后代吧，我还真没敢那么想，能与他们相对而坐，沾点灵气，那就真是一种福气了。”云歌说。

“他们可都是风流才子哦，你这漂亮小姑娘，要小心的哦。”苏凌拍拍云歌，笑着说。

“你这人，我还真没往那方面想，人家都是高尚的圣贤。再说，那时候的女孩成熟得早吧，年方二八就嫁了，我们都快二十了，在那时，就是妇人了。”云歌说。

“妇人也是美妇人啊！”苏凌点了一下云歌的脑门说。“你也是啊！”云歌笑着拍了一把苏凌，苏凌也笑起来。

“我们这是不是封资修啊？”云歌忽然不笑了说。“管它呢，毛主席还写古诗词，还背那么多古诗文呢，想想中国要是没有这些古诗词，我们得多寂寞，语言也单调了许多。”苏凌说。

“对啊，说来奇怪，古代早已远去，但古诗词却永远会一次又一次地拉近今昔的距离，可惜古代文人的诗词写南方山水的很多，最远的就是写西北大漠的诗还有一些，看来当时的他们走不了这么远。”云歌说。

苏凌说：“当然，有些诗词用在这里，也还可以，比如晋人画家顾恺之那首《神情诗》平易而自然，‘春水满四泽，夏云多奇峰。秋月杨明辉，冬岭秀寒松’，一年四季写得很鲜明，就像北方这里。”

云歌拍着手说：“还真贴切，难怪才女啊，倒是清朝有一位叫吴兆骞的人，写了不少有关东北部的诗词，也算是又一种边塞诗吧，有一首写长白山的我还记得，‘长白雄东北，嵯峨俯塞州。迥临沧海曙，独峙大荒秋。白雪横千嶂，青天泻二流。登封如可作，应待翠华游’。这里的大荒，就不像柳宗元的‘城上高楼接大荒’的大荒了，那指的就是荒凉之地。而这一首诗的大荒，指的可能真就是北大荒了。”

“你知道的诗词真多，这一首，我没听说过，虽是清的，但终于知道一首写北大荒的古诗了。”苏凌赞叹地说。

“你这南方小佳囡，哪会注意这北方的边塞诗啊！”云歌笑着说。

“那不一定，这首诗我就喜欢，苍凉雄丽，真是好美。”苏凌说。

云歌接着说：“唐宋之前，我还没见过写北大荒的边塞诗，那时候他们不大可能到这里来啊，像李白这类‘白发三千丈’‘长江之水天上来’‘雪花大如席’‘同消万古愁’的豪放派诗人，如果能到了这里，会挥洒出多少浩瀚壮阔的笔墨啊。看来，这里的诗太少了，我们都是俗人，难以诗意栖息，只有你来了，也许会有好诗问世。”

苏凌笑着说：“你说我啊，至少是咱们俩啊！”两个人“哈哈哈”地笑起来。

“这么高兴？”盛楠和肖宁走过来，云歌看肖宁的脸色，就明白盛楠已经把昨天与华宇的谈话对她说了，云歌搂住肖宁说：“没事，像我等巾帼女子，还怕遇不上好男儿。”

“疯、疯，大姑娘家，说这话，好意思啊？”盛楠瞪了一眼云歌。“肖宁，你拉着盛楠干吗，人家宝东哥来了，真是的！”云歌说。“他和长生早跑没影了。”盛楠说。

“什么时候到啊，都快走三小时了，我都饿了。”苏凌说。“是啊，我也有点饿了。”云歌说。

“早晨你们没吃东西啊？”盛楠说。“我们早晨哪像你啊，宝东哥把你喂得饱饱的，什么鸡蛋啊，烙饼啊，多幸福啊！”云歌说。

“这小囡，嘎没良心。”盛楠一把打在云歌的肩膀上，“哇”云歌扶着肩膀倒退了一步，叫了一声。

“怎么了？”盛楠赶快过来，扶住云歌的肩膀，“哇，肿成这样子，你们看看！”三个人七手八脚地解开云歌的领扣，露出红肿的上臂和肩膀。

“看什么，别大惊小怪的，一会来人了。”云歌赶紧左右看看，掩上衣扣。

“又是打舵轮打的吧，可也过了一个星期了。”肖宁说。

“她这次检修，就没闲着，呶，犒劳你们吧。”盛楠打开大书包。“哇，煮苞米啊，还热乎着呢。”苏凌不顾斯文，一把拿出一个玉米大口啃起来。

“这么饿！”盛楠说。“你是饱汉不知饿汉饥啊，早晨就吃一个小窝头，一口咸菜。”云歌说着也把手伸进盛楠的书包。

她拎出一只玉米啃起来，另一只手继续掏书包：“鸭蛋啊，还有一个罐呢！”云歌说。

“是萝卜干咸菜。”盛楠说。“坏了，这是你们两人的午饭吧，被我们给吃了，太不好意思了。”云歌说。

“哎，不是说了什么吃的都不要带吗，中午有的吃，这是他们两口子打牙祭的，打开吃吧。”肖宁更不客气地说。

四个人索性坐在边上的一块石头上。“就两个鸭蛋，我也想吃！”苏凌看着云歌和肖宁一个人拿着一个咸鸭蛋，可怜巴巴地说。“喏，你吃！”云歌把自己咬过的鸭蛋递过去。

苏凌毫不顾忌地咬了一大口。“完了，黄都被你吃了。”云歌遗憾地说。

“我这还有。”肖宁把她吃过的鸭蛋递给云歌，云歌吃了其中一半的蛋黄。

“注意点吃相啊。”慕天不知从哪儿钻出来说了一句，他和华宇、吉西、白岩等一群男生，还有邱莹、阿芳、于珏从山上走下来。

“我们等了你们半天，也不见人影，以为你们迷路了，又回来找，没怎么着呢，倒开始吃上了。”华宇说。

“她们说饿了，走不动了。”盛楠说。“谁说走不动了，就是饿了，走。”云歌拍了拍衣服站起来说。

“瞧，一瓶子萝卜干，全吃了！”盛楠举着空瓶子，对过来的宝东说。

“盛楠，是你拿出来给我们吃的，吃了又心疼，人家宝东哥，根本不像你。”云歌说。

“是啊，拿来就是给大家吃的，吃吧，家里还有不少呢。”宝东和气地说。

“宝东哥，萝卜干咸菜是你做的吧，真的很好吃，有南方风味哎，看来你已经被同化得差不多了。”苏凌说。

“是啊，宝东哪敢不做有南方风味的东西啊，他的领导可是你们‘上海宁（人）’啊！”白岩说。

“快走吧，人家大力还等着呢。”慕天说，说着大家向前走去。

“你们发现没，女生其实从来比男生都更能吃。”华宇忽然说。

“谁说的，不可能。”云歌说。“你看今天，我们还没饿呢，你们就吃上了。”华宇说。

“我这还有一个玉米，你馋了吧，吃吗？”盛楠拿着玉米说，华宇接过玉米让都没让，一个人吃起来。

而且华宇边吃边接着说：“我早就注意到了，每次会餐，女生桌上的饭菜，从来吃得都比男生还干净。于珏，你在食堂，你说句良心话，是不是？”

于珏说：“还真是。”华宇得意了说：“看吧，真的吧，你们女生自己都说了，表面上好像挺秀气，其实，女生就是比男生能吃。”

“玉米也堵不住你的嘴，还是男生能吃吧，忘了你在十连，跟大肚汉老魏比赛，吃了一扁担馒头啊！”肖宁不客气地揭老底，大家哈哈大笑。

“北大荒夏秋之交的大山里比初春要生动得多，大山从春天的嫩绿、夏天的葱绿、到现在的深绿，平时没注意，现在看，真是漂亮。”云歌感慨地说。“虽然远点儿，今天还真来对了。”苏凌说。

“累吗？”云歌问苏凌。“累也值啊，让这个南方小囡练练吧。”肖宁说。

“我练的可不比你少！”苏凌不服气地说。大家边说边笑，走过几道山梁。

“越往深处走，树越高大挺拔。”肖宁说，又翻过一道山脊，来到山的阴面。

“好凉快啊！”对冷暖很敏感的苏凌说。“冷吗？我这有件坎肩。”云歌问苏凌时从书包里把衣服拿出来，递给了她。

“你不冷吗？”苏凌接过衣服。“我比你有热量。”云歌耸了耸肩笑着说。她忽然发现，吉西不像上次拉练时对苏凌那么相近了，反倒看见于珏跟吉西有说有笑的。可苏凌自尊心很强，云歌也没好意思问。

从山阴背后下来，前面是一片开阔地，面积很大。“山阴对面居然看不到山了，这是一片三面环山的所在，看，远处好像与天相连了。”华宇说。

走出这山阴，阳光就泻下来。“不冷不热，真是一个好玩处。”宝东兴奋地说一句。

“嘿，华宇，徒弟，就来这十几号人啊！”看到华宇，大力高声大嗓门儿嚷着就走过来，震得这大山好像都有了回音。

“哎，大力，师傅，看到你，我这心里就有底了，这人还少啊！”华宇见了大力赶快答应着，声音也高了八度。

“不多啊，你看，我们带了不少家伙。”大力说着指指身后的几位精壮的猎手。

猎手们拿着烧烤的架子、铁锅等炊具，还有身上背着一只狍子的，还有背着山鸡、野鸭等不少猎物的。

不知从哪儿钻出来的宝东和长生抬着一个大桶，里面装满了活蹦乱跳的鱼。

大力兴奋地说："这地方怎么样？这是山上的平原，这在西北算高原吧，但咱这高原可不一样，啥都有，你们转一圈，那东边山上，山货多啊，半个小时之后咱先吃一顿，吃饱了再转。"

于是，别有风味的一顿加餐吃过后，让大家兴奋得不得了。大力把大家带到东边山上，说："这里的地势高，可以俯瞰群山，你们抬头看看这天，城里的天井太小，连里的地势太低，都看不全这天，你们在这看，不一样啊。"

"是啊，在那些地方看天，也是井底之蛙啊，我们现在看到的是这样完整的天，一点遮挡都没有，这是别样的'天似穹庐，笼盖四野'啊！"肖宁说。

"这才叫仰望苍天，我们看到的是天的全部，在这里俯瞰大地，我们像是巨人。"华宇的豪迈劲又上来了说。

"你看，我就说了，那叫咋说了，噢，夫唱妇随啊，"大力拍着华宇指着肖宁说，"看法都一样，不是一家人，不入一家门啊。"华宇讪讪地笑着，肖宁不好意思低下了头。

大力大着嗓门接着说："有这样的天，这地才叫地啊，一会儿我带你们去看看那地下森林，你们就会看到，有这样的地，那天才叫天啊。"

慕天赞赏地说："这话说的，有哲学水平！"华宇竖着大拇指说："是啊，咱老哥啥人啊。"

"地下森林？是吗？什么样啊，没见过。"其他几个人异口同声。

大家跟着大力向东南方向走去，走了一段路，又爬上更高的山顶，远远看去山顶比较平缓，走近山顶，奇观出现了。

"这原来是火山吧？"慕天问。"你说对了。"大力说。"啊，我们站在火山口上了。"于珏有些害怕地说。

"没事，至少现在，它不会喷火，已经是死火山了。"大力说。

"是吧，那要是忽然活了呢，好可怕，我这人，就怕火。"于珏躲到了吉西的身后。

云歌看在眼里，她再看看苏凌，苏凌早已低下头去。云歌拉了一把苏凌，和其他人跟着大力往前走。

"这么大的火山口，前面好像还有，这底下都是大树，这么高的大树，怎么火山口里会长出大树来了呢？"云歌好奇极了。

"你说对了，这里有十来个火山口，据说是得亿万年前了，这里火山喷发，经过这么多年的沧桑变化，火山口里奇特地形成了低陷的土地，而且这土地，是少有的肥沃，罕见地长出了树木，变成了火山口地下原始森林。”大力说。

“有多深啊？”华宇问。“深一二百米，直径四五百米。”大力说。大家站在火山口向下望着。“这火山口的内壁好陡啊！”苏凌说。

只见下面的树木郁郁葱葱、蔚然深秀、藤蔓萦绕、一层浩浩渺渺的云烟淡雾，像轻纱缭绕，包裹着这庞大壮观的原始森林。

慕天兴奋地说：“我们是站在哪里啊，好像是站在天上，俯瞰着这高大雄伟的森林，无论这树木有多高，都是在我们的脚下。”

云歌说：“是啊，你看这烟雾缭绕的，我们好像站在云端里了。”

“对了，你们这个感觉就是所有到过这个地方人们的感觉，一时间，不知身在何处，是在天上，还是在人间？”大力说。

“大力师傅还挺浪漫。”华宇说。

“你是不是有这个感觉？”大力说。“有啊，但我没想明白时，他们就说出来了。”华宇说。

“你们这些女孩真不错，又漂亮又有才，定了吧？”大力指指肖宁。

“没呢，别再往这方面说了，求你，师傅。”华宇悄声说。

“啥意思，你是不是？”大力诧异地说。“能下去吗，好几位都想下去看看。”慕天跑过来问。

“能，能，我带你们去。”大力边说边往前走。

云歌拉着恐高的苏凌跟着往前走去。“你们下去看得就更清楚了，这地下森林总面积足有五六万公顷，是咱北大荒的天然宝库、绿色银行啊。”大力说着走到坡度有点缓的火山口边上。

“我不下去了，我怕，我走不了。”苏凌说。

“没事，我扶你。”云歌说。“谁扶你啊？”慕天过来说。“我不用扶。”云歌说。“你让他扶你下去，我就不去了”苏凌对云歌说。

“我来扶你。”吉西走过来扶住苏凌说。“咱们走这种路别嫌难看，脚横过来，就是用八字脚，就不会摔下去。”大力撇着八字脚往下走。

云歌学着大力跟在慕天后面，不让慕天扶，肖宁跟在云歌后面，苏凌还是让吉西扶下去的，终于走到谷底。

“都是好树种啊！”这次跟着一起来的东方一边捡着树种，一边感叹地说。“兄弟，你说对啦，你看这黄菠萝、紫椴、红松、曲松，你看，这黄花松足有四五十米高啊！”大力说着，和大家一起仰头往上看去。

“大胡子连长让我下一步搞红松育种呢。”东方推了推眼镜说。

“那你来对了，这里的红松种子不亚于大兴安岭，捡啊，大家帮帮忙，这种子和一般松子不一样，这样的，多大啊，”大力捡起一个比一般松子大，形状也不一样的红松种子给大家看，“就是这样的，种子好，但育种很难，它是喜寒的。”

“是的。”东方呆呆地说，大家开始帮助东方捡种子。“现在这是地，刚才我们站的地方也是地，多神奇啊。”云歌说。

“是啊，大力哥说得有理啊，有这样的地，才配有那么高远的天。”慕天说。

慕天接着说：“而且，看来北大荒什么都大，这火山口居然大到成为一片雄伟壮美的原始森林，这大山、大水、大树，全是大骨架、大气魄、大情怀。”

华宇说：“人也像大力哥这样大高个、大嗓门、大气象，在部队是大英雄，在这也是大英雄。”

“我可不敢当，咱就是一普通农工，”大力拍拍慕天高兴地说，“你们这些知青，到底是知青，喜欢这些稀奇古怪的东西，那叫啥，对，求知欲。好啊，我带你们再看一个稀奇的景儿去。”

“这地下森林已经够稀奇的，你看这些彩色的鸟、小松鼠，和上面森林里的动物长的都不一样。”细心的邱莹说。

“这里面还有溶洞呢，我们进去看看吧。”云歌说。“敢吗？”苏凌有些畏惧。“那有什么不敢的！”大力瓮声瓮气地说。

第四十章

将军岭上见奇景　白鹤托孤雁山下

“你们看这火山溶洞的石头千姿百态的。”苏凌说。“是啊，有的是透明的，都玉化了，色彩多漂亮。”云歌说。

“这地方冬暖夏凉，夏有薄冰，冬有清泉。”大力说。“这是仙人洞啊，这森林里的森林，还有这么奇妙的地方，难怪说森林养育了人类，也孕育了文明。”肖宁说。

“是啊，这些地带，抗日的时候都有抗联活动，这地方除了冬天太冷，但这些千奇百怪的地势，让小鬼子一点辙都没有。”大力的声音在这样的洞中引起了很大的回声。

“回声真大！”云歌说。“啦啦啦……”华宇发出男高音的声音。“比麦克风还好听……”盛楠说。“欧拉拉……”肖宁发出花腔女高音。“真好听”云歌说。

“你看，我说他们俩，又是夫唱妇随吧！”大力说，大家都笑起来。

肖宁不好意思脸红红的，躲在云歌后面，“真是的，我怎么就跟着唱了。”“是啊，本能吧，没事的。”云歌回头对她安慰地笑笑。

穿过溶洞，走上了一个慢坡。“这只能有人带路才行啊，不然，刚才那条路，那么陡，可怎么上啊，真的谢谢师傅。”华宇赶上大力说。

又是一条上山的路，山势舒缓逶迤、林海浩瀚苍莽，山风回荡，广袤的苍绿映衬着湛蓝的天穹。

“走着吃着吧，这山上野果最多。”大力一说，大家开始活跃了。

“哇，山丁子、山葡萄、桑葚、蓝莓，真多啊，”阿芳对盛楠说，“采一点给小宝宝带回去。”

“这浆果真多，黑色的，紫色的，看，红色的，‘野姑娘’，是最好吃的东西。”云歌告诉苏凌说。

“什么‘野姑娘’，我没吃过。”苏凌说。“就是野生灯笼果。”云歌摘下两个红红大大的“野姑娘”，递给苏凌一个，自己剥开那蝉翼般的果皮，吃起来。

“小心有毒啊！”慕天说着和长生、华宇、吉西走过来，华宇说，“我说什么来着，女生就是比男生贪吃。”

“而且，吃起来迫不及待。”长生说着看着原来比其他女孩瘦小许多的苗苗也开始发育了，好像也长高了一些。

“你不要总攻击我们。”苗苗一边吃着一个“野姑娘”，一边说他。

“看，这野果汁把你的嘴都染红了。”长生说。“我看看，”云歌拉住苗苗，“这嘴唇都被染红了，多漂亮啊。”

“你也一样。”慕天说。“是吗？”女孩们你看看我，我看看你，都笑起来，红嘟嘟的嘴唇衬着一张张青春的脸，慕天他们不好意思地别过头去。

“有啥不好意思的，这就是什么来着，‘恰同学少年，风华正茂’！”大力走过来说。

“嚯，师傅，这好词都说出来了，跟女孩子们在一起，灵感不得了啊！”华宇笑哈哈地拍着大力说。

大力推了一把华宇对大家说：“臭小子，别拿我老头子寻开心，别光吃果子，你看这榛科，榛子多大，松子、那边木耳、蘑菇。”

长生指着远处的几个棉布袋说：“看，您的徒弟带着我们采的，都装满了。”原来，女生吃果子的时候，男生们已跟着几位年轻的猎人采了许多山货。

“吃饱了就上山，这个地方奇了，说是有那外星人来过，外国话好像叫个啥欧？”大力摸着头说。

“UFO，是吗，真的吗？”华宇说。

“是，是这个名，当然，那还有假，看到的就是小刘他弟弟，小刘，你过来，跟他们说说。”大力招手之中，一个精壮的小伙子应声跑过来。

“你带路，去看那啥欧去过的地界，这说话就到了。”大力吩咐着。

“这外星人可真会找地儿，这么大一块平地，那边是潺潺的山泉，这边是各种花草，争奇斗艳，整个一个空中花园啊！”华宇说。

“是啊，要真是来这里，应当是冲着什么来的。”慕天肯定地说。

“这里多美啊，也许是冲着美景来的吧？”云歌说。

“可能是冲着野果和山货来的。”邱莹说。“他们懂美景吗？他们吃野果吗？”苏凌问。

“咱们问小刘吧。”邱莹说。大家一下子把小刘围住，“是真的吗，小刘，你看到外星人了吗？”盛楠问小刘。

“我没看到，是我弟他们看到的。”小刘说。“对，是他弟，他弟看到了，为这事，他弟傻了好长时间。”大力快言快语地说。

“我没看到，但是那天我来了，我们几个大的忙着采蘑菇，他们几个小的跑到这里来玩，他们说，都看到了。”小刘说。

一阵山风吹动着山林，发出呼呼的响声，大家抬头看天。“好像 UFO 随时都会飞来的感觉啊。”华宇说。

“我弟说那飞碟是银白色的，一个巨型的大圆盘，中间一个大鼓肚，好像正要在这块平地上降落，我弟他们嚷嚷着，想跑过去看个仔细，但突然好像被电击了一样，都定在了原地，只能往后跑，不能往靠近飞碟的方向跑。”小刘绘声绘色地说。

“那后来呢？”肖宁问。“后来，他们几个人就跑来找我们，说他们看到飞碟了。我们就跟着跑过来，正好当时小王还带了一个军用望远镜，跑过来之后，等了半天也没看到什么。我们几个就说我弟瞎说，可他和其他几个小伙伴都说看到了。我弟不服气，拿起望远镜，向那个方向望去，忽然大喊一声‘在呢，还在呢’，说着就昏过去了。”小刘说。

“什么在呢？他看到什么了？”云歌问。

“说不清啊，我们是什么都没看到。我们把他抬下山，送到卫生室，量了半天，什么都正常，后来他醒了，开始反应有点迟钝，总是发呆，一直在说‘我看到了’。”小刘说。

“现在呢？”苏凌问。“现在好多了，问他这事，他说当时在望远镜里看到了飞碟，已经降落在这块平地上，还看到从舱里走出一个绿色的人，抬起手，指着他，那人手指上发出一道强光刺向他，然后他就什么都不知道了。”小刘说。

“真的假的，说得有鼻子有眼睛的。”肖宁说。

“你知道得多，真的有 UFO 吗？”云歌问慕天。“这种现象在许多国家都有传说，近年也有许多目击记载。人类对宇宙知道的还不多，这件事在全世界的科学界争论很大，还没有定论。”慕天说。

华宇问大力：“您说还有奇景，在哪呢？”

“走，咱们往前走，离这不远。”大力带着大家走进这片平地的深处，有一块巨大的石头平地隆起，石头有三个面，远远看去上面还有些青苔，没有什么特别。

走近了才看到上面有许多石刻，还清晰可见。上面最底端似乎刻着禾苗，一丛一丛的，分布得比较整齐。禾苗上方，出现了几个人形，圆圆的脸，圆圆的眼睛，鼻子、嘴都是用线条呈现的，清晰可见，但支撑他们的是一根根长高了的禾苗，头上似乎带着收音机的天线，在这些人形的边上，分布杂陈着各种像文字一样的符号。

“你们看，这画得怪不怪。”大力说。慕天说：“是很奇怪，线条简略，粗糙，全是阴刻。这画让我想起我在南方看到的一幅有名的岩画，形状很像，就是比那里的岩画规模小一些。那幅岩画据考证说是距今六七千年了，表现了新石器时代，原始先民对天体、土地，甚至稼禾的崇拜。有许多像这些符号几乎一样的符号，至今难以解释，人们把它命名为‘东方天书’。”

“‘东方天书’，好响亮的名字啊，不过如果比这气势还大，还真名副其实，这也是一幅岩画吧？”云歌说。

慕天接着说：“对，应当算是岩画，确实奇怪，在这么远的地域，会看到有些相同的东西。这不知是什么时候的东西了，这至少也应当命名为‘大荒天书’吧。”

慕天指着石头上面的图案说：“看，这一面还有日月星辰的天体图案，和那些图案很相似，这一南一北，真是神奇！”

“那一块石头你是亲眼看见的？”华宇问。

“当然，看来人类的思维和认识是有趋同性的，也许他们是同一时代的，这距今多少年了？”慕天边说边问大力。

“不知道啊，这儿太远，还没什么人来过，这不像南方，这儿知道的人也不多，大家都忙，没什么人注意这些。”大力说。

“咱们可以告诉沙老师，大力兄这个发现，一定很了不起。”慕天对华宇说。

“那飞碟的故事与这块石头有关系吗？”云歌走到慕天身边问。“难说啊，将来沙老师他们考证完，会不会有结论，也未可知，当时我看到那‘东方天书’其实也是一个谜，许多东西也是推测，但当时我看了真是很激动，用了一夜的时间，写了一首长诗《我读‘东方天书’》。”慕天悄悄地说。

云歌说：“给我看看，可以吗？”

“行啊，太长，等你有时间的吧。”慕天说。“一言为定！”云歌说。慕天笑着点头。

“别小声嘀咕，说大声点，让大家听听。”盛楠说着慕天和云歌。华宇看了看表说：“今天我们的收获真是大大的，谢谢大力师傅。”然后转向大家一起鼓掌。

“你们高兴，我就高兴。”大力说。大家恋恋不舍地离开这将军岭的最高处，跟着大力向雁山走去。

在雁山脚下的河边，大力带着大家支起了锅灶。

时届入秋，一些候鸟已经离去，天鹅和大雁还没有全飞走，特别是天鹅，它们似乎是在做长途旅行的最后热身。一会一群天鹅飞向天空，一会而又一起落下来。

“真是飞起百朵云，落下千堆雪啊！”云歌感慨地自言自语道。“你这么容易触景生情。”慕天说。

“不是生情，是感动。”云歌忌讳他说情字。“感动就是生情，感动使你心跳加速，使你眼中蒸腾出欣喜，使你感官接通心灵对外的通道，这不是情感的波动吗？”慕天说。

“真是啊，这几年每当麦收，坐在康拜因上，看到滚滚麦浪与天相接，野花奇美，流水潺潺。虽然生活艰苦，但我们亲手建起的连队，日益长高的树木笔立在道路两旁，就像走进了一个肃穆的地方，来这里，更是有这样的感觉，大自然，真的让人肃然起敬。”云歌说。

“说实话了，我说的读天地，还是有收获的吧。我也是这样，有了这种想法，咱们才能不顾这段时间的劳累，好容易有个休息天，还来这里探寻这天籁地韵，感受这膏壤水润，参与这气转风回。”慕天赞赏地说。

“《红楼梦》里描写的大观园是美的，但再美也是人文之美，与北大荒的自然之美比起来，其壮丽雄浑，完全不是一回事啊！”云歌说。

“是啊，这种美真是笔力难尽啊，云歌看你的了。”慕天半打趣地说。

云歌不好意思地说：“我哪有那才气啊。”

“关键是你发现了它的美，如果只是沉浸在生活艰苦和工作劳累的感慨中，就发现不了这些了。”慕天说。

“还是真该感谢你读天地的提醒。”云歌真诚地说。

“你一直记得就行。”慕天笑着说。“我哪能不记得，刚才，我从‘地下森林’走上来，再回望地下森林，它们似乎在无言地望着我，他们的高大，绝不会以是否参天来衡量的。”云歌说。

慕天马上说：“是啊，这样好的栋梁之材，它不在乎成长在哪里，之所谓好汉不问出处。”

云歌感到慕天说得浅显，但似有所指，可她还是做浑然不觉状，接着说：“回望这‘地下森林’真有不舍，但我还是抬起头来尽情仰望着无遮无拦的天穹，那种浩渺和蔚蓝让我动容。我想，我不到二十岁的生命之前，这苍穹壮景早已存在了，我生之后，它们依然存在，我应当对这么不同凡响的它们，能出现在我青春的生命里，而感到幸运。”

慕天对云歌心灵的提升之快而感叹，对她言外的感激也心有所悟：“是啊，你现在就可以写散文了，这些不同寻常的风景，出现在你心灵的客厅，不仅留下痕迹，其实，你已与它们有了对谈。”

“是要记下来，大自然通过它呈现给我们千姿百态的同时，无私地把智慧之灵馈赠给我们。这大气磅礴的展示，确实给人一种启迪和感悟……”云歌说。

“行啦，别在那和人家女孩子谈论起来没完了，都做好了，大力让咱俩代表大家喝一杯呢。”华宇不知什么时候跑过来拍着慕天的肩膀说。

“翮伟和吉西呢？让他们来吧。”慕天说。“来吧，翮伟说他不能喝，吉西还没过来，大力点着名叫你，说你是斗熊的英雄。”华宇说。

慕天说：“你是战狼英雄啊，有你就够了。”“来吧！”。华宇一把把慕天拉走，云歌也跟着走过去，只见新搭的灶上，一口装得满满的大锅冒着热气。

“就地取材，鲜鱼蘑菇汤，大家尝尝啊，这儿有碗。”大力招呼着，一个桶里装着食堂常用的蓝边的粗瓷碗。

“这功夫下大了，挑过来的吗？多沉啊。”盛楠对大力说。“不是，那边上有个小山洞，我们都在那儿存些东西，这哪有人啊，也丢不了。”大力说。

盛楠和云歌顺着大力指的河边山下的一个小山包，有一个猎手正从那里拿东西过来，在猎手的后面，吉西和于珏走过来，苏凌看到了，她若有所思地低下了头。

“真香啊！”云歌走到正在另外的炉灶上烤着玉米饼子的邱莹身边，“我来帮你忙吧。”

“好的，你只管把烤好的拿走，把没烤的递给我就行了。”邱莹说。

“我带了两瓶‘北大荒’，酒不多啊，本来是给大力师傅喝的，他要大家一起喝，我和慕天就代表大家敬大力了，还有打猎队的兄弟们。”华宇举着蓝边大瓷碗，打开一瓶酒给大力倒满，又给自己的碗倒满，他晃晃酒瓶，给慕天倒酒。“我自己来。”慕天接过酒瓶倒酒，把瓶里的酒全倒出来。

“不满啊，那一瓶打开。”大力说。“可以了，七茶八饭九分酒嘛。”慕天推阻了一下，大力还是把另一瓶打开，往慕天的碗里倒了一些酒，说：“剩下这些，再来俩人。”

“可以，我提议让咱们打猎队最辛苦的小刘来，怎样？”华宇问。“好！”知青们一起说。

“再一个我说了算，找一个女……用你们的话说，女生。”大力边说便把眼睛看向肖宁，肖宁直往盛楠的身后躲。“得看谁能喝酒。”华宇边说边看向云歌，云歌脱口说：“盛楠，盛楠能喝酒，而且她能代表我们女生，大家说可以吗？”女孩子们鼓掌同意。

盛楠也不推辞，站起来接过大力手中的碗说：“谢谢大力师傅，给了我们一个快乐的星期日。”然后一饮而尽。“好啊，大姐，女中豪杰，感谢大力和打猎队的兄弟。”华宇等共同与大力碰杯。

“和你们在一块儿，高兴，啥都不说，都在酒里。”大力说完，大家一饮而尽。

“这汤好鲜美！”云歌端着碗坐在苏凌和邱莹中间说。“馋猫！”邱莹说。“是不是啊？”云歌说。“是啊，内容好啊，鲜鱼、鲜蘑，怎能不鲜呀！”苏凌说。

“你怎么闷闷的？”云歌问苏凌。

“你怎么不问问我呢？”邱莹说。“你还用问啊，嘎幸福的嘞！”苏凌用上海话说。

“侬晓得伐？”邱莹也用上海话说。

“你们说上海话，别以为我听不懂啊。”云歌说。

“我可是有愁事啊！”邱莹说。“你还有愁事，什么愁事？”云歌说。

“白岩，这个没出息的，他想早点结婚，可我父母还没见到过他呢。”邱莹说。

“结婚不就见到了。”苏凌笑嘻嘻地说。“结婚见到了，不就晚了，再说，我下半年刚到二十岁，不想那么早。”邱莹说。

“也是啊，还没玩够呢！”云歌说。“你别听她的，看准了就嫁吧。”苏凌指了指云歌说。

“结婚会影响前途吗？”邱莹问。“不至于吧，你看盛楠，不是挺好的。”苏凌说。

“但如果上学，就会受影响吧？”邱莹问。“上学也许会，一般不太可能两个人一起去。”苏凌说。

“我的基础差，不太可能上大学了，我说的是白岩，不是耽误他了。”邱莹认真地说。

“你这么年轻，多学习呗，怎么就不可能了呢。”云歌在这个时候总是鼓励自己的朋友。

“可以吗？”邱莹说。“当然可以！”云歌说。“万一他要是上学了，你担心他会有变化吗？如果那样……”苏凌真诚地说。

“不会的，白岩不是那样的人。”云歌说。“男生是不是都难说啊。”苏凌说。“不，我觉得人是不一样的，如果现在就觉得他有这个可能，就不要谈结婚了，依我说，就算了。”云歌说。

“我现在觉得他是不可能的。”邱莹说。“邱莹，干吗呢？”白岩端着碗走过来。“说话呢。”邱莹说。

“看得这么紧啊，说你呢，”云歌不客气地对白岩说，“正好你过来了，我们这儿有个疑问，想当面问问你，可以吗？邱莹，你自己说。”

“可以，那我就真问了，白岩，如果哪天，你一个人上学了，你会忘了我吗？”心直口快的邱莹在众姐妹的鼓励下想到了，就敢问。

白岩说：“就是你，云歌，你这个机灵鬼在挑拨我们这傻丫头。”

“人家问你呢，你别往别处扯，你得正面回答才行。”苏凌也开始帮腔。

“你们商量好了啊，考我，是不是？我这个人里外透明，你们还不了解，那我就告诉你们，那不可能，我对人是负责任的。”白岩认真地说。

“是我提醒的，不对吗？你对她只是责任吗？”苏凌笑着犀利地说。

“这么厉害，苏凌，真没看出来，你这人文绉绉的，我可以告诉你，不全是。”白岩说。“不全是，其他是什么？”云歌接茬说。

“哎呀，你们要干吗，还有，还有……这不是难为我吗？”白岩红红的脸，有点狼狈地拍着腿跑走了，三个女孩开心地笑起来。

“今天的收获真大，饱餐了两顿，”把最后一点东西吃完的华宇站起来，酒足饭饱的样子伸了个懒腰，喊着，“慕天，慕天。”

慕天正和云歌指着天空说着什么，没听见，华宇走过去拍了一把慕天说：“你这家伙，就会用高谈阔论，吸引人家女孩子，就连云歌这么聪明的人，都上了你的当。”

“说什么呢，你看你，喝了那么点酒，就摇摇晃晃，开始瞎说。”慕天扶住华宇。

“开玩笑，你以为我醉了，”华宇站直了身子说，“我的酒量，你根本就没领教过。”

“改日有时间，我们喝一把，来它个不醉不休。”慕天说。“不醉不休时带老哥一个啊。”大力过来，他把两只胳膊搭在两个人的肩上。

“好啊，师傅，说定了。这一次谢谢了，我看时间差不多了。”华宇说。“行，那咱们收拾收拾往回走？”大力说。

慕天抬头看看天：“好，往回走吧。不过，大力兄，这次你带我们看的还真是奇景。”慕天拱手做了个谢的姿势。

“哪里，你们这次人不少，又有女孩子，走不远，等有时间，就咱们几个走，远处还有好看的呢，哈哈。”

说着大力安排小刘他们收拾，大力看着盛楠带着几个女孩把碗筷都洗得干干净净，放在桶里，他挑起大拇指说：“这些孩子啊，将来都是好女人，你俩一定在这里选一个，啊，听哥的。”大力拍了一下华宇。

“好的，师傅。”华宇恭顺地应着，他下意识地看了一眼正在忙着干活的肖宁，肖宁帮着大力他们边整理着东西，边微笑着跟云歌说着什么，腮边那两个时隐时现的酒窝令人心醉，华宇脸上不觉溢出了一丝惆怅。

大家开始踏上回连队的路，一路上，鸟儿在夕阳中鸣叫，蝉鸣未尽，蛙声四起，形成了大合唱。“感受这天籁之音，真叫人神清气爽。”云歌自言自语。

“看到了吗？那儿有两只鹤。”邱莹说。“是哎，它们还没走。”白岩说。

说着，他们来到两只鹤的身边。“一只大的，一只小的。”云歌说。盛楠说：“是啊，是妈妈和孩子吧？”

细心的邱莹说：“这只小鹤受伤了，你看，它那条腿，着不了地了。”“真的，那边的翅膀也少了不少羽毛。”盛楠说。

大鹤一会儿用翅膀似乎在拉扯着小鹤，一会又围绕着小鹤飞起来，转来转去，好像很着急的样子，而小鹤抬头看着大鹤扇扇翅膀，就是飞不起来。

“它的腿是怎么了？”邱莹跑过去想看看小鹤，大鹤一个俯冲下来直扑向邱莹，说时迟那时快，白岩一个箭步冲上去，一把推开了大鹤。

但大鹤挣开白岩又向邱莹扑去，大力赶到，从后面缚住了大鹤，轻轻地把它放在地上，大鹤正要站起，大力按了一下，然后用手轻抚着大鹤的后背，大鹤居然不动了。

“让它知道我们不是想抓小鹤，我们对它们是友好的，它就老实了。”大力说。

“真的啊，它懂吗？”云歌问。“懂啊，鹤是很聪明的，”大力说，“果然这条腿瘸了，飞不了了。”一心一意看着小鹤腿的邱莹全然不知刚才的危险。

“那这只大鹤真是它的妈妈，它们本来都要向南飞，小鹤受伤了，大鹤想带着它走，它又飞不了，但最终大鹤还是要飞走的，这小鹤就完了。”大力说。

“你看，这大鹤还是看着小鹤，一脸的关切，很着急的样子。”云歌说。

大家都笑了，“关切你都看出来了。”白岩说。“你看嘛，那眼神。”云歌说。“我帮它吧。”说着邱莹把小鹤抱起来。

趴在地上的大鹤开始挣扎，似乎想过去救小鹤，大力按着大鹤说：“她们是喜欢它，才抱它，不会害它的。”大鹤回头看看大力，居然不动了。

长生拿着几条小鱼，给它们吃，大鹤看了看，没吃，继续忧郁地看着小鹤，小鹤却吃起来。

“我要养着这只小鹤。”邱莹扶着小鹤的背，把它又抱起来。“反正没人管，它肯定就活不过去了。”大力说。

“你也带不走它，让他们先养着它吧，你先走吧。”大力扶着大鹤的后背说，大鹤猛地站起来，回头看看大力，又看看邱莹怀里的小鹤，又要扑过去。

大力拦住它，继续跟它商议。“你要真想养，你就抱走！”大力一面拦着大鹤，一面对邱莹说。

“你真养得了吗，你养得好吗？别几天就够了。”白岩说。“不会的，养了吧。”邱莹抱住小鹤往前走去。

“会很麻烦的！”白岩说。“没事的。”邱莹说。大鹤挣脱了大力瞬间飞起，嘎嘎地叫着，在邱莹头上盘旋。

大力用手挡住邱莹，抬头说：“她是想帮你啊，不然，你走了，也不放心，是吧，他们都是好人，你放心，走吧！”大鹤居然没有扑下来。

但它一直在邱莹头上盘旋，朝着小鹤凄厉地叫几声，大家仰头望着它，生怕它扑下来，它忽然真的飞低了，朝大力和邱莹又叫了几声。

“它好像是在托孤。”云歌说。“读书读傻了，它还懂托孤。”白岩嬉笑说。“这你就不知道了，这姑娘说得对，它懂得的。”大力说。

大鹤果然在空中盘旋，又朝大力叫了几声，“放心吧，没问题”，大鹤这才不断地一边回着头一边飞走了。

邱莹怀里的小鹤看到妈妈飞走的方向开始挣扎，叫了起来，邱莹学着大力抚摸着小鹤的后背，小鹤回头看看邱莹，安静下来，就这样邱莹给自己找了个养鹤的活。

大力告诉她鹤的习性、如何喝水、喂食，“大力师傅养过鹤吧？”华宇问。

“嗯，养过，好养。”大力说。“你给大力兄吧。”白岩说。“不，我要养它！”邱莹喜爱地抱着鹤。

“没事，让她先养着，养不好再说，养不了，我接着，好吧？”大力笑着看着这对有爱心的年轻人，就这样，邱莹把小鹤抱回连队，直接去找了子云。

第四十一章

养子鹤促成佳缘　不忘旧米帆新婚

卫生室里，大家围着抱着小鹤的邱莹，小鹤无力而惊恐地看着周围的人。

子云找来一个小树枝，把上下切断，就是一根小棍，她轻轻地把小鹤受伤的腿上涂上碘酒，然后拿了一方给人治跌打损伤的膏药敷在鹤的伤腿上，再把小棍用橡皮膏缠在小鹤受伤的腿上。

子云说："我也没给鹤治过病，试着来吧，最近不能让它走路，只能把它绑起来，过一个星期再看。"说着她和邱莹把小鹤的两条腿绑在一起。

邱莹把鹤抱回宿舍，每天给它喂食。开始大家觉得挺新鲜，但这鹤吃饱了，喝足了，逐渐有了精气神，它扑打着翅膀，摇头晃脑，弄得地上的土都腾了起来。特别是早上，经常大家还没醒呢，它就叫起来，把大家吵醒。

一个星期过去了，邱莹把小鹤抱到卫生室，子云拆了给鹤腿上绑的那些东西，小鹤居然可以走路了，只是那条伤腿还有些别扭。

子云说："这鹤还真皮实，居然好了。""可放在宿舍不是事儿啊，影响大家休息。"邱莹发愁了。白岩看她辛苦，每天都给小鹤送点小鱼什么的。

一天，白岩下班来送鱼，邱莹一把拉住他："这鹤我不想养了，宿舍里的室友对我都有意见了，每天大清早就嘎嘎叫，影响大家休息，你想想办法吧，反正放在宿舍里，是不行了。"

"我说不让你养，你偏要养，问题是现在这天越来越冷，也没法放它走啊，它妈妈已经去南方了，放出去就会冻饿而死，或者成为哪一位锅里的菜了。"白岩说。

"看看哪家家属想要，找一个负责任的家，送给他们吧。"邱莹说。

"你现在舍得了，可是请神容易送神难啊，冬天正是大力他们狩猎的季节，人家正忙着，也不好意思送过去啊。人家家属家也各有各的事，都挺忙，谁有你这闲情逸致啊。"

邱莹嘟着嘴望着白岩无话可说，白岩转了转眼睛笑笑说：“我倒是有一个办法。”“是吗，你快说啊！”邱莹着急地说，白岩笑而不答。

“快说啊！”邱莹拉着他的衣袖说。“不说了，你们宿舍里的人一会儿就回来了，这好办法一时半会儿也说不清楚。”白岩有点神秘地说。

“她们现在巴不得想出办法把这鹤请走呢，你想出了办法，她们感激还来不及呢，她们回来听到也没事啊！”邱莹说。

“回头再说吧，我先走了啊，还有事呢。”白岩说着眨了眨眼睛得意地往外走。

邱莹一把拉住他：“不行，你必须告诉我，你想出了什么办法。”

“那还是这样，咱们把鹤喂饱，拴好，出去说吧，阿芳她们下班了回来，谁不想洗洗啊，我在这儿，太不方便。”白岩说。

“也是，那好吧，你别跟我卖关子啊。”邱莹说，于是两个人细心地把小鹤喂饱，拴好，然后，双双走出宿舍。

一路上碰到不少下班回来的战友，他们纷纷跟大家打着招呼走上了大路。

白岩说：“你看，我们刚来时种在路两旁的树都长高了，你看那边小树林，白桦树笔挺入天了，像个连队的样子了。”

邱莹说：“是啊，时间过得好快啊！”白岩听着邱莹的思路开始按着他引的路走了，笑着说：“是啊，我们也都长大了。”

“我为小鹤这么着急，你还笑。”邱莹伸出小拳头捶了他后背一下。“别闹，有人看着呢。”白岩有点神秘地说。

“谁啊？”邱莹朝四周望望说，“没人啊！”白岩说：“你注意了吗？那白桦树树干上的图案像一只只大眼睛，看着人们。”

邱莹天真地说：“是啊，你也这么说，上次云歌也说，而且还挺漂亮的，有的还是双眼皮，还有长长的睫毛的图案呢。”

白岩笑了笑说：“是吗，女孩子就是不一样，看得那么细，我都没太注意，是双眼皮还是单眼皮，趁天亮，咱们去仔细看看吧。”

“好呀……云歌，你夜班吗？”邱莹边说边抬眼看，她看到挑着两只空桶的云歌走了过来。

“辛苦啊，云歌，连长表扬你了，说你割刀打得好，收过的地，留下的豆荚，是最少的。”白岩也走过来说。

“那没什么，注意豆棵的生长情况，随时打舵轮就是了。”云歌说。

“女孩子干活就是细，有的人把舵轮一固定，就该干嘛干嘛了，那样，漏割的豆子就多了。”白岩说。

邱莹问：“怎么你回来挑水，陈晓呢？”“车没停，他盯车呢，昨天严师傅有事，他盯了一天拖拉机，已经是连轴转了。”云歌说。

“机务排一直人手紧张，要不，我去替他一下吧？”白岩马上说。

“不用，我挑了水就回去，换他就是。”云歌说。“你去吧，或者我们跟你一起去。”邱莹推了一把白岩说。

“快别，你们也累，好不容易有点时间，再说，指导员没有驾驶证，他自己一个人盯车也不合适，赶快花前月下去吧，我走了。”云歌摆着手笑着，挑着水桶朝修理厂走去。

两人望着云歌匆匆走去的背影。“真是机务上一把好手，这次收豆子，老天爷给的时间太紧，人手少，她经常连顶两班。”白岩叹服地说。

“何止是机务的一把好手，那小笔杆，团里没几个能比上她的。哎，你怎么不找一个这样的？你的条件也不错嘛！”邱莹笑嘻嘻地问白岩。“我可不是人家的菜。”白岩没品出邱莹话里的调侃，耿直地说。

“她人也蛮好的，挺可爱的，可她好像不走这一经，你说将来她会选中谁啊？”邱莹说。“你们是好朋友，你还不知道，好像慕天对她挺好的。”白岩说。

“是啊，听说她刚来时，慕天就对她很好，可她好像没感觉，慕天也只是剃头挑子一头热吧！”邱莹说。“我去给他们捅破这层窗户纸吧。”白岩愣愣地说。

“哪还轮得上你啊，盛楠、姜老师，包括走了的耿师傅，都说过，但还是没什么进展。”邱莹说。

“看他们的缘分吧，不说别人了，说说咱们的鹤儿子吧。”白岩笑呵呵地说。

此时他们已走到小树林。邱莹指着桦树林说：“真的啊，你看这棵树的树干，还真有双眼皮，有的眼睛还真是挺漂亮的，睫毛还有呢。”

白岩摸着白桦树：“站远一点看得更清楚，看，这是眼睫毛，多清楚，真是奇了啊！”邱莹说。

“啊呀，你看，一摇晃，这树叶都落了，这天气马上就要冷了，宿舍里烧起了地火龙。我的鹤，可怎么办啊？”邱莹又想起这件事。

她走到白岩身边推了他一把：“说啊，你有什么办法啊？现在可以说了吧。”

白岩顺势把她拥到怀里，邱莹不好意思地后退，靠在一棵白桦树上，嘴里嘟囔着：“别闹了，你不是有办法吗，你不是说到这里就说吗？”

白岩没有放手，抱住靠在树上的邱莹。“干吗？别闹，它看着你呢。”邱莹指指白桦树干上的眼睛形图案，推着白岩。

“你不是说让我想办法吗？我的办法就是咱们结婚吧，那样就有院子了，小鹤就有处放了，也不会吵到别人了，你说是吧？”白岩说。

邱莹扫兴地说：“跟你跑这么远，原来就是这个办法啊，这算什么办法啊。”

白岩笑着说：“这是最好的办法，反正我是这么想的。”“你这是为了小鹤吗？”邱莹仰起头，看着白岩说。“当然。”白岩肯定地说。

“根本不是，是你坏，你是为了你自己。”邱莹用手点了一下白岩的脑门。

“当然，一举几得啊，”白岩低下头看着邱莹长长的睫毛，忽闪着的大眼睛，轻声说，“那些眼睛，都没有你的眼睛有神采，没有你的眼睛漂亮。”

此时，天暗下来，一抹弦月晶亮地挂上了树梢，边上的星星闪烁着，似乎有些羞涩地望着这对热恋中的情侣。

邱莹靠在树上，她听着白岩的心在欢跳着，她第一次与一个男生如此亲近，紧张、激动使她脸红心热，两张青春的脸越靠越近。“答应我吧，好吗？”白岩把她抱得更紧，一个深深的吻第一次印上了邱莹的唇。

白岩和邱莹的婚事被提上日程，小鹤被暂时送到了盛楠家，但白岩说好了，他和邱莹每天给小鹤送食物。“没事的，正好我婆婆来了，养了一群鸡，让它们一起吃，不就行了。”盛楠说。

“也可以，每天我还是给它加一顿小鲜鱼。”白岩说。“嚯，至于吗，这么疼它，还真成了你儿子了。”盛楠说。“我查书了，鹤对食物挺讲究的。”白岩认真地说。

“你还真行，终于把邱莹说服了。”盛楠说。“那是，我是谁啊，不过，得感谢它！”白岩大大咧咧地指着小鹤说。

“对啊，小鹤对你有功啊，时间定了吗？你们要不要回家一次啊？”盛楠说。

“没房子啊，这批家属房怎么也得 9 月底完工，家就不回了，你知道，哪有时间啊！”白岩说。

“是啊，你这指导员，一年到头一摊子事，问题是人家邱莹，没有回家的打算吗？”盛楠问。

“她也忙啊，她刚当了基建排的副排长，阿芳家里有事回去了，她一个人管一个排，男男女女的，事也不少。”白岩说。

“是啊，到时候看时间吧，反正小鹤放在我这里，你们也放心。”盛楠说。

从此，小鹤就在盛楠家的院子住下来，宝东很快为它搭了一个窝，南南开始对这只比鸡大的家伙有点怕，后来也不怕了，小鹤成了他的一个大玩伴。

知青们经常跑到盛楠家来看鹤，小鹤越长越大，人越多它越欢实，一会起舞，一会飞上天，但它似乎知道这里是它的家，从未飞远。

“哇，这可真是鹤立鸡群啊！”一天傍晚，穿着工作服的云歌，一步跨进盛楠的院子，正好看到盛楠的院子里一只鹤周围围着一群鸡说道。

“只有你能想到这个词，你可有日子没来了。”也刚到家的盛楠说。

“到现在豆子还没收完呢。”云歌说。“不是几个地号都差不多了吗？”盛楠说

“还有一块地，就是当时十连给我们的二号地，剩下的，算是最好收的一块地，豆子也好，个大粒饱，真好看，虽然收晚点，心里也痛快，我今天算是下班

了。”云歌有些轻松地说。

“陈晓回来了？”盛楠问，“嗯，刚回来，我让他休息一天，他不干，一定要顶班，让我回来。”云歌说。

“是啊，你连轴转好几天了吧？”盛楠心疼地说。“也不完全是，有时还有小惠帮一把嘛，她来了，我就眯一会儿。”云歌说。

“邢阳好了吗？还是手术了吧？”盛楠关切地问。“陈晓说不手术不行了，其实阑尾炎是个小手术，但她忙着工作，一直忍了好几天，有点耽误，化脓了，都发高烧了，才去的医院。”云歌说。

“这也是个拼命三郎，不过全团通电工程也确实大，她的压力也大。”盛楠说。“但是说手术愈合非常好，刚能下地，她就赶陈晓回来了。”云歌说。

盛楠的婆婆拿着一个煮熟的大玉米递给了云歌。“谢谢阿姨，还热着呢。”云歌接过来。

“这么热闹，”白岩手里提着一只大桶和邱莹进来了，“吃鱼喽！”白岩嚷着把桶放下。

南南从屋里跑出来，看着桶里游动的鱼，他想伸手去抓，又不敢。云歌走过去摸摸他的小胖脸说“聪明的孩子，没事，不咬。”她看着十几条大鲫鱼，边上还游着一些小杂鱼。

“你有口福了。”盛楠提起桶对云歌说。

晚饭挺丰盛，盛楠的婆婆把家里所有的稻米都拿出来，做了一大锅米饭。“这米太香了，我好长时间没吃过米饭了。”邱莹边吃边说。

“你不早就想吃米了，唉，没办法，我们南方人，就是喜欢吃米。”盛楠说。“我们是不是沾你的光了？”白岩对邱莹说。

“是啊，很快就当新娘子了，阿姨给你做点好的吃，我们都是沾光的。”云歌说。

“你们都累，一年半载的见不到荤腥，不容易啊！”盛楠的婆婆说。

“你成家了就会好些，养个鸡啊，鸭啊的，总比在宿舍要强。”盛楠说。

“我要不是因为这鹤，我才不着急成家呢，白岩一天到晚忙得没个影子，还不是得我一个人管家啊。”邱莹说。

“呀，想得挺多嘛，这婚还没结呢，就把小日子想到了，放心吧，白岩会疼你的。”云歌说。

“云歌，你又拿我开心。”邱莹嗔怨地说。“不过你们要是做邻居就好了，我来去也方便。”云歌快言快语地说。

“坏丫头，尽想好事。”邱莹放下筷子，捏了一下云歌的鼻子。“我还没吃完呢。”云歌嘴里都是饭说。

“不怪华宇说女生比男生能吃，你们俩比我们吃得都多。”白岩说。

“鲜鱼小虾，送饭的冤家，干一天活，可不就得吃饱了嘛。”盛楠的婆婆笑着看着他们。

“看，大锅见底了，咱们再吃几顿，把盛楠家的存货都吃光了。”白岩说。

“没事的，我婆婆拿咱们吃不了的黄豆去和当地村里人换大米。”盛楠说。

“咱们为什么不种水稻？”邱莹说。“快了，连长让东方在育种，前些日子他和文秀去过一段海南岛呢，吃上白米饭是有希望的。不说这个了，你们什么时间，定了吗？”盛楠问。

“看她啊！”白岩指了指邱莹说。“不是没房嘛！”邱莹说。“是啊，咱们那批房怎么也得 11 月完工，搞不好就到了元旦了。”白岩说。

“元旦可以啊，够早的啊，我父母还想看一下你咋样呢。”邱莹说。

“那你好意思，让人盛楠给你管那么长时间的鹤啊，真是的！”白岩学着盛楠说话的口气说。

“那倒不是事儿，哎，白岩，我想起来了，不是老刘要调到九连吗，他在九连找的女朋友，开始说要来我们这，现在说是他女朋友又不想来这里了，你知道吧？”盛楠说。

“是啊，九连还没回话呢，他女朋友是我们一个车皮来的，老高三的，在九连当老师，显然是九连不愿意放啊。再说，人家九连是老连队，条件比我们这好，这事儿，我们也缺老师，家属们反应大啊。”白岩摊着手说。

“老师就再说了，人家不来，我们也没办法。我们这么多知青，还培养不出来一个老师？我是说那九连不会放他女朋友，他可不就得去嘛，是哇啦？”盛楠说。

“原来说他女朋友过来，马上结婚的，老刘去年年底是和你们一块分的房吧？”白岩说。

盛楠说：“他女朋友去年不就生过一段病吗，后来说身体不太好，还是在老连队好些，老刘才决定过去的，最近老刘在请调。”

“啊，我明白你的意思了。盛楠，老刘就是真走了，连里如果有人需要他的房，我也绝不要。”白岩说。

“老刘的房不就在我这房的后面吗，谁还愿意要这土坯房啊，都在等那新砖房盖成呢。”盛楠说。

“那成，大家都想住新房，咱就算了，能有盛楠这样的房，也算不错了，而且跟盛楠住得又近，啊，邱莹。”白岩说。“这事，听你的啦。”邱莹说。

“邱莹，挺贤惠的啊，看，我说得对吧，这回你们真成邻居了，我来也方便了。对了，金晶和齐全好像 10 月也结婚，家安在十连，上次打电话跟我说了一句。”云歌说。

“是吗，好事啊，对了，那天我到团里开会，碰上了薛岚，他也想今年结婚，让乔杨去十五连，乔杨就是不同意，他还让咱俩做做工作呢。”盛楠对云歌说。

“有人说乔杨后来喜欢上东方了？情感转移了。”白岩说。“别瞎说！”邱莹拍了一下白岩说。

“你怎么都听说了，不可能的，我是了解他们的。”云歌有点不高兴，开始维护好朋友乔杨了。

盛楠说：“确实有这说法，当时，他们俩没分到一个连队，薛岚去了十五连，是个新建点，他又是你们那批中几个学生党员之一，不能不去。他怕乔杨跟着他受苦，就让她留在十连，薛岚托付他最要好的同学东方照顾乔杨，这些年来，东方确实很照顾乔杨……”

“这就坏了，日久生情啊，这叫移情别恋，这可不好！”白岩一拍大腿说。“你再瞎说！”邱莹瞪了他一眼。

“不可能的，东方人品相当好，乔杨也不是那种人！”云歌说。

邱莹又拍了白岩一下说：“你别脏心滥肺的，狗眼看人低，乔杨我见过，不像这种人。”白岩嘿嘿地笑着。

“等收完豆子，咱们去看看乔杨吧。”云歌对盛楠说。“是啊，我正要跟你说呢。”盛楠说着转向白岩说，“还是说你们的事吧，你们到底啥时间办喜事？”

“有房子，十一就可以。”白岩说。“太急了，我还没准备好呢，不行！”邱莹反对，“而且，我还想回家一趟呢。”

白岩笑着看着邱莹说：“我的乖乖，哪有时间啊？阿芳不在，你走得了吗？”

“这样吧，看老刘的房子啥时间腾出来吧，一辈子就这一回，咱办得圆满点。别像我，邱莹，除了回家的事看你和白岩的时间，其他你就放心吧，我来张罗。”盛楠拍了一下邱莹说。“那好，我听盛楠的。”邱莹说。

深秋到了，秋意正浓，天高地阔，大地上的粮食基本收获完毕，拖拉机正在深翻土地。树叶飘落了满地，天气开始冷了起来。

豆子收完了，云歌终于松了一口气。而且今年大豆的产量超过预期，黄澄澄的大豆摊在晒场上，个大粒圆、颗粒饱满。

“给，刚才碰到白岩，他让我带给你的。”阿芳拍了一下拿着麻袋正在装粮食的邱莹，把一个书包递给她。

“噢，这是我让他去团部办事时顺便修理这个小闹钟，这家伙，给我拖了多长时间了。”邱莹抱怨着接过来，把书包挂在晒场的一个晾杆上。

“你就知足吧，要是我，不得自己去啊！”阿芳说。

邱莹笑着低下头。阿芳说：“今天晚上放电影，说是芭蕾舞剧《白毛女》，我们把这些豆子上了囤，就下班吧，吃完了饭，大家好去占座啊。”

“是到我们连吗？”邱莹问。“不是，还是在十连。”阿芳说。“什么时候电影直接到我们连就好了，不用跑了。”邱莹说。

“不可能，十连处在五连和我们的中间地带，他们那操场大，地势又高，放电影的地点就算固定在那里了。”阿芳说，“云歌、盛楠她们都愿意去，那是她们的老连队。”“是啊，很多人都愿意去的。”说着邱莹麻利地扛起了一麻袋豆子，走上了跳板。

这天早上，云歌来到了修理厂，走到康拜因边上。“这家伙今年立功了，收了多少麦子豆子啊，你们也够累的。”铁匠炉的严师傅走过康拜因，拍了拍，对云歌说。

“没您的帮忙也不行啊，瞧，这征尘未洗的样子，”云歌一面说一面摘着夹在传送带上的豆秸，“没你们这些师傅，我当年连康拜因是什么东西，都不知道。”

“可你们还是有文化底子，学东西快，上次在团部商店，我碰到十连的孙排长还说起你。”严师傅说。

“你们认识？”云歌问。“熟啊，朝鲜战场时，我们是一个连的。他说了你好些好话，能吃苦、有头脑，啥啥的。”严师傅说。

云歌说：“是啊，我是孙师傅手把手教出来的，第一堂课在康拜因边上，他指着康拜因问我这叫什么，我怯生生地说康拜因，孙师傅接着问它是干吗的？和拖拉机有什么区别？”“哈哈，这小子机灵，但也挺能难为人。”严师傅笑着。

“那一次他告诉我，这叫联合收割机，是把人工干的活收割啊、脱谷啊什么的综合起来，它一下子都能完成，一般农村是没有它的，只有我们这里土地面积大，机械化程度高……”云歌学着孙师傅的山东口音。

严师傅笑起来，云歌话还没学完，“云歌，刚才连部说有你的电话，说是十连来的，你那些姐们吧，说有事找你，回一下吧。”长生走过来说。

“好的，这就去，”云歌放下手中的黄油枪，对着哈哈大笑的严师傅说，“师傅，咱有时间聊啊，我去接个电话。”

“好了，你忙。”说着严师傅向铁匠炉走去，云歌马上向连部跑去。

拨通了十连的电话，一个清脆的女孩子的声音传过来：“米莉，说有人给我打电话？”

“云歌，就是我啊，这么长时间了，都不回来，你也不想我们啊？”米莉说。

“想啊，不是一直在收割嘛！怎么这么巧，你就在连部？”云歌说。

“别忘了，我是文书啊，我估计你会回电话，就等了一下，今天有电影，你知道吗？”米莉说。“听说了，晚上我会去的。”云歌说。

“别晚上来，能早点来吗？我哥从学校借到团部一段时间，说是搞宣传的人不够了，今天放电影，是他来，他要见见大家，把他和黎凤的事定下来，你过来吧。”米莉说。

“好的，我正好也有事过去。”云歌说。“是啊，这有一堆事呢，早点过来吧，过来再说。”米莉说。“好，我请个假，一会儿见。”

云歌走出连部，看到于珏从宿舍边走过来边问：“今晚上来电影了，你去看吗？”“去吧，好容易来一次电影，得去啊！”云歌说。

“我不想去了。”于珏说。“那为什么？”云歌奇怪。“我在十连时，情况你又不是不知道。”于珏说。

“都过去那么长时间了，你现在不是干得挺好嘛。没事的，《白毛女》舞剧，挺好看的，去吧。”云歌真诚地说。

“你这人在哪儿都可以，不像我，笨，不会处人。”于珏说。“你还笨，你要是笨，就没有聪明人了。”云歌无心和她争执，搪塞了一句。

“我还聪明，到现在，男朋友也吹了，也没人待见。”于珏摊开两手说。“你和关皓就没有联系了？”云歌不相信地问。

“丫头，那不过是他应付我，他早有女朋友了，上海人，比我还漂亮，而且年龄比你还小呢。”于珏说。

“你别捕风捉影啊，关皓可不是那种人。”云歌劝她。“你就是向着他，其实他挺喜欢你的。”于珏斜睨了一眼云歌。

“这话别瞎说，你现在说你没有男朋友了，咱们连多数女生都没有男朋友，有什么啦，年龄都不大。”云歌严肃地说。

“怎么不大，我比你大两岁，都二十出头了。我不像你，真想找了，一抓就是一个，我不能跟你比，你多会处人啊！”于珏说。

“又瞎说，哪有啊，处人不是会不会的问题啊，这你应该懂啊……”云歌说。

“我知道，你是想说……”于珏的话还没说完，“于珏，于珏！”吉西远远地站着喊于珏。“哎，我马上给你拿去啊”，于珏答应着对云歌说，“我给他蒸了一份鸡蛋羹，我走了。”说着她向食堂方向跑去，云歌望着她的背影无奈地摇摇头。

云歌还是和小惠把康拜因里里外外清理了一遍，用刷子和抹布，把轴承、皮带、齿轮、黄油嘴、筛子、输送带，都擦干抹净，之后又拿着黄油枪给轴承打了一遍油。

吃完了中午饭，云歌背上书包一面想事，一面向十连赶去。

“去十连，怎么不说一声啊？”云歌回过神来才听到铁牛“嘣嘣”的声音，她转过头看到盛楠坐在车里，向她招手，慕天扶着方向盘朝她笑道：“愣什么神啊，上来呀！”

她奔过去被盛楠一把拉到车上。“你们干吗去？”云歌问。“还人家的发电机，我们来新的了，不能总借着啊。”慕天说。“借这个机会，想早点去吧？”云歌说。

“彼此彼此啊，咱们都是十连来的，正好早点回去，办些事吧，你要早去，怎么不说一声？”盛楠笑着说。

“也是米莉告诉你了吧？”“是啊，她也怕影响咱们工作呗，所以……”云歌说。

“你看你这一板一眼的，排长还跟我表扬你，说你组织纪律性强，这么一会，还请假了。”慕天笑嘻嘻地说。

“我哪敢不请假，康拜因上就剩小惠一个人，不请假也知道我不在，你们这俩领导，不是教我学坏吗！”云歌说。三个人哈哈大笑。

十连离得近，说话就到了。“我们先去米莉那儿，再去看看乔杨。”盛楠对云歌说。

“好的，踏上十连的土地，有一种回娘家的亲切感。”云歌说。“是啊。”盛楠快乐地点点头。

“我们直接去米莉那儿吧。”盛楠说。“那我去接下米帆了。”慕天说。“他们还带着放映机，肯定也是有车来吧。”盛楠说。

“我还是去看看吧，他今天可是主角、新郎官啊。”慕天说。“是的啦，还是慕天想得周到，赶快去！”盛楠挥了挥手笑起来。

慕天开着车向大路走去。“米莉换宿舍了？”云歌发现路走得不对，“没有啊，去米帆他们的新房啊。”盛楠说。“他们不是订婚吗，什么新郎官啊，新房啊？”“不是，算结婚，米帆忘不了贺萍，不愿闹洞房啊什么的，搞得大家都知道，他心里的伤痕太深，黎凤也就听他的了。”盛楠说。

“难为黎凤了，也是个贤惠的姑娘，不过我今天心里也是酸酸的。”云歌说着眼圈红了。

“你今天可要懂事，千万别这样。”盛楠拍拍云歌，云歌点点头。

说着，他们走进米帆的新家，黎凤迎出来拉住云歌的手。“黎凤好漂亮！”云歌打量着眼前这位亭亭玉立的姑娘，她确实长得像贺萍，身材眉眼之间还多了南方女孩的清秀，但气质和眼神没有贺萍显得灵慧。

“你们一起来了，米帆一定高兴。”黎凤说。“慕天去接他们了。”盛楠说。

“还真是哥们儿，心有灵犀，今天放映队的车给借走了，他们开的是个小三马，走得慢。”米莉走过来抚了抚云歌的肩说。

“你哥真是的，在团部，哪儿还借不到一辆车，今天又是他的大日子。”盛楠说。

“我哥你还不知道，能不麻烦人就不麻烦人，而且他三马的拖斗上还坐着齐全和东方。”米莉说。

“说我们呢，我们来喽。”齐全和东方走进来。“米帆呢？”云歌问。

“他一定要和另一位放映员小杨把机器安好，再过来。”东方说。“不是有慕天吗，他什么机器不会安啊！”盛楠说。

“是啊，慕天到操场帮他们去了。”齐全说。

“你穿得有点素啊，倒是挺漂亮，显得很雅致。”云歌对黎凤说。

“这是绣上去的花，一看就是江南刺绣，很立体，挺美的。”盛楠说。“米帆设计的，蓝颜色上面绣红花，我觉得挺好的，他特别有才，画画也特别好。”黎凤脸上洋溢着幸福。

“把家安在十连是你的意见？”云歌问。“我们俩的意见，他理解我，我离不开那些小鹿，他也希望我陪陪花吟和她的孩子们。”黎凤说。“真羡慕你们的想法这么一致，你这么贤惠。”云歌说。

“我能理解他，他对贺萍感情很深，我对我妈说了这件事，我妈说‘他这么重感情，将来对你也不会错的’，我妈说得对，他对我很好，很细致，我也能理解他。”黎凤说。

“真好，你能理解他就好。”云歌听了有些感动。“你是贺萍最好的朋友，她一定是最好的人，就连小鹿都能为她不吃不喝。”黎凤真诚地说。

“是的，黎凤，你也是好人，你能这么理解贺萍和米帆，我真的感谢你。”云歌握住黎凤的手说。

“我们也做好朋友吧，我也很佩服你，你们都是有水平的人。”黎凤说着搂住云歌的脖子，把自己的脸贴在云歌的脸上。

这一幕正好被刚进来的米帆和慕天看到，米帆恍惚了一下说：“云歌，你能来真好。”

慕天也愣了一下，对米帆说“人面、桃花都在”，米帆有些沉重地点了点头。

“吃饭了，你这个新郎官，回来得最晚。”姜阿姨从厨房走出来。“啊，姜阿姨，您在主厨啊！”云歌一把拉住了姜阿姨道。

“不是，还有张阿姨，孔阿姨，我是打下手的，姑娘，你这一段收割挺累的吧？”姜阿姨捋捋云歌的头发说。

大胡子连长和王连长也来了。“他们俩人说就不用典礼了，我们就是来看看你们，祝贺你们啊！”大胡子连长说。

“是啊，结婚了，扎根了，北大荒要添子孙了。”王连长笑着说。

这一天时间太紧，大家吃了算是喜宴的晚饭，还没顾上说什么，米帆就要去放电影了。“晚上大家要多穿，最好穿上大衣，很冷的，都带了吗？”米帆说。

“带了。”多数人说。“云歌你没带吧？”米莉问。“没那么冷吧，没事的。”云歌说。

“米莉，那件大衣在这儿吧？”米帆问。“在呢，黎凤已经找出来了。”米莉说。

黎凤拿着那件大衣披在云歌的身上，云歌一看好像是贺萍的大衣，但她不想说明白，却大大咧咧地说：“有那么冷吗，好，穿就穿吧。”

“对的，还是冷的，我前几天陪他去放电影，就得穿大衣了，穿着吧！”黎凤说。

云歌把大衣披在身上，似乎感到了贺萍的气息，心里一阵酸楚，低头看去，她看到衣角隐隐的有一点墨汁似乎洗过，没洗掉。“这是，这是？”云歌悄悄问米莉。

“这是被我洗过的，贺萍的大衣，前几天我好心想把那点墨汁洗掉，结果也没洗干净，我哥还说了我一顿，说干吗要洗啊，留着不好吗？”米莉悄悄地对云歌说。

第四十二章

同观影于珏夺爱　“一瓢饮”姐妹共识

“这都一年没看电影了，今天就像过年啊，放电影可就是咱们最高级的享受了。”华宇和吉西穿着棉大衣，拿着马扎边走边说，他们随着人流向操场走去。

“是不是还是那‘老三战’啊，都看多少遍了。”吉西说。“你说《地道战》《地雷战》还有《南征北战》吧，今天，还真不是，是《白毛女》。”华宇说。

“《白毛女》咱没看过？以前也看过啊！”吉西不很感兴趣地说。“这次是芭蕾舞剧《白毛女》！”华宇说。

“是吗，那不错，至少形式新啊，芭蕾舞剧还是好看啊，当年，嗨，那都是封资修，不说啦！”吉西拍了自己嘴一下。

“你说的是《天鹅湖》吧，那是美啊！”说着华宇做了一个四小天鹅的动作，吉西一把拉住他说：“老弟，你可是干部啊……”

“干吗呢？华宇，看电影还不老实，来——”盛楠手里拿着个布口袋，她从里面抓了一大把瓜子给了华宇，又给吉西一把，接着又摸出几块糖给了他们。

“今天怎么这么多好事啊！”吉西说。“米帆结婚了，咦，你下午怎么没来？”盛楠说。“这你还不知道，米莉不会叫我的。”吉西酸酸地说。

“那也是你闹的事，”盛楠不客气地说。“嗨，说不清。”吉西说着跟着华宇向前走去。

操场上，尽管人们白天都累了一天了，但大人孩子都兴高采烈，女人们手里几乎都拿着纸袋或布袋。

“这吃的还挺丰富啊！”吉西看着人们手里的袋子说。

“是啊，好不容易有这么一次集体活动，都兴奋，里面装着消遣的零食，无非是炒黄豆、葵花子、倭瓜子，比较高级的是榛子或松子。”华宇说着和吉西向知青的男生群里走去。

华宇和吉西放下马扎，他们被淹没在人群中。

于珏和阿芳、邱莹一起走过来，邱莹穿着一件有些大的军大衣，阿芳穿着一件合身的棉猴。“你今天好漂亮，大红围巾。”邱莹拍拍于珏说。

“看电影嘛，还不穿得好点儿。”于珏说。“但是你穿得少哎，坐一会就冷了，看这衣服，倒是蛮漂亮，还是盘的扣呀，不是棉衣啊，是夹衣，倒是很显身段的，那你一会儿可要‘美丽冻人’了，怎么办，给你找一件大衣吧！”邱莹关切地说。

“不用，没事，我这人不怕冷。”于珏左顾右盼地说。“哎，你们早来了，我们坐这里吧。”邱莹看到肖宁和苏凌坐在那里，肖宁的边上还有空地儿，她把阿芳和于珏也拉过来放下马扎，坐下来。

操场上，大银幕已经架起来，两边的栏杆上挂着两个灯泡，来了不少人在幕边忙活着，场地上坐得满满的都是人，米帆他们对着银幕调试机器。

云歌和盛楠、米莉、黎凤等来得比较晚，她们一水穿着军大衣，一人一个马扎拿在手里，坐在人群里的乔杨一眼看到她们，大声叫着她们：“云歌、米莉，到这儿来呀。”

云歌一下子奔过去，一把抱住乔杨：“今天，你怎么没来啊？”“我想去啊，今天我带人上山割荆条，基建上急着用，米莉知道的。”乔杨说。

“是啊，你今天挺累的吧，给，都是你爱吃的。”米莉说着把手里的口袋递给乔杨，乔杨接过口袋：“呀，这么多好吃的，花生蘸、蜜麻花，哈……”

“这些，我刚才也没吃到啊。”云歌说。“你不是忙着吃饭吗？”米莉说。

乔杨迫不及待地拿出花生蘸拨开往嘴里送了一块，接着又剥了一块送到云歌嘴里，云歌把糖含在嘴里，一副心满意足的样子，眯起眼睛笑着。

“瞧你，到这时候，就变成小孩了。”乔杨拍了云歌一下，大家边说边坐下来。“我还要那颗大白兔。”云歌说。

乔杨从袋子里掏出大白兔奶糖递过去。“哪来这么多好吃的？”乔杨问米莉。

“我哥和黎凤不是一起回家了嘛，带回来的，有你的。”米莉看着云歌说，云歌把脑袋靠在乔杨的肩上，娇娇地说：“那我太幸福了！”

“瞧这德性，平时谁想到你还有这个样子。”乔杨说。云歌一下子坐起来认真地说：“我还有事问你，咦，盛楠呢……”

“呀，真没想到这么冷啊，冻死我了！”一声尖叫，吸引了所有人的注意力，于珏抱着肩膀，用大红围巾裹住自己，站起来叫道：“不行，我得回去，拿大衣去。”

边上的邱莹拉着她说：“马上开演了，你和我披一件大衣吧，我的大衣是白岩的，又长又大，没问题的。”

这边，云歌开始脱大衣准备给于珏送过去：“这哪像个工作队员啊，别理她，神经病。”乔杨一把按住云歌鄙夷地说。

“说不定她是做给谁看呢！”米莉说。“不会吧，她穿得是少……”云歌的话还没说完，一件大衣飞了过去，一下搭在于珏的身上。

大家的注意力转向扔大衣的方向。“是男生。”乔杨说。“那还有谁，不就是他嘛，什么样子啊！”米莉不屑地说。

云歌向男知青群里望去，见华宇正把自己的大衣的另一边往吉西身上披。

这边的于珏披上大衣，扭过头媚媚地向吉西看了一眼，心安理得地坐下了。

“乔杨说得对，真恶心！”米莉说，云歌看了一眼坐在肖宁边上的苏凌，苏凌低着头。

云歌有点两难地想：“苏凌这个样子，电影演完了，我是和乔杨去她的宿舍，还是陪苏凌回连队，这于珏，真是的！”

灯黑下来了，电影开始了。“芭蕾舞和故事片还是不一样，芭蕾舞还是美。”米莉说。

“你学过，记得在学校演节目的时候，看你跳得挺好，后来你为什么不跳了？”云歌问。

“她跳得好，当时在少年宫她还跳过四小天鹅呢。”乔杨说。“咱们一起跳过啊。”米莉对乔杨说。

“可少年宫，我没选上啊。”乔杨说。“你们都挺棒的。”云歌说。“你也不差，少年宫时，你不是诗朗诵的领诵吗？”乔杨说。

云歌说：“可我跳舞不行。”“可那次咱们庆祝国庆十五周年大型的旗舞，你不是领舞吗，我们都跟着你啊。”米莉说。

“那是因为我个子高，跳得并不好。”云歌说。“可那次咱们还获奖了呢！”乔杨说。

她们逐渐被舞剧吸引住了，米莉说：“这部舞剧电影和其他电影确实不一样，其中还有这么大一部分喜儿与大春的爱情故事。”

“两位舞蹈演员舞技是相当好的，把两情相悦的心境，表达得真是炉火纯青。”乔杨说。

银幕上一身洁白的喜儿在大深山里盼了几年，终于见到了她那一身戎装的大春哥，大家被这段双人舞深深地吸引住了，全场很安静，只有音乐的声音。

“铃……”忽然，闹钟铃的声音响起来，在这时显得很刺耳。“谁啊？”“真是的。”人群中埋怨着。

邱莹尴尬地捂着书包，不知怎么办才好，说：“这白岩，真是该死。”

白岩越过一个个人，走到邱莹身边时，闹钟已经不响了，这段舞剧也演过去了。

“就怪你。”邱莹埋怨着站在她身边的白岩。“我哪知道这修理闹钟的，给上了弦啊！”白岩蹲下身子轻轻地搂了一下邱莹的脖子说。

“白指导员，快结婚了，一看这剧激动了吧，你俩这戏比电影演得还热闹呢，伴奏的声音比那电影音乐还响呢。”五连的大邱连长说了一句。

“哈哈哈！”，大家哄堂大笑。“大邱，这么黑，你不好好看电影，看我干什么？”白岩小声嘟囔着。

“你挺大个子，杵在人家姑娘旁边，谁看不到啊！”大邱说，又是一场哄堂大笑。

“唉，这剧也没法看了，这么闹。”边上有人不满意了。“还看啥，已经胜利了，也差不多了。”大邱说。

“云歌，一会儿散场，你们聊聊吧，这个任务交给你了啊。我得回去，南南有点发烧了。”盛楠蹲到云歌身边，向苏凌努努嘴说。

“好吧，那你快回去吧，电影也马上就完了”，云歌也望了望苏凌那边说。

电影散场了，于珏飞也似的跑到吉西身边，脱下大衣，给吉西披上。“挺冷的，你穿回去吧！”吉西又把大衣推给了于珏，于珏亲昵地走在吉西的身边，华宇一个人朝前走去。

云歌看着肖宁挽着苏凌一起往前走，便放下心来。“今天别回去了。”乔杨和米莉走过来，乔杨拍拍云歌说：“今天别走了。”

“是啊，到我哥那儿拿吃的去，咱们聊聊。”米莉说。“回还是得回去，我晚点走，我明天一早还要接班。”云歌说。

“接什么班，豆子不是收完了吗？”乔杨问。“是拖拉机还要耙地，新建连队的机务上的人少，我在拖拉机上顶班。”云歌说。

“你这不要累死啊！”乔杨说。“你不也挺累吗，今天米帆那么重要的事，都没参加。”云歌说。“那是没办法，是我带队。”乔杨说。

“我们回去了。”齐全和东方过来说。“大齐，你不陪会儿金晶姐，今天看电影怎么没见到她？”云歌说。

“这两天她正好在团部学校集训，我搭小杨的车走了，我有任务呢，米帆让我把机器看好，跟小杨一起送回去。”说着齐全走了。

“那我搭慕天的车去，这个给你。”东方从书包里拿出一个小半导体，递给了乔杨，乔杨接过来高兴地说：“修好了，东方，你还真行。”

“不是我修的，我找慕天修的，这回彻底好了，他换了两个零件呢！”东方说。

乔杨摆弄着半导体对东方说：“真好，替我谢谢他，你干吗那么着急走啊，你这调到十七连，也好长时间没见到你了，别走，咱们到米帆的新房去看看，米莉、云歌，咱们一起去。”

“我已经去过了，就不去了，我们在连夜选种、育种，就文秀一个人，她忙不过来。”东方说着朝前走去。

“你真是的，我不让你走。”乔杨一把拉住了东方。“乔杨，你多大了，东方，你快回去吧，一会儿慕天的车开走了。”米莉推了一把东方，东方赶快说了一声“再见”就大步匆匆地向蹦蹦车那里走去。

“乔杨，今天真的要跟你谈谈了，米莉，米帆放电影，也累了一天了，咱们去乔杨宿舍吧。”云歌说。

“她那人多，不方便，去小学校吧，我有金晶的钥匙，我去我哥那拿点东西。”米莉把钥匙交给乔杨，自己飞快地跑走了。“干吗去？”云歌问，此时米莉已跑出好远。

“你知道，她不是急性子，但平时她就只会跑，不会走，跑得也快，她当文书特合适的，从来不误事。”乔杨说。

“是啊，她在学校就是短跑亚军，其实去武装排挺合适的。”云歌说。“连长也这么说，我劝她别去，多累啊，你还没体会吗？”乔杨说。

“吃吧，还有喝的，”说时迟，那时快，米莉已从哥哥家跑回来，“我哥还让咱们去他那呢。”

“不去了。”云歌和乔杨异口同声地说。“人家小两口亲亲密密的，咱们去捣什么乱。”乔杨说。

米莉说：“我哥说云歌老远跑来了。”“她最好别去，她去了，他又要想起什么来。”乔杨说。“没错，我不去了。”云歌说。

“汽水，好多年没喝了！”乔杨说着把瓶盖咬开。“看，一点斯文劲儿都没了。”米莉笑着说乔杨，随手在窗台上磕开一瓶，递给了云歌。

云歌接过汽水喝了一口说：“咱聊正事吧，乔杨，我今天可是带着使命来的。”

“我知道，看出来了。”聪明的乔杨说。“这个机灵鬼！”米莉拍了一下乔杨的脑门笑着说。“你看出什么来了？”云歌反问乔杨。

“嗨，傻子也想得出来，”乔杨大大咧咧地说，“咱们虽然不是一个班的，咱们在学校都是诗歌小组的，不用铺垫，说你的正事吧，我听着。”

云歌说：“好的，你聪明，我只说一句话，你就明白了，乔杨，‘弱水三千，你只能取一瓢饮’啊！”

“我知道，也明白，可那次被蛇咬了，他背着我不顾命地往卫生队跑，我当时的意识已经有点模糊，但我只想到一件事，我要是能活下来，我就嫁给他。”说着乔杨眼泪一下子流下来。

“那薛岚呢？”米莉说。“我不管，这几年，东方对我太好了，薛岚，他管我什么了。”乔杨说。

“你要分清楚，是感激还是爱情，十五连虽然艰苦，这已经三四年过去了，也去了大批的知青，哪里人都有，女生中漂亮的，能干的，有才的，会来事的，什么样的女孩没有啊，可人家薛岚，还是一心一意地等着你啊，这一点你承认吧？”米莉说。

云歌接着说：“是啊，米莉说的是，再有，就是你真想嫁给东方，东方他怎么想的，你清楚吗？”

“我清楚啊，他从来没想娶我，他是受人之托，忠人之事，正因为这样，我觉得这个人，人品就太好了。”乔杨说的自己有些感动。

“薛岚不好吗，那么艰苦的地方，他带着一群人到一片荒草甸子上，住帐篷，马架子，如今已经有六七千亩的熟地了，十五连已不算是新建连队了。”云歌说。

“可我找的是丈夫，不是领导，也不是劳动模范，薛岚他把我扔到这里，就不管了，自己跑去追求理想了。”乔杨委屈地说。

“他不是托付了东方了嘛，再说了，我和云歌都没有男朋友，我们都用谁管了？你的依赖性怎么就那么强？”米莉说。

“是啊，在学校的时候，我们在一个诗歌组，当时说要做独立的女性，你说的最欢了，咱们都是秋瑾的崇拜者。”云歌说。“嗨，那时候年轻，都是书生意气。”乔杨说。

“确实，薛岚、东方，他们两个人都是非常好的人，就看你要什么，薛岚一直爱着你，东方只是信守朋友的承诺，看得出来他并不爱你。”米莉说。

“前几天盛楠到团里开会，薛岚专门找到盛楠，盛楠还拿他开玩笑说，‘你和乔杨一直不在一块儿，你们连那么多漂亮女孩，你是不是有中意的了啊’。他说，‘我有乔杨啊，这辈子，我就是乔杨这一个人了’。”云歌说。

“我知道他，他说的是真的，可他大大咧咧的，没有东方心细，关心人方面，比东方差远了。”乔杨说。

“可东方会像薛岚这么说吗？”米莉问。“当然不会，我清楚，他对我好，但他其实并不喜欢我的性格。”乔杨开始冷静下来。

“而且，东方是个仁厚忠义的人，即使是他有动心的时候，他也会坚守朋友妻不可欺的道德界线。”米莉说。

“这么多年，他对我好，还真没有感觉他对我动过心，可正因为是这样，我觉得他人好，而且对我是发自内心，而不是有什么目的。”乔杨说。

“薛岚人不好吗？米莉说得对，你是要爱你的人，还是要你爱的人，可你爱的人……”云歌还没说完乔杨就抢过话来，“又在这说爱，前两年你讲课，讲什么来着，人家说你爱讲得太多了。”

“你怎么扯到这儿去了，云歌可是为你好，”米莉边说边拍了一下云歌，“她犯浑，别往心里去啊。”

云歌说：“没事，我讲的是《共产党宣言》第三章的辅导课，那是批判资产阶级博爱的虚伪性，马克思恩格斯也是主张真爱的，没有什么不对，说到这儿我这想起来了，好像是他们谁说过这样一句话，‘如果你的爱，作为爱没有引起对方的反应，如果你作为恋爱者通过你的生命表现，没有使你成为被爱的人，那么你的爱是无力的，就是不幸的’。”

“哈，又开始引经据典讲大道理了，我不听！”乔杨捂着耳朵说。“云歌说得对，你是要爱你的人，还是找你爱的人，挺重要的。就算你爱他，你爱的人，人家没反应，不爱你，不还是不行嘛，好好想想，你是爱他，还是感激他？你这样，也是在难为人家啊，你让人东方怎么办啊，这早晚不是悲剧吗？”米莉着急地说。

“也是啊，我发现东方好像对文秀挺有点意思的。”乔杨说。

“我问过东方，他说他对你是有感情的，”云歌说，两个人的眼睛一下子睁大了，“但他说，他仔细想过，那是兄妹之情。他说他从没想过跟你一起过一辈子，对你好，是认真地完成自己的承诺，而且，他说，帮薛岚照顾你，本来是做件好事，却引来薛岚和别人的猜疑，他觉得现在心里很有压力。”云歌说着喝了一口汽水。

“是啊，你看他刚才那局促的样子，你也为人家想想，别再难为人家了，好吗？”米莉说。

“行，有这句话，我就什么都明白了。”乔杨眼泪在眼眶中打转。“我们都不小了，我们要一起成熟起来！”云歌说着搂住乔杨，米莉也伸出双臂。

三个人的眼泪都夺眶而出，窗外的月光越过窗棂，照在拥在一起的三个姑娘身上，像是在抚慰这三个过早离开父母怀抱的漂亮女孩。

“真不容易，今天我们宿舍的人终于齐了！”肖宁说。“是啊，今年的麦收和秋收离得太近了，大家都忙。”苏凌说。

“也就是云歌经常不在，咱们还是经常碰到的，这丫头，野，你看今天，还是就缺她，这么晚了，还不回来。”于珏说。

“怎么说话呢，什么叫野啊，她多忙啊，再说，这才几点啊，不是刚吃完晚饭吗？”不常说话的穆灵说。

“我，没说什么啊。”于珏说。“你们可是老同学，她处处维护你，可你背后说起她，总是这么夹枪带棒的，别以为别人听不出来，你这样，有意思吗？”穆灵仍然不客气。

于珏继续分辩：“我不就是说她回来得晚吗……”

“嚯，今天真齐啊！”云歌托着一个纸包笑呵呵地一步就走进来了。

“什么啊？”肖宁问。“芥梗咸菜啊。”说着云歌把纸包放在桌子上。“太好了，有芝麻吗？上次去团部，都没买着。”穆灵问。

“没看，可能有吧，”云歌说，“是金晶让盛楠带回来的。”“可是，我们没有馒头了。”肖宁说。

“没事，就这么吃，才好吃，”穆灵说着迫不及待地把纸包打开，“哇，有芝麻，”她飞快地捏了几条放在嘴里嚼着，“真香！”

“馋猫”肖宁过来拍了她一下，自己也捏了几条放在嘴里，连说“好吃”，于是，大家围着桌子坐下来，你捏几条，我捏几条，吃起咸菜来。

“我去食堂打两瓶水吧。”云歌说。“不用，我已经带回来了。”于珏说。

云歌也坐下来，“对了，我这里还有点好吃的，”云歌说着去掏书包，“可能就剩一些瓜子了，那天回来碰上长生了，他把好的都拿跑了。”

“真是的，他不是也去了吗，还抢你的。”肖宁说。“说是给苗苗啊。”云歌说。

“我们这些知青都长大了，连长生这么点儿小破孩，都成双入对了。”肖宁感慨地说。

“嗨，今日有酒今日醉吧，不想那么多了。”穆灵说。“你当然可以不想了，翩伟那么优秀。”于珏说。

云歌捅了一下于珏悄声说：“你是不是哪壶不开提哪壶啊！”“别人不知道，你不会不知道吧？”穆灵也不在乎地反问了于珏一句。

穆灵这个上过舞蹈学校的北京女孩，有着极好的身材和声音，生性好强，平时不言不语，性格刚烈，却长着一张温柔的脸庞，圆圆的杏核眼，翘翘的小鼻子，圆圆的小嘴，嵌在圆圆的小脸上，虽然年龄比云歌大两岁，却是陶瓷一样的娃娃脸。

“是啊，翩伟的做法咱们也没想到，他回到你们连当了副连长，怎么会变了，和‘豆腐西施’小于好上了，小于要说头脑、干练、长相，都不如穆灵啊！”心直口快的肖宁说。

“他说自己有志于事业，找一个生活型的伴侣，不说了，已经翻篇儿了，她最清楚。”穆灵冲着于珏说，于珏被云歌示意没再说话，她心虚地看了看穆灵低下了头。

第四十三章

“四古典”引发热议 被辜负苏凌伤怀

“苏凌，你在干吗呢？”肖宁说。“我收拾一下书，”苏凌说着把一摞书放在桌子上，“这些都看完了，放起来了”。

“四大名著，你都看完了，我还没看完呢，我想再看看这本《三国演义》，心眼少，多看看《三国演义》，会好些吧？”肖宁说着大大咧咧地把苏凌的《三国演义》拿起来，放在自己的床头。

“我再看看‘一丈青’。”穆灵也不客气地把《水浒传》拿走了。“那我想再看看《红楼梦》，可以吗？”云歌问苏凌。

“当然可以啦，反正我这段时间不再看这些书了，我要看看马克思恩格斯提到的黑格尔，还有尼采、叔本华什么的。”苏凌说。

“好高深啊。”肖宁说。“是啊，四大名著都说读懂了，了不起啊！”于珏还是不甘寂寞嘲讽了一句苏凌说，但大家谁也没接她的话茬。

“我一直在想，为什么要提倡读四大名著，这不也算封建主义的东西吗？”肖宁问。

“你问她吧！”苏凌指指于珏。“我可没敢说我读懂了，别问我，谁读懂了，问谁吧！”于珏不示弱地说。

“真的，我确实就是想问苏凌。苏凌，你至少是比别人读书读得多，我还是想听你说。”肖宁真诚地说。

苏凌说：“那倒不是，云歌也没少读书。”“不客气啦，我也想听你说啊。”云歌摆摆手真诚地说。

“那好，以往的人们认为红楼写情，三国写智、水浒写义，西游写悟，之所谓‘老不看三国、少不看红楼’，也有说少不读水浒的。”苏凌说。

“我觉得这种看法，现在也没错。”肖宁说。“错，我们看这四部书，是要看阶级斗争，看宝黛对封建社会的反抗，看宋江领导的农民起义，看孙悟空的反叛，不对吗？”于珏不可置疑地说。

云歌说：“没说你不对啊，你说的是看四大名著的一个重要方面，这谁都清楚。中华文化上下五千年，异彩纷呈，作为四部经典，也代表我们优秀传统文化的不同方面，所以说，苏凌说得也没错。”

也许因为是老同学云歌说话了，于珏还是顾忌的：“那，人家说读懂了，她记得住里面什么了？”于珏不服气转了话题。

“你记住什么了吗？”云歌问于珏。“我没说我读懂了啊！”于珏说。

“人家也只是说读完了，没说读懂了，你怎么总是较劲啊，你还真别说，我相信她记得比你多得多，不信，就试试。”云歌说。

“我可不敢。”苏凌说。“咱们就说这四部书其中的对联吧，我说上联，哎，我吃一口咸菜，没多少了，你们真行，不怕咸啊！”云歌说着捏了几条咸菜放在嘴里。

云歌喝了一口水，说：“假作真来真亦假。”“这还不容易，‘无为有处有还无’。”于珏咄咄逼人。

云歌说：“绿窗日月在。”于珏抢着说：“是哪部书的，总不该都是我答吧？”“哪部书你回答啊，苏凌，你不屑回答，是吗？”肖宁说。

“那怎么可能，‘青史古人空’，是《红楼梦》中的。”苏凌答。

“静隐深山无俗虑。”云歌说。“‘幽居仙境乐天真’，是《西游记》中的。”苏凌答。

“过去未来，莫谓智贤能打破。”云歌说。“‘前因后果，须知亲近不相逢’，是《红楼梦》中的。”苏凌答。

云歌说：“贪观天上中秋月。”“‘失却盘中照殿珠’，《水浒》中的，云歌，你想这个主意真好玩，嘻。”穆灵听着高兴了，也加入进来。

“好玩，来个难点的，‘赤面秉赤心，骑赤兔追风，驰驱时无忘赤帝’。”云歌念。

“这个难了，肯定是《三国》的。”肖宁说。穆灵摸摸后脑勺：“太长了，想不起来了！”

于珏说：“这么长，叫对联吗？”“当然。”云歌说。

“‘青灯观青史，仗青龙偃月，隐微处不愧晴天’，是《三国》的，确实有点长。”苏凌流利地回答。“好。”肖宁鼓掌。

“春归花不落，风静月长明。”云歌念。“‘直如朱丝绳，清似玉壶冰’，这是……这不是四大名著中的，好像是《二十四史》中的吧？”苏凌眨着毛毛的眼睛说。

云歌欣赏地说“对的”。“哈，我们苏姑娘还是没被难倒啊！”穆灵说。

“别扯那么远吧，还是四大名著吧，别说《二十四史》了。”于珏马上说。

“这你倒说对了，现在没让我们读《二十四史》，是吧？”云歌说，“号召让我们‘多读点历史’这句话是谁说的，《二十四史》不是历史吗？”

肖宁岔开话题说：“说真的，四大名著你们最喜欢哪一部，我反正是最喜欢《红楼梦》的。”“我也是。”于珏说。

“我喜欢《三国》，那智慧天纵，那英雄气象，多带劲。”穆灵说。

“贾宝玉，不男不女的，林黛玉动不动就要小性儿，没意思。《水浒》也不错，你看那一丈青、孙二娘，多痛快。”穆灵接着说。

苏凌笑着说：“哈哈，你怎么和五连的大邱连长说的话一样啊。”

“也是啊，鲁迅都说了，贾府的焦大也不爱林妹妹。”于珏又应和起穆灵了。

“但是，《红楼梦》在我们中国的古典小说里，不说是唯一，应该说是少有描写真正爱情的作品了。”苏凌说。

“哪有啊，那薛蟠、那秦钟、那秦可卿，是真正的爱情吗？”于珏反驳说。

“那都不是主线，主线是宝黛爱情，不能不承认这主线爱情写得还是饱满、自然的。而且，这也是历史上最尊重女人的一部小说。”云歌说。

“说得对，贾宝玉说，女人是水做的，男人是泥捏的，我同意云歌的意见。”肖宁说。

“是啊，古今中外的作品，女人是祸水的居多，或者是情爱的符号，你看，苏妲己、杨玉环、潘金莲，埃及艳后都是祸水，而宝黛爱情是精神上的情感，不轻薄，也不陈腐。”苏凌说。

云歌接着说：“没错，《红楼梦》把女人当人写，你看那几次诗会，林黛玉，薛宝钗，还有探春、宝琴、湘云，甚至香菱，按说，她们的年纪也就是我们这些初中生刚来北大荒的年纪吧，那才气、那心胸，愧煞须眉啊，可惜她们生活在封建社会，不然，都是了得的人物……”

云歌的话还没说完，“笃、笃”敲门的声音响起。“于珏，你在吗？我们回来了，我们的饭。”吉西的声音。

“嘭”的一声，门开了，盛楠走进来了，“干吗呢，我们刚拉砖回来，大家还没吃饭呢，于珏。”

“好，我这就去，已经留好了。”于珏顺势下了床出去了。

“哈，你们几个真可以啊，一大包咸菜，就这么空口当点心吃了，咸不咸啊？”盛楠拿手拎着空咸菜袋说。

“没你这有家的人幸福，看不下去，下次来，给我们拿点吃的来。”穆灵顽皮地说。

“好，下次来，给你们带吃的，这帮丫头。”说着，盛楠跟着于珏走了。

“你说翮伟的变化，与于珏有关吗？”肖宁望了望门口，试探着问穆灵。

“是的，我都知道，于珏这个人，唉，真是没法说了，咱就不背后说她了。”苏凌说。

穆灵说：“那有什么，是非分明吧，想听吗，我来说。于珏到了电话班当接线员，就看上了翮伟，想方设法给翮伟送点这，送点那，翮伟开始还挺不好意思的。”

“别看翮伟文质彬彬的，翮伟馋啊，我跟他一个工作组，我就知道他。”肖宁说。

穆灵接着说：“是啊，我当时傻不拉叽地还劝他，人家是好意，她会做吃的，没事的，我不在乎。”“你还真有心胸。”苏凌说。

穆灵说：“翮伟却说了一句，你也该学着点，这句话我就不怎么爱听，我说‘你找女朋友，就是为了给你做吃的吗’，翮伟说‘女生嘛，至少应该会啊’，我说‘那不一定，男女平等嘛，做也应当一起做’，当时，话赶话，我们俩就都不高兴了。”

“穆灵，你也是，太较劲，女生，做点吃的也是应该的。”肖宁说。

穆灵说：“真凑巧，那一段组建宣传队，让我和吉西负责，翮伟正好去师部学习。当时参加师部汇演，我和吉西一起写词、编舞。加上，我和吉西有一个双人舞，那个双人舞还得了奖。”“很正常啊，这些事我也做过。”肖宁说。

穆灵接着说：“翮伟学习回来后，开始跟我还挺好，还祝贺我得奖。后来，就开始疏远了，我还挺奇怪，终于有一天，翮伟绷不住了，问我对吉西的印象如何？我说‘这是哪跟哪啊，这么长时间了，我在你心目中是什么形象啊？’”。

云歌说：“也许男人这方面就多疑，前一段时间乔杨和薛岚就出了这样的问题。”

“我对苏凌说了，苏凌就说‘我相信你，也许男人多疑吧’，但苏凌说这些传言她早知道了。”穆灵摇了摇头，叹了一口气，说不下去了。

“于珏到处说排练双人舞时吉西与穆灵如何如何了。因为她唱京剧，也在宣传队，大家就信了，我是相信穆灵的，就直接问穆灵，他们有两个托举动作，还有一段搭肩舞，当然得练了，艺术嘛，这能算什么呢？”苏凌说。

“我们在排练过程中，人家吉西，可是一是一，二是二，一点都不轻薄。”穆灵说。

云歌说："这我相信，吉西多情，轻信，但他不是流氓。"

"关键是后来，她在一次接线时告到甄股长那了，被兰乔听到了。甄股长是搞宣传的，懂艺术，直接了解这件事，真相大白后，批评了于珏，她赶紧检讨，说她不懂，年轻嘛，甄股长也就信了，唉！"穆灵说。

"那你和翮伟不是误会了吗，你们说清楚，和好就是了。"肖宁说。

"他是找我说过，但我的心，已经凉了。"穆灵说。"你就是太较真了吧。"苏凌说。

"这一辈子的事，有这么点风吹草动就轻信了，就动摇了，我觉得挺没意思的。"穆灵幽幽地说。

"也是，翮伟什么不懂啊，他确实不该听于珏乱说，穆灵认真点也没什么错，不说矜持，这自尊还是要有的，毕竟我们是女孩子，唉，咱这学习班上的这位老同学，惹了不少事，也真是的。"云歌有些歉意感叹地说。

"大家都走入社会了，这与你没关系。看吧，看电影那天飞大衣，她今天，不知道又会演哪出戏。"肖宁对云歌说。

云歌拍拍低着头默不作声的苏凌说："是你的跑不了，不是你的，也无所谓，天下好男生多的是，你学学肖宁。"

苏凌耸了耸肩，摇了摇头，沉默着。

夜深了，宿舍里黑了灯，劳累一天的女孩们沉沉地睡去了，偶尔，还能听到肖宁像猫咪一样细细的鼾声，只有苏凌一个人翻来覆去，一点儿没有睡意。

过了好长时间，门"吱呀"地一声开了，于珏轻手轻脚地走进来，左右看看，悄无声息地爬上床。苏凌怔怔地看着对面的于珏躺下，一行清泪从眼角无声地流下来。

"秋收完了，但今年的活儿还没有结束，"大胡子连长在机务排的会上说，"为了来年及时播种，机务排的秋翻地任务还很繁重，每年的例行公事，在上大冻之前，全连的土地都要抢翻一遍，今年有点晚，大家会更辛苦的。"

康拜因还没彻底保养完，云歌又上了拖拉机，陈晓虽然已经回了拖拉机，可机务排能带班的人总是缺一位，她自觉地让排长给她排上了班。

这一天，云歌又和小惠顶班，10月底的北大荒夜晚，两人穿着大衣，围着围巾，一阵寒风入怀，小惠打了个寒战。"看你挺冷的，你开车，我坐犁。"云歌说。

"不行，这块地还没翻，你得先打个堑。"小惠说。"行，在夜晚打堑，还是耿师傅教的。"云歌怅然。

"别那么心重，耿师傅也希望你活得快乐啊。"说着小惠下了车，坐上了犁座，庄重地看着云歌轻盈地跃上拖拉机，云歌先把前后车灯都开亮，手扶操纵杆，目视前方，犁铧走过翻出的泥土上已是一层小冰碴，一条笔直的垄线在这开阔的土地上延展着。

打完了垄，云歌下车了。“垄打得真直啊，男人都比不上你！”小惠不由得称赞云歌。

云歌说：“你去开车吧！”“不用，你也冷啊！”小惠说。“你比我瘦，我比你抗冻，”说着云歌上了犁座，小惠沿着垄线一圈一圈笔直地行进着。

夜越深，天越冷，铁的东西就越脆，打着升降轮的云歌只听“咔”的一声，大犁上的一个螺栓断了，犁铲哗啦一下掉下来。云歌拉了一下拴在车里的铃，车停下来，小惠走下车。

“把那床大棉被拿过来。”云歌说。“干吗？”小惠说。“盖上水箱吧，不然车停时间长了，水箱会冻的。”云歌说。

两人赶快给拖拉机的水箱盖上了一层棉被，开始趴在地上装犁铲。“别趴在这里，太凉。这个扳手不行，你去把那活扳手拿来。”云歌对小惠说。

戴着手套干活有些不顺手，趴在地上的云歌摘下手套，半个小时过去了，云歌的手被冻得抓不住扳手，螺丝也对不上扣，云歌哈两下手，用两只手拧上螺丝，然后，拿起扳手，双手把螺丝拧紧，终于装上了犁铲。

她戴上手套站起身来，准备上犁座，“饭来了！”小惠指着远处忽闪着手电筒的光亮。“好的，你上车，咱们试试犁铲。”云歌说。

车开到地头，前面的两个人也刚好走到地头，石梁挑着两个桶，苏凌挎着一个篮子走在他边上。

云歌和小惠各自从座位上下来，云歌一眼看到了苏凌说：“苏凌，你怎么来了？”

“送三个地号呢，好在离得都不远。”石梁说。苏凌说，“是啊，我来了，司务长路上就不害怕了。”

“真有狼，你管什么用啊，”云歌拿起勺子笑着说，“我给你们盛粥，让人家也说说话。”小惠深情地看了一眼石梁，低下头，不好意思了。

“是啊，这棉被还真管用，粥热着呢，快吃。”石梁抢过勺子，拿起一只碗，笑呵呵地递给云歌一碗热粥，云歌赶快接过来问：“有辣椒糊吗？”

“有的，在我这里。”苏凌迅速地从篮子里拿出了一瓶辣椒糊，用勺子挖出一勺抹在云歌手里的包子上。“你们先进车里吧。”云歌对石梁说。

“那你们多冷啊，算了吧。”石梁不好意思了。“没事的，习惯了，小惠，你们别不好意思，快进车里！”云歌说。

小惠拉了一把石梁的袖子说“走吧”，“这多不好意思！”石梁边走边说，和小惠一起进了驾驶楼。

“你冷吗，坐犁座上吧。”云歌看着单薄的苏凌说。“没事，我轻，坐扁担上没事，你坐上去吧。”苏凌说。

“好的，我把粥喝完，一会儿就凉了，”云歌说，云歌喝完了粥吃了一个包子，掏出手绢擦了擦嘴，“这么晚了，天又冷，跑来干吗呢？”

“一直睡不着，出来打水，看到石梁，说是要给你们送饭，就跟着来了。今天还真不是来陪你的，我真的，真的控制不了自己，心里很难受……”说着，苏凌低下头。

云歌拍了拍她的肩膀说：“我看得出来。”“苏凌，她吃完了，我们也该走了。”过了一会儿，石梁和小惠下了车，石梁看到苏凌的脸色有点不对，说：“那，那我就先走了。”

石梁挑起了扁担，把筐里的包子，用棉被裹着放进了一个桶里，把已经空了的筐坐在那个桶上面，苏凌抹了一下眼睛站起来说：“好挑吗？不然我……”

“没事，刚才东西多，现在可以的，你们聊吧。”石梁看了一眼小惠，在深夜里，两人瞬间深情地对视了一下。

小惠说：“云歌，上半夜你一直坐犁，该我了。”“她跟我换了大衣，我的大衣是新的，很厚，暖和，她不会冷的。”石梁挑起了桶边走边说。

“好的，你注意点，别睡着了。”云歌对小惠说。“放心吧。”“不好意思，小惠。”苏凌说。“没事，本来今天就该我了。”小惠笑着说。

苏凌坐上了拖拉机就开始流泪了，说：“云歌，我要探亲一次。”

“探亲没什么问题，你已经两年多没回家了，但是你怎么这么难过。你看最近你瘦的，吃不好饭，睡不着觉。说句心里话，凭你这个人，他根本不值得你这样。”云歌又心疼又气愤。

“这件事你知道的，拉练时是他那么主动，其实那时候，我对翮伟印象蛮好，但我终于被吉西的无微不至所打动，后来确实发现他很有才华，有人情味，连我父亲都欣赏他那一手好字，真是没想到，真的，云歌，我实在是控制不住自己了，我真的很难过，我这个人，看来抓不住男人的心。”说着苏凌哭起来。

“怎么能这么想呢，你比林黛玉还苦吗，你不是说过吗，林黛玉身边就一个宝哥哥，我们的天地多大啊。果然是人海茫茫，知音难觅啊，咦啊——”云歌学着京剧的腔。

“你真是的，人家那么难过，你还开玩笑。”苏凌被云歌装腔作势的说话样子逗笑了说。

云歌接着说：“你看小惠和石梁、白岩和邱莹，还有盛楠和宝东，他们这个问题处理起来真是很简单，就你这种大知识分子，遇到这样的问题，想得多，也比较难。”

苏凌委屈地说：“我没有啊，自从他对我正式提出这个问题，发现他有热情、有才气，就绝无他想了，没想到啊……”

“你认可的，不一定就是最合适你的，你还记得那次拉练，我提醒过你。”云歌说。

苏凌说：“你知道，我不像你那么柏拉图，这件事我是用心的。”

“是啊，你不是一般的女孩，你也是才华横溢啊，你的标准是有高度的，你能看上咱那师兄，我都没想到。”云歌认真地说。

苏凌说：“是吗，你都这么看了，他是原来就这样啊，还是现在变了？”

“其实，你说古代那些感情戏，那么纯真，那么一生一世，是情感所致，也有眼界所限。但现实就像我们的老职工说的，林子大了，什么鸟都有。”云歌说。

“那又怎么样？我就真不相信我这点眼力都没有。”苏凌固执地说。

“如何在万绿掩映中寻找属于你的那一丛绿，如何在波涛汹涌的大海中寻觅到你唯一的那一根针，你此时携手交契的是不是就是你‘众里寻他千百度’的你情我愿的伊人，难说啊！”云歌说。

苏凌说：“要是你，你面对这尴尬的局面，该怎么办？”“我，我就会‘闻君有他心……从今以往，勿复相思’，你看肖宁，就想得很开。”云歌说。

“是，肖宁心大，不像我。”苏凌说。“你们发生过什么过节吗？”云歌边说着话边不断地来回拉着操纵杆。“没有，一直挺好的，很聊得来的，只是前一段，感觉关系更近了一些，双方介绍了一下家里的情况。”苏凌说。

“你家里情况好吗？”云歌问。“不太好，我父亲好像一个座谈会发了言之后，就让他离开了位置。两年前，他虽然从上海调到北京，但现在可能会再回上海，当然也许会处境更不好。”苏凌说。

“这些，你都对他说了吗？”云歌问。“说了，既然谈家里情况，怎么会不说。”苏凌说。

云歌沉默了。“我没那么俗气，比家庭，如果真比，于珏的情况，你知道的，所以我没想到他会变，这话，你也许不爱听。”苏凌说。

“我也没那么小气，就事论事，我没什么不爱听的。不过，你别真成林黛玉了，黛玉还焚了稿，‘质本洁来还洁去’呢，”云歌说，“你是现代青年，为这么一个人，你不应当这样，你这个样子，别人会误会的。”

苏凌说：“误会什么？”“误会你们已经很近了。”云歌说。苏凌说：“那还没有，还没到那一步，真到那一步了，对他，我是不会拒绝的。”

云歌说：“对他你是应当拒绝的，他这么见异思迁，还要……还要……”

“以身相许，是的，我不像你，向往柏拉图式的爱情。其实，情爱何尝低俗，那是青春的苏醒，是人本质的释放，有什么啦！”苏凌说。

“真没羞，这么文质彬彬的女孩，居然能说出那种话来，我理解的情爱，可没你那么放得开，那是要慎重地择人、择时、择地的啊。”云歌说。

苏凌说：“我们是朋友，我不装，你也别装。你难道就从没有对异性的好奇，对你心仪异性的渴盼，当你抑制这些的时候，你没有压抑的悲戚？”

云歌看了苏凌一眼沉默了。“一百多年前，就连恩格斯对诗人维尔特在作品中表现自然的、健康的肉感和肉欲，都没有否定。”苏凌又说。

云歌说：“是啊，你说的比较大胆，而且是从你口中说出来……”“你吓到了？我不过是说说。”苏凌笑了。

“真吓到了，我比较担心，这些事我不愿意多想。我不是说你，你当然是不可能。不过，常常这种人的生物性和社会性被打破，对一个社会就是一场灾难，你说，古罗马的衰败某些方面也是打破了这种平衡，那种男女情爱，其实已不是情，完全是咱们忌讳说的性，像脱缰的野马，丧失了道德和美感方面的追求，导致了人的质量的下降，糜烂低级的东西横行，所以马克思说，男女之间的关系，是衡量社会文化修养的尺度。”云歌说。

“马克思、恩格斯这两句话放在一起，就是你说过的两性社会的这种平衡。”苏凌说。

“对啊，咱们俩还是很一致的，马克思主义者绝不是禁欲主义”，云歌说。

“真正在这些问题表现比较激烈的倒是尼采、叔本华这些人，这一点他们的说法，一点不比我们的封建社会弱。”苏凌说。

云歌说：“就连托尔斯泰也谴责性爱，他曾经认为，在夫妻间完成了传宗接代后，就要‘像兄妹一样生活’，这是他的道德哲学，但他的小说里却放弃了这些观念。”

“是啊，娜塔莎、马斯洛娃，他多么钟情于的安娜·卡列尼娜，对她形貌体态的描写，绝了……”苏凌说着。

车突然晃了一下，拉不动了，云歌放下操纵杆，下了车，小惠也下了犁座，一块树根绊住了犁铲。云歌拿下撬杠，连挖带掘，终于把这半块树根撬出来。

“冷吗？小惠。”苏凌拍拍小惠问。“不冷，来回打舵轮，还热呢。”

“这块地建连时，刚开垦，还没熟透，所以还有些东西，不好平整。”云歌说着把撬杠放回去，拍拍手，上了车。

“咱们扯远了。”云歌加大了油门，拉动了操纵杆说。

“没事，和你聊聊，心里痛快些。”苏凌说。“你能痛快，那就好。”云歌说。

“不过，云歌，你听说有个神话吗，好像是国外的，哪国的，不记得了。”苏凌说。“什么？”云歌问。

“说是人的最初曾经是个圆球状的，有四只手，四条腿，所以，人的力量就很大了，因为他虽然是一颗头颅，但是有两个大脑，正反面两幅面孔，四只耳朵，四面八方的景象都能看得到，东南西北的声音都能听得到。”“是啊，其实那样的长相，挺怪的。”云歌说。

“大家长得都一样，就不觉得怪了，你说是吧？”苏凌说。“也对，现在的人就不怪吗，主要是大家长得都一样。”云歌笑了。

“奥林匹斯山上的诸神觉得这样下去，这种圆形的人将来会超过他们，就难以控制了。他们纷纷去找宙斯，于是宙斯果断决定，把人一分为二，从此后，人就变成我们现在的样子，比原来扁了，比原来少了一半的功能，软弱多了。”苏凌认真地讲着。

“倒是在哪里看过这段神话，然后这被分成两半的人是一男一女，他们天生身体里还带着那遥远的信息，‘每一半都急切地扑向另一半’，情窦初开，就是为了寻找与自己分开的另一半，企盼‘纠结在一起，拥抱在一起，强烈地希望融为一体’，哈，你这丫头，连这都记着呢，这故事你不觉得有点色吗，真是更加的没羞。”云歌说着扶着操纵杆歪着头，笑着瞥了一眼苏凌。

可苏凌听着却泪流满面了。“怎么了，今天怎么这么像林妹妹，又哭啥子啊！”云歌腾出一只手拍拍苏凌。

“我觉得，觉得我和吉西，就是一个被分成了两半的人，真的，云歌，没错的，我和他是天生注定的。”苏凌哭得更痛了。

“这不就是个故事嘛。你平时这么明白的一个人，怎么就真信了呢，再说了，哪儿写着呢，他就是你天生的那一半啊。苏凌，你，金玉般人物，你没想开啊，他配不配你啊！”云歌有些着急。

“他配，真的，他配不配，都是我的另一半，真的。”苏凌哽咽着说。

“这就走不出来了？我找他去，我问问他，他是什么怪物，把我们这么聪明智慧的女孩，折磨成这把样子。”云歌生气了。

“你别，千万别，他，他会回来的，我相信，他就是我的另一半，只是他还没有觉悟到。”苏凌掏出手绢拭着眼泪。

云歌一只手握着操纵杆，一只手握住苏凌的手：“苏凌，你还记得上次孙师傅那句话吗？他说你可能为情所累，我还不信，看来孙师傅还真有眼力。你是个明白人，不管下一步怎样，你一定要走出来，你的文化功底那么好，那么有才，咱们女生中像你这样的人，是不多的，你要是陷进去，可就太可惜了。上次我们聊过，人生不只是爱情和家庭啊。”

“是，从此后再不谈这些事了，也就是跟你说说。”苏凌忧郁地说。

“你回家一次吧，见见父母，转换一下心情就好了。”云歌心疼地说。“好，你说得对，我决定回家。”苏凌说。

说话间，她们没有注意，此时天空已经放亮，太阳一跃冲上了地平线，而月亮还没来得及退下。

“接班了，你们该回去吃早饭了。”陈晓和霍晨从地头走过来。两天后，苏凌踏上了回上海的绿皮列车。

苏凌后来的事业做得很好，她考上北京的一所外事大学，进入了外事部门，在全世界奔波了半生，但她始终没有结婚，她对云歌说从未忘记吉西，她也从未忘记那一夜她对云歌说的话。最终，在她人过中年重疾缠身的时候，上演了开篇的那一幕。但她与她心目中的“另一半”也只相守了不到半年的时间，她就永远地离开了这个世界。母亲云歌当时很难过，感慨地说：“一位才女，事业如日中天，如此为情所累，就这样陨落了，人真的有注定的那‘另一半’吗？她是这么想的，所谓‘另一半’怎么没像她那么执着呢？”

第四十四章

众兄弟同叙心曲　拒金宝肖宁意决

这一年是翮伟参加学习最多的一年，上半年他到师部学习了一个月，这一次，他和薛岚又到了地处牡丹江的兵团司令部学习。

这次时间不长，只有一个星期，他们碰上了六师的关皓也来学习。一个星期很快就要过去了，离开前的一个星期日，三人相约去市里。

一出门，薛岚看到从远处走过来一个人。“你们看，那是谁”？有点近视的翮伟扶扶眼镜看了看：“走路有点面熟嘛。”“哎，是金宝，我们同学啊。”薛岚下了台阶，伸出手来，直接小跑着过去。

“你们出去啊？”翮伟和关皓回过头来一看，原来是这次学习班的负责人，兵团政治部主任闻斌，两个人赶快回过身来打了个立正异口同声：“闻主任好！”

闻斌拍了拍翮伟的肩膀爱惜地说：“小伙子们，看你们一个个的多精神，风华正茂啊，好啊！听说上学时，你就是一名大家公认的学霸，小学毕业就考上了北京的男中，一直上到高中，好学生啊，是吧？”

“您知道我？”翩伟脸红红地说。闻斌说：“那怎么能不知道，你们的情况，我都知道，关皓是哈尔滨重点中学的高材生，是吧？你们都是人才啊。”

这时薛岚拉着金宝走过来。“薛岚是你的同学，比你低一年级，在学校就入党了，很好啊！建你们十五连，有功啊。”闻斌又拍拍薛岚的肩膀，拉住薛岚的手，像看自己的孩子一样慈爱地看着他，薛岚有点不好意思，羞涩地笑了笑。

“这位，我还真不认识！”闻斌指着金宝继续说。“他叫金宝，也是我们同学，推荐上大学了，刚回来。”薛岚说。

“噢，也很棒嘛！”闻斌欣慰地向金宝点点头。金宝说：“是，我叫金宝，已经毕业了，回来了。”

三个人诧异地看着金宝。“回来了，那好啊，我们这里正需要人才啊，不错嘛，上了学还能回来，说明你对这片土地有感情了，好哇好哇！”闻斌热情地握着金宝的手。

“我是师部派的师范委培生。”金宝用另一只手摸了摸自己的后脑勺，闻斌紧接着说：“优秀的人我们才委培啊，太好了！”

闻斌虽然早已过不惑之年，但身板英挺，颇有军人风采，严肃中透着慈爱，他拉着金宝的手，继续说：“好啊，小伙子们，你们一个个能文能武，我看着就高兴啊！”“谢谢首长！”几个人一起说。

“你们这次来学习的都是骨干啊，我们兵团，我们国家需要你们这些人才啊。好好学习，好好干，未来，我们国家的未来，是你们的。看着你们，就让人放心。不说了，你们去玩吧！”闻斌像对自己的孩子一样，临走，笑呵呵地用力拍了一下薛岚。

四个人在市区逛了一会，买了一些牙膏、牙刷、笔记本、肥皂等日常用品。

“不是说你不回来了吗？怎么回事？”薛岚问金宝。“一言难尽啊！”金宝无奈地摊摊手。

“中午了，我们找个地儿吧。”翩伟说。“我同意，下次还不知道什么时候进城呢，打打牙祭吧。”关皓说。

几个小伙子兴奋地进了一家小饭馆，薛岚坐下来要了一壶免费的白开水。“喝点酒吧。”金宝说。

“不行，明天一早就是结业式，一身的酒气，哪行。”翩伟说。老板娘走过来说：“也是啊，不过好容易聚一起，无酒不成席，一人来一瓶啤酒，应当可以吧。”

“可以。”关皓马上说。“随你们，反正我是不喝酒。”翩伟说。“那来壶茶。”金宝说。“茶也不喝，就白开水吧，挺好的啦。”翩伟说。

“花茶，咱们免费送啊。”老板娘笑着看着他们。“好，那就来一壶吧，”金宝说，“来个扒肘子，再来个红烧鱼。”

“太奢侈了，说好了，啊，咱们费用必须平摊啊。”翮伟说。“我同意。”关皓一面掏钱一面说。

“不行，今天我来，这里有我两个同学呢。”金宝说。“你，你是穷学生，听翮伟的吧。”薛岚说。

“我不是，我是委培生，工资照发，三十二元，一分不少，而且学校还给十五块五的生活费，我比你们有钱啊！”金宝笑着说。

“怪不得你走不了，你拿着团里的钱呢，要是想跑，就太不地道了吧。你们别让了，今天这钱就让他花！”薛岚不客气地说。

“委培生就是带工资的，正常。”金宝说。

“正常？你想两头都占着，带着工资、拿着助学金，毕业了头也不回，就走。我们不能白花钱养着你啊，罚他，这钱是得他花。”关皓也说。

“不行，你们是同学，我不是啊，这钱我得出。”翮伟认真地说。

“这样，咱们轮流来吧。翮伟，你少数服从多数吧，这次是金宝的了，下次是你的，好吧？”关皓打着圆场说。

“下次，可是，别忘了，你在六师，上哪儿找你去啊！”翮伟说。

金宝说：“那不是于珏还在咱们这儿，她会不来吗？”

“是吗？那今天就只有听你们的了。”提起于珏，翮伟冷冷地说。

“是啊？明天我就跟你们过去。”关皓说。

“你明天跟我们去看于珏，是吗？”书生气的翮伟又逼问了一句，薛岚狠狠地踩了他一脚。“是啊，有什么问题吗？”关皓说。

薛岚又狠狠地瞪了一眼还想说话的翮伟，说：“翮伟的意思是担心下了火车，不容易找到回去的车，是吧，翮伟？”翮伟勉强地点了一下头。

“来，菜上的还真快，吃啊！”金宝招呼着。“要说让你请客真不合适，咱们是碰上的，我来吧，我们仨才是地主。”薛岚说。

“你怎么变得这么小气呢。不管怎么样，我是大学毕业了，不该庆祝一下吗？呀，无所谓的事，我已交过钱了。”金宝说。

“真不好意思！”翮伟说着瞪了一眼薛岚，又转过头去问：“老板娘，你这里有熏鸡吗？”老板娘诧异地说：“不是已经上了吗？”

翮伟说：“我想定几只，几块钱一只啊？”老板娘回答：“两块一，你定几只啊？”“确实比市场便宜，市场两块八呢，六只吧。”翮伟说着把钱掏出来给了老板娘。

老板娘笑着说：“定这么多只，零头抹了”，她说着把六角零钱还给了翮伟。

“谢谢了。”翮伟说。“没事，你们这些知青也不容易，家离得这么远。”老板娘笑眯眯地说。

“定这么多，要干吗？”薛岚问。“吃呗！”翮伟边说边坐下来。

“来我们喝一把。”金宝说，大家一起举杯。“金宝，你倒是咋回事，传得有鼻子有眼的，说你不回来了，快给人家当乘龙快婿了。”薛岚问。

金宝摇摇头说：“是啊，转了半天又转回来了，你们几位都比我成功啊！”“你大学都毕业了，还说不成功。”关皓说。

“啥大学啊，大专，而且是委培，我这是来师部把学籍交上来，以为能重新做个分配，结果还是哪来哪去，让我回团部中心学校。”金宝有气无力地说。

“这不挺好吗，也没让你回十连，这样好，离肖宁也近了。”薛岚有心没肺地说。“肖宁？”翮伟问。“是啊，我和肖宁的事你不知道？你还这样说。”金宝说。

“知道啊。”薛岚说。“知道你怎么还这么说？”金宝说。“这不是你回来了吗，争取一下，就原汤化原食吧。”薛岚笑着说。

金宝说：“你说得好，人家还会同意吗？”“你也是，不是我说你，你变得也太快了吧，没几个月就又找了一个。你看，人家还是不要你了吧。我跟你说，找女朋友，最重要的是人好。”薛岚说。

“是啊，真是我的错，这不当时人家说她家能帮我留在哈市嘛，我就鬼迷心窍了呗！”金宝沮丧地说。

“你也太实际了吧。肖宁，多好的一个女孩，人家是什么感受，真是的。我真的没想到。金宝，咱们是同学，我就直说，你真的不应该，太不应该了。”关皓说。

“已经做了，咋办啊？”金宝说。“道歉啊，诚心道歉，女孩子，心软。”薛岚说。

翮伟摇摇头说：“肖宁啊，难了。”“是啊，人家不接受了，说的那个绝啊！”金宝说。

“我们劝劝，让我家乔杨找云歌一起去劝。”薛岚说。“难吧，肖宁是个有主见的人，可不那么容易劝。”翮伟说。

金宝借机转移话题说：“对了，听说乔杨也有差头了。”“没有，那是瞎传，我们下个月就结婚了。”薛岚心满意足地说。

“真的吗？”金宝半信半疑地说。“那还有假，还有翮伟，也快了。”薛岚得意地说。

金宝问：“翮伟，是谁啊？”“小于啊。”薛岚说。“哪个小于？”金宝又问，翮伟说：“十连的，天津知青。”

“是吗，就是那个做豆腐的女孩啊，翮伟，你这满腹经纶的，怎么……”金宝不解地说。

翮伟说：“她怎么了，你是想说‘豆腐西施’吧，我挺欣赏这个外号的，豆腐西施也是西施啊，况且她心地单纯、做事麻利、形象周正，处了一些时候，真的感觉很好，非常随和。”不苟言笑的翩伟脸上露出了笑容。

金宝说:“不是，原来不是穆灵吗，是那个才貌双全的芭蕾女孩。”关皓说:“那是一年前的事了，现在不是了。”

翩伟有点沉重地说，“人家也不会再找我了，后来我想想两个人都是事业型的，个性都很强，也不一定就合适，我和小于这样，也很好。”

关皓问：“那个穆灵我见过，很不错的啊，为什么？好像你们处了挺长时间了。”翩伟有些尴尬，一时没接住话茬。

“不过说到这儿，老关，我倒是劝你一句，你和于珏如果还保持着恋爱关系的话，你就抓紧把她带走吧，真的！”薛岚说。

“怎么了，她又惹什么事了吗，她就是太单纯了，不会处事，经常得罪人。”关皓说。

“我是说你要向我学习，我要把乔杨带去我们连，这样长期分着，不合适的。”薛岚又补了一句。

“吃菜，这么多呢，”金宝看气氛有点尴尬，赶快说，“众兄弟能帮我一下忙吗？”

“什么忙？”薛岚问。“这不是刚才说了吗，肖宁啊，你们都认识她，帮我做做工作呗！”金宝说。

薛岚说：“翩伟说的也对，确实有点难度，这是你对不起人家啊。肖宁多好的姑娘，你太经不起诱惑了。你看我，我心里只有乔杨，我们家乔杨是又有才又懂生活。我们分开几年了，不要以为，我也不是没有诱惑啊，但我从来就没变过。”

“是啊，我不对，她让我怎么认错都行，可我毕业时留哈无望，就开始给她写信，写了十几封，她就是不回。”金宝说。

“我虽然不是你的同学，但咱们都是老熟人了，说一句你不爱听的话，你确实太实际了，像肖宁这样的人，不是随便劝劝就行的，这一点我自己已经有体会了。其实穆灵也是这样，说什么都不行了。”不怎么爱参与别人事情的翩伟真诚地说。

金宝有点不好意思地说：“确实我没抵御住留城的诱惑，已经错了，怎么办呢？”

“哎，说起来，我们都有错，唉！”翩伟自言自语地说着，他顺手拿起边上的空杯子，把薛岚的半瓶啤酒，全部倒在杯子里一饮而尽。

“哎，你不说不喝酒吗，把我的全喝了，真是的。”薛岚说。“我还你一瓶‘北大荒’好吧，服务员……”翩伟说着站起来。

“算了，服务员，别拿，就拿一瓶啤酒吧，你怎么了，情绪有点不对头，我知道你想起什么来了，你刚才不是说感觉小于不错嘛，穆灵个性也太强，既然是这样，这事就翻篇儿吧。”薛岚把翾伟按在座位上说。翾伟抹了抹嘴，摇摇头说：“不说了，没什么。”

这时候老板娘把熏鸡拿过来，每一只都装了纸袋，翾伟送了每人一只，大家推辞一番，都收下了。翾伟望了望金宝，显得有些心安的样子。

“不说那些事了，说点高兴的，我向你们宣布，我下个月就要结婚了，好像好几对一起办，你们可得来啊！”薛岚高兴地说。

金宝紧锣密鼓地把自己的手续办完，第二天下午，翾伟、薛岚、关皓、金宝四个帅气的小伙子，结束了学习，登上了绿皮火车。

“究竟发生了什么，好像你们有什么事没对我说啊？”关皓看了眼靠着车窗睡着的翾伟，抓住薛岚的衣袖悄悄地问。

薛岚打了个手势，两个人离开了座位，走到车门的空当处。“轰隆隆、轰隆隆”，“这火车声音真大啊，不大声说话，根本听不见。”薛岚说。

关皓说：“是啊，什么时候我们的列车，没这么大噪音，再能快一点就好了，上海知青到这里三天四夜，你看从牡丹江到虎林才多少路啊，几乎要折腾一天一夜，时间太长了。听说国外已经开始研究磁悬浮列车了，说是很快的，噪音也没有这么大，你原来想学机械，将来也可以想想这方面的事啊。”

“唉，现在我们是修理地球啊，这个机会不见得有了，上次见到慕天还说起机械的事。”薛岚说。

“对，他是学机械的，但好像知识面非常广。”关皓说。“是啊，家庭还是不一样，他又在国外待过，说有些发达国家确实在研究火车提速，建电气化高速铁路，可那不只是机械问题，那可是一个综合性的高科技项目。我爸是汽车司机，我当时想我要超过我爸，开火车，开飞机，现在只能有时候开开拖拉机了，连队里一摊子事，忙不完啊，也顾不上学更多东西。”薛岚说。

“是啊，我也是这样，上次去广州搞外调，光坐火车，一去就走了四天多，时间全耽误在路上了，急的我啊，我就想什么时候我们国家也有高速列车，从北大荒到北京只有十几个小时，我就知足了。”关皓说。

“看怎么比了，我们什么时候才有火车啊，比牛车、腿走还是快多了，我们建国没多少年，旧中国留下一个烂摊子，一穷二白啊，说起来发展也算够快了，卫星上天了，原子弹爆炸了，可以了。当然，要再建了高速铁路，从北京到上海，用不了一天，那可太不容易了。”薛岚说。

薛岚又说：“不过，慕天好像很有信心，他说这样的日子，我们这一代都能赶得上，但想想谈何容易啊。”

关皓也有些悲观了：“这小子好畅想，人生不过百年，哪有那么快，异想天开吧。”

“也不一定，我们还年轻，现在是吃饭的问题最大，等我们这个国家的人饭碗装满了，都能吃上饱饭，有了钱，就没问题，就有可能。当然，现在，到我们这儿的，只能是拼土地，拼粮食吧。”薛岚说。

关皓说：“啊，扯远了，我想问问你，于珏出了什么事了？你是老同学，说真的，她也真让我不省心。”

“是啊，咱们是老同学，我直说啊，你们有多长时间没联系了？”薛岚问。

关皓说：“一直有联系啊，平均一个月两封信。”“那信？”薛岚说。“那信，除了谈工作，也有卿卿我我了，于珏很会写东西的，不瞒你说，有时候工作忙完了，躺在床上，她的信，我能看好几遍，那小词用的，蛮可爱的！”关皓笑笑对老同学真诚地说。

“最近也是这样吗？”薛岚惊诧了，“那就怪了，当然，我这都是听乔杨说，说她早就宣布你们完了，而且还说你在你们连队找了个年轻漂亮的上海知青。”

薛岚看着关皓脸上表情变化很大，又说：“不过乔杨这个人，很感性，她对于珏的印象一直不好，不知道这里面有没有演义、水分什么的。唉，我还是别说了。”薛岚下意识地用手捂住嘴。

关皓说：“咱们是老同学，你说我会怨你吗，你对我说真话，是对我好啊！”

“主要是乔杨说得有鼻子有眼的，咱们都到了这个年龄，你们也是长期不在一起，即使有什么事，也不是不可理解，得想开啊！”薛岚关切地说。

关皓说：“咱们是大男人，当时承诺了，怎么可能说变就变啊，我怎么可能和她谈着，又去找别人呢，你是知道的，我是这种人吗？”说罢突然觉得不合适，看了一眼刚走过来的金宝说：“呃……没别的意思。”金宝也笑笑不以为意。

“那你们之间出现过什么过节和不愉快吗？”薛岚问。“没有啊，4·8 事件后，她去了八连，当时她哭着，几次向我道歉，我觉得一个女孩子家，胆子小，对大火畏惧了，也可以理解嘛，我能谅解她，她对我的态度还很感激呢。”关皓说。

“这就奇怪了，好像她跟许多人说过，你们结束了。”薛岚说。

“对了，我想起来了，倒是那次回去后，我们团开了一次生产规划会，我们连是我参加的，讨论会上我说了一个观点，抓革命，促生产，得真促，因为我们是生产单位，发展生产力是我们的根本任务，结果，政治处的一位副主任说我这个观点是‘唯生产力论’。”

“那可不是啊，不促生产，怎么打粮食啊，我觉得你说的没错啊！”薛岚说。

“是啊，但是那位副主任当时就批判了我，我不服气，反驳他，说经济基础决定上层建筑，这是马克思主义的观点。这下坏了，捅了马蜂窝，他把我告到团长、政委那儿，那天晚上我挺郁闷的，就写了一封信，告诉于珏这件事了。”关皓说。

“于珏是什么态度？”薛岚问。“我以为她会安慰我，没想到她写信劈头盖脸地骂我傻愣，看不出眉眼高低，不识时务，我一生气，就好长时间没给她写信。”关皓说。

“这就不如乔杨了，她是在我困难的时候，软语温存，我得意的时候，她反而趾高气扬，或者离我远远的。”薛岚得意地笑着。

“她以为我可能被撤了，后来，葛玺，还记得吗，原来是我们十连的上海知青，挺有水平的，他现在也是我们团的政治部副主任了。”关皓说。

“听说了，是你们团知青里，职务最高的。”薛岚说。“是的，他当天就搬了几大本马列原著，找到了团长、政委，为我鸣不平，两位领导一看，乐了，那次会还延长了半天，他们让葛玺讲了一课马列关于生产力问题的论述，那一次，让大家明白了好多问题。”关皓说。

“你们团长、政委也挺明白啊。”薛岚赞扬地说。“都是战争时期的老兵，很务实，他们还表扬了我，感叹多学些马列就是对，知青们还是认识水平高，发展生产力就是我们生产单位的根本任务，强调‘世界上什么问题最大，吃饭的问题最大’那是毛主席说的，建大粮仓，不促生产怎么建，我们的工作，决定老百姓的饭碗满不满啊。我听了，好感动。”关皓说。

“这情况，你告诉于珏了吗？”薛岚问。“前一天刚写完信，当然就没说，后来就接到她骂我的那封信。我想，真是的，连领导都理解我，你都不理解我，我还挺委屈，她有时候善解人意，有时候真不行，有时候觉得她好像太实际。”关皓说。

关皓接着说：“所以，后来她知道我没事，又主动给我写信了。我想，她毕竟是女孩，不懂这些，也就没提这事。对了，我问你，昨天，翩伟情绪变化那么大，是为什么？”

薛岚说：“我在连队里，又那么忙，许多事情都是听说，于珏从八连调到团部你知道吧？”“知道，就是当个接线员吧。”关皓说。

薛岚说：“说是到了团部，她对你们的知情人就宣布，说是你们的关系已经完了。你知道，翩伟在团里很受重视，本人又有才，对好多马克思恩格斯的原著都倒背如流，她看上了翩伟，翩伟是你们一个连出来的，当然知道你们的事了，而且人家当时有穆灵，穆灵你不也认识嘛，那个挺秀气，个子挺高的北京知青。”

“是啊，跳舞很好，在师部比赛，我看过她的节目，不错的女孩。”关皓说。

“于是翩伟就千方百计躲着于珏，结果她……哎呀，算了，不说了，也不知道是不是真的。”薛岚说。

“咱们是老同学，你不说，就是对我不负责任。”关皓正色地说。

“但这都是听说，说是她追求翩伟无果，她就给穆灵造了个谣，翩伟还就信了，穆灵自尊心又强，他们俩就吹了。翩伟现在虽然找了小于，我觉得其实他对这事还是耿耿于怀的。”薛岚说。

“于珏这个人聪明、有才，就是叫人不省心！”关皓说。“她人也漂亮，但是，其实乔杨也不让人省心。既然是老同学，我就把我的想法说了吧，这一辈子的事，你还得考虑一个人的人品啊，我当然和于珏没有多少接触，但听了这些说法，我觉得她那可不是单纯。”薛岚语重心长地说。

关皓沉吟着，忽然说：“看来我得向翮伟道歉，给他带来这么大的困扰，我相信你的话，肯定是于珏不对。”

“你千万别在他面前千万别提这事，这事你得听我的。你这不是回去了吗，还是认真了解一下情况再说吧，我这毕竟是道听途说的。”薛岚说。“也是。”关皓点点头以为然。

火车到站之后，团里还真来了一辆吉普车，四个人高高兴兴地上了车。“我这是沾了你们谁的光了？”金宝说。

“是啊，这待遇，还真没享受过。”关皓说。“你在六师也是官儿啊！”金宝说。

“我回去，团里不可能接我，如果是六师的团长也许会接，六师才成立几年啊，基本没有公务车。”关皓说。

“是啊，六师比我们艰苦，我们可能是沾了翮伟的光，团长、政委急着到兵团汇报今年一年的工作生产情况，许多材料、数据都在翮伟那里，得让他快点回去。”薛岚说。

“哪是啊，你们看，那是广播站的一台机器，其他车太颠，只能来吉普。薛岚你离得近，帮着扶着点儿。”翮伟说。

“好的，原来我们沾的是这家伙的光啊。”薛岚把那个大纸箱拉到自己的腿前面，用一只手扶住。

“翮伟，其实还是沾了你的光，这机器不是你们宣传上管吗？”金宝说。“倒是，昨天李主任给我打电话说材料的事，问我们今天能不能结束……”翮伟说。

“还是的，谢谢你啊，翮伟，让我们一路这么顺当。”关皓友好地说。翮伟有点不好意思，他手一动书包里掉出了一个漂亮的笔记本。

坐在他边上的金宝替他拾起来，笔记本张开了，露出了扉页，那扉页底色是蓝色的底，一片连绵不断的雪山，在雪山的最高处，沾上了一颗碧绿的真松枝，造型就像一棵松树长在雪山上。

“不好意思看到了，挺别致的。”金宝说着把笔记本合上递给翮伟。

“你这是啥意思？你让独独一棵松树，长在雪山上啊，这活得多不容易啊！”薛岚拍拍翮伟的笔记本。翮伟笑笑说：“我喜欢松树，这一点在连队时，经常和慕天谈起。”

薛岚说："你不是咬定青山，这是咬定雪山不放松，立根原在破岩中了，这不是放在火上烤，是放在冰天雪地里冻。"

关皓笑着说："是啊，不用雪化，就知高洁，'凌风知劲节，负雪见贞心'啊，这是在向谁表达什么呢？"

"不是向谁表达，是自我铭志，总可以了吧！"翩伟说着，收起了笔记本。

聊天的时间过得快，转眼团部到了，金宝说："我得去学校报到，就在前面商店门口停下吧。"开车的是通讯班的小刘，他说"好的"。

车还没停稳，只见商店里走出一个人："这是谁啊，好像是吉西吧。"金宝说。"是吉西，好巧，你们熟人都碰上了。"翩伟说。

话还没说完，从商店里跑出一位女生一只手拿着东西，另一只手过去挽住吉西。"啊，这不是……"薛岚话没说出口，转头看一眼关皓。

关皓的脸色大变。"有话好好说啊！"薛岚一把拉住关皓说。"小刘，你先走吧，把机器先送过去，我们都下车吧，这也就算到了。"翩伟说。

大家拿着东西从车上下来。车开走了，四个人与吉西、于珏面对面站着。"你、你们回来了，我们来团部办点事，顺便买些东西。"吉西很自然地与他们打招呼。

"是啊，关皓，你回来，怎么没跟我说一声。"于珏转过身来，飞快地走到关皓的身边。吉西对于珏的行动有点愕然。

"你们回去吧，我和于珏谈谈，谢谢了。"关皓严肃地对薛岚他们说。

"吉西，这个，你帮我拿回去吧。"于珏把手里的东西交给吉西，吉西没有接说："你自己的东西，自己拿着吧，再见！"说着，向回连队的方向走去。

"你是跟着他回去，还是我们现在就谈谈。"关皓说。"你来了，我不跟着你，跟着谁啊？"于珏娇嗔地说。

"于珏，你对我这老同学，最好真实点儿。"心直口快的薛岚说。"薛岚，看你这话说的，我怎么就不真实了？"于珏是很不让人的。

"你自己清楚。"薛岚说。于珏还要说什么，被翩伟犀利的目光给止住了。"管好你自己的事吧，别让你的那个她，跟着别人跑了。"于珏冲着薛岚小声嘟囔着。

"够了，于珏，别再说了！"斯文的关皓从没这样呵斥过人，"好的谢谢了，你们回去吧，我们俩单独谈谈。"关皓转过头对薛岚他们说。

"好吧，那我们走了。"翩伟朝关皓点点头，拉着还要说话的薛岚向团部机关走去。商店门口只剩下关皓和于珏两个人面对面了。

"哈哈，你们要办集体婚礼了，这个想法挺好的。"姜老师说。

"其实我们也没想到这么办，只是云歌、盛楠他们撺掇的，白岩说这样也热闹，又省工省钱。”傍晚，在大胡子连长家，姜老师和邱莹边聊天，边做晚饭。

“这几个年轻人我倒都熟悉，齐全与金晶、乔杨与薛岚，还有你们俩，啊，都长大了，要成家立业了。对了，于珏这一段没见到她，她和关皓，真的不行了吗？”

“这个人太复杂，一会儿这样，一会儿那样，别看她跟云歌是同学，可她的人品比云歌可差远了。”邱莹说。

“都这么说，我跟她一个班时也有体会，但她手脚蛮灵巧的，还会做菜，也有不少优点。”善良的姜阿姨说。

“她就是靠这一手，抓住了男生的胃。”邱莹说。“一个女孩子，至于吗？”姜阿姨说。

“至于啊，姜阿姨，你知道，我是不会随便说人的，翮伟原来和穆灵交往了好几年，她给人家搅黄了。吉西原来是追求苏凌的，可是，她把那个馋家伙给夺走了，结果她和关皓还没黄，这几天，关皓回来看她来了。”邱莹说。

“呀，这么复杂，那可怎么办啊，关皓知道这些事了吗？”姜阿姨问。“知道了，团里把她调回接线班了，据说关皓对她说，如果想破镜重圆，就跟他去六师，如果不去，就彻底一拍两散。”邱莹说。

“其实关皓是个好青年，唉，真是的，”姜阿姨感慨地说，“那吉西呢，还会和苏凌重归于好吗？”

“苏凌人很好，又有才，只是身体不大好，最近探亲回上海了，以后的事，就难说了。”邱莹说。

“唉，你们知青都大了，开始想自己的事了，也正常，但于珏这事搞得太复杂了，再看看云歌这孩子，还傻乎乎的不解这些事，也叫人操心。”姜阿姨说。

“云歌书读多了，想得也多，自尊心太强，可最近她替我们忙活得倒挺欢。”邱莹说。

“说什么呢，这么热闹！”云歌和肖宁几步就跑进来。“你跑这蹭饭来了。”肖宁说邱莹。

“啊，我摘了一些荠菜，拿来给姜阿姨，姜阿姨留我在这儿的。”邱莹说。

“馋猫，拿点荠菜就来换顿饺子吃，真行！”云歌说。“你们来干吗，不也是来蹭饭的，还说我？”邱莹说。

“看你们这些丫头争的，也没什么好吃的，说是饺子，全是素馅的，炸了点豆腐，还掺了小米面。”姜阿姨笑着说。

“您恢复好了吗，刀口还痛吗？”云歌拉住姜阿姨，关切地问。“好些了，本来阑尾炎是个小手术，只是拖得时间太长了，刀口又发炎了，现在好多了。”姜阿姨说。

“那您躺着，我们做就是了。”肖宁说。“不碍事了，好得差不多了，等老梁开会回来，我就得上班了。”姜阿姨说。

“邱莹，这一阵多亏你了。”云歌说。“这不是应该的嘛。”邱莹边飞快地包着饺子边说。

“饺子基本包完了，我们没啥活了。”云歌舒心地说。“你想干活啊，那你去扫一下院子吧。”邱莹说。

“好的。”云歌去拿扫帚，姜阿姨一把拉住她说：“不急，你也累了一天了，吃了饭再说吧”。

“不是没荤腥吗，我们可是带了吃的了。”肖宁举起一个大纸包。

“什么？”邱莹问。“馋猫，这还有呢！”云歌帮着肖宁打开书包，“哈尔滨红肠，哇，面包。”邱莹说。“这不叫面包，叫大列巴。”肖宁说。

“嚯，不年不节的，哪里来的？”姜阿姨问。

“说来话长，一言难尽，拿来，你们就吃吧！”肖宁像泄了气的皮球似的坐在了凳子上。

“这是金宝让关皓带给她的。”云歌指了指肖宁说。“金宝不是上学了，不回来了吗？”邱莹说。“他是兵团委培的，一般都得回来，可是，你们当初……”姜老师说。

“姜老师，没有可是了，也就没有当初，您以为我会和他重归于好了吗，那是完全不可能了！”低头不语的肖宁抬起头坚决地说。

“你不跟人家好了，还吃人家的东西，这样不好吧？”邱莹说。“这已经不是他的东西了。”肖宁说。姜老师和邱莹不解地看着肖宁。

“是这样，今天早上她到团里办事，把这些东西拿上，到学校找到了金宝，见到她，金宝还挺高兴，没想到她是去退东西的，金宝死活不要，最后说‘咱们还是战友吧，就当我回家给战友带点特产吧，行吗？’，结果她说，‘战友的东西，我也不想白吃’，她扔下十块钱，就回来了。”云歌说。

肖宁红着眼圈说：“吃吧，这东西，没毛病了。”姜阿姨走到肖宁身边扶了一下她的肩，肖宁转头趴在姜阿姨的怀里哭起来。

“哭得这么痛，这么委屈，有什么话说出来，阿姨找他去！”姜阿姨轻轻地拍着肖宁的背。“覆水难收，这辈子不结婚，我也不会再找他。”肖宁哽咽着说。

“是的，孩子，不哭了，不找他，咱把这一页就翻过去，找个好男孩，好吧！”姜阿姨安慰着肖宁，云歌坐在姜阿姨的身边，轻轻地把肖宁和金宝和华宇前前后后的事说了一遍。

“吃饺子喽。”邱莹已经把饺子煮好了，端上来。“那华宇怎么样？”姜阿姨问云歌。“就是被这金宝给耽误了啊，华宇已不可能了，前些日子华宇的女朋友来连队，还是肖宁帮助接待的。”云歌说。

“这事还是怨我自己，心太软，没看准。”肖宁拿出手绢擦了擦眼泪道。“啊，造化弄人，不过，肖宁这么好的姑娘，还会碰上好男孩的。”姜阿姨说。

“没事，吃饺子吧，没有合适的，咱就不嫁了，更省心，”肖宁自己破涕为笑说，“有酒吗，阿姨”。

“有倒是有，家里还有一瓶‘北大荒’，两瓶啤酒。”姜阿姨说。“我们还是喝啤酒吧。”云歌说。“不，喝‘北大荒’吧。”肖宁说。

邱莹切了一盘红肠，拌了一个萝卜丝，这一晚姜阿姨带着三个女孩聊了一晚上，她们一起喝了一整瓶“北大荒”，两瓶啤酒。

第四十五章

六知青集体婚礼　误真相子云定情

“听说是你给他们定的日子，选今天，11 月 12 号是为了纪念我们来北大荒的日子吗？”米莉问云歌。

“是啊，又是个星期日，他们都同意。”云歌说。米莉说：“啊，我原以为得是元旦呢，这是我们来的纪念日，人家白岩和邱莹也不是这时候来的。”

“他们也愿意今天，图个热闹呗，元旦他们要回家啊！”云歌说。

“也是啊，不像我哥那个杠头，非那么蔫蔫的，就过去了，委屈了人家黎凤，这多热闹，婚礼吗，就该终生难忘，”米莉说，“你看我们布置得挺好吧，也算张灯结彩的礼堂呢。”

云歌笑着对米莉说：“真的挺好的，是啊，一辈子就这一次，是该终生难忘，等你结婚，咱一定办个盛大的婚礼。”

“那要猴年马月喽，人影都没有呢。”米莉一边把小红花分给进礼堂的人，一边笑着说。“看着她们一个个结婚了，我真的觉得身边同吃同住的姐妹越来越少了。”云歌怅然地说。

“关皓，你还没走呢？”米莉看到关皓过来给了他一朵小花说。“还没呢，正好赶上，都是同学，就等了两天。”关皓笑呵呵地看着米莉说。

转头又看到云歌说：“云歌，你也在。”“是啊，我们帮个忙。”云歌说。“几年的变化也真大，开始是知青不能谈恋爱，现在都可以搞集体婚礼了。”关皓说。

“是啊，不同的年龄段吧，现在人都长大了。”云歌说，“刚来时，你们好像还没成年呢！”关皓指着云歌和米莉笑着说。

“不至于吧，她们俩一个比我小两岁，一个比我小一岁。”于珏跟上来酸溜溜地说。

“是啊，其实你们也没耽误，云歌不是还‘柳毅传书’了一把吗？”米莉打了个哈哈，云歌把一朵小花递给了于珏，她们两人并肩进去了。

“因为是三对知青同时结婚，人来的还真不少啊。”云歌说。“是啊，他们六个人涉及三地，哈尔滨、北京、杭州，他们人缘都挺好，这么多年又交了各地的朋友，人就多了，时间也差不多了，人也来得差不多了。”米莉说。

“你看那是谁？”米莉努努嘴，远远的吉西拉着子云走过来，两个人都惊呆了，吉西看到她们两个人放开子云的手，有点尴尬地说：“二位服务呢？”

米莉没理他，云歌送上两朵花，直接与子云打招呼，子云对云歌笑笑，看了看米莉友好地点点头，“云歌，我……”

子云正要说什么，吉西一把拉住她说：“回头再聊，赶快进去吧，人家快开始了。”

“是快开始了，11 点准时开始，先进去吧。”云歌对子云说。

最后是翩伟和小于一块走进来，小于喜气洋洋地接过云歌递过来的红花，灵巧地把一支别在翩伟的上衣口袋上。

“前面单蹦儿的，成群结队的比较多，最后都是出双入对的，看来就剩我们两个老处女了。”米莉一手拿着装花的纸箱，一手拉着云歌往礼堂走，笑嘻嘻地说。“哈哈，老处女，你说的还真是。”云歌说，两人笑起来。

十连的礼堂中央挂着毛主席像，两面都斜插着四面簇新的红旗，舞台上方悬挂着三对新人的名字，后面是新婚之喜，两边是两条对联式标语“扎根边疆，喜迎新生活”“屯垦戍边，建造大粮仓”。

六位新人齐齐地站起来，金晶、乔杨、邱莹都穿着绸面红色上衣，她们短辫上系上了红绸蝴蝶结，头上斜插了一朵红绒花，衬着几位新娘一张张青春的脸，红润莹洁。姜阿姨等几位连长指导员的爱人在她们身边忙前忙后的。

由盛楠宣布典礼开始，盛楠今天也穿上了她结婚时的缎面红衣，但质量和样式远不如三位新娘的衣服漂亮，她带着一点南方口音的普通话，亲切自然。

典礼刚开始了。忽然，人们的目光却转向礼堂门口，原来是团长来了，几位连长指导员赶快迎上去：“继续，继续，别影响你们，我就是来看看大家。”大家鼓起掌来。

婚礼继续进行，盛楠推出了活跃的长生当司仪，六位新人首先向毛主席像三鞠躬，向在座的所有人三鞠躬。“按说还要向父母三鞠躬，我们让团长和三位连长、指导员代替好不好？”长生说。

“好，好！”大家开始有节奏地鼓掌，团长带着大胡子连长、王连长、曾指导员等人上台，六位新人恭恭敬敬地向他们鞠了三个躬。

然后，长生指挥，两位男青年抬着扁担，中间拴着三个苹果。“大红苹果，平平安安，红红火火，请三对新人分别站在两边，每人同时咬一口，尝尝生活的甜美！”长生拉着长声说。

三对新人依次站好，长生说“开始”，乔杨聪明，她把晃来晃去的苹果提起来，与薛岚在苹果的两边各咬一口，站在乔杨身边的金晶也学着乔杨的样子，把苹果提起来，与大齐各咬一口。

只有邱莹和白岩不知是紧张，还是走了神，面对着晃来晃去的苹果，怎么也咬不到，逗得全场哄堂大笑，长生一把把白岩推向苹果，结果两个人摔在一起，邱莹自己先爬起来，去拉白岩。

白岩爬起来说：“不是说让我代表新人讲话吗？”“是啊，那你趴在地上还舍不得起来？”长生笑着说。

“就你小子耍花活，好啦，团长也在这儿，不闹了，我正要讲几句，昨晚上我写个稿，我不想念了，我想说几句心里话。”

他一把把邱莹拉到身边说：“刚才长生说父母不在身边，向首长和老同志敬礼，说得真好！来，邱莹，我们再向团长、连长、指导员和老职工们敬个礼。”大家鼓起掌来。

白岩激动地接着说“我们刚来的时候，最小的十五六岁，最大的也不到二十岁，有的兄弟，还尿炕呢，就是你们带着我们一路走来，带着我们长大，如今我们成家立业了，没有你们就没有我们的今天，谢谢啦，今天的婚礼我终生难忘！”全场热烈鼓掌。

“请团长讲话吧！”王连长说。团长笑呵呵地走上台说：“好啊，我就不客气了，听说这里要办一个集体婚礼，我就跑来了。孩子们结婚，我咋能不来，我看着你们高兴啊，我十四岁当兵，白岩说得对，那时候还尿炕呢，都是班里的老同志管我，那时候艰苦啊，我们的副班长老刘省下的馍，给我吃，说这娃子正在长身体。朝鲜战场上，有几天给养送不上来，一个班就给两个馍，零下三十八九度的天气，我们都穿着单衣，他把唯一一件大衣给了连里最小的战士。当时，我已经是副连长了，他是连长，为了守住高地，为了保护我，他在那场大战中牺牲了，他们是英雄，同志们，我们安定太平的今天，是用命搏出来的啊！”大家鼓起掌来。

“今天是你们大喜的日子，按说我不该说这些，我平时都是去你们劳作的地头田间。坐在这里，我想起上次来参加你们十七连的会，是送耿师傅，在朝鲜战场上，那是个英雄，在垦荒中牺牲，他也是个英雄啊！这样的英雄咱们这里多啊，严师傅，1953 年直接从朝鲜战场来到北大荒，在座的 1958 年来的可不只是老梁、老王、老曾吧，太多了，白岩说得不错啊，确实是他们这些人带着你们成长的。”云歌的眼睛湿润了。

“看着几位新人，看着笑嘻嘻的薛岚，我想起来刚来的时候，薛岚还不到二十岁，扔下对象，带着一支小分队，毅然走进风雪弥漫的荒草甸子，创建新连队，他多少次九死一生啊，我都知道。几年的时间，如今的十五连已经是拥有五六千亩熟地的连队。当年，我们用命搏来了新中国，我们今天，也是在用命搏粮食啊！”全场肃然。乔杨深情地看了一眼薛岚，默默地拉住他的手。

“还有你们几位，每个人都有每个人的贡献。今天你们结婚了，扎根了，但你们还年轻，北大荒需要你们，也许哪一天祖国召唤你们，去做更需要你们的工作，但北大荒是你们奋斗的起点，是你们青春开始的地方，你们要记住这里。”大家鼓掌，掌声中团长从桌上拿起了一个粗瓷饭碗，走到一只大桶前问，“这是酒吧？”

盛楠走过来边为团长斟酒边说：“是的，团长，这是我们刚烧出来的酒。”

“大家拿碗倒酒！”大胡子连长说，于是大家每个人手里都端着一碗酒，六位新人也一样，“有北大荒这碗酒垫底，无论你们今后在哪里，都让人放心，让北大荒这碗酒作证，即使有一天你们离开这里，你们也不可能忘记这里，我们这些老兵不会忘记你们，北大荒也永远不会忘记你们。”说完团长一饮而尽。

“我还有事情，祝贺你们的新婚之喜啊！”大家用掌声欢送这位爱兵如子的团长，团长作揖回报大家。

“咱们是不是要演几个节目啊！”长生说。“团长一走，你就人来疯了。”盛楠说长生。

盛楠说：“不过也是啊，只是典礼，有点单调，上次参加师部汇演，我们团得奖了，让我们看看这高水平的表演吧，大家欢迎。”大家冲着穆灵鼓起掌来。

“没准备啊，也没舞鞋啊。”穆灵说。“在这里，我们专门去团部取来了。”米莉捧着一个大盒子走过来。

“让他们先装扮，咱先来个省事的独舞，请华宇上台。”长生说。华宇也不推辞，走上台去，开始跳他的拿手好舞《抬头望见北斗星》。

“得有伴唱啊！”盛楠说。“是啊，请肖宁吧！”长生大声说，大家鼓掌，“肖宁、肖宁”。肖宁大方地走上台说：“请新娘新郎一起伴唱，好吧？”

“好！”大家一起为华宇伴唱，肖宁乘兴与华宇一起跳起来，接着是阿芳的评弹《蝶恋花》，于珏的京剧《沙家浜》沙奶奶一段清唱，长生的一段《孙悟空三打白骨精》猴舞，然后是吉西和穆灵的双人舞压轴，舞蹈是讲翻身农奴的原创舞，两个人跳得有模有样。

翩伟不自然地看着穆灵柔韧的舞姿和配合吉西轻盈的托举，小于看了他一眼说“穆灵跳得真好”，“他们配合得也好”，翩伟应付着。

“那有什么，艺术嘛！”小于说。“是啊，是啊！”翩伟说，舞跳完了，穆灵与吉西一起谢幕。

“你先下去吧，我还要说几句话。”吉西对穆灵说，穆灵穿着舞裙和舞鞋娉娉婷婷地走下舞台。“跳得真好！”云歌一把接住她，翩伟看着她们，低下了头。

“我想这是婚礼，又不是开会，我们随便点，我对六位新人表示祝贺，趁这个机会，我想向大家宣布一个我的喜事，我和子云今天订婚了！”吉西说。

盛楠愣了，云歌、肖宁也愣了，全场似乎“啊”了一声。“那就请子云大夫上台来吧，大家鼓掌祝贺！”长生打破尴尬说，子云好像没有思想准备，有些腼腆地上了台。

盛楠接过话：“那你们是后备新人，也站进他们六位新人中吧，大家再一次对他们表示祝贺！”大家再次热烈鼓掌，人群中云歌看到关皓和于珏两张不自然的脸。

婚礼结束已是傍晚，云歌的心里像塞进一个铅块。“还好，苏凌探亲了，不然她得气晕了，这个吉西！”盛楠走过她的身边说。

“还好，那个人不是于珏，是子云，可子云怎么这么傻啊！”云歌说。“是啊，没想到啊，这事怎么会发展这么快啊！”盛楠说。

“我倒是前一段时间在和子云聊天时曾经有过感觉，但也没想到这么快！”云歌说。“你怎么不提醒她呢？”盛楠说。

“我只能点到为止，你能说出吉西他有多么本质上的缺点吗，工作做得很不错，人又有才。”云歌说。

“云歌，干吗呢？你们在说吉西吧，大家都是成年人了，你们管得太多了吧！”慕天走过来说。

“看看，这慕天，我就知道你会这样说，你们聊。我婆婆最近感冒了，我得回家做饭去，你们不吃晚饭啊？”盛楠说着要走。

“放心，一会吃。”慕天说。“那我不管你们了，我走了。”盛楠说。慕天朝盛楠招招手。“这家伙，巴不得让我先走。”盛楠朝云歌做个鬼脸，匆匆跑走了。

“上次你不是说要看我写的诗吗？今天正好有点时间吧。”慕天说。

“我原本还想去看看金晶和乔杨她们呢。”云歌说。“人家这洞房花烛夜，你去做电灯泡啊？”慕天说。

“还不晚，肯定有不少人去看他们。”云歌说。“你去凑这个热闹干什么，你去一起闹洞房啊！”慕天说。

“那才不是呢，我舍不得她们，想和她们说说话，明天，她们就不一样了。”云歌说。

“有什么不一样的，你想得太多，太封建了，你去跟她们俩聊天，人家齐全和薛岚怎么办？”慕天说。

“也是啊，那还是不去了吧。”云歌说。“是啊，听说你昨天晚上，不就过来了，聊得也差不多了吧？”慕天说。

“昨天是忙他们的婚礼，晚上忙到挺晚，住在金晶那里，乔杨也过来了，齐全和薛岚都住的男宿舍。”云歌说。

“是啊，那不就可以了，傻丫头。”慕天望着云歌那单纯的样子笑了。

“我是有点傻吗？我觉得好姐妹是最亲的，这次我们连虽然有邱莹和白岩，倒是省事了。都是十连在张罗，而且主要是米莉带着一帮人，我有点不落忍，所以昨天过来了。”云歌说。

“十连是老大哥连队啊，昨天白岩他们布置新房也忙到挺晚，他们的土坯房有点旧，又重新抹，昨天才刚干完。”慕天说。

“是啊，今天邱莹还说我，厚此薄彼呢，不管她了。”云歌说。“人缘还蛮不错嘛，但也不能傻实在，大晚上跑到人家洞房里待起没完啊！”慕天笑着说。

“我没想到啊，讨厌……”云歌被慕天说得不好意思了，拍了慕天一下。“瞧，你们双双对对的！”路上碰到了关皓和于珏，于珏不无讽刺地说。

“关皓，你们吃饭了吗？”慕天关切地问。“吃了，你们回去十七连哈，我们直接回团部了，明天就回六师了，是的，该回去了。”关皓说。

云歌望了一眼于珏。“云歌，你可是我同班同学啊！”于珏抢着说。“于珏，有什么事我能做的？”云歌说。“慕天，不看僧面看佛面，我在你们连食堂辛辛苦苦，说让我走，一天都不多留，连里真可以啊……”于珏气哼哼地说。

“别再说了，还好意思说吗！”关皓生气了，斥责于珏一句。“别生气，关皓！”慕天赶快说，于珏趴在云歌的肩头哭起来。

云歌心软了，说：“关皓，于珏要强，做了一些不对的事，你也是忙，这么长时间不过来看看她。至少是你现在，当着我们，不应当这样对待她。我倒是建议，你们要是想继续相处，六师现在也建得不错了，让于珏早一点过去吧！”

“云歌，你也赶我走吗？”于珏哽咽着。“于珏，还是实事求是吧，有条件就尽早调到一起吧，你也不小了，这样大家都心安。”云歌说。

“那，云歌都这么说了，这次我就跟你走吧！”于珏像个小女孩一样走过去拉着关皓的衣角，关皓看着她，没说话。

“确实，关皓，于珏是我的同班同学，在学校时，我们关系很好，她学习也很好，我真心希望她好，拜托了。”云歌真心地对关皓点了点头。

“你是很懂事，你看她，一出一出的，有意思吗，唉，真是的！”关皓摇头。

“我们出来时毕竟还是初中的学生，她家里也不顺，对以后心里也没底，所以，对一些事想多了，就出了些问题，原谅她吧！”云歌恳切地说。

于珏低着头，一句话都不说。“好了，我们会处理好的，放心吧，云歌。”关皓看着懂事的云歌说。

“云歌，六师是个什么去处啊，我们就很难见到了！”于珏忽然奔过来，一把拉住云歌，眼泪扑簌簌地落下来。

云歌拥住于珏动情地拍着她说：“好好的，我不会忘记，我们在学校是那么好的朋友，去六师后要把心胸放宽，跟周围的战友处好关系，眼光放远些，好好跟着关皓过日子，你妈妈才会放心啊。”

两个男生看着拥在一起的两个姑娘，各有各的心情。“好，云歌，我听你的！”于珏深吸口气，冷静了下来，她擦擦眼角的泪水，一把拉住关皓的衣袖，说：“我跟着你去！”关皓说：“六师有那么多知青，没你想得那么可怕，好吧，我们走了。”

“天快黑了，路上多注意。”慕天说。云歌心情复杂地望着少年时代的闺蜜渐行渐远。

回到团部，关皓帮于珏办理了迁往六师的关系，自己先行回六师，让于珏留下等团里的批复。于珏拿到批复，没去六师，直接回了哈尔滨，不久她主动与关皓解除了男女朋友关系，与兵团也断了联系。

三年后，关皓与薛岚考上了同一所大学，关皓学了经济，薛岚如愿以偿学了机械。于珏辗转找到了云歌，让云歌把她的信转给关皓，想与关皓复合。云歌打听到关皓的地址，让于珏把信直接寄给关皓，关皓拒绝了她。于珏很快就嫁给一位1966年之前毕业的老大学生，并育有一女。

20世纪80年代国门开放，于珏不甘寂寞，与前夫离了婚，又与一位香港客商交好，随其旅居海外。90年代初期，她以照顾年迈的母亲为名，又只身回到中国来做生意。这是后话。

“还看啊，人已经走远了。”慕天说。云歌回过身来有些感伤地说：“结婚的结婚，走的走，过些日子乔杨也去十五连了，还是很留恋大家在一起的日子啊，虽然艰苦，有时也吵吵闹闹，但也是红红火火，热热闹闹，像个青春大王国。这慢慢的，就都散了，唉！”

“落寞了，你和于珏是两路人，没有不散的宴席，尤其是你们俩，将来估计也不会打什么交道，走吧，回去吧，咱们看我的歪诗去吧。”慕天劝她说。

“好，今天的天气倒是真好，也不太冷，月亮也大。”云歌指着月亮说。“是啊，不是你给人家选的日子吗，说是十五的月亮十六圆嘛！”慕天说。

“讨个吉利呗。”云歌说。两个人说着走回了连队，一起走向慕天的宿舍。

“晚饭已经晚了吧。”云歌说。“今天午饭吃得挺晚，你还饿啊？”慕天似笑非笑地说。

“笑什么，你不饿？”云歌说。“你一说饿，我就想起了华宇说的话。”慕天笑着说。

“讨厌，我们跟你们一样干活，你饿，我就不饿，又不是什么都不干的大小姐。”云歌娇嗔地伸出拳头，一拳打在慕天的肩膀上。“呀，嘶”，慕天捂着肩膀叫痛。

“真打痛了？”云歌踮起脚扶住他的肩。“上次卸车砸了一下。”慕天说。“我看，啊，真对不起，让我看看。”云歌不自主地关切起来。

“没事，你不怕羞啊。”慕天说。“那羞什么，不是肩膀嘛。”云歌说。

“这可是在外面，正吃晚饭的时候，人来人往的，人家以为……”慕天说。“那次传染病，我还给长生、霍晨他们喂饭、退烧呢，我是半个护士，怕什么？”云歌说。

“不一样啊！”慕天调皮地说。云歌的脸一下子红了：“你讨厌啊，我走了。”

“别走啊，这样，我去食堂弄点吃的，你现在进去等着。”慕天一把拉住云歌说。

“我不去，快晚上了，不方便。”云歌说。“没事的，白岩人家新婚去了。华宇明早的火车探亲去，已经赶到团部去了。翮伟早走了。吉西这几天好像去给哪位探亲的老兵那里帮助看房子去了。就剩我了，过一段我就该去大宿舍了。”慕天说。

“好吧，拿一点辣椒糊来。”云歌说。“遵命，辣椒姑娘。”慕天说着跑走了。

云歌走进了慕天的宿舍，有些拘谨地坐在一条长凳上，她这是第三次来慕天的宿舍，前两次都是来找零件。

她环视着宿舍，慕天的上铺是白岩，行李还没全拿走，和慕天对床的华宇，床上盖了一个大单子，他的上铺放了几个箱子和杂物。

她记得前两次来，她看到慕天床上原来有一个小隔板，上面有一排书整齐地摆在那儿。可今天那些书全都不见了，有一个纸箱摆在地上，开着口，她走近看看，里面全是书。床下的零件还是依次整齐地排开。“他把书收起来干什么？”云歌思忖着。

“饿了吧？”慕天端着饭笑嘻嘻地回来了。“不敢再说饿了，好像多贪吃似的。”云歌说。

“贪吃有什么不好，怕你不吃，没有辣椒糊了，我这里有辣椒酱，是华宇的，还有一样好东西，你爱吃的。”慕天把手里的馒头和炒白菜放在桌上。

然后，他从床头拿起一瓶辣酱，再把刚放在床上的书包打开，从里面拿出一个纸包放在桌上，用手指了指，“什么？”云歌看着他问。

“自己打开啊。”慕天说。“啊，熏鸡，哪来的。”云歌说。“刚才参加婚礼，翮伟送我的，他前几天参加学习，从牡丹江带回来的。”慕天说。

“你人缘也挺好啊。”云歌说。“我们在一个宿舍时，吃东西就不分彼此，我比他大一岁，经常是我给他们找吃的。”慕天说。

“你今天叫我来，是为它啊？”云歌说。“有点因素，现在有好吃的没你分享，好像缺点什么。”慕天说。

云歌又一次脸红了，她有些不好意思地看看慕天。“看什么，吃啊！”慕天坐下来，撕下一只鸡腿递给了云歌，两人吃了顿饱饭。

第四十六章

晴朗夜共数繁星　随佳偶乔杨新嫁

“不是说要给我看你那首长诗吗？”云歌问。“是啊，在这里。”慕天在他的床头拿起一个挺漂亮的笔记本递给了云歌。

云歌迫切地接过来，打开笔记本，看着看着，她忽然想起了什么，说：“为什么把书都收起来了？”“宿舍没人了，也许要搬家。”慕天说。

“不会是也要走吧？”云歌眼里显然充满了不舍与探寻。“没有，但是，我们连每年冬天都要支援打猎队几个人，以前差不多都是华宇去，今年华宇探亲，连长说让我去，一去就是一冬啊，也要收拾收拾。”慕天充满神采的大眼睛里也似有着少有的不舍。

“那没事，也就是一冬呗，又能给我们带来好吃的了。”云歌单纯地笑着说。“说你是馋猫，没冤枉你，”慕天笑着问，“你怕冷吗？”

“现在还不算冷啊。”云歌说。“我们去看星空吧，你不是说今天的天好吗。”慕天说。

“咱们真是心有灵犀一点通啊，我也是这么想的，可是，这诗，我也想看，要是出去，什么时候看啊，我翻第一页，就把我吸引住了，”云歌说着捧起了笔记本念起来，“‘这里是海，后来又成了山，历经沧海桑田，穿越时空变幻，东方天书——你，矗立在我的面前。如此清晰，如此庄严！’这庄严，只能是能感觉到的人才能感觉，有些人只会把它看成一景一走而过，你就不一样……”云歌欣赏地赞叹着。

慕天看着她沉醉的样子，轻声说：“真是知音啊！”“你的思路很特别，你看这接下来写得多好，‘是哪一道绚丽的天光，是哪一脉睿智的精魂，是哪一支锋锐的神笔，在这里筑造了一座——太初精神与艺术的圣殿。’我虽然没去看过，我已经叹服了，真的……”云歌说。

“这首诗你喜欢，你就把这笔记本拿回去读，不用还，送你了。”慕天说。

“那怎么行，这么好的诗，这么漂亮的笔记本，我不敢要啊！”云歌说。

“那有什么，这笔记本，本来就是送给你的。”慕天真诚地说。“真的？”云歌不好意思了。“当然是真的，我这人没假的，底稿我留着呢，我昨晚抄到好晚，你觉得哪不顺，跟我说啊，还去看星星吗，天会冷一些。”慕天说。

“没事的，我穿得多，我忘不了你说的读天地，地我们读过一些，天读得还少呀！”云歌说。

“人读天，永远都是少的。”慕天说。云歌珍惜地把笔记本放进自己的书包里。两人边说边走出了宿舍。

他们仰头望天，月朗星稀，“今天的天好，深秋的天，比平时都高远，我和翮伟曾好几次专门去后山上看天。”慕天说。

“真的，我也去过啊。”云歌说。“不是又去埋书吧！”慕天笑着说。

“我哪有那么多书啊，你这么一说，我倒想起那些书了，不会没有了吧？”云歌说。

“不会的，你要是不放心，什么时候把它挖出来就是。”慕天说。“先放着吧，谁知道下步的形势会怎样？”云歌说。

“放心吧，只能是越来越好。”慕天颇有信心地说。“你总是乐观的，当然，好像也不完全是，我看你对地球的未来，还挺忧患的，你想得可真多，这么大的地球。我可没你这天胸海腹。”云歌说。

“哦，你可真会用词，天胸海腹，那我得有多胖啊，其实整个地球都关乎每个人，咱们现在谈这些比较少，人们在这方面想得也比较少。”慕天说。

“但你看你的诗中说‘有多少诺亚方舟，能抵挡两极融化的冰川，有多少名后羿，能改变全球变暖，有多少只喜鹊，能让银汉相隔的牛郎织女相会，有多少位女娲，能补上臭氧层日渐稀薄的苍天’，充满忧患，写得真好。”

“你真行，都会背了，我们国家现在虽然不算发达，但是很健康，现在一些发达国家，滥用资源，过度开发，世界上环境污染，近年来比较严重。我们国家的发展也应避免这些问题，但谈何容易啊！”慕天边走边说。

“我可没有你那么多高级的想法，我上后山看天，要么就纯粹是玩，要么是郁闷了，去散散心，我刚来的那年冬天，还和小孩们在那里滑爬犁呢。”云歌说。

“你还干过这么淘气的事啊，”慕天笑着说。“这山的坡度刚好，我坐在爬犁上，抓紧扶手，小孩们在后面一推，一路上颠簸滑行，就什么愁事都忘了，呀，这二号地什么时候修这么宽的沟！”眼前一条沟横在他们面前。

“前些日子加宽的，靠山太近，免得地被水淹了。”慕天说着一个箭步跳过去。云歌看着晶亮的沟底没敢跳，说，“不知水冻实了没有？”她踌躇了一瞬间，伸出了一只手粗着嗓子说：“张军长，拉兄弟一把吧。”

慕天马上伸出手去，一把把她拉过去，扶住她，云歌有点不好意思，回头看看那沟说，“我还是胆子比你小，其实我这么长的腿，还是过得来的。”

慕天说：“是啊，我相信我不在，你也能过来，我这不是在嘛。”

“不许这么说，好像我要赖，要依靠你似的，”云歌娇嗔地说。“你就别那么好强了。”慕天拍拍她的肩说。

趁着月色两人很快爬上了山。“这山不高，山顶又挺平坦的，你看稍微有点高度，和站在地面上，感觉就不一样。”慕天说。

他们抬起头看着横亘在天穹中的银河。“北大荒的天就是不一样，夜里的天也是深蓝的，透明的。”云歌说。

“一位哲人说过一句话，一个民族有一群仰望星空的人，他们才有希望。”慕天说。

“是黑格尔吗？黑格尔说的？”云歌问。

“我从黑格尔的著作中没有查到，当然，我没仔细看他的《历史哲学演讲录》，是不是在那上面还不知道，无论是谁说的，这句话，都很有意义。”慕天说。

“是的，充满了诗意，我们是这样的人吗？”云歌说，“当然是啊，我们这一代中许多人都有这样的特点，希望自己是仰望星空那一群人中的一个，当然沉到现实生活之中后，大家也就各有不同了。”慕天说。

“其实不只是我们这代人，茫茫宇宙，云涌星驰，几千年来，吸引了多少古今中外的志士仁人仰望和神往。记得屈原的《天问》吧，其中的一段你肯定记得，‘天何所沓，十二焉分？日月安属？列星安陈？’这位诗人一口气提了 170 多个问题，许多都是仰天叩问的，在那样的时代，他能够直接追问宇宙的生成和演化，天地有没有开始和终结的时间，说明他不只是一位伟大的诗人。”慕天赞佩地说。

“你说你对中国古诗词不很熟悉，哪里啊，连屈原《天问》中提出多少个问题，都数清楚了。是啊，包括唐代张若虚的《春江花月夜》写得多美，我最喜欢其中的‘江畔何人初见月？江月何年初照人？人生代代无穷已，江月年年望相似’。全诗三十六句，像作者的名字一样，若虚若实，围绕着春、江、花、月、夜五种景物展开，春江为基底，夜空为背景，皓月为主体，闻一多说这首诗‘是诗中的诗，顶峰中的顶峰’，但这首诗之所以孤篇盖全唐。我觉得更是因为这几句，因为它不只是写美叙景，它有一种代表那一代有识之士的仰天叩问。”“说得好。”慕天赞赏地说。

“当然古代诗词中还有‘明月几时有，把酒问青天’，这种叩问是很多的。”云歌说。

“是啊，这种叩问，是人与生俱来的本性，也是人类永世不变的探求，而我们是住在浩瀚无垠的宇宙空间的一颗小星星上。你知道，地球在整个宇宙犹如沧海一粟，人类是在这一粟上观沧海，进行这种浩大的探求，真可以说是‘管窥’啊。”慕天说。

“就是说天是读不尽的呗！”云歌说。

“可人类是好奇心极强的生物，古往今来，人类因未知而好奇，因好奇而观世界，因观世界而发展。”慕天说。

“我不像你，去的地方很少，好像不到北大荒，都不知道什么是辽阔。锄地时感觉特明显，一垄地锄完，好像是从地平线的这头走到那头。望着千顷沃野，就像站在大海边，你在地头等拖拉机过来，是不是就像站在海边看轮船，先看到的是拖拉机排气管。”

慕天说：“你说得还真是挺形象的。”

云歌兴奋了，她边说边往前跑去，大声地唱起歌来：“蓝蓝天空银河里，有只小白船，船上有棵桂花树，白兔在游玩……”

“小心，这是在山上！”慕天笑眯眯地看着她高兴的样子，听着好像还有些童音的歌声，不想打断她，他感叹：“这时候的她，和平时的她，真是不一样，完全像个孩子。”

她几步跳到他身边说：“你看，今天的勺子星多亮啊，你看啊！”云歌快乐地指着天空，下意识地拉了一把慕天。

“看呢，你看你好像是站在星星里。”慕天借着月色，欣赏着她高兴的样子。

“不，我们是住在星星上！”云歌有些兴奋地说。“你说得都对，这种辽阔的感受，住在星星上的浪漫，真是好美。”慕天忍不住拍了她的头一下。

“唉，也没有那么浪漫，这几天平整土地，起早贪黑的，夏天也是，晴天一身汗，雨天一身泥，顾不上看这些了。”云歌说。

“确实，像你这样年龄的女孩应当是坐在教室里，等秋游的时节来看天。”慕天说。

“但现在这些感受确实也是不一样的，你说是吧？”云歌说。“是的，没有感受这种辽阔也没有现在这种思想上的厚实。”慕天说。

“其实真像你说的，我倒是去过一些地方，但这里的天空，才能看到真正的银河，你看那一条闪亮的银带，在大气云霭的掩映下像是波光粼粼，横亘在天穹上，我们站在这山上，好像它离我们很近，你看那一颗颗闪亮的星星，好像跳起来就能摸到，这才是真正的星空。”慕天感慨道。

云歌说：“你到过那么多地方，还是这样的感觉，说明这里很独特，很不一般啊。”

“我还记得你埋书的那次，那一天也是星汉寥廓，你从独孤山上走下来，周围好像环绕的都是星星，我惊呆了，那一刻我一辈子都不会忘的。”慕天深情地说。

“你是被星空惊呆了。”云歌有些不好意思地说。“确切地说，是被星空下的你惊呆了。”慕天转过头来看着她。

“看什么，你又不是不认识。”云歌愈加不好意思了，慕天转过身来用两只手扶住云歌的双肩：“云歌、云歌，这些年，谢谢命运让我认识了你。”

“这话说的，你是要走了吗？”深秋的夜风带着北大荒的寒意吹过来，说着，云歌不禁打了个寒战。“冷吗？”慕天问。“还好，你今天好像要告别的样子。”云歌有些担心地说。

“没有，只是感慨。”慕天说。“这些年是你对我帮助很大，我为你真是没做什么。”云歌认真地说。

“傻丫头，倾听和交流，也是一种不低的境界，我觉得你是懂我的。”慕天也认真地说。

“也许吧，正因为我觉得你心气高远……”云歌说。“你又何尝不是，我明白，女孩之中，像你这么理性的，也是不多的。”慕天说。

“你在怨我吗？我清楚我的条件，很难达到我的预期，你却不一样，我们许多方面都是不同的，而且差别很大……”本来脸红心跳的云歌边说话边冷静下来，热情的眼神也开始黯淡下来。

“我是觉得你想得有点多，真的，当然你这样，也许没什么不对。”慕天放下两只手，拉了一把云歌往山顶的另一边走去。

“看，流星，”云歌指着一颗划过天际的流星说，“看到流星，是不是不好啊？”

“你还信这些，据说有些流星落到地上就会变成金子，地球上的黄金就是有些恒星的爆炸落下来的。”慕天说。

“是吗，真的吗？”云歌说。“那还有假？”慕天说。

“那看到流星划过，我们应当接住。”云歌说。“傻丫头，哪里接得住啊。”慕天笑道。

“今天的勺子星真清楚啊，你注意了吗？这勺子星的把，不是总冲一面的。”云歌说。

“聪明，在古代的典籍上就说，‘斗柄指东，天下皆春；斗柄指南，天下皆夏；斗柄指西，天下皆秋；斗柄指北，天下皆冬’。当然，这显然是在我们这个半球上看，现在的斗柄指的是西北，你看得很细致。”慕天说。

“那顶多也就是古人的水平呗！”云歌说。

慕天说：“你看太阳系，那是金星，它现在在西边，明天凌晨，就移到东边了，现在叫长庚星，明早就……”

“叫启明星！”慕天没说完，云歌就抢着说。

“其实中国古代就有人开始研究月亮的盈亏、星星的出没与朝向，把天与地放在一起探究，其实是个好思路。”慕天说。

“古代叫观天象，是吧？”云歌说。“是的，我们中国人对天文的研究是很早的，我们的文字，许多都与天体有联系，比如日月在一起为明，三日在一起为晶，二月在一起为朋，还有许多日月天的偏旁部首呢！”慕天说。

“你想得还真细，还说你中文不好，这不是挺不错的嘛，对啊，千百年来这深幽的夜空，闪烁的群星，令人心驰神往，激发了多少神话和诗的诞生啊！”云歌说。

“其实人们更喜欢的就是你说的这些，关于宇宙的神话、诗和故事，因为它的存在本身就是一种神秘的诱惑与召唤。但这不是宇宙研究的本身，宇宙研究其实是很枯燥的，而且永远难以穷尽，到现在为止，人类对宇宙知道的可能只是百分之几表面上的东西，就像刚才说的，站在沧海一粟上观沧海，太难了，但人类绝不罢休，他们始终像明代一位人士在叩问‘天有极乎，极之外何物？’”慕天说。

“那次卫星上天，我看你特激动。”云歌说。“当然，这是我们中国人走向太空的第一步啊，这一百多年来，我们在这方面落后了，原来可不是这样，我们明代有个叫万户的人，那时候就做过飞行器呢！”慕天说。

“我们其实进步还不算慢啊，现在的飞机、火车、电话，在古代可能就算魔法了吧，我之前看过一本童话，一位公主等待她的爱人，他的爱人是来自另一个世界，他有事不能来，于是公主的墙上就出现了火焰般的字句。我常想，那墙上火焰般的字句，是不是就是这些年来发明的电视呢，我虽然没看到过，但听传说，有点像，是吗？”云歌询问着。

“你说的还真是，但这些我们都还没有，包括深空探测，美苏 50 年代就开始了，随着 60 年代初，苏联的加加林上天，美国就发布了阿波罗计划，60 年代末，月球上留下了美国人阿姆斯特朗的脚印。这是两个超级大国的太空争霸，但就深空探测来说，也还是有意义的。”

“是啊，在这个意义上说，都是人类嘛！”云歌十分理解地说。

慕天说：“你这个看法，好像我们现在还不能接受，但早晚会接受，人类其实有很多共同的目标。其实，面对宇宙，地球是个整体，但这个问题很复杂。”“明白，这些，现在也只能在我们之间说说。”云歌说。

慕天接着说：“其实，深空探测危险巨大，近些年来苏联损失惨重，我看过他们一次失败的记载，好像叫《惊魂两小时》。两小时中，家人在电视屏幕上，眼看着自己的亲人随着航天器一起陨落，十分悲壮惨烈。”云歌听着沉默了。

“不过，我中华民族，岂能甘心落在他人之后。”慕天边说边从地上捡起一块石头抛向远处。

云歌想起盛楠曾经对她说过外调时了解的慕天的家庭情况：“你对航天的事这么关注，是不是你爸爸的工作与这些有关系？”

慕天点点头说：“应当有关系，但他具体在哪里，做什么，家人也不清楚，只知道是在大西北，他们有很严格的保密纪律。”

“那你妈妈呢？”云歌问。“我妈当年是在金陵女子大学读书的，是姜阿姨的师姐，但她们好像没见过，我妈学的是外国文学。我父母他们俩人曾经谈过轰轰烈烈的恋爱，后来两人一起参加了革命。”慕天说。

“那多浪漫啊！”云歌说。

慕天摇摇头说：“但现在他们已经几年不见面了，我爸爸去大西北，好几年没回家了，就是回家，我妈在干校，离北京也不近。”

云歌说：“那，你妈妈可以跟他去西北啊！”

慕天说：“我妈是大学老师，我爸那里哪有大学啊，再说我妈的父母在国外，算是有海外关系的，去也不方便吧，也许就不能去。”

“那，你妈是一个人在北京吗？”云歌问。

慕天说：“是啊，身体又不太好，学文学的，感情上的依赖性又强，我爸爸有时几个月没有一封信，我妹妹在延安插队，也是常年回不了家，我就更是这样。”

“是啊，逐渐上了年纪，一个人确实是比较孤单，但是，你妈妈一定学问上很渊博吧？”云歌问。

慕天笑着说：“她的书特别多，后来抄家时抄走一些，她确实文学造诣很深，你一定会和她说得来的。”

“我，我懂什么啊？”云歌说。“别这么看自己，你懂得多了，你懂的，我就不一定懂。”慕天说。

云歌有点惨然：“瞎说，你是上过大学的，我上学太少了，只是一知半解。”

慕天笑着说：“上没上过大学，真不一定是学问的标准。你哪是一知半解啊，知道的那么多，大雁啊，双鹤啊，宝黛啊，哇，那么多花前月下，好美。”

云歌不好意思了，伸出戴手套的小拳头捶打慕天的胸口，慕天说："这石头可是滑啊，一会儿我掉下去了。"

云歌低头一看，果然慕天已经退到石头边上，一把拉住他，两人手牵手向石板的中心走了几步。

"我们从天际谈到自己，"云歌说，"我刚见到你的时候，看你的头发倒是黑黑的，但眼睛大，好像眼窝还有点深，你还在国外待过，我觉得你的祖辈是不是有外国人血统啊？"

"你怎么，是在夸我长得帅，还是怀疑我的血统呢？"慕天笑着说。

"我的想法可没有政治含义，你别多想，我小时候在大街上，经常看到中俄的混血儿，男孩、女孩漂亮得出奇，那个脸啊，白得都是透明的。"云歌说。

"你的脸也白得透明啊。"慕天深情地看着她。"我姥姥是满族人，倒是有点少数民族血统。"云歌说。

"我和你一样，我可没有外国血统，其实和你差不多，我妈祖上据说是鲜卑族，我舅舅的特征比较明显，大胡子，深眼窝，确实有点像外国人。你看得还真细致啊，女生对男生看得这么细，这说明什么啊？"慕天笑嘻嘻地又扶住云歌的肩膀。

云歌推了他一把说："讨厌，根本不是你想的那样。你的长相，谁都看得见啊，别人也这么说。"

"那，说明我还挺引你们女生注意的啦！"慕天得意地说。"看把你美的，你只能算容易引起关注中的一个吧！"云歌瞪了他一眼说。

"别人注不注意我，我不在乎，我没想到你会那么认真看我，我真的很高兴。"慕天晶亮的眸子闪着激情的火焰，深情地看着云歌。

云歌害羞地别过脸去，她低了一下头，又马上抬头看星星，让自己冷静下来。

"看来人真是有气场的，一见到你，就有说不完的话。天太冷了，我们回去吧！"慕天压抑住自己的心情说。

"好吧，启明星已经过来了，你看那银河像无数星星连起来，像个大网。"云歌指着天空。

"总有一天，我们中国在那上面会命名许多星星，天空不再都是外国人的名字，有我们的嫦娥、悟空，还要把屈原的《天问》也打上天际。"慕天说。

"那不就结成星星网了？"云歌说。"对啊，就是要结成我们自己的星星网，用它来连天接地，多好啊！"慕天说。

"哈哈，你可真能做梦，真能想象。"云歌说。

"想象力是人类最强大的能力和动力，咱们这辈人是共和国的长子，这辈子不能白活，得为她做点什么。"慕天说。

“又开始慷慨陈词啊，我可没你那么大的抱负，家人过好了，就行了。”云歌一面说话一面往山下走。

“你怎么没有，你就是不好意思说。哎，慢着，我先下，你别黑咕隆咚地掉下去，你等等！”慕天一边走，一边说，一边拉住她又说了一句“先别动”。

云歌愣愣地站住了，看着慕天下了山，回过身来说“下来吧，慢一点”，云歌慢慢地从山上走下来。

“这种效果真好，不过今天咱们都穿着大衣，可惜没有照相机，这样看，你就像包裹在星星里，就像埋书那天似的，真是天人啊！”慕天感叹地说。

“你真是浪漫，哪来的天人啊，是土人，一个康拜因手，粗手粗脚的劳动人民。”云歌说着从山的斜坡走下来，没有收住脚，慕天一把扶住她。

慕天顺势抓住她的衣袖提起来，说：“还双手，还粗手粗脚，还土人，还劳动人民，你还真不够格，干这么多年活了，还是十指尖尖的，倒像是弹钢琴的手。”

慕天说着放下自己提袖子的手，云歌说：“你还真别说，我还真弹过钢琴，在家的时候，有个邻居婶婶是个小学音乐老师，家里有台挺旧的钢琴，我们院子里一些小孩经常跑到她家弹几下，她说我很有天赋呢，也拉着我的手说我有这方面潜质，她教过我挺长时间呢，后来我妈就不让我学了。”

“是吗，我妈就喜欢听钢琴，总遗憾这辈子没学，我姥爷对她的要求是，搞文可以，但不能搞艺术。”慕天说。

云歌说：“嗨，是啊，我妈也是，看我是个学习的料，怕我耽误学习，坚决不让我弹了，我也是瞎弹，只能弹点简单的曲子。”

“那就挺好啊，我家也有台旧钢琴，没人弹呢。”慕天说着深情地看向云歌。

四目相对，他把她拥入怀中，虽然两人都全副武装，穿着厚厚的棉衣，戴着棉帽子棉手套，但相互都感觉到青春的心跳。云歌的脸抵在慕天的肩膀上，一行清泪不知怎么流下她的脸庞，她觉得心中的壁垒在坍塌，她真的希望时间就此静止在这里。

良久，慕天轻轻地说：“时间要是停止在这里就好了！”“是啊，我们想的一样，不过你看看天，星月已西沉。”云歌抽回了手，摘下手套，揉揉眼睛说。

“不过，仰望星空是对现实的超越，让思想奋飞，但经过这些年的磨炼，我们这辈人再也不会像安泰，而是扎扎实实地把双脚踏在大地上，尽管当我们脚踏大地时，会有好多事，让我们感觉不容易。”慕天说到这里语气有些低沉。

“是啊，我今天更明白你说的读天地了，我一辈子都会记住你的这个说法的，这次你除了去打猎，还有什么事吗？”云歌有些不舍地问。

“没事，没有什么事。”慕天定定地看了看云歌说，过了一会儿，慕天拍拍她的后背，用一只手挽住她说：“你一定好好的啊！”然后理智地放开她，拉着她的手，把她一直送回宿舍。

云歌回过身来，向他招手说："等着你回来。"

然后，慕天没说什么，他一直深情地看着她关上宿舍的大门。

天上的启明星一直忽闪着，深情地看着这对依依不舍、青春洋溢的男孩和女孩。

来北大荒这些年，能睡到自然醒，对乔杨来说真是一份难得的奢侈。

转眼这是三天婚假的最后一天，乔杨在红线绨背面的新被子里睁开毛茸茸的双眼，乌黑的浓发散在粉红色的花枕巾上，衬着一张粉白莹洁的脸。

她转过头看看身边的空枕头，她伸出手摸了摸那枕头说："这家伙，这么早就跑了，也是啊，管生产，确实忙，每天早上是要给大家分工的，原来怎么没想到呢。"

她环顾一下今后就要生活在这里的新房，这是一间典型的"干打垒"家属房，外墙的下半截是石头砌的，上面是土坯砌好了之后，通体抹上一层泥，再刷上大白。

当时房间里泥土斑驳的墙面和黑黝黝的顶棚没有了，顶棚是用报纸新糊的，还算整洁，墙是新抹的，火炕是新盘的，炕面上的花纸上刷了一层透明漆，光光亮亮的，显得很干净。

房子也就十七八平方米，一道火墙隔成了两间，算是有一个小后屋。

火炕前面空地不多，靠墙的空地上钉了四根木桩，上面架起了一块木板，木板上面铺了一块簇新的花桌布，就是一张桌子，两边放了两块粗圆木，上面放了一对花椅垫，算是一对凳子。

乔杨伸个懒腰，"这暖烘烘的火炕，真舒服，让人不想起来。不行，得起来，今天还要到十连搬我的家当呢，"她一个鲤鱼打挺爬起来，到木头打的炕柜拿衣服。

一身洋红的衬衣衬裤凸显出她凹凸有致的身材，这是云歌托上海青年探亲时买来，送给她的嫁妆，衣服上还镶着蕾丝边，领口低了一些，显得有点华贵。

她对着镜子看自己，雪白的颈项，灵动的双眸忽闪着，上面一双浓淡相宜的秀眉，"眉笼春山啊"，她想起了自己最喜欢的李清照新婚的诗词，念了几句，镜子里的她笑了。

"这云歌，说女孩结了婚就不一样了，怎么不一样，昨天晚上薛岚还说，我的脸色反倒比原来好看了。"她好像想起了什么，羞答答地捂住脸，又笑了。

她把衣服穿起来，走近桌前，那上面有一张纸条："杨杨，饭在锅里，多吃些，中午好好休息一下，下午去十连，回来会晚些，你的岚。"

“这家伙，还真细致，还留个条子。”她出了睡房的门，走近靠火墙的灶台，灶台里嵌着一口大锅。她掀开锅盖，里面放着一个中型的铝盆，铝盆里放着三只碗，一只碗是小米稀饭，一只碗是一个馒头顶着一个荷包蛋，一只碗是小咸菜。

灶台边上有一块小案板，上面是一缕擀好的面条，边上放着洗干净的白菜。“这两顿饭都预备好了，他是几点起来的，我真是个懒蛋，他那么累，云歌说得对，我以前对他体谅得也不够啊！”乔杨幸福得有点自责。

平时在地头风风火火的乔杨，闲了几天反倒觉得有点缺了什么，吃了饭，她开始整理房间，她把昨天给薛岚洗干净的衣服，叠好码放在新打的炕柜里。

有几双新洗的袜子破了洞，她拿出一只木制的袜底板，把袜子套上去，开始为薛岚补袜子。她飞针走线，一会儿就把几双袜子补好了，她又拿出薛岚的一条膝盖破了洞的裤子，找了一块旧布补起来。

“这衣服真不经磨，才穿了多长时间就坏了，”她自言自语地说，“什么时候我们不用补衣服了，好像上次梅芳帮我买的的确良裤子，虽然薄，但很结实。”

她一边想起昨晚她在薛岚的怀抱里，他梦呓般地说着自己想开火车的畅想，“净想美事”，她笑了笑，不知什么时候，她侧卧在叠起的大红被边上睡着了，手里还拿着裤子，针线……

她进入了梦境。“你终于坐上我开的火车了！”薛岚拉着衣着亮丽的乔杨，走到一辆像巨蟒一样长长的银灰色的豪华大车边上，大车的轨道直通天际。

“这是什么？”乔杨问。“这是火车啊！”“火车都是绿皮的，这像是一条大银蛇。”乔杨说。

“是啊，这是新型高速列车，从北大荒十个小时就到北京了。”薛岚说。“这怎么可能，又不是飞，这是哪里？我得下地干活了。”乔杨说。

“在干着，你看那里在割麦子。”薛岚指着远处的一块大地号。“都用康拜因是不行的。”乔杨说。

“这都是我们国产的新型联合收割机了，已经好几年不用人工了。”薛岚说，“哪台是云歌的车？”乔杨问。“最高大的那台。”薛岚说。

乔杨看到那台联合收割机上穿着海蓝色工作服的云歌忙碌的身影。“你赶快上车，我要到驾驶室去了。”薛岚说着向车头跑去。

“薛岚，这车你开不了，你没学过，这么好的车，你给人家开坏了，咱赔不起啊。”乔杨朝薛岚喊。“没问题，你快上车吧。”薛岚边说边向车头跑去。

乔杨着急了，大声喊着薛岚：“你没学过，怎么能开火车呢，薛岚、薛岚……”

“杨杨，醒醒，怎么了？”乔杨睁开眼睛，看到薛岚笑脸盈盈地看着她，一只手搭在她的脑门上。

“做梦了，是吗？吓了我一跳，以为你发烧了，起来吃饭吧，咱们得早点去，白岩说，上次婚礼在十连，麻烦了好多人，他们昨天抓了不少鱼，召集大家都去十七连，让我们过去尝鲜，而且他们家还有一景呢。”

“什么景？”乔杨揉揉大眼睛问。“鹤啊！”薛岚说。“对啊，我想看！”乔杨说，薛岚亲昵地拍拍她说：“那起来吧，面已经煮好了。”

乔杨爬起来，拢了拢头发，薛岚看着她拢头发的样子，一把捧住她的脸深深地吻了她，然后说：“吃吧，一会儿面凉了。”

乔杨说：“我本来想贤惠一把，补好裤子，我煮面的，等你回来吃，没想到又睡着了，不好意思。”

薛岚说：“啥时候学会客气了，新娘子嘛，要多休息。”薛岚朝她笑笑，然后飞快地转向大灶，把两碗面端上来。

然后，他又端上了一只大搪瓷盆。“这是连长嫂子送的‘粉条炖鸡块’，连长嫂子说你刚来，怕你想念老连队，所以做点好的给你吃。”薛岚说。

“真不好意思，不过还真好吃。”乔杨边吃边说。“是啊，连长嫂子都舍不得给孩子吃。她总是说，老连长身体不好，连队里的事情主要是靠我，说我比较辛苦，所以经常关照我。”薛岚说。

“人家是二等功臣，现在脑袋里还有朝鲜战场上的弹片呢，你年轻，多干也是应该的。”乔杨说。

“有你理解，我就更要好好干了。”薛岚说。“薛岚，我觉得挺对不住你的，这些年，我应当在你身边，与你同甘共苦，你，你太惯着我了。”乔杨伸出左手拍了拍薛岚的脸。

薛岚抓住乔杨的手，把它放在胸口：“有你这句话，我这几年的苦就算没有白吃。”乔杨放下筷子搂住了薛岚，把脸贴在他的脸上，就这样走近了墙上挂的梳妆镜前，镜子里两张青春的脸，显得生气勃勃。

第四十七章

“梅妻鹤子”迎佳友　东方纵谈一粒粟

“喔……吁……”乔杨看着薛岚套马驾车，“你还是个车把式呢，不用开火车，你能开马车就行了。”乔杨说。

“那是，薛连长赶马车，可是不含糊呢。”马号的老张师傅边说边把一匹大白马套上马车。

“还用辕马吗？”薛岚问老张师傅。“得用，你路不近呢，还拉东西。”老张师傅边说边套枣红马。“也是啊，别把你累坏了”，薛岚爱抚地拍拍大白马说。

乔杨看着他说：“你对马这么亲啊？”薛岚笑着说：“你嫉妒了？”“谁嫉妒了，美得你。”乔杨说。

张师傅说：“这匹马当年可是薛连长和我一块接生的，母马生产后不喂崽了，薛连长每天跑来喂它，是看着它长大的，亲呐。”

乔杨对张师傅说：“他还有这耐心啊！”张师傅说，“薛连长可是个有耐心的人，好人啊，姑娘，你找对人了。”

薛岚对张师傅憨然地笑笑说了一声：“张师傅，走喽。”

两人上了马车，薛岚娴熟地赶上马车，向十连的方向奔去，乔杨看着薛岚说：“人缘不错啊，你看，咱俩多像一对农民夫妻。”

“那是，以后的农民确实就得有初中以上的水平，农妇也得像你一样饱读诗书才行，这样，好教育下一代啊。”薛岚一手扬鞭，一手拍拍乔杨的头，把她搂到自己身边。

“大鞭子一甩，咔咔地响哎……”两人都是好嗓子，在车上唱起来。

乔杨忽然挽住薛岚说：“可是，昨晚上，我觉得你并不甘心你永远这样啊，好像你还想去开火车呢？”

“我确实一直就想学交通机械，开火车，你还是鼻涕妞的时候，咱们就认识，你知道的，小时候我就想开火车。”

乔杨说：“是啊，那时候你把家里的所有小板凳用绳子系成一串，让我坐在后面，你坐在前面，说‘呜，开火车了’。”

“这你还记着呢，但是，让我开一辈子马车，我也没有怨言，毕竟我是自愿来的，这里也需要我，只是苦了你了，我知道你的文学梦。”薛岚一只手紧紧地揽住身边的爱人，深情爱惜地看了一眼她。

“我嫁鸡随鸡，嫁狗随狗呗。我和云歌也聊过，云歌说文学梦在哪里都能实现，我认了，我身边有你就行了，我也会努力的，不犯懒，每天至少要记日记，再读些书。”乔杨挽了挽薛岚的胳膊。

马车到了十连，金晶和米莉跑过来。“怎么一水儿的女将啊？”薛岚问。“这里有男将，你不又该泛酸了。”米莉揶揄他说。

“你们就这么看我啊，齐全呢？”薛岚问金晶。

“他有手术，来不了了。”马车在女生宿舍停下，大家七手八脚地把乔杨的行李，箱子搬上车。

王连长带着一群人来了，说：“小杨，这是你的娘家，要常回来啊。”

然后，伸出手给了薛岚一拳：“你小子好好照顾小杨，如果有啥差池，我们娘家人可饶不了你，这孩子刀子嘴，豆腐心，别看有时发牢骚，干起活来，可不含糊，我们还舍不得这个副排长呢。”

“您放心，还是您了解她，我遵照您的指示，会好好体谅她！”薛岚故作郑重地说。王连长又拍拍乔杨的肩膀说：“小杨，结婚了，长大了，要懂事，有什么事，别任性啊。”

眼泪窝浅的乔杨早已满面是泪，接着，她又洒泪和排里的小姐妹们告别。

“你看，他们家是不是‘梅妻鹤子’啊？”马车拉着大家到了十七连白岩的家，翩伟第一个迎出来，一把拉住薛岚，翩伟身后跟着小于欣赏地看着自己的男朋友。

“你看白岩娶了邱莹，说是邱莹小名叫梅梅，又得了一个鹤儿子。”

“是啊，这鹤长大了，翩伟，人家小名你都知道，啥意思啊？”薛岚笑着拍了一把翩伟说。

“白岩就是这么叫的啊！”翩伟说，院子里的鹤身后跟着一群鸡，欢叫着。

“它们相处得还蛮和谐的嘛！”乔杨看着这只出落得越来越漂亮的鹤说。“乔杨，你们来了，你看，白岩的院子里，也真是鹤立鸡群啊。”云歌奔出来一把搂住乔杨说。

鹤见了生人欢跳着迎上来，把乔杨吓了一大跳。“别怕，它不咬人，它是欢迎你呢！”云歌拍拍鹤的后背，鹤站住了，看着穿着红衣的乔杨。

云歌指着鹤说：“它跳舞蛮优雅的，但你得领着它跳。”能歌善舞的乔杨听了跳起了新疆舞，鹤在她身边也舞起来，大家鼓着掌。

一曲过后，乔杨做行礼的动作，鹤也抬起了一条腿，奋力地把爪子放在胸前，惹得大家大笑起来。

“这么高兴，咱新娘子舞跳得不错嘛，我看看，挺幸福吧。”盛楠走了进来，身后跟着东方和文秀。

她边说边拉住乔杨欣赏地看着说：“比原来更水灵了！”乔杨推了一把盛楠不好意思地说“干嘛啊”。

盛楠说：“咱云歌说女孩一结婚就变了，没变啊，我看挺好的。”

乔杨说：“那都是云歌的谬论，她经常有一些莫名其妙的说法。”旁边的云歌说：“说你变漂亮了，不行吗……”

“进屋吧，喝点水。”邱莹出来迎接大家。大家进屋基本都坐在炕沿上。

“你们脱了鞋，上炕吧，里面暖和。”邱莹说。“这可是新娘子的炕啊。”长生和苗苗不知从哪钻出来。

“没事的，一会多数都得在炕桌上吃饭嘛，是吧？梅梅。”白岩说。“哇，她真的叫你梅梅啊。”乔杨对邱莹说。

邱莹笑了说：“是啊，我小名叫梅梅啊，其实我原来就叫邱梅，但刚上小学时，有同学说邱梅，反过来是‘煤球’啊，我气哭了，回家对爸爸说了这事，并且很委屈地说，我长得这么白，怎么成煤球了，爸爸就给我改成邱莹了，但他们叫梅梅叫惯了，这不，他又跟着我家里人学。”

“是啊，好多人拿这文字的谐音做文章，咱们连长本来叫梁士多，结果现在都叫他粮食多，咱们米家兄妹，米帆变成了‘米饭’，米莉变成了‘米粒’，还加个小字‘小米粒儿’。”云歌说，大家笑起来。

“怎么没看见慕天和华宇啊。”薛岚问。“华宇探亲了，慕天，连长安排他去山上伐木踩点去了，然后从山上带着几个人直接去打猎队。”白岩说。

“去打猎队，我怎么不知道，连长为什么一定派他去啊？”盛楠说。

“说是大力一定要让他去的。”白岩说。“真是的，我们云歌刚有一点感觉，就走这么长时间，不行，我得找连长说说去。”盛楠小声与白岩嘀咕着。

被乔杨听到了：“真的啊，这可是大事啊，云歌，你终于开窍了！”云歌愣了一下，满脸绯红，硬着头皮说：“没有，哪有啊，就是聊聊天象嘛，一起读天、读地。”

“你也不小了，你看大家都是出双入对的，你还有什么不好意思的，那天晚上，那么冷，两人恨不能谈一宿，还说聊什么天象，聊对象吧？”盛楠说。

“真的，他说他和翮伟也这么聊过。”云歌分辩说。“那倒也是，慕天确实和我多次晚上上山看天，聊天，但还是意义不同吧？”翮伟笑着说。

“有什么不同的？”云歌嘟囔着。“云歌，这有什么了，平时说我们的时候敞敞亮亮的，现在害羞什么！”乔杨大拉拉地说。

“是的，到了正视现实的年龄了，哈。”云歌说。

“你这话我不爱听，一点甜蜜感都没有，真是的，你看看我！”乔杨说着拉住了薛岚的胳膊做亲密状。

大家哈哈大笑，东方和文秀默默地坐在炕角，微微地笑着，薛岚走过去。

这时，盛楠把一大盆热气腾腾的猪肉炖粉条端上来，紧接着，金晶拿着几瓶啤酒和一些酒杯。

“哇，有啤的啊。”翮伟说，白岩端着一大盆拌白菜豆芽，邱莹又端上一大盆炖杂鱼。

“来啊，今天是第三天，薛岚、乔杨就算回门了，咱们再庆祝一下。”白岩说着举起了酒杯。

“祝三对新人百年好合。”云歌赶快说话，结束大家都关注自己的被动局面。“百年好合，这个词是个旧词，现在听着好像挺新的，其实还是这老词恰当啊，百年好合，百年好合。”盛楠说。

“怎么我们没来，你们就吃上了呢，白岩，你们可真够意思啊。”肖宁边指着白岩的鼻子边和穆灵走进来。

“我们也不是冲你来的，主要是再祝贺一下邱莹，咱们知青虽然年轻，并不是所有的婚姻，都像你们这么简单美好。”穆灵说。

翮伟低下了头。“你这是啥意思，好像我们这两对有什么问题似的……”乔杨着急了。

“穆灵的意思说的你们，就是你们三对。”云歌赶快帮助解释。“是，我这话没说好。”穆灵连忙对乔杨摆摆手。

“我说一句啊，今天，我一个重要内容是向我的好朋友道歉！”薛岚说着举起酒杯走向东方。

他把手搭在东方的肩上：“东方，在学校的时候，我们是最好的学友，是我心胸狭隘，说句不好听的，就是狗眼看人低，你，你怎么才能原谅我啊？”

乔杨没想到薛岚会这样，她见他走过去站在东方的面前，深深地给他鞠了一躬。不善辞令的东方居然说不出话来，他愣愣地看着薛岚，眼圈红了。

文秀过来扶住他说：“云歌让他一定来，不然他就不来了，他烧还没退呢。”乔杨听了，转过身扶住东方的另一只手，东方移开乔杨的手，用这只手扶着脸，不说话。

“你病了？”薛岚关切地摸了摸东方的脑门，东方拂掉他的手。“薛岚，他不说，我要说你几句吧！”文秀说。东方推了一把文秀摇摇头。

文秀并没有听东方的话，说：“不，我要说，薛岚，你无端的嫉妒伤透了他的心，你知道吗？”薛岚低着头说“知道”。

“他不止一次地跟我说，薛岚在学校时，我们就像亲兄弟，他把女朋友托付给我，他是多么信任我啊，我一定得对乔杨好，还对我说，你也一样，好吃的、好用的，他不给我，也要给乔杨。”文秀说着流泪了，云歌递一条手绢给她。

“当时我们在一个连时，只要他在连队，晚上他都要给乔杨灌一个暖水袋，哪怕冒着风雪，到家属家去找水，我看不过去，说过他，他说，受人之托，就得兑现承诺。可我从来没有想到东方对乔杨有什么不该有的想法，而你呢，薛岚，亏你们还是多年的学友！”文秀说着，用手扶住东方的肩膀，又流泪了。

乔杨也默默垂泪，薛岚把身子移向东方把头伏在他的肩上：“东方，是我的错，是我对不起你！”东方扶住薛岚的头，对着薛岚的肩给了一拳，又拍了拍他的肩膀，轻声说：“好了，都过去了。”

薛岚搂住他的肩膀说：“你要注意身体啊，大胡子连长说你是咱们团的种子大王，全团都等着你吃大米呢。”大家鼓起掌来。

文秀说：“这就对了，你们劝劝他，他去海南育种，几乎拼了命。”

薛岚说：“我知道，他是个一条道跑到黑的人，在学校就是这样，数学比赛他全市拿头三名，第二年他全年起早贪黑，终于拿了个第一。”

“其实我和东方三年前，去海南岛育种时，我们就已经是男女朋友了，他的人品太让人感动。”文秀说。

“哇，真是好感动的，说说，说说你们一起育种……”云歌拍拍激动的文秀说。

长生说：“什么香味啊，你们闻到了吗？”“是啊，真香！”肖宁说。

“香吧，估计你们是多年没吃到了，上八不是八，下八才是八，十字中间做，救命活菩萨，是什么？”盛楠：“来啊，各拿各碗，慢慢猜。”

大家走出门，锅台上摆满了碗，有些碗里面装着热气腾腾的大米饭，散发着诱人的香气，邱莹还在认真地一碗一碗地盛着，一粒也没掉出来。

“多少年我们没吃这么好的大米饭了！”翩伟说。“是啊，真香，都舍不得吃了。”小于说。

“这哪来的米啊，油性大，看着就肉肉的。”云歌问。

“这是东方拿来的，我们的试验田出来的，今年刚打粮，没多少，大胡子连长批了十斤，让咱们尝尝。”盛楠说。

文秀说：“这就是我们三年的成果。”“说说你们怎么成了男女朋友的，”长生说，“三年前啊，这么长时间，我咋就不知道呢。”

大家缄默地看着东方，东方有些激动说：“三年前大胡子连长和生产股长程云找到我，让我种稻米，先育种，搞试验田，说这是团里下的任务，为将来全团由麦子转成稻子打基础。”

文秀接着说：“当时，我在菜组，连长说首先要找到好种子，让我跟东方一起去找种子，我说种子不就是大米吗？兵团没种子，附近农民有种稻子的，我们去买几斤，不就行了。”

“是啊，有那么复杂吗？”长生说。“你小子想简单了，种大米，不仅开始要培育专门的种子，还得要好种子，这些年没干别的，我就干这一件事了。”东方说。

文秀说：“当时我和东方去了浙江、湖北、天津还有辽宁，离我们最近的五常，我们这里气候寒凉，得针对我们的气候特点培育稻种。”

东方说：“我们拿着我们泥土的样本到了浙江大学的研究所，所长十分兴奋，说我们的黑土地也是黑色淤泥质亚黏土，土质不输于五常。”“这简单，那上五常买些稻种不就行了。”长生说。

“真没那么简单，我们这里比五常冷，同样的土壤性质，元素含量也是不一样的，而且我们要大面积种植，应当在五常大米的基础上，加进耐寒、高产的元素，可以把五常的稻种与南方的稻种杂交，再与这里的野稻杂交，逐渐培育出自己的良种来。”文秀说。

东方说：“我们在南方，跟所长一起去赶稻种大集，在那里我们体会到农民对粮食的崇拜，体会到沧海一粟的珍贵，就是现在，那里的农民也要膜拜土地，膜拜种子、秧苗，把最好的种子叫稻魂，把最好的秧苗叫天苗。”

“你们说得真好，”云歌受到文秀和东方的感染，“我觉得文秀这个上海女知青，平时话很少，文秀，我从来没有见过你这么激动，说这么多话，看来这一粒粟的故事还是真挺深刻的。”

“是啊，你们真是不容易。”肖宁说。

“那位所长说南繁北育，你们去海南岛吧，那里是天然温室，搞好了两三年培育好一种适合你们那里的种子，你们那地大物博，那功劳可就大了，年轻人去试试吧。”文秀说。

“你们去了海南岛？”云歌问。“去海南我知道，但他得病，我不知道。”乔杨含着泪说。

“就这样我们去了海南岛，找到了一个育种站，东方日以继夜看护着种子，试验秧苗。一天早上，他受到了瘴气的侵袭，我当时不在，回来送种子。当地的同志把昏迷的他送进医院，等我回到海南，他还躺在病床上，他的肾脏严重受损，每次检查都是红血球满视野，我们也不可能回来，我一天 24 小时陪护着他，好在当地治这种病有经验，他脱离了危险，刚能走路，他就黏在实验室里不出来，谁劝都不行。”文秀说。

“我育种之后，才懂得了种子对农民、对粮食、对农业甚至对国家的重要性。

谁不知道，无论在什么时候，粮食对一个国家都是最重要的，有时候比武器还重要。我查了好多资料，现在世界上有些国家开始搞种子技术的垄断，所以，我们要想种好粮食，多打粮食，就要有好种子，有属于自己的种子。”东方说。

“古代都是‘兵马未到，粮草先行’，这粮草真不仅是在冷兵器时代最重要的，听老同志讲，朝鲜战场上，这方面的经验教训是很多的。现在看来，谈粮食，要从种子谈起，东方，真是受教了。”云歌说。东方点点头。

“那次好像就你们俩去的海南吧？”盛楠说。“是啊，他病了之后都是我跟在他身前身后，需要家属签字，都是我签，当地人早就以为我们是男女朋友，甚至是一家人了。”文秀说。

“你就是因为这些成为东方的女朋友了？”穆灵问，“当然不是，他，他对人太好了，对试验太认真了……真的，我对他又生气，又感动……”文秀说不下去了。

“穆灵，你也太刨根问底了。”云歌说。“不问这些，中间好像缺点什么，”穆灵笑嘻嘻地说。

“你要写小说吗？”云歌说。“那真保不齐，我们这些人的故事，比《红楼梦》还精彩！”翩伟说完看了穆灵一眼，心想“犟劲又上来了”。

乔杨的眼泪也止住了，薛岚走近东方，扶起了他，说：“兄弟，你受苦了，这是农学里一门重要专业，我抓了好几年生产了，我知道你这一颗种子的意义，这一棵秧苗的意义。种水稻首先是种子，是秧苗。你看人家南方人为什么把好苗叫天苗，种子不好找，秧苗也不好育啊，‘苗好三成收，秧好一半功’。这几年，你们确实不容易啊。”

他回过头看看乔杨，捶了自己胸口一下又说：“我给你增加了负担，还无端地误会你，唉，真是对不起你啊！”

“没事了，我们这里水稻育种基本告别了第一阶段，明年至少要在全团推广。”东方说。

“咱有米吃了！”长生说着把自己还没动的米饭拨给了苗苗一半，剩下的一口吃掉了一半。“你别噎着。”苗苗笑着说。

“大家吃吧，尝尝。”东方说。云歌用筷子拨了一口米饭放在嘴里：“软软糯糯，香气满口，东方真了不起，这一粒米的分量重啊。”

文秀说：“过一段他又要进山了，育红松的种子。”“连长知道你在海南生病吗？”盛楠问。

“不知道，千万别说啊，”东方看看文秀说，“今天文秀就是话多了，这真是我发自内心的心愿，我愿意干这活，让喜欢吃米的南方知青吃上好大米。”文秀落下泪来。

“我们北方人也喜欢吃米。”肖宁说。“是啊，这么好的土地，不种稻米就可惜了！”东方说。

“我去跟连长说，育红松你就别去了。”盛楠说。“你要是说了，我就不认你这朋友，我已经干了一半了，你让连长找谁去？”东方说。

“我们这里有松树，干吗一定要育红松呢？”翩伟问。

一说到育种，不爱说话的东方就兴奋，“红松的经济价值比其他松树大了去了，现在我们国家只有大兴安岭有红松，而我们这儿的土地同样是世界上仅有的三大黑土地之一啊，黑土的厚度不亚于大兴安岭，有机物含量高达百分之十以上，‘膏腴之地’啊，所以，终于种上了水稻，但也能种上红松——这种顶级的林木群落。”东方无可置疑地说。

“了不起啊，东方。”薛岚也兴奋了，他完全忘了原来的芥蒂，拍了东方的肩膀一下。

东方也一样，他高兴地说：“你知道吗，最近我们发现，我们的山岭上也有红松最需要的微酸型砂壤，这件事我一定要参与，我做定了。”

“但不能不要命啊。”薛岚也无可置疑地说。“哪有那么严重，”东方笑笑说，“放心吧。”文秀正要说什么，他摆手制止了她。

第四十八章

育红松东方染病　冬狩猎慕天失踪

第二年，十七连等连队开始了新一轮的水稻种植，盛楠带着大家在水田里插秧，机务排派人支援，云歌也参加了插秧。那年秋天稻米丰收，打出来的大米颗粒饱满、质地硬实，做出来的米饭油亮软糯、香气诱人。十七连与完达山接壤的坡地上，一片红松母树林郁郁葱葱。吃到香喷喷的米饭，看到长势繁茂的松林，大家想起了东方，而东方却在育种之中，受冻犯了病，文秀一会儿跑医院，一会儿又回来和大家一起护理红松。

原来那年冬天，东方准备上山育种，他对文秀说：“红松种子喜寒喜阴，我想把它们带到山上去，在山上待两个星期，在种子未发芽期，这样做会更好，大兴安岭研究所的张老师不是说了？”

“但大兴安岭的种子基地很成熟，我们这里山上只有伐木留下的一座马架子房，人没法住啊！”文秀说。

“修修不就行了，明天请基建班修修，把灶盘好，炕也就热乎了，你放心吧！”东方亲切地拍拍文秀的肩，“我知道你，担心我的身体，有火炕，就没事，你们适当地过来，夜里，让连长家的‘大黄’陪着我，没事的。”

文秀没办法阻拦说：“我跟你一起去吧！”

东方说：“不行啊，你得带着大家把稻种弄好，准备把最好的秧苗培育出来，明年还指着拿它们种田呢，这可是一等一的大事，你不在这，我不放心。”

东方说着看着文秀那一双关切的眼睛，像一潭波澜不惊的秋水，纯净、平稳毫无张扬的波动，长长的睫毛忽闪着掩映在那上面，又多了几分文雅矜持，他第一次看到这双眼睛，就心有所动，在平时的接触中，她又是那么细心而一丝不苟，她是他工作中最得力的搭档，文静的性格，清秀的外表，也是他心仪的那种女孩。

想起三年来的一幕幕，他伏下身去，用两手扶住她的肩，在那一对沉静的眸子间，印上了一个深深的吻，然后，轻轻地说：“不说了，我们开始做准备吧。”

文秀抬头望着他，伸出拳头欲捶下去，又舍不得：“唉，你真是的，老主意正！”

一个星期后，山上的马架子修得确实不错。“你看这灶台烧起来比山下还暖和，还有一个小地窖，可以储存点白菜、萝卜什么的，真不错。”东方说。

“是啊，这放种子的地方，全都架起来，可以掌握好干湿温度。”文秀说。

东方对这个实验室兼住处很满意，说：“这下你放心了吧，连长亲自过问这事，这是一个星期的粮食，还说过几天，铁匠炉上完了活，长生就过来和我做伴，不是挺好嘛。”

“这里离咱们伐木点是不远吗？”文秀说。“是啊，前两天慕天还到咱这里来了，还吃了我一顿面条呢。”东方说。

就这样，为育种东方在山上住下来，文秀和其他几个育种人员轮番上山帮东方做事，给他带些东西，一切都还比较顺利。

11月末的一天，天气骤阴，不一会鹅毛大雪铺天盖地地泻下来了，风急速地刮起来，直刮得天地混沌，眼前一片白茫茫。

菜组的几个姑娘，冬天都参与了育种，她们在连里的育苗室里望着窗外，一阵风重重地推开了屋门，凛冽的西北风裹着雪花涌进室内。

她们奋力关上门。“东方那里，不知怎么样了？”文秀忧郁地说。“是啊，这么大的风，那马架子顶得住吗？”小刘说。

文秀穿上大衣要出门。“不行，这是大烟炮，这种天气，你不能去，太危险！”小刘拉住文秀说：“要去我们一起去。”

文秀看看周围这些姐妹，又看看架子上的种子，和东方的嘱咐，犹豫了，就这样，她们在焦急中苦捱到第三天。

风雪终于变小了，几个人压好了种子温室里的火炉，就出了门，没走几步，碰上了盛楠，她问：“你们干吗去？”文秀说：“我们想去看看东方，这几天大风雪，不知他那里怎么样了？”

“我们这几天也着急啊，连长今早已经让长生和霍晨上去了，前两天，连长派了几次车，大雪封山实在是上不去。”盛楠说：“山上的慕天他们也可能去了。”

“慕天不是去打猎队了吗？”文秀问。“这么大雪，估计他们也去不了。”盛楠说。“我想去看看，送些东西。”文秀说。盛楠说：“不行，雪还没停，你不能去，别着急，我来想办法。”

她们正说着，从修理厂开出了一台拖拉机，后面拉着雪爬犁，车上坐着大胡子连长，云歌在开车，雪爬犁上坐着一些机务人员，他们都坐在自己的行李上，看样是准备上山伐木的。

车在她们身边停下，连长从车上跳下来。“连长，她们想去山上的育种站。”盛楠说。

“是要去，你们不要都去，最多去三个人吧，家里的种子还要管理。”连长说。

于是，文秀和小刘等三个人上了爬犁。拖拉机在雪天赶路也不敢快走，特别是上坡路，不知哪里是雪窝，后面还拉着一爬犁人，好在云歌开车比较稳，爬犁颠簸得不算厉害。

一个多小时后，拖拉机与铁牛相遇，铁牛停下来，长生从铁牛的车斗上跳下来，紧接着，慕天从驾驶楼下来，他深深地看了一眼坐在拖拉机驾驶楼上的云歌。

云歌也正看着他，他对云歌点点头笑笑，接着他走到拖拉机旁，对连长说：“大雪把育种室的烟道堵住了，东方被煤气熏着了，昏倒在育种室的地上，还好，我们到得及时，现在已经醒了，我们送他上卫生队。”

大家下了车，涌到55铁牛的车前，文秀风一样的奔过去，只见驾驶楼里，东方无力地躺在霍晨的身上。“慕天，你们赶快去医院，文秀跟着去吧，小刘，你们两人跟着我们先去收拾一下育种站。”连长说。

慕天快速走到拖拉机的另一面说：“云歌，我这就直接去打猎队了。”云歌握着操纵杆，深情地看着他。“好的，等着吃你打来好吃的，自己多注意啊！”云歌笑着向他摆摆手说，眼神里似乎有好多话要说。

慕天后退了两步继续看着她，向她招手告别，眼里充满了不舍，云歌看在眼里，她没有开车，望着铁牛扬着雪尘缓缓驶向大路，大家也目送着55开走。

铁牛55到了医院，齐全迎出来，与慕天一起把东方扶进卫生队。

院长稍做检查，说："煤气中毒不要紧，倒是他的肾病比较严重，你们看，他的腿浮肿得挺厉害，得送师部医院，不然，容易并发尿毒症。齐全，你还是跟着去吧。"

于是，慕天、齐全和文秀又到了师部医院，慕天交代好了东方的事，就拉着长生和霍晨他们，匆匆地向大深山打猎队的宿营地赶去。

伐木对于云歌已经是熟练工种，她娴熟地拉锯、清枝、归楞，做什么都不含糊。半个月后，她听到铁牛55的声音，下意识地跑过去，看到开车的是霍晨。

霍晨说："送了一些猎物来，主要是山鸡、野兔什么的，慕天说给大家改善一下伙食，你是不是以为是慕天开车啊，跑得这么快。"

云歌说："你不像长生那家伙，是不开玩笑的啊。""没开玩笑，这样想，很正常。"霍晨说。

"你什么时候走？"云歌问。"午饭后吧，"霍晨问，"你要带东西吗？"云歌说："是的。"

午饭后，云歌跑回宿舍，把自己新织的一条厚厚的长毛围巾和一双同样颜色的手套装在一个布提袋里交给了霍晨。

霍晨说："哇，古铜色的，真漂亮，我见到他马上给他，慕天他忙着呢，前几天去团部了好几天，昨天才回来。"

"开会去了吗？"云歌问。"他没说，好像在办什么事，每天晚上，他都在写东西，写到很晚。"霍晨说。

"你们打猎还顺利吗？危险吗？"云歌问。"还好，国家现在有规定，一些大型动物都是重点保护动物，不能随便打，这样看见虎啊、熊啊，都绕着走，危险就小多了。"

"这样好，不然大型动物都成了猎物，大山里的生物链就会失去平衡。"云歌说。

霍晨说："只是今年雪大，狼多，畜牧连、鹿场、马场附近这些地方，我们经常去。"

"你们多注意吧！"云歌说。"没问题，放心吧，我会告诉他的。"霍晨说着上了驾驶楼，把东西放在车座上，启动了车向山上的更深处开去。

望着车远去，云歌心底里涌出一股莫名的惆怅。

霍晨走后一个多星期，又一场大雪裹着山风袭来，一夜之间，走出帐篷，风卷着雪粒，像无数小刀子一样刺痛着脸颊。姑娘们戴着皮帽子，用厚围巾把脸围住，只剩一双眼睛，忽闪的睫毛上还挂着霜雪。

"你发现没，如果围巾没系紧，雪就直接灌到脖子里，一脚迈下去，雪没了膝盖以上，拔出来都很难，有时棉靰鞡鞋没系紧，就灌满了一鞋的雪，雪化在鞋里，一夜都烤不干。”小惠对云歌说。

“这下给慕天的围巾、手套管用了。”云歌心想。

“这雪太大了，我们学习吧。”排长对云歌说。“好呀。”于是，大家都在帐篷里学“毛选”。

坐在帐篷里，还能听到外面朔风吹，林涛吼。尤其到了晚上，强劲的夜风吹得帐篷直晃动，远处不时响起了几声狼嚎。

雪又下了两天三夜，第三天天才开始放晴。三天的消耗，需要到山下拉些吃的用的。云歌开着东方红 75，拉着爬犁，陈晓和小惠也挤在驾驶楼里下了山。

到了连队，连部没有人，一片银白色的连队静悄悄的。云歌径直把车开向食堂，他找到石梁，从食堂打出一些粮食，油、白菜、萝卜、土豆、粉条等。

石梁走近云歌看了看她。“看什么，不认识，小惠在那儿呢，不是说要杀头猪吗？怎么没给拿点肉。”云歌说。

“还没杀猪呢，没顾上，大家都忙。”石梁说。

小惠跑过来，打量一下石梁说：“忙什么呢？”“工作呗。”石梁说话有些躲闪。

“盛楠呢？”云歌问。“她，她上山了。”石梁说。“上山？我们怎么没见她？”小惠说。“不是去伐木点。”石梁说。

“育种站已经撤了，还有哪儿啊？”云歌看着石梁的表情有点蹊跷：“怎么了，石梁，连长呢？”

“连长也上山了。”石梁有点支吾。“哪儿的山啊？”小惠问。“是，是畜牧连。”石梁说：“畜牧连的种山羊圈和山上的牲畜昨夜遭到狼群的袭击，打猎队赶过去，雪太大，狼太多，长生受了重伤，慕天也找不到了。”

“啊，长生伤重吗？慕天怎么会找不到了，受伤了吗？”云歌觉得身体里的一股气直冲上脑门。

“现在还不知道。”石梁说。“小惠，我们还要拿什么？”云歌说。小惠说“还要去医务室拿些药”。“快去，叫陈晓，我们马上走。”云歌说。

两人来到医务室，门锁着，门上贴个条子“紧急出诊”，“看样子子云也上山了，咱们也上去看看吧。”小惠说。

“好，咱们也去。”云歌着急地跨上驾驶楼，小惠和陈晓挤在副座上。“要不，我开吧。”陈晓关切地说。

“没事。”云歌紧握操纵杆，目视前方，清澈的眼眸里闪着不可遏制的急切。

几十里的山路，不到一小时，云歌就赶到了，畜牧连的几个圈一片狼藉，军马们受的损失还算小，它们“咴咴”地叫着。

山羊圈最惨，雪地上还能看到斑驳的血迹。“你怎么来了？”盛楠惊讶地说。

“我到连里拉东西听说了，长生怎么样了？”云歌说。

“已经送卫生队了。”盛楠沉重地说。“重吗？”“两只胳膊都撕烂了，腿上也被咬了，好在都不是要害部位，说慕天救了他，把那只狼摔出去，慕天身上背着猎枪，然后，他举枪去追那只狼，这一幕，霍晨看到了。”

“后来呢？”云歌急切地问。“他的枪里有三颗子弹，他放了一枪，狼群四散奔逃，按着他平时的性格和经验，他就不会追了，这枪是在那悬崖边捡到的。”大力说。

“这是一片山上的平川，尽头就是悬崖，好在悬崖下还有连绵起伏的山，但这一切都被厚厚的积雪覆盖着，如果人掉到哪个雪窝里，也就麻烦了。”大力捂了捂肩上包着的纱布说。

“您也受伤了。”云歌说。“狼太多了，足有四五十头啊，没想到啊，我们就不到十几个人来这里，又是夜里，加上畜牧连的人，也就二十人。”大力说着跃下山崖，身子马上陷进雪窝。

“大力，你小心。”大胡子连长走过来。“老梁，我着急啊，我没法向你交代啊！”大力眼圈红了。“大力，先不说这些，咱们抓紧找吧！”连长说。

在这片山崖上几十人一直找到天黑，也没有慕天的踪影。“大家坐车、坐爬犁，各自回吧，明天再找。”连长大声说着。

“明天？今天这一晚，人不就冻坏了，我不走！”说完云歌忍着哭，喊道，“慕天，你在哪里啊？”

盛楠过来扶住她。“陈晓，你开车去伐木点，云歌跟盛楠回连队。”连长说。

“不，我不回去了，我要找他，”云歌的眼泪终于流了下来，大喊，“慕天，慕天。”在场很多知青也都流泪了。

“兵团战士也是兵，我们要冷静，要服从命令！”大胡子连长说。

“连长，求求你，让我留在这里，留在这里找他！”云歌哭着说。

“不行，这是无谓的牺牲，你要服从命令，盛楠，你们带她回去！”连长一招手，周晴等两个女生过来，架起云歌上了回连队的车。

回到宿舍，盛楠让周晴陪着云歌睡下，云歌几次朦胧中想起了与慕天相处的时光，她喃喃地说：“我们第一次相见是在马背上，直到前些天还一起数星星……”

周晴见她一直翻来覆去，说：“天晚了，睡会吧”。

“周晴，我睡不着，我真后悔，我其实是喜欢他的，为什么不跟他说清楚，如果他能回来，我一定对他说清楚，再不顾忌那些羁羁绊绊，再不囿于那顾虑重重，可是，可是现在找不到他了呀！”云歌抽泣着，泪水打湿了她的枕头。

周晴拿了一条毛巾递给云歌说：“擦擦眼泪，别哭了，我觉得慕天那么聪明的一个人，不会轻易就没了，说不定明天他就回来了。”

第二天一早，云歌就爬起来，她穿上大衣就走出了门。“你干吗去？”周晴一把拉住她说。

“去找慕天，我一定要找到他！”她往上山的路上跑去，周晴紧跟着她，迎面碰到大胡子连长，大胡子连长显得很憔悴，眼里布满了血丝，说：“我刚从山上下来，替班的人已经上山了，你就别去了，回去吧，这个时候，你要听话，服从命令。”

“连长，您在那里待了一夜，是吗？”云歌问。“是啊，一直在找，你放心，大家都会尽力的。”连长说。

云歌无话可说。“我马上要去团部，天还早，你和周晴回去休息吧，听话！”连长说。

云歌望着上山的路，默默地流下了眼泪。就这样三天过去了，大胡子连长从团里回来，气色倒是好一些，姜老师随他一起回来，说是和学校一起放寒假，姜老师到宿舍把云歌接到自己家。

姜阿姨还要把自己放假的两个孩子送到孔阿姨那里，云歌说“没这个必要吧”，“没事，他们可以一起做作业，你就不用管了啊。”云歌只好跟着姜阿姨把两个孩子的被子送到孔阿姨家。

孔阿姨似乎已经走出失去耿师傅的阴影，精神饱满地照顾着两个孩子。

回到连长家，大胡子连长正在一个人吃晚饭。“姜阿姨，你让孩子去孔阿姨那儿，我真不好意思！”云歌说。

连长放下饭碗，对云歌说：“没事的，团里明早要开今冬明春生产计划会，我一会要赶过去，你先住几天吧。不过，云歌，你是个重感情的孩子，但是不能钻牛角尖，战争时期有多少分别和牺牲啊，这些你都懂，想想贺萍、耿师傅，听说你也受了不少伤，如今，你也要经得起这次分别和牺牲的考验啊。”

云歌揉了揉眼睛，抬起头，说：“连长，放心，我会走出来的。”

“事情都在发展变动，人也是一样，你是棵好苗子，但要注意自己健康地长好。”连长说。

云歌说：“好的，我一定努力。”

连长说着出了门。“金晶后天就回来了，”姜老师说，“是吗，她假期还没满，她听说这件事，想早些回来看看你，另外，听说高考要恢复了，她想就这些跟你谈谈。”

“真的吗，但我是初中毕业的，底子太薄，就不考了吧，这辈子，我就留在这里了，我陪着他。”云歌说。

姜老师说：“万一他没在这里呢。”

“不在这，他能到哪里呀，人都找不着了。”说着云歌眼圈红了。

“你是个有定力的孩子，任何事情都不能耽误事业和前途，我估计这些年你那么努力，文化课，你应当没太大问题，数学方面，你再和金晶、齐全学学就差不多。”姜阿姨说。

“我舍不得离开这里。”云歌由衷地说。“孩子，很多事情都在变化，连长明天开的是紧急会议，现役干部都要调走了。”姜阿姨说。

“是吗，这我真的没想到。”云歌震惊地说。

“大势在变，命运也在变，你们要随时调整，适应这些变化。好了，天晚了，我们休息吧，你睡哪里？”姜阿姨问。

云歌说：“我想和您睡火炕。”

这是这几天里云歌睡得最踏实的一夜，他梦中见到了慕天，慕天把他们一起埋在独孤山的书送给她。“你挖出来了？”云歌说。

慕天和往常一样笑嘻嘻地说：“现在没事了，可以挖出来了，多读一些书，争取考文科吧。”

说着，他转身朝着他平时开的铁牛走去，云歌忽然想起来想对他说什么，便追过去，喊着“慕天”。

“云歌，醒醒，该吃早饭了。”云歌睁开眼睛，姜阿姨手里拿着一只碗，正拍着她。

第四十九章

思慕天霍晨生疑　送小鹤米莉受伤

东方在师部已经住了三个月的院了。这一天是个星期天，文秀大包小包早早地从十七连赶过来。

两个月前，东方的肾病还没有进入恢复期时，在文秀的要求下，东方勉强同意与文秀在病房里举行了一次简单的婚礼，院长派车让齐全陪同他们回团部起结婚证，虽说尽量不张扬，大胡子连长和盛楠以及云歌都来了。

躺在病床上的新郎赶快爬起来。“我说文秀不要张扬，连长那么忙都来了。”

东方抱歉地说。

“我怎么能不来，你是我的爱将啊，是连里的功臣，不只是连里的，是全团的功臣，我们这次生产会决定用你们育的种、培育秧苗，明年水稻在全团大面积推广，你没辜负我的期望，师育种站检验了你们育的种，说是最适合我们这里的土质，功劳大啊，你结婚我哪能不来。”说着，连长叫云歌。

云歌手里拿着一个大包袱，连长拍拍这包袱说：“你阿姨给你们赶做了一床红被子，她说，不然，就太委屈人家文秀了。”

文秀的眼圈一下子红了，她接过被子，说：“谢谢姜阿姨！”

“东方。”门外响起了薛岚的声音。“你们这么远也跑来了。”文秀说。

“应该的，我们当年在学校是最好的兄弟，你结婚，我们怎么能不来？”走进病房的薛岚说。

乔杨跟在后面，她笑着把一对刺绣漂亮的红枕头交给文秀。“真漂亮，谢谢你，乔杨！”文秀感激地接过来。“刚好和这被子配套啊。”云歌又从书包里拿出一对红枕巾说。

“等你那天，我们准备得更漂亮，是不是？”盛楠说。当时，慕天还在山上打猎，大家还拿云歌打趣。

连长看了兴高采烈的文秀，又看看坐在床上的东方，说：“我知道你们育种，历尽了多少艰苦，你们能走到今天，是感情、是牺牲，也是责任啊。文秀啊，东方这个病以后就怕累了，你知道吗，你得有思想准备啊！”连长关切地说。

“知道，连长，我知道。”文秀低下头。“这就意味着你今后又要育种，又要照顾东方。”连长说。

“是的，我愿意这么做。”文秀说，乔杨一把搂住文秀，把自己的脸贴在文秀的脸上，说：“有什么事，叫我们。”

薛岚连忙也说：“是啊，文秀，你身后还有我们呢。”“东方，你现在一定把病治好，才对得起文秀和大家。”乔杨说。

从那以后，东方很配合治疗，做康复训练，如今看起来比当时好多了。

“我该出院了。”东方对文秀说。“你看你的脸还有点浮肿，昨晚看书又熬夜了吧？”文秀说。

“是啊，这是第一年高考，不知出题是不是难，别辜负了连长和大家，还有你。”东方拥住手里还拿着东西的文秀。

“笃笃”，齐全没敲完门就走进来，一看这情景忙往外退说：“哟，不好意思，文秀来得这么早。”

文秀红着脸推开了东方：“没事，齐全，进来吧，你看他的脸是不是有点肿？”

齐全走过来，用大手指按一下东方的脑门说：“是有点，别太累，你这个高材生还有什么问题吗？担心什么。”

“心里没底啊？我想好了，就想考八一农大了。”东方看看文秀说。“随你吧！”文秀说。

“那你还复习什么，一点压力都没有，你不是原来的志愿考北大生物系吗？”齐全说。

“不，我定了，就八一农大了，这里要做的事太多了。”东方说。

就这样，在许多选择之中，东方真上了八一农大，文秀为了照顾他，在老连长的帮助下，告别了她在连队的种子事业，进了师部医院当护士。

一个星期日，两人漫步在校园里。“这多好，前靠湖，后靠山，中间一道米粮川，到处都能找到种子。”东方高兴地说。

“这里搞生物，搞种植，多近啊，你准备准备，明年你也考进来吧。”文秀低着头笑着说：“我就不考了，相夫教子吧。”

“你想太远了，教子还早着呢。”东方说。

“不早了，他已经在这里了，”文秀用眼睛看看自己的肚子。“在哪里，跟我开什么玩笑？”东方说。

“真的，在这里，都两个月了。”文秀扶着自己的肚子说。“真的吗，我要当爸爸了？回去，赶快给我爸妈写信，告诉他们，他们该有孙子了。”说着，东方要抱起文秀，文秀推开他。

“我沉了，你的腰受不了的，傻瓜。”“将来也让他上这个学校，你看这校歌‘完达山高，兴凯湖水蓝，黑土地有我们美丽的校园……’”

后来恋着黑土地的东方与文秀育有一子，八一农大毕业后，东方就被北京的农科院招收了，他与文秀还是恋恋不舍地离开了北大荒，在北京安了家，但东方因肾病的病根，英年早逝。母亲云歌常说，现在白米饭吃多了，有时想不起来他了，但看到了松树，便常常想起了东方。

转眼冬去春来，站在播种机上的云歌迎着春雪目视前方，几年播种下来，她对这一套程序已经很娴熟了。

想起第一次播种，耿师傅、慕天帮她背麻袋的情境，“他们都走了！”一行清泪默默地流下来。

这一段时间她拼命工作，下班后她拼命读书，啃数学题，她的话明显少了。

于珏走了，苏凌探亲回来后去了团部，宿舍里只剩下肖宁、穆灵，连里把小惠、阿芳安排进来。

大胡子连长调到了团部当了副厂长，临走前他嘱咐盛楠不能让云歌一个人上山去打猎点，所以这一冬小惠与云歌形影不离。

想起了这一冬，她徒步跑去打猎点多少次，望着厚厚的积雪，她呼喊着慕天。

这天是星期日，她休息了一天，小惠值班，肖宁和穆灵去团里开会，金晶过来看她，看上星期给她布置的数学作业。“你做题太快了，过一段我都辅导不了你了。”金晶说。

“可我还是对我的数学没信心，我反正今年不想考了。”云歌说。“我也不考了。”金晶说。

“为什么，年龄可是不饶人，你还是考吧。”云歌说。“姜阿姨找我谈，走了一些知青，中心校急缺毕业班老师，我这么就走了，多对不起人啊，过几天我就得去那里了，你一定照顾好自己啊！”金晶忧虑地看着云歌说。

云歌点头称是。“这些题你再做做，天还早，我们出去走走吧？”金晶说。

“你好不容易来这里，就不上山了吧？”云歌说。“不，冰消雪融了，我们再去看看。”金晶说。

两人吃了一些东西，往外走。“金晶来了，你们干吗去，又上山吧？”长生懒洋洋地从宿舍出来，“我叫霍晨跟你们一起去。”

“你伤全好了吗？”金晶问。“好了，那里我回来后也去过几次了，但什么都没找到。”长生遗憾地说。

金晶说：“是吗，你伤还没恢复好呢，就别乱跑了。”“哪是乱跑啊，没有慕天，那天喂狼的就是我啊！”说着长生眼圈红了。

他把霍晨叫出来，四个人向山上走去，他们去畜牧连的放养区，羊圈里的羊安详地吃着草料，他们走上当时打猎队和群狼搏斗的高岗，太阳照在平平的高岗上，小草的绿色若隐若现，完全没了当时的痕迹。

“大自然就是这么厉害，一个季节的转换，就把一切伤痕都抚平了，人也要这样。”金晶说。

“是啊，一个人如果永远把自己留在这样一个宁静的所在，其实也许是好事。”云歌有些悲戚地说。

“你的感情之路太单纯了，你看肖宁、穆灵，我，不是都有坎坷吗？”金晶说。

“不一样啊，我主要是觉得自己明白得太晚了，他带着遗憾走了，我带着遗憾活着，觉得心都空了。”云歌说。

“我觉得，慕天不一定真的就走了。”霍晨忽然冒出一句不大符合他性格的话。

“别安慰我了，霍晨，这么长时间都过去了，怎么可能？”云歌说。

“可我们到现在，并没有找到他啊，而且一点痕迹都没有。”霍晨说。“从开发北大荒以来，这种情况也不少，这地方太大了。”金晶悲观地说。

“但他不一样，他有胆量，有身手，人又聪明，怎么可能一下子就被狼吃了，连块骨头都没留下，这是狼，狼吃东西的习惯咱们也知道，虽然当时是群狼，而且，找他的时候，在悬崖下发现了一只被摔死的狼。长生说那只狼很像扑向他的那一只，我怀疑……”霍晨说。

“是啊，这也许是咱们良好的愿望，他是我的救命恩人，他能把我救出来，也许就没了救自己的力气了，这种情况也是常有的……”长生也说。

“别说了，他能上哪去，难不成像有些人的传言，他跑到对面去了？”金晶有些激动。

“那是不可能的，你不知道他对这片土地多有感情。”云歌说。

“别瞎想了，云歌，你就面对现实吧，好好复习功课才对，这也是他希望的啊。”金晶扶了一把愣在那里的云歌说。

“说不定哪天你就见到他了。”霍晨仍坚持地说。“怎么回事，你还说，别吓唬她啊！”金晶严肃地对霍晨说。

“我不怕，只要能见到他，不管他是人是鬼……”云歌眼泪流下来。

“云歌，你不是唯物主义者吗，怎么了，不过我跟你想法一样，他是对我帮助最大，我最敬重的哥，连长也很喜欢他，可是，怎么这次连长对慕天连个告别活动都不做，就匆匆去了团部呢。”长生不忿地说。

金晶看着长生，脸上也出现了怅惘。“也许是因为怕知青中军心不稳吧！”云歌理解地说。

“反正我不服气，”长生说，“不过一等功也记了，会上也宣布了，算是悼……”霍晨一把捂住长生的嘴：“别这么说，我不是咬文嚼字的人，但你要说，就说纪念好了，咱们又不是不了解他，我就不相信，他那么容易就被狼吃了，而且，而且一根骨头都不剩，那是狼，不是虎和豹子。”

“行了，说到这儿就可以了，”金晶制止霍晨再说下去，“云歌，不管慕天咋样，他都不会希望你整天以泪洗面，那不是他心目中的云歌，这么长时间了，你不能一蹶不振，这不是你的性格。”金晶这句话让云歌一凛。

她想起来他一次次对自己的鼓励：“是啊，他说过‘一代人有一代人的经历，一代人有一代人的使命，我们都是有使命的人，我们还是要学会珍惜自己的。’他不止一次说过。”

“我们说点别的吧，说邱莹过些日子要把小鹤还给它妈妈了，它妈妈，你们说，上哪儿找去啊？”金晶说。

“华宇说他们请大力帮着找。”长生说。“说是华宇要结婚了？”金晶说。“是的，听说他的女朋友不愿意过来，希望他考学。”长生说。

“但华宇好像很坚决，对他女朋友说，我笨，不一定能考上，学就不上了，想嫁给我，就过来结婚。”云歌说，“是肖宁说的，华宇的女朋友跟肖宁抱怨说的，说是过几天她就调过来了。”

“我就欣赏华宇这男子汉的脾气。”金晶说，

天气彻底转暖了，北大荒一片春天的葱绿色，绿色的麦田，像是巨大的绒毯，一直铺向山边，又像是绿色的波涛，和风吹过起起伏伏，涌流向天边。

这是一个星期日的凌晨，邱莹在院子里最后一次给小鹤喂食，她已经有三个月的身孕，行动不如原来灵活了。

“该走了，华宇催我们了。”盛楠出现在院子门口，身后跟着云歌和肖宁。“三位姑奶奶，吃早饭了吗？”白岩端着一个大碗从屋里走出来。

肖宁把碗接过来：“这是给我们吃的吗？”白岩不好意思地说，“这是给她吃的，不知道你们光临，我这就做去哈。”说着用围裙擦擦手。

盛楠一把挡住他：“她逗你呢，她们在我家吃得饱饱的了。”

“这是给邱莹的，好丰盛啊，鸡蛋，西红柿，香菜，鸡蛋还是两个，看着就想吃。”说着肖宁把碗递给了邱莹。

“你一起吃呗。”邱莹说。“这是一片心啊，我哪好意思吃啊，你这有功之臣，就一个人吃吧。”肖宁笑着说。

“不是啊，梅梅一个人哪能吃那么多，本来就是俩人吃嘛。”白岩自豪地说。

“今天上那么高的山，你行吗？”盛楠问邱莹。“行啊，我怎么，也得把小鹤亲手交给它妈妈，我才放心。”邱莹爱抚地拍着已经长大了的小鹤。

“你还真不错，鹤儿子要走了，这马上真儿子就要来了。”肖宁说。

“你们羡慕吧，倒是抓紧啊。”邱莹说。“你就别多嘴了，你又不是不知道，她们是各有各的原因，都是挺伤心的。”白岩说。

“白岩倒是结婚之后，更善解人意了，哈哈！”肖宁说。“咱哪敢不呢？”白岩笑着看着邱莹，他一拍大腿，抱起了鹤：“儿子，咱爷俩，总有一别啊”。

鹤用呆呆的眼神望着白岩，还用翅膀抚了抚白岩，云歌看在眼里，若有所思地说：“草木有情，何况这是有血有肉的灵物呢。”

邱莹吃完了早饭，大家一起走出门去。“这里还是越看越美，你看那一片片的绿，那一丛丛的花，可惜，那么多人都走了，真是‘人面不知何处去，桃花依旧笑春风’。”云歌说着向前走去。

肖宁追上去，安慰地拍拍她。大家走到山脚下。“还记得上次，我们在这里抢吃过盛楠的吃的。”云歌对肖宁说。

“还吃吗？我这还有呢。”盛楠说。“不吃了，在你家都吃饱了，可惜苏凌没来。”云歌说。

“是啊，你寂寞了，两个说客都没来，什么天啊、地啊，树啊，花啊，山水啊，你没得谈了。”盛楠说完才觉得自己语失，看着云歌拍了拍自己的嘴巴。

云歌倒没有在意："这不是有你嘛，还有肖宁……""还有我们呢。"华宇不知从哪跳出来，身后站着大力和打猎队几个人。

大力看到肖宁了，摇摇头，显然他知道了华宇目前的状况。他看到云歌，神色一下子黯然，声音也小了些，低沉地说了句"你们都来了"，大家点点头。

"今天你们来，算是给我个机会，我，我真的是对不起你们啊！"大力说完眼泪流了下来。

"我没保护好你们，伤的伤，没的没，长生，你来了。"大力见长生走来，抱住长生，相拥而泣。

"别这样，大力兄，要奋斗就会有牺牲，我们这些年也经历不少事情，大家的心理承受力也会变得强大了，再说，慕天也不希望我们这样吧！"华宇拍拍大力说。

"是啊，走的人也不希望我们总是留在思念他们的悲痛里，今天我是送鹤儿子来的，我把它养这么大，我也舍不得，但有些事必须舍时，就只有舍。所以。我今天高高兴兴地给我的鹤儿子一个交代。"白岩拍着邱莹怀里的小鹤说。

小鹤叫了几声，却没有飞出邱莹怀里的意思。此时，翮伟带着小于，吉西带着子云走过来。

"你怎么没带她来？"盛楠走过来舒了一口气问华宇。"她说她人不熟，就不来了。"华宇说。

"白岩，你别让她抱着，这鹤长大了，挺重的。"盛楠赶紧把鹤从邱莹手里接过来，但鹤很抗拒，白岩忙把它接过来。

"真是白眼狼，你在我家还待了两三个月呢，忘了吗？"盛楠拍拍鹤的身子埋怨说。

七虎林河边又成了鸟的世界，大鸟小鸟色彩缤纷，各种叫声熙熙攘攘，天鹅优雅地嬉戏，云歌想起了当时与慕天谈自己对天鹅的迷恋，慕天当时望着她的眼神。

走出好远，他们来到了鹤的世界，大鹤小鹤叽叽嘎嘎地叫着，有的看到白岩抱着的鹤围过来，大力在前面哄着。

"这么多鹤，到哪儿去找啊。"肖宁说。"是啊，咱们看着，长得都一样啊。"云歌说。

大力走到一对大鹤面前，拍拍其中一只，摸摸它的腿。"不是。"大力摇摇头，走过了几只大鹤，大力都说不是。

"你还能认识它吗？"长生拉着苗苗走过来，沉不住气地问。"当时是在前面的山脚下吧？"大力问白岩。

"是的，还在前面。"白岩说。大家继续往前走。"鹤真多啊，"肖宁说，"今天金晶没来，米莉来了，我怎么没看见她。”

“金晶在带毕业班，太忙了。”子云说，“金晶带学生，真是没得比。”盛楠说。

“你看，那不是米莉吗，她在采花呢。”肖宁边说边喊了一声。米莉听见了，向她们招招手。“明天是她小侄女‘百天’，她要采些花，现在还早，好多映山红还没开。”盛楠说。

“可能是它，你看，它自己在那里，还东张西望的。”大力的大嗓门把大家的视线吸引过来。

确实，靠水的山边有一只大鹤，大力奔过去，大鹤也许以为要受到侵犯，腾空而起。

大力说：“哎，别走啊，白岩，快过来！”白岩抱着小鹤跑过来，空中的大鹤盘旋着不肯落地，但它一眼看到白岩手里的鹤，白岩轻轻地把小鹤放在地上，小鹤扇扇翅膀站了起来，天上的大鹤一个俯冲下来，长长的翅膀险些把邱莹打了个趔趄。

云歌赶紧扶住邱莹，两只鹤的大小已经差不多了，但小鹤的羽毛更白，更光泽透亮。大鹤飞到小鹤身边，小鹤躲了躲它，反倒向白岩身边靠。

大鹤向白岩冲去，大力趁势按住大鹤，大鹤叫起来，拼命挣扎。大力按住它，把手伸到它腿的上部：“是它，是它，你看这松紧带，我套袖上的，乖乖，已经松了，过几天掉了，就认不出你了。”大力拍拍大鹤。

大鹤趴在那里没有动。“你看，那是你的孩子，给你养大了，送回来了，我们守信用吧！”大力指着小鹤对大鹤说着。

白岩把小鹤往大鹤身边推推，小鹤却不过去，直往白岩身边靠，它一眼看到了邱莹，一下子欢快地飞起来，在天空打了个旋，落在邱莹身边。

“它不认母了。”肖宁说。大鹤欲站起来，大力按住它继续和它说着。“我们走吧，既然是它，让它们自己相认吧。”白岩说。

“你们先走，护好邱莹。”大力说，大家开始往回走，小鹤看着白岩欲飞过来，被大力按住：“去找你妈吧，那是你妈妈，一冬过去，咱就不认母了吗？”

邱莹扭过头看着小鹤哭起来，大家站住了，云歌过去扶住邱莹，小鹤像在白岩家院子里一样，开始起舞，但眼睛一直没离开邱莹。

“它是在告别吗，还是看到邱莹难过了？”云歌说：“它能懂什么？”盛楠说着抬头看小鹤：“还真是啊，是在告别，其实我也舍不得它，我管了它那么长时间。”

肖宁说：“哇，跳得真好，鼓个掌吧！”大家鼓了掌之后，白岩赶快带着大家开始走了。“小鹤没追啊。”翮伟回头看说，但云歌抬头看，两只鹤正并翅腾空，追着他们，在他们头上盘旋，久久方才离去。

云歌感慨地说："人类跟动物的关系其实挺近的！""是啊，好像它们也有什么感觉似的。"华宇和肖宁几乎一起说。"当然，你说狗啊，猫啊，时间长了，都有感觉。"大力的嗓门又大起来说。

"前面出事了，米莉，米莉，被车压倒了！"长生气喘吁吁地跑来。

原来，适才米莉远远地跟着大家，是不愿与吉西和子云碰在一起，她与云歌打了招呼后，云歌走过去叫她说："你怎么不过来？"

米莉努努嘴："子云人挺好的，既然出来玩，我不愿让她尴尬，不愉快。"

"你真好，可你想多了，那是刚来的事了，过去这么长时间了。"云歌说。

"他见到我会不自然啊。"米莉说。"唉，这个结局对他不错，但对子云，就难说了。"云歌说。

"他现在也挺受重视的，应该收收心了。"米莉说。"你来不是也想和大家玩玩嘛，干吗躲这么远？"云歌说。

"明天是贝贝'百天'，我哥的情况你是知道的，忘不了工作，又忘不了贺萍，明天他又有事回不了连队，黎凤虽然理解，我怕她心里感到冷落，她很懂事，咱不能委屈了她，想把小侄女的'百天'过得红火些，采点花，让长生他们帮忙，捉点鱼……"米莉说。

"你们不过来看啊，小鹤的妈妈找到了，云歌、米莉……"肖宁叫她们过去看热闹。"好的，这就去哈，"云歌说着又转过头对米莉说，"你真是个懂事的妹妹。"

"你去吧，我就不过去了，我去找长生他们。"说完米莉去找长生去了，她手里抱着花，花太多，她又编个花环戴在头上，她看到长生并没有在小鹤认母的人群里，估计是去捉鱼了，就向河边的一条岔路口跑去。

没想到岔路口上左边山里突然开出来一辆旧吉普车，米莉毫无防备，一下子被刮倒，手里的花撒了一地，只是那个花环还戴在头上。

好在车已减速，但居高临下的惯性，还是让车滑出去好几米，司机拼命地刹住车，快速跳下车，跑回出事地点。

眼前的场面让他惊呆了，只见一位身材苗条、脸庞白皙的女孩闭着眼睛躺在地上，怀里还抱着鲜花，花瓣撒了一地，头上还戴着一个映山红的花环。

他伏下身，看到女孩身上并没有外伤。"康安，人怎么样啊？说带司机，你非要自己开，真是的！"一个年龄大些的人跑过来，身后还跟着一个年轻人。

"你愣着干什么，赶快抢救啊！"年纪大的人边责备康安边把手放在米莉的鼻子下面，说"有鼻息"，年纪大的人好像松了一口气。

"好像没受太大伤，"另一个年轻人说，"姑娘，醒醒！"米莉还是双眼紧闭。

这时候长生和霍晨提着小桶赶过来："怎么了，呀，怎么啦，你们撞的吧？"长生放下小桶，一把抓住康安的衣领。

康安赶紧说“对不起，对不起”。“对不起就行了，你看人都不动了。”长生当胸给了康安一拳。

长生再挥手，被年纪大一些的那个人挡住了说：“年轻人，事已出了，咱们还是救人要紧吧。”

“我在这里，你去给大家报个信吧。”霍晨看来者和善讲理，对长生说。

年纪大些的人从身上拿出一个针灸的银针包，“别动她，想干什么，你们是干什么的？”霍晨警惕地说。

“我们是省中医院的，是采药来的。”康安友好地说。

“你们春天来采药。”霍晨有些不相信地说。“是啊，有些药是用春芽的啊，”年纪大些的人边说边拿出一根银针，用酒精瓶里的棉球认真地把银针擦了一遍，然后，插在米莉的人中上说，“估计问题不太大。”

一会儿，米莉睁开眼睛，看周围都是人，她霍地坐起来，一把扶住自己的右腿说：“好疼！”

“康老师，看来是伤了右腿了。”跟在年纪大一些人身后的年轻人说。“康安，赶快抬上车，去他们的卫生队吧。”康老师说。

“别动，不行，我们知道你们到底是什么人，就把人拉走。”刚赶回来的长生一把按住康安的手说，此时知青的大队人马也赶到了。

康安拿出了工作证。“康老师啊，你们怎么搞的啊？”大力走过来拍了一下那个康老师的肩膀。

“真是对不起，我侄子开车，没留神，还是抓紧检查抢救吧，你看是不是？”那位康老师说。

华宇、盛楠、云歌等都赶到了。“云歌，”米莉忍痛，从头上拿下花环，交给云歌，“你明天去一下十连，好吗？这个给黎凤戴在头上，这捧花插在瓶子里。”

云歌指指地上两个小桶说：“好，你放心，我们明天都去，这鱼也抓到了。”“谢谢呵，嘶！”米莉忍痛闭上了眼睛说。

“子云，你跟着去吧。”华宇对跑过来的子云说。“是啊，我要去的。”子云说，他们上了车，车一溜烟地开走了。

“都走了，鹤也走了，米莉又受伤了，也走了……”云歌有些感伤地说。

“这话说的，米莉养好伤，还会回来的。”盛楠从云歌手里拿起花环，给她戴在头上。

“这不是给我的，是给黎凤的。”云歌说。“戴上吧，这样，又好看又好拿。”肖宁笑嘻嘻地看着云歌，邱莹边往回走，边向渐行渐远的鹤群望着。“小心，摔着”白岩扶住她。

米莉后来再回来时，就真的是与大家告别了，她右腿骨折比较严重，骨科专家康老师怕她留下残疾，于是，她被这个采药队带回了哈尔滨。年轻的医生康安一直护理着她，为她办了伤退手续，最终两个人从医患关系渐生情愫到恋人到结婚。米莉的腿恢复得很好，并上了护士学校，留在康安所在的医院工作。她一生都在康安的呵护中。

第五十章

黑土地开花结果　展未来踏上新程

在大胡子连长夫妻和金晶的鼓励下，云歌还是准备去参加高考了，这天，她和小惠细心检修保养着康拜因。

“明天你就考试了，抓紧回去再准备一下吧，排长不是说了，时间上给你开绿灯吗？”小惠说。

“问题是咱们人手不够啊，陈晓去学习了，就你自己怎么行，考试，我真的没看那么重，今年就是练练手吧，我一点不抱什么希望。”云歌说。

“你说你要是真走了，你还想得起来这里吗？”小惠说，“怎么可能想不起来，要是你呢？”云歌说。

“我想得起来，平时觉得这里这么累，这么苦，真说要走，还真有些舍不得这地方。”小惠说。

“是啊，这里，让我们舍不得的地方多了，无论怎样，这里都是咱们青春开始的地方，走向社会的起点啊，这里，已经融进我们的生命里，无论走到哪儿，心里都会带着它，念着它，想着它。”云歌说着眼圈红了。

这一年金晶由于毕业班的问题就真的没去参加考试，于是，齐全也犹豫了，但他的院长鼓励他说：“上学也不一定就是离开，现在国家这么需要人才，我不是本位主义那种领导，一定要去考，哪怕是学完了再回来呢。”

这样，齐全和云歌以及团里的几位合格的知青去师部参加了考试，同去的女生有云歌的朋友穆灵和子云。这是国家恢复高考后的第一次考试，许多考生心情激动，看得出，大家的年龄也参差不齐。

考试设在师部的高中教室，两天的时间考了四门。出来后，穆灵说："妈呀，我就饭吃的数学比较麻烦了，其实题真不算难，就是有些公式一着急就忘了。"

"数学倒不难，我的作文好像跑题了，你怎样？"子云问云歌说。"我作文可能问题不大，数学就不敢说了。"云歌说。

齐全和东方出来了，他们又对了一下数学题，显然，齐全和东方数学、英语都没什么问题。"你们不一样啊，都是老高三的高材生。"云歌说。

"我算是考砸了。"穆灵说。"没事，今年不行，明年再考呗。"子云很想得开说道。

云歌说："吉西还不能走，好像翮伟和米帆也不能走，领导找他们谈了，你是舍不得吉西啊，对了，你不是已经……"

子云捂住云歌的嘴，不好意思地说："没说结婚怀孕就不能参加考试啊，来试试嘛，吉西也支持我，他今年刚接手新连队，离不开，没考好，我明年和他一起考呗。"

"瞧，把你幸福的。"云歌说。穆灵不屑地瞥了一眼子云。

"对了，我来时碰到大胡子连长了，对，已经是副场长了，他让我告诉你，说姜老师让你去她家一次。"回团部的路齐全对云歌说。

"我也喜欢叫大胡子连长，场长就不亲切了，那我们一起去吧！"云歌说。

"连长没说让我们都去，而且还专门说了一句，等他把家安顿好了，请我们再去。"齐全说。

"那就是找你一个人，你还是自己去吧。"穆灵说。于是大家到团部后分手，云歌一个人径直去了大胡子连长在团部的家。

大胡子连长家住的还是普通一间半的家属房里，地上放着一些没打开的书箱等东西，大胡子连长和姜老师正在吃饭，桌上摆着炒萝卜条、大酱和一些新鲜生菜、大葱，两人喝着大碴子粥。

"考完了，不错吧？"连长见云歌进来说，姜老师端出一盘炒鸡蛋。

"难说，也没什么底。"云歌说。"吃饭吧。"姜老师说。"您又专门为我做菜，不好意思。"云歌像个孩子搂住姜老师的脖子，看着他们一点都没动的炒鸡蛋说道。

"吃吧，没准以后想做给你吃，你人已经跑了呢！"姜老师笑着说。

"我才不跑呢，我不走了，就在这守着你们。"云歌有些撒娇地说。

"该走还是走，先把学上了再说，你们在这片土地上成长这么多年了，总要开花结果的。"姜老师说。

"再说，像她这样的孩子和我们这几代人又不同，经过基层工作的艰苦历练，知道老百姓想要什么，再去经历高等教育，开阔了眼界，等于插上两个翅膀。毕业了，早就被人挑走了，哪儿还轮得上我们再给拴回来啊。不过你这话说得对，不管去不去上学，他们这批知青在这里成长了这么多年，苦也好，累也好，乐也好，怨也好，总是要有个结果的。明年你把人员安排开，还是让金晶去上学吧。”大胡子连长实在地说。

“国家还是尽量为他们这些孩子考虑这个结果了，对金晶我也是这么想的，无论如何让她走。”姜老师说。

“可是我们这里，不像有些农村，我们真的缺人啊，他们来了，真是这里一批不可替代的有生力量，为这里做了多少事啊，我们的孩子都走了！”大胡子连长不无惋惜地说。

“不能因为这些，就拦住他们，还是让他们天高任鸟飞吧！”姜老师帮正在吃饭的云歌捋了捋头发说。

“也只能是这样了，服从大局吧！”大胡子连长说。云歌说：“看你们说的，我还不一定走呢，还不一定考得上呢，兴许上学还是哪来哪去呢。”

“别那么多顾虑，考上了，就好好学，到时候就听从组织安排吧！”连长说。

吃完饭的连长去了小后屋，从里面拿出一个旧工具箱放在桌上，“这个，你认识吗？”连长问。

“工具箱啊。”云歌吃着饭并没走脑子地说。“让她把饭吃完了吧。”姜老师对连长说，云歌忽然好像想起了什么，几口吃完了碗里的粥，把碗放下说：“我想起来了……”

“认出来了，认出来就自己打开吧。”姜老师说。云歌飞快地把工具箱打开，一摞书出现在眼前，她说：“连长，您帮我找到的，谢谢您！我找了几次都没找到。”

“不是我找到的，我怎么知道你把书埋在土里了啊。”连长说。“那是谁啊？”云歌诧异地问。“解铃还须系铃人呗。”姜老师说。

“是谁呢，但我当时书没找到，却在那树下找到过一个小布包。”云歌打开书包，从里面拿出一个精巧的小布包，又从小布包里拿出了一颗椭圆的小水晶球，“只找到这个，我不知道该还给谁，一直收着，挺剔透漂亮的，我现在把它交给组织吧，请您帮着找失主吧。”云歌郑重地把水晶球放在小包里，放在连长面前说。

连长把小包推回到云歌面前，对姜老师说：“把那封信给她拿出来吧。”

姜老师打开抽屉，拿出一封信，连信封一起交给了云歌。这是一个大一号的普通牛皮纸的信封，信封上面写着收信人地址，下面写着大胡子连长的名字，最下面的发信人地址写着地址不详。

信封里面还套着一个信封，云歌抬头看看连长和姜老师：“拿出来，打开吧，这是给你的那封信，去年开春寄来的，按着他的嘱咐，应当是现在交给你。”连长说。

云歌惊诧了，“你们说的是谁啊？”“是慕天啊！”姜老师轻轻地说。

“慕天，慕天，他还在，还在吗？”云歌的眼泪一下子流下来。

“在，你看了信，就知道了。”连长说。云歌飞快地打开信封，只有两页纸，却写得很细密，她自言自语地说：“是啊，这是慕天的字。”

信中写道：

云歌，我亲爱的朋友，见字如面！首先，感谢你这么多年的友谊和精神上的陪伴！这将是我人生中最值得记忆的一页，被珍贵地镶嵌在我灵魂的深处。

那一天，我们一起数星星，就是我对你的告别。那一次，斗群狼我确实受了伤，好在都是皮外伤。为了按时报到，到师部医院我打了针，包扎好，就上路了，其实，那一刻，我有多少的不舍啊！

我透过玻璃窗看着受重伤而昏迷不醒的长生，医生说，他已经没有生命危险了，我忍不住走进病房，再摸摸他的头，挨一下他包着纱布的脸，便含着眼泪一步一回头地离开了他，上路了。

从此，我也就离开了北大荒。请放心，我从大荒到大漠，是组织上的安排。我的父亲因曾受过辐射，身体变弱，我母亲因为各种原因，又不能来照顾他。对于我，希望在航天事业上做些自己能做的事而不枉此生，这一点你是最知道的。这种决定正好与我的平生夙愿相契合，我选择了接受组织上的安排。

为什么不跟你和大家直接告别，其中的原因不用我解释，你也是清楚的。所以，根据要求，只能让大胡子连长——我亦父亦兄的老领导知道这件事。

对于你，云歌，我平生也许再也遇不到如你我这样心志相通的知音了！但我想过，你是一个有主见的姑娘，你对你的前途有着自己的想法和安排，而这些，正是我希望你能够达到的，我也相信，你是有能力达到的。我想如果因为我，你放弃了这些，这都不是你我想要的。

我清楚地知道，如你为了我来到此地，大漠目前的情况，最多也只能做你不擅长的许多数据求证。如此，不如让你放开手脚，放飞才华，用你平生喜爱的文字，做你喜欢的思接千载、视通万里的事业。所以，我做出了这样的决定。

我们这辈人是共和国的长子，我们的事业无论做得大与小，可能都会以此为重，说得悲观些，也许这就是我们的宿命，说得昂扬些，这也许就是我们这代人的使命。说到这些，你也许又会笑我高谈阔论了。

八年的北大荒生活，让我对这片土地一往情深，同样，在这人生最宝贵的阶段，我们共读天地的生活让我念兹在兹，永志不忘！我与大胡子连长约定，会让你在合适的时候收到我这封信。我希望那将是你生命再一次起航的时候。云歌，勇敢地迈出这一步吧，我亲爱的朋友。慕天，握手！

另，那块水晶是我去北大荒时我妈送我的吉祥物，留个纪念吧。

泪流满面的云歌哭倒在姜老师的怀里。

"这不是很好嘛，你应该高兴啊，他没事，好好的，只是换了个地方。"大胡子连长像父亲一样拍拍云歌的头。

"您早就知道？"云歌问大胡子连长。

"是的，咱们找了他三天后，团组织股股长亲自找我谈话，通知了这件事，并要求严格保密。"连长说。

"我能给他回封信吗？"云歌抽噎地问。

"不能，我们都不能，你没看这信封吗，"连长指指"地址不详"几个字，"这种工作就真的是上不跟父母说，下不可告妻儿，你也不小了，这样的现实，是要面对的。"大胡子连长严肃地说："好了，你们聊吧，我去办公室了。"说着连长走了出去。

"我真的不能写封信，也不能找他，姜老师，您说是吗？"云歌擦着脸上的泪，问姜老师。

"是的，回顾一下你们的交往吧，你们彼此一直都很冷静，出现这次变化，你才看到了自己的内心，但这种事，错过了就只能是错过了，虽然也是一念之差的问题。"姜老师说。

"看来我们才真是有缘无分啊。"云歌痛心地用手撑住自己的额头说。

姜老师真诚地说："是的，不过，他说的，我能理解，你若真去追随他，一定会牺牲许多东西，包括事业，这些我是有体会的。而你们两人，都是把事业看得很重的人，所以我觉得，慕天确实是你的知音，他理解你，才做出这样的决定。我想，他的选择是对的。"

想想自己前两年在这些问题上的思考，云歌逐渐冷静下来，她擦了擦泪水说："连长说得对，我还是谢谢这个消息，他能好好的，做着自己喜欢的事，就好。"

这天夜里，云歌睡在姜阿姨的身边，回忆着与慕天这些年来桩桩件件的往事，手里紧握着那一枚水晶，直到模糊了窗外洒进来的月光。

果不出连长所料，云歌真的考上了一所国内有名的大学，其他与她一起参加考试的齐全等人，只有子云没有考上。

云歌私下里与许多在一起成长的战友告了别，临走那天她却十分低调，她去了耿师傅家与孔阿姨告别，面对着耿师傅的遗像，她鞠了三个躬，说："师傅，我不会忘记您和阿姨的，我会回来看你们。”她去了团里的烈士墓，在贺萍的墓前站了一个多小时。

她到最近的二号地里抓了一把土，灌到了一个瓶子里。盛楠说：“你这是干什么？”“到哪里水土不服时，用一点。”云歌说。“管用吗？”盛楠问。云歌肯定地说“管用”。霍晨和长生用慕天开的铁牛 55 把云歌送上绿皮火车。

20 世纪末的一个国家级会议上，参会的云歌，在匆匆入座的人流里，忽然看到前面有一个步态熟悉的中年男士身影，因为相隔许多排，她没有贸然过去。

会散了，前面那个熟悉的身影便匆匆离开了，向会场出口走去。云歌快速穿过人群，想追上那个人，看个究竟，但这个人已经看不见人影了。

云歌失望地站在会场门口，望着人群发呆。“请问，是云歌吗？”一个熟悉的声音传进耳鼓，云歌诧异地回过头去，愣住了，她迟疑了半天，上下打量着这个人。

“是你吗？慕天！”高高的身材，浓密的头发，饱满的额头，上面已经有些岁月的纹路，炯炯有神的大眼睛还是那么清澈，眼窝微深，不过，眼角已经有了些许的鱼尾纹……

“云歌，云歌，是你吗？”对方也在问，声音很熟悉。“慕天，你是慕天，是你吗？慕天？”云歌喃喃地问。

“是我，我是慕天。”他伸出了一只手，云歌用两只手握住这只手：“慕天、慕天，终于见到你了，真是恍若隔世啊！”

“云总，我们走吗？下午还有会。”司机过来催促她，让云歌回到现实中说“你先等我一会吧！”“好的”司机知趣地走了。

“你还是原来那样子，声音也没有变”，慕天眯了一下眼睛，笑嘻嘻地说，“你实现了自己，成为重要的媒体人，笔杆子，我知道的。”

“这些年你，你都在大漠吗？”云歌问。“是的，我现在主要时间还在那里，但随着咱们航天事业的发展，随着改革开放观念的变化，不像以前那么封闭了。”慕天说。

“你声音还是当年那样温厚、有磁性。”云歌说着，心潮澎湃，多少年的悲戚涌上心头，她一时无语了。

“我们俩变化都不大，只是你长大了。”慕天说。“何止是长大了。”云歌压抑着自己激动的心情说。

“你发展得很好，还是实现了自己的理想，在知青里，咱们都是幸运的，我很感恩，只是地处边塞，工作忙，保密性又强，与战友接触的不多，联系的就少之又少。”慕天说。

“是啊，你们的保密性，把你和我们彻底隔断了。”云歌有些幽怨地说。

倏忽间，她想起当年，慕天失踪后，她找得好苦，当时她想只要是能找到慕天，无论他是什么样子，受多重的伤，她都要向他诉说自己真正的心曲，她都要陪着他，但几十年过去了，这种话还说得出来吗，一切都不可能了。

“这不是现在也来开会了，我们还是见到了，我很知足。”慕天显然心里明白云歌现在的心情，他打破了沉默，笑着说。

“你现在责任重大，但航天的具体报道还是少。”云歌掩饰着自己的心绪说。

“这是媒体人的专业语言，我们只是最后出了成果才能报道，多少人在大漠，默默无闻一生啊，我们这种人注定是这样的，这么多年我很习惯了，你是知道的，我这个人，只要能做事就好。”慕天注意到云歌瞬间情绪的变化，但是他平静地说。

“吴总工，您下午还有个汇报，掌握一下时间。”一位年轻人走过来轻轻地向慕天耳语，慕天点点头说：“真是不好意思，我们都是忙人，我后天走，争取明天晚上，我们和能见到的战友见见，可以吗？”

“当然，这么多年了，是要见见。”云歌说，慕天伸出手，与云歌告别，一瞬间，往事在脑海里飞旋，但云歌明白：“几十年过去了，慕天不是当年的慕天，自己也不是当年的云歌了。”

聚会那天，已经是大型企业老总的华宇在张罗，因为时间比较仓促，又不是星期日，来人并不多，但大家的情绪很热烈。席间，云歌与慕天被安排并肩而坐，云歌反倒一时不知说什么。

“现在都是独生子女，不知你是男孩女孩？”慕天显得比较轻松地问。“男孩，你呢？”云歌说。

“女孩，你说话的口气一点都没有变，”慕天笑笑，“你嫂子就是我们那儿医院的普通护士。”

“那挺好，个性不是那么强，做妻子挺好的，嫂子一定很贤惠。”云歌平和地说。

翮伟带着小于走过来。“老朋友，我们多年不见了！”翮伟热情地伸出两只手。“是啊，你现在是领导了。”慕天站起来与翮伟热烈握手说。

然后慕天举起酒杯说：“咱们难得聚在一起，我们还是不忘当年的承诺，首先向4·8牺牲的战友们敬一杯酒吧！”“小于，过来，我们一起吧。”云歌说。站在边上的小于拉住云歌的手说“好呀好呀”，大家都举起了酒杯。

齐全、金晶走过来。“齐全，医学专家了，谁都离不开你啊，”慕天仔细看着齐全和金晶说，“发现没，虽然我们都有了一定年纪，脸上多了几道皱纹，有的胖了一些，但仔细看看，都没变。”

云歌说："怎么能变呢，都是那块黑土地走出来的人，人心没变，情怀没变，我们离开北大荒那么多年，但常常感觉到自己的魂还留在那里，再也走不出那广袤的黑土地；今天我们在这里聚会，想起了当年那里的人们，那里的故事，又好像把她一点不留地带回来。"

慕天笑呵呵地举起了酒杯说："说得好，那片土地，那些经历，我们一生都不会忘记，我们找个时间一起回去，在那片土地上，与我们的青春再做一次对话。"华宇口气豪爽地，一如在兵团一样地说："好啊，看你们的时间，我来张罗。"

"世界上什么事情最大，粮食的事情最大。"在当年我们的国家还缺少粮食的时候，几十万知青为了把北大荒建成北大仓，与经历过战场洗礼的转业官兵并肩奋战、历尽艰辛，甚至献出年轻的生命。应当说，他们为如今的北大仓在精神和物质上都打下了坚实的基础。半个多世纪过去了，许多知青已过了古稀之年，他们不忘战友情，能聚则聚，他们不忘黑土地，能去则去。共和国没有忘记他们，改革开放的舞台上，处处都留下了他们奋斗的身影，国家的各行各业中，他们都成为驱动高速发展的引擎。而在他们青春的起点——那里的人们更没有忘记他们，遍布多地的知青纪念碑、知青雕塑、知青博物馆、知青烈士墓、知青纪念馆，在黑龙江佳木斯、黑河、塔河，在内蒙的科尔沁草原、锡林郭勒草原，在河南，在西昌、云南、陕西等地，都有这样的所在。那里的人们说，"这都是知青们用青春、汗水、热血甚至生命铸就的丰碑"，每年，那里的人们像纪念战争时期的先辈先烈一样，把他们和他们的精神看成是这个民族的荣耀、精神谱系，是共和国的星辰。无论人们如何评价他们所处的那个时代，但当年，他们如同鲁迅说得那样"那些青年拼命地使尽他们的心力和体力，奔走于风沙泥泞之中，想对中国有些裨益……他们的爱国之心是真诚的"，他们承担过，拼搏过，奋斗过，他们不仅是热情的奋斗者，更是跨越两个世纪、两个时代的实践者和见证者。